W0242699

Giles Foden
Sansibar

Giles Foden

Sansibar

Roman

Aus dem Englischen
von Ulrich Blumenbach

Aufbau-Verlag

ISBN 3-351-02986-1

1. Auflage 2003
© Aufbau-Verlag GmbH, Berlin 2003
© 2002 by Giles Foden
Einbandgestaltung Wulf Winckelmann, visàvis, Wiesbaden
Druck und Binden Clausen & Bosse, Leck
Printed in Germany

www.aufbau-verlag.de

Für Tilly

Danksagungen

Folgenden Menschen möchte ich für Rat, Hilfe und Unterstützung in den verschiedenen Entstehungsphasen dieses Romans danken: Claire Armitstead; Will Atkinson; Phil Baker; Anna Borzello; Zev Braun; Lorraine Breen; Steve Caplin; Angus Cargill; Alex Clark; Victoria Coleman-Smith; Peter Couzens; Jim Crace; Michael Downes; John Dugdale; Bridget Frost; Nick Harris; Rachel Hore; Veronica Horwell; Julian Hunt; Derek Johns; Martin Kettle; Julian Loose; Joanna Mackle; Chris McLaren; Ian Pindar; Steven Poole; Eva Sallis; Ian Sansom; Linda Shaughnessy; Elaine Showalter; Paul Theroux; Kate Ward; Sarah Wherry; James Wood. Dank gebührt außerdem Officer Jeremy Young für seine detaillierten Informationen über die Dienstmütze der Boston Police sowie Sarah Spankie, die den Artikel in Auftrag gab, der mich zur Zeit der Bombenanschläge überhaupt erst nach Daressalam und Sansibar brachte.

G. F.

Für Informationen verschiedener Art danke ich Marion Hackenjos von der Deutschen Botschaft in Daressalam, Matthias Ostermann, Martina Tichy und Sebastian Vogel, außerdem Ilse und Arnold Blumenbach für die Durchsicht der Übersetzung.

U. B.

Vorbemerkung des Autors

Dieser Roman wurde großenteils vor den Angriffen auf Amerika am 11. September 2001 geschrieben. An jenem Tag hatte das Bundesbezirksgericht Southern District New York seine Ermittlungen zu den Ereignissen von 1998, auf denen diese Erzählung beruht, noch nicht abgeschlossen.

Eine kleine Passage des Materials erschien 1999 in Arena. Eine weitere Arbeitsprobe wurde in der Anthologie *The Weekenders* veröffentlicht (Random House 2001).

… er unterschied
Das Reich des Negus bis zum fernsten Port
Erkoko und die kleinern Küstenreiche
Mombaza und Quiloa und Melind
Nebst Sofola, das man für Ophir hielt …

John Milton, *Das verlorene Paradies* (1667)

Erster Teil

I

Als es tagte, streckte sie die hungrigen Glieder nach der Nacht und flehte um einen Gefährten. Das fliehende Dunkel gab ihr einen ungeheuren Baum. Er schloß Mutter Erde in seine Zweige, und sie wand sich vor Lust und Qual. Sie rangen um die Herrschaft. Lange danach trug der Baum den Sieg davon. Als die Göttin freigegeben wurde, kam jedoch der Baum nieder. Grüne Triebe sprossen aus seinen knorrigen Wurzeln. Vögel drängten durch Spalten im Stamm und flatterten davon. Auch Vierfüßer brachte er hervor. Der erste war die Schildkröte – und als Mann und Frau erschienen, wurde sie von ihnen am meisten verehrt.

Manche Kenner des suahelischen Schöpfungsmythos sagen, das alles habe sich auf der Insel Sansibar zugetragen. Östlich der afrikanischen Küste gelegen, werden die friedliche Stimmung ihrer Häfen geschätzt, die Süße ihrer Früchte und der Duft ihrer Gewürze. Andere Gelehrte, besonders die von der Nachbarinsel Pemba, wollen hingegen wissen, daß der Baum des Lebens dort Wurzeln geschlagen und die großen Schildkröten des Indischen Ozeans zur Welt gebracht habe.

Die Schildkröten sind heute so selten, daß viele sie für Geister halten. Die Geister von Sansibar und Pemba leben indes nicht auf Thalassien oder anderen Seegraswiesen. Sie leben in den duftenden Plantagen mit Gewürznelken und Ylang-Ylangs, die die Inseln überziehen wie ein Leichentuch. Aus diesen heraus unternimmt der *Papabawa*, der legendäre blaßhäutige Vampir der Inseln, angeblich seine nächtlichen Raubzüge.

Es heißt, der *Papabawa* sei bloß eine Erinnerung an den Sklavenhandel. Auch würde niemand, der je eine Riesenschildkröte gesehen hat, sie als Geist bezeichnen. Chaled al-Chidr sah eine am 15. Februar, in jenem Jahr das Fest der Nachtreise, auf der der Seele des Propheten die Fülle des Korans offenbart worden war. Sie hätten den Feiertag heiligen und nicht am Strand herumliegen sollen.

Das war 1996 – im Jahr seines einundzwanzigsten Geburtstages. Vollmond herrschte, als die Schildkröten ihre Eier legten, und bei ihm waren seine Freunde Ali und Juba. Sie zelteten auf einem der Hauptinsel einige Kilometer vorgelagerten Eiland, für dessen neuen Besitzer Chaleds Vater hier gelegentlich die Runde machte.

Sie dösten neben einem Lagerfeuer am Strand. Alle drei waren Mitglieder der Fußballmannschaft von Pemba und hatten den Nachmittag im Sand verbracht – Elfmeter trainiert, den Ball zwischen zwei Palmwedeln hindurchgeschossen, die das Tor abgaben, oder einfach zu dritt hin und her gekickt. Jetzt war es dunkel, und sie waren müde. Normalerweise hörten sie bei solchen Ausflügen abends Musik, aber die Batterien von Chaleds Radio waren leer.

Der Mond leuchtete, und sein graues Licht mischte sich mit dem gelben des Feuers. Chaled hatte gerade eine Dose Cola geleert. Ali kaute Kaugummi. Juba hatte gekifft – einen fetten Joint, der im Wind ständig ausgegangen war. Er hatte einen Hustenanfall gehabt, und Chaled dachte, der ginge schon wieder los, aber es war etwas anderes. Es klang tiefer und ungewohnter. Außerdem war noch ein weiteres Geräusch zu hören, eine Art Scharren.

Im Feuerschein sahen sie sich an, dann sprangen sie auf und liefen dem Geräusch nach. Eine kräftige Brise peitschte die Palmwipfel, aber die Herkunft der Laute war leicht auszumachen – sogar für Juba, der noch ganz im Bann des *Dagga* stand, wie Marihuana auf Suaheli heißt.

Die Schildkröte war riesig, weit über zwei Meter lang. Ihr Panzer wölbte sich bestimmt eins dreißig hoch. Sie grub ein Loch. Das regelmäßige rasselnde Husten rührte von der Anstrengung her und begleitete jeden Stoß der Hinterflossen, mit denen sie Sand hinter sich schleuderte. Die Vorderflossen hatte sie als Hebel ausgestemmt; das ganze Manöver wurde perfekt ausgeführt. Die Jungen beobachteten sie ehrfürchtig, und ihre Gestalten warfen Schatten auf den mondbeschienenen Strand.

Als das Loch tief genug war, gab die Schildkröte ein anderes, höheres Geräusch von sich, ein Stöhnen. Auf dem Höhepunkt jedes Stöhnens fiel ein glänzendes weißes Ei in das Loch. In der nächsten Stunde erschienen über hundert Eier, jedes von der Größe eines Golfballs. Chaled vergaß mitzuzählen, starrte nur jedes an, das ins Loch fiel.

Als es voll war, schob sich die Schildkröte ein Stück vor und scharrte Sand über die Eier, ohne sich von der Gegenwart der jungen Männer stören zu lassen. Ihre milchig verschleierten Augen sahen einfach durch sie hindurch, ohne sie wahrzunehmen. Chaled sah in ihnen Weltvergessenheit, eine vollkommene Gleichgültigkeit gegenüber allem bis auf das Naturgesetz, das allen Lebewesen gebietet, zu fressen und gefressen zu werden.

Als die Eier bedeckt waren, dachten die Jungen, sie wäre fertig. Doch dann geschah etwas Seltsames. Die Schildkröte drehte sich über ihrem Gelege im Kreis, wobei sie sich jedesmal mit einer anderen Flosse abstieß. Dreimal drehte sie sich um die eigene Achse. Als sie schließlich fortkroch, war der Sand fast ganz eben. Zumindest auf den ersten Blick hätte kaum ein Nesträuber sagen können, wo sie ihren Schatz abgelegt hatte.

Unter dem strahlenden Vollmond, beim Rascheln der Palmen und den sich brechenden Wogen sahen die drei zu, wie sich die Schildkröte den Strand hinabschob. In der Brandung hielt sie kurz inne und verschwand dann.

Als Chaled al-Chidr am nächsten Morgen nach Hause kam, lagen seine Mutter und sein Vater Seite an Seite auf dem Wohnzimmerboden. Es sah aus, als hätte sie jemand auf den Teppich gelegt und ihre Arme lang ausgestreckt über die Köpfe gezogen. Beide hatten klaffende Kehlwunden in der Form eines auf der Seite liegenden Z.

Er wollte schreien, brachte jedoch keinen Ton hervor. Entsetzt rang er nach Luft, hatte das Gefühl, die Erde bebe unter ihm, und tastete nach einer Stuhllehne, um nicht umzukippen. Er zwang sich weiterzuatmen, hinzusehen, hinzugehen. Die Wundränder waren blutverkrustet, ebenso die Schultern seiner Eltern. Gummiartige Blutgerinnsel bedeckten den Läufer unter ihnen.

Ein paar schockierende Sekunden lang schwankte er und konnte den Blick nicht von dem geronnenen Blut wenden. Wieder wollte er schreien, aber seine Stimme versagte ihm den Dienst, erzeugte nur ein fassungsloses Murmeln, das in der stickigen Luft aufstieg, Kehle und Nasenlöcher füllte und sein ganzes Wesen mit dem Odem eines frischgeschlüpften Bösen erstickte. Er ertrug es nicht mehr, seine Beine gaben nach, und er stürzte.

2

Quellers Radiowecker brach in Gesang aus. Es war Sieben Uhr früh, aber er hatte schon eine halbe Stunde wach gelegen. Die Zahlen flimmerten, hellgrüne Leuchtdioden, und der Lautsprecher schmetterte die Erkennungsmelodie von WMVY. Der 1. April 1997. Er war in seinem sogenannten »Blockhaus«. In Wirklichkeit war es weit luxuriöser als das, eine gemütliche Holzvilla auf der Insel Aquinnah bei Martha's Vineyard vor Cape Cod.

Er griff nach dem Wasserglas, trank erst einen kleinen Schluck und nahm dann einen großen. Er spülte sich den Mund und ließ das Wasser ins Glas zurücklaufen. Wie kam es, daß er, egal, wie gründlich er sich vor dem Insbettgehen die Zähne putzte, morgens immer das Gefühl hatte, in seiner Mundhöhle hätten zweihundert Elefanten, sechshundert Kamele und mindestens tausend Maultiere gehaust?

Er ließ den Kopf wieder aufs Kissen sinken, sein Schädel pochte, und er wußte nur zu gut, woran das lag: am Scotch, dem Feind, den er sich seit ihrem Tod allabendlich in den Rachen schüttete, weil er hoffte, er würde sich als Freund erweisen. Glas für Glas, Nacht für Nacht ... inzwischen langweilte ihn seine Sucht, aber deswegen ließ sie ihn noch lange nicht los.

1. April, ach ja ... Lucy hatte ihn immer in den April geschickt. Er lag da und starrte an die Decke, froh über die Erinnerung, traurig über den Verlust. Während er über die seltsame Dualität des Todes im Leben nachdachte, ging der Nachrichtensprecher die Schlagzeilen durch. Queller fragte sich, ob sie wohl einen Aprilscherz eingebaut hatten. Manchmal taten sie das.

Er wußte natürlich, warum man die Leute in den April schickte. Der Brauch ging auf den Trick zurück, mit dem man die Mauren von Granada dazu gebracht hatte, die belagerte Stadt zu verlassen. Die Truppen des spanischen Königs Ferdinand hatten ihnen freien Abzug zugesichert, wenn sie ihre Waffen ablegten, und sie dann am Kai massakriert. Männer und Frauen, Erwachsene und Kinder, über vierzigtausend Menschen waren niedergemetzelt worden. Die Spanier hatten in ihrer Grausamkeit keine Unterschiede gemacht.

In vielerlei Hinsicht hatten die maurischen Armeen jener Zeit mehr Milde gekannt als die christlichen und sogar die Pflanzenwelt geschont, dachte er. Schon der erste Kalif hatte seine Anhänger ermahnt: *Wenn ihr siegreich seid, haut keine Palmen oder Obstbäume um und zerstört keine Feldfrüchte und Häuser.*

Das Massaker hatte am 1. April 1492 stattgefunden – im selben Jahr war Columbus nach Amerika gesegelt. Danach überlegte man es sich zweimal, ob man jemandem einen Streich spielte. Queller blendete die Stimme des WMVY-Nachrichtensprechers aus. Ein halbes Jahrtausend danach waren die Ereignisse von Granada kaum noch als Tatsache bekannt, geschweige denn als Greueltat. Wie selten die Gerechtigkeit bei ihrem Gang durch die Korridore der Geschichte doch die Verbrecher einholte, die sie doch eigentlich ihrer Strafe zuführen sollte. Kein Wunder, daß man in so vielen islamischen Ländern das Gefühl hatte, vom Westen geschändet worden zu sein, kein Wunder, daß der helle Wahnsinn zerrte am sorgsam gewebten Netz der Diplomatie. Die USA hatten praktisch jeden Vertrag gebrochen, den sie je mit arabischen Ländern geschlossen hatten.

Der Lärm aus dem Radio hielt an. Er lag da, starrte an die Decke und erfuhr, der Senat werde die Konvention zur Ächtung von Chemiewaffen ratifizieren, und ein Richter in Arkansas habe eine Klage, die dem Präsidenten sexuelle Belästigung unterstellte, abgewiesen. Clinton, der sich gerade auf einer Afrikareise befand, hatte die Nachricht auf einer Stammestrommel gefeiert und Journalisten gesagt, nach der Heimkehr werde er sich wieder voller Freude »um unsere gravierenden innenpolitischen Probleme kümmern«.

Resigniert wälzte sich Queller auf seinen Armstumpf und hieb mit dem verbliebenen Arm nach dem eckigen weißen Radiokasten. Er dachte, er hätte die Aus-Taste getroffen, aber das Mistding plärrte noch immer. »Weitere Nachrichten in Kürze: Der Präsident hat ein Memorandum verfaßt, das die Verwendung von Bundesmitteln für das Klonen von Menschen verbietet. Er appelliert an die Entscheidungsträger in Forschung und Gesundheitswesen, bezüglich dieses Themas einem freiwilligen Moratorium zuzustimmen.«

»Aber ist unseren Entscheidungsträgern zu trauen?« fragte ein katholischer Aktivist in der Podiumsdiskussion nach den Nachrichten. Nein, knurrte Queller, tastete mit geschwollenen Altmännerfingern erneut nach dem Knopf und schaffte es, das Radio auszuschalten. Diesem Entscheidungsträger schon gar nicht. Ihm war zu Ohren gekommen, daß der Präsident auch noch ein Techtelmechtel mit einer Praktikantin hatte, wovon die Presse gerade erst Wind bekam. Sein Informant war ein Freund beim Secret Service, zu dessen Aufgabenbereich die Abschirmung des Oval Office gehörte.

Queller schüttelte den ergrauten Schädel und versuchte, das geschmacklose Bild loszuwerden, das sein Freund ihm beschrieben hatte. Er überlegte, wann er selbst das letztemal mit einer Frau geschlafen hatte. Mit seiner Frau. Aber mit der Liebe war es wie so oft mit dem Glück: Es besaß in der Struktur des Gedächtnisses nur flüchtigen Raum. Manchmal gelang es ihm kaum, ihr Bild heraufzubeschwören. Lucys Gesicht und ihren Körper, wie sie sich bewegt und wie sie gesprochen hatte, all das verschwamm zunehmend.

Als sich das Phantom auflöste, spürte er es als körperlichen Schmerz, wie das Rohr, das in Rumis Gedicht aus dem Schilf geschnitten wird. Ersetzt wurde es durch die scharf umrissene, schneidende Erinnerung an einen anderen Schmerz, scheinbar das Bruchstück eines früheren Lebens, dabei war es erst acht Jahre her.

Er mußte den Stumpf gar nicht anschauen. Beim bloßen Anhauch des Gedächtnisses packte ihn wieder das blanke Entsetzen. Die Kugel hatte sein Ellbogengelenk durchschlagen, so daß der Unterarm nur noch an ein paar losen Fasern hing. Es hatte ihn umgehauen, der Körper war gestürzt, Blut hatte gespritzt. Er erinnerte sich an Steine, kaum an Erde.

Was war ihm da durch den Kopf gegangen? Nach dem Sturz, nach dem roten Spritzen? Ein Blick hatte genügt – erschrocken, aber mit dem Abstand des Schocks –, und er war zur Besinnung gekommen. Handeln war lebenswichtig. Er hatte den Arm oberhalb der Wunde umklammert, um die Blutung aufzuhalten. Der Schmerz – erinnerte er sich jetzt, nach all der Zeit, jenseits all der Grenzen – hatte ihn gepackt, und er hatte eine Reihe schriller Schreie ausgestoßen.

Er hatte gelacht. Mr Sam, als der er damals bekannt war (allerdings hatte er viele Namen), hatte bloß gelacht und war in seinen Landcruiser gestiegen. Andere waren seinem Beispiel gefolgt, und der Rest war auf die Trittbretter gestiegen, die Gewehre im Anschlag. Sie fuhren den Felsweg hoch. Die meisten waren *Wahhabi*, arabische Kämpfer. Einige wenige waren Mudschahedin aus der Gegend. Die Araber trugen schwarze Turbane, die Afghanen Mützen aus grober brauner Wolle.

Queller hatte dagesessen und seinen Arm umklammert. Die vier Green Berets saßen um ihn herum auf dem Boden, wie ihnen befohlen worden war. Alles hatte nur einen kurzen Augenblick gedauert, aber dieser war ins Unendliche zersplittert: er beim Versuch, die Blutung durch Druck zu stillen, die Soldaten im Kreis, der Gewehrstoß in der Mitte, ihre verängstigten Gesichter …

Green Berets tragen nicht immer grüne Baretts. Das ist Tatsache. Seine Gefährten trugen Kapuzen und hatten sich die Gesichter mit Tarnfett eingeschmiert: blau und grau gesprenkelt. Wenn man es auf eine bestimmte Art auftrug und Steine und Geröll imitierte, erreichte man denselben Effekt wie die Fleckentarnung der Berguniform.

Schmerzwellen durchfluteten ihn, und die buntscheckigen Gesichter seiner Gefährten zuckten vor seinen Augen auf. Über ihnen stieg die Sonne in den Himmel. Eine glühend heiße Eisenstange, hinter schneebedeckten Gipfeln hervorgezogen, die auch ein Brenneisen zur Verödung seiner Wunde hätte sein können. Schmerz ist ein Leiter, die ganze Welt und alle Zeit der Welt implodieren zu einem Nervenbündel. Er stöhnte und wimmerte.

Um sich zum Schweigen zu bringen, biß er auf seinen Kragen. Er schmeckte salzig. Neben ihm fluchte der Lieutenant. Keiner von ihnen, weder Queller noch einer der vier Soldaten, wagte sich zu rühren, bevor der Fahrzeugkonvoi der rund fünfzig Mudschahedin im Gebirge verschwunden war. Das Risiko, daß die Araber sie alle erschossen, war zu groß. Die Kälte kroch ihnen in die Knochen, als sie so am Boden hockten und dem Konvoi nachsahen, der in der Morgensonne eine Bergschlucht hochfuhr.

Als er außer Sicht war, rief der Lieutenant über Funk einen Hubschrauber herbei. Sie mußten einen Standort erreichen, wo der Chinook landen konnte. Ein Verband wurde ausgepackt und Queller um den Ellenbogen gewickelt. Ein zweiter wurde über dem Bizeps zusammengeknotet und diente als Druckverband. Zwei Männer verschränkten die Arme und trugen ihn zum Treffpunkt, eine talwärts gelegene Wiese. Der Pfad war geröllübersät, und sie stolperten unterwegs. Queller schrie, wenn die Steine seinen blutigen Ellenbogen streiften. Dann verlor er das Bewußtsein.

Gut vier Stunden später erwachte er in einem Krankenhaus in Islamabad. Es bestand Hoffnung, daß der Arm gerettet werden konnte. Er bekam sofort eine Bluttransfusion, insgesamt drei Liter; ein Major, Verbindungsoffizier in Islamabad, hatte jeden Mann mit derselben Blutgruppe spenden lassen. Im Lauf der nächsten zwei Tage entwickelte sich eine Sepsis. Es stank ekelerregend, Queller fing an zu delirieren, und die Amputation war nicht mehr zu umgehen.

Der Unterarm wurde an der Stelle abgetrennt, wo die Kugel den Knochen zerschmettert hatte, was ihm gut zwanzig Zentimeter vom Humerus beließ. Es war alles andere als eine saubere Angelegenheit, denn ständig waren Einschnitte nötig, um Eiterkavernen zu öffnen. Queller war mehrere Tage bewußtlos, und als er eines Morgens aufwachte, wurde gerade mit Jod ein leuchtend roter Kreis auf den Stumpf gemalt. Der pakistanische Chirurg erklärte, er markiere die Stelle, wo er einen Einschnitt vornehmen müsse. Die verborgene Entzündung, die Knochenfäule, werde *Sequester* genannt, sagte er, und die Löcher, durch die der Eiter austrete, *Cloacae*.

Queller hatte mit offenem Mund an die Decke gestarrt – mehr oder weniger so wie jetzt – und an den darauffolgenden Tagen viel über diese Erklärung nachgedacht. Er fragte sich auch, warum Mr Sam ihn nicht einfach erschossen hatte. Wollte er ihn leiden lassen? Oder hatte Mr Sam damit eingestanden, in seiner Schuld zu stehen, spekulierte er in seinen schweißgetränkten Laken. Schließlich hatte Queller ihn in gewissem Grad erst erschaffen.

Er drehte sich auf die Seite. Der Radiowecker leuchtete ihn weiterhin mit seinen großen Zahlen an, und jede gerann vor seinen Augen, wenn sie der nächsten Platz machte. Er setzte sich auf den Bettrand und betrachtete die ungehobelten Kiefernbretter der Wand, die er selbst mit Feder und Nut angebracht hatte. Wie viele Nächte waren vergangen, seit er das Haus gebaut hatte? Wie viele Nächte waren verstrichen seit jener kurzen, himmlischen Zeitspanne zwischen seiner Pensionierung und ihrem Tod? Vor seinem Rückzug aus dem Berufsleben hatte er ... *Staatsfeinde* bekämpft. Wie lächerlich und wie verblendet das heute klang.

Ein kleiner Vogel, wohl eine Lerche, sang in der Robinie draußen vor dem Blockhaus. Er kam fast jeden Morgen, und Queller hätte längst wissen sollen, zu welcher Art er gehörte. Er sah durchs Fenster in die Zweige mit ihren grünlichweißen Knospen hinaus, konnte den Vogel aber nicht sehen. Er mochte diese Bäume, die im Herbst lange braune Hülsen mit Samenkörnern und süßem Fruchtfleisch produzierten. In einer Art Kreuzung aus Bibel und Geschichte des Vegetarismus hieß es, es seien keine Insekten gewesen, sondern dieses Fruchtfleisch, das Johannes der Täufer in der Wildnis zusammen mit wildem Honig gegessen hatte. Das Zeug war entschieden nahrhaft. Die Eichhörnchen, Wachteln und der Weißschwanzhirsch, der die Halbinsel durchstreifte, waren alle ganz wild danach.

Er starrte durch die Fensterscheibe. Hinter dem Baum lag ein kleiner Rasen, der sanft geschwungen in eine klassische Aquinnahheide überging. Das Wort »Aquinnah« war indianischen Ursprungs und bedeutete »schöne Farben am Meer«. Es war wirklich ein leuchtend azurblauer Tag. Gleich würde er zum Strand hinuntergehen und im roten Sand meditieren. Bloß war nicht mehr sicher, daß die Versenkung etwas brachte. Früher hatte er sich darauf verlassen können, daß sie ihn glücklich machte.

Seine Zehen strichen durch den Teppichflor. Würde er je das Gefühl loswerden, mit sich selbst auf Kriegsfuß zu stehen? Mit der Vergangenheit, die ihn geformt hatte – mit gewissen Einsätzen, Geheimoperationen im Namen einer Pflicht, an die er nicht mehr glaubte?

Draußen zwitscherte wieder der Vogel.

Er hatte an mehreren Fronten Konflikte auszufechten und litt unter anderem an dem übermächtigen Schuldgefühl, seine Frau während ihrer Krankheit vernachlässigt zu haben. Wenn er mehr zu Hause gewesen wäre, hätte sie bestimmt keinen Krebs bekommen. Er wußte, daß das aus medizinischer Sicht Unsinn war. Aber er wurde das Gefühl trotzdem nicht los, und es verstärkte seine tieferliegende

Unsicherheit, ob er überhaupt je etwas Gutes in der Welt bewirkt hatte.

Schuldgefühl des Überlebenden, hatte der Psychotherapeut der Agency gesagt. Ganz so einfach war das nicht. Eine Zeitlang hatte Queller eher den Eindruck gehabt, sich auf einer Büßerreise zu befinden. Er musterte seinen Armstumpf. Das Narbengewebe glich einer Landkarte.

3

1998. Ein Jahr war verstrichen, und wieder war der 1. April ein strahlend blauer Tag. Für den Staat Florida war das einer dieser Tage, an denen der Himmel Lust bekommt, sich am Meeresstrand zu spiegeln – in der silbrigen Wasseroberfläche, im Perlmutt, ja selbst in einer Kaugummifolie.

Nick Karolides sah nichts davon. Er stand barfuß auf den Küchenfliesen, machte sich Frühstück und goß Milch aus dem Karton über eine Schale Weetabix. Er war ein großer, dunkelhaariger junger Mann in Boxershorts, gutgebaut und durchtrainiert, aber nicht auffallend attraktiv. Die Milch bildete in der Schale eine dünne weiße Schlange.

Er setzte sich und aß gemächlich seine »ballaststoffreichen, fettarmen und zuckerarmen« Weetabix, das Radio lief, und er las beim Kauen den Packungstext: »Gesunde Ernährung ist wichtig für eine gesunde Familie. Geben Sie Ihren Kindern in einer wichtigen Wachstums- und Entwicklungszeit einen guten Start.«

Da er als Einzelkind aufgewachsen war, fand er das penetrant triumphierende Insistieren auf der Vorstellung der »gesunden Familie«, das ihm in der Werbung oft auffiel, auch heute noch befremdlich. Nicht daß er eine unglückliche Kindheit gehabt hätte – ganz im Gegenteil, jedenfalls bis zum Tod seines Vaters –, aber diese Anzeigen gaben ihm immer das Gefühl, er hätte einen Mangel. Als wären all die strahlenden Gesichter auf den Verpackungen oder im Fernsehen amerikanische Normalität und seine Familie wäre aus der Art geschlagen.

In seinem Fall wurde die Angelegenheit noch zusätzlich erschwert, weil die griechischstämmigen Bewohner von

Sarasota unter sich blieben und er eine Art Einzelgänger war. Die Leute dachten immer, wenn man zu einer ethnischen Minderheit gehöre, sorge diese automatisch für Zusammenhalt. Das war zwar nicht ganz falsch, aber er hatte viele seiner Jugendfreunde aus den Augen verloren. Etliche von ihnen waren fortgezogen und hatten sogar den Kontakt zu ihren Verwandten abbrechen lassen.

Der Radiosprecher plapperte über die Lewinsky-Affäre. Schon wieder. Er schaltete ab und runzelte verärgert die Stirn. Das alles deprimierte ihn. Ihn deprimierte vieles. Die ballaststoffreichen, fettarmen und zuckerarmen Weetabix deprimierten ihn. Vertraute Dinge in der Küche – Gegenstände, die er seit seiner Kindheit kannte, wie den Chromentsafter seiner Mutter oder, in ihrer Massivität alles überragend, die leicht geschwungene Kühlschranktür – deprimierten ihn ebenfalls. Momentan buchstabierten die Haftmagneten »Glühender Ofen« oder »Es steht geschrieben«. Oder etwas Ähnliches.

Nach dem Frühstück ging er in sein Zimmer zurück, und seine langen, muskulösen Gliedmaßen – er ging jeden Tag schwimmen – bewegten sich mit einer Anmut, die nicht zu seiner schlechten Laune paßte. Er zog sich zur Arbeit um und legte die von Absal so genannte Uniform an: schwarze Jeans, elastische Stiefel, weißes T-Shirt, schwarze Lederjacke. Sie sagte, da, wo sie herkomme, würden die Gangster so herumlaufen.

Als er gerade das T-Shirt über den Kopf gezogen hatte, hörte er ein Geräusch, das seit dem Tod seines Vaters praktisch zum Haus gehörte. Ein Murmeln, dessen Tonhöhe ab und zu anstieg und dann wieder abfiel. Er zog eine Grimasse und verdrehte die Augen. Im Flur wurde das Murmeln lauter. Er schaute in ihr Zimmer. Im Schein einer Reihe elektrischer Kerzen sah er ihren Rücken.

Blond – bei Griechinnen selten – und mit einer guten Figur, auf die sie noch immer stolz sein konnte, trotz eines seit Beginn ihrer Witwenschaft sehr veränderten Temperaments, wiegte sie sich murmelnd vor und zurück. Vor ihr, über der Kerzenreihe und einem Haufen Devotionalien, hing ein großes Bild Christi am Kreuz, umgeben von einem Feuerring. In einer Ecke stand in knallroten Flammenbuchstaben: »Feuerkirche des Heiligen Geistes.«

Er hörte sie psalmodieren: »Dein ist der Tag und dein ist die Nacht; du hast Gestirn und Sonne die Bahn gegeben.«

Während des Gebets – falls sie wirklich betete; eine Vorstellung, die seine rudimentäre Religiosität verletzte – glomm neben ihr eine Zigarette in einem grünen Aschenbecher.

Einige Sekunden lang betrachtete Nick die sich vor und zurück wiegende Gestalt, dann verabschiedete er sich flüsternd und auf griechisch – weiterhin die Sprache der Gefühle in seiner zerrissenen Familie – und schloß die Tür hinter sich. Er kam an einem Karton vorbei, ebenfalls randvoll mit Devotionalien, hauptsächlich Ikonen. Einige davon waren ziemlich wertvoll, wie er wußte, aber sie hatte sie einfach da reingeschmissen. Sogar eine alte Holzbursa, die kleine Schachtel, in der der Priester die Hostien zu den Bettlägerigen nach Hause trägt. Er zog die Stirn kraus, weniger weil seine Mutter die Paraphernalien der alten Religion so achtlos ausrangiert hatte, als des Inhalts des zweiten im Flur stehenden Kartons wegen. Er war voll mit allem, was man zur Herstellung künstlicher Blumen brauchte, ein Hobby, das sie früher glücklich gemacht hatte.

Draußen schob er sein Motorrad aus der Garage, setzte den Helm auf und sauste davon. Er fuhr schnell, um den Kopf freizubekommen, und schlängelte sich durch den Verkehr. Ein Müllwagen stieß schwarze Abgase aus; er schloß das Visier. Als er an einem knallroten Hatchback vorbeischoß, sah er, wie die Fahrerin im Rückspiegel ihre Frisur prüfte. Im nächsten Mittelklasseschlitten hieb der Fahrer frustriert aufs Lenkrad, weil er für den stinkenden Müllwagen vom Gas gehen mußte.

Er ließ die Vorstädte hinter sich. Kam an kleinstädtischen

Grundstücken und Geschäften vorbei. Plakaten an Fensterläden aus Stahl. Ladenschildern – Bäckerei Belaion – und kommunalen Planungsdesastern: Beeten mit welkenden Blumen in seltsamen Anhäufungen. Einst hatte das zu den Stadtverschönerungsprojekten des Bürgermeisters gehört, heute war es eine Müllkippe für Einwegspritzen.

Mr Belaion, ein Libyer, hatte eine Tochter, mit der Nick ein Jahr gegangen war. Ein ausgeflipptes Mädchen. Tagsüber hatte sie einen weißen Bäckerkittel getragen, aber ausgefranste Jeans und perlenbesetzte Haarbänder, wenn sie abends weggegangen waren. Sie hatte nach Brot gerochen und ihn wie Teig geknetet. Am Ende hatte sie ihn wegen eines Kubaners verlassen und gesagt, sie hätte Nick geheiratet, wenn er sich bloß stärker für sie geöffnet hätte. Er wußte, daß es ein Klischee männlicher Verständnislosigkeit war, fragte sich aber trotzdem, warum es für Frauen bloß so wichtig war, daß man sich öffnete. Ein Band ohne Worte mußte doch viel stärker binden. Wenn man pausenlos »Ich liebe dich« sagte, sei's auch auf arabisch, mußte das doch irgendwann unglaubwürdig klingen.

Torrances chemische Reinigung. Der war in der Feuerkirche: Mr Torrance kam immer mit den evangelikalen Schriften zu ihnen und kaute duftendes Kaugummi. Nicks Mutter steckte die Schriften in Briefumschläge und schickte sie nach Afrika, wo die Feuerkirche – wie auch andere apokalyptische Sekten – erfolgreich expandierte. Mr Torrance wollte selber irgendwann als Prediger nach Afrika, sagte seine Mutter.

In der Nähe der Eisenbahn nahm er eine Abkürzung und fuhr am Kohlendepot die Abfahrt hinab. Er kam an einem Armyshop und einem Scherzartikelladen vorbei, erreichte endlich die Autobahn und reihte sich unter die Pendler ein. Er verachtete diese Leute in ihren Autos, die schon schlechte Laune hatten, bevor sie überhaupt ihren Arbeitsplatz erreichten. Aber er wußte, daß er nicht anders war. Über so viel Selbsterkenntnis verfügte er.

Ein Typ in einem roten Cabrio schnitt ihn. Er gab Gas, folgte ihm, überholte und warf einen Blick zurück. Auf einem Motorrad kann ein Helm vielerlei ausdrücken. Das kommt auf den Winkel an. Die Haltung des Halses. Damit kann man Leute beleidigen. Für einen emotional verkümmerten Menschen, für einen selbstsicheren Menschen oder für jemanden, der keinen direkten Kontakt mit der Welt wünscht, kann ein Motorradhelm etwas Befreiendes haben.

Das alles mußte anders werden. Auch das wußte er. Dino hatte das gesagt. Momentan lebte er nicht, sondern wehrte sich nur. Nicht gegen die Feinde von damals – die Männer etwa, die seinen Vater gezwungen hatten, seine Heimat zu verlassen –, sondern gegen eine schleichende Einengung, eine Lähmung, die auch die geistige Freiheit einschränkte. Das wurde noch dadurch verschlimmert, daß es die Menschen *wollten*. Sie *sehnten* sich förmlich danach. Gab man ihnen den Anschein der Entscheidungsfreiheit und einen zuverlässigen Nachschub stimulierender Erfahrungen, konnte man mit ihnen so umstandslos umspringen wie mit Kinderspielzeug.

Er gab wieder Gas und beschleunigte, um einen FedEx-Lieferwagen zu überholen. Ein Spielzeug mit beweglichen Gliedmaßen. Action Man. Barbie und Ken. Mein kleines Scheißpony. Oder so ein Elektroteil wie die Tamagotchis, die in den Fox-Kids-Serien beworben wurden. *Fox Kids.* Das sagte doch schon alles.

Nick Karolides wollte mit alldem nichts mehr zu tun haben. Vielleicht lag dem der Wunsch zugrunde, zu seiner griechischen Herkunft zu stehen – eine Verbindung mit dem versunkenen Land verlorener Götter und gottgleicher Helden herzustellen, das sein Vater zurückgelassen hatte. Vielleicht sah er auf die »normalen« Menschen auch einfach nur herab, weil er sich für auserwählt hielt. Aber dafür hegte er wieder zu viele Selbstzweifel …

Nein, es konnte auch ganz einfach daran liegen, daß er vom Leben mehr erwartete als bloß eine Reihe vorbeifliegender Sonnentage, an deren Wirklichkeit er manchmal selbst nicht glaubte. Das Ganze wirkte auf ihn oft wie eine Jahrmarktsmaschinerie voller Flaschenzüge und Seile. Dieser Argwohn betraf sowohl seine inneren als auch seine äußeren Erfahrungen. Von Zeit zu Zeit, dachte Nick, zeigte er der Welt ein falsches Selbst, und dann gehörte er auch zu den schockierten Zuschauern, die den Schein für Wirklichkeit gehalten hatten.

In Wahrheit war Nick kein Mensch, der sich über derlei Dinge den Kopf zerbrach. Er war Meeresbiologe. Er wußte bloß, daß er weg wollte. Nächstes Jahr wurde er einunddreißig. Seine Hoffnungen und Ambitionen waren nichts Ungewöhnliches; sie drehten sich meist um Flucht. Zum Beispiel die Flucht vor dem Abgasgestank, der durch sein Visier drang.

Oder – voilà! – vor den Zeichen auf dem Grünstreifen neben der Autobahn, an Stangen und auf kleinen Podesten, damit man sie auch nicht übersah. An diesem Morgen fiel besonders eine Schilderschar mit apokalyptischem Tenor ins Auge. Alle hatten dieselben Flammenbuchstaben wie das Poster im Zimmer seiner Mutter: *Da fiel das Feuer des HERRN herab und fraß Brandopfer, Holz, Steine und Erde und leckte das Wasser auf im Graben.*

Wie toll schlängelte er sich jetzt zwischen den Fahrzeugen hindurch. Die Schilder kotzten ihn an. Er konnte sich verletzen. Er konnte andere verletzen – den Typ im FedEx-Lieferwagen zum Beispiel, der aufgeholt und ihm den Stinkefinger gezeigt hatte. *Dann wird er auch sagen zu denen zur Linken: Gehet hin von mir, ihr Verfluchten, in das ewige Feuer, das bereitet ist dem Teufel und seinen Engeln.*

Und so weiter, den ganzen Weg bis hinab zur Hölle. Als der Autobahn endlich die Stangen ausgingen, an denen man noch den Namen des HErrn hätte anbringen können, hatte sich der Text Nicks dahinrasendem Körper eingebrannt, Flammen loderten in seinen Knochen, und die Schilder erfüllten ihn mit solchem Haß, daß es ihn kaum auf dem Motorrad hielt. Da endlich bekam man die Quittung präsentiert, die Lockrufe der Auserwählten: *Feuerkirche des Heiligen Geists – tritt ein, eh der Tag des Jüngsten Gerichts da ist … Anruf gebührenfrei unter F-I-E-R-Y.*

An der nächsten Abfahrt prangte endlich ein anderes Schild mit Bildern von Hornhechten, Seesternen und Muscheln, unter dem die Worte standen: *Willkommen im Meeresforschungsinstitut Florida, Partner im Bundesgewässerprogramm. Sarasota Bay: Zurück ins Paradies.*

Er bog ab und stellte das Motorrad in der Nähe des Eingangs ab, bockte es auf und verstaute den Helm im Topcase. Als er den Parkplatz überquerte, merkte er wieder einmal, wie sehr ihm diese Anlage inzwischen gegen den Strich ging, wie schnell seine Zielsetzung ihm gleichgültig geworden war. Es gab ein Bassin mit Delphinen und ein kleines Aquarium, in dem Rochen und Haie das Glas streiften. Er mochte die Rochen, er haßte die Haie. Hierher kamen keine Besucher. Für die gab es andere Orte. Hier wurden Tests durchgeführt.

Jemand rief ihn. Am Empfang war Absal von ihrem Drehstuhl aufgesprungen. Er winkte und ging weiter, bevor sie ihn in ein Gespräch verwickeln konnte. Es machte ihm manchmal Spaß, den Leuten die kalte Schulter zu zeigen und nicht bei ihnen vor Anker zu gehen. Wahrscheinlich eine schlechte Angewohnheit, die nicht gerade Wärme ins Leben brachte, aber sie beschützte ihn auch. Wenn man sich isolierte, konnte man nicht verletzt werden.

Es stimmte, er hatte zur Zeit keine Freundin und auch schon überlegt, ob Absal in Frage käme. Sie sah gut aus, war aber nicht sein Typ. Absal stammte aus Tadschikistan und hatte einen bezaubernden Akzent, trug aber zuviel Make-up.

Weh dem, der mit seinem Schöpfer hadert!

Da ging ihm dieses Zeug schon wieder durch den Kopf. Diese Plakate, die seine Ma überall im Haus verteilt hatte, und diese Phrasen, die sie selbst beim Fernsehen vor sich hin murmelte. *Eine Scherbe unter irdenen Scherben! Spricht denn der Ton zu seinem Töpfer: Was machst du? und sein Werk: Du hast keine Hände! Wendet euch zu mir ...*

Herrgott. Er ging hinein, zog seinen Laborkittel über und analysierte den ganzen Vormittag Wasserproben aus der Sarasota Bay. Das war Teil einer Initiative zur Abwasserkontrolle. Kläranlagen trugen einen Großteil zur Stickstoffeinleitung in die Bucht bei. Mehr Fäkalien aus der Stadt Sarasota hieß mehr Stickstoff im Ozean. Mehr Stickstoff hieß Anreicherung mit Phytoplankton und epiphytischen Algen. Mehr Phytoplankton und Algen hieß mehr Schatten über den Seegraswiesen. Mehr Schatten über Seegraswiesen hieß weniger Sauerstoff. Und das brachte Fische und andere Lebewesen zum Japsen.

Es gab noch andere Probleme. Regengüsse, die Schadstoffe ausschwemmten. Rasendünger. Landwirtschaftlicher Dünger. Schwermetalle aus Bächen und sumpfigen Flußarmen. Aber vom Versuch, das alles aufzuhalten oder gar rückgängig zu machen, wurde er nicht glücklich, so ehrenwert das Unterfangen auch sein mochte. Während des Studiums hatte er nie damit gerechnet, hier zu landen. Er hatte immer aufs offene Meer hinausgewollt. Er hatte frei sein wollen.

Gegen ein Uhr mittags stieg er wieder auf sein Motorrad, holte sich im Feinkostgeschäft ein Pastramisandwich mit Emmentaler und Senf und fuhr zu Dino. Das machte er in der Mittagspause fast immer. Dino war genau wie Nicks Vater bei den SEALs gewesen, der Eliteeinheit der Navy. Nicks Großvater hatten die Obristentruppen auf offener Straße erschossen – weswegen Georgiou Karolides ausgewandert war. Dino war mitgekommen. Vorher war er, ebenfalls zusammen mit Nicks Vater, bei der griechischen Handelsmarine mit Heimathafen Piräus gewesen.

Dinos Tauchladen. Der Eigentümer, ein drahtiger Sechzigjähriger mit buschigen Augenbrauen, bastelte an einer

Druckregulierung herum, als Nick eintrat. Den Kopf über den Ladentisch gebeugt, über sich eine phantastische Anordnung von Masken, Flossen und Harpunen, nickte er bloß und arbeitete weiter. Nick mampfte sein Sandwich.

»Wie geht's deiner Mutter?« fragte Dino nach einer Weile.

»Meinst du Floridas Sektiererin Nummer eins?« Nick verzog das Gesicht.

»Sie war mal anders, das weißt du doch. Deine Ma war mal eine wunderschöne Frau. Wir waren alle hinter ihr her – wir Griechen, meine ich. Dann habe ich sie deinem Vater vorgestellt ...«

Beide verstummten.

Es war am Tag nach seinem einundzwanzigsten Geburtstag gewesen. Ein Sonntag. Dino war mit verbissenem Gesicht zu ihnen an die Tür gekommen. Nicks Vater und er waren tauchen gewesen. Unvermittelt war ein Hai gekommen und hatte seinem Vater den Arm abgebissen. Er lebte noch, als Dino ihn an den Strand zog, starb aber auf dem Weg ins Krankenhaus.

»Ich hab' über deine Bemerkung neulich nachgedacht«, fuhr Dino dann fort. »Daß du wegwillst. Es wird Zeit, daß du hier wegkommst. Du verplemperst nur dein Leben. Wenn du ständig in anderer Leute Scheiße rumstocherst!«

Nick lachte, wußte aber, daß der Alte von Schuldgefühlen geplagt wurde, die auf den Tod seines Vaters zurückgingen. Er machte ihm deswegen keine Vorwürfe. Es war für sie beide ein Anlaß der Trauer. Dino war eine Art Ersatzvater geworden, und deswegen hielt er ihm jetzt Vorträge.

Dinos Augen unter den buschigen Brauen ruhten auf Nick. Sie waren erstaunlich stechend für einen Mann mit so sanfter Stimme. Als könne er seine Gedanken lesen: Du blockst ab.

Das glaubte Nick jedenfalls. Auch er trug ein gerüttelt Maß an Schuld mit sich herum. Warum hatte es seinen Vater getroffen, den Helden, und nicht ihn – den Versager und Stubenhocker?

»Ich wollte dir übrigens was zeigen.«

Dino kam um den Ladentisch herum und ging zu einem Gestell mit Tauchsportzeitschriften. Er griff nach einer Ausgabe von *Ocean*, blätterte, bis er das Gesuchte gefunden hatte, und reichte sie Nick.

»Ich hab' die Stelle angestrichen.«

Eine Stellenausschreibung war in der Mitte der Seite mit rotem Filzstift zweimal eingekreist worden:

> Aufseher für Riffschutzprojekt auf Sansibar gesucht. USAID-finanziertes Projekt sucht ausgebildeten Meeresschützer für Korallen- und Artenschutzgebiet auf Inseln im Sansibar-Archipel. Bewerbungen unter ZRPS, USAID, Postfach 331, NW Washington DC 20019

4

Er saß an Deck auf seiner Reisetasche, rauchte und sah durch die weiße Reling aufs Meer hinaus. Die Sonne brannte, und er war umgeben von Gesichtern. Menschen durchquerten sein Blickfeld. Münder redeten eine Sprache, die er nicht verstand. Suaheli. *Sawahili.* Arabisch für Litoralvolk, Insel- und Küstenbewohner, Menschen vom Meer. Er hatte ein bißchen darüber gelesen.

Die Bücher waren aber keine große Hilfe – er hätte jedes einzelne Buch zum Thema studieren können, und das hätte ihm auch nicht weitergeholfen –, als er aus reiner Menschenfreundlichkeit eine seiner Nachbarinnen ansprach, eine füllige Madame, die einen Turban aus buntbedrucktem Stoff trug. Sie reagierte auf den unverständlichen Strom Weißensprache mit einer Miene ehrlichen, selbstsicheren Unverständnisses und einiger Gekränktheit.

Dann gab sie etwas von sich, das sich wie *»Papabawa! P-P-Papabawa!«* anhörte – er deutete es als Grußformel.

Er betastete seine Lippen. Ein kleiner Hautfetzen hatte sich gelöst, vom Filter mitgerissen. Er hatte die Zigarette im Mundwinkel steckengelassen, um den Dieselgestank der Motoren zu vertreiben.

Bald hatte er es satt, das Meer nur durch einen Wald von Beinen zu sehen, und stand auf. Dabei überkam ihn leichte Übelkeit. Er lehnte sich an ein vibrierendes Schott und sah in den Himmel. Die Abgase beduselten ihn. Er hatte das Gefühl, sein Verstand treibe in der Meeresbrise mit den Möwen in eine Scheinwelt fort. Er trat an die Reling, beugte sich vor und ließ die Zigarette ins Wasser fallen.

Die *Smooth Hound* schlingerte leicht. Das von einer

australischen Firma (was hatte die denn hier zu suchen?) betriebene Tragflügelschiff wurde seinem Namen nicht gerecht. Es war alles andere als eine angenehme Überfahrt, und er hätte lieber auch von Daressalam aus fliegen sollen. Der Hafen dort war die Hölle gewesen, und die *Smooth Hound* war nicht viel besser. Das Schiff glitt nicht übers Wasser, es kaute sich eher hindurch.

Neben ihm kaute ein Passagier wirklich, ein alter Afrikaner mit einer weißen Augenklappe. Hin und wieder spuckte er lange rote Schleimbatzen aufs Deck. Das hinterließ ein Muster aus scharlachroten Arabesken auf dem Fiberglas, und Nick wurde wieder speiübel. Warum konnte der Mann nicht wie alle anderen über Bord spucken? Sein Brechreiz wurde schlimmer, als der Mann ihm freundlich etwas von dem anbot, was er da kaute. Nick wurde schwindlig. Sein wandernder Verstand registrierte die Offerte unter Angebotene-Gabe-von-Mann-mit-Augenklappe. Eine Art Nuß. Eingewickelt in ein hellgrünes Blätterpäckchen.

Nick lächelte höflich, schüttelte den Kopf, schaute wieder auf die Wellen hinaus und tat, als suche er eifrig nach Land.

»Der Größte«, sagte der Mann mit der Augenklappe nach einer Weile, gleichsam düpiert.

Dann grinste er, und sein Gesicht verzog sich an der Augenklappe zu Fältchen. Sie war mit dreckigem Pflaster festgeklebt.

»Ich lerne reden bei British Army.«

Nick starrte ihn an.

»Kämpfe gegen *Wazungu*«, fügte der Mann stolz hinzu. Er salutierte forsch. »Töte Hitler. Töte Mussolini. Sie aus London?«

»USA.«

Der Mann grinste wieder und zeigte seine roten Zähne.

»USA – der Größte!«

Nick zog die Brauen hoch und zündete sich die nächste Zigarette an.

Er rauchte noch zwei, bevor Stone Town in Sicht kam, die älteste Stadt von Sansibar. Kräne und Minarette. Während das Schiff anlegte, ließ er den Blick über die Kaianlagen schweifen. Das übliche Ankunftsschauspiel. Hafenvolk. Hafenanlagen. Schiffe wurden gelöscht oder beladen. Dhaus und moderne Frachter. Hafenarbeiter bedienten Hebekräne und förderten bunte Metallkästen aus den Containerschiffen und Holzkisten aus den Dhaus zutage. Hafenbeamte sprachen in Walkie-talkies, und vornehme arabische Kaufleute im wallenden weißen Kaftan und mit muslimischer Kippa warteten geduldig auf ihre Ware.

Nick, der das Meer im Blut hatte, war am Ziel seiner Träume. Aber das Ziel seiner Träume stank auch und hatte etwas leicht Bedrohliches. Die alten Gebäude aus massiven Korallenblöcken mußten einst glänzend weiß gewesen sein, waren jetzt jedoch fast genauso grau wie die neuen Betonbauten. Als er von Bord ging, kamen mehrere junge Männer auf ihn zu und wollten sein Gepäck tragen, einer packte sogar den Griff und zog daran. Nick riß die Tasche zurück.

Schwitzend wurde er zusammen mit einer drängelnden Menge anderer Passagiere durch eine Reihe enger Büros geschleust. Hier standen weitere Drängler herum, lehnten an Türpfosten oder hockten auf dem Boden der Zollabfertigung. Nick ärgerte sich, als er zum zweitenmal ein Immigrationsformular ausfüllen und seinen Reisepaß abstempeln lassen mußte. Der Beamte, ein Mann mit tiefem tuberkulösem Husten, erinnerte eher an einen Barmann als an einen Einwanderungsbeamten. Der doppelte Paßstempel, sagte sich Nick, lag wohl an Sansibars prekärem föderalen Status – ein unabhängiges Land, aber in instabiler Einheit mit Tansania auf dem Festland. Er mußte auch mit einem Impfpaß belegen, daß er gegen Gelbfieber geimpft worden war. Dann gab es Probleme mit dem Visum. Zuerst sagte der Mann am Schalter, Nick könne nicht einreisen. Das erwies sich aber als Trick, um ein Bestechungsgeld von zwanzig

Dollar herauszuschinden, das Nick bezahlte, weil er zu müde war zum Streiten.

Endlich tauchte er in das noch größere Gedränge der Hafenanlagen von Stone Town ein. Dinos Geschichten aus seiner Zeit bei der Handelsmarine fielen ihm wieder ein. Piräus, Port Said, das alte Marseille ... Er sah die uralten hölzernen Segelboote, die Dhaus, die an ihren Ankerplätzen in der leichten Dünung auf und ab schaukelten. Fischer holten ihren Fang ein und kippten silbrige kleine Fische aus den Netzen in Plastikkisten. Andere schnitten mit Macheten Köpfe und Schwänze größerer Fische ab, Barrakudas vielleicht. Ein Stück weiter hatte ein großer Mann mit bloßem Oberkörper einen Tintenfisch an einem Tentakel gepackt und klatschte ihn gegen einen Felsen.

Nick ging ein Stück am Wellenbrecher entlang, schulterte seine grüne Leinentasche und versuchte herauszufinden, wo die eigentliche Stadt anfing. Er sah einen Jungen, der einen Esel hinter sich herzerrte. Nick war immer noch desorientiert, und sein Auge folgte dem straff gespannten Seil zwischen der schwarzen Faust des Jungen und den geblähten rosa Nüstern des Esels.

Lautes Poltern. Erschrocken fuhr er herum. Ein Kran, der einen Frachter belud, hatte eine Palette mit Jutesäcken fallen lassen. Einige platzten auf und verströmten einen stechenden Geruch.

Nelken. Das Gewürz lag verstreut auf den Steinen. Er ging hinüber und las einige auf. Kleine schwarze Reißzwecken in seiner Hand. Er musterte die gesplitterte Palette. Drehte sich um, und wieder kreuzte der Junge mit dem Esel sein Gesichtsfeld. Links der eine, rechts der andere, dazwischen das Seil: als spielten sie Tauziehen.

Die Hafenanlagen waren durch ein Netzwerk gewundener Gäßchen mit der Stadt verbunden. Viele Geschäfte schienen nur Feuerholz und Rosinen zu verkaufen. Er kam an einer Moschee vorbei, und seine Augen wanderten über die abstrakten Muster der Steinsäulen. Er hatte Kopfschmerzen. Er mußte unbedingt etwas essen und trinken, bevor er sich auf die Suche nach diesem Mann machte. Chikambwa von der Wasserschutzpolizei. Der Kontaktmann seines Projekts bei der Regierung von Sansibar. Der USAID-Mann in Daressalam hatte ihm den Namen genannt, ihn unter der Hand jedoch gleichzeitig davor gewarnt, zuviel von ihm zu erwarten. »Sie werden dort so ziemlich sich selbst überlassen sein ...«

Er hatte zwar USAID-Briefings in Hülle und Fülle über sich ergehen lassen müssen, aber trotzdem fühlte er sich unvorbereitet. Das Leitbild der Organisation – Förderung der außenpolitischen Interessen der Vereinigten Staaten durch Verbreitung von Demokratie und freier Marktwirtschaft bei gleichzeitiger Verbesserung der Lebensbedingungen in den Entwicklungsländern – würde ihm im Alltag kaum etwas nützen. Und seine Offizierskollegen auf ostafrikanischem Boden auch nicht. Die Informationskette lief über Michael Nagle in Dar und jemanden in Nairobi zur Afrikaabteilung in Washington. Nagle war Agrarökonom mit wenig Sinn für die Tätigkeit eines Meeresschützers.

Nick wich den jungen Afrikanern aus, die auf alten Vesparollern vorbeibrummten, und wanderte durch die engen Straßen (eine hieß sogar »Enge Straße«), bis er ein baufälliges Hotel erreichte. Teil der Fassade war eine balustradengesäumte Veranda mit Blick auf die Esplanade. Er stieg die Treppe hoch und setzte sich in einen Korbstuhl. Hinter einer uralten geschnitzten Holztür erschien ein Ober und nahm seine Bestellung auf, Krabben und Salat. Der Ober wirkte geradezu abgezehrt, und kaum war er verschwunden, kamen Nick Bedenken, an einem solchen Ort Rohkost zu essen.

Während er auf das Essen wartete, fiel ihm ein verblichenes Plakat an der Wand auf. Es besagte, das Gebäude »beherbergte früher Teile des Sultansharems«, und darüber war das Schwarzweißfoto eines Frauengesichts zu sehen, halb bedeckt von einem durchsichtigen Schleier. Die unbedeckte

Hälfte drückte auf den ersten Blick verdorbene exotische Sinnlichkeit aus – eine verstohlene Einladung zu gefährlichen Abenteuern. Unter den schweren, kajalumrandeten Lidern blitzte jedoch eine aufgeweckte Klugheit hervor, die ganz und gar nicht zu dem eindeutig dekadenten Eindruck paßte, den der Fotograf hatte erzielen wollen.

Nick betrachtete immer noch das Foto, als sein Essen kam. Er machte sich darüber her, wurde aber schon nach wenigen Minuten gestört, weil etwas an seinem Bein entlangstrich. Eine Schar Katzen hatte sich auf der Veranda versammelt und starrte ihn an. Sie waren kleiner und räudiger, als er sie von zu Hause kannte, hatten wachsam aufgestellte Ohren und eine ausgefallene orangefarbene Zeichnung. Sie sahen wild und alt aus, mystisch und ägyptisch, und ihre Bernsteinaugen musterten ihn, oder genauer gesagt, seinen Krabbenteller, mit sphinxgleicher Faszination. Er nahm eine Krabbe vom Teller, schleuderte sie auf die Straße und sah zu, wie sie ihr nachjagten, sich balgten, bissen und fauchten.

Er zahlte und erkundigte sich beim Ober, wo die Behörde des hiesigen Ministeriums für Meeresumwelt zu finden sei. Der Ober sah ihn mit unbewegter Miene an.

»Ich muß zu einem Kommissar Chikambwa.«

Das schmale Gesicht des Obers hellte sich auf. »Ach, Sie meinen Bwana Ernest. Das ist weit. Das ist Ng'ambo.«

»Was bedeutet das?«

Der Ober sah ihn nachdenklich an, als wäre das kaum zu übersetzen. »Das bedeutet – die andere Seite.«

Nick schwieg.

»Ng'ambo ist die andere Seite der Creek Road«, führte der Ober aus.

Der gemeinte Stadtteil wurde auch Michenzani genannt, erfuhr er im Lauf seiner verwirrenden Suche in der Gluthitze. Es war eine arme Gegend, bettelarm, und es wimmelte von zerlumpten Kindern, die vor alten Steinhäusern im Staub herumkrabbelten. Mitten in Michenzani bog er um die Ecke eines weiteren verfallenen Hauses und stand wider Erwarten plötzlich vor einer Anhäufung moderner Hochhäuser. Sie waren heruntergekommen und verfärbt, aber mindestens ein Jahrhundert jünger als die anderen Häuser. Er ging auf eine der neueren Ruinen zu und spähte in die unteren Stockwerke. Die Bewohner schienen hier eher zu campen, als zu wohnen. In den Fenstern fehlten die Scheiben, und er sah sie in Blechtöpfen über offenen Feuern Essen kochen. Oben sah er vom Gebäudedach Rauch aufsteigen. In allen Stockwerken mußten Löcher in die Decken gebohrt worden sein, um den Rauch abziehen zu lassen. Er war niedergeschlagen. Irgendwie hatte er hier nicht dieses Ausmaß an Armut erwartet, jene afrikanische Armut, die er eher in Ländern wie Äthiopien vermutet hätte.

»Sie sind also der neue Amerikaner?«

Chikambwa hatte die Füße auf den Schreibtisch gelegt, als Nick in sein Büro trat. Der unfreundliche Mann in der aschgrauen Polizeiuniform und mit der Nickelbrille war Nick auf Anhieb unsympathisch.

»Genau. Nick Karolides.«

»Paß!«

Der Polizist untersuchte ihn streng.

»Karro-lides?« fragte er, als übe er die Aussprache, und gab das Papier zurück. »Man hat Sie mir angekündigt.«

Verlegenes Schweigen. Nick spürte, wie der Ventilator an der Decke ihm die Nackenhaare fächelte.

»Dann sollte ich Sie wohl über Ihre Pflichten aufklären – wobei ich gleich dazusagen muß, daß Ihr Vorgänger über das Ziel hinausgeschossen ist. Es überrascht mich, ehrlich gesagt, nicht, daß es mit ihm ein schlimmes Ende genommen hat.«

»Sie meinen den Unfall?«

Die USAID-Leute hatten beim Vorstellungsgespräch erwähnt, daß George Darvil, der Mann, den Nick ersetzen sollte, bei einem Bootsunfall ums Leben gekommen war.

Chikambwa sah ihn an.

»Hat man Ihnen das so gesagt?«

»Warum? Stimmt es etwa nicht?«

»Das wissen wir nicht genau. Als wir sein Boot fanden, hatte es Löcher.«

»Mir hat man bloß gesagt, er sei ertrunken.«

»Ist ja auch nicht so wichtig.«

»Für mich schon! Also was ist ihm zugestoßen?«

Chikambwa funkelte ihn an. »Wie gesagt, wir wissen es nicht genau. Es könnte daran liegen, daß er sich nicht an seine Anweisungen gehalten hat. Er hat Wilderern die Netze zerschnitten.«

»Und da haben sie ihn umgebracht?«

»Wer weiß? Fest steht nur, daß Ausländer wie Sie nie vergessen dürfen, daß Sie unsere Gäste sind. Wir sind eine sozialistische revolutionäre Republik. Sie sind hier, weil wir Sie eingeladen haben, Karro-lides. Sie sind nicht hier, um uns Vorschriften zu machen.«

»Okay«, sagte Nick, in Gedanken noch bei Darvil. Hatte man ihn bei der USAID angelogen, damit er seine Bewerbung nicht zurückzog?

»Ich werde es Ihnen jetzt zeigen.«

Chikambwa stand auf und trat vor eine Pinnwand mit einer farbigen Sansibar-Karte.

»Diese Gegend hier heißt Nungwi.«

Er fuhr mit der Hand über die nördliche Kartenregion.

»Das hier ist Ihr Tätigkeitsbereich – von Ras Nungwi bis hinunter zur Macpherson Cove.«

»Und die da?« fragte Nick und zeigte auf einige Inseltüpfelchen wenige Kilometer vor der Küste.

Chikambwa überhörte seine Frage. »Die wichtigen Riffs sind hier. Da machen Sie Ihre Runden, suchen nach Wilderern, Fällen von Umweltverschmutzung und seltenen Tierarten ... ich habe eine Liste.«

Er öffnete eine Schublade und zog ein in Plastik eingeschweißtes Blatt mit Illustrationen von Fischen und anderem Meeresgetier heraus, neben denen jeweils die Bezeichnungen auf englisch, Latein und Suaheli standen. Es erinnerte an eine Seite aus einer Kinderfibel.

»Benutzen Sie möglichst die Suahelinamen. Das ist unsere Landessprache. Die Fischer verstehen Sie nicht, wenn Sie mit unbekannten Fischnamen ankommen.« Er unterbrach sich. »An diesem Punkt könnte sich Ihr Vorgänger verrannt haben. Netze ohne Rücksprache zu durchschneiden ist verboten. Netze und Fallen dürfen Sie nur mit meiner ausdrücklichen Genehmigung unschädlich machen.«

Der Kommissar lächelte, seine Zähne schimmerten. »Meiner persönlichen Genehmigung.«

»Und ...«, setzte Nick nach kurzem Schweigen ein. »Wo wohne ich?«

»Man hat Ihnen ein Zimmer im *Macpherson Ruins Hotel* reserviert.«

»Klingt ja nicht sehr vielversprechend«, erwiderte Nick und wußte selbst nicht, ob er das ernst oder ironisch meinte.

»Das ist ein anständiger Laden. Sie haben Glück, daß Sie dort wohnen können. Sie sollten Ihrer Regierung dankbar sein, Karro-lides. Ein Afrikaner könnte sich dort kein Zimmer leisten.«

Nick nickte mit angemessen zerknirschter Miene.

»Wie Sie sehen werden, ist der Hotelmanager, Mr da Souza, sehr hilfsbereit. Ein Goaner. Es gibt da auch ein Boot, das Sie benutzen können. Treibstoff müssen Sie allerdings schriftlich beim USAID-Büro in Daressalam bestellen. Bei mir brauchen Sie deswegen gar nicht erst anzukommen.

Ich würde Ihnen empfehlen, einen Jungen aus einem der Fischerdörfer zu engagieren, der Ihnen mit dem Boot hilft. Es gibt vor der Küste viele schmale Kanäle, die schwer zu navigieren sind.«

»Was ist mit seinem Lohn?«

»Für den Jungen? Den werden Sie von Ihrem Gehalt bezahlen müssen.«

»Und wie komme ich dahin ... zu diesem Macpherson?«

»*Dala-dala.* So heißen bei uns die Kleinbusse. Sie können auf der Straße einen anhalten.«

»Alles klar. Danke. Man sieht sich, nehm' ich an.«

Nick gab dem Beamten die Hand und wandte sich zur Tür.

»Warten Sie. Eins noch«, sagte Chikambwa.

»Ja?«

»Sie werden vielleicht auf einen gewissen Leggatt stoßen. Einen Europäer. Er ist Nelkenfarmer, vermietet aber auch Jachten an Sportfischer. Manchmal mischt er sich in staatliche Gewässerfragen ein. Ein Plagegeist. Halten Sie sich von ihm fern.«

»Okay ... mach' ich.«

Verwirrt und eine Spur mißtrauisch ging Nick in die Hitze hinaus.

Erst nach zwanzig Minuten konnte er einen Dala-dala finden, der nach Macpherson Cove hinausfuhr. Die Fahrt munterte ihn auf. Je weiter er nach Norden kam, desto schöner wurde die Landschaft. Hier gab es endlich Palmen, Gewürzplantagen, Affen und alles andere – die Puzzleteile, die zum Arkadien eines jeden Träumers gehören –, worauf er sich so gefreut hatte und was ihm immer vorgeschwebt war, wenn er das Wort »Sansibar« gehört hatte. Durch die gesprungene Fensterscheibe dieser Staubkiste auf Rädern sah er allerdings auch Dinge, die er nicht erwartet hatte – einen Radfahrer, der sich einen riesigen Salzwasserfisch, vielleicht einen Thunfisch, auf den Rücken gebunden hatte. Das Herz ging ihm auf, und er war geblendet von dem strahlenden Licht draußen, von dem er doch nicht die Augen wenden konnte.

Der Dala-dala bog von der Hauptstraße auf einen Sandweg ab. Die Palmen hatten hier längere Wedel, und die

Lichtverhältnisse änderten sich spürbar, als hätte der Himmel seine Gewänder der Meeresbrise geöffnet. Hier wußte er, daß er am Meer war. Die Räder des Dala-dala knirschten auf dem Sand, und dann leuchtete ein Schild auf. *Macpherson Ruins Hotel.* In den benachbarten Gärten standen die Überreste eines alten Bauwerks. Oder besser, der Garten wuchs in der Ruine. Lianen umrankten die Dachziegel. Große rote Blüten öffneten sich in den Ritzen der Mauern und bedeckten die Blöcke und Platten mit einem Flechtwerk von Schatten.

Trotz des Windes herrschte eine Affenhitze. Nick bezahlte den Fahrer und ging mit der Tasche einen Sandweg entlang zu einigen neueren Gebäuden. Es handelte sich um schlichte Zweckbauten, bis auf die Dächer: strohgedeckte geschwungene Spitzkegel. Er spürte die Hitze durch die Sohlen der Turnschuhe. Unter einem Türsturz aus Teakholz mit dem geschnitzten Schriftzug »Rezeption« betrat er eines der Strohdachhäuser.

Drinnen war es kühl und stockdunkel. Schutz vor der Sonne war ein Geschenk, das der Körper dankbar quittierte – die Haut um die Augen entspannte sich, und Kopfhaut und Haare verformten sich von Minute zu Minute, als ermittelten sie wie ein gut geeichtes Meßgerät die Veränderungen der Atmosphäre. Die Rezeption war nicht besetzt, neben einem lädierten Glöckchen, mit dem man dem Portier klingelte, lag nur ein ledergebundenes Hauptbuch. So sah sie also aus, seine Bleibe für das nächste Jahr. Er dachte an seine Mutter, an Dino im Tauchladen, seine Arbeit im Labor ... das Leben, das er hinter sich gelassen hatte. Dann drückte er schwungvoll auf das alte Messingglöckchen.

Ein paar Augenblicke lang herrschte Stille. Dann drang eine Stimme durch das Halbdunkel.

»Gast!«

»Gast!«

Er hörte eine Tür aufgehen. Ein Streichholzratschen.

Eine kleine, elegante Gestalt erschien, die in einem Anzug von gebrochenem Weiß glänzte.

»Stimmt«, sagte Nick schlagfertig, »ich *bin* ein Gast.«

»Ach nein, Sir«, sagte die streichholzbeleuchtete Gestalt. »Sie haben mich falsch verstanden. Ich habe mich bloß gefreut, einen Gast zu haben. Buchungen sehr zurückgegangen. Ich wußte, daß Sie kommen. Chikambwa von der Wasserschutz- … der hat mich angerufen.«

»Sie sind also Mr da Souza? Gibt es hier denn kein Licht?«

»Zu Ihrer ersten Frage, Sir: Ja, ich bin da Souza.«

Zur Begrüßung berührte er Nick am Ärmel.

»Ihre zweite Frage muß ich leider mit nein beantworten. Generator ausgefallen, Sir, wird morgen repariert.«

»Aber ein Zimmer haben Sie?«

»Aber natürlich. Ein Zimmer. Das Zimmer.«

Nick fragte sich, ob der Hotelmanager ihn zum besten halten wollte, wenn er seinen Tonfall nachahmte.

»Hier entlang bitte. Darf ich Ihnen die Tasche abnehmen?«

»Danke, das schaff' ich schon.«

Das seltsame Männchen führte ihn durch ein Labyrinth von Korridoren, jeder so zwielichtig wie der Empfangsbereich, in einen Garten hinaus. Im Sonnenlicht kniff Nick die Augen zusammen. Von Bäumen eingefaßt – Mangos, Jakarandas, Jasmine –, war er eher ein Hof. Von einer Gartenlaube in der Mitte zweigten strahlenförmig Wege aus zerstoßenen rosa Korallen ab, gesäumt von Blumenbeeten. Jeder Weg führte zu einem Chalet im Schatten der Bäume. Nick wurde zu einem davon gebracht. Während sie den Weg entlanggingen, sah er, daß da Souza klein sein mochte, aber außerordentlich attraktiv war. Er hatte ebenmäßige mahagonibraune Gesichtszüge; seine kleinen Ohren schmiegten sich eng an den Schädel; seine Wimpern hatten etwas Feminines, und seine adrett gescheitelten schwarzen Haare wirkten sowohl geölt als auch gekämmt.

Er führte Nick über den Hof und eine Treppe mit knarrenden Holzstufen zu einem Chalet empor. Er hatte den Gang eines Tänzers, fand Nick.

»Das ist das Zimmer«, sagte der Manager, zog einen Schlüssel aus der Tasche und öffnete eine Tür.

Nick folgte ihm hinein und ließ seine Tasche auf den Boden fallen. Auch hier war es dunkel. Durch die offene Tür und die unzureichenden Vorhänge – vor großen Verandatüren – fiel jedoch ausreichend Licht herein, um ihn sehen zu lassen, daß das Zimmer sauber und ordentlich war. Das Bettlaken war glattgezogen, und am Fußende lagen einige säuberlich gefaltete Decken. Es gab einen Tisch mit einem daruntergeschobenen altmodischen Holzstuhl, und auf dem Tisch standen, an die Wand gelehnt, ein paar Handbücher der Meeresbiologie und ein Roman mit dem Titel *Das Ende der Ewigkeit.*

»Das Zimmer des Gentleman vor Ihnen«, erläuterte da Souza, der Nick die Bücher mustern sah. »Des Gentleman aus den Vereinigten Staaten, so wie Sie, Sir.«

»Sind das seine?« fragte Nick. »Was genau ist ihm eigentlich zugestoßen? Ich habe verschiedene Versionen gehört.«

Der Manager überhörte die Frage. »Im Schrank sind noch Kleider von ihm. Ich wußte nicht, was ich damit machen sollte.«

»Der Typ von der USAID – was ist ihm passiert?« wiederholte Nick.

Da Souza ging zum Fenster und zog die Vorhänge auf. Blendendes Licht vom Strand fiel ins Zimmer, und dahinter sah man die grünschimmernde See, still und glänzend bis auf einen gekräuselten Streifen Brandung weit draußen, wo sich die Wellen im eigenen Schaum brachen.

»Er ist ertrunken, Sir.«

»Das weiß ich. Aber unter welchen Umständen?«

Da Souza kehrte ihm den Rücken zu, und das Meer umrahmte seinen weißen Anzug.

»Er soll Wilderer verfolgt haben, Sir. Aber Genaueres weiß niemand. Sein Boot hatte Löcher. Es heißt, ein Sturm sei aufgekommen und habe sein Boot auf einen Felsen geschleudert. Es war jedenfalls voll Wasser gelaufen.« Er stockte. »Mr Darvils Leichnam – lag auf dem Riff.«

Da Souza drehte sich um, kam auf Nick zu und ergriff seine Hand, als wäre er ein Kind.

»Oh, Sir, es war sehr traurig. Sie müssen sich bei Ihrer Arbeit vorsehen. Das Boot liegt draußen am Strand. Das blaugestrichene. Es muß abgedichtet werden.«

Seine Stimme verlor sich, dann fügte er unbeschwert hinzu: »Mr Leggatt hat es hergeschleppt. Er besitzt eine Nelkenplantage in Mtoni.«

»Chikambwa hat seinen Namen erwähnt«, sagte Nick und machte sich höflich los.

Er fragte sich immer noch, warum man bei der USAID nicht näher auf George Darvil eingegangen war. Vielleicht war auch dort nur ein Teil der Geschichte bekannt geworden.

»Gut, dann werd' ich mich mal häuslich einrichten.« Er zeigte auf einen kompakten braunen Kasten an der Wand. »'ne Klimaanlage?«

Da Souza lächelte. »Ja, Sir, aber sie funktioniert nur, wenn Generator läuft. Sie am besten einfach öffnen das Fenster. Natürliche Klimaanlage.«

»Soll mir recht sein. Die Dinger vergiften einen sowieso bloß.«

Der gepflegte kleine Manager hatte sich gebückt. Er wollte die Verandatüren öffnen, aber ein Riegel klemmte. Er ruckelte daran herum und fluchte leise in einer Nick unbekannten Sprache. Chikambwa hatte gesagt, da Souza sei Goaner. Was sprach man in Goa?

»Kein Problem«, sagte Nick, durchquerte das Zimmer und sah da Souza über die cremefarbene Schulter. »Ich habe ein Messer im Gepäck. Ich mach' sie nachher auf.«

Er öffnete sie dann sofort, nachdem da Souza gegangen

war, packte Schnorchel, Flossen und Badehosen aus der Reisetasche aufs Bett und suchte nach seinem Rapala-Taschenmesser. Er öffnete es mit dem Daumennagel, kniete sich hin und löste den Riegel mit der Rückseite der Klinge. Dann drückte er einmal gegen die eine Tür, und nach kurzem Widerstand standen beide weit offen.

Es war ein aufregender Augenblick, als die Glastüren aufschwangen; er bekam einen klaren Kopf davon. Es roch jetzt viel kräftiger nach Meer. Von seinem Geruch und Anblick – die hypnotische Wiederkehr der Wellen in unsagbaren Blautönen, ein am Horizont vorbeigleitendes Boot, vielleicht mit Ausleger – fühlte er sich zugleich klein und berauscht.

Er zog sich rasch um, nahm die Schnorchelausrüstung und trat auf die Veranda. Jetzt konnte er alles überblicken. Auf beiden Seiten der Veranda mit ihrer abblätternden Farbe erstreckte sich der Strand – ein schier endloses Weiß. In der Hitze wirkte er trügerisch, fast flüssig, als wäre er geschmolzen und würde nach beiden Seiten auseinanderfließen. Einige sansibarische Fischerboote vom selben Typ, wie er ihn eben weiter draußen gesehen hatte, waren über die von Bündeln schwarzen Seetangs markierte Wasserlinie hochgezogen worden. Er hatte richtig gesehen. Es waren Auslegerboote mit Paraffinlampen für das Nachtfischen am Bug. Auf dem geriffelten Sand lag noch ein weiteres, blaues Boot, in dessen Seite ein Spalt klaffte ... das mußte Darvils sein. Nick mußte ihn sich plötzlich vorstellen – wie er triefnaß und mit funkelnden Augen aus dem geborstenen Bootsrumpf aufragte.

Er schlug sich das Bild aus dem Kopf und sah wieder aufs Meer hinaus. Die leuchtende Fläche erstreckte sich bis zum fernen Horizont mit seinen flachen Wolken und erweckte den Anschein grenzenloser Macht. Das lag am Geräusch – nicht am Rauschen der Wellen, die auf den Strand liefen und sich wieder zurückzogen, sondern am ständigen Tosen der Brandung draußen, wo sich Hunderte von Metern weit weg die Wellen am Riff brachen. Der Streifen der Brandung glich einer zweiten Wolkenbank, dachte er, und sein Blick schweifte über den Horizont an ihr entlang. Nur war dieses Weiß weniger flach; es lebte und bewegte sich – unaufhörlich, wie eine endlose Filmschleife.

Nick setzte Maske und Schnorchel auf und schob sie in die Stirn, klemmte Flossen und Handtuch unter den Arm, trat unter dem Strohdach der Veranda hervor, ging ein paar verzogene Holzstufen hinab und lief über den Sand. Er war weich wie Talkum und schloß sich bei jedem Schritt heiß über dem Fußrücken.

Als er ans Wasser kam, warf er das Handtuch auf ein gewundenes Stück Treibholz und ging – die Flossen unter dem Arm – schnurstracks ins Wasser. Die Wellen umspülten seinen Körper so sanft, daß sie ihn kaum von der Stelle brachten, als er im Flachen saß und die Flossen anlegte. Dann schob er die Maske vors Gesicht und tauchte.

Seelicht. Und Seeleben, wenn auch nicht viel. Durch das Oval der Maske sah er sich um. Als erstes entdeckte er einen an einem Felsen haftenden Seestern. Der Anblick erinnerte ihn immer an eine Hand mit gespreizten Fingern. Dann: nichts mehr, nur noch das weiße Sandbett, mit weiteren Felsen getüpfelt. Er schwamm weiter – bis an die Stelle, wo der Meeresboden abfiel. Erinnerungen stiegen auf, und er spürte den vertrauten Sog der Wellen im Blut – ein archaisches Heimatgefühl, das sich nicht in Worte fassen, nicht erklären ließ.

Das Platschen eines Kormorans riß ihn aus seinen Träumen. Er sah zu, wie der braune Schatten durchs Wasser schoß. Ein silbriges Aufblitzen verriet, daß der Fisch geschnappt worden war, ein Fisch, den Nick gar nicht gesehen hatte; all das merkte er erst, als der Vogel schon fort war. Zumindest wußte er jetzt, daß es hier Fische gab; er hatte schon das Schlimmste befürchtet. In Sarasota Bay hatte er mehr zu sehen bekommen.

Als hätte eine launische Gottheit der Tiefe beschlossen, ihm seine Ängste zu nehmen, bot sich ihm nun ein faszinierender Anblick. Unter sich auf dem Meeresboden sah er zwei glasige grüne Klumpen; als hätte jemand ein paar Teelöffel Götterspeise vorsichtig mit Sand bestreut. Er holte durch den Schnorchel Luft, schwamm hinab und genoß den vertrauten Druck im Schädel. Er hatte die Klumpen fast erreicht, da wurde der Sand unter ihm auf einmal hochgedrückt – hochgehoben wie eine kompakte Platte, bevor er sich in einer wirbelnden Wolke verteilte. Aus den Turbulenzen schälte sich langsam ein schwarzes gummiartiges Dreieck heraus, das mit zunehmendem Tempo davonschoß. Es hatte eine Spannweite von zwei Metern und verjüngte sich hinten zu einem langen dünnen Schwanz.

Freudig erregt sah Nick zu, wie der Rochen über den Sand schoß und den Schwanz wie eine altmodische Radioantenne hinter sich herzog. Langsam paddelnd verfolgte er ihn, bis er keine Luft mehr hatte, an die Oberfläche mußte und mit einem kräftigen Stoß das Wasser durch den Schnorchel spie. Er rollte sich auf den Rücken und ließ sich eine Weile die Sonne auf den Bauch scheinen, dann drehte er sich wieder um und peilte das Riff an.

Er brauchte eine Viertelstunde, um es zu erreichen. Jede Minute, in der er der unregelmäßigen Korallenlinie näher kam, war eine Offenbarung. Mit zunehmender Nähe des Hauptriffs tummelten sich die verschiedensten Fische um ihn. Teilweise waren sie atemberaubend schön, und ihre Namen erzählten ganze Geschichten – Schmetterlingsfische, Papageienfische, Engelhaie. Andere waren weniger attraktiv, aber genauso faszinierend; auch sie hatten ihre Namen verdient: Barsche, Kugelfische, Meerbarben und Knurrhähne.

Am Riff selbst umgab ihn eine Schule blaugetönter Gelbschnapper, gut hundert Fische. Sie streiften ihn zärtlich mit ihren Flossen, fast wie zur Begrüßung. Er tauchte hinab, um sich das Riff aus der Nähe anzuschauen, und die blaugelbe

Wolke umschwärmte ihn. Zwischen den Korallen gab es verschiedene Arten. Viele, etwa der Borstenzahndoktorfisch mit seinem scharfen Maul und den glänzenden Knopfaugen, ignorierten ihn einfach und pflückten weiter Pflanzen ab. Andere, wie der nervöse Drückerfisch, flohen sofort, wenn er näher kam. Er schwamm an der senkrecht aufragenden Korallenwand entlang und war froh, daß er kein richtiges Tauchgerät mitgenommen hatte. Es hatte etwas Befreiendes, nur mit der leichten Schnorchelausrüstung unterwegs zu sein.

Er fühlte sich beschenkt. Nicht nur wegen der Fische. Das Riff selbst schlug ihn nicht weniger in den Bann. Es besaß die wuchtige, gespeicherte Energie eines großartigen Bauwerks, wie es in Rom oder London hätte stehen können. Vielleicht hatte das damit zu tun, wie ein Riff in die Höhe wuchs, jahrhundertelang das Sonnenlicht speicherte und Kalziumkarbonat produzierte, eine Kathedrale des Lichts. In gewisser Weise lebten selbst die toten Teile der Wand, boten Flächen, auf denen sich Algen vermehren und damit Fische ernähren konnten.

Das Riffskelett war von phantastischer Komplexität: Dornkorallen, Anemonenkorallen, Mikroporenkorallen, Sternkorallen. Alle ihm bekannten Korallentypen waren vertreten. Getrennt und doch miteinander verbunden, hauptsächlich weiß, aber durchzogen mit Spuren von Pflanzenpigmenten, glich das Riff wirklich einem Bauwerk, den Zinnen einer kunstvollen Burg aus einer Legende von zweifelhafter Herkunft – vollendete Schöpfung eines kolossalen Weltreichs an der Schwelle fortdauernden und sich beschleunigenden Verfalls. Aber es änderte ständig sein Aussehen: Jeder Vergleich hinkte. Er ließ sich an ihm vorbeitreiben und hielt die Luft an, bis seine Lungen zu platzen drohten, dann kraulte er an die Oberfläche zurück.

Er durchpustete den Schnorchel, schwamm ein bißchen und genoß die Sonne auf dem Rücken. Dann holte er tief Luft und tauchte wieder. Um sich herum sah er im Sonnenlicht verschiedene Arten filigraner Korallen, durchsichtig, oder in zarten Rosa- und Violettönen. Er konnte sehen, wie die Polypen ihre Tentakel ausstreckten, Plankton erfaßten und sich ungezielt wie ein Blinder oder wie ein Baby in der Wiege bewegten. Nur waren sie nicht blind. *Sie wußten Bescheid.* Auch die Schwämme wußten Bescheid, die Seeanemonen und Seescheiden. Alles war Teil des großen Ganzen, und dieses Ganze vermittelte allen seinen Teilen eine Art Empfindungsvermögen, eine Zielstrebigkeit.

Er stieg an die Oberfläche und ließ sich von der Strömung über das Riff treiben. Und da war die kleine Phantasiewelt, die er sich erbaut hatte, auf einen Schlag wie weggeblasen. Hier war das Riff zerstört worden. Hier fehlte die Wand, gut hundert Meter waren einfach weg. Zerbrochene Korallenstücke lagen auf dem Meeresboden verstreut. Hier gab es keinen einzigen Fisch mehr. Nichts. Selbst das Licht war anders, war dem bangen Grau einer trauernden See gewichen.

Bestürzt versuchte er sich vorzustellen, was passiert sein mußte: Wie die Fischer eines Morgens ausgefahren waren, die wasserdichten Zündhütchen scharf gemacht und die Stangen über Bord geworfen hatten. Wie sie ihre Boote hastig in sichere Entfernung gerudert und zugesehen hatten, wie das Wasser in einem schaumigen Pilz explodierte. Dann die Ernte: Das Ausbreiten der Netze auf der geglätteten Fläche und das Abwarten, bis die toten Fische zu Tausenden an die Oberfläche kamen. Er hätte kotzen können und schwamm wütend ans Ufer zurück, drosch mit den Flossen auf die Wellen ein, als könne der Ozean etwas für seine Zerstörung.

Am Strand erwartete da Souza ihn mit einem Teetablett.

»Hallo, Sir!«

Er deutete auf den Klumpen Treibholz, auf dem Nicks Handtuch lag. »Ich sah Ihre Sachen ... Darf ich annehmen, daß Ihnen das Schwimmen Spaß gemacht hat?«

Nick zerrte die Maske vom Gesicht. »Am Anfang sehr. Bis ich gesehen habe, was diese Arschlöcher mit ihrem Dynamit angerichtet haben. Wie lange läuft das schon so?«

Seine Ausdrucksweise schockierte den Goaner. »Schon seit etlichen Jahren, Sir. Wenn der Fisch knapp wird.«

»Er wird noch sehr viel knapper werden, wenn das so weitergeht. Wenn das Riff erst weg ist, kommen sie nicht mehr zurück.«

Er nahm das sonnengewärmte Handtuch und trocknete sich ab. »Warum macht Chikambwa dem kein Ende?«

»Er ist ein vielbeschäftigter Mann, Sir. Und die Fischer sind arm und hungrig, wissen Sie.«

Und um ihn zu besänftigen: »Eine Tasse Tee, Sir?«

Schweigend standen sie eine Weile da, Asiat und Amerikaner, und betrachteten den Brandungsstreifen in der Ferne. Während sie hinausschauten, erschien hinter dem grünen Vorgebirge am Ende der Bucht eine gelbgestrichene Holzjacht.

»Das ist Mr Leggatt«, sagte da Souza, und sein weißer Ärmel deutete auf das Schiffchen.

»Chikambwa hat mich vor ihm gewarnt«, erwiderte Nick und sah zu, wie die Jacht die Bucht durchquerte. Dann wandte er sich zu da Souza. »Können Sie mir sagen, warum?«

Der Manager wirkte verlegen und schüttelte den Kopf. »Darüber weiß ich nichts.«

Am Abend verfolgte Nick im Fernsehzimmer vom Macpherson die CNN-Nachrichten. Die dramatisch aufbereitete Story des Tages betraf den unabhängigen Sonderermittler Kenneth Starr, der seine Untersuchung auf Präsident Clintons angebliche Rechtsbeugung ausgedehnt hatte. Der Präsident bestritt, mit Monica Lewinsky eine Affäre gehabt zu haben. Nick hörte sich das eine Weile an, dann stellte er ab und ging bedrückt ins Bett. Weniger wegen des Zustands der Präsidentschaft, die ihm wenig bedeutete, als wegen der Korallen.

Am nächsten Morgen sah er die gelbe Jacht wieder, nachdem er das beschädigte USAID-Boot inspiziert hatte. Der Rumpf war böse eingedrückt, und der Motor fehlte – da Souza hatte allerdings gesagt, er könne ihm den selten gebrauchten Außenbordmotor des Hotels leihen. Der sei absolut intakt, sagte der Manager, nur die Anreißleine sei gerissen. Er sah die gelbe Jacht noch einmal bei der Rückkehr und auch am folgenden Tag zweimal. Das war offenbar ein fester Rhythmus. Jeden Tag kam die Jacht zweimal vorbei – bei der Ausfahrt und bei der Rückkehr – und immer auf einer Ost-West-Achse.

Das ging vierzehn Tage lang so. Als er seine Ausrüstung zusammengetragen hatte und bei Ebbe die Quadranten für sein erstes Projekt auslegte – eine Untersuchung des Molluskenlebens in der Gezeitenzone –, gehörte die vorbeigleitende gelbe Jacht schon zu den täglichen Fixpunkten.

Mit Hilfe des Fernglases versuchte Nick, den Namen der Jacht zu entziffern, aber sie war zu weit draußen. Er konnte knapp die Buchstaben C-H-U-R-C-H erkennen und den Rudergänger, der am Steuer lehnte, Pfeife rauchte und den Horizont absuchte.

Seine Neugier war geweckt. »Wo fährt dieser Leggatt eigentlich immer hin?« fragte er da Souza eines Abends beim Essen.

Der Goaner schüttelte den Kopf. »Das weiß ich nicht. Er reist einfach.«

»Jeden Morgen nach Osten – was liegt von uns aus im Osten?«

Wieder schüttelte Mr da Souza nur den eleganten Kopf, als wären die Entfernungen zu groß oder als erfordere die Frage zuviel Denkarbeit.

5

Die Abenddämmerung nahte. Rosiges Licht bedeckte den Berg, den die Paschtunen das Adlernest nannten. Bald würden Sterne über seinem schneebedeckten Gipfel aufglänzen wie Lampen in einer Höhle. Bald würde sich auf alles die Dunkelheit legen. Vorläufig jedoch war der Anblick noch majestätisch und erhebend: ein Anblick, der alle Ernüchterung unmöglich machte. Kein Wunder, daß Eroberer früherer Zeiten Afghanistan mit Namen wie »das Dach der Welt« oder »das Herz Asiens« belegt hatten.

In Wirklichkeit sträubte sich das zerklüftete Gebirgsmassiv gegen jede menschliche Bezeichnung. Seiner frommen Natur zum Trotz kam es jedenfalls dem jungen Mann so vor, der unter ihm auf dem Bauch lag. Fördert Öl aus meinen Hängen, schien es ihm zu sagen, belegt die Muster in meinen Felsen meinetwegen mit den neunundneunzig Namen Gottes. Zeigt mir eure Dynastien, zeigt mir eure kleinlichen Pläne. Zeigt mir eure Wasserkraftwerke. Zeigt mir eure sagenhaften Verschwörungen. Ich werde sie alle überdauern.

So profane Dinge sagte das Gebirge dem jungen Mann, der neben rund zwanzig anderen auf dem Bauch lag. Es hätte auch sagen können, daß Chaled al-Chidr dieser Tage nicht viel Bauch hatte. Dafür hatte die monatelange harte Ausbildung schon gesorgt.

Der Tod seiner Eltern lag dreieinhalb Jahre zurück. Die Szene war seinem Gedächtnis unauslöschlich eingeprägt, als hätte die Klinge des Täters auch ihn berührt. Monatelang hatte er mit aller Kraft aufzuklären versucht, was geschehen war, oder aber die Polizei zur Aufklärung zu bewegen versucht. Die jedoch hatte kein Interesse daran gehabt und es als Raubüberfall abgetan, obwohl nichts gestohlen worden war. Ohne Schmiergeld rührte man dort keinen Finger. Die meisten Polizisten interessierten sich für den verbotenen Verkauf von Schildkrötenpanzern und anderen Produkten mehr als für die Verbrechensaufklärung.

Er hatte die Boote seines Vaters verkaufen müssen, um über die Runden zu kommen. Verzweiflung hatte an ihm genagt, und er hatte Trost gesucht in Sex und Alkohol, sein blutgetränktes Erbe durchgebracht und sich nach Vergessen gesehnt. War der kurze Rausch verflogen, hatte ihm jeder Fehltritt wie ein Affe die entsetzliche Erinnerung ins Ohr gekreischt – ihm erklärt, wie jede seiner schändlichen Taten das Gedenken seiner Mutter und seines Vaters entehrte. Er hatte Reuequalen gelitten, hatte gewußt, daß er die Bluttat eigentlich rächen mußte, sich aber mit immer neuen Schandtaten getröstet und Schuld auf Schuld gehäuft.

Dann trat Zayn in sein Leben – bot Unterstützung an, die Möglichkeit der Sühne und die Rückkehr zu Gott. Das war im Januar des Folgejahres. Chaled hatte bis dahin nur gewußt, daß Zayn beruflich mit seinem Vater zu tun gehabt hatte. Zayn war es, der seinen Vater gebeten hatte, sich um die kleine Insel zu kümmern, sie ihm gewissermaßen abzukaufen. Er war es auch, der von Zeit zu Zeit ins Dorf gekommen war und *Zakat*, die muslimischen Armenspenden, verteilt hatte.

Zayn erzählte Chaled, sein Vater habe viele Jahre als sogenannter Schläfer für eine muslimische Dschihad-Organisation gearbeitet. Ziel der Organisation sei es, die heiligen Stätten des Islam vom Einfluß der amerikanischen *Kafir*, der Ungläubigen, zu befreien. Sein Vater sei ein Held gewesen, den US-amerikanische Agenten seiner Arbeit wegen umgebracht hätten. Zayn sagte, es sei Zeit, sich wie vor ihm sein Vater am Dschihad zu beteiligen.

Die Entscheidung fiel nicht schwer, es war eine Erleichterung, jemanden zu haben, den er hassen konnte. Er war unter die Räder gekommen. Er war überzeugt, daß der Islam eine Erklärung für die Tragödie bereithielt, die über ihn hereingebrochen war. Zayn sagte, es gäbe keine große Sünde mehr, sobald man die Türen des Glaubens aufstoße und Gottes Gnade einen umfange.

Er hielt sich an Zayns Empfehlungen, verließ die Insel und besuchte ein Jahr lang eine Koranschule im Sudan. Er arbeitete auf einem Gut des Scheichs bei Khartum, fuhr vormittags einen Traktor und ließ sich nachmittags im Koran unterweisen. Beide Arbeiten gefielen ihm. Das Geräusch, mit dem die grünen Maiskolben hinter ihm in die Tonne der Mähmaschine fielen, das Geräusch, mit dem seine Finger die Seiten des Heiligen Buches umwendeten … das alles fiel ihm oft wieder ein.

Er hörte auch andere Geräusche, aber die gefielen ihm weniger: den Lärm der Gläubigen, die von der Militärmaschinerie der *Kafir* angegriffen wurden. Helikopter und Granaten, Maschinengewehre und Panzerfäuste … allabendlich wurden den Rekruten Videokassetten von Muslimen gezeigt, die von Truppen der Ungläubigen verstümmelt und ermordet wurden – von Amerikanern im Irak, von Russen in Tschetschenien, von Serben in Bosnien.

Jetzt lag er auf dem Schießplatz, Geknatter in den Ohren und Gefährten an der Seite. Er war daran gewöhnt, schließlich hatte er schon sechs Monate in Afghanistan hinter sich, trotzdem wäre es ihm lieber gewesen, man hätte ihnen Ohrschützer ausgeteilt. Die Paschtunen, die die Patronengurte einführten, waren halb taub, weil sie diese Aufgabe für alle durchs Lager geschleusten Kämpfer übernahmen. Chaled freute sich immer, wenn er die neuen Dschihadis ins Hauptquartier strömen sah; er betrachtete sie wohlwollend, nahm aber auch gern ihren niederen Rang zur Kenntnis.

Er wußte, daß ihnen eine zweimonatige harte Grundausbildung bevorstand – Liegestütz, Rumpfbeugen, Laufen und Robben –, bevor sie wie er vor einiger Zeit den Bayat ablegen durften, den Eid, mit dem sie al-Qaida die Treue schworen. Er konnte die Worte auswendig: »Ich schwöre vor Gott, daß ich bereit bin, zum Märtyrer zu werden, die hohen Ziele des Dschihad zu erreichen, mit ganzem Herzen und bis zum letzten Blutstropfen dafür zu kämpfen und mit reinem Geist und süßer Geduld alle Schwierigkeiten zu ertragen. Und wenn ich in die Gärten des Paradieses eingehe, werde ich nicht sterben, sondern den Gürtel des ewigen Lebens tragen und beim Hochzeitsfest zusammen mit meinen Gefährten die erlesensten Früchte kosten.«

Hinterher hatte ihm sein Mentor unter vier Augen gesagt, er sei vor langer Zeit zu einem höheren Ziel als seine Waffenbrüder auserkoren worden, und schon bald werde man seine besonderen Fähigkeiten brauchen. Zayn fügte hinzu, Chaled dürfe jedoch nie vergessen, daß es auch ein Beweis der eigenen Überlegenheit sei, sich diese zu gewissen Zeiten nicht anmerken zu lassen; er dürfe niemanden im Lager in seinen Sonderstatus einweihen.

Früher hatte das Hauptquartier im pakistanischen Peschawar gelegen. Damals war al-Qaida so etwas wie eine wohltätige Stiftung gewesen, von der Freiwillige, die in Afghanistan gegen die Sowjets kämpfen wollten, Geld und Unterstützung erhalten hatten. Der Emir hatte in der Stadt eine Reihe konspirativer Wohnungen und Hospize betrieben und ausländischen Kämpfern eine Bleibe sowie Kriegsflüchtlingen medizinische Versorgung geboten. Die CIA hatte ihn damals noch unterstützt, hatte Chaled gehört, bevor die Russen '89 abgerückt waren.

Nun waren die Amerikaner der Feind, und das Lager war jetzt in Afghanistan selbst. Chaled nahm das Korn am Ende des Gewehrlaufs ins Visier. Vor den Felsen ihm gegenüber befand sich eine Reihe von Zielen. Die schwarz umrissenen Silhouetten angreifender Soldaten waren keine Amerikaner, aber man hatte ihn wie alle Rekruten auf den Glauben eingeschworen, daß es welche waren. Einmal hatte man ihnen ein Zeitschriftenbild der Königin der *Kafir*, Madeleine

Albright, als Zielscheibe aufgestellt. Am Vorabend hatten sie die Videoaufzeichnung einer Nachrichtensendung namens *60 Minutes* zu sehen bekommen, in der die Außenministerin gesagt hatte, ihrer Meinung nach seien die über den Irak verhängten Sanktionen den Preis der halben Million Kinder wert, die sie bereits umgebracht hatten.

Zayn blies laut auf seiner Pfeife. Chaled und die anderen drückten die Abzüge durch. Das ganze Tal erdröhnte unter dem Knallen der Automatikwaffen. Steinsplitter flogen umher, als die Kugeln die Bilder durchschlugen und auf die Felsen dahinter trafen. Der junge Mann kniff die Augen zusammen, um seine Leistung zu begutachten. Zwei gute Salven: eine Einschußreihe quer über die Brust, die andere quer über den Unterleib. Das waren tödliche Schüsse. Zayn Mujuj würde zufrieden sein.

Chaled wartete – auf dem Boden liegend, die Waffe weiterhin im Anschlag –, während ihr Zugführer mit dem Fernglas vor den Augen hinter ihnen entlangging und ihre Ergebnisse bewertete. Zayn jagte ihm zwar oft Angst ein – mit seinem kahlgeschorenen dunklen Schädel, den massigen Schultern und den stechenden, rabenschwarzen Augen –, die finstere Gestalt war für ihn aber auch eine Art Vaterersatz geworden. Es war schließlich Zayn Mujuj, der sich um ihn gekümmert hatte, der ihn von Pemba, Sansibars zweiter Insel, fortgebracht und ihm ein neues Leben ermöglicht hatte.

Sein Wohltäter stand neben ihm und gab ein anerkennendes Geräusch von sich.

»Das genügt«, sagte er und stieß mit dem Fuß an den Knöchel des jüngsten Mitglieds seines Kaders.

Chaled stand auf, Zayn zog ihn an seine breite Brust und drückte ihm lachend einen Kuß auf jede Wange.

»Das ist mehr als genug! Nicht mehr lange, mein kleiner Grünfink, und du bist ein ebenso guter Schütze wie ich.«

Dann erhob der Zugführer seine Stimme, so daß alle Kämpfer ihn hören konnten.

»Geht zurück. Verrichtet eure Waschungen und eure Gebete. Heute abend kommt uns der Scheich besuchen.«

Der Scheich. Der Fürst. Der Emir. Der Direktor. Chaled hatte ihn nie gesehen. Er hatte noch einen weiteren Namen, aber der wurde kaum je in den Mund genommen.

Der besagte Mann saß in seinem Zelt und besprach sich mit einem seiner engsten Berater, der auch sein Leibkameramann war. Neben ihm lehnte die Kalaschnikow, Kaliber 7,62, an der Wand, die er immer in Griffweite hatte. Sie sah viel benutzt aus und hatte am laminierten Holzschaft Dellen und Schrammen. Man konnte sie für eine Trophäe halten, und tatsächlich war sie im Verlauf eines dreitägigen Angriffs auf eine russische Stellung erbeutet worden.

Der Berater wurde Achmed der Deutsche genannt, einfach um ihn von den anderen Achmeds in der Organisation zu unterscheiden. In Wahrheit war er ägyptischer Herkunft und verdankte seinen Spitznamen der Tatsache, daß er in Deutschland studiert hatte. Er hatte einen etwas helleren Teint als die meisten Araber – seine Augen zeigten eine Spur Blau, sein Haar eine Spur Blond. Er war praktisch der einzige im Lager, der westliche Kleidung trug – sogar eine Baseballmütze mit der Aufschrift »SPORT TEAM OSNABRÜCK«. Man ließ ihm diese Schwäche durchgehen, weil er im Dienst von al-Qaida oft durch Europa und Amerika reiste und zu den Günstlingen des Scheichs gehörte.

Achmed kannte den Führer von al-Qaida gut genug, um ihn vertraulich anzureden. »Ihr seht müde aus, Scheich. Euer Gesicht hat tiefere Furchen.«

Das in Rede stehende Gesicht war lang und dünn. Sein markantestes Merkmal waren zwei scharf geschwungene Augenbrauen, die an den Seiten weit hinabreichten. Der Scheich hatte volle Lippen und einen langen, schwarz wuchernden Bart, der sich unter dem Kinn grau gabelte. Sonst fiel auf, daß seine Augen hellbraun waren – mit einer

Ausdrucksfülle, zu der versonnenes Starren, lodernder Zorn und eine gewisse Verträumtheit gehörten. Und es stimmte auch, daß der Scheich viel lächelte.

Er lächelte auch jetzt während ihrer auf arabisch geführten Unterhaltung. »Das liegt an der vielen Arbeit. Und den möglichen Folgen der Arbeit. Wir können nicht wissen, welche Konsequenzen unser Tun haben wird. Das weiß Gott allein. Ich sehe aber kommen, daß die Amerikaner ein Kopfgeld auf mich aussetzen und für meine Ergreifung Millionen bieten werden, wenn diese Angelegenheit erledigt ist. Oder sie schicken Menschen oder Raketen, um mich zu töten. Was auch kommen mag, ich werde mich in mein Schicksal fügen und auf Gott vertrauen.«

»*Inshallah*, Ihr werdet sicher sein. Aber Ihr müßt Euch schonen.«

Der Scheich lachte. »Dein Mitgefühl ist rührend.«

Der Kameramann schüttelte hartnäckig den Kopf. »Wir brauchen Euch. Wir alle brauchen Euch. Ihr seid der einzige, den alle achten. Ihr seid unser Grundstein.«

Der Scheich legte Achmed eine Hand an die Wange. An einem Finger trug er einen Ring mit einem goldgefaßten Rubin.

»Ich bin nur ein Werkzeug Gottes, so wie dies nur meine Hand ist. Weiter nichts. Unsere Arbeit wird fortgeführt werden, auch wenn ich nicht mehr bin.«

Er ließ die Hand sinken. »Ist alles bereit für die Überwachung? Ich verlasse mich darauf, daß du die Aktivitäten der Vorauskommandos koordinierst und sie zurückziehst, ohne Aufsehen zu erregen. Das ist von entscheidender Bedeutung.«

»Ich werde nach der Einsatzbesprechung aufbrechen«, sagte Achmed. »Erst nach Nairobi, dann nach Daressalam. Die Kassetten lasse ich per Kurier herschicken und nehme dafür einen von unseren Leuten.«

Die Augen des Scheichs ruhten auf ihm. »Ich habe beschlossen zu fasten, bis du einen Fuß auf den afrikanischen Kontinent gesetzt hast. Melde dich bei mir, wenn es soweit ist.«

Achmed nickte bedächtig und erwiderte den Blick seines Herrn. »Gut. Jetzt sollten wir uns vorbereiten. Sie kommen bald zur Einsatzbesprechung. Ich hole erst die anderen, und wir beten zusammen.«

»Gott gebührt die Anrufung.«

»Ihm gebührt sie und ihm allein.«

Damit entbot Achmed ein Salaam und verließ das Zelt. Der Scheich trat dorthin, wo er seine Waschungen vollzog, und hob eine Zeltbahn an, hinter der auf einem Holzschemel ein halbvoller Wasserkrug stand. Daneben lag ein kleiner viereckiger Handspiegel mit Plastikrahmen. Mit langen, schmalen Fingern griff der Scheich danach, starrte hinein und musterte sein Spiegelbild.

»Und so hebt es an«, sagte er halblaut.

Seine Worte wurden vom Ruf zum Gebet übertönt, der draußen durchs Lager hallte.

Allaaaahu akbar allaaaahu akbar!

Der Scheich nahm sich vor, die Lautsprecheranlage besser an der Holzstange befestigen zu lassen.

*

Queller saß in einem gemieteten Lexus, die Vorlesungsnotizen im Schoß. Der Wagen stand auf dem Parkplatz vom Hauptquartier des Bureau of Diplomatic Security in Washington. Auf dem Beifahrersitz lagen ein Band persische Lyrik und eine Flasche Mineralwasser. Weder ging er jedoch seine Notizen durch, noch dachte er daran, die Plastikflasche aufzudrehen oder im Buch eine Seite Hafis oder Attar aufzuschlagen. Er beobachtete junge Frauen.

Zwei, die auf einem an den Parkplatz grenzenden Court Tennis spielten. Sie spielten ganz schön gut. Und ganz schön waren sie auch. Natürlich war ihm unbekannt, daß sie im Lauf der einjährigen Zusatzausbildung im DS praktisch jeden Morgen zusammen gespielt hatten.

Als die Blondine *»forty – love«* rief, hob die andere – eine dunklere, ernsthaftere und kurvenreichere, die Queller besser gefiel – den Ball auf, der am Zaun liegengeblieben war. Sie drehte sich um und ging zur Grundlinie zurück. Es sah gut aus, wie sie den Schlagarm streckte und den Ball locker hochwarf. Sie holte mit dem Schläger aus. Queller starrte mit unverhohlener Bewunderung, als sich ihr ärmelloses weißes T-Shirt bei der Bewegung spannte.

Sie sah wirklich gut aus. Mandelförmige grüne Augen. Volles dunkelbraunes Haar, blasser, klarer Teint. Sie erinnerte ihn an seine Frau. Kräftig, zugleich aber leichtfüßig. Schön, aber nicht in der Form, wie Zeitschriften oder Hollywood sich Schönheit vorstellten: Es mußte mit der Rundung ihrer Wangen, der Form ihres Mundes (ein sich öffnender Granatapfel) oder der Haarlocke im Nacken zu tun haben. Eine Minute genügte, ihn in die Welt der Hoffnung zurückzuversetzen. Ein Refugium, in dem sie noch lebte, bevor das Grauen wie eine lange, langsame Schlange über den Horizont gekrochen war.

Er kreiste stumm in seinen Erinnerungen, fühlte sich zermürbt, sehnte sich nach den Sinnesreizen vergangener Zeiten und wünschte sich, noch einmal ihren Körper zu erleben. Wieder er selbst sein und nicht auf jedem Quadratzentimeter von seiner Geschichte gebrandmarkt. Mit seinen bald sechzig Jahren wurde Queller oft von Gedanken an den Verfall heimgesucht. Die Zeit setzte ihm zu: Sein Haar war austerngrau geworden, seine Haut kreidig, in sein Gesicht hatten sich tiefe Furchen eingegraben, und unter seinen Augen hingen dicke Tränensäcke. Und doch fiel allen Leuten nur das eine Unveränderliche Kennzeichen auf. Ein UK, wie das in nachrichtendienstlichen Dossiers genannt würde. Etwas fehlte. Heute hatte er den künstlichen angeschnallt. Er haßte ihn, hatte aber seine Gründe. Er mußte eine Show abziehen.

Der Aufschlag hatte es in sich. Er zischte an der Gegnerin vorbei und prallte in den rasselnden Zaun. Queller klatschte leise, Fleisch auf Plastik und sah den beiden Frauen nach, die zur Bank gingen und ihre Sporttaschen holten.

Durch das offene Fenster hörte er ihre Stimmen.

»Dürfte unser letztes Spiel gewesen sein, Miranda«, sagte die Blondine, als sie am Rand des Courts entlanggingen.

»Es sei denn, wir werden beide hierherversetzt«, erwiderte Quellers Favoritin und wischte sich mit dem Handtuch das Gesicht ab.

Die Geste drang tief in sein Gedächtnis ein, und einige Sekunden lang war sie wieder lebendig: *Lucy.*

Dann verschwanden die Wiedergängerin seiner Frau und ihre Begleiterin außer Hörweite. Wieder überkam ihn Dunkelheit. Mit einem letzten Lebewohl, das kaum mehr an sein Ohr drang, starb sie ein zweites Mal und stürzte an jenen Ort zurück, dem sie für einen Augenblick entkommen war.

*

Sie marschierten den Hügelkamm entlang. Die Gewehre – mit an den Lauf geklappten Visieren – lagen schwer auf ihren Schultern. An der Spitze der Kolonne war Zayns furchteinflößend breite Statur zu sehen. Die Nachhut bildeten die drei paschtunischen Träger der Patronengurte. Sie hatten jetzt weniger zu schleppen, denn wieder einmal waren einige hundert leuchtend kupferrote Patronen über die zentralasiatischen Höhenzüge verteilt worden. Zwischen Zayn und den Trägern bewegte sich der Kader. Zu ihm gehörten auch Chaled mit seinem lockigen Haar und dem jungen arabisch-afrikanischen Gesicht und Yousef, der blasse Syrer mit der unbeholfenen Motorik und dem bleistiftdünnen Schnurrbart – der schweigsame Yousef, der schon seit Jahren zur Organisation des Scheichs gehörte und ein ausgezeichneter Bombenbauer war.

Chaled fröstelte beim Marschieren. Hinter den ausgefransten scharlachfarbenen Wolken ging langsam die Sonne unter. Es wurde kalt. Über dem Talkessel standen das mit zornrotem Licht übergossene Adlernest und die anderen Berge der Gegend. Unter sich sah er ein düsteres Lager aus grauen Betonbaracken, umgeben von Drahtzäunen, die oben mit Stacheldrahtrollen abschlossen. Es sah aus wie ein Gefängnis – aber ein Jahr lang war das sein Zuhause gewesen.

Das Lager war nicht gerade gemütlich, aber sauber, und sie bekamen anständiges Essen, jeden Tag eine Ration Kartoffeln, Zwiebeln, Reis und Tee.

Hinter dem Zaun, am Hang eines der baumlosen Hügel, die diesen Teil Afghanistans kennzeichneten, standen die Ruinen eines Lehmhüttendorfs und ein paar grüne Zelte. Neben den Zelten stand ein Flugabwehrgeschütz. Zwei lange, in der Abendsonne schimmernde Gewehrläufe ragten aus dem Sandsackwall. Das war das Lager der Taliban, die die al-Qaida-Männer beschützen sollten, die sie aber auch bewachten, wie Chaled argwöhnte.

Sie waren ihm fremd, diese stummen Männer mit ihren schwarzen Bärten und Wollmützen. Er verstand sie nicht, und das nicht nur, weil sie Paschtunisch sprachen; er verstand auch ihren Ingrimm, ihre Sturheit und ihre Leidenschaft nicht. Diese Eigenschaften hatten sie mit Zayn gemeinsam, aber bei ihnen kam noch etwas hinzu. Er wußte, daß einige von den älteren, die in Decken gehüllt am Feuer kauerten, Mudschahedin gewesen waren, afghanische Freiheitskämpfer. Sie mußten sich noch an die Tage erinnern, als die Russen mit Kampfhubschraubern gekommen waren und sie wie Hunde gehetzt hatten. Aber die meisten waren Anfang zwanzig, so jung wie Chaled. Er fragte sich, was sie antrieb. Sie hatten keine Erfahrungen gemacht, die Narben im Gedächtnis hinterließen und sie zu ewigem Gottesdienst und Haß auf den Großen Feind trieben.

Er dagegen – ein Fremdling unter diesen schiefergrauen Himmeln – hatte sie gemacht. Seinem Gedächtnis mit Blut eingeschrieben und niemals zu vergeben. Sie hatten ihn die harten Monate seiner Ausbildung durchhalten lassen. Die ganze Zeit – beim Nahkampf mit dem Messer, in der Kolonne mit dem Marschgepäck, beim Durchdrücken des Abzugs seiner Automatik – war es das Bild seiner ermordeten Eltern gewesen, das ihm Kraft gegeben hatte, das Bild seiner Eltern, die mit Zickzackwunden in den Kehlen in ihrem Haus auf Pemba gelegen hatten.

Allahu akbar allaaahu akbar …

Die Kolonne beschleunigte, als sie aus dem Lager den Ruf zum Gebet hörte.

*

Die Tennisspielerinnen betraten eine Art Terrasse: Den Asphaltvorplatz des Bureau of Diplomatic Security. Dem Bureau – meist DS abgekürzt – oblag der Schutz US-amerikanischen Personals im Ausland. Neben dieser Hauptaufgabe, für die Durchführung einer Außenpolitik in sicherer Umgebung zu sorgen, übernahm es auch den Schutz der Außenministerin, der Mitarbeiter in den Auslandsbotschaften sowie ausländischer Diplomaten auf Dienstreise. Momentan diskutierten die jungen Frauen diese Nebenrolle der DS-Arbeit.

»Manche bleiben ja hier, arbeiten im Ministerium und kümmern sich um die Auslandsmissionen. Das wäre aber nichts für mich. Ich fände die ganze Ausbildung absolut sinnlos, wenn man danach doch bloß in Washington hockt.«

»Ich hätte nichts dagegen. Frank und ich könnten zusammenbleiben … Wollen wir mal nachgucken, wo sie uns hinschicken?«

»Erst duschen?«

Sie sahen sich an, schüttelten gleichzeitig die Köpfe und liefen in ihren Tenniskostümen wie die Wilden zum Schwarzen Brett im Korridor des Hauptgebäudes.

Die Blondine fuhr mit dem Finger die Namensliste hinab. Graham, Kirsteen.

»Hey, ich bleib' tatsächlich hier. Na also, das heißt noch ein Jahr Frank. Und du?«

Ihre Begleiterin las vor.

»Powers, Miranda. Amerikanische Botschaft, Daressalam, Tansania. Executive Assistant (Logistik und Sicherheit) …«

»Wow«, sagte Kirsteen. »Das ist ja in Afrika! Wie gefällt dir das?«

Sie sah ihre Freundin an.

Miranda schürzte die Lippen. »Irgendwie komisch. Weißt du, die ganze Zeit, in der wir das hier gemacht haben, Ausbildung an der Waffe, Personalbeurteilung, Gebäudesicherheit, die ganze Palette … irgendwie wußte ich dabei immerzu, daß ich am Ende der Welt landen würde. Für mich war immer klar, daß London oder Paris kein Thema sein würden.«

Kirsteen verzog das Gesicht. »Bloß shoppen kannst du da nicht so toll. Apropos, wir sollten uns fertigmachen. Wer hält eigentlich alles einen Vortrag?«

»Der eine ist Jack Queller – war der Chefarabist unter Reagan.«

»Der einarmige Bandit?«

Miranda nickte und fand es schade, daß ihre Freundin den Spitznamen schon kannte. »Er soll ein Genie sein. Wenn auch ziemlich schräg. Angeblich meditiert er jeden Tag.«

»Und die anderen?«

»Keine Ahnung. Irgendwer vom FBI, könnt' ich mir denken. Erfahren wir ja an der Tür. Also dann los.«

Die beiden jungen Frauen verließen das Hauptgebäude und gingen zu ihrem Zimmer. Eine halbe Stunde später kamen sie frisch geduscht und unauffällig gekleidet zurück und mischten sich unter die anderen vor dem Hörsaal wartenden Absolventen des DS-Ausbildungsprogramms.

Miranda war aufgeregt. Das war die letzte Station auf der langen Reise ihrer Ausbildung. Wenn sie die hinter sich hatte, kam sie endlich in den Genuß einer der heißbegehrten Stellen beim Staat. Sie hoffte bloß, daß das nicht eine von diesen Erfahrungen würde, wo die Vorfreude lohnender war als die Erfüllung. Ihr Vater war im allgemeinen zwar ein Optimist, aber seiner Meinung nach galt fürs ganze Leben: Erst im Himmel würde unsere Vorfreude belohnt – und natürlich übertroffen.

Aber ihr Vater war ja auch ein frommer Katholik, und wahrscheinlich war ihm das von einem Priester eingetrichtert worden. Sie hörte wieder, wie er »Vorfreude« sagte, als Kirsteen und sie auf die Hörsaaltür zugingen. Draußen hatte man einen Ausdruck des Veranstaltungsverlaufs ans Wandbrett gepinnt.

*

Chaled und die anderen versammelten sich zum Gebet. Die Bauleute des Scheichs hatten im Lager eine Moschee errichtet. Die kleine Garnison von Talibansoldaten stieß zu ihnen. Der Scheich betete immer allein in seinem Zelt.

Chaled kniete sich auf die Matte und suchte eine ruhige Stelle im Lärm: dem Lärm in seinem Kopf – gewebte Matten wie die hier wühlten ihn immer noch auf – und dem Lärm seiner Brüder im Gebet. Besonders die Taliban beteten lautstark. Sie weinten und klagten und warfen sich mit solcher Inbrunst hin und her, daß sie ihn des öfteren anrempelten. Wahrscheinlich war es Eitelkeit, die ihre Andacht so auffällig zur Schau stellte, und keine wahre Frömmigkeit. Schließlich hatte der Prophet gemahnt, den Koran langsam zu rezitieren, damit unsere nur allzu menschlichen Ohren hören konnten, welch wahre Tiefe Gott uns offenbaren will. Und hatte er nicht auch gesagt, am tiefgreifendsten erreiche Gott uns in den stillen Stunden der Nacht, wenn sein Wort mit wahrer Beredsamkeit in unser Herz dringe?

Überall jedoch herrschte Schlachtenlärm. Zayn sagte, Politik und Kämpfe gäbe es wegen der Macht der *Kafir* und der Schwäche der muslimischen Führer. Wie für sie alle verkörperte Amerika für Zayn den Satan des Zeitalters, aber für ihn spielte noch mehr hinein – der Freiheitskampf der

Palästinenser und Israels Unterstützung durch die USA. Yousef hatte Chaled erklärt, Zayns Eltern seien von den Israelis ermordet worden. Da hatten sie also etwas gemeinsam, denn Amerikaner und Juden waren ein und dasselbe. Es traf zu, was der Scheich in seinen Botschaften sagte: Das war das Bindeglied von al-Qaida; alles war eine Frage der Geschichte.

Er konnte Zayn vor sich sehen – konnte die Stoppeln an seinem wuchtigen Hinterkopf erkennen; am borstigsten waren sie, wo der Nacken aus dem Kragen quoll. Manchmal fiel es ihm schwer, seinen Erretter zu lieben. Aber meistens war Zayn freundlich und herzlich, behandelte ihn wie einen Lieblingssohn und sorgte dafür, daß er das beste Essen und die beste Ausrüstung bekam.

Im Sudan hatten sie eine schöne Zeit zusammen verbracht – jeden Freitag waren sie auf den Kamelmarkt von Omdurman gegangen, um die Wüstennomaden feilschen zu sehen, oder nach Al Haj Yousif, wo sie sich zur großen Zuschauermenge gesellt hatten, welche die Ringkämpfe der Nubier sehen wollte. Auf dem Rückweg kauften sie sich auf dem Souk süßes Gebäck, aßen es im Stehen mit klebrigen Fingern und sahen den Schlangenbeschwörern zu, die ihre sich wiegenden Tiere aus den Weidenkörben lockten.

Zayn wurde sein Lehrer und entwirrte vieles, was sich in seinem Kopf verwickelt hatte. Am Mogran, dem Zusammenfluß von Blauem und Weißem Nil, wo eine Trennlinie zwischen den beiden Wassern zu sehen war, hatte er ihm einmal den Arm um die Schulter gelegt – das war auf der Brücke über den Weißen Nil gewesen – und gesagt, so solle sein Leben von nun an verlaufen: Wer sich Gott einmal anvertraut habe, dessen Leben fließe nie wieder in denselben Bahnen.

Er sagte, nichts dürfe sich dem entgegenstellen, am wenigsten Frauen oder weltliche Güter. »Du weißt, was der Koran uns lehrt – wie Saba Salomo besuchte und eine glatte Fläche sah, die sie für einen See hielt, und ihre Schenkel entblößte. Er sprach: ›Siehe, es ist eine Burg, getäfelt mit Glas.‹ Und sie verhüllte sich voll Scham. So mußt du fortan die Welt betrachten, mein kleiner Grünfink: Sie ist nur Glas, nur ein Spiegelbild … Das heißt es, sich Gott zu ergeben.«

Es war tröstlich, einen Spitznamen zu haben. Araber neckten ihn immer wegen seines Nachnamens, der »der Grüne« bedeutete, weil nach einer Legende eine Gestalt aus dem Geisterreich so hieß, die Moses und anderen Heiligen geholfen hatte. Manche Leute begrüßten einen leeren Raum beim Betreten mit Salaam aleikum, weil al-Chidr in der Leere wohnte und gegrüßt werden mußte. Die meisten Scherze drehten sich also darum, daß Chaled nicht da oder ein leerer Mensch war. Niemand hatte ihn je einen Grünfink genannt.

*

BUREAU OF DIPLOMATIC SECURITY
– ABSCHLUSSKLASSE –

Gastredner:

Altenburg, Morton, Leiter im Bereich Aufklärung (Justiz/Terrorabwehr), Federal Bureau of Investigation, Vorsitzender (Verbindungsgruppe) Gruppe Terrorabwehr, Nationaler Sicherheitsrat

Kirby, Tom, General, Stabschef, Verteidigungsministerium (Sondereinsätze und Kriege niedriger Intensität)

Queller, Jack, Berater, Nahostexperte (Außenministerium/Terrorabwehr), Vorsitzender i. R. (Verbindungsgruppe) Gruppe Terrorabwehr, Nationaler Sicherheitsrat und Leitender Fachoffizier CIA

Die Auszubildenden nahmen auf den Schalensitzen aus rotem Plastik Platz, die eben erst aufgestellt worden waren und hinterher wieder übereinandergestapelt würden. Vor ihnen stand auf einem Podest ein mit grünem Filz überzogener länglicher Tisch, an dem die drei Redner saßen.

Einer, das mußte Queller sein, hatte seinen Stuhl schräg zum Tisch gestellt und die fleischfarbene Hand einer Armprothese aus Polyurethan gleichsam herausfordernd auf die Kante gelegt.

David Cronin, der Ausbildungsleiter, stellte sie vor.

»Es ist mir eine große Ehre, Ihnen zum Abschluß ihrer Ausbildung drei ranghohe Experten vorstellen zu dürfen. Sie werden Ihnen hoffentlich einige Einblicke in die vielschichtigen terroristischen Bedrohungen gewähren, denen diplomatische Einrichtungen der Vereinigten Staaten ausgesetzt sind. Erster Sprecher ist Mort Altenburg, der Chefberater des FBI auf diesem Gebiet. Ich plaudere wohl kaum aus der Schule, wenn ich sage, daß er vielerorts als aussichtsreichster Anwärter auf den Posten des stellvertretenden Vorsitzenden der Agency angesehen wird.«

Altenburg, ein großer, vierzigjähriger Mann mit blaßgrauem Anzug und Brille, lächelte säuerlich und schüttelte in ostentativer Bescheidenheit den Kopf.

Cronin fuhr fort: »Mr Altenburg wird sich zu Fragen der Nachrichtenbeschaffung und Bedrohungsanalyse äußern. Zu Gast ist außerdem General Tom Kirby vom Verteidigungsministerium. General Kirby hat eine Reihe von Anti-Terror-Einsätzen auf der ganzen Welt geleitet – aber darüber kann ich Ihnen nicht viel sagen, weil die alle Verschlußsache sind.«

Die Anwesenden lachten und musterten den Militär.

»General Kirby wird über militärische Aspekte der diplomatischen Sicherheit sprechen.«

Miranda betrachtete Kirby und runzelte die Stirn. Der Bürstenschnitt, der stechende Blick, die tadellos sitzende Uniform: Es war überdeutlich, wes Geistes Kind der Mann war. Ihr Vater, dessen Wort für sie Gesetz war, hatte immer gesagt, er mißtraue Männern, die sich das Haar zu kurz schnitten. Das war natürlich albern – damit wäre die halbe US Army aus dem Rennen gewesen –, hatte sich ihr aber eingeprägt.

»Schließlich möchte ich Ihnen Jack Queller vorstellen, vormals bei der CIA sowie Vorsitzender der Gruppe Terrorabwehr beim Nationalen Sicherheitsrat – eine Stelle zur Koordination der Aktionen verschiedener Dienste, die heute Mr Altenburg innehat. Mr Queller hat kürzlich seinen Abschied eingereicht, arbeitete in seiner aktiven Zeit jedoch für verschiedene Dienste und bekleidet heute eine Chefberaterstelle im Außenministerium. Er gilt nach wie vor als die Arabistik-Kapazität der USA, und darüber wird er auch sprechen.«

Sie betrachtete Queller eingehend. Der grauhaarige und bescheidene Mann erinnerte sie eher an einen Akademiker als an einen Geheimagenten. Nur das kantige Gesicht und der Arm – dessen unnatürliche Umrisse sich unter dem Jackett deutlich abzeichneten – kennzeichneten ihn als etwas Besonderes.

Das jedenfalls war ihr erster Eindruck. Auf den zweiten Blick hatte Queller etwas Beunruhigendes. Sie hielt sich für eine recht gute Menschenkennerin, aber die Bestandteile seiner Physiognomie, besonders die sanften Augen – aschgrau wie seine Haare –, waren schwer zu deuten. Es war gleichzeitig das Gesicht eines Mannes der Gewalt – und das Gesicht eines Mannes, der Gnade kannte.

»Zunächst also Mort Altenburg …«

Der FBI-Mann stand auf, trat ans Pult, wurde von Applaus begrüßt – wie ein Aufflattern verschreckter Tauben – und hob an: »Es ist eine Binsenweisheit, daß nach dem Ende des Kalten Krieges und dem Fall der Berliner Mauer vor fast zehn Jahren …«

Miranda sah, wie der Anflug eines Lächelns über Quellers Gesicht huschte. Sie blickte zum Sprecher zurück. Altenburg war bei weitem nicht so interessant, sondern bloß ein Washingtoner Paragraphenreiter von der Stange. Der unbedingte Wille zur Macht und der befehlsgewohnte Blick, den er vor dem ersten Wort über die Versammlung schweifen ließ, kamen ihr unangenehm bekannt vor. Gut, auch sie hatte Pläne, sie wollte die Erwartungen ihres Vaters erfüllen. Das hieß aber noch lange nicht, daß sie an denselben Garderobenhaken gehörte wie die Washingtoner Schlafmützen. Hatte er nicht immer gesagt, Mitläufertum sei keine Tugend – man solle nie auf derselben Straßenseite gehen wie alle anderen?

Sie fand Altenburgs Auftritt herablassend. »Wir alle wissen, daß ein Nuklearkrieg unwahrscheinlich geworden ist und daß unser Land anderen Gefahren gegenübersteht – kleineren, die aber nicht weniger gefährlich sind. Von Damaskus und Tripolis bis nach Teheran und Bagdad finden internationale Gruppen wie Abu Nidals Organisation bereitwillige Geldgeber und Waffenlieferanten. Wie der Golfkrieg, Somalia und Bosnien gezeigt haben, gibt es immer noch Regierungen – gut, nennen wir sie richtiger Diktatoren und Warlords –, die willens und in der Lage sind, zivilisierte Nationalstaaten herauszufordern.«

Wieder sah Miranda, wie sich Quellers Miene verzog, diesmal war der Ausdruck eindeutig geringschätziger. Er war gar nicht so gefühllos, wie sie zunächst gedacht hatte.

»General Kirby wird Ihnen die Taktik erläutern, die Schlacht zum Feind zu tragen, wie wir es mit Gaddhafi in Libyen und Saddam im Irak getan haben. Meine Aufgabe ist es, Sie, die weltweit für die Sicherheit in unseren Botschaften verantwortlich sein werden, auf die Gefahren hinzuweisen, mit denen Sie es zu tun bekommen können. Die meisten Leute reden von internationalen Terroristen, in Wirklichkeit sind es jedoch meist gewaltbereite militante Islamisten. Diese unterscheiden sich grundlegend von nationalistischen Separatistengruppen wie IRA und PLO. Oder von den Marxisten-Leninisten ... Rote-Armee-Fraktion, Baader-Meinhof-Gruppe, Leuchtender Pfad. Die Namen sind Ihnen ja geläufig. Die Gruppen, die ich meine, stellen weniger ein politisches als ein religiöses Programm in den Mittelpunkt ihrer Weltanschauung. Eine zugegeben verschrobene Religiosität, noch dazu eine, die den Westen und gewisse Verbündete im Nahen Osten vernichten will, aber so sehen die das nun mal. Wie wir es sehen, spielt für die keine Rolle. Sie morden nicht für westliche Zuschauer. Sie morden allein im Namen Gottes. Gott wird wissen, was sie getan haben. Nach ihrer verqueren Argumentation kommen sie ins Paradies, wenn sie sich für seine Sache aufopfern.«

Altenburg musterte die Gesichter im Saal.

»Verrückt, was?«

Nach einer Kunstpause nahm er den Faden wieder auf.

»Und dieser Kampf auf Leben und Tod ist nicht mehr aufzuhalten. Glauben Sie mir: Ein böser Wind bläst durch den Osten. Die Leute lachen immer, wenn man vom Heiligen Krieg, dem sogenannten Dschihad, spricht. Aber man darf diese Bedrohung nicht unterschätzen. Das Bombenattentat aufs World Trade Center 1993 war leider erst der Anfang. Letztes Jahr gab es über tausend Drohungen oder Übergriffe islamischer Gruppen gegen amerikanische Einrichtungen. Wir gehen davon aus, daß ihre Zahl zunehmen wird. Da draußen ist jede Menge verdorrtes Gras, das nur auf den zündenden Funken wartet, den Alten vom Berge oder aus der Wüste, um den die Flammen hochschlagen werden …«

Miranda rutschte unruhig hin und her. Das meiste davon waren olle Kamellen. Cronin hatte ihnen das ganze letzte Jahr über dasselbe eingebleut. Wenn dieser Mann zu Amerikas Terrorismusexperten zählen sollte, dann gnade Gott Amerika. Wenn es wirklich so viele Bedrohungen gab, brauchte man doch wohl eine etwas komplexere Erklärung. Das war auch so ein Leitsatz ihres Vater gewesen: Wenn etwas einfach aussieht, verbirgt sich garantiert etwas Kompliziertes unter der Oberfläche. Altenburg mußte doch wissen, daß die Situation komplex war; es hatte etwas fast Lächerliches, wie er sprach und seinen Stoff darlegte.

*

»Er ist der eine Gott, der ewige Gott; Er zeugt nicht und wird nicht gezeugt, und keiner ist Ihm gleich ...

Er ist der Herr der beiden Osten und der Herr der beiden Westen, und es gibt keinen Gott außer Ihm ...

Er erschuf den Menschen, er lehrte ihn deutliche Sprache. Die Sonne und der Mond sind Gesetzen unterworfen, und die Sterne und Bäume werfen sich anbetend nieder.«

Chaled wiegte sich sanft hin und her und psalmodierte leise die Sure.

»Und der Himmel, Er hat ihn erhöht und die Waage aufgestellt, auf daß ihr in der Waage euch nicht vergeht. Und wäget in Gerechtigkeit und vermindert nicht das Gewicht. Und die Erde, Er hat sie hingestellt für die Geschöpfe; in ihr sind Früchte und Palmen mit Blütenscheiden und das Korn voll Halme und der Lebensunterhalt. Und welche der Wohltaten eures Herrn wollt ihr wohl leugnen? Erschaffen hat Er den Menschen aus Lehm wie ein Tongefäß; und erschaffen hat Er die Dschann aus rauchlosem Feuer. Und welche der Wohltaten eures Herrn wollt ihr wohl leugnen?«

Leichten Herzens verließ Chaled die Moschee. Es war alles wahr, was das Buch sagte. Niemand konnte daran zweifeln. Eines Tages würden auch die Ungläubigen das einsehen. Es war nicht nötig, ihnen die Köpfe auf den Felsen zu zerschmettern. Bezeugte nicht schon die Schönheit des Buchs seine Wahrheit? Für denkende Menschen mußte das doch ein Zeichen sein. Er wußte, daß viele Menschen im Westen das Buch aus Angst und Unwissenheit verzerrt darstellten und die Rätsel, die es den Gerechten auslegte, nicht einmal unscharf wahrzunehmen vermochten.

Wenn es in ihm, wie jetzt, so ruhig wie in einem Binnensee war, so süß wie geklärte Butter, zweifelte er manchmal an al-Qaida und ihrer Arbeit. Es gab im Koran andere Passagen. Dort hieß es, man solle mit denjenigen, die ihren Glauben spalteten und zu Sekten wurden, nichts zu schaffen haben. Und an anderer Stelle, geheimes Gespräch sei allein vom Satan, um die Gläubigen zu betrüben. Der Prophet verbietet uns, heimliche Listen zu ersinnen, sagte sich der junge Mann aus Afrika. Unser Tun macht uns nicht zu Erben des Paradieses, es hindert uns eher daran, es zu betreten, sei es auch weit wie der Himmel und die Erde und bewässert von strömenden Flüssen.

Aber dann fielen ihm seine Eltern wieder ein – genau wie er sie gefunden hatte, mit den Zickzackschlitzen in den Kehlen und den Köpfen auf dem Läufer. Die furchtbaren Erinnerungen machten seinen Verstand wieder klar und stark, und kompromißlose Gewißheit überkam ihn.

Aber obwohl er sein Schicksal zu kennen glaubte, regte sich irgendwo tief in ihm der Zweifel und beschwor lästige Geräusche und Gestalten aus den Nebeln der Erinnerung herauf. Halb verdrängte Dinge, Spuren der Angst, unerklärliche Bedrängnis. Frühere Besuche Zayns, als er noch klein gewesen war. Geld, das den Besitzer wechselte. Wütende Telefonate auf arabisch.

Am verstörendsten war, wie erregt sein Vater in den Monaten vor seiner Ermordung gewesen war. In dieser Zeit hatte er, wie sich Chaled erinnerte, einmal von der Zukunft gesprochen. Eigentlich war es nur darum gegangen, noch ein Boot zum Fischen zu kaufen. Sein Vater hatte ihm in die Augen gesehen und gesagt: »Die Zukunft flößt mir nichts als Angst ein.«

*

»Ich persönlich bin dafür, es ihnen zu zeigen. Sich diese Leute vorzuknöpfen. Wir sollten illegalen Aktivitäten einen Riegel vorschieben, Reisefreiheiten einschränken, Trainingslager ausheben, Sympathisantengruppen sprengen ... Verdächtigen um jeden Preis den Prozeß machen. Wir müssen ihnen die Flügel stutzen oder besser noch den Hals umdrehen. Das ist bildlich gesprochen – aber ernst gemeint.«

Er stockte kurz, bevor er in ernsterem, mahnenderem Ton fortfuhr.

»Die Gefahren, mit denen wir es zu tun haben, dürften

Ihnen bekannt sein. Natürlich. Es ist unser Job und unsere Pflicht.«

Miranda fand General Kirby auch nicht erhellender als Altenburg, aber der Spaßfaktor war bei dem draufgängerischen alten Haudegen eindeutig größer.

»Ich bestimme nicht die Richtlinien, was wir zu tun und zu lassen haben. Das ist Sache der Politiker. Mir geht es darum, Ihnen ins Stammbuch zu schreiben, daß die Botschaften der Vereinigten Staaten de facto militärische Einrichtungen sind. Stellungen, die verteidigt werden müssen. Gegen Autobomben, Mörser, Molotowcocktails, Panzerfäuste, Boden-Luft-Raketen und Anschläge aus nächster Nähe mit Revolvern, Gewehren und Handgranaten. Das sind die Bedrohungsszenarien, auf die wir uns einstellen müssen. Und deswegen gibt es bekanntlich in jeder diplomatischen Vertretung der Vereinigten Staaten einen Sergeant der Artillerie und seine MSG, sein Kommando Marines. Die MSG oder Marine Security Guard bildet das Zentrum der Verteidigungsstruktur unserer Botschaften.«

Er trank einen Schluck Wasser.

»Man kann jedoch nicht alles der MSG überlassen, und deshalb müssen Sie ständig auf der Hut sein. Halten Sie sich an die Vorschriften. Lassen Sie niemanden ohne Leibesvisitation ein. Nehmen Sie Drohbriefe ernst, anonyme Anrufe und Observierungsversuche. Nutzen Sie die Tempest-Abschirmung Ihres Computers. Codieren Sie Ihre Mails. Vernichten Sie Verschlußsachen. Halten Sie tägliche Alarmübungen ab. Sorgen Sie dafür, daß Ihre Durchleuchtungsgeräte, Überwachungskameras und Funkgeräte jederzeit funktionsbereit sind. Überprüfen Sie jedermann. Terroristen und andere Staatsfeinde sehen nämlich nicht unbedingt aus wie Mörder. Sie maskieren sich und gehen als Mann von der Straße durch. Otto Normalverbraucher in der Schlange am Visaschalter …«

*

Nach den Gebeten war es Zeit für die Audienz beim Scheich. Chaled, Zayn und Yousef traten hintereinander in sein Zelt. Es war groß und durch herabhängende Zeltbahnen in verschiedene Räume unterteilt. Da, wo die Zuhörer sitzen sollten, waren Lampen aufgehängt und Teppiche und bestickte Kissen ausgelegt worden, und auf runden Tabletts standen kleine Metallpokale mit gesüßtem Schwarztee. Einige der höchsten Offiziere des Scheichs waren bereits versammelt, saßen im Schneidersitz auf den Teppichen oder lagen ausgestreckt auf den Kissen. Zu ihnen zählten Aiman az-Zawahiri, der ehemalige Kinderarzt und Kommandeur der ägyptischen Dschihad-Organisation; Mohammed Atif, al-Qaidas Militärkommandeur, und Achmed der Deutsche, al-Qaidas Kameramann. Zayn stand fast genauso hoch in der Gunst des Scheichs wie Achmed: Er gehörte zum Kern der zweiten Riege von al-Qaida, gefolgt von Yousef, dem Bombenbauer, der jetzt neben Chaled saß.

Nach ihren Salaams warteten alle schweigend darauf, daß ihr Führer aus seinem Schlafgemach kam, seinem Allerheiligsten. Nervös trank Chaled einen Schluck Tee. Sie waren lange für einen bestimmten Einsatz ausgebildet worden. Bald würden sie erfahren, worin er bestand, sei es auch nur in Andeutungen. Die Geheimhaltung mußte gewahrt bleiben. Dann würde die Zusatzausbildung folgen, die sich auf diesen Einsatz bezog. Das konnte weitere zwei Monate in Anspruch nehmen, hatte Zayn ihn vorgewarnt.

Chaled spielte mit dem Teppichrand, befühlte das Gewebe mit Daumen und Zeigefinger. Er sah, wie Zayn den großen Kopf wandte, zu Boden sah und die Stirn runzelte. Er wußte nicht genau, ob das Stirnrunzeln ihm galt, hielt von da an aber die Finger still.

Endlich bewegte sich eine Zeltklappe, und aus dem Dunkel erschien eine große, schlanke Gestalt. Deutlich über eins achtzig groß, stützte sie sich auf einen Stock und trug einen blütenweißen *Schalwar Qamis*, das lange Baumwollhemd und die weite Hose, die auch viele Taliban bevorzugten. Als Chaled den großen Mann eintreten sah, fragte er sich, ob der Stock die Gerüchte bestätigte, nach denen der Scheich krank war. Seiner Ansicht nach war er kerngesund. Strahlende Augen brannten in seinem schmalen, dunklen Gesicht. Ein schwarzer, leicht gekräuselter Bart wallte ihm über den Hals bis auf die Brust. Allerdings hatte er graue Streifen, fiel Chaled auf. Auf dem Kopf trug er einen ordentlich geschlungenen schwarzen Turban. An den Füßen hatte er grüne Gummilatschen, als wollte er zum Ausdruck bringen, daß dieser Erbe des Paradieses ein wahrhaft demütiger Mensch sei.

Die Anwesenden verstummten, als er das Zelt durchquerte. Im Laternenschein wanderte sein Schatten übergroß über das Tuch. Er setzte sich auf einen kleinen Hocker im hinteren Teil des Zelts. Trotz seiner Größe und seiner langen, schmalen Gliedmaßen wirkte er jetzt klein und überraschend unscheinbar mit dem Stock zwischen den Knien und den gekreuzten Füßen. Hinter der Bescheidenheit steckte jedoch unverkennbare Stärke. Dasselbe galt für seine Stimme, deren Gedämpftheit ihre Autorität noch steigerte. Er begann mit einer Anrufung.

*

»Gott segne Amerika!«

Unter höflichem Applaus setzte sich der General, und Queller trat ans Mikrofon. Eine Pause entstand, dann umständliches Hantieren … Cronin stellte die Höhe ein. Auf Miranda wirkte der letzte Sprecher müde und unpäßlich. Er war von breiter Statur, ließ aber die Schultern hängen und ging leicht gebeugt. Tiefe Furchen hatten sich seinem Gesicht eingegraben, als wäre dort jeder Dienst zu lesen, den er seinem Land je erwiesen hatte. Seine gütigen perlgrauen Augen waren jedoch Seiten aus einem anderen Buch, und als er die Stimme erhob, klang auch sie sanft.

»Wenn im Osten Feuer ausbricht – was ich persönlich nicht hoffen will –, sollten wir uns die Hand verbrennen, solange die Kohlen nur glühen.«

*

»Lob sei Gott, dem Weltenherrn, Dem Erbarmer, dem Barmherzigen, dem König am Tag des Gerichts! Dir dienen wir und zu Dir rufen um Hilfe wir; leite uns den rechten Pfad, den Pfad derer, denen Du gnädig bist, nicht derer, denen Du zürnst, und nicht der Irrenden ...«

Zustimmendes Murmeln durchlief die Versammlung, und dann kam der Scheich zum Thema.

»Meine Brüder, aus welchem Land und aus welchem Teil der muslimischen Gemeinschaft ihr auch kommt, ich heiße euch willkommen. Besonders willkommen sind mir Zayn und Yousef, die mir seit langen Jahren tapfere und ehrenvolle Dienste erweisen, und ihr neuer Rekrut Chaled al-Chidr. Er stammt aus Sansibar, meine Herren, und ist von entscheidender Bedeutung bei einem Unternehmen, das uns in der ganzen Umma berühmt machen und unserer Sache wie allen Taten der Gläubigen Ruhm verschaffen wird.«

Zayn schlug Chaled auf die Schulter. Beifall brach los, und der junge Mann aus Sansibar sah verlegen zu Boden.

Der Scheich lächelte freundlich. »Es tut gut, so viele Gläubige versammelt zu sehen. Es erinnert mich an die alten Zeiten, als die Russen muslimischen Boden betraten. Ich wußte damals noch nicht, daß das erst der Anfang eines langen Feldzugs gegen die *Kafir* vieler Nationen war. Ich hatte nur die Absicht, die Sowjets zu vertreiben. Aber wie steht geschrieben: Frühere Pläne können die Mauern der Fügung nicht durchdringen.«

Er hielt einen Koran hoch. »Denn nichts geschieht in der Welt oder in euren Seelen, das nicht im Buch verzeichnet ist.«

Chaled war verwirrt. Er hatte in Stone Town nur eine religiöse Grundschule besucht, im Sudan dann jedoch weiter studiert. Er wußte, daß die Stelle mit den undurchdringlichen Mauern nicht im Koran stand, sondern in einer Sammlung mystischer Sentenzen. Sie waren nicht Gottes offenbarter Wille wie das Buch, sondern bloß Sprüche, die in Schülern andächtige Gefühle wecken sollten. Aber es kam ihm nicht zu, die Auslegung von jemandem wie dem Scheich in Frage zu stellen. Er war kein Mullah.

*

Miranda sah Altenburg und General Kirby einen Blick wechseln. Ihre Augen zeigten mit Sicherheit nichts Gütiges.

»Damit möchte ich sagen, wir müssen die Menschen verstehen«, sagte Queller. »Natürlich müssen Sie sich darüber im klaren sein, daß der Auslandsdienst Risiken birgt. Sie haben gar keine andere Wahl. Das größte Risiko besteht aber vielleicht darin, jene mißzuverstehen – denn auch sie sind Menschen –, denen Ihre Mission gilt. So wurden Botschaften früher genannt: Missionen. Ich persönlich finde es schade, daß diese Bezeichnung aus der Mode gekommen ist. Mr Altenburg hat Sie zu Recht auf die Gefahren des islamischen Fundamentalismus hingewiesen. Vergessen Sie aber nicht, daß es in Mohammeds Haus viele Wohnungen gibt, auch wenn ein Bibelvers hier etwas unangemessen klingt. Nur ein Bruchteil der über eine Milliarde Anhänger des Koran sind Fundamentalisten, und nur einem Bruchteil von diesen sind Terroranschläge zuzutrauen. Denken Sie daran: Nicht jeder Fundamentalist ist per se ein Terrorist; umgekehrt gibt es Elemente des Fundamentalismus, denen man eine gewisse Bewunderung kaum versagen kann. Reinheit des Denkens, Zielstrebigkeit, die patriarchale Striktheit des Islam – in dem man einem Schilfrohr im Sturm gleicht, wenn man den Großen Vater, den Beschützer, den Versorger, nicht fürchtet –, all diese Dinge sind ebenso verlockend wie gefährlich.«

*

»Um den atheistischen Russen entgegenzutreten, haben die Saudis mich zu ihrem Repräsentanten in dieser Weltregion auserwählt. Ich habe mich zunächst in der Grenzregion von Pakistan niedergelassen. Dort empfing ich Freiwillige aus dem Königreich und den verschiedensten arabischen und muslimischen Ländern. Mein erstes Lager entstand, wo diese Freiwilligen von pakistanischen und amerikanischen Offizieren ausgebildet wurden ... Bedenkt, welch eine List es war, auf diese Weise mit den Amerikanern zusammenzuarbeiten. Während sie glaubten, uns zu benutzen, um den Kommunismus zu bekämpfen, benutzten wir sie, um an Waffen heranzukommen. Um stark zu werden ...«

Er lächelte und sah Chaled in die Augen. »Unseren jüngeren Mitgliedern mag es seltsam vorkommen, daß die Amerikaner ihre obersten Leute nach Afghanistan schickten. Sie wollten uns in ihre Machenschaften einbinden. Wir sollten ihre Götzen verehren und ihre verderbte Lebensweise annehmen. Aber wir waren schlauer als sie. Wir haben ihnen einen Denkzettel verpaßt und sie fortgeschickt. Und was wir jetzt planen, wird ihre Nation niemals vergessen. Und auch keine andere Nation: Wer sich Amerika beugt, beugt sich nicht unserem großen Herrn, dem Hervorbringer. Auch jetzt bestimmt Er ihr Schicksal, ja, von London und Moskau bis zu den Städten Australiens will Er die Spreu vom Weizen trennen.«

*

Miranda richtete sich auf. Das kam der Sache schon näher. Der Typ war kein Phantast, kein Falke und kein Eiferer. Queller benutzte seinen Verstand.

»Falls die größte Bedrohung des Weltfriedens aus dem Islam erwächst, sollten wir ihn zumindest verstehen. Nur weil wir ihn mißverstehen, haben wir Angst vor dem Islam als Ganzem und sehen seine Gesamtheit als ein Extrem. Das verkennt die Realität.

Natürlich gibt es einen ernst zu nehmenden Extremismus. Das ist jedoch nur eine Verirrung. In jeder Religion gibt es viele verschiedene Strömungen, auch in monotheistischen Glaubensgemeinschaften. Verschiedene Kulturen, verschiedene Praktiken …

Sie haben vermutlich ziemlich scheußliche Dinge über islamische Länder gehört. Aber sollten wir uns nicht an die eigene Nase fassen, bevor wir andere vorschnell verurteilen? Gut, mancherorts hacken sie Kriminellen die Hände ab …«

Er hob unvermittelt den künstlichen Arm, zog den Jackettärmel hoch und zeigte die Verbindungsstelle, wo die Prothese am Oberarm befestigt war. Im Hörsaal schnappte jemand nach Luft.

»'tschuldigung«, sagte er grinsend. »Wollte nur sehen, ob Sie noch da sind. Ja, sie hacken Hände und Köpfe ab, aber Uncle Sam schickt Kriminelle in den Todestrakt und spritzt ihnen tödliches Gift. Was ist Ihnen lieber? Ich möchte auf folgendes hinaus: Wenn Sie nur ein Klischee der arabischen Welt vor Augen haben, werden Sie nie eine Ahnung von der sozialen Gerechtigkeit und Wohltätigkeit bekommen, die ebenfalls zum Islam gehören.

Damit will ich keineswegs leugnen, daß es eine Bedrohung gibt. Sie besteht in einem weltumspannenden Netzwerk, das auf arabisch al-Qaida genannt wird. Übersetzt wird das als ›Basis‹ oder ›Fundament‹. ›Basis‹ bezieht sich nicht auf die moralische Überlegenheit des Netzwerks, was ebenfalls denkbar wäre, sondern auf die Organisation eines Individuums namens Osama bin Laden. Bei ihm haben wir es mit einem Mann zu tun, der geschworen hat, die amerikanische Sicherheit auf der ganzen Welt zu untergraben.«

*

»So also ist es dazu gekommen«, sagte der Scheich. »Die Waffen wurden von den Amerikanern geliefert und von den Pakistani zu den Mudschahedin gebracht. Manche davon sind noch heute in Gebrauch.«

Er zog eine Automatikpistole unter dem Kameez hervor, legte sie sich auf die flache Hand und hielt sie der Versammlung hin wie eine Opfergabe.

»Oder wir nahmen sie den Russen ab. Das Geld für unseren Kampf kam sowohl von der CIA als auch von den Saudis, außerdem aus meinen eigenen Reserven und denen anderer Muslime. Die Sowjets waren damals der Feind. Aber wie ich eben sagte, meine Brüder, ich entdeckte schnell, daß es zum Ruhm Gottes nicht genügte, allein den Kommunismus zu bekämpfen. Wir mußten auch die Amerikaner bekämpfen. Sie wollten hier die Macht übernehmen, wie sie es in Saudi-Arabien, Jordanien und vielen anderen Ländern schon getan hatten. Unterstützt von den scheinheiligen Herrschern dieser Länder, wollten sie, daß wir ihre gottlose Lebensweise übernehmen, ihre Cadillacs und McDonald's, ihr Las Vegas, ihre Drogen und ihre pornografischen Filme.

Kurz nachdem wir den letzten Russen aus Afghanistan vertrieben hatten, schickte die CIA wieder ihren Mann und einige Soldaten aus Peschawar her. Er wollte die Taliban bestechen, sich in amerikanische Unternehmen zu verlieben. Ich sollte sie überreden, die Amerikaner eine Ölpipeline durch das Land verlegen zu lassen. Er war arrogant. Er mußte am eigenen Leib erfahren, daß sich die Muslime von den Amerikanern nicht mehr wie Schachfiguren herumschieben lassen.

Später, im Jahre 1990, kehrte ich nach Saudi-Arabien zurück und investierte alles in Wohltätigkeitsarbeit für Veteranen des Krieges gegen die Sowjets. Unentwegt mußte ich entdecken, wie weit sich der amerikanische Krebs bereits ins Herz des Königreichs hineingefressen hatte. Als der Irak im Jahr darauf in Kuwait einmarschierte, ging ich persönlich zu König Fahd und sagte, laß die Afghanistankrieger kommen und Saudi-Arabien verteidigen. Zu meinem Entsetzen bat er statt dessen amerikanische Truppen ins Land, und die Soldaten kamen. Eine halbe Million Ungläubige besudeln mit den Absätzen ihrer *Kafir*-Stiefel das

Land der Kaaba. Und viele von ihnen sind noch heute dort. Es ist eine Schande, eine direkte Mißachtung des Willens des Propheten.«

*

»Die Kontrolle über seine Anhänger übt er durch Fehlinterpretation von Koranpassagen aus, die die Gewalt billigen ... Das vollkommene Exemplar jenes Buchs, wie Gott es Mohammed diktierte, wird angeblich im Paradies aufbewahrt. Bin Laden redet, als hätte er es mit eigenen Augen gesehen. Verstehen Sie?«

Er trank einen Schluck Wasser. »Diese Grundhaltung, diese Unterstellung seiner Unfehlbarkeit ist der Schlüssel zu seiner Persönlichkeit und der Grund für seinen Erfolg – er nimmt eine zutiefst symbolische Stifterpose ein, als wäre er eine Wiedergeburt des Propheten. Das ist durch und durch häretisch, aber es funktioniert. Er ist jederzeit imstande, seine Anhänger zu Selbstmordattentaten aufzurufen. Tom und Mort –«

Miranda war sicher, daß Queller sie bewußt beim Vornamen nannte, damit es wie »Tom und Jerry« klang. Altenburg sah wütend aus.

»– haben also recht. Seien Sie wachsam. Aber seien Sie es aus einer Position der Stärke heraus. Aus einer Position des Wissens. Machen Sie den Islam nicht einfach zum Ganz Anderen. Reflektieren Sie, überdenken Sie Ihre Überzeugungen. Lösen Sie sich von Ihren Erwartungen. Gewöhnen Sie sich an den Gedanken der Kontingenz. Wenn Sie auf eine nachrichtendienstlich verwertbare Information stoßen, dann gehen Sie nicht davon aus, daß sie *die und die* Implikation hat, weil es *die und die* Information ist. Entwickeln Sie mit Hilfe dieser Information mögliche Szenarien. Seien Sie ein Töpfer, der ein Gefäß formt, dessen endgültige Gestalt er noch nicht kennt.«

Queller erhielt für seine Ansprache stürmischen Applaus. Die meisten Zuhörer hatten mit dieser Veranstaltung die letzte Bedingung des Ausbildungsprogramms abgehakt und strömten aus dem Hörsaal. Die Enthusiasten schnappten sich die Sprecher und fragten ihnen Löcher in den Bauch.

Miranda wollte zu Queller, und während sie auf ihn zusteuerte, formulierte sie im Kopf ihre erste Frage.

»Hi«, sagte er und lächelte sie an.

»Miranda Powers.« Sie wollte ihm die Hand schütteln und merkte zu spät, daß es die künstliche war.

»Kein Problem«, sagte er. »Passiert den meisten.«

»Ich hab' mich gefragt, ob Sie mir etwas erklären können«, sagte sie nervös. »Wenn bin Laden wirklich so gefährlich ist, warum schicken wir dann keine Eliteeinheit, wie General Kirby das vorschlägt?«

Queller zutschte an den Schneidezähnen. »Das ist nicht so einfach. Schauen Sie sich an, was im Iran passiert ist, als Carter die Geiseln befreien wollte. Denken Sie an Mogadishu. Solche Einsätze können fürchterlich ins Auge gehen. Bei Attentaten stellen sich außerdem ein paar moralische Fragen. In der CIA gibt es jetzt eine entsprechende Verordnung dazu. Ursache dafür war, daß der Kongreß ein paar geplante Anschläge auf Castro spitzgekriegt hat. Eine bessere Antwort kann ich Ihnen nicht bieten. Die alte Theorie vom ›gerechten Krieg‹ paßt nicht ganz, wenn man es mit Terroristen auf souveränem Gebiet zu tun hat. Auch wenn das bei Ländern wie Afghanistan oder Somalia nicht ganz die richtige Bezeichnung ist. Das Problem stellt sich jedenfalls auf der ganzen Welt. London, Kapstadt, Malaysia ... der neue Terrorismus agiert international und flexibel. Sein Operationsbereich ist der gesamte Globus.«

*

»Von da an waren die Amerikaner, denen eben noch so an meiner Unterstützung gelegen hatte, entschlossen, mich in meinem heiligen Werk zu behindern. Sie schickten Männer in den Sudan, um mich zu beseitigen. Als das fehlschlug, übten sie Druck auf die Regierung aus, mich abzuschieben. Daher kehrte ich 1996 mit einigen meiner Kinder und vielen treuen Anhängern, von denen heute viele unter uns sind, nach Afghanistan zurück.«

Chaled sah, daß mehrere Offiziere bei dieser Bemerkung wichtigtuerisch nickten.

»Die Führer anderer heiliger Organisationen stießen zu mir, wie der gute Doktor hier. Und wir machten Pläne.«

Chaled sah Dr. Zawahiri an, den Ägypter, der der Chefstratege von al-Qaida geworden war. Er war ein beleibter, krötenartiger Mann, der bei seiner Erwähnung keine Miene verzog.

Der Scheich lächelte. »Im August jenes Jahres riefen wir erstmals zum Dschihad auf, weil wir wußten, daß die Mauern der Unterdrückung und der Erniedrigung nur durch Kugeln zum Einsturz gebracht werden können.«

Er machte eine erwartungsvolle Pause. Pflichtschuldigst wurden Rufe im Zelt laut. Fäuste und Hände wurden gereckt.

»Dschihad! Gott sei gelobt!«

Dann wurde es wieder still bis auf das Zischen der Laternen. Alle warteten darauf, daß der Scheich fortfuhr.

»Damals waren wir schon hierher nach Chost gekommen. Wir waren bereit. In einer Fatwa ließen wir verkünden, alle Muslime sollten gegen amerikanische und britische Einrichtungen antreten, sie bekämpfen und ihre Leute töten. Unser Ziel ist die Befreiung jedes Landes in der muslimischen Welt, das von Ausländern unterdrückt wird. Damit meine ich den Irak, damit meine ich Bosnien, damit meine ich Tschetschenien, damit meine ich aber vor allen Dingen die Heiligen Stätten in Saudi-Arabien. Und damit komme ich zu den bevorstehenden Operationen ...«

Chaled hörte konzentriert zu, als der Emir die Aufgaben skizzierte, die Zayn, Yousef und ihm sowie der anderen auserwählten Gruppe zugedacht waren.

*

»Wohin werden Sie denn geschickt?«

»Tansania«, sagte Miranda und freute sich, daß sie es geschafft hatte, ihn von den anderen Studenten wegzulotsen.

»Das wird Ihnen gefallen«, sagte Queller. »Fahren Sie mal rüber nach Sansibar, wenn Sie Zeit haben. Wunderschönes Land – ich habe als Kind ein paar Jahre dort gelebt. Mein Vater war nach dem Krieg amerikanischer Konsul in Stone Town, der Altstadt von Sansibar.«

»Und? Wie war's dort?« fragte sie und hatte das ungute Gefühl, das könnte zu persönlich sein, was sie bedauerte, weil sie nicht für aufdringlich gehalten werden wollte.

»Ich muß sieben gewesen sein, als wir hinzogen. Sind sechs Jahre geblieben. Ich erinnere mich nur noch an Meer und Sand. Und an Stierkämpfe komischerweise.«

»Stierkämpfe? Auf Sansibar?«

»Muß von den Portugiesen übriggeblieben sein. Die haben die Insel früher verwaltet. Einen haben wir uns mal angeschaut. Da werden sie aber nicht umgebracht.«

»Na, wenn das kein Fortschritt ist.«

»Ist ja auch egal. Ich beneide Sie um die Gelegenheit. Das Land hat mich sehr beeindruckt. Mann, ich hab' sogar mein Blockhaus danach benannt. Ich hab' ein Grundstück vor Cape Cod, wissen Sie. Eine Insel ... das hat mich drauf gebracht.«

»Sie haben eine eigene Insel?«

Queller lachte. »Schön wär's. Aquinnah liegt im Südwesten von Martha's Vineyard, und ich hab' da nur ein kleines Grundstück. Seit, äh, dem hier ...«

Er zog die Schulter hoch und beugte die Armprothese. Miranda nahm an, daß sie am Rücken festgeschnallt war.

»... und meiner Pensionierung geht es mir dort besser als in der Stadt.«

Sie gingen zum Eingang, wo Kirsteen wartete. Miranda sah, daß sie sich mit Altenburg unterhielt.

Queller folgte ihrem Blick. »Mochten Sie die Vorträge?«

»Ja. Sicher.«

»Und sie haben Sie nicht zu sehr an die *Sesamstraße* erinnert?«

Miranda lachte und warf ihm einen schüchternen Blick zu. »Sie haben da anscheinend gewisse Meinungsverschiedenheiten.«

»Ich kannte Altenburg als Praktikanten. Er hat sich echt gemausert, nicht?«

Sie wußte nicht, was sie sagen sollte. Auch über sie sollte man einst sagen, sie hätte sich »gemausert« – sie wollte zu den Menschen gehören, die von ihrer kleinen Parzelle aus die höchsten Gipfel erklommen.

»Für einen so jungen Mann, meine ich«, fügte Queller hinzu. »Vielleicht hätte ich mir ein eigenes kleines Imperium schaffen sollen. Bis in die höchsten Baumwipfel klettern. Streben Sie das an?«

Sie lachte verlegen, betroffen, weil er sie so schnell durchschaut hatte. »Ich glaube ja. Ich weiß noch nicht genau, was ich will. Aber – ja. Leider bin ich bloß nicht, wie soll ich sagen, rücksichtslos genug.«

»Das ist auch nicht nötig. Sie müssen nur windschnittig sein. Im richtigen Augenblick mit den richtigen Wölfen heulen.«

Sie wußte nicht genau, ob das ein Seitenhieb in Richtung Altenburg war oder eine verklausulierte Einladung. Sie schwiegen wieder. Ob Queller ein Mentor werden konnte, wie sie ihn seit dem Tod ihres Vaters gesucht hatte? Miranda fragte sich das nicht bewußt. Es war nur eine dunkle Ahnung – zwei Vorstellungen trafen aufeinander wie lose Materieteilchen, die durch ihren Kopf schwebten, ein Treffen bei einer der ständigen Normabweichungen des Gehirns, die das Bewußtsein gar nicht erreichen.

»Wo kommen Sie eigentlich her?« fragte Queller.

»Auch aus Massachusetts. Boston.«

»Tatsächlich? Kommen Sie doch mal vorbei, wenn Sie in der Gegend sind. Ich gebe Ihnen meine Karte.«

Er steckte die Hand in die Tasche.

»Und bleiben Sie beim Tennis am Ball.«

Sie wurde rot. »Sie haben uns gesehen!«

»Beim Warten auf dem Parkplatz.«

Er gab ihr seine Visitenkarte.

»Dahin geh' ich jetzt auch, wenn Sie nichts dagegen haben. Neben den beiden komm' ich mir vor wie ein Mümmelgreis. Alles Gute.«

»Danke. Wiedersehn.«

Sie sah ihm nach, als er auf Kirsteen und die beiden Männer zuging. Er nickte höflich, blieb aber nicht stehen.

*

»Queller kann mich nicht riechen«, sagte Altenburg auf dem Parkplatz zu General Kirby. »Er findet, ich wäre zu schnell zu weit aufgestiegen.«

»Sie haben Talent. Nur daran kann's nicht liegen. Wo steht Ihrer?«

Altenburg zeigte über den ausgestorben daliegenden Tennisplatz auf die Reihen parkender Wagen. Da sie seinem näher waren als Kirbys, gingen sie dorthin.

»Liegt es auch nicht. Ich sitze in einem Ausschuß, der einen Einsatz terminiert hat, den er noch im Ruhestand geleitet hat.«

Sie gingen am Rand des Tennisplatzes entlang auf Altenburgs Chrysler zu. Der General versuchte unausgesetzt, seinen Chauffeur auf sich aufmerksam zu machen, der zwanzig Wagen weiter stand.

»Im Ruhestand? Wie hat er den denn finanziert bekommen?«

»Ölkonzerne.«

»Aber es muß doch eine Verbindung zu den Regierungsbehörden gegeben haben.«

»Klar. Das Übliche. Mauscheleien und alte Seilschaften. Jack hat jede Menge Vitamin B. Ist seit einer Ewigkeit dabei. Und war früher mal sehr gut.«

»Ich weiß eigentlich nur, daß er ein Einzelgänger sein soll. Und sein Vortrag war mir zu idealistisch. Worum ging's bei dem Einsatz?«

Der General gab seinem Chauffeur ein Zeichen. Noch fünf Minuten. Der Wagen war ein schwarzer Lincoln. Der Chauffeur trug Uniform. Er legte die Hand an den Mützenschirm. Er würde sich hüten, den Wagen herzufahren.

»Um diesen bin Laden, den er vorhin als Galionsfigur des Weltterrorismus hinstellte, was etwas übertrieben ist, wenn Sie mich fragen. Er wollte Leute in bin Ladens Organisation einschleusen und ihn umbringen lassen.«

»Und welche Rolle spielte dabei das Öl?«

»Das sollte wie die Iran-Contra-Affäre laufen. Er wollte den Multis Zugang zu Ölfeldern im Südsudan verschaffen, dafür sollten sie ihm die Jagd auf bin Laden finanzieren. Dann hätte der Kongreß die Gelder nicht zur Exekutive zurückverfolgen können.«

Der General hatte einen Ring am Finger, mit dem er auf Altenburgs metallicblaue Kühlerhaube tippte.

»Hört sich nach einem prima Plan an. Wo lag das Problem?«

»Die Sache war zu verfahren. Sie ging zu weit zurück. Wir hatten uns an bin Laden schon mal die Finger verbrannt. Ausgerechnet Queller war bei einer verdeckten Operation in Afghanistan der Kontaktmann vor Ort gewesen. Nach Kriegsende wechselte bin Laden die Seiten. Ich nehme an, er hat Queller die ganze Zeit benutzt – Informationen und Erfahrungen gesammelt, die er später gegen uns verwenden konnte. Vorher war er bloß ein Ingenieur gewesen, wenn auch ein millionenschwerer Ingenieur.«

»Und das war alles? Queller wollte eine alte Scharte auswetzen?«

Altenburg schüttelte den Kopf. »Es hatte auch persönliche Gründe. Es kam zu einer Schießerei auf einem Berg. Queller hat dabei den Arm verloren. Ein paar Männer von der Army haben Blut gespendet. Ihm das Leben gerettet.«

»Jetzt dämmert's langsam. Davon hab' ich was gehört.«

»Dann hat seine Frau Krebs bekommen, und das hat ihm den Rest gegeben. Er war schon immer ein bißchen schrullig. Aber jetzt ist bin Laden für ihn zur Obsession geworden. Wenn's nach ihm ginge, würden wir all unsere Ressourcen in diesen einen Topf schmeißen.«

»Und da haben Sie die Notbremse gezogen.«

Altenburg drückte auf den Autoschlüssel mit Fernbedienung. Sein Wagen hupte kurz und ließ die Blinker aufleuchten.

»War gar nicht so einfach. Er nahm den Kampf auf. Das ging direkt zum NSC. Er hat Freunde an höchster Stelle.«

»Wie haben Sie's dann gedeichselt?«

Altenburg faltete seinen Brooks-Brothers-Regenmantel zusammen und legte ihn auf den Rücksitz.

»Ich hab' ihnen erzählt, er würde zuviel lesen – arabische Gedichte.«

6

Rund einen Monat nach seiner Ankunft auf Sansibar saß Nick Karolides in einer Bar in Stone Town. Er war gerade bei einem Schiffsausrüster gewesen und hatte eine neue Reißleine für da Souzas Außenbordmotor gekauft. Das Zusammenflicken des beschädigten USAID-Boots war gar nicht so einfach gewesen, wie er gedacht hatte, und zu guter Letzt hatte er dafür einen Bootsbauer von den Docks in Stone Town angestellt – einen hochgradig pessimistischen Mann, der lange bezweifelte, daß sich da noch etwas reparieren ließ.

Das einzige Thema, für das der Bootsbauer überhaupt Interesse zeigte, war Gott: Er *inshallah*te alles – den Hammer, den Spachtel, das Fiberglas und den Lötkolben –, als würden all diese Werkzeuge nur funktionieren, wenn Gott es wollte. Als nichts mehr zu reparieren war, was er *inshallah*en konnte, *inshallah*te er Nick und sagte, das Boot wäre jetzt ein sicheres Transportmittel, aber nur, wenn der Allmächtige es wünschte.

Nick zündete sich eine Zigarette an, sah von einem alten Holztisch am Fenster auf die stille See hinaus und wartete auf sein Mittagessen. Eine Dhau knarrte durch die Bucht, glitt im Hitzedunst träge über das Wasser. In einem gesprungenen Spiegel an der Wand sah er sein Spiegelbild. Neuerdings gefiel er sich: Seine Haare waren ausgebleicht, und die Bräune, die er aus Florida mitgebracht hatte, war in der afrikanischen Sonne noch nachgedunkelt. Das viele Schwimmen hatte auch seinen Muskeltonus verbessert. Stärkend und entspannend hatte das Meer seine langen Gliedmaßen wie ein Masseur bearbeitet.

Bei der Arbeit fand er langsam seinen Rhythmus. Wenn er ehrlich war, genoß er das Leben in vollen Zügen. Dank einer Zufallsentdeckung hatte er sich auch von seinem Entsetzen angesichts des vom Dynamit zerstörten Riffs erholt. Während seiner weiteren Untersuchung des Molluskenlebens hatte er beim Graben nämlich Schildkrötennester am Macpherson-Strand gefunden. Mehrere Schildkröten, vielleicht vier oder fünf, mußten nachts an Land gekommen sein und ihre Eier gelegt haben. Das hieß also zumindest, daß es sie noch gab, daß sie noch nicht ausgerottet waren. Ihre Panzer wurden zu Knöpfen oder Schmuck verarbeitet und verkauft, und die Eier waren in Asien eine beliebte Delikatesse. Ihr Fleisch wurde entweder von den Jägern gegessen oder ausgelassen, um Öl zu gewinnen, das reißenden Absatz fand. Es war von hoher Viskosität und fand Verwendung für Hautcremes und in verschiedenen industriellen Bereichen.

Er bestellte per Handzeichen noch ein Bier. Der Schildkrötenhandel war schlimm, paßte aber ins Bild von Sansibar mit seinen prachtvoll glitzernden Buchten und den ausgedehnten Palmenhainen – alles zusammen gab den sehnsüchtigen Phantasien Nahrung, die die Insel für romantisch veranlagte Wanderer seit mindestens hundert Jahren so attraktiv machten. Es mußte also eine Kehrseite der Medaille geben, voller Finsternis und Grausamkeit.

Er wußte genau, daß er ebenfalls solchen Träumereien zum Opfer fiel, erlaubte sie sich aber trotzdem. Manchmal fragte er sich, ob es die Geschichten gewesen waren, die sein Vater ihm als Kind vorgelesen hatte – schlicht gestrickte Erzählungen mit bewundernswerten Helden und verachtenswerten Teufeln – und die ihn zusammen mit einer Neigung zur Flucht, der er nicht entfliehen konnte, hierhergebracht hatten.

In eine Bar auf Sansibar! Er probierte das frische Bier, sah auf das schillernde Meer hinaus und dachte über die Vorstellung eines neuen Selbst nach – das alte abgestreift wie die hauchdünne, durchscheinende Schlangenhaut, die er am Morgen erst in der Nähe der Schildkrötennester gefunden hatte.

Es gab noch Verbindungen zur alten Welt, über deren Aufrechterhaltung Nick froh war. Er hatte seinen Laptop mitgebracht. Wenn es Strom gab und die Telefonverbindung nicht abbrach, hatte er schon eine Reihe von Websites mit nützlichen Informationen über Sansibar besucht. Eine davon baute die berühmten, kunstvoll geschnitzten arabischen Türen von Stone Town in die eigene Ikonografie ein: Man mußte sie »öffnen«, wenn man andere Teile der Website sehen wollte. Er hatte sich auch auf Schildkröten spezialisierte Websites angeschaut, besonders die über Lederschildkröten, von denen es auf Sansibar eine der größten Populationen der Welt geben sollte – allerdings nicht mehr lange, wenn die Entwicklung so weiterging.

Die grüne Florida-Schmuckschildkröte, die er besser kannte, sah sich gleich mehreren Bedrohungen ausgesetzt. Ihr drohte Gefahr weniger von Jägern als von Abwässern und Chemikalien: Blei und Kadmium aus Autoabgasen sowie Bremsen- und Reifenabrieb. Diese Partikeln sammelten sich am Straßenrand und wurden vom Regen in die Sarasota Bay gespült. Es gab aber nicht nur schlechte Nachrichten: Kurz vor seiner Abreise hatte ihm ein Bericht neuen Auftrieb gegeben, wonach in Longboat Pass wieder mehr Seegras wuchs. Ironischerweise war das dem Ausbaggern zu verdanken, das neue Untiefen angelegt hatte. Das neue Gras war deshalb auch von einer anderen Sorte. Thalassia, das Schildkrötengras, war von Halodule und Ruppia beziehungsweise Seegras und Salden abgelöst worden.

Er hatte nicht den Eindruck, daß Sansibar aus seinen ökologischen Problemen, dem Dynamitfischen und der Zerstörung der Korallen durch Bootskiele, irgendeinen nachträglichen Profit schlagen konnte. Auch hier wurde ausgebaggert, aber quantitativ war das kein Vergleich zu seiner Heimat: Was man Floridas Küsten angetan hatte, war seiner Meinung nach eine Form des Terrorismus. Die Schildkröten litten besonders unter den im Wasser treibenden Plastiktüten, die sie für Quallen hielten und fraßen und an denen sie erstickten.

Viele Florida-Schmuckschildkröten hatten Tumore: scheußlich aussehende grauweiße Knubbel; zwei bis drei am Hals wuchernde kleine, schrumplige Äpfel. Diese sogenannten Fibropapillome zogen oft die Aufmerksamkeit von Fischen auf sich, die sie in der irrigen Annahme, es handle sich um Korallen, abzufressen versuchten. Niemand wußte, was die Wucherungen verursachte, aber es bestand definitiv ein Kausalzusammenhang zwischen Schadstoffkonzentration und Papillomen.

Ihm fiel ein, daß er in der Matembwe-Schule, wo er den zu seinem Job gehörenden Unterricht erteilte, das nächstemal einen Vergleich zwischen den verschiedenen Umweltgefahren für Schildkröten auf Sansibar und in Florida anstellen konnte. Er mochte diesen wöchentlichen Unterricht und hatte schon Vorträge über die erdgeschichtliche Herausbildung von Küstenverläufen gehalten, über den Einfluß des Mondes auf die irdischen Gezeiten und über die Geheimnisse der Tiefsee. Das freundliche Wesen der Kinder war aufmunternd. Ihr Lerneifer hatte etwas Wohltuendes und Lebensbejahendes.

Das Unterrichten war auch ein guter Zeitvertreib beim Warten auf die Ankunft der schwereren Tauchausrüstung, die aus den Staaten an die Botschaft in Dar geschickt worden war. Er hatte lange mit Dino diskutiert, was genau er mitnehmen solle, und sich zunächst sehr beschränken wollen. Der weise alte Grieche hatte ihm jedoch klargemacht, daß es idiotisch wäre, nicht alles mitzunehmen, was er brauchen könnte. Sie hatten sich auf einen Preis geeinigt, der leider den Verkauf seines Motorrads erforderte. Dino hatte freundlicherweise die Frachtkosten übernommen. Nick fehlte sein Moped. Bei den Preisen auf Sansibar konnte er sich kein neues leisten und ein Auto erst recht nicht.

Wo er grad dabei war: Was er sich kaufen mußte und leisten konnte, war eine Zwölf-Volt-Autobatterie und einen Spannungsgleichrichter, damit er seinen Laptop auch benutzen konnte, wenn im *Macpherson* der Strom ausfiel.

Sein Essen kam. Gegrillter Schnapper mit Kokosreis. Er machte sich ans Essen und sah sich um, während er den saftigen Fisch und die klebrigen, parfümierten Körner kaute. Draußen lümmelten sich drei afrikanische Jugendliche an der Brüstung mit Blick aufs Meer, drinnen saßen zwei Weiße. Der eine war ein untersetzter Mann mit teigigem Gesicht, der ein kurzärmliges blaues Hemd und Chinos trug. Er saß auf einem Barhocker und trank eine Flasche Bell Lager. Der zweite rauchte am anderen Restaurantende Pfeife und versteckte sich halb hinter einer Luftpostausgabe der Londoner *Times*.

Als Nick aufstand und zahlen wollte, sprach der Biertrinker ihn an.

»Tag auch. Was bringt Sie denn nach Sinj?«

Der Mann hielt ihm die Hand hin, und Nick schüttelte sie. Sein Name sei Tim Catmull, sagte er mit starkem britischen Akzent.

»Das nächste geht auf mich«, fügte er hinzu und stützte die Ellenbogen auf den Tresen. »Freeman, noch ein Bier für …?«

Mit erhobenem Zeigefinger drehte Catmull Nick seinen gedrungenen Oberkörper zu.

»Nick. Nick Karolides.«

»Bringen Sie Nick noch ein Bell.«

Er drehte sich auf dem Hocker zurück und sah Nick an.

»Klingt griechisch.«

»Ist es auch«, sagte Nick. »Ich bin aber Amerikaner.«

»*Young American …*«, schnulzte der Engländer mit seiner seltsamen Stimme.

Nick mußte grinsen, mehr über den Akzent, den er nicht einordnen konnte, als über die gewollt komische Gesprächseröffnung.

»Catmull ist auch kein sehr häufiger Name«, versetzte er, um beim Rumflachsen nicht auf der Strecke zu bleiben. »Jedenfalls nicht, wo ich herkomme.«

»Ich kann ihn, ehrlich gesagt, nicht ab«, sagte Catmull. »Aber was will man machen?«

In einer nicht ganz ernst gemeinten Geste hilfloser Resignation hob er die Arme.

»Was meinten Sie eben mit – Sinj?« fragte Nick und setzte sich auf einen Barhocker.

»So nannten die Araber die Insel hier. Daraus wurde dann Sansibar. *Sinj* kommt von *Zang*, dem persischen Wort für ›schwarz‹, und *Barr* ist das arabische Wort für ›Küste‹. Oder – Land.«

»Ach so ...«

»Und was hat Sie nun hierherverschlagen?«

»Ich arbeite für ein Riffschutzprojekt.«

»Diese USAID-Kiste?«

»Genau.« Er trank einen Schluck aus der Flasche.

»Ist Ihrem Vorgänger nicht irgendwas passiert?«

Nick nickte. »Bootsunfall.«

Er ging nicht näher darauf ein. Der Tod seines Vorgängers war ihm immer noch ein Rätsel, und er hatte versucht, mehr über George Darvil in Erfahrung zu bringen. Sofern er sich deswegen nicht noch einmal an Chikambwa wenden wollte, wovon er sich wenig versprach, konnte er praktisch nichts mehr tun. Als er mit seinem Latein am Ende gewesen war, hatte er versucht, sich Darvil aus dem Kopf zu schlagen. Er attestierte sich eine besondere Nähe zum Meer, weswegen ihm so etwas nicht passieren konnte. Wenn er nicht einschlafen konnte, verfolgten ihn manchmal aber trotzdem gespenstische Bilder eines Ertrunkenen. Er sah ihn auch jetzt, während er die Flasche umfaßte: Darvils Hand, wie sie, die Haut leprös weiß, durch Seetang griff.

»Und selbst?« fragte er.

Catmull lachte gezwungen. »Ich? Ich bin Fachmann für Rindenbrand.«

»Rinderbrand??«

»Nein, Rindenbrand; tritt bei einer Valsakrankheit auf, die Gewürznelken befällt. Ich bin vom Department for International Development. England.«

»Hier wird 'ne Menge Nelken angebaut, was?«

»Früher mal rund neunzig Prozent des Weltbedarfs. Als es mit dem Sklavenhandel aus war, hat die Insel den größten Teil ihres Wohlstands daraus bezogen. Aber immer wieder befällt ein Pilz die Bäume und läßt sie absterben. Deshalb bin ich hier.«

»Und? Gefällt's Ihnen?«

Catmull neigte den geschorenen Kopf. »Schwer zu sagen. Nach der Revolution sind die Plantagen alle verstaatlicht worden. Ein paar Leute dürfen inzwischen wieder privat vor sich hin pütschern ... aber in erster Linie hab' ich's mit Beamten von der Nelkenbehörde zu tun. Korrupt bis ins Mark. Schon damit zu tun gehabt?«

Nick schüttelte den Kopf.

»Hey, Sie spielen nicht zufällig Fußball, oder?«

Nick stockte. »Normal bolzen? Nein ... hätte aber nichts dagegen.«

»Astrein. Hiermit sind Sie verpflichtet. Als Verteidiger, wohlgemerkt, nicht als Stürmer. Wir haben nämlich eine kleine Liga aufgebaut. Werden von den Drop-Leuten gesponsert.«

»Von wem?«

»Den Drop-Leuten. Der Wasserfirma.«

»Sagt mir nichts.«

Catmull wirkte überrascht. »*Zanzibar Drop.* Das Mineralwasser. Wie lange sind Sie denn schon hier? Hey, Freeman! Wirfst du uns mal 'ne Flasche Drop rüber?«

Der Barmann stellte das Glas ab, das er gerade polierte, beugte sich zum Kühlschrank hinunter und kam mit einer kleinen Flasche Mineralwasser wieder hoch. Von der Kälte beschlagen, wirkte sie in der Barbeleuchtung – wenn auch nur ganz kurz – wie eine gehütete Kostbarkeit.

»Mach hinne, Freeman«, rief Catmull über die Bar. Nick zuckte zusammen. Der kalte, herablassende Befehlston, mit dem viele Angehörige der alten Kolonialmächte die Sansibarer behandelten, war ihm zuwider.

Der Barmann wischte das Kondenswasser mit einem Tuch ab, stellte die Flasche auf ein zerbeultes Silbertablett und kam in Zeitlupe auf sie zu.

»Das ist es.«

»Ja, Bwana.«

»Ich rede mit dem anderen Bwana ... Dieses Wasser meinte ich.«

Catmull reichte Nick die Flasche. Das Etikett zeigte das blaugetönte Foto eines Fußballspielers. *Zanzibar Drop. Cold and delicious!*

»Das ist George Weah«, sagte Catmull. »Liberier. Spielt jetzt bei europäischen Vereinen. In Afrika ein großer Held. Ein gutes Zeichen, find' ich. Die Zeiten haben sich geändert. Ich glaube, in den nächsten Jahren werden die meisten Fußballhelden von hier kommen.«

Catmull erzählte weiter, und Nick schwebte in seine eigene Parallelwelt davon. Er hatte seit jeher die Angewohnheit, so in eine Welt zu gleiten, die von Helden anderer Art bevölkert wurde, Helden wie in den Geschichten seines Vaters: Herkules, Theseus, Jason ... oder den Verteidigern des Achaiischen Bundes: Insel- und Küstenbewohner der antiken Peloponnes, Meeresanwohner, die mit Achilles am Strand von Troja gelandet waren und die lange Belagerung gewonnen hatten. Und ihre eigene Zivilisation dann durch Machtakkumulation zerstört hatten.

»Noch eins?«

Nick merkte, daß sie ein paar Sekunden lang schweigend nebeneinander gesessen hatten. »Das geht aber auf mich. Was möchten Sie denn?«

»Nee, Kumpel. Ich muß los. Dachte bloß, ich biete Ihnen eins an, wo Sie so verträumt dasitzen.«

»Echt nicht?« fragte Nick peinlich berührt.

Catmull schüttelte den Kopf. »Geht nicht. Treff' mich heute nachmittag mit einem von der Behörde. Aber geben Sie mir doch mal Ihre Nummer; wegen dem Fußball.«

Nick zog einen Stift heraus und schrieb die Nummer vom *Macpherson Ruins* auf einen Bierdeckel.

»Danke. Ich meld' mich dann.«

»Viel Glück mit dem Rindenbrand«, sagte Nick, als Catmull vom Barhocker rutschte. »Ach, Sie kennen nicht zufällig einen Typ namens Leggatt, oder? Ein Nelkenfarmer, glaub' ich. Und Sportsegler. Ich stoß' immer wieder auf den Namen.«

»Ralph Leggatt? Das ist der da drüben.« Catmull zeigte auf den Mann mit der Zeitung, beugte sich zu Nick und flüsterte ihm ins Ohr: »Aber sehen Sie sich vor. Ich kenn' ihn als ziemlichen Miesepeter – okay, dann werd' ich mal.«

Er fächelte sich mit dem Bierdeckel Luft zu. »Mann, ist das heiß. Hat die ganze Woche nicht geregnet.«

Nick verabschiedete sich von Catmull und ging zu dem Mann hinter der Zeitung. Die braunen Hände mit den Leberflecken senkten sich, als er näher kam. Das dahinter auftauchende Gesicht – sonnengegerbt, finster und faltig – wurde von schmutzigblonden Haaren gerahmt, deren Länge man bei einem Mann seines Alters, schätzungsweise Mitte Sechzig, nicht erwartet hätte.

»Mr Leggatt? Ich heiße Nick Karolides. Ich bin der Neue vom USAID-Riffprojekt. Ich seh' da immer Ihr Boot am *Macpherson* vorbeifahren und dachte –«

Die Zeitung wurde zusammengefaltet. Zwei Augen – tief in den Höhlen liegend und so gelb wie die Haare darüber – musterten ihn böse. Die Haut des Manns war so braungebrannt, als hätte man ihn in Tee eingelegt.

»Amerikaner?«

»Genau«, sagte Nick. »USAID. Entwicklungshilfe.«

»Sterbehilfe, wenn Sie mich fragen. Mit Ihnen hab' ich nichts zu schaffen, junger Mann.«

»Warum? Was hab' ich denn getan?«

»Was Sie getan haben? Nichts. Ihr Vorgänger hat dafür sein Boot aufs Riff gesteuert.«

»Ich dachte, er hätte Wilderer gejagt.«

»Hat er auch, und das war echt 'ne Schnapsidee. Aber das Mal hat ausnahmsweise er das Riff plattgemacht.«

Entgeistert sagte Nick: »Er ist tot, Herrgott noch mal. Müssen Sie ihn da noch in den Schmutz ziehen?«

Leggatt trank sein Bier aus. »Ihr Leute, Ihr Grünen, NGOs, Entwicklungshilfeheinis ... Ihr seid solche Moralapostel. Immer auf dem hohen Roß. Aber blind für das Offensichtliche.«

»Er ist ertrunken, als er versucht hat, Wilderer aufzuhalten. Falls er damit falsch lag, gut. Deswegen müssen Sie ihn noch lange nicht schlechtmachen.«

»Freund von Ihnen?«

Nick stotterte: »Nicht direkt, aber ...«

Leggatt stand auf und klemmte die Zeitung unter den Arm. »Sie haben recht. Er ist ertrunken. Als das Boot aufs Riff krachte, ist er über Bord gefallen. Ich hab' ihn aus dem Wasser gezogen, und er ist in meinen Armen gestorben. Die Korallen haben seinen Schädel geknackt.«

Er durchbohrte Nick mit seinen senffarbenen Augen. »Wenn die Wilderer ihn erwischt hätten, wäre es ihm, nebenbei bemerkt, schlimmer ergangen. Die hätten ihn zu Hackfleisch gemacht.«

Damit drehte er auf dem Absatz um und ging zur Tür.

»Warten Sie«, sagte Nick, ging ihm nach und hielt ihn am Ärmel fest. »Ich wollte Sie nicht ...«

»Kümmern Sie sich um Ihren eigenen Kram.«

Leggatt riß sich los und ging nach draußen. Nick folgte ihm kurz darauf, aber da war der Engländer schon im Labyrinth der engen Straßen verschwunden.

*

Der Fluß hatte etwas Seidiges. Ein Kind spielte mit einem ferngesteuerten Boot. Miranda Powers saß auf der Bank unter einem Baum und sah ihm eine Weile zu. Ihr letzter Tag in Amerika. Sie war froh, Washington zu verlassen, aber vor der Abreise wollte sie sich die Stadt noch einmal einprägen und unternahm deswegen einen ausgedehnten Spaziergang.

Kirsteen war zu Frank gefahren. Es war ein eigenartiges Gefühl, nicht mehr für Seminare arbeiten zu müssen und keinen Partner zu haben. Miranda hatte gepackt und war abmarschbereit. Ohne Arbeit und ohne Ziel fühlte sie sich auf sich selbst zurückgeworfen. Dieses Gefühl hatte sie überhaupt erst an den Potomac gebracht.

Nach einiger Zeit hatte sie das surrende Spielzeugboot satt, stand auf und ging ins Museum of American History. Sie blieb nicht lange, weil es so überlaufen war, machte nur Abstecher in die Spielzeughalle mit ihren lustigen Automaten und in die Musikabteilung mit der lebensgroßen Nachbildung von David Byrne in seinem weißen Anzug.

Dann ging sie Richtung Norden, umrundete das Federal Triangle und kam am Justizministerium und am Old Post Office vorbei. Plötzlich fand sie sich vor dem Studio des Bürgerkriegsfotografen Matthew Brady und ging hinein. In dem faszinierenden alten Bauwerk war es kühl und dunkel. Sie sah sich Ulysses Grant und seinen Stab an; zerstörte Geschützlafetten bei der Belagerung von Fort Fisher; Unionssoldaten beim Futtern; Pinkerton vom Geheimdienst im Sattel bei Antietam.

Als sie aus Bradys Studio kam, war sie wieder mit sich allein, passierte erneut das Federal Triangle und ging ins National Aquarium. Es gab dort gut siebzig Aquarien, aber nur zwei interessierten sie. Das eine war ein Streichelbecken, wo man Schildkröten und zahme Krebse berühren konnte, das andere das Haibecken. Sie kam zufällig zur Fütterung und fand es spannend zu sehen, wie die Haie die Mäuler aufrissen und sich die Makrelen schnappten, die die Pfleger ihnen eimerweise hineinkippten.

Die Haie verschlangen die Fische beim Herumjagen – schluckten, drehten eine Runde durch das kreisförmige Becken und brachten sich für den zweiten Gang in Position. In den zwei Dollar Eintrittsgeld war auch die Vorführung eines Endlosfilms über die Meeresfauna und -flora der ganzen Welt enthalten, aber den schenkte sie sich und kehrte ins Tageslicht zurück.

Am Metro Center stieg sie in die Orange Line nach Nordosten, weil sie sich in einem Bioladen mit Kapseln eindecken wollte, die Kirsteen ihr empfohlen hatte. Nutraceutica: ein Multikomponentenpräparat mit Vitaminen und Mineralstoffen, an das sie in Afrika kaum herankommen würde. Kurz bevor sich die Türen schlossen, kam eine Obdachlose in einem schlackernden schwarzen Mantel hereingefegt und setzte sich ihr genau gegenüber. Sie roch nach offenen Feuern und Urin und sah Madeleine Albright gespenstisch ähnlich.

Die U-Bahn hatte sich kaum in Bewegung gesetzt, da hob die Frau den schmutzigen Ärmel, zeigte auf Miranda und rief: »Sie hat einen vollkommenen Teint! Sie hat einen vollkommenen Teint!« Die anderen Passagiere überhörten sie geflissentlich; die Frau wiederholte die Worte ein ums andre Mal mit wechselnder Intonation.

Miranda war heilfroh, als sie ihre Haltestelle erreichte und aussteigen konnte. Der Bioladen lag dummerweise in einer düsteren, heruntergekommenen Gegend. Sie war nur ungern hier. Die Leute saßen untätig auf ihren Treppen. Unkraut auf den Bürgersteigen, Schlaglöcher in den Straßen. Sie hatte das Gefühl, unangenehm aufzufallen.

Der Laden lag neben einem Tanzstudio. *African Heritage Dancers and Drummers.* Gegenüber lagen eine Tankstelle und mehrere Autowerkstätten mit heruntergelassenen trüben Stahlrolläden. Diese waren mit so verschlungenen Graffiti in so vielen Schichten überzogen, daß sich nicht sagen ließ, wo das eine Muster aufhörte und das nächste anfing.

Sie ging in den Laden und kaufte das Präparat. Auf dem Rückweg zur U-Bahn merkte sie, daß ein dunkelgrüner Acura Legend im Schrittempo an ihr vorbeifuhr. Die Fensterscheiben waren runtergedreht, und drinnen saßen vier Jugendliche. Einer von ihnen rief mit drogenverstrahlten Augen: »Hey Babe, suchst du einen Mann?«

Der Wagen hielt ein Stück vor ihr am Straßenrand. Sie merkte, daß sie schnellstens weg mußte, machte auf dem Absatz kehrt und rannte den ganzen Weg zurück. Außer Atem blieb sie vor einer Suppenküche neben der New Bethel Baptist Church stehen. Dort stand eine Schlange von Stadtstreichern und wartete auf eine warme Mahlzeit, die von einer molligen, lächelnden Frau mit Schürze ausgeteilt wurde.

Miranda warf einen Blick zurück. Von dem grünen Auto oder den Jugendlichen war nichts zu sehen. Als sie sich wieder umwandte, stand plötzlich die stinkende Frau aus der U-Bahn neben ihr auf dem Bürgersteig.

»Alles verloren!« sagte die Obdachlose unvermittelt, streckte ihr eine tintenblaue Zunge heraus und zeigte auf einen Zettel am Anschlagbrett der Kirche. »Wer überwindet, dem will ich zu essen geben von dem Baum des Lebens, der im Paradies Gottes ist.«

Sie stieß die Hände in die Taschen ihres Mantels und zog einen Flachmann mit einer braunen Flüssigkeit heraus.

»Sie werden untergehn«, sagte sie tröstend zu Miranda. »Diese Maschinerie ist dir gänzlich neu?«

Ohne eine Antwort abzuwarten, sagte die Verrückte: »Sei nicht in Angst«, und schüttelte die Flasche kräftig.

So schnell sie konnte, lief Miranda zur U-Bahn zurück. Da hieß es nun immer, Afrika sei so verrückt und chaotisch, so eine bedrückende und trostlose Weltregion, aber waren diese heruntergekommenen Stadtteile von Washington denn soviel besser? Als sie in ihre Wohnung kam und vom Anblick ihrer gepackten Koffer in der Diele begrüßt wurde, fiel ihr der Ortswechsel nicht mehr schwer. Aber das war erst morgen. Heute abend nahmen Kirsteen und Frank, die große Kammermusikfans waren, sie zu einem Ensemble namens *Washington Viols* mit, und danach gab es ein Abschiedsessen.

*

Der Vorfall mit Leggatt beunruhigte Nick, und beim abendlichen Strandspaziergang machte er eine Entdeckung, die seine Unruhe noch steigerte. Die Schildkrötennester waren ausgehoben worden. Er konnte sich nicht erklären, wie die Eierräuber die Nester so genau hatten lokalisieren können.

Die Sonne versank am Horizont, und er setzte sich neben eins der leeren Löcher. Er versuchte, die Lebenszeit, die es gebraucht hatte, die Eier zu entfernen (fünf Minuten? zehn?), gegen die Weltzeit der Schildkröten aufzurechnen. Die konnten gut seit zehntausend Jahren hierhergekommen sein. Jeden Juli. Äonenüberdauernde Nistzeiten. Seit der Zeit der Dinosaurier mochten sie den Strand heraufgekrochen sein, um hier ihre Eier abzulegen. Richtig hart war der Daseinskampf erst geworden, als der Mensch mit seinen falschen Vorstellungen von Fortschritt und Zivilisation auf der Bildfläche erschienen war ... kein Wunder, daß von Longboat Pass bis zur Macpherson Cove die Zeit für die Schildkröten ablief.

Nach einiger Zeit stand er auf und folgte der Biegung der Küste. Ein Stück weiter gab es eine schmale Bucht, wo ein kleiner Fluß den glatten Sand mit Felsen und Mangroven aufbrach. Die Flut stieg, überspülte schon die knorrigen Wurzeln und trieb nasses Laub und verrottete Seegrasfasern hin und her. Er stützte sich auf einen Stamm und betrachtete das Gestrudel. Schwarz und grün, grau und gelb trieben die schmutzigen Pflanzenreste an der Oberfläche. Sie kamen ihm vor wie Jetons in einem unberechenbaren Spiel, dessen einziger Schiedsrichter das Chaos war, dessen einzige Regel die Turbulenz.

Er fühlte einen Druck auf der Blase, zog die Shorts herunter und pinkelte in den Bach. Sein Wasser mischte sich glockenhell perlend mit dem anderen. Als er sich wieder verstaute, sah er zufällig in den Baum hoch, an dem er gelehnt hatte. Zu seinem Schrecken sah er an dem Ast direkt über sich Unmengen von Fledermäusen kopfunter hängen – zwanzig oder dreißig Bündel aus Fell, Leder und getrockneten Früchten, die sich in die Rinde krallten. Er wich schnell zurück, blieb stehen und sah zu ihrem Schlafast hoch.

Es wurde dunkel. Die ersten Sterne erschienen am Himmel. Jede Minute würde es Nacht werden. Er ging mit schnellen Schritten zum Hotel zurück und überlegte unterwegs, wie man sich als Fledermaus wohl so fühlte. Wenn im Flug die Luft an einem vorbeirauscht. Wenn man beim Schlafen Blutstau im Kopf hat.

Er fragte sich, ob er langsam durchdrehte, und stapfte über den Strand. In weiter Ferne hörte er von einer Moschee in Stone Town den Ruf zum Gebet. Schaurig trieb er über den Sand wie der dünne, piepsige Schrei eines Seevogels. Das Geräusch lenkte seinen Geist unwiderstehlich in die Höhe zu Gottes größerem Geist – fort vom gefühllosen Mechanismus und Wirrwarr der materiellen Welt. Er war sicher, daß der Schöpfer die Welt, in der wir lebten und wirkten, niemals aufgeben würde und auf lange Sicht nur voller Mitleid auf seine Geschöpfe herabschauen könnte. Das Böse mußte Stückwerk bleiben, davon war er überzeugt, und in ein größeres Gutes münden. Es mußte eine Ordnung geben, eine Richtung, auch wenn Sterbliche sie nicht sehen konnten.

Mit jedem Schritt wurde es dunkler. Er orientierte sich an seinen Fußspuren im Sand, lief immer schneller über die langsamen, tiefen Abdrücke des Hinwegs – bis er, gerade noch rechtzeitig, den einladenden Lichtschein des strohgedeckten Portals vom *Macpherson* sah, das Stampfen des Generators und endlich die leisen Stimmen der Hotelgäste beim Abendessen hörte.

Er hatte keinen Hunger und ging gleich durch den Hof zu seinem Zimmer, das eher ein kleines Chalet war. Er machte Licht, sah auf dem Boden seine Tauchausrüstung aus Neopren und Gummi und direkt vor sich an der Wand einen Kalender. *Disabled American Veterans 1998: America the Beautiful.* Das Foto des Monats zeigte das Lincoln Memorial und den Reflecting Pool in Washington. Daneben hingen an einem Bindfaden zwischen zwei Nägeln ein paar Schwämme, die er vom Meeresboden mitgebracht hatte.

Auf dem Schreibtisch lag neben dem Laptop und einem Walkman noch etwas, das er mit heraufgebracht hatte: eine große Muschel. Daneben eine Kassette von U2 *(The Joshua Tree)* und zwei Themenhefte der Zeitschrift *Kids Discover* (»Wetter« und »Geschichte der USA«), die er sich von seiner Mutter hatte schicken lassen und in der Schule zeigen wollte.

Auf dem Tisch lagen außerdem ein Plastikschild »Bitte nicht stören« mit einem Loch für die Klinke und eine Postkarte von Dino mit dem Bild der Schauspielerin Drew Barrymore in einem altmodischen Kleid und den Worten »Auf immer und ewig« am unteren Rand. Er nahm sie in die Hand und starrte sie an. Der Film mußte ein Art Kostümstück sein. Aber jeder Anflug von Vergangenheit wurde von der laminierten Oberfläche der Karte zunichte gemacht: so glänzend und glatt – kam ihm der Gedanke –, daß sie womöglich Schildkrötenöl enthielt.

7

Als Nick am nächsten Tag auf der Veranda vom *Macpherson* frühstückte, sah er wieder einmal die Jacht vorbeisegeln. Am grauen Morgenhimmel stand noch die Mondsichel, während das gelbe Schiff die Bucht durchquerte. Nick merkte, daß er mit Hilfe von Sonne und Mond den Kurs der Jacht recht genau bestimmen konnte. Er schob den Teller mit der Papaya beiseite und trank seinen Kaffee aus. Dann ging er in sein Zimmer und nahm Landkarte und Kompaß aus dem Gepäck. Die Landkarte breitete er auf dem Bett aus. Wenn der Kurs stimmte, mußte die Jacht hierhin unterwegs sein. Winzige Buchstaben standen da, wo sein Finger auf die Karte tippte. *Lyly* – eins der kleinen Atolle, deren Besuch sich laut Chikambwa nicht lohnte.

Nick war auf einmal hellwach, packte sein Messer, die am Vortag gekaufte Anlasserkordel und ein Fernglas und rannte zum Bootsschuppen. Er wuchtete da Souzas Außenbordmotor aus dem muffigen Unterstand und schleppte ihn an den Strand, wo das frisch reparierte USAID-Boot auf dem sonnendurchglühten Sand lag. Er befestigte den Motor am Heck und zerrte das Dinghi das Ufer hinab ins Flachwasser.

Als er mit nackten Beinen im Wasser stand und das Boot sachte gegen seine Oberschenkel schlug, hielt er inne. Die Flut stieg, pulsierte langsam und träge. Er sah auf die Furche zurück, die das Dinghi im Sand hinterlassen hatte, und auf die Abdrücke seiner gespreizten Füße beidseits der Rille.

Dann stieg er ins Boot, setzte sich auf die Querbank und wickelte die neue Anlasserkordel von der Spule. Das Dinghi schaukelte auf und ab. Er wickelte die Schnur um den Dynamo des Motors. Er hatte erst ein paarmal daran gezogen, als er gerufen wurde.

»Sir! Sir!«

Nick sah auf. Es war der Goaner, der von der Veranda herabgelaufen kam. Er hatte etwas in der Hand.

»Was ist denn?«

»Sir, wenn Sie mit dem Boot ausfahren, müssen Sie das hier mitnehmen.«

»Was denn?«

Da Souza hatte eine alte, verstaubte Schwimmweste und eine verblichene Leinentasche dabei, aus der er etwas herausholte, das wie eine uralte Pistole aussah.

»Eine Waffe?« fragte Nick und musterte die Pistole. Sie hing an einem Patronengürtel mit dicken Pappatronen in den Schlaufen. Er patschte durchs Flachwasser zurück, ohne die Kordel loszulassen.

»Leuchtraketen, Sir«, sagte da Souza und reichte sie ihm. »Wenn Sie den Hotelmotor benutzen, bestehe ich aus Sicherheitsgründen darauf, daß Sie die mitnehmen. Versicherung.«

Nick inspizierte die uralte Schußwaffe. »Funktioniert die? Sieht ja aus, als ob sie aus dem Zweiten Weltkrieg stammt.«

»Genau, Sir.« Da Souza lächelte, und seine Zähne schimmerten weiß. »Sie stammt aus dem Zweiten Weltkrieg. Ich habe sie in einem Laden gefunden. Das hier auch.«

Nick warf ihm einen skeptischen Blick zu, steckte die Waffe wieder in die Tragetasche und nahm die Schwimmweste entgegen. Er ging zum Dinghi zurück.

»Ich bin ein paar Stunden weg.«

»Seien Sie vorsichtig, Sir. Ich möchte nicht, daß noch jemand in diesem Boot stirbt.«

Der Motor stieß eine blaue Rauchwolke aus, und als die Schnur ins Gehäuse zurücklief, sprang er mit einem zufriedenen *Wumpf* an. Nick steuerte das kleine Gefährt in die Bucht hinaus, setzte Kurs und nahm Fahrt auf.

Er genoß den kühlen Wind im Gesicht, das Vibrieren des Motors, das sich auf Hand und Arm übertrug, und sah die Wolken am Horizont dahintreiben. Nirgends auf der weiten blauen Fläche vor ihm war etwas von der Jacht zu sehen.

Ein Schwarm weißer Vögel zog vorbei, streifte ihn fast und kreischte, verschwand aber rasch hinter den brechenden Wellen. Er dachte an den Muezzin, den er am Vorabend gehört hatte. Mit seinem uralten Gesang rief er die Gläubigen schon seit Generationen zum Gebet und verhieß ihnen ein Leben nach diesem Leben. Das für Muslime eh Blendwerk war, wenn er das richtig verstanden hatte.

Nach einer halben Stunde kam die Insel in Sicht: eine kleine grüne Erhebung auf einem frei liegenden Korallenstock. Nick suchte sie mit dem Fernglas ab. Das Grüne mußte ein Korallenkalkwald sein, so viel wußte er. Ihn überraschte jedoch, daß in der Mitte ein hohes weißes Gebäude aufragte. Einen Leuchtturm hatte er nicht erwartet.

Beim Näherkommen entdeckte er die gelbe Jacht, die vor dem Riff vor Anker gegangen war. Innerhalb des Schaumgürtels, der das Korallenriff markierte, lag eine kleine, strandgesäumte Lagune. Auf der Insel gab es nicht nur den Leuchtturm, sondern noch weitere Gebäude – ein verfallenes Haus und eine kleine Kirche. Dahinter eine Baumgruppe. Er sah ein zweites Mal hin. Die Kirche hatte ein kleines Minarett. Es war keine Kirche. Es war eine Moschee.

Er hielt es für das beste, sich lautlos zu nähern, stellte den Motor ab und ruderte auf die andere Seite der Insel – was nicht ganz einfach war, denn die Riemen waren schwer, und die Flut zerrte jetzt stärker am Boot. Schließlich schaffte er es eher zufällig als geplant, das Dinghi durch eine zackige Lücke im Korallenstock zu manövrieren und an Land zu bringen.

Als er das Boot auf den Strand zog und irgendwo vertäuen wollte, sah er einen aus einem Felsen ragenden Metallstachel. Es war eine Art Kabel. Das Metall war vermutlich

Kupfer, auch wenn die Farbe fort war, verschwunden unter Grünspan und gallertartigen Algenablagerungen. Egal, als Anlegeplatz reichte es.

Nachdem er das Boot festgemacht hatte, wandte er sich zum Korallenkalkwald, der ihn wie ein Vorhang umgab. Kultiviert wurde er offenbar nicht, und nichts regte sich bis auf zwei große orangefarbene Krebse, sogenannte Palmendiebe, die sich langsam und wie zwei schwankende Tänzer durch den Sand auf ein Dickicht zuschoben.

Er machte sich auf ins Unterholz, zunächst unschlüssig, welche Richtung er einschlagen sollte, um zum Ankerplatz der Jacht zu kommen. Als er die grün wuchernden Mauern dann hinter sich hatte, sah er Ralph Leggatt, der keine zwanzig Meter von ihm entfernt im Sand kauerte.

Nick hob das Fernglas vor die Augen. Durch die kleinen Gläser sah er, daß Leggatt Schildkröteneier ausgrub. Er bekam eine Stinkwut. Deshalb war der alte Griesgram also vom ersten Augenblick an so feindselig gewesen. Er sah dem Engländer einen Augenblick zu und wußte nicht, was er machen sollte. Als er gerade hinübergehen und ihn zur Rede stellen wollte, drang ein Geräusch übers Wasser. Er sah aufs Meer hinaus.

Es war eine kleine Dhau. Schmaler als Leggatts Jacht, hatte sie es bis in die Lagune geschafft. Zwei Männer und ein Junge sprangen heraus und kamen ans Ufer geschwommen. Nick schwenkte das Fernglas herum: Auch Leggatt hatte sie gesehen. Er lief über den Sand davon. Die drei erreichten den Strand und platschten durch die Brandung. Den großen, muskulösen Mann erkannte Nick als den, der bei seiner Ankunft am Kai den Oktopus gegen den Felsen geklatscht hatte. Jetzt hatte er eine Panga dabei, eine Machete. Der zweite Mann erreichte Leggatt jedoch als erster und brachte ihn zu Fall wie ein Footballspieler.

Wie erstarrt sah Nick den Mann auf Leggatt losgehen. Der große gesellte sich dazu und schlug Leggatt mit der flachen Seite der Machete, und der Junge sammelte die

Schildkröteneier ein, die der Engländer ausgegraben hatte. Vielleicht waren das Chikambwas Männer, Wasserpolizisten … aber sie prügelten den Engländer krankenhausreif.

Nick wollte sich gerade zeigen, als sie aufhörten. Der eine Mann rief dem Jungen auf Suaheli eine Anweisung zu, schleifte Leggatt zu einer Palme und band ihn mit Kokosfasern an ihr fest.

Sie wollten ihn hier zurücklassen, wurde Nick klar. Jetzt zogen sie ihre zerschlissenen T-Shirts aus und legten die Eier hinein.

Mit dem Fernglas fand er Leggatt. Dem alten Mann rann Blut aus dem Mund. Irgend etwas stimmte hier nicht. Polizisten würden so etwas nicht tun. Verwirrt ließ er das Fernglas sinken, dann sah er wieder hindurch.

Die Afrikaner balancierten ihre kostbare Fracht auf den Köpfen und schwammen zu ihrem Boot zurück; der große hatte sich die Machete zwischen die Zähne geklemmt. Der Junge schwamm in eine andere Richtung – auf Leggatts Boot zu.

Kaum waren sie in sicherer Entfernung, rannte Nick zu Leggatt und band ihn los.

»Sie!« rief der alte Mann und fiel vornüber.

»Ich wäre früher gekommen, aber …«

»Das ist jetzt egal. Schnell, bevor sie mein Boot kriegen. Wo ist Ihres?«

»Sie sind verletzt!«

»Mir fehlt nichts. Wo ist Ihr Boot?«

Nick wies über die Schulter, sie liefen los, brachen durchs Unterholz zu Nicks Anlegeplatz und sprangen ins Boot. Der Motor wollte nicht anspringen.

»Weg da«, blaffte Leggatt mit aufgeplatzten Lippen.

Er griff nach dem Filter an der Benzinleitung des Motors und fummelte daran herum.

»Versuchen Sie's noch mal.«

Nick zog an der Anreißleine, und der Motor erwachte spotzend zum Leben.

Als sie die Insel umrundet hatten, war der Junge schon auf Leggatts Jacht. Er hing in der Takelage und zerfetzte die Segel mit einem Messer.

»Kleiner Scheißkerl!« knirschte der Engländer. »Fährt das Ding hier nicht schneller? Wenn der den Anker lichtet, treibt sie auf die Korallen.«

Zwei Blutrinnsale liefen ihm übers Kinn.

»Ich tu' schon, was ich kann«, sagte Nick und gab Vollgas. Auch sein Verstand lief auf Hochtouren – und versuchte herauszufinden, wer hier eigentlich der Böse war.

Jetzt hatten die Männer auf der Dhau sie gesehen und schwenkten herum.

»Machen Sie schon!« schrie Leggatt. »Sonst sind die vor uns da!«

»Ich geb' schon Vollgas«, sagte Nick.

Die beiden anderen waren etwa zweihundert Meter von der Dhau entfernt. Mit dem Rückenwind mußten sie Leggatts Jacht vor Nick und Leggatt erreichen, auch wenn sie rasch aufholten.

»Wir können sie nicht aufhalten«, sagte der Engländer grimmig. »Außer Sie haben ein Gewehr dabei.«

Nick überlegte. »Da unten«, sagte er.

»Das hier?« Leggatt hob da Souzas Leinentasche hoch. »Was ist da drin?«

»Leuchtraketen«, sagte Nick.

»Häh? Keiner kann rechtzeitig hier sein, um das Boot zu retten.«

»Schießen Sie damit auf sie.«

»Ach so«, sagte Leggatt grinsend. »Keine schlechte Idee.« Er legte eine Patrone in das Verschlußstück der Leuchtpistole ein, zielte auf die Dhau und drückte ab. Nichts passierte.

»Verdammter Mist!« sagte Leggatt. »Geben Sie mir mal Ihr Messer.«

Nick warf es ihm zu und sah zur Dhau hinüber. Sie hatten sie fast erreicht. Er konnte die Gesichter der Seeleute erkennen. Der mit dem nackten Oberkörper und der Panga stand auf Deck.

Leggatt kratzte das stumpfe Ende der Patrone mit der gezackten Klinge von Nicks Jagdmesser ab. Dann schloß er das Verschlußstück wieder und zielte erneut. Diesmal schoß eine Flammenzunge aus der Mündung der alten Pistole – eine Flammenzunge und ein phosphoreszierendes Projektil, ähnlich einer Silvesterrakete, nur greller. Es fauchte übers Wasser und schlug in der Takelage der Dhau ein. Die morschen alten Segel fingen sofort Feuer.

»Ha!« rief Leggatt triumphierend, als der starke Wind die Flammen anfachte. »Damit bekommen wir etwas Luft.«

Sie ließen die Dhau hinter sich. Deren Mannschaft hatte Angst, ihr Schiff zu verlieren, ging vor Anker und versuchte, die brennenden Segel einzuholen. Nick und Leggatt erreichten derweil die Jacht, machten Nicks Boot mit einer Leine fest und stiegen über eine herabhängende Strickleiter an Bord.

Beim Hochklettern sah Nick vor seiner Nase deutlich den vollen Namen der Jacht, den er vom Ufer aus nur teilweise hatte erkennen können. Blau auf gelbem Grund waren die Worte *Winston Churchill* gemalt, daneben die Zeichnung eines Mannes mit Froschaugen, der eine Zigarre rauchte.

»Okay«, sagte Leggatt und sah in seine zerfetzten Segel hoch. »Ich lass' den Motor an. Segeln kann sie in ihrem Zustand nicht mehr. Holen Sie den Affen aus der Takelage, bevor er noch mehr Schaden anrichtet.«

Nick sah zu dem Jungen hoch. Er war zu weit oben, um zu springen, hatte aber zuviel Angst, um herabzuklettern. Unsicher kletterte Nick ihm nach. Der Junge versuchte wegzuklettern – Nick fluchte, der Junge schrie –, da sprang der Dieselmotor an, und die Jacht nahm Fahrt auf. Insel und Dhau lagen schon ein Stück hinter ihnen, als Nick den Jungen im Tauwerk endlich zu fassen bekam.

»Bitte, Bwana, bitte!« rief der junge Afrikaner. Er mochte

zwischen sieben und elf Jahre alt sein und schrie und strampelte immer weiter, als Nick ihn auf das Deck brachte. »Bitte …«

»Ich hätte Lust, ihn windelweich zu prügeln«, sagte Leggatt, als sie zu ihm ins Ruderhaus kamen.

Der Junge klammerte sich an Nicks T-Shirt.

»Bringen wir ihn doch einfach zur Polizei. Zu Chikambwa.«

Er betrachtete Leggatts blutendes Gesicht. »Sie müssen sowieso zum Arzt.«

»Das wird schon wieder.« Der langhaarige Alte spuckte Blut durchs Ruderhausfenster.

»Was sollte das da draußen überhaupt?« fragte Nick. »Was hatten Sie mit den Eiern vor? Warum haben Sie sie ausgegraben?«

Leggatt ignorierte ihn, holte mit der leberfleckigen Hand seine Pfeife heraus, zündete sie an, und paffend stellte er dem Jungen in barschem Suaheli einige Fragen. Nick warf einen Blick aus dem Rückfenster des Ruderhauses und sah sein kleines Boot im Kielwasser der »Churchill« auf und ab tanzen.

»Dacht' ich's mir doch«, sagte Leggatt nach einiger Zeit zu Nick. »Dahinter steckt Chikambwa.«

»Und was machen wir jetzt? Führen wir ihm den Jungen vor?«

Der Alte beugte sich aus dem Fenster und spuckte wieder Blut. Dann zog er ausgiebig an seiner Pfeife, als hoffte er, damit die Blutung stillen zu können. Schließlich sah er Nick an.

»Sie kapieren aber auch gar nichts, was? Das waren Chikambwas Männer. Er stiehlt die Eier und, schlimmer noch, die Panzer.«

»Er ist ein Wilderer?«

»Genau. Man hat den Bock zum Gärtner gemacht. Der Polizist ist der Dieb. Immer das alte Lied. Und der Gärtner schützt die anderen Böcke.«

»Es muß doch andere Polizeistellen geben, an die wir uns wenden können.«

»Mein lieber Junge, wir sind hier in Afrika. Die sind genauso dahinter her, davon können wir ausgehen.«

»Ich sehe das nicht so.«

»Sie können das sehen, wie Sie wollen, aber wenn ich Ihnen einen guten Rat geben darf, bleiben Sie in Deckung. Tummeln Sie sich irgendwo, wo Sie was bewirken können. Sansibar wird gerade ausverkauft. Ihr Ökos kommt zu spät. Ihr kommt immer zu spät. Hier steht bald ein Hotel neben dem anderen. Costa del Africa. Bin bloß froh, daß ich zu alt bin, um das Schlimmste noch mitzuerleben.«

Nick war verwirrt. »Aber was wollten Sie dann mit den Eiern?«

»Woanders hinbringen. Ich bring' sie von Sansibar weg und grabe sie wieder ein. Dann haben sie eine weit größere Überlebenschance. Hätten sie zumindest gehabt, wenn die das nicht spitzgekriegt hätten.«

Er sah den jungen Wilderer an, der sich in einer Ecke vom Ruderhaus zusammengekauert hatte.

Nick folgte seinem Blick. »Glauben Sie, die kommen zurück?«

»Erst mal nicht. Aber irgendwann ja. Eigentlich braucht die Insel einen richtigen Wächter. Ich hab' da noch viel mehr Eier vergraben. Das wäre vielleicht genau das Richtige für Sie.«

»Was?«

»Konzentrieren Sie Ihre Bemühungen auf die Insel. Das ist ein unberührter Korallenkalkwald. Wissen Sie, wie selten das ist? Ein vollkommenes Riffbiotop. Hier finden sich einige der atemberaubendsten Korallengärten der ganzen Welt. Es lohnt sich, sie zu beschützen. Sehen Sie den Boy?«

Nick sah auf den Jungen am Boden.

»Das rote Plastikding da.«

»Ach so«, sagte Nick und betrachtete den an einem

Tampen hängenden Gegenstand an der Wand. »Wir sagen *Bo-je*.«

»Hmpf«, machte Leggatt. »Es dauert zwanzig Jahre, bis eine Korallenkolonie auch nur zu deren Größe herangewachsen ist. Zwanzig Jahre!«

»Ich weiß«, sagte Nick. »Ich bin Meeresbiologe.«

Der Alte warf ihm einen bösen Blick zu. »Ihr Leute müßt noch viel lernen. Wissenschaftler ...«

Bis auf das Stampfen des Motors wurde es still im Ruderhaus.

Dann fuhr Leggatt fort: »Entschuldigung. Charme ist nicht gerade meine größte Tugend. Sie haben was bei mir gut. Wo soll ich Sie absetzen?«

»Am *Macpherson* bitte.«

»Na, dann woll'n wir mal ...«

Er änderte den Kurs und wiederholte seine Entschuldigung.

»Schon gut«, sagte Nick. »Erklären Sie mir lieber, warum Lyly überlebt hat.«

»Es wird *Lala* ausgesprochen. Suaheli für Schlaf. Die falsche Aussprache hat sich unter britischem Protektorat eingebürgert. In der guten alten Zeit. Es gibt sogar ein Wiegenlied ...« Er sang leise. »*Lala, lala salama* ... Salama bedeutet Frieden. Es heißt also ›Schlaf in Frieden‹. So ungefähr. Die Insel verdankt ihr Überleben dem Kalten Krieg. Falsches Tun hat manchmal richtige Folgen. War nicht das erstemal.«

»Ich kann Ihnen nicht ganz folgen.«

»Lyly gehörte zum militärischen Sperrgebiet. Als in den siebziger und achtziger Jahren die ostdeutsche Marine hier war, durften die Fischer nicht bis zur Insel.«

»Und woher stammt das Haus?«

Leggatts braune Hände lagen am Steuerrad. »Das wurde für einen britischen Leuchtturmwärter gebaut ... in den Dreißigern.«

»Und die Moschee?«

»Die ist viel älter. Jahrhundertelang herrschten die Omaner über Sansibar. Vorher gehörten Sansibar, Kilwa und Mombasa alle zum Königreich von Saba. Dem heutigen Jemen. Das bestand von Pi mal Daumen 1000 vor bis 300 nach Christi … Es gibt jede Menge Legenden. Saba soll das Königreich gewesen sein, dessen Königin Salomo besuchte.«

»Wie in *König Salomons Schatzkammern*?«

»Genau. Aber auch nachdem die Briten den Sultan abgelöst hatten und wir hier offiziell am Ruder saßen, hatten in Wirklichkeit die Araber das Sagen. Sie hofften, nach der Unabhängigkeit weiterhin alles zu kontrollieren, dann aber kam die Revolution, die Afrikaner haben sich erhoben und die Araber an den Stränden ermordet. Das reinste Massaker.«

»Und wem gehört die Insel heute?«

»Lyly?«

»Ja.«

»Einem reichen Araber. Allerdings keinem Omaner, sondern einem Saudi, was ungewöhnlich ist. Er kümmert sich nicht groß drum. Er hat sie den Afrikanern abgekauft, die sie von den Omanern übernommen hatten. Die ursprünglichen omanischen Besitzer sind nach Maskat geflohen.«

»Dann wurden also nicht alle Araber umgebracht?«

»Sie sind nach und nach zurückgekommen. Man brauchte sie für die Wirtschaft. Sie unterliegen aber bestimmten Aufenthaltsbeschränkungen. Andererseits hat es im Lauf der Jahre dermaßen viele Mischehen gegeben, daß man Araber und Afrikaner kaum noch unterscheiden kann …«

Leggatt stellte den Motor ab. »Ich glaube, wir sind da.«

Sie hatten Macpherson Bay erreicht. Es war zwei Uhr. Der Strand und die Hotelgebäude funkelten in der Sonne. Kein Mensch war zu sehen. Da Souza hielt wohl Siesta.

»Also dann«, sagte der Engländer. »Ich bin Ihnen zu Dank verpflichtet.«

»Keine Ursache. Was wird aus ihm?«

Sie betrachteten den Jungen, der sich die Augen rieb.

»Mal sehen, ob er Eltern hat. Wenn nicht, lass' ich ihn auf meiner Plantage arbeiten. Vielleicht nimmt er ein bißchen Vernunft an.«

Nick stieg ins Dinghi hinab, und Leggatt ließ den Motor wieder an.

»Wissen Sie was«, rief Leggatt ihm nach. »Haben Sie Lust, am Sonntag bei mir vorbeizukommen? Mtoni. Jeder weiß hier, wie Sie da hinkommen. Um zehn. Ich zeig' Ihnen die Plantage, und Sie können zum Essen bleiben.«

»Okay. Gern – bis dann.«

Nick stand in seinem kleinen Boot, schaukelte hin und her, verlagerte entsprechend sein Gewicht und sah der *Winston Churchill* nach. Er konnte Leggatt sehen, der im Ruderhaus stand und mit einer Hand am Steuerrad das Boot aufs offene Meer hinauslenkte. Der Alte hatte beängstigend viel Blut auf dem Hemd. Er gehörte wirklich zum Arzt.

Nick setzte sich hin, legte die Riemen ein, und plötzlich ging ihm auf, warum ihn der Alte so beschäftigte. Er fing an zu rudern. Irgend etwas an Leggatt erinnerte ihn an seinen Vater; oder wie sein Vater heute sein könnte, wenn er überlebt hätte. Na, dem Alten fehlte ja weiter nichts.

Nick ruderte zum Hotel zurück und steigerte sich in einen kleinen sportlichen Präzisionsrausch hinein. Er versuchte, alle Kraft in den Schlag zu legen – nicht in den Spritzer, den Strudel oder das Quietschen der Dollen. Er genoß nicht nur das Pullen, sondern alles zusammen: Arm und Meer, Holz und Wasser, das Ziehen der Riemen an der Rückenmuskulatur – in seinen Bewegungen wurde das alles eins. Schön war auch das Zurückholen der Riemen, wie ein Vogel, der die Flügel anlegt. Er steuerte glatt auf den Strand zu und glitt so sanft und austariert an Land, daß der Kiel praktisch lautlos den Sand berührte.

Er zog das Boot den Strand hoch und pflückte von

einem Baum im Hotelgarten eine Mango, die er im Zimmer essen wollte. Die nach abgestandenem Wasser riechende Klimaanlage war wieder einmal ausgefallen, aber als er den Deckenventilator einschaltete, drehte der sich erst langsam und dann immer schneller. Er zog die Vorhänge zu. Im abgedunkelten Zimmer auf dem Bett liegend, aß er die Mango, als wäre es eine gestohlene Frucht und er wollte ewig Knabe bleiben. Sie schmeckte gut. Er saugte die Fasern vom Kern. Trotz des Ventilators war es still, ganz still.

Als er den Kern abgenagt hatte, legte er ihn auf den Nachttisch und schlief sofort ein. Er lag auf dem Bett, und draußen sprengten die weißen Rösser der See dahin, bis sie, eingelullt vom Bann ihrer ewigen Immergleichheit, Rösser der Nacht wurden.

8

Executive Assistant (Logistik und Sicherheit). Keine sonderlich glanzvolle Position im Diplomatischen Dienst und auch nicht sehr gut bezahlt. Das Anfangsgehalt liegt zwischen $ 33.000 und $ 45.911, je nach Qualifikation und Dienstort. Miranda stand am Tabellenende.

Als Sicherheitsexpertin war sie in Tansania für Objektschutz, Ermittlung, Informationsbeschaffung und -speicherung sowie Schulung des örtlichen Personals verantwortlich. Im Vordergrund standen der Schutz der Botschaftseinrichtungen und des Personals vor technischer Spionage, Terroranschlägen und Verbrechen.

Sie hoffte, baldmöglichst in das Ausbildungsprogramm für Agenten aufgenommen zu werden, die sich weltweit von den Botschaften der USA aus um Gegenspionage und Terrorabwehr kümmerten und andere Ermittlungen durchführten. Vorläufig verbrachte sie ihre Zeit überwiegend damit, elektronische und elektromagnetische Sicherheitssysteme zu überprüfen, Formulare auszufüllen, ein tägliches Sicherheitsregister (das sogenannte Tagesbuch) zu führen, dafür zu sorgen, daß die afrikanische Belegschaft zufriedenstellende Arbeit leistete – und abends auf die zahllosen Partys zu gehen.

Ihre langen dunklen Haare und grünen Augen sicherten ihr die Aufmerksamkeit der Männer in Diplomatenkreisen, die auf einem Auslandsposten wie Dar als Sozialleben durchgingen. Die afrikanischen Diplomaten fielen großenteils mit der Tür ins Haus (»Haben Sie einen Mann?« – »Wollen Sie mich heiraten?«), was Miranda oft vor den Kopf stieß. Es fiel ihr schwer, auf ihre Direktheit einzugehen, die aber auch etwas Spaßiges hatte. Sie hatte deswegen ein schlechtes Gewissen, aber das war nicht zu ändern. Es war einfach eine der vielen Situationen, wo die Rassenschranken unterschwellig fortexistierten.

Großzügigerweise gestattete sie sich eine leise Faszination – wenn auch nicht direkt einen sexuellen Kitzel – gegenüber Abdi, dem hochgewachsenen Stellvertreter des somalischen Botschafters, der ihr bei den Partys durch die Säle nachlief wie ein langer brauner Windhund.

»Was Cocktailpartys angeht, lag Groucho Marx goldrichtig«, war Rays trockener Kommentar gewesen, als er die inzwischen vertraute Szene erstmals mitbekommen hatte. Als er Mirandas verständnislose Miene sah, hatte er hinzugefügt: »›Die Drinks sind warm, die Frauen sind kalt, und die Männer sind heiß‹« – und sie war rot geworden.

Mit Groucho Marx konnte Miranda nicht viel anfangen, aber Ray Delahoya hatte sie schon während ihrer Probezeit recht gut kennengelernt. Der große, stets buntkarierte Hemden tragende Ray war der Kommunikationsfritze der Botschaft und kümmerte sich um den Wald aus Satellitenschüsseln und anderen Antennen auf dem Dach. Er hatte ein Menjoubärtchen und platzte stets vor Neugier, was sich gern in persönlichen Fragen niederschlug. Die ranghöheren Mitglieder in der Kanzlei fanden ihn ungesellig. Er redete Miranda zu, ihre Tätigkeit – besonders die nachrichtendienstliche, »handwerkliche« Seite – cum grano salis auszuüben.

»Erstarr bloß nicht in Ehrfurcht vor dem Nimbus des Ganzen«, sagte er, als sie eines Morgens zufällig gleichzeitig auf dem Botschaftsparkplatz ankamen.

Ein mit Rindenmulch ausgelegter Weg führte sie durch den Rasen vor der Kanzlei. Auf beiden Seiten prangten Oleander und Schmucklilien mit leuchtend rosafarbenen und blauen Blüten.

»Oder du fängst an, dir Dinge einzubilden. Siehst in jeder

Ecke eine Bedrohung. Zum größten Teil ist unsere Arbeit hier Dienst nach Vorschrift.«

Auf dem Weg stand Wasser vom Rasensprenger. Auf den Rabatten zierten durchsichtige Tröpfchen die speerförmigen Blätter der Schmucklilien. Sie hielten sich, als könnten sie nie herabtropfen, und hypnotisierten das Auge, so daß man stehenbleiben und nie den Blick von ihnen wenden wollte.

»Wie meinst du das?« fragte sie. Sie war leicht benommen und ärgerte sich, nicht genug gefrühstückt zu haben.

»Wir müssen die Maschinerie einfach am Laufen halten. Die große Maschinerie des Staates.«

Sie sammelte sich und sagte kühl und sachlich: »Aber es gibt doch Gefahren, Ray. Deshalb bin ich hier, deshalb gibt es meine Stelle. Die USA stellen nur fünf Prozent der Weltbevölkerung, sind aber Ziel von sechsunddreißig Prozent aller Terroranschläge.«

Ihr Auge fiel auf eine weitere Blume. Rot, voll und langstielig, gehörte sie zu den verschiedenen Hibiskussorten in den Botschaftsgärten. Wieder schweiften ihre Gedanken ab – zu Gauguin, in den Südpazifik, zu den Liebesblüten im Haar der Polynesierinnen, Totemfrauen, von Männern zu ihrer Lust bestimmt, wie sie es nie sein würde.

»Hübsche Zahlen, Baby, aber mit Vorsicht zu genießen. Manchmal hab' ich das Gefühl, die Regierung braucht Feinde, um zu funktionieren.«

Sie standen vor dem Eingang der Kanzlei. Miranda vergaß die rote Farbenpracht so schnell wieder, wie sie sie gefesselt hatte, und nahm ihm seinen Zynismus übel.

»Wir müssen unsere Lebensweise verteidigen. Dafür braucht man sich doch nicht zu schämen.«

Sie blieb vor dem elektronischen Drehkreuz stehen. Beide suchten ihre Ausweise.

»Dich haben sie in der Ausbildung ja richtig scharfgemacht.« Ray lachte, als sie hineingingen.

Auf der anderen Seite blieben sie stehen. »Hör mal«,

sagte er, zog mit schwungvoller Geste ein Taschentuch aus der Hosentasche und putzte sich die Brille, »du wirst von deiner Laufbahn im Diplomatischen Dienst ziemlich enttäuscht sein, wenn du dich für eine Kreuzung von George Washington mit Mata Hari hältst.«

»Das tu' ich ja gar nicht! Aber ich nehme meine Arbeit ernst.«

»Hey, reg dich ab.« Ray setzte die Brille wieder auf. »Ich wollte dich nicht ärgern. Tut mir leid – wahrscheinlich sind das bloß Ressentiments meinerseits. Ich wollte nämlich in den Diplomatischen Dienst, seit ich die Uhr lesen kann. Jetzt bin ich da, und die Arbeit hält nicht gerade, was ich mir davon versprochen hatte. Trotzdem bin ich ...«

Er verstummte.

Miranda lächelte und legte ihm die Hand auf den Arm. »Komm, wir holen uns einen Kaffee.«

Sie gingen die Treppe hoch an den Fenstern vorbei, grabsteinartigen Aussparungen im Beton, die lange dünne Lichtstreifen auf die gegenüberliegende Wand warfen.

Delahoya war lustig, und in der Regel war sie gern mit ihm zusammen. Sie mochte es, wie er auf dem Geplätscher seiner eigenen Worte davonsurfen konnte. Wie in einem Zaubertrick – einem Kunststück mit Tablett und Taschentüchern – fegte er sie beide aus der glattzüngigen Diplomatenwelt. Sonst konnte sie sich in der Botschaft niemanden vorstellen, mit dem sie so locker über *Pocahontas*-Actionfiguren, Starbucks oder die Olsen Twins plaudern konnte.

Ray und sie gingen oft gemeinsam im PX einkaufen, was für »Post Exchange« stand. Supermärkte wie diesen gab es auf allen Militärstützpunkten der USA, und zu denen zählte auch die Botschaft, schließlich waren hier Marines stationiert.

Ray neigte in seinen kulturellen Anspielungen zur Promiskuität. Sie konnte da nicht mithalten. »Man lebt in lauter Lust und Pläsier, so recht wie Gott in Frankreich«, sagte er, wenn sie ihre Einkaufswagen durch die Gänge des PX schoben, in dessen Regalen es von vakuumversiegelten Steaks über Joggingschuhe bis hin zu den neuesten CDs einfach alles gab. Angeblich war das eine Klassikerzeile, die ihm immer einfiel, wenn er all die Waren in den Regalen liegen sah.

Herrschte in der Botschaftsanlage verschwenderische Fülle, galt draußen das Gegenteil. Sie lebten in einem der ärmsten Länder der Welt. Sie hatte die Straßenbettler gesehen: Die Alten waren Haufen aus Lumpen, Armen und Beinen auf den Gehwegen, und die Kinder führten dreckige Hände an dreckige Münder, wenn sie neben ihrem Wagen herliefen. Sie hatte sich daran gewöhnt, dicke Geldscheinbündel dabeizuhaben, das Zeichen der Hyperinflation. Sie hatte die Schalen mit weißem Maismehl gesehen (aber noch nie davon gekostet), das für die meisten Menschen die einzige Tagesmahlzeit abgab. Nur wenige Glückliche konnten es mit ein paar Fleischstücken anreichern, meistens Ziege, eine greuliche braune Pampe, die in rostigen Öldosen über Kohlefeuern gerührt wurde.

Gewiß, es gab eine Industrie, die Produkte wie Seife, Farbe und Zigaretten herstellte, aber nur ein winziger Prozentsatz der Bevölkerung konnte sich diese Artikel leisten. Die meisten Menschen waren ärmliche Bauern, die auf ihren *Shambas*, wie die kleinen Höfe auf Suaheli hießen, von der Hand in den Mund lebten. Eine schlechte Ernte oder eine Naturkatastrophe – Überflutung im einen Jahr, Dürre im nächsten – entschied über Leben und Tod.

Ja, das kannte Miranda alles. Es war ein Teufelskreis. Je schlimmer es wurde, desto weniger konnten die Bauern noch zum Verkauf bestimmte Produkte anbauen – Kaffee, Sisal und Erdnüsse; fast das einzige, womit Tansania an Devisen herankam. Je weniger Devisen ins Land kamen, desto mehr sank die Chance, die Armut hinter sich zu lassen. Gegen die halfen keine Zaubertricks und keine Klassikerzitate, da war eine grundlegende Reform des ganzen Systems nötig.

Trotz der drückenden Armut auf dem Lande war die Stadt eine richtige Stadt, und ein stark frequentierter Hafen verband das Binnenland mit den Handelsrouten der Welt – wie in der schlechten alten Zeit des Sklavenhandels, als er eine zentrale Rolle gespielt hatte. Daressalam hatte seine Spelunken und seinen Verkehr, seine Banken und seine Huren. Im allgemeinen aber ging das Leben einen ruhigen Gang. Miranda war gern im *Salamander Café*, wo es original englische Fish & Chips gab, und Eis aß sie am liebsten im sogenannten *Sno-Cream Parlour.* Sie war auch Mitglied des Jachtclubs geworden, der über einen herrlichen kleinen Privatstrand in der Nähe ihres von der Botschaft gestellten Hauses in der Oyster Bay verfügte.

Das Haus, ein Bungalow, stand in einem alten Kokospalmenhain am Rand der nördlichen Vororte. Es gefiel ihr sehr, obgleich in den ersten Wochen so oft eingebrochen wurde – nichts Schwerwiegendes, nur ein paar Kleinigkeiten kamen weg –, daß sie einen Nachtwächter anstellen mußte. Er hatte nur einen Knüppel, und am Anfang fragte sie sich, ob eine so schlichte Waffe wohl Diebe abschrecken würde. Aber die Diebstähle hörten auf, also nutzte seine Anwesenheit. Außerdem öffnete und schloß er vor und hinter ihrem Auto das Tor.

Miranda fand das Leben in der Enklave der Auslandsamerikaner schon bald eintönig, und beim Feilschen mit den bettelarmen Tansaniern das Gesicht zu wahren fiel ihr schwer. Als erstes verlegte sie sich darauf, ihr Haus hübsch einzurichten, was zunächst bedeutete, sich der Hinterlassenschaften des Vormieters (ihres Vorgängers in der Botschaft) zu entledigen: Popcornreste hinten in einem Küchenschrank und ein Päckchen Kondome mit überschrittenem Verfallsdatum unter dem Bett. Jerry Mintz war nicht gerade ein Putzteufel gewesen; viele Küchengeräte waren verstaubt, und im Badezimmer schimmelte es. Sie stellte eine Putzfrau ein, Florence – die in Gummilatschen über den Teakboden schlappte und ihre Anweisungen wortwörtlich ausführte, wenn auch sehr langsam –, und schrieb einen Einkaufszettel: Stoff für neue Vorhänge; Waschbecken- und Badewannenstöpsel (die gab es im ganzen Haus nicht); Insektenvernichtungsspray; eine starke Taschenlampe für den nächsten Stromausfall. Ein weiteres Problem stellte sich bei der Klimaanlage, eins von diesen altmodischen Entfeuchtungsgeräten. Das war garantiert gesundheitsschädlich.

Die Klimaanlage wurde ersetzt. Andere Dinge wurden gekauft, installiert und benutzt. Nisha Ghai, eine asiatische Lady, die in der Botschaft arbeitete, begleitete sie in ein Geschäft, um einen Läufer für das Wohnzimmerparkett zu kaufen, und zeigte ihr, daß man die guten daran erkannte, daß das Muster auf der Rückseite genauso komplex war wie auf der Vorderseite. Der Geschäftsinhaber, ein charmanter alter Parse mit Ziegenbärtchen, häufte immer mehr Teppiche übereinander, die er mit theatralischer Geste entrollte.

So lebte sie sich nach und nach ein. Die Tage und Monate kamen und gingen, und sie gewöhnte sich problemlos an den Alltagstrott der Tropen. Monate und Tage, Stunden, Minuten und Sekunden. Träge Monsunzonenzeit, in deren Strom sie sich treiben ließ wie ein Blatt in einem Bach.

Sie lernte schnell, daß die Zeit hier nicht mit der Uhr gemessen wurde, sondern anhand von Witterungsumschwüngen, den Zyklen von trockener und feuchter Luft, den endlosen Erneuerungen, dem ewigen Kreislauf von Hitze und Fruchtbarkeit, die vom Kommen und Gehen des Regens abhingen. Den Monsun Mitte März hatte sie kurz nach ihrer Ankunft miterlebt. Die alten Hasen der Botschaft hatten ihn ihr prophezeit, aber sie hatte ihn auch selbst kommen gespürt in diesen ersten heißen und staubigen Tagen – ähnlich gespürt wie die Pflanzen, deren Blätter und Knoten zitterten, schwache Vorwegnahmen der Zukunft, die Ahnung, daß eine dringend nötige Erlösung bevorstand.

Das erste sichtbare Zeichen war der Himmel, dessen umgedrehter blauer Teller sich rostigbraun verfärbte und dessen weiße Schäfchenwolken nach und nach die Farben eines Blutergusses annahmen: rosa, gelb, schwarz. Dann fielen die ersten Regentropfen: einzelne schwere Tropfen, die als Vorhut der aufmarschierenden Bataillone den Boden wie Gewehrkugeln peitschten und nadelten. Dann traten alle Truppen des Himmels zur Attacke an, und die schwangeren, verfärbten Wolken gaben ihre lange zurückgehaltenen Lasten frei.

Als die dichten Wassermassen herabstürzten, war es, als würden sie die Erde zerschlagen. Die grünen Wolkenbrüche rissen alles mit, Ratten und Zweige verschwanden in Löchern, Männer und Frauen in Häusern. Der Dauerregen löste die Lateritstraßen auf, die die Planierraupen in der Trockenzeit löblicherweise angelegt hatten. Wo der Regen fiel, brachte er neues Leben hervor, aber zunächst zerstörte er alles, ertränkte die Mais- und Maniokpflanzen und knickte die Schößlinge, die die Wolkenbrüche vom letzten Jahr hervorgebracht hatten. An Berghängen und Flußböschungen rutschten Erdmassen ab, als hätten riesige Tiere sie abgebissen, stürzten in die Tiefe oder wurden von den reißenden Wassern fortgespült.

Die Natur wollte sich am Menschen rächen, kam es Miranda vor – die Sturzregen trommelten aufs Blechdach ihres Bungalows und fügten den Satellitenschüsseln auf dem Botschaftsdach flotte Tätowierungen zu –, aber die größten Schäden des wilden Aufruhrs brachte sie sich selbst bei. Erst nachher, als die Stürme abgeflaut waren, zeigte sich ihre wahre Gewalt, die grüne Triebe und wuchernde Blüten zu dichtem Wuchs emporsprießen ließ – aus Land, das gestern noch ausgedörrte Erde gewesen war.

Sie schaute gern in die Gewitter hinaus und lauschte dem aufs Dach trommelnden Regen, rat-tat-tat. Es war jedoch ein beunruhigendes Naturschauspiel, das ihr zu denken gab. Für viele Menschen war es kein ästhetisches

Spektakel, sondern bittere Notwendigkeit. Die Monsunregen waren für die normalen Tansanier auf ihren *Shambas* weit wichtiger als für Miranda oder ihre Kollegen. Für sie war der Monsun weder ein Schauspiel noch einfach eine lästige Angelegenheit. Für viele ihrer hiesigen Landsleute dagegen waren die Regenfälle – wie eigentlich ganz Afrika – nur ein Sprungbrett ihrer Gedankenspiele. Sie knüpften daran je nach Belieben Phantasien der Erfüllung oder der Vernichtung, der Lust oder des Todes.

Miranda war stolz darauf gewesen, dieser dekadenten, trügerischen Sicht auf den Kontinent zu widerstehen. Arbeit war für sie eine heilsame Arznei, die sich auf den ganzen Tagesablauf anwenden ließ, den Alltag und seine Pflichten. Ihre Aufgaben in der Botschaft waren allerdings nicht fesselnd genug, um eine solche Ethik zu untermauern. Wenn sie in der Oyster Bay am Strand des Jachtclubs lag, umgeben von Entwicklungshelfern und CD-Angehörigen verschiedener Nationen, fragte sie sich manchmal, ob sie nicht allmählich ihren Ehrgeiz verlor. Die Wochen vergingen, und sie dachte immer weniger daran, eine steile Karriere zu machen oder auch nur einen Mann zu finden und eine Familie zu gründen. Die Zwillingspole ihrer Hoffnungen begannen zu schmelzen wie die Schokoriegel, die sie vom PX manchmal für die Kinder mitbrachte, die bei ihrer Heimkehr vor dem Tor herumtobten. Sie fühlte sich nicht direkt unglücklich, eher etwas ziellos. Vielleicht untergrub das Leben am Rand eines warmen Ozeans ihre Ambitionen. Es hätte sie nicht weiter überrascht. Wenn man sich im Sand vor dem Jachtclub aalte und bei Sonnenuntergang aufs Meer hinaussah, war es nicht schwer, in der Phantasie bis an Indiens Gestade zu treiben wie ehedem die Kaufleute.

Ray spielte gern Golf, und manchmal begleitete sie ihn in einen anderen Club, den Gymkhana, der neun Löcher auf »schwarzem« Green hatte, was hieß, daß die Löcher nicht von Rasen, sondern von geöltem Sand umgeben waren, der in der Trockenzeit leichter zu pflegen war. Der Name »Gymkhana« ging noch auf die Kolonialzeit zurück, als die Engländer hier Pferderennen und Wettbewerbe im Dressurreiten veranstaltet hatten, aber das war alles längst Vergangenheit, und das Britische Weltreich hatte Tansania angeblich sowieso weit weniger anglisiert als das benachbarte Kenia. Tennisplätze gab es jedoch, meist aus demselben roten, verwitterten Feldspat, der auch als Straßenbelag diente. Weil Ray nicht im entferntesten an sie herankam, verlief das erste Match jedoch so frustrierend, daß sie auf die gemeinsame Ausübung dieser Sportart verzichteten. Kirsteen fehlte ihr, nicht nur als Tennispartnerin; sie brauchte eine Freundin, mit der sie Träume spinnen konnte und die ihr etwaige Enttäuschungen schonend beibrachte, so schonend, wie sie mittags immer in den Speisesaal hinunterging; im Betontreppenhaus glitt ihr Schatten vor den Grabsteinfenstern vorbei … meist setzte sie sich so, daß sie auf die Gärten sehen konnte (Oleander: schön, giftig), aß einen Reissalat (Körner ungeschält), Obst (einen sansibarischen Apfel) und trank einen Plastikbecher Preiselbeersaft (gut für die Blase).

Wie immer beim Mittagessen oder anderen Mahlzeiten strich sich Miranda die dunklen Haare hinter die Ohren, damit sie ihr nicht ins Essen fielen, und während die Gabel zwischen Teller und Mund hin- und herwanderte, wünschte sie sich, sie hätte keine solchen Probleme mit dem Alleinsein. Wenn sie so an der See in der Sonne saß, wollte sie in gleichem Maße mit jemandem zusammen sein, wie sie die Arbeitslust verlor.

Ray war sich selbst genug, dachte sie, als sie ihn jetzt hereinkommen sah. Der frequentierte häufig die Botschaftsbibliothek, die von Shakespeare bis Science Fiction alles zu bieten hatte.

Sie sah ihn mit seinem Tablett näher kommen, vollgepackt mit Burgern, Pommes frites und einem Pappkarton Milch. Er setzte sich und zwinkerte ihr zu.

»Was machst du heute abend?« eröffnete er munter, machte die Milch auf und schwenkte sie herum. »Tanzbeinschwingen? Freistilringen? Leben in die Bude bringen?«

»Ray … du bekleckerst mich noch!« Sie schüttelte den Kopf. »Nichts Besonderes.«

»Im PX gibt es ein neues Nintendo-Spiel, das klasse aussieht. *Yoshi's Story.* Es geht um einen freundlichen echsenartigen Dinosaurier, der Obst ißt. Genau wie du.« Er musterte ihr Apfelgehäuse und trank einen großen Schluck Milch. »Wenn ich es mir kaufe, lass' ich dich *vielleicht* auch mal ran.«

»Entschuldige, wie alt bist du noch mal?« fragte sie.

Unter seinem Milchbart grinste er anzüglich. »Paß auf, ich hab' heute abend die Wahl zwischen Dinokapriolen mit Yoshi oder Rudern mit Virginia Woolf, und ich weiß, was mir lieber ist.«

Er stockte, runzelte die Stirn und schüttelte den Kopf. »Nein, weiß ich, ehrlich gesagt, nicht.«

Ray mochte noch soviel Junk food und Populärkultur in sich hineinstopfen, er bevorzugte anspruchsvolles Zeug, jedenfalls soweit sich das nach seinen Ausleihen aus der Bibliothek beurteilen ließ. Man fand ihn oft auf einer Bank im Hof, wo er sich in irgendeinen harten Brocken verbissen hatte. Obendrein bestellte er Bücher bei amazon.com, und wenn ihm die Pappkartons an den Schreibtisch gebracht wurden, jauchzte er vor Vergnügen.

»Also wie sieht's aus, meine kleine Fruchtfliege?«

9

»Barrakudas!«

Leggatt deutete mit seiner Pfeife. Rund fünfzig Meter vom Boot entfernt sah Nick ein paar kräftige metallblaue Fische aus dem Wasser springen.

»Jagen Sardinen«, sagte der alte Mann und steckte die qualmende Pfeife wieder zwischen die Lippen. »Sehen Sie?«

Nick sah genauer hin. Kleine Fische brachten die eben noch klare und ruhige See zum Kochen. Schweigend sah er zu, wie der von panischem Schrecken ergriffene Schwarm die Meeresoberfläche immer stärker aufwühlte. Dicht an dicht schnellten die kleinen Heringsfische zu tausenden hin und her, um den Räubern zu entgehen. Wenn ihre gnadenlosen Verfolger unter ihnen hinwegschwammen, sprangen die obersten Sardinen aus dem Wasser, gedrängt von der schäumenden Menge unter ihnen.

Aberhunderte der silbrigen kleinen Fische stoben in glänzenden Kaskaden hoch. Einmal sah Nick den schimmernden Torpedo eines Barrakuda, der sich mitten in der Luft eine unglückselige Sardine schnappte und wieder ins Wasser platschte.

Das Spektakel war so schnell vorbei, wie es begonnen hatte.

»Ich finde, von denen holen wir uns welche«, sagte Leggatt grinsend.

Er warf die Angelleine aus. Nick tat es ihm nach. Beide warteten, bis die neunzig Gramm schweren Blinker mit ihren Drahtschnüren – Nylonleinen wären von den mächtigen Kiefern durchgebissen worden – ein Stück absanken.

Nach ein paar Augenblicken kurbelten sie am Drehknopf der Spinnrollen und holten ein.

»Pole-pole«, sagte Leggatt auf Suaheli. Die Wendung kannte Nick schon. Langsam, langsam.

Er war nicht aufs Angeln vorbereitet gewesen, aber als Leggatt bei der Begrüßung auf der Nelkenplantage gesagt hatte, sie müßten ihr Mittagessen noch fangen, war er sofort dabeigewesen. Seit seiner Ankunft war er noch nicht angeln gewesen. Mit Dino zusammen hatte er das immer genossen und – in jener versunkenen Vergangenheit, an die er sich so gern erinnerte – mit seinem Vater auch. Er sah darin auch keinen Widerspruch zu seiner Arbeit als Umweltschützer, eher fand er es unlogisch, im Restaurant Fisch zu essen, aber sich aus Prinzip zu weigern, ihn auch zu fangen. Hauptsache, man aß, was man fing.

Es steht geschrieben, dachte er und lachte in sich hinein. Hatte er nicht allen Grund, guter Dinge zu sein?

Die Nelkenplantage hatte nicht nur einen kleinen Strand, sondern auch eine eigene Ablaufbahn, größer als die am *Macpherson*. Sie hatten nicht die *Winston Churchill* genommen, die für ihre Zwecke zu groß war, sondern ein Schnellboot, das dem alten Mann gehörte. Eine schöne Arbeit mit Armaturen aus Messing und Walnußholz und einem leistungsstarken Motor. Leggatt sagte, er habe es einem italienischen Hotelier abgekauft, der sich zur Ruhe setzen wollte.

Als sie dastanden und ihre Leinen einholten, schien die Sonne auf Messing und gefirnißtes Holz. Nick starrte aufs Meer hinaus. Im Handumdrehen war die eben noch kristallklare See jadegrün geworden. Sie war auch wieder spiegelglatt, und er hätte das Schauspiel, dessen Zeuge er eben geworden war, ohne weiteres für Einbildung halten können. Wieder einmal hatte der Ozean seine Geheimnisse mit auf den Grund genommen. Die einzigen Geräusche verursachten das leise an den Bootsrumpf schwappende Wasser und ihre klickenden Spinnrollen.

Dann sagte Leggatt: »Nach einer solchen Mahlzeit haben sie vielleicht keine Lust anzubeißen. Die sind manchmal vorsichtig wie die Hausfrauen. Aber es sind auch gierige Viecher, und wenn Sie einen am Haken haben, dann merken Sie das schon.«

Nick hatte seine Leine eingeholt. Leuchtende Tropfen perlten von ihr ab, und sie schwang wild vor ihnen hin und her.

»Vorsichtig«, sagte Leggatt. »Sonst verfängt sie sich in meiner.«

Nick griff nach der Leine und bekam sie einen Meter über dem glänzenden Köder zu packen, der schlechten Nachahmung eines kleinen Fischs mit offenem Maul und glotzenden Augen; dann holte er mit dem ganzen Gerät, Wirbel, Sinkblei, zweiter Wirbel, schließlich Drahtsehne und künstlichem Köder aus. Er suchte festen Stand im schwankenden Boot, drehte sich leicht zur Seite, schwang die Rute aus und ließ sie nach vorne schnellen.

Der richtige Wurf beim Angeln ist eine Wissenschaft für sich, und auch ein erfahrener Angler weiß im voraus nicht, ob er gelingt. Als Nicks Spinnköder daher sein Ziel erreicht hatte und fast genau an der Stelle ins Wasser ploppte, wo der Sardinenschwarm es aufgewühlt hatte, war er stolz auf seine Leistung.

Er wollte eine Bemerkung machen, hatte aber noch kein Wort herausgebracht, da zerrte etwas an seiner Rute.

»Da ist was, ich ...« Aber der Zug war weg. »Dachte, ich hätte einen«, setzte er verlegen hinzu und begann wieder einzuholen.

»Manchmal erkunden sie ihn nur«, sagte Leggatt, der ebenfalls wieder auswerfen wollte. »Nehmen ihn ins Maul und kosten schon mal.«

Nick hielt die Rolle still und beobachtete den Bogen von Leggatts Wurf. Der Alte zielte auf eine Stelle links von ihm, und sein Spinnköder landete mit einem kleinen Spritzer ein ganzes Stück weiter draußen. Nick stellte sich vor, wie der Köder mit seinen strahlenden Augen, eine Mischung aus Chrom und Gußplastik, unter die Oberfläche sank und sich in der Strömung wiegte. Ein paar neugierige Seevögel strichen über die Stelle weg, wo die Wasserfläche aufgerührt worden war, schwebten auf reglosen weißen Schwingen herab.

Plötzlich riß etwas an Nicks Leine. Er spürte die Wucht bis in die Schulterblätter, als die Rute die Kraft weiterleitete. Ein kleiner Ausruf entfuhr ihm, als die Leine mit ungeheurer Geschwindigkeit abgespult wurde.

»Nicht dazwischengehen!« sagte Leggatt scharf von der Seite.

»Warum nicht?« fragte Nick gespannt und ließ die abspulende Leine nicht aus den Augen.

»Er schießt mit ihr davon. Er soll sich ruhig austoben, sonst reißt Ihnen die Sehne. Jetzt ... schön langsam, spannen Sie sie.«

Nick tat, wie geheißen, hob die Rute etwas an, so daß sie seinen Gegenzug allmählich weitergab. Sie krümmte sich, und der Fisch stockte ein paar Sekunden lang. Dann schoß er wieder weiter, schnellte nach links und rechts und brachte eine gute Strecke zwischen sich und das Boot, bevor er wieder stockte.

Er zog mit voller Kraft. Nick drückte den Rücken durch und stemmte einen Fuß gegen das Dollbord, um das Gleichgewicht nicht zu verlieren. Auch Leggatt holte seine Leine ein, stellte sich hinter ihn und murmelte die ganze Zeit vor sich hin, wie eine Mutter zu ihrem Kleinkind spricht.

Der Fisch hielt seinen wilden Kampf gut zehn Minuten lang durch und wechselte beim Schwimmen immer wieder die Richtung. Als er einmal an die Oberfläche kam, schien er den Kopf zu schütteln wie ein Hund, was die Leine wieder anders vibrieren ließ. Dann wieder schien er aufgegeben zu haben, und die Leine hing durch. Nick zog energisch an der Rute.

»Nicht überstürzen«, betonte Leggatt wieder. »Lassen Sie ihn laufen.«

Aber er war auch schon wieder weg. Die Leine sirrte, als Nick abwechselnd nachgab und zog. Jetzt ließ die Spannung nicht mehr nach. Seine Handgelenke schmerzten.

Nach zehn oder fünfzehn Minuten erlahmte der Fisch. Nick konnte ihn näher ans Boot holen. Leggatt trat vor, den Fischhaken in der einen Hand, den Unterfangkescher in der anderen.

»Jetzt ganz vorsichtig«, sagte der alte Mann. »Wenn die Sehne so straff ist, kann sie reißen wie Nähgarn. Lassen Sie die Bremse vorsichtshalber locker.«

Nick war damit gut beraten, denn der Barrakuda – inzwischen konnten sie ihn sehen, wie er knapp unter der Oberfläche wütend herumwirbelte – kämpfte ein letztes Mal um die Freiheit, schoß hierhin und dorthin und tauchte sogar unter das Boot, bevor er sich endlich ergab. Leggatt stieß ihm den Fischhaken in den Hals und beförderte den immer noch zappelnden Fisch in den Kescher.

»Der dürfte seine zwanzig Pfund auf die Waage bringen«, sagte der Engländer und kippte ihn ins Boot. »Sie können stolz auf sich sein.«

Nick war weniger stolz als erschöpft. Und als seine Beute zu seinen Füßen lag und nach Luft schnappte, schämte er sich.

»Verdammt«, entfuhr es Leggatt, der mit einer rostigen alten Zange den Haken aus dem Unterkiefer ziehen wollte. Er hatte sich die Hand an den scharfen Zähnen aufgerissen.

Während der Rückfahrt saugte er immer wieder kräftig an der Verletzung. »Ich kenn' Männer, die haben durch die Entzündung einen Finger verloren«, erklärte er.

Nick inspizierte den roten Schnitt in der faltigen Haut des Alten. Sah doch gar nicht so schlimm aus.

Auf seiner Plantage angekommen, mixte Leggatt ihnen einen Gin & Tonic, während sein Koch den Fisch zubereitete. Sie unterhielten sich im kühlen Wohnzimmer. Die Fenster hatten keine Scheiben, nur ein Gitterwerk, das das Licht filterte, aber ein angenehmes Lüftchen durchließ.

An den Wänden hingen Speere, furchterregende Stammesmasken und andere Artefakte wie zwei zusammenpassende Seemannskisten mit Messing- und Elfenbeinintarsien sowie eine alte, falsch gehende Standuhr.

»Was haben Sie denn als nächstes vor?« fragte der alte Mann, der ein weißes Leinenhemd übergezogen hatte.

»Ich möchte eine Weile auf Lyly zelten«, sagte Nick, »vorausgesetzt, Sie haben nichts dagegen. Könnte das Haus da reparieren. Ein paar Wochen bleiben. Die Schildkröten mal richtig studieren.«

»Ich habe nichts dagegen«, sagte Leggatt. »Das steht mir auch nicht zu – und ehrlich gesagt, wäre ich ganz froh, mal nicht auf sie aufpassen zu müssen. Strenggenommen gehört das Haus, wie gesagt, einem Araber, aber der läßt sich da nie blicken. Es ist ewig her, seit ich dort überhaupt jemanden gesehen habe. Eine afrikanische Familie von der Hauptinsel schaut gelegentlich vorbei. Die hab' ich mal gesehen. Vater und Sohn. Aber das war … meine Güte, das muß auch schon sieben, acht Jahre her sein. Ich gehe also davon aus, daß Sie dürfen.«

Er machte neue Drinks und erzählte von früheren Angelausflügen.

»Bevor ich hergezogen bin, haben wir immer im Kanal vor Mafia Island gefischt. Da bekam man alles an die Angel. Wahoos, Schwarze Marline, Blauflossenthunfische … sogar Haie, Weißspitzen-Riffhaie. Die haben uns manchmal den Fisch vom Haken gefressen, und dann stand man da und hatte nur noch einen Thunfischkopf an der Angel. Aber dann ging das mit dem Dynamitfischen los, und man bekam nicht mehr viel zu Gesicht.«

Nick erinnerte sich an die weiße Fläche kaputter toter Korallen. Er hatte auch schon in Florida tote Korallen gesehen, dort wurden sie hauptsächlich von den Ankern und Kielen der Touristenboote beschädigt oder aber von Schadstoffen gebleicht. Im Lauf der Zeit war das genauso schlimm, aber das Dynamit wirkte sich drastischer aus.

»Ich hätte gedacht, daß die Behörden mehr dagegen tun würden«, sagte er zerstreut, weil er plötzlich an Zuhause denken mußte. Ma. Er sollte ihr schreiben.

»Haben sie früher auch«, sagte Leggatt und klopfte funkensprühend seine Pfeife aus. »Auch hier, jedenfalls bevor Chikambwa ans Ruder kam. Einmal haben sie die Kanus von Dynamitfischern sogar mit einem MG beschossen, was meines Erachtens zuviel des Guten war. Aber jetzt ist das Meer ein Haus der offenen Tür. Sie benutzen die Korallen sogar als Rohstoff beim Häuserbauen.«

Der Koch brachte den Barrakuda herein, und sie setzten sich an einen Tisch hinter einem Schirm aus Kokosblättern. Nick war überrascht, als der Koch sogar die dicken rosaroten Servietten ausschüttelte und ihnen persönlich über den Schoß breitete, bevor er den Fisch servierte. In Scheiben geschnitten, gegrillt und mit Reis und Salat als Beilagen sah er köstlich aus. Nick, der in Gedanken schon bei seinem Ausflug nach Lyly war, folgte Leggatts Beispiel und spritzte Tabascosauce über den Reis, dann griff er zu Messer und Gabel, machte sich an den Verzehr seines ehemaligen Gegners und stockte nur einmal, als sich eine Gräte zwischen seinen Zähnen verfing. Der Barrakuda schmeckte so gut, wie er aussah.

Später machte Leggatt mit ihm eine Führung über die Gewürzplantage, zu der auch eine erfrischende Klettertour auf die Terrassen hinter dem Haus gehörte. Es war seltsam, exotische Gewürze wie Muskatnüsse, Koriander und Kreuzkümmel, die man normalerweise nur abgepackt zu Gesicht bekam, einfach so wachsen zu sehen. Es gab auch Erdnußsträucher und Sesampflanzen. Aber größtenteils wurden auf der Plantage Gewürznelken angebaut. Draußen war ihr stechender Geruch nicht so stark, aber als Leggatt ihm den Trockenboden zeigte, nahm er ihm schon an der Tür fast den Atem.

Nick holte tief Luft und ging hinein. In der Dunkelheit konnte er nur schemenhaft lange Matten mit den ausgebreiteten Nelken erkennen. Aber das Aroma kratzte in der Kehle, ließ seine Augen tränen und zwang ihn schon bald wieder ins Freie.

»Wohl zuviel für Sie, was?« stichelte Leggatt. »Sie sollten eine Weile drin bleiben, das ist gut für die Bronchien.«

Ein junger Afrikaner, der irgendwo in den Tiefen des Trockenbodens gearbeitet haben mußte, tauchte hinter ihnen aus den Schatten auf. Seine Augen waren vom Nelkendunst stark gerötet. Nick erkannte den jungen Wilderer in ihm.

»Ich hab' ihm Arbeit gegeben«, sagte Leggatt schroff. »Stimmt's, Sayeed?«

»Ja, Bwana«, sagte der Junge, grinste über das ganze Gesicht und wischte sich mit dem Handrücken die laufende Nase.

Nick nickte ihm zu, lehnte sich an die Ecke des Schuppens und sah etwas, das sein Herz vor Freude einen Sprung machen ließ: ein altes grünes Motorrad.

»Das Motorrad da –«, sagte er zu Leggatt. »Wollen Sie das zufällig verkaufen?«

Leggatt lachte und warf seine blonden Haare in den Nacken. »Die alte Mühle? Die steht schon seit Jahren nur noch rum. Sie können sie gerne haben, falls Sie sie wieder in Gang kriegen – ich bezweifle allerdings, daß Sie Ersatzteile dafür finden, und die wird sie bitter nötig haben. Das ist eine Norton.«

Nick, der unerschütterliche Optimist, wollte den Gashebel drehen, aber der ließ sich kaum bewegen.

»Das beste britische Motorrad aller Zeiten. Hab' ich in Malawi einem Typ namens Mike Drayton abgekauft. Immerhin Kanzler der Universität Zomba. Ich müßte irgendwo auch einen Helm haben. Den können Sie auch haben, wenn ich ihn finde.«

Sie brachten das Motorrad nach draußen und schoben es mit einiger Mühe zu Leggatts Werkstatt hinüber.

»Wollen Sie mal zurück?« fragte Nick, beugte sich über

die alte Maschine und versuchte, den Tankverschluß aufzuschrauben.

»Nach England, meinen Sie?«

»Ja. Haben Sie kein Heimweh?«

Leggatt starrte aufs Meer hinaus, als wäre da draußen eine Antwort zu finden, und schüttelte die schmutzigblonden Locken.

»Nicht mehr. Bin da sowieso nicht oft gewesen, außer in meiner Jugend. Und als ich das letztemal zurück bin, fand ich es ziemlich armselig.«

»Haben Sie Öl? Der Verschluß ist festgerostet.«

»Da oben auf der Werkbank. Das war in den Siebzigern.«

»Das sind ja fast dreißig Jahre!«

»Ja. Kommt hin.«

Die Tülle des Ölkännchens war mit toten Fliegen bedeckt. Nick wischte sie ab und preßte Öl auf den Tankverschluß der Norton. Als Leggatt weitersprach, lächelte er in sich hinein. Der alte Mann war echt nett. So schmuddelig wie sein Ölkännchen, aber interessant und komisch. Allein seiner Sprache, dieses englischen Akzents wegen hätte er ewig zuhören können, egal, was er sagte.

Über ihm holte Leggatt ein Taschentuch mit Tabakflecken aus der Tasche und putzte sich die Nase.

»Das geht leichter, wenn Sie's eine Weile einwirken lassen. Nein, ich bleibe hier. Ich habe, über den Daumen gepeilt, noch etwa zehn Jahre vor mir. Danach bin ich wahrscheinlich gaga und kann nach Hause. In einem Zinksarg. Meine gräßlichen Verwandten können sich dann über meinem Testament streiten wie Hunde um einen Knochen.«

Er keckerte laut. »Ich hab' ihnen erzählt, hier wären Millionen zu holen. Sambisches Silber! Malawisches Gold!«

»Ich dachte, das wäre eine Marihuanasorte«, sagte Nick.

»Vor Ihnen steht der Mann, der ihm diesen Namen gegeben hat. Das hab' ich leider nie geschmuggelt, obwohl es das beste Gras ist, das Menschheit und Tierwelt je gekannt haben. Wußten Sie, daß Schimpansen das fressen, wenn sie verletzt sind?«

Er seufzte und putzte sich wieder die Nase.

»Nein, unter Präsident Banda war da nichts zu machen. Der hätte uns aufgehängt. Kannte mal einen, dem das tatsächlich passiert ist. Nein, ich war reiner Privatkiffer. Sah mich als Connaisseur. Hab's vor einigen Jahren aufgegeben. Es gab da einen Dämon, der mich verfolgte.«

»DEA?«

Leggatt sah verwirrt auf ihn hinab, dann lachte er laut. »Sie meinen das Drogendezernat? Nein: ein *eingebildeter* Dämon. Eine Halluzination. Ein Schatten. Trottel!«

Nick fühlte sich erst angesprochen, merkte dann aber, daß Leggatt immer noch seinen Dämon meinte.

»Der sah übrigens meinem lieben verstorbenen Papa ähnlich. Nur war er schwarz wie Ihr Hut, und das wäre schwierig geworden, wenn ich bedenke, daß mein Großvater im Burenkrieg gegen die Engländer gekämpft hat – Verräter am stolzen Albion, das, ehrlich gesagt, damals schon armselig war. Und seinem Sohn war die Apartheid später wichtiger als selbst den Buren.«

Nick kam nicht mit und sah fragend zu ihm hoch. Leggatt zwinkerte ihm zu und tastete seine Taschen nach dem Tabaksbeutel ab.

»Meinen Paps, meine ich. Red' ich konfuses Zeug? Ich erzähle es Ihnen genauso, wie es gewesen ist. Meine Sippe war ein übles Pack, als ich des Weges kam. Hat mich durch die Mangel gedreht. Ich bin Südafrika und ihm ausgebüchst, als Vorster an die Macht kam. Bin nach Hause, womit ich England meine. Hab' an der Bergwerksakademie in Canford einen Abschluß gemacht, in Cornwall gearbeitet, bis da alles den Bach runterging, und bin dann hierher zurück. Na ja, etwa hierher.«

»Tansania, meinen Sie.«

Leggatt runzelte die Stirn und spähte in seinen Tabaksbeutel.

»Also als erstes nach Sambia. Nach Ndola rüber. Kupfer und Silber. Dann Malawi. Kupfer und Gold. Da war ich fast zwanzig Jahre. Da hab' ich auch mein Faible für Boote entdeckt. Auf dem See. Den Laden hier und die *Winston* hab' ich mir quasi zum Ruhestand geschenkt. Die Plantage ist bloß ein Steckenpferd.«

Er seufzte wieder und sah düster drein.

»Der geht nicht los«, sagte Nick, dessen neue Errungenschaft ihn bislang nur frustrierte. »Hey, wir können's ja mal mit dem Lötkolben versuchen. Von wegen ... Hitze dehnt aus.«

Leggatt bedachte ihn mit einem Blick, in dem das ganze einem Engländer noch zu Gebote stehende Ausdruckspotential an Verachtung lag.

»Geniale Idee.« Er zündete seine Pfeife an. »Wenn Sie uns in die Luft jagen wollen. Auch wenn ich's seit zehn Jahren nicht benutzt hab', könnten noch Benzinreste im Tank sein.«

Nick wurde rot. »Stimmt. Idiotische Idee.«

Er versuchte wieder, den Verschluß abzuschrauben, und nahm einen Lappen, um nicht immer abzurutschen.

»Sie müssen ja eine hübsche Stange Geld verdient haben, wenn Sie sich davon die Plantage und die Jacht leisten konnten.«

»Allerdings. Die legendären Reichtümer, da liegt die Erklärung. Die Antwort lautet Diamanten. Anfang der Achtziger hab' ich in Sierra Leone den Jackpot geknackt. Zusammen mit einem Mann namens Bailey – gut gemacht, der Mann!«

Der Tankverschluß hatte endlich nachgegeben. Als ob von ihm Aufschluß über das Herz aller Dinge zu erlangen wäre, über Bäume und Blumen, über Sterne und Atome, bis hin zur unendlichen Dauer der Ewigkeit, spähte Nick in den alten Tank.

10

Zwischenfallsmeldung Nr. 1: Miranda Powers

Der Ersatzwachmann (Juma Bagaya) erstattete mir folgenden Bericht. Gegen circa 0234 Uhr Montagmorgen 04/05/98 fielen ihm auf dem Parkplatz zwei Jugendliche von knapp zwanzig Jahren auf. Der eine trug eine Bomberjacke, der andere einen um die Taille geschlungenen Kikoi. Der eine Jugendliche machte sich am Fahrerfenster eines Autos zu schaffen.

Juma löste Alarm aus, um den Marine Security Guard zu informieren, und nachdem er die Scheinwerfer eingeschaltet hatte, begab er sich mit seiner Waffe nach draußen. Zu diesem Zeitpunkt hatten die Jugendlichen den Parkplatz jedoch bereits verlassen, und er konnte nichts sehen, da das Scheinwerferlicht von den Fahrzeugen reflektiert wurde.

Als der Marine (Corporal Rossetti) von seinem Posten eintraf, waren die Jugendlichen bereits über die Mauer geklettert und rannten die Laibon Road entlang. Die Polizei wurde gerufen und traf fünfzehn Minuten nach dem Anruf ein.

Corporal Rossetti prüfte Kamera B2, die zur fraglichen Zeit auf Rotationsbetrieb geschaltet war, der Vorfall war aber nicht erfaßt worden.

Unternommene Schritte: Ich habe John Herlihy ein Memo geschickt mit der Bitte, die Technikabteilung zu veranlassen, an den Lampen auf dem Parkplatz Filter oder Dimmer zu installieren.

Zwischenfallsmeldung Nr. 2: Miranda Powers

Um circa 1530 Mittwoch 10/06/98 meldete die rückwärtige Wache (Innocent Phiri) Brandgeruch vom Generator der Ventilatoren der Klimaanlagen im Hof hinter der Kanzlei. Ich rief John Herlihy an und informierte ihn. Er kam nach unten, und wir gingen in den Hof. JH schaltete den Ventilator bei den Isolatorenschaltern ab, da dieser die Ursache des Brandgeruchs zu sein schien – der Motor des Ventilators sei überhitzt, sagte John.

Wir kehrten in unsere jeweiligen Büros zurück. Nach fünfzehn Minuten ging infolge des abgeschalteten Ventilators im südlichen Computerraum ein Feuchtigkeitsalarm los. Wir gingen noch einmal zu den Ventilatoren. John sagte, der Ventilator müsse ersetzt werden, vorläufig sei es jedoch das beste, ihn wieder einzuschalten, denn im Fall einer gefährlichen Überhitzung schalte er sich selbsttätig ab.

Unternommene Schritte: Fraglicher Ventilator wird ersetzt, im südlichen Computerraum wird ab und zu die Temperatur gemessen.

Zwischenfallsmeldung Nr. 3: Miranda Powers

Um circa 1032 Freitag 07/07/98 informierte mich der Ersatzwachmann (Juma Bagaya) darüber, daß ein Mann das Tor in der Nähe seines Postens mit einer Videokamera filme. Ich begab mich sofort zu seinem Posten, aber bei meiner Ankunft war der Mann bereits verschwunden.

Juma hatte den Mann nach eigener Auskunft angesprochen und gefragt, was er da mache. Der Mann habe sich als Tourist ausgegeben und kurz darauf seinen Weg durch die Laibon Road fortgesetzt. Juma sagt, der Mann sei von brauner Hautfarbe und etwa 1,65 m groß gewesen und habe eine Freizeithose und ein Hemd mit Kragen sowie eine Baseballmütze mit der Aufschrift »Sport Team Osnabrück«

getragen. Zu einer genaueren ethnischen Bestimmung war Juma nicht imstande und sagte nur, der Mann sei »kein Afrikaner« gewesen.

Nebenbei sei bemerkt, daß ich Juma für ehrlich halte und seinem Bericht traue. Ihm fehlt jedoch analytischer Scharfsinn, und ich empfehle ihn nicht zur Beförderung zum Leitenden Ersatzwachmann.

Wie sich herausstellte, war der Mann von Kamera B2 während der Rotation teilweise festgehalten worden, sein Gesicht wurde jedoch von seiner eigenen Kamera verdeckt, und dann fuhr ein Bus vorbei.

Unternommene Schritte: Keine.

II

Sansibar ... Schon der Name, geruhsam und verschwörerisch, war eine Illusion. Er sprach von glühendem Verlangen, von der Sehnsucht nach dem Paradies, die unseren Sündenfall verrät – den Sündenfall, der uns in die schmutzigen Niederungen der Geschichte und der Politik gestürzt hat. An diese Schmach wird niemand gern erinnert. Kein Wunder also, daß Nick – einige Zeit danach und nußbraun – den Fernseher ausschaltete, als der wieder mal nur Clinton zeigte, und in sein Zimmer ging.

Er schloß auf, tastete nach den Lichtschaltern und knipste die beiden Nachttischlämpchen an und die große Lampe in der Zimmermitte aus. Die zog bloß die Moskitos an: Das Fenstergitter hatte schon genug undichte Stellen, da mußte man es ihnen nicht noch zusätzlich leichtmachen. Die Wände waren inzwischen mit noch mehr gelben Schwämmen dekoriert. Der Wandkalender *America the Beautiful* war eine Seite weitergeblättert worden – eine nachkolorierte Ansicht der Tranquillity Base –, und das Zimmer miefte wie eine Umkleide im Sportverein. Es war auch unaufgeräumter, zumal ein Tauchgerät hinzugekommen war, das er von einem Mann namens Turtle Mo gemietet hatte. Er wartete nach wie vor auf das Eintreffen seiner eigenen Ausrüstung. Dino, dessen Postkarte mit Drew Barrymore inzwischen drei Olympiaringe aus Kaffeeflecken zierten, hatte am Telefon Stein und Bein geschworen, er hätte alles losgeschickt. Nick bezweifelte es langsam.

Er schnupperte. Das Zimmer müffelte wirklich. Er schaltete den Ventilator an, der mit dem üblichen fernöstlich-mystischen *Om-mm* loslegte, und ging zum Fenster, um zu lüften. Der Übeltäter, der das Zimmer so verpestete, war sein Neoprenanzug. Die Arme wie gekreuzigt ausgebreitet, hing er an der Wand und trocknete vom morgendlichen Ausflug mit Turtle Mos Sauerstoffflaschen.

Nick zog sein T-Shirt aus. Mos uraltes Gerät, das eigentlich nur zur Reserve diente und an ein Notfallmundstück angeschlossen wurde, war keine große Hilfe gewesen. Das Luftgemisch war leicht verdorben, und der Schlauch leckte fürchterlich. Am Ende hatte er es einfach ohne künstliche Hilfe versucht wie der griechische Schwammtaucher, der sein Urgroßvater nach den Erzählungen seines Vaters gewesen war.

Nick fragte sich, wieviel Lungenkapazität er von Urgroßvater Karolides wohl geerbt hatte. Er konnte nicht besonders lange unten bleiben. Er hatte gehofft, an einem Hummerpaar, das sich in einer Felshöhle unten am Riff paarte, numerierte Erkennungsmarken anbringen zu können, würde aber wohl warten müssen, bis seine eigene Ausrüstung ankam – auch wenn sie bis dahin wahrscheinlich schon weitergezogen waren.

Oder gefangen und gekocht. Als er ins Badezimmer ging und den Wasserhahn aufdrehte, dachte er wieder an Turtle Mo und stellte sich vor, wie der mit seiner braunen Hand nach einer Hummerschere griff – vielleicht nach derselben, die ihm aus der Höhlung im Korallenstock zugewinkt hatte, als er da am Morgen mit berstenden Lungen und einer Handvoll blecherner Erkennungsmarken herumgeschwommen war. Als wollte er sagen: *Mir* heftest du keine davon an!

Die Fühler der beiden Hummer, zusammengerollt, im Wasser umhertastend und sich in der Strömung wiegend, hatten vor dem Eingang zu ihrer kleinen Höhle den Anschein einer Radioantenne vermittelt. Das hatte er jedenfalls kurz gedacht, aber jetzt sah er in ihnen eine zusätzliche Bedeutung. Sie versetzte ihm einen Stich, als er sich die Zähne putzte. Ihr Heim, in dem die beiden Hummer einfach dasaßen, war ein solches Inbild der Häuslichkeit gewesen, daß er sich plötzlich einsam fühlte. Sollte er sich nicht doch eine Freundin suchen? Beim Bürsten musterte er seinen Oberkörper von allen Seiten im Spiegel und überlegte. Er spuckte rosa ins Waschbecken. Zahnpasta mit Nelkenaroma war nichts für ihn – aber seine mitgebrachte Tube war längst alle, und er hatte auf hiesige Produkte umsteigen müssen.

Er ging ins Schlafzimmer zurück, zog die Shorts aus, legte sich hin und dachte über die Sauerstoffflasche nach. Auf dem Schild über Turtle Mos Laden hatte »M. Gandhi Handelsgesellschaft« gestanden. Ein berühmter ostafrikanischer Trawlerbaron, dessen Tiefkühldepots die ganze Küste tüpfelten und der ursprünglich aus Durban stammte. Mo behauptete, über eine uneheliche Nebenlinie von dem großen indischen Politiker abzustammen, die dieser während seiner Jahre in Südafrika begründet hatte, bevor er dann in Indien zu großem Ansehen gelangt war.

Nick hatte da so seine Zweifel. Der große und bärtige Mo *ähnelte* Gandhi nicht im geringsten, jedenfalls nicht dem im Film. Und seine dröhnende Stimme, die schwere goldene Uhr, die halbvolle Flasche Cognac und das Zigarrenkistchen, die auf seinem Tisch standen, als Nick ihn aufgesucht hatte, ließen auch nicht vermuten, daß Mo etwas von der Selbstkasteiung seines vorgeblichen Ahnherrn geerbt hätte.

Mo interessierte sich aber nicht nur für Trawler und Tiefkühlanlagen für Fisch, sondern für alles, was auf Sansibar mit dem Meer zu tun hatte, vom Salzexport – die Dörfler brachten ihm das Salz in wunderschönen, asteroidengleichen Kristallklumpen direkt aus den Siedepfannen, und er schickte es in Leinensäcken nach Dar weiter – bis zur Einfuhr von Schiffsmotoren, kleinen Außenbordern ebenso wie großen Trawlermaschinen. Mo besaß auch ein paar Frachter.

Seine Augen trafen auf die Wand. Ein Bild. Neil und Buzz hopsten herum. Auf Tranquillity Base. Auf dem Kalenderblatt. Auf dem Mond.

Es war seine früheste Erinnerung, wie sein Vater ihn auf den Schoß genommen, auf den Fernseher gedeutet und gesagt hatte: »Merk dir das ... da wird Geschichte gemacht.« Er mußte ungefähr zwei Jahre alt gewesen sein – zu klein, um die Tragweite eines solchen Ereignisses zu begreifen oder auch nur zu begreifen, was sein Vater da sagte –, er nahm daher an, daß ihm das später erzählt worden war. Auf jeden Fall erinnerte er sich an irgend etwas.

Tranquillity Base. Klang nett, fand er. Lyly aber auch. *Lala.* Die Insel des Schlafes, zu der er zurückkehren wollte. Er hatte die Expedition aufgeschoben, weil er sie mit seiner eigenen Tauchausrüstung unternehmen und sich das Erlebnis nicht mit dem Gerümpel von Mo verderben wollte. Irgendwie machte ihm das Warten nichts aus. Die Insel hatte in seiner Vorstellungswelt einen besonderen Platz eingenommen – sie verdrängte Sansibar zunehmend aus dem Mittelpunkt des Interesses. Je länger er sich darauf freute, desto schöner mußte dann der Aufenthalt selbst werden, sagte er sich. In seiner Phantasie stand Lyly jetzt schon neben dem Band mit griechischen Sagen und Geschichten, der gekürzten Kinderausgabe, aus der sein Vater ihm immer vorgelesen hatte. Lyly, oder die abstrakte Vorstellung von Lyly, erinnerte ihn an Figuren und Orte dieser Geschichten: Odysseus, der auf Calypsos Insel strandete; Aphrodite, die schaumgeborene Liebesgöttin; Delphi und seine Mysterien, die heiligen Haine, in denen die Zeit so friedlich stillstand.

Der Ausflug nach Lyly und die Markierung der Hummer mußten zwar immer wieder verschoben werden, aber dafür konnte er andere Erfolge vorweisen. So bescheiden seine Untersuchung des Molluskenlebens in der Gezeitenzone auch gewesen war, so wohlwollend war sein Bericht in Washington doch aufgenommen worden. Endlich hatte er auch eine der seltenen Lederschildkröten gesehen – wäre, um genau zu sein, beim abendlichen Schwimmen fast mit ihr zusammengestoßen. Riesig, etwa eins achtzig lang und eins zwanzig breit, hatte sie den Kopf aus dem Wasser gehoben, ihn kurz angeschaut, war getaucht, hatte kräftig mit den breiten Vorderflossen gepaddelt und die Hinterflossen zum Steuern weit nach hinten gestreckt. Sie war schnell verschwunden. Wunschlos glücklich war er ans Ufer zurückgeschwommen, als hätte er das Ziel seiner Reise nach Sansibar erreicht, dabei wußte er, daß er dafür in Wirklichkeit mindestens ein paar dieser herrlichen Tiere retten mußte.

Er notierte die Begegnung in einem alten, in grünes Leder gebundenen Buch, das er in einem Trödelladen in Stone Town gekauft hatte. Hauptsächlich machte er Aufzeichnungen über Fischsorten – kastenförmige Kofferfische, gestreifte Seenadeln, Rotfeuerfische mit aufgerichteten Rücken- und gespreizten Brustflossen –, aber auch andere Beobachtungen wurden darin festgehalten. Im Gegensatz zu seiner Arbeit am Computer – seine richtige Arbeit mit Tabellen und Grafiken sowie die Berichte für Washington – kritzelte er dort große Spiralen von Nebensächlichkeiten hin, legte Listen mit phantastischen künftigen Lebens- und Karriereplänen an und zeichnete Eindrücke von Menschen auf, denen er begegnet war.

In diesem Hauptbuch hielt er auch sein kleines Privatprojekt über Leben und Tod der Schwämme fest. Gar nicht weit draußen in der Bucht vor dem *Macpherson* gab es ein ganzes Feld dieser Vielzeller aus dem Stamm der Parazoa, die sich gespenstisch in den Unterwasserströmungen wiegten. Sie lebten ihr passives Leben im Rhythmus von Ebbe und Flut und filterten das unablässig durch sie hindurchfließende Wasser. Sie faszinierten ihn, und er hatte sich sogar die Mühe gemacht, den Olynthus eines einfachen Kalkschwamms zu zeichnen (wenn auch nur unbeholfen und mit Bleistift), dessen eine Seite er aufgeschnitten hatte, um den Paragaster freizulegen, den zentralen Hohlraum des Körpers. Durch dessen obere Öffnung strömte das Wasser wieder hinaus, das durch die Ostien eingesogen wurde und die Geißelzellen mit Sauerstoff und Mineralien versorgte. Schwämme hielt er zunehmend für die seltsamsten Geschöpfe des Ozeans.

Es gab andere. Das Aufregendste der letzten Zeit – was in Hauptbuch und Laptop festgehalten worden war – war, einem Hai einen Zwanzig-Zentimeter-Sender in den Bauch einzunähen. Dafür hatte er ihn fangen müssen (was einige sansibarische Fischer für ihn erledigt hatten) und ihn auf den Bauch gedreht. Dadurch fiel der Hai in eine tonische Starre, hörte auf zu zappeln, und man konnte ihn operieren. Der Sender funkte Signale an einen Satelliten, der die Position des Hais nach Washington durchgab und es Nicks Kollegen ermöglichte, seine Wanderungen zu verfolgen. Die ganze Sache war richtig spannend gewesen, aber seine Genugtuung darüber, die Aktion erfolgreich zum Abschluß gebracht zu haben, verflog mit den vom Hai ausgelösten Erinnerungen an seinen Vater, das dunkle Kapitel im Buch seines früheren Lebens, das er nicht zuschlagen konnte und das ihm auch jetzt manchmal noch heimliche Tränen abverlangte.

Er wußte, die Arbeit war eine bessere Medizin als das müßige Träumen von einer Vollkommenheit, in der er keine schmerzlichen Verluste erlitten hätte. Und obwohl es ihn neuerdings so nach Lyly zog, hatte er sich an die systematische Erforschung von Sansibar gemacht. Nach langen Bastelstunden hatte er Leggatts Motorrad endlich zum Laufen gebracht. Sayeed, der Junge, hatte ihm dabei geholfen.

Mit der Reparatur der Norton erschlossen sich ihm ganz neue Möglichkeiten. Jedes Wochenende unternahm er ausgedehnte Touren, in den Norden bis hoch nach Nungwi und im Südwesten bis zu dem Straßenabschnitt zwischen den Dörfern Pingwe und Makunduchi. Dabei machte er unterwegs Pause und besuchte das Wrack des ostdeutschen Kriegsschiffs, das nach Ende des Kalten Krieges hier liegengeblieben war.

Manchmal fuhr er am Strand entlang, ungebärdig und ohne Helm. Dann stieg er ab, setzte sich in der Einsamkeit ans Wasser und lauschte unter dem dunklen Rauschen der trägen Wogen dem Zischen der auf dem Motorblock der Norton verdampfenden Gischttröpfchen.

Das Ritual fand sein Ende mit dem obligatorischen Sonnenuntergang, er fuhr auf gewundenen Wegen nach Hause zurück, und der braune Doppelstreifen mit dem Hahnenkamm aus sonnenverbranntem Gras in der Mitte führte ihn, bis seine vom Sand tränenden Augen das Schild *Macpherson Ruins Hotel* sahen. Und da Souza, der ihm an der Teakholzbar bedächtig einen Gin & Tonic mixte. Oder die Frau, die in ihrem Ganzkörpertschador den Hof fegte, abends die Betten aufschlug und den Zimmermädchen in aller Welt mit ihrem Widerstand gegen männliche Blicke einen großen Dienst erwies. Nick war zwar fasziniert von dieser Darth-Vader-Gestalt, hütete sich aber, sie anzustarren. Er fragte sich bloß oft, was das für ein Gefühl sein mußte, von der Wirklichkeit durch so ein Schleiergewebe getrennt zu sein.

Das Hotel gab mehr von sich preis und offenbarte seine zahllosen Geheimnisse wie die Vanilleschoten, die auf den Straßen manchmal unter seinen Reifen platzten. Das Hauptgebäude war modern – allerdings auf geschmackvolle Weise im Gegensatz zu den Scheußlichkeiten, mit denen die Stadtplaner die ganze Insel verschandelten –, aber die geschichtsträchtigen Ruinen in den majestätischen Gärten waren ihm lieber. Von da Souza hatte er erfahren, daß sie im 19. Jahrhundert eine von Caroline Thackeray geleitete Missionsschule beherbergt hatten. Der Goaner sagte, die Lady sei die Base eines berühmten englischen Romanciers, und Zweck der Schule sei die Erziehung von Waisenmädchen gewesen. Macpherson sei der

Bischof gewesen, unter dessen Ägide die Missionsschule gestanden habe.

Nachdem Nick immer wieder durch die Gärten und die zerfallenden, von Kletterpflanzen überwucherten Gebäude gestreift war, entdeckte er nur ein paar Wochen später, daß man die Waisenmädchen von Sklaven-Dhaus befreit hatte, die von britischen Kriegsschiffen aufgebracht worden waren. Wenn er jetzt unter den uralten Palmen und großen Mangobäumen entlangschlenderte, beschwor er die Geister der armen Wesen herauf, die hier lesen und schreiben oder nähen und Reis kochen gelernt hatten.

Die Gärten selbst waren übersichtlich angelegt worden, und Schildchen nannten die Pflanzennamen. Manchmal war der Grund der Benennung offensichtlich: Elefantenohr, Puderquastenstrauch, Regenschirmbaum, Kandelabereuphorbie, Pfeifenkraut und Frauenzunge. Andere schienen willkürlich gewählt. Stundenlang konnte er diese fremdartigen Blumen anschauen und sich Geschichten über sie ausdenken: Pyjamalilie, Paradiesvogelblume, Ochsenherz ... Es gab in Ostafrika sogar einen Leberwurstbaum.

Nick war jetzt offiziell ein »Experte«. In kaum einem afrikanischen Land herrschte an denen Mangel, und in der Regel waren sie weiß. Auf Sansibar gab es überraschend wenige. Nick kannte nur zwei oder drei, darunter den britischen Rindenbrand-Spezialisten, den er in der Bar in Stone Town kennengelernt hatte und in dessen Mannschaft er jetzt mittwochabends Fußball spielte. Nicht sehr gut, aber mit Catmull als Trainer machte er langsam Fortschritte. Im *Africa House Hotel*, wo sie nach dem Match immer auf ein Bier hingingen, brachte Tim ihm auch Snooker bei. Und sie wollten zusammen nach Pemba fahren, einem häufigen Ziel von Tims Wochenendausflügen. Es gäbe da einen guten Jachthafen, sagte er.

In der Fußballmannschaft spielte auch Olivier Pastoureau mit, ein melancholischer belgischer Landgewinner, der unten in Makunduchi arbeitete. Er hatte das beste Boot der ganzen Insel, eine imposante weiße Motorjacht, die ihm vom Europäischen Entwicklungsfonds finanziert wurde, der für sein Projekt verantwortlichen Institution. Er war verständlicherweise stolz darauf, insbesondere auf die elektronischen Geräte, zu denen ein Echolot und ein Side-Scan-Sonar zur akustischen Seegrundkartierung gehörten.

Das Vorderdeck der *Cythère* – so hieß die Jacht – verfügte über den Luxus einer Minibar und eines Gasgrills, und bei einem ihrer sonntäglichen Barbecues hatte Olivier Nick die Funktionsweise dieser Geräte demonstriert. Das Echolot fertigte in vertikaler Draufsicht ein Bild des Meeresbodens an, während das Side-Scan-Sonar eine horizontale Perspektive lieferte. Das Sonar, das wie ein Torpedo oder eine Cruise Missile aussah, wurde an Seilen vom Schiff hinabgelassen. Dann ging man ins Ruderhaus zurück und sah, wie der Meeresboden auf dem Bildschirm Gestalt annahm, seine unterseeischen Hügel und Täler, alle abgebildet in leuchtend roten Strukturen.

Olivier mußte den Aufbau des Meeresbodens kennen, damit seine Schwimmbagger den Riffs ausweichen konnten, wenn sie den Sand holten, auf dem der neue Hafen von Makunduchi gebaut werden sollte. Diese Umweltschutzmaßnahme, die die Kosten der ganzen Sache in phantastische Höhen trieb, weil die Schwimmbagger viel weiter hinausfahren mußten, war für Nick von vornherein verfehlt. Das Ausbaggern wirbelte so viel Sedimente auf, daß den Korallen das lebenswichtige Licht genommen wurde. Früher oder später starben sie also trotzdem ab.

Er hielt das ganze Projekt für verrückt – auf *Sand* bauen? –, aber er konnte Olivier natürlich nicht ernsthaft dazwischenfunken. Er hatte ihm angeboten zu analysieren, inwiefern sich die Schädigung der größeren Riffs durch Sedimentdrift begrenzen ließ, wenn man jahreszeitlich bedingte Strömungen einbezog, und der Belgier hatte gesagt, er würde die Analyse seinen Vorgesetzten in Brüssel weiterleiten.

»Aber dann verzögert sich das Projekt erst recht«, hatte er achselzuckend hinzugefügt, »weil wir die eine oder andere Strömung abwarten müssen, wie eine Gruppe von … wie sagt man, *bonnes femmes*, die Wäsche waschen wollen.«

Selbst wenn er aufs strahlend blaue Meer hinausschaute, in der einen Hand eine Flasche Bier hielt und mit der anderen die Schwertfischsteaks auf dem Grill wendete, war das Glas des Lebens für Olivier halb leer, wenn er das manchmal auch etwas selbstironisch meinte. Für Tim hatte der Belgier einen an der Waffel. Vielleicht sagte er das nur aus Eifersucht. Olivier war sehr attraktiv und kam bei Frauen merkwürdig gut an. Seine Frau – seine Exfrau – war eine große Schönheit. Tim behauptete, nach der Heirat habe Olivier ihre geschwundene Leidenschaft nur schwer akzeptieren können. Zwischen Nick und Olivier kam dieses Thema nie zur Sprache. Sie unterhielten sich über Wissenschaft, Politik und andere abgehobene Dinge, von der Plastikproduktion bis zum Golfkrieg – wobei das Öl die Verbindung lieferte.

So war die Konversation an jenem Tag dahingeplätschert, und so wurde sie in seiner Erinnerung noch einmal abgespult. Die Geschichte unseres Jahrhunderts ist eine Schande für die Menschheit, hatte der Belgier trübsinnig bemerkt. Alles, was einst gut war, ist ein Traum geworden, der kurz im Bewußtsein eines Schlafenden aufflackert: Die Zukunft hielt nichts als Katastrophen bereit, den Triumph von Sünde und Tod. Als Nick ihn gefragt hatte, was genau er damit meine, hatte der Belgier nur düster den Kopf geschüttelt und gesagt, die Welt sei ein gestrandetes Schiff.

Die Wendung fiel Nick beim Frühstück wieder ein, als er nachdenklich sein orangefarbenes kleines Papayakanu betrachtete. Jeden Morgen bekam er eines serviert, und es hatte den Reiz des Exotischen verloren. Fast wünschte er sich ein Schälchen Weetabix. Ihm fiel sogar der Werbeslogan wieder ein: »Wenn Sie in Hochform sein wollen, beginnt der Tag mit Weetabix.«

Da Souza kam auf den Tisch zugesegelt, strahlte unter dem geölten Haarschopf über das ganze Gesicht und füllte seine Kaffeetasse auf.

»Und wie geht es uns heute, Sir?«

»Geht so.«

»Sie sind unglücklich, Sir?«

»Nein, bloß ... schon wieder Papaya.«

»Mögen Sie nicht?«

»Egal. Ich meinte etwas anderes.«

»Sie haben Post, Sir.« Der Hotelmanager zog einen Brief aus der Jackettasche.

Der Umschlag trug ein Siegel vom Außenministerium und einen Poststempel aus Dar.

»Der ist ja über einen Monat alt!« rief Nick beim Blick auf die Briefmarke.

»Es tut mir leid, Sir, aber –«

Nick hob die Hand. »Ich weiß, sparen Sie es sich. Wir sind hier auf Sansibar.«

Er riß den Brief auf. Formell, kurz und bündig setzte ihn das Schreiben von der US-amerikanischen Botschaft in Daressalam darüber in Kenntnis, daß seine Tauchausrüstung angekommen sei.

Zweiter Teil

12

Sie reisten in einem verbeulten grünen Kleinbus nach Pakistan. Die Fahrt durch Afghanistan hatte quälend lange gedauert, weil die Straße von Kandahar nach Kabul voller Schlaglöcher war. Es gab auch unzählige Kontrollpunkte, aber Zayn hatte alle erforderlichen Dokumente und kannte alle Parolen, um die Taliban zufriedenzustellen. Nachdem sie die Hauptstadt selbst umgangen und den Fluß Kabul im Schutz der Dunkelheit überquert hatten, verbrachten sie die Nacht in Chost, wo der Scheich einen Lagerkomplex angelegt hatte. Dort zeigte Achmed der Deutsche ihnen das Video mit dem Lageplan des Anschlagsziels.

Nachdem sie sich am Tag darauf auf einer schmalen Straße voller Lastwagen, die schwarzen Qualm ausstießen und mit Agrarprodukten beladen waren, durch Geröllfelder geschlängelt hatten, überquerten sie ohne Zwischenfälle die Grenze. Sie hatten nichts dabei, was die pakistanischen Behörden mißtrauisch machen konnte. Die Sprengstoffkomponenten für die Mission wurden auf anderem Wege befördert: Al-Qaida hatte Verbindungen zu einer russischen Frachtfirma namens Air Jasikow, die sie aus Italien und der tschechischen Republik nach Oman brachte. Von dort wurden sie per Boot durch den Golf gebracht und dann an der ostafrikanischen Küste entlangtransportiert, auf Handelsrouten, die seit Jahrhunderten in Gebrauch waren.

Sie tragen eure Lasten zu Ländern, die ihr nicht hättet erreichen können … du siehst die Schiffe das Meer durchpflügen, auf daß ihr suchet nach seiner Huld … Die heiligen Worte gingen Chaled durch den Kopf, als er durchs Fenster vom Kleinbus die Felsgipfel von Nordpakistan betrachtete. Er sagte sich, daß er stark sein mußte. Stand denn nicht geschrieben, nur Gott wisse, was vor den Menschen liege? Menschen können nur die Teile SEiner Wahrheit verstehen, die er sie verstehen lassen will.

In Peschawar stiegen sie in einem Gästehaus ab, das dem Scheich gehörte. Es wurde *Bait al-Ansar* genannt, Haus der Helfer, und viele Mitglieder von al-Qaida und anderen islamischen Gruppen wohnten dort, wenn sie vor und nach Einsätzen durch die Stadt kamen. Zayn hatte angeordnet, sie sollten sich nicht blicken lassen, aber Chaled hatte es geschafft, sich – nach einem Frühstück aus bitterem Kaffee, Datteln und Joghurt – abzusetzen und durch die Straßen zu streifen, die vor Menschen, Verkehr und Dreck aus allen Nähten platzten.

Die abblätternden gelben Fassaden vieler Gebäude waren mit farbenprächtigen Postern pakistanischer Filmstars gepflastert. Es gab eine große Garnison und – Zeugnis der Verwüstungen einer Region durch jahrelangen Krieg – ganze Heerscharen verstümmelter Bettler. Die Beinlosen sausten auf niedrigen, mit Rädern versehenen Holzbrettern durch den schwarzen Abgasqualm und schoben sich auf ihren Fäusten voran, die sie mit dreckigen Lumpen umwickelt hatten.

Auf den Basaren standen alle möglichen Waren zum Verkauf, darunter auch furchterregende Waffenarsenale. Er kam an einem Stand vorbei, wo man Handgranaten wie Granatäpfel übereinandergestapelt hatte. Peschawar wimmelte angeblich von Schmugglern. Die meisten dieser Leute waren wahrscheinlich ganz normale Händler, aber es stimmte schon, daß neben den hiesigen Paschtunen Männer aus ganz Zentralasien durcheinanderwuselten: Usbeken mit buschigen Schnurrbärten, Turkmenen mit schwarzen Wollmützen, die wie Perücken aussahen, Nuristani mit blonden Haaren und blaßblauen Augen …

Er bestellte ein Glas schwarzen Tee, setzte sich ans Fenster der Teestube und betrachtete die Gesichter der Passanten. Die Vielzahl der Gesichter erfreute ihn. Denn auch wenn es keinen Gott außer Gott gab, waren die herrlichsten Plätze unter Gottes Himmel dann nicht Orte wie dieser? Orte, wo nicht nur dieses oder nur jenes zählte, wie die Taliban es postulierten, sondern die große Mischung des bunten Treibens. Seine Heimat war so. Sansibar, Pemba, Lamu … Die ganze Küste, Kilwa, Mombasa und Malindi, bis hinab nach Sofala in Mosambik, jenem Hafen, der den Alten zufolge einst das Tor zu einem sagenhaft reichen afrikanischen Königreich gewesen war, lange bevor die Weißen kamen.

Heimat. Bald würde er dort sein. Ihr Plan war, nach Dubai zu fliegen. Dort wollten sie im Transitraum mit al-Qaida-Mitgliedern auf der Reise nach Pakistan heimlich die Pässe tauschen. Einige Pässe waren falsch, andere echt. Dafür gab es jemanden bei al-Qaida, einen Mann, der Dokumente fälschte. Von Dubai aus wollten sie nach Maskat fliegen und dort in das Golfflugzeug umsteigen, das zwischen der Hauptstadt von Oman und Sansibar pendelte. Die Route war für die arabischen Familien eingerichtet worden, die sowohl auf der Insel als auch in der Wüste lebten – wie in so vielem seit der Revolution den Aufenthaltsbeschränkungen unterworfen, die es Arabern verboten, mehr als einen von vier Monaten auf Sansibar zu verbringen.

Das war einer von Chaleds Beiträgen zu der Mission gewesen. Meistens redete er es sich zwar ruhmvoll schön, aber manchmal schwante ihm, daß er nur angeworben worden war, weil er die richtigen Pässe und Visa hatte und über die erforderlichen Ortskenntnisse verfügte. All seine Dokumente waren von den al-Qaida-Fälschern kopiert worden. Zayn, der gebürtige Palästinenser, und Yousef, der Syrer, waren jetzt ebenfalls Sansibarer omanischer Herkunft. Zusammen mit Chaled konnten sie auf dem winzigen Flughafen von Sansibar ungehindert die minimalen

Kontrollen passieren. Die Dokumente wurden nie richtig geprüft, hatte Chaled erklärt. Und wenn sie den direkten Golfflug nahmen, umgingen sie die Einwanderungsstelle auf dem tansanischen Festland.

Das war wichtig. Im Einklang mit der Halbwahrheit, Sansibar sei ein unabhängiger Staat, der mit dem Festland nur eine Föderation bilde, verfügten die Inselbehörden über eine eigene Einwanderungsbehörde. Aber die war unterfinanziert. Entscheidend war, daß sie keine Computer hatte. In der Regel wurden Aus- und Einreisen nicht einmal auf Papier festgehalten. De facto würden die al-Qaida-Mitglieder unsichtbar ins Land kommen.

Zayn war wütend, als Chaled von seinen Streifzügen durch Peschawar zurückkehrte.

Er schrie ihn an: »Du bist ein junger Narr! Wenn dich nun ein pakistanischer Polizist angehalten und ausgefragt hätte?«

Chaled beugte nur zerknirscht den Kopf und wartete auf den brennenden Schlag mit der flachen Hand, den Zayn in solchen Fällen auszuteilen pflegte. Und es hatte viele solche Fälle gegeben.

Nach dem Mittagessen schickte Zayn ihn in die Stadt, um Ersatzteile für die Satellitentelefone zu besorgen, die sie beim Einsatz benutzen würden. Chaled fand das unlogisch: In einem Geschäft für Satellitentelefone fiel er doch wohl mehr auf, als wenn er am Fenster einer Teestube saß.

Am Spätnachmittag stieg er auf das Flachdach des Hotels und kam sich immer noch ungerecht behandelt vor. Als er auf den viereckigen Betonplatz hinaustrat, sah er eine kleine Gestalt. Ein Junge ließ einen Drachen steigen – eines von Hunderten der kleinen Dreiecke, die jeden Nachmittag über der Stadt in der Luft flatterten. Die meisten bestanden aus grünem oder rotem Stoff. Manche waren mit Bildern bedeckt, auch wenn die vom Boden aus kaum zu erkennen waren. Chaled blieb stehen und sah dem Jungen zu. Das Drachensteigen war in dieser Weltgegend eine Manie. Die Jungen klebten Glasscherben auf die Schnüre, traten gegeneinander an und versuchten, einander die Drachenschnur zu durchtrennen.

Er setzte sich auf die niedrige, roh verputzte Brüstung der Dachterrasse und beobachtete den Jungen, was diesen mit Stolz und Freude erfüllte. Jenseits der Grenze hatten die Taliban nicht nur Satellitenfernsehen, Videos, Fußball und Schach verboten, sondern auch das Drachensteigen. Chaled verstand nicht, warum. Vielleicht hielten sie Drachen aus irgendwelchen Gründen für Götzen. Dabei war das Drachensteigen so ein harmloses Vergnügen.

Chaled verfolgte, wie der Junge sein Luftfahrzeug manövrierte und es mit flinken, geschickten Handbewegungen Spiralen und Schnörkel drehen ließ, und fand seine gute Laune wieder. Über den Hügeln, die die Stadt umgaben, brach die Sonne durch die Wolken, beschien die Stadt, und die gelben Backsteingebäude warfen einen goldenen Glanz zurück, in dessen Mitte die roten und grünen Tupfer der Drachen tanzten. Unwillkürlich drängte sich ihm der Gedanke auf, ein Gemälde vor sich zu haben.

Das Gefühl war jedoch nicht von Dauer. Als sie sich in der Dämmerung zum Abendgebet im Hotelzimmer versammelten, fühlte Chaled wieder Zayns glühende Augen auf sich. Chaled kniete nieder und senkte den Kopf. Über ihnen surrte ein Ventilator. Er hörte Yousef neben sich flüstern und stimmte in die rezitierte Sure ein.

»Lob sei GOtt, dem Weltenherrn …«

*

Hoch über den drei Männern, höher als die Decke, höher als das Flachdach und der Drachenwald über Peschawar, höher, sehend und wissend – wenn auch nicht allwissend –, verrichtete die Satellitenaufklärung der US-amerikanischen Regierung ihr Werk. Bevor der verbeulte grüne Kleinbus vor einigen Tagen aus dem Lager aufgebrochen war, hatte eine hochauflösende Kamera ein Digitalfoto von dem

Fahrzeug gemacht. Soeben hatte sie eine weitere Aufnahme desselben Fahrzeugs vor dem Hotel in Peschawar geschossen, und diese hatte eine Reaktion ausgelöst.

Der Computer, der die Kamera steuerte, hatte die Information durch mehrere kritische Filter geschickt, um zu entscheiden, ob sie es wert war, an Nachrichtenanalytiker weitergeleitet zu werden. Da ein Filter die Bewegung von Fahrzeugen prüfte, lief das Weiterleitungsprogramm an. Eine codierte Nachricht schoß von einer von NSA und CIA gemeinsam betriebenen Datensammelanlage auf die Schreibtische diverser US-amerikanischer Beamter.

Zu diesen gehörte auch Jack Queller. Als Teil seiner Beratungstätigkeit hatte er sich bei seiner Pensionierung von der CIA ausbedungen, daß in seinem Büro im Blockhaus auf Aquinnah eine vollständige Kommunikationsanlage installiert wurde. Weswegen er auf traditionelle Kommunikationsweisen noch lange nicht verzichtete. Aquinnah lag im Südwesten von Martha's Vineyard und nicht weit vom Hafen, so daß er mit seinem kleinen Schnellboot jeden Morgen seine Post abholen konnte. Viel war es nicht – Kontoauszüge seines Anlageberaters und sporadische Hefte der von ihm abonnierten Zeitschriften. Aber er fuhr gerne hinüber, schon um nicht völlig zu vereinsamen.

Es gab zwei Fischer, mit denen er gern einen trank, Lanford Bourne und Todd Stubens, aber außer mit denen sprach er mit kaum jemandem. Schon gar nicht mit den ganzen Leuten aus New York, die in der Gegend plötzlich zu bauen anfingen. Kürzlich hatte es Auseinandersetzungen zwischen einem Baulöwen und der örtlichen Lobby der indigenen Bevölkerung gegeben, die aus militanten Wampanoag bestand.

Todd, selbst ein halber Wampanoag, besaß einen alten Navy-Leichter, mit dem er auf Hummerfang fuhr. Queller mochte das Boot, und manchmal fuhren sie zusammen aus und kontrollierten, ob sich jemand an den Hummerleinen zu schaffen gemacht hatte. Todd tat das am liebsten am frühen Morgen. Dann schlief die Stadt noch, und man konnte sich vorstellen, wie der Hafen früher ausgesehen haben mußte, als hier noch all die großen Schiffe angelegt hatten – Walfänger und Sklavenschiffe, Händler aus Europa und dem Osten. Todd hatte Queller eine alte Harpunenspitze gegeben, die er in einer Bucht gefunden hatte. Auf dem Fensterbrett im Wohnzimmer hatte sie einen Ehrenplatz neben einem Foto von Lucy bekommen.

Dort saß er jetzt, inmitten von Bücherregalen und nur mit Boxershorts bekleidet. Als das Posteingangssignal des Computers ertönte und am Bildschirm das dazugehörige Dialogfenster aufging – »Sie haben eine neue Nachricht erhalten. Nachricht jetzt lesen?« –, lag er auf dem Sofa und las wie jeden Morgen Verse von Omar oder einem anderen großen persischen Dichter.

Queller legte das Buch beiseite, ging zum Computer und klickte »O. K.« an. Seine Hand ruhte auf der Lehne des Drehstuhls, er las die E-Mail und nahm ihre Adressaten zur Kenntnis. Der Empfängerkreis änderte sich je nach Status und Thema der E-Mail.

An: Jack Queller
cc: Mort Altenburg, Sylvia Chavez, Edwin Elliott
Von: Datensammlung
Thema: al-Qaida-Aktivitäten
Nachricht: Kontaktaufnahme nach Prüfung Portal 99142/3/A.
Kontrollbefugnis: Altenburg.

Als er die letzte Zeile sah, runzelte Queller die Stirn, ließ den Drehstuhl um seine Achse kreisen und ging in die Küche, um Frühstück zu machen. Es versetzte ihm einen Stich, seine Berichte einem Jüngeren vorlegen zu müssen. Altenburg hatte nur einen Bruchteil seiner Erfahrung, was Terrorismus und Geiselnahmen anging, hielt sich aber für einen Experten. Queller steckte Brotscheiben in den Toaster und schaltete den Wasserkocher ein. Egal, worum es ging, die Nachricht konnte warten. Schmerz durchzuckte seinen Armstumpf, als hätte er die Glühdrähte des Toasters dagegengepreßt. Ab und zu meldeten sich auf diese Weise die durchtrennten Nerven; das hatte teils physiologische, teils psychosomatische Ursachen – nur der Schmerz war immer gleich.

Er hatte gute Gründe, Altenburg nicht zu mögen. Der FBI-Mann hatte kürzlich sein Veto gegen einen Einsatz eingelegt, den er zur Hälfte vorbereitet hatte und verdeckt über die Gruppe Terrorabwehr hatte laufen lassen wollen. Er hatte die Vertreter zweier Ölkonzerne (wie viele andere in der Ölbranche ehemalige Angehörige der Agency) dafür gewinnen können, für ein inoffiziell geplantes Projekt je 500000 Dollar aufzubringen. Als Gegenleistung wollte Queller ihnen über einen Kontaktmann im Sudan Bohrkonzessionen in einem Gebiet von 30000 Quadratkilometern zuschanzen. Mit dem Geld wollte er einen verdeckten Einsatz zur Ermordung Osama bin Ladens finanzieren. Aber obwohl das Geld auf einem Londoner Anderkonto lag und alles startklar war, hatte Altenburg den Plan blockiert. Queller raste und war drauf und dran, den Einsatz auf eigene Faust durchzuführen. Er kannte sich mit verdeckten Operationen jedoch gut genug aus, um zu wissen, daß diese ohne stillschweigende offizielle Rückendeckung schiefzugehen pflegten. Nur Geheimdienste hatten die – bestreitbaren wie unbestreitbaren – Mittel, um solche Einsätze anständig durchzuführen.

Queller hatte noch einen weiteren Grund, Altenburg nicht zu mögen. Er verdächtigte ihn, auf die Kündigung seines Beratervertrages hinzuarbeiten. Offiziell unterstanden sie beide der kürzlich gegründeten Gruppe Terrorabwehr, deren geheimdienstübergreifende Agenten Nachrichten sammelten, um geplante Terroranschläge zu vereiteln. Die Gruppe Terrorabwehr wiederum unterstand direkt Außenministerin Albright – mit der Queller befreundet war –, aber die durfte in einen Disput dieser Art nicht verwickelt werden, denn den konnte es offiziell gar nicht geben. Es war sowieso eine Fiktion, daß das Außenministerium in der Gruppe Terrorabwehr die Führung innehatte. Dort herrschte das übliche Machtvakuum aller geheimdienstübergreifenden Zusammenhänge, und das erlaubte es Männern wie Altenburg, ihren Einflußbereich zu vergrößern.

Queller balancierte eine Scheibe Toast mit Himbeermarmelade auf dem Kaffeebecher ins Büro, setzte sich an den Schreibtisch und las die E-Mail ein zweites Mal. Zu Beginn seiner Beratungstätigkeit hatte er überlegt, seine Wohnung in Washington oder das Haus in einem Vorort von Langley zu behalten – aber seit das Informationensammeln und -auswerten mit der elektronischen Revolution Schritt hielt, war das nicht mehr nötig. Er hatte die Wohnung daher untervermietet und das Haus verkauft. Dort spukten sowieso zu viele Gespenster. Er warf Lucys Foto im silbernen Rahmen einen Blick zu – sie lächelte vor dem Institut du Monde Arabe in Paris, wohin sie ihr letzter gemeinsamer Urlaub geführt hatte –, und wieder einmal versetzte es ihm einen Stich.

Inzwischen verbrachte er fast sein ganzes Leben auf Aquinnah und verließ die Insel nur noch, wenn Sitzungen in Washington oder Langley anstanden oder er vor den jungen Agenten in der FBI-Akademie Quantico oder in den Schulungszentren anderer Regierungsbehörden Vorträge halten mußte wie neulich im Bureau of Diplomatic Security.

Er dachte an die intelligente junge Frau, die ihn dort angesprochen hatte – die mit den tiefgrünen Augen, der gegenüber er abgestritten hatte, daß es Operationen wie die just ins Wasser gefallene gäbe. Die Frau, die nach Dar versetzt worden war. Wie hatte die noch gleich geheißen?

Ein hingekritzeltes Wort auf dem Notizblock neben dem Computer fiel ihm ins Auge. *Insektizid.* Mußte er unbedingt besorgen, wenn er das nächstemal nach Vineyard Haven fuhr. Vor ein paar Tagen war ihm aufgefallen, daß sich die Holzverschalung am alten Teil des Blockhauses (er hatte einen Anbau hinzugefügt) ausbeulte. Er hatte sie berührt, und das ganze Ding war ihm entgegengekommen und hatte ein langes, schmales Termitennest freigelegt. Hunderte der kleinen Viecher waren ihm auf Gesicht und Haar geregnet.

Queller trank einen Schluck Kaffee und überflog den Bildschirm. Früher hatte er mal versucht, mit seiner Prothese zu tippen. Dazu hatte er noch vorhandene Muskeln im Armstumpf anspannen müssen. Sensoren in der Prothese maßen die Muskelströme und steuerten einen einzelnen latexüberzogenen Finger. Das Ganze war jedoch zu mühsam und schmerzte zu sehr.

Heute hing der Arm deswegen an seinen Riemen nebenan über der Lehne eines Wohnzimmerstuhls. Die abnehmbare fleischfarbene Hand lag auf der Sitzfläche. Er haßte die Prothese. Egal, wie oft die Gelenkpfanne neu gepolstert wurde (und er ging alle sechs Monate zu einem Spezialisten), sie scheuerte am Stumpf. Er trug sie kaum, außer wenn er nach Washington fuhr. Er machte sich vor, er täte es wegen des Aussehens, aber insgeheim genoß er wohl einfach die schockierten Mienen der Menschen, die ihm die Hand schütteln wollten und feststellen mußten, daß sie nicht echt war. Wie die junge Frau, deren Namen er vergessen hatte. Er nannte es die Rache der Handlosen.

Miranda Powers! Der Name fiel ihm wieder ein, als wäre in seinem Gehirn eine kleine Sprengladung detoniert.

Queller hatte eine erkleckliche Anzahl von Händen, eine ganze Schublade voll von den Mistdingern, mit allen möglichen Eigenschaften und Beschaffenheiten. Die hatte er im Krankenhaus bekommen, in die Schublade gelegt und kaum je wieder angerührt. Für ihn waren sie nie Teil seiner selbst geworden, weil, wie er zuweilen kalauerte, zu klar auf der Hand lag, was er verloren hatte. Nicht nur das konkret Verlorene, sondern auch die Betätigungen, zu denen er nicht mehr imstande war, etwa das Binden von

Schnürsenkeln – er mußte Slipper tragen – oder die vielen Gesten, für die man zwei Hände brauchte.

Er hatte auch ein paar Hooks aus Metall bekommen, aber die trug er erst recht nicht, weil er sie einfach grotesk fand.

Im Grunde fand er inzwischen alles grotesk, die ganze Bandbreite des Lebens von der Komödie bis zur Tragödie und alle Zwischenstufen. Dazu neigte dieser Tage alles: Farbe wurde stumpf, Dreidimensionalität flächig, überall herrschte die Nichtdynamik von Festschreibungen und Determinierungen.

Daß Bin Laden die ganze Welt auf einen einzigen Aspekt reduzierte – das Thema seines Vortrags –, war Teil desselben Phänomens, derselben Groteske. Und Altenburg und Kirby vielleicht auch ... In alldem war kein Platz für Maserung und Textur, anders als bei den Flechten auf den Felsen von Aquinnah. Und doch gab es Berührungspunkte und Überschneidungen zwischen den verzerrten Abbildern und der Rauheit der Existenz. Das war das Mysterium: daß sich das Unauthentische genauso leicht mit dem Authentischen verband, wie sich die Schäfte seiner verschiedenen Hooks und Hände seinem Armstumpf anpaßten.

Queller gab sich gern Gedankenspielen über die materialen Bedingungen seiner Behinderung hin und schwang sich von dort stets zu abstrakten Höhenflügen auf. Für ihn war es eine Kompensation des Verlusts: Durch diese Einstellung war er seinem Zustand nicht mehr so hilflos ausgeliefert. Das konnten wohl nur die von den Sittenwächtern der politischen Korrektheit als »anders Begabte« Titulierten nachvollziehen: Man formte die normal begabte Welt nach den eigenen Bedürfnissen.

Langer Rede kurzer Sinn, Queller saß bis auf seine Boxershorts nackt da und lenkte den Cursor mit der Hand aus Fleisch und Blut auf den Hypertext-Link in der E-Mail:

Kontaktaufnahme nach Prüfung Portal 99142/3/A.

Was bedeutete das? Die Nachricht war über das eigene und geschützte Netzwerk der CIA und nicht über einen kommerziellen Link gekommen und instruierte ihn, sich direkt in die Datenbank von Langley einzuloggen und die Satellitenbilder zu untersuchen. Er klickte den Link an und wartete ein paar Sekunden, bis das Bild aufgebaut war. Es zeigte einen grünen Minibus, der vor einem Gebäude mit Flachdach parkte. Unten links am Bildschirm wurde ein hypnotisch blinkender Text in das Bild eingeblendet:

> Neuer Standort, Ankunft 1730 Ortszeit. Lageraufbruch drei Tage zuvor.

Queller trank einen Schluck Kaffee und betrachtete den grünen Kleinbus eine Weile. Dann tippte er mit einem Finger:

> Empfehle ab Peschawar Observation vor Ort. Hoher Bedrohungsfaktor. Sie setzen sich in Bewegung. Vgl. meinen früheren Bericht bezüglich angekündigter Anschläge von al-Qaida, ägyptischer Dschihad-Organisation und anderen Terrororganisationen gegen US-amerikanische Einrichtungen.

Die E-Mail blinkte praktisch sofort auf Altenburgs Bildschirm in Washington auf: Das CIA-Netz war weit effizienter als seine kommerziellen Pendants. Deswegen bekam Queller auch schnell Antwort, allerdings sollte sie ihn nicht besonders glücklich machen:

> Kommt nicht in die Tüte, Jack. Wir haben das doch oft genug durchgekaut. Für eine solche Observation sind gegenwärtig schlicht und einfach keine Mittel verfügbar zu machen.

Queller stand auf. Die stets aufmerksame Streßwache, sein Armstumpf, fing wieder qualvoll an zu pochen. Er verließ das Zimmer und ließ Altenburgs Nachricht auf dem Bildschirm stehen. Er durchquerte das Wohnzimmer mit den Rohrstühlen und Kissen und trat auf die Veranda. Noch immer trug er nichts als Boxershorts und spürte trotz des Sommers die morgendliche Kühle. Aber das war ihm egal.

Wer sollte ihn denn schon sehen? Wie er die Treppe hinunterging und auf die Lichtung im Kiefernwäldchen trat, das sein Blockhaus umgab – das Blockhaus, in dem Lucy Forellen gegrillt, während er am Eingang mit dem Lötkolben *Sansibar* in ein Brett eingebrannt hatte. Warum? Weil ihn das Meer an seine Kindheit in Ostafrika erinnerte. Allerdings war es hier am Kap meist sehr viel kälter.

Beim Gehen spürte er die Brise auf der Brust und die Kiefernnadeln unter den Fußsohlen. Vor ihm gabelte sich der abschüssige Pfad, und er ging Richtung Ufer. Seine Füße pflügten durch die Kiefernnadeln und warfen um seine Knöchel ein grünes Flüßchen auf. Als er die Pechkiefern hinter sich hatte, kam er auf ein hübsches kleines Hochland, wo am Rand einer Weide Stechginster-, Bram- und Wacholderbüsche wucherten. Reste alter Steinmauern markierten eine ehemalige Grenze. Er ging weiter, genoß den federnden Boden und das Zwitschern der Grünfinken, die in den Wacholderbüschen nisteten. Auf dem Festlandstreifen erhob sich in weiter Ferne ein Hügel mit einer alten Kirche, zu der sich eine schmale Straße hochschraubte. Eine katholische Kirche der Portugiesen, eine alte Missionsstation. Dort fanden längst keine Gottesdienste mehr statt. Nur von Touristen wurde sie noch besucht, die in der Nähe die seltsamen Klippen sehen wollten, die für ihre buntschillernden Schliffe im Gestein berühmt waren.

Zwei Verse aus dem Koran, den er fast auswendig kannte, fielen ihm ein: *Siehst du nicht, daß Gott vom Himmel Wasser herniedersendet? Und mit ihm holen Wir Früchte von mannigfacher Farbe heraus. Und in den Bergen finden sich weiße und rote Züge, bunt an Farbe, und rabenschwarze; und Menschen, Tiere und Vieh von bunter Farbe. Und darum fürchten Gott von Seinen Dienern nur die Wissenden …* Es war ein Plädoyer für Gleichheit, abgesehen von der schwerwiegenden Unterscheidung von Gläubigen und Ungläubigen, und es war eine Enthüllung. Farbe war nichts als eine Illusion im Geist des Menschen, selbst die vielen Weißschattierungen, die der Plural des Originals andeutete.

Er ging weiter und durchquerte noch ein Wäldchen – Ahorne, wieder Robinien und eine altehrwürdige Eiche. Dann auf einmal Sand und Weite: Urplötzlich tat sich über ihm der Himmel auf. Er war jetzt in den Dünen, in denen sich seine Laune normalerweise besserte, aber heute blieb sie schlecht und seine Faust geballt. Seine einzige Faust. Auf der anderen Seite spürte er nur dumpfen Schmerz. Phantomglieder. Alles, was da fehlte: die eigene Hand und die Hand, die sie hätte halten sollen. Lucys.

Queller sah auf die Meereswogen hinaus. Der Wind war aufgefrischt und führte Gischt mit. Dadurch wich die schlechte Laune endlich, aus der Brust vertrieben vom Wind, vom Gischt und von den hereinrollenden Wellen, die ihn, phantastisch, besuchen kamen. Jede von ihnen schien zu beweisen, daß ein Mann einsam und einarmig sein, graue Haare auf der Brust haben und in Unterwäsche am Ozeanstrand stehen konnte, ohne deswegen die Blüte seiner Jahre hinter sich zu haben.

Er setzte sich im Schneidersitz in den Sand und begann zu meditieren.

13

Miranda Powers sah von ihrem Schreibtisch auf und blickte in den Garten der Kanzlei hinab. Die allmählich nachlassende Bullenhitze des Tages hatte unten in der Lavendelhecke aromatische Öle freigesetzt. Sie war überrascht, daß sie auch in zehn, fünfzehn Meter Höhe noch so stark rochen. Aber es war ja auch windstill.

Sie suchte in dem Durcheinander auf ihrem Schreibtisch ein Haarband, faßte ihre Haare zusammen und band sie straff zu einem Pferdeschwanz. Ihre Arbeit war fast getan. Der Eintrag im Tagesbuch war fertig. Das Protokoll war befolgt worden. Im Garten war alles vorbereitet für den morgigen Tag. Sie sah die Bank, auf der Ray so gerne saß und las, und sie sah die silbrige Wasserfontäne des Springbrunnens. Die Sonne warf Schatten, und die Streben der Bank malten auf den Betonplatten ein kleines Gefängnis. Schläfrig starrte sie auf das Muster, vertieft in die harmonischen Winkel, die es mit dem symmetrischen Gitterwerk eines Bougainvillea-Spaliers in der Nähe bildete, als sie jemanden durch den Garten gehen sah.

Ein großer junger Mann mit dunklen Locken, sonnengebräuntem Gesicht und der Statur eines Schwimmers. Das war nicht weiter ungewöhnlich, auffällig war bloß, daß er zwei große Preßluftflaschen auf den Rücken geschnallt hatte. Verblüfft sah sie zu, wie er durch die Kontrollstelle der Marines das Botschaftsgrundstück verließ und zur Laibon Road ging.

Als sie auf die Papiere blickte, die ihren Schreibtisch bedeckten, mußte sie sich eingestehen, daß das so ungefähr die interessanteste Begebenheit des Tages gewesen sein dürfte. Dar war wirklich ein verschlafenes Nest. Um dem Leben ein bißchen Pep zu geben, unternahmen Ray und sie jetzt öfter Wochenendausflüge. Sie waren schon auf Kamelsafari im Arusha National Park gewesen und hatten Geparden beim Jagen beobachtet. Einmal hatten sie mitten im ostafrikanischen Grabensystem Picknick gemacht, an einem kaum aussprechbaren, aber sehr idyllischen Ort namens Mto wa Mbu. Er lag nördlich vom Lake Manyara, und der Name bedeutete »Moskitobach« – aber die Moskitos waren gar nicht so schlimm. Sie hatten im *Fig Lodge Hotel* übernachtet und im Wildreservat Gnus, Zebras und Giraffen gesehen. Einmal war ihnen sogar ein Pavian auf die Motorhaube gesprungen.

Sie planten längere Touren nach Sansibar, in die Serengeti und auf den Kilimanjaro, was eine strapaziöse, aber lohnende Bergtour sein sollte. Sie war gern mit Ray unterwegs, weil es immer was zu lachen gab. Aber sowohl auf diesen Ausflügen als auch zu Hause in ihrem kleinen Bungalow fühlte sie sich manchmal einsam. Ihr fehlte einfach ihr Vater. Abends stand ihr in den letzten Momenten vor dem Einschlafen oft noch sein Gesicht vor Augen: dieses große, etwas grobe Gesicht voller Bier- und Lachfältchen, gekrönt von vorzeitig ergrauten Haaren. Sie hatte immer zwei Fotos von ihm dabei. Auf dem einen trug er Uniform und drückte seine Polizeimütze an die Brust, auf dem anderen stand er mit nackten Armen und Schürze zu Hause am Grill. Die lebendigste Erinnerung an Joe Powers war jedoch, wie er auf dem Totenbett mit heiserer Stimme gesagt hatte, *mach etwas aus dir, Miranda, sei stark …*

Sie hatte ständigen E-Mail-Kontakt mit Kirsteen in Washington und auch mit anderen Freunden. Aber da sie keine Eltern mehr hatte, bis auf irgendwelche Vettern in Irland keine lebenden Verwandten und trotz gelegentlicher Beziehungen in der Vergangenheit keine »große Liebe«, wie Ray das mal genannt hatte, mußte sie sich eingestehen, daß ihr der richtige Anker im Leben fehlte.

Seltsamerweise sah sie den jungen Mann kurz darauf ein zweites Mal, als sie auf der Heimfahrt an ihm vorbeifuhr. Die Ampel sprang auf rot, er überquerte vor ihrem Wagen die Straße, und sie blickten sich kurz an. Er sah komisch aus, wie er da mit seinen Preßluftflaschen auf dem Rücken mitten durch die Stadt lief. Ihr Fuß schwebte über dem Gaspedal, und sie überlegte kurz, ob sie am Straßenrand halten und ihn mitnehmen sollte, aber dann riß sie der Verkehrsstrom weiter, und die Chance war vertan.

Der nächste Tag war ein Samstag, und sie fuhr wie immer nach Kunduchi. Das war der Haupturlaubsort an der Küste, und sie ging da oben gern schwimmen. Der Ort war nicht so trendy wie der Jachtclub und sicherer als Oyster Bay, der Strand in der Nähe ihres Bungalows, wo jetzt schon ein paarmal westliche Touristen überfallen und beraubt worden waren. Sie hatte keine Lust, ständig Angst haben zu müssen, Handtuch und Sonnenbrille könnten ihr gestohlen werden, während sie im Wasser war. Deshalb hatte sie es sich angewöhnt, ins *Kunduchi Beach Hotel* zu fahren, das am Meer lag und sicher und anonym war. Gegen eine kleine Gebühr konnte man sich in den Swimmingpool-Kabinen vom Hotel umziehen und seine Sachen in einem Schließfach deponieren.

Nach ausgiebigem Schwimmen ging sie am Strand entlang. Er war voll, schließlich war Wochenende. Einheimische und Touristen waren scharenweise unterwegs, picknickten oder sonnten sich. Sie kam an einer Gruppe von Jungen vorbei, die im Wasser herumplanschten, und suchte sich ein ruhigeres Fleckchen. Da sie die angepeilte Felsnase nicht aus den Augen ließ, hätte sie einen entgegenkommenden Mann beinahe übersehen; sie waren fast aneinander vorbei, als sie ihm einen Blick zuwarf und den jungen Mann vom Vortag erkannte. Er bemerkte sie im selben Augenblick.

Miranda drehte sich als erste um und sagte ganz automatisch: »Hey, Sie hab' ich doch gestern in der Botschaft gesehen.«

Der Mann in weißen Shorts reagierte auf die Eröffnung mit verwirrtem Blick und zog die Hände aus den Hosentaschen.

»Kennen wir uns?«

Erst als sie sich jetzt gegenüberstanden, fielen Miranda seine Größe, seine beeindruckende Bräune und, dies am meisten, die glatte Haut seiner Brust auf.

»Ich bin kurz danach im Wagen an Ihnen vorbeigefahren«, erklärte sie hastig. »Sie hatten Preßluftflaschen auf dem Rücken.«

Sie grinste ihn verschmitzt an und legte den Kopf auf die Seite. »Ganz schön schräges Outfit.«

»Finden Sie?« sagte der Mann förmlich. »Ich fand sie so am leichtesten zu tragen. Sie sind?«

»Miranda Powers. Ich arbeite in der Botschaft.«

»Ach so«, sagte der große braungebrannte Mann und nickte.

Er taute etwas auf, lächelte und hielt ihr zur Begrüßung die Hand hin.

»Nick Karolides. Ich bin bei der USAID auf Sansibar.«

Sie schüttelte ihm die Hand. »Ich hör' immer wieder, wie schön es da drüben sein soll.«

Er nickte wieder. »Ist es auch. Ich arbeite für ein Riffschutzprojekt. Dafür brauch' ich die Preßluftflaschen. Deswegen bin ich jetzt auch hier. Ich lass' sie im Hotel auffüllen; ist billiger als auf Sans.«

»Sans? Ist das die gängige Abkürzung?«

»Ähm, nö, hab' ich mir grad ausgedacht«, sagte er und grinste etwas dümmlich. »Soviel ich weiß, wurde es von den Arabern aber Sinj genannt. Sinj el Barr. Küste der schwarzen Menschen. Hat mir wer erzählt ... irgendwas in die Richtung.«

Sie gingen nebeneinanderher.

»Die Flaschen brauchen eine Weile. Wo wollen Sie hin? Sonne tanken?«

»Genau. Da drüben, hab' ich gedacht.«

Sie zeigte ihm die Stelle. Die stürzenden Wellen, ihre nackten Füße im Sand und das Kindergeschrei hinter ihr waren ihr deutlich bewußt.

Nach einer kurzen Pause sprach er weiter und gab etwas Unerwartetes preis. »Als Kind bin ich immer zum Spielen an den Strand gegangen.«

»Wo sind Sie denn groß geworden?«

»Florida. Geboren und aufgewachsen. Meine Familie kommt aber aus Griechenland. Und Sie?«

»New York. Irisch.«

»Jetzt sagen Sie bloß nicht, Ihr Vater ist ein Cop.«

Sie lachte und äffte ihn dann nach: »Klar ist mein Vater Cop. Wenn ich's Ihnen doch sage. Jedenfalls war er einer. Nach seiner Pensionierung ist er zum Wachschutz gegangen.«

»Ist auch sicherer.«

Sie schüttelte den Kopf, und ihre Miene verfinsterte sich. »M-m. Er bewachte eine Bank. Wurde bei einem Überfall in die Brust geschossen.«

Er blieb stehen. »Herrgott, das tut mir leid. Wollte bloß einen Witz machen.«

Sie mußte über die Beileidsbekundung lächeln. »Kein Problem. Konnten Sie ja nicht wissen.«

Er sog die Luft zwischen den Zähnen ein und hob in einer hilflosen Geste die Hand, als könne er sich nicht richtig ausdrücken.

»Das macht nichts«, sagte sie noch einmal und fand ihn etwas seltsam.

»Mein Vater ist auch tot«, platzte er heraus.

Sie schaltete und sagte: »Ach so. Tut mir leid. Damit müssen wir uns wohl abfinden – in einem bestimmten Alter, meine ich.«

Er ging weiter und kickte den Sand mit den Füßen. »Müssen wir wohl. Eine Frage der Statistik, nicht wahr?«

»Ja, eine Frage der Statistik.« sagte sie zustimmend, obwohl er jetzt etwas trotzig klang.

»Mein Vater ist auch keines natürlichen Todes gestorben. Wie groß ist die statistische Chance für einen Haiangriff?«

»Soll das heißen, er ist von einem Hai getötet worden?«

»Genau.«

Sie mußte das sacken lassen und schwieg.

»Ich hab' das nur so dahingesagt«, meinte sie schließlich.

Er zuckte die Schultern. »Halb so wild. Einfach Pech gehabt, nehm' ich an. Genau wie Sie.«

Sie sah aufs Meer hinaus. »Gibt es hier Haie?«

»Hier?« Er lachte höhnisch. »Natürlich. Haie gibt es überall. Aber sie kommen nur selten so nah ans Ufer. Hier wird so viel gefischt, da lernen sie schnell, sich fernzuhalten.«

»Gut«, sagte sie und gönnte ihm ein Lächeln.

Sie hatten einen Felsen erreicht, der ins Meer vorsprang und sich dann wie ein Fragezeichen zurückkrümmte. Ganz selbstverständlich, als würden sie sich schon seit Jahren kennen, machten sie es sich auf seinen glatten warmen Flanken gemütlich – Nick saß in Shorts da und ließ die Füße ins Wasser baumeln, Miranda räkelte sich neben ihm wie eine blaßgolden schimmernde Odaliske.

Er planschte mit den Füßen in der Strömung. Er wirkte abwesend, fand sie, wie er die Blicke zum blauschimmernden Horizont schweifen ließ. Das intensive Gleißen der Unendlichkeit wurde nur von einem Containerschiff gestört, das den Hafen von Dar ansteuerte.

»Da kommt man richtig ins Grübeln, finden Sie nicht?« meinte sie und folgte seinem Blick. »Man wird pötzlich so klein – als Mensch, mein' ich. Finde ich jedesmal wieder.«

»Geht mir genauso. Mir fallen dann immer die ganzen Geschichten von unterseeischen Städten ein. Ganzen untergegangenen Zivilisationen.«

»Das sind doch aber bloß Legenden. Die Sintflut eben.«

»Für eine Legende hat das ein ganz schönes Kaliber. Allein die Vorstellung, daß Millionen einfach absaufen. Stellen Sie sich vor, Sie hätten als einzige überlebt. So wie Charlton Heston in *Planet der Affen.* Gehen allein am Strand lang und finden die Freiheitsstatue. Der letzte Mensch.

Oder die letzte Frau«, fügte er hinzu. »Obwohl das dann auch egal wäre. Außer man wäre schwanger.«

Und nach einer Pause: »Sie, meine ich.«

Sie fand seine Unbeholfenheit rührend. »Erzählen Sie so was jeder Frau?« fragte sie augenzwinkernd. »Wenn Sie sie grade erst kennengelernt haben?«

»Sie haben mich doch angesprochen«, sagte er bockig.

Wieder kehrte verlegenes Schweigen ein. Miranda versuchte seine Gedanken zu lesen. Auf den zweiten Blick wirkten seine beeindruckenden Gesichtszüge etwas schlichter; nicht direkt häßlich, aber etwas in der Art: breiter Mund, hohe Stirn, die etwas abgeflachte Nase. Trotzdem hatte er was, fand sie.

Die Anspannung löste sich, als ein Schwarm großer afrikanischer Sandfliegen nahte, die wie Zangen zubissen. Als die Insekten hungrig über sie herfielen, schlugen Nick und Miranda mit flachen Händen auf sich ein. Wie auf Kommando stürzten sie dann lachend und kreischend ins Meer.

Es war rauher, als sie erwartet hatten. Miranda wurde von einem Brecher überrollt und umgeworfen und scheuerte mit der Schulter über den groben Sand. Sie geriet in Panik, strampelte wie wild und schluckte Wasser.

Plötzlich halfen ihr starke Arme auf. Er hielt sie sanft unter den Achseln, während sie Meerwasser spuckte. Sie fand ihr Gleichgewicht wieder und stellte sich breitbeinig in den Sand.

»Alles okay, alles okay.«

Er ließ sie los. »Vorsichtig. Lieber so.« Er hielt mit den Armen die Balance. »Das Meer hat hier starke Strömungen. Legen Sie sich lieber wieder in die Sonne.«

Sie schüttelte stirnrunzelnd den Kopf. »Danke, aber ich möchte schwimmen«, sagte sie.

»Dann kommen Sie lieber weiter raus. Da ist es sicherer als hier, wo die Strömung auf den Strand trifft.«

Sie wollte noch etwas sagen, aber er war schon losgeschwommen. Beim Beinschlag sah sie seine weißen Fußsohlen. Sie folgte langsam, zog dem Kraulen lieber das Brustschwimmen vor. Sie spürte, wo sie sich am Sand die Schulter verletzt hatte und die Stelle, an der seine Hände sie erst gehalten und dann wieder losgelassen hatten.

Weiter draußen traten sie, einander zugewandt, Wasser, Tropfen in den Haaren und Gesichtern. Hier war die See ruhiger. Um sie her wogten die Wellen und spiegelten das Sonnenlicht in irisierenden Flächen.

»Was machen Sie in der Botschaft?«

»Diplomatische Sicherheit«, sagte sie leicht förmlich.

»Ohne Scheiß? Sie sind so eine Art Spion?«

»Nein! Wir kümmern uns um die Sicherheitsvorkehrungen oder jedenfalls ein paar davon. Für das harte Durchgreifen sind die Marines da. Ich habe hauptsächlich mit Personalfragen und technischen Problemen zu tun. Muß also dafür sorgen, daß wir die richtigen Mauern und Zäune und Alarmanlagen haben. Und die richtigen Angestellten von hier. Keinen, der sich als Bedrohung erweisen könnte.«

Nick lachte. »Wer bedroht uns denn heutzutage? Hier bestimmt keiner. Okay, ich hab' gehört, Nyerere und seine ostdeutschen Berater hätten den Tansaniern eingebimst, uns als Reich des Bösen zu sehen, aber ich habe nicht das Gefühl, daß die das je ernst genommen haben.«

»Wir müssen uns überall an die Vorschriften halten, wissen Sie.«

»Klar, versteh' ich«, erwiderte er. »Ich glaube, ich werd' dann mal wieder. Muß die Flaschen abholen.«

Sie schwammen zusammen zurück. Diesmal ließ sie sich nicht abhängen.

»Können Sie mich zufällig in die Stadt mitnehmen?« fragte er, als sie aus dem Wasser stiegen. »Dann muß ich mir nicht erst ein Taxi rufen.«

»Klar, wo wollen Sie denn hin?«

»Ich muß noch einkaufen. Hauptsächlich Lebensmittel … bestimmte Sachen krieg' ich auf Sansibar nicht.«

»Wie wär's mit dem PX?« bot Miranda an. »Der Botschaftsladen. Ich kann Sie da reinbringen. Da kriegen Sie alles mögliche.«

»Klasse«, sagte er und lächelte sie an. »Und das macht Ihnen bestimmt keine Umstände?«

»Nicht die Spur. Am Sonntag gibt's nur Selbstbedienung, und alles wird angeschrieben. Sie können mir das Geld ja wiedergeben.«

»Ich hab' aber nur Schillings, keine Dollars.«

»Kein Problem. Kann ich tauschen. Außer Sie wollen den ganzen Laden leerkaufen.«

»M-m. Ich brauch' bloß Abwechslung. Fisch und Reis, Reis und Fisch, das hängt mir langsam zum Hals raus.«

»Spricht für Sie.«

»Wie man's nimmt. Am meisten sehne ich mich nach Schokolade, Steaks und Eis.«

»Haben wir alles im Angebot«, sagte sie mit alberner Verkäuferinnenstimme.

Als sie am Strand entlanggingen, trockneten sie in der Sonne, lachten und scherzten. Er holte im Tauchshop seine Preßluftflaschen ab. Sie nahm ihre Sachen aus dem Holzschließfach, dessen Schloß vom vielen Gebrauch gelockert war. Sie trocknete sich fertig ab, zog sich an und verwendete mehr Zeit als sonst darauf, sich die Haare zu richten. Sie musterte sich prüfend im Spiegel und ärgerte sich, daß sie kein Make-up mitgenommen hatte.

Als sie aus der Kabine trat, wartete er schon mit der Doppelflasche neben sich.

»'tschuldigung, daß es so lange gedauert hat …« Die Lüge kam so automatisch, daß sie selbst verblüfft war. »Ich hab' mein Schließfach nicht aufgekriegt.«

»Kein Problem. Ich bin auch grad erst zurück.«

Auf seinem T-Shirt waren Fische abgebildet, darunter

trug er die weißen Shorts, in denen er auch geschwommen war, sowie schwarze Sandalen mit Klettverschlüssen an den Knöcheln. Irgendwie gefiel er ihr, wie er so dastand und wartete, aber sie war nicht sicher. Nicht *ganz* sicher.

Sie öffnete den Kofferraum, und er hob die Preßluftflaschen hinein. Dann fuhren sie nach Dar zurück. Unterwegs ging ein Gewitter nieder, es donnerte und blitzte. Schnell bildeten sich auf dem Laterit große braune Pfützen.

»Wir haben doch noch gar keinen Monsun«, sagte er, als der Wagen durch die Pfützen spritzte. »Muß ein Freak sein.«

Der Regen kühlte die Luft ab, und sie schaltete die Klimaanlage aus. Unterwegs erstaunte es sie plötzlich, wie sich der Tag entwickelt hatte. Was würde Ray wohl dazu sagen?

An der Botschaft winkten die Marines sie durch, ohne daß Miranda das Fenster öffnen mußte.

»Sie kennen den Wagen«, erklärte sie. »Eigentlich müßten sie aber rauskommen und prüfen, ob noch jemand dabei ist.«

»Kann man Ihnen bei dem Wetter nicht verübeln«, sagte er und betrachtete den Umriß der Tarnuniform des Marine in seinem Verschlag.

So schnell sie konnten, rannten sie über den durchweichten Rasen, wurden aber trotzdem klatschnaß. Als sie im PX durch die Gänge gingen, spürte sie, wie er ihren Körper anstarrte, der sich unter dem nassen Baumwollkleid abzeichnete. Sie wußte nicht genau, ob sie das mochte, genoß es aber, ihn dabei zu ertappen, wie er schuldbewußt die Augen niederschlug. Dann wieder sah sie darin nichts als männliches Durchschnittsgaffen. Nichts Besonderes.

Als sie wieder ins Freie traten, war das Gewitter weitergezogen. Die Sonne brannte wieder herab, obwohl es noch feucht und nach Pflanzen roch. Ein Geruch nach Tod und Verfall, der ebenso zum Regen in den Tropen gehörte wie die giftigen Blumen, die sie in Mto wa Mbu gesehen hatte. Er packte seine Sachen in den Kofferraum, und sie blieben noch kurz unter der offenen, tropfenden Kofferraumklappe stehen und tauschten Telefonnummern und E-Mail-Adressen aus – unter den wachsamen Augen einer Sicherheitskamera der Kanzlei, die sie ins Visier genommen hatte.

Irgendwie waren sie nicht mehr auf derselben Wellenlänge. Nachdem sie die Daten ausgetauscht hatten, verabschiedeten sie sich mit einer gewissen Förmlichkeit. Sie setzte ihn vor seinem Hotel ab, dem *Kilimanjaro* in der Innenstadt von Dar. Im Rückspiegel sah sie ihn mit seinen Preßluftflaschen vor der Eingangshalle stehen, als erwartete er noch ein Winken. Sie winkte aber nicht, und als sie zu Hause ankam, kam ihr der ganze Nachmittag wie ein Traum vor. In den nächsten Wochen dachte sie kaum noch daran zurück und vergaß sogar, Ray zu erzählen, was passiert war. Es war ja auch nicht viel passiert.

14

Nick dachte nach seiner Rückkehr nach Sansibar sehr viel an Miranda Powers, wußte aber nicht recht, ob er den Kontakt intensivieren sollte. Er konnte nicht recht sagen, was er für sie empfand. Natürlich war sie begehrenswert und schlagfertig, und in der kurzen Zeit, die sie zusammen verbracht hatten, waren sie sich sogar ein wenig nahegekommen. Aber, na ja, er wußte nicht recht. Seine Sympathie wurde von seinem Hang zu Eigenbrötelei und Unabhängigkeit überschattet, emotionale Ansprüche anderer lehnte er ab. Allerdings hatte sie keine solchen Ansprüche gestellt, und vielleicht war es einfach lächerlich, anzunehmen, sie könne es je tun. Er fragte sich, ob es ihm in Wahrheit vielleicht sogar ganz lieb war, einfach alles vorläufig und in der Schwebe zu halten.

Erst einmal stand ihm sowieso ein anderes Abenteuer bevor. Jetzt, wo er seine Preßluftflaschen hatte, konnte er endlich nach Lyly fahren. Nagel vom USAID-Büro in Dar zu überzeugen, daß das zu seiner Arbeit gehörte, war kinderleicht. Nachdem er von Leggatt erfahren hatte, daß es auf der Insel Frischwasser gab, freute er sich darauf, eine Woche oder sogar länger allein dort zu verbringen.

Minutiös plante er sein Vorhaben und erstellte Listen der Dinge, die er brauchen würde. Leggatt versorgte ihn mit Angelausrüstung, lieh ihm zwei Ruten und Haken, Gewichte und Köder in allen Varianten. Dann das Essen: alles, was er in Dar gekauft hatte, darunter Schokolade und diverse Dosensuppen. Hinzu kamen verschiedene Vorräte, die er in Stone Town auf dem Markt besorgt hatte: ein Säckchen bester Basmatireis, ein Päckchen Makkaroni, eine Schachtel

Kekse, eine Plastikflasche Mazo-Öl, Salz, Pfeffer, gemahlener Curry und zwei große Schachteln Streichhölzer.

Da Souza hatte ihm deutlich zu verstehen gegeben, daß er das Unternehmen für puren Wahnsinn hielt, ihn aber mit einer Dose löslichem Kaffee versorgt, mit Teebeuteln, Milchpulver sowie – da er nicht an die angebliche Süßwasserquelle glaubte – einer Kiste Mineralwasser aus der Hotelbar. Als Nick darum bat, legte er noch ein paar Flaschen Bier dazu, betonte aber mit großem Ernst, die müsse er ihm auf die Monatsrechnung setzen. Was Werkzeug und anderes Gerät anging, hatte Nick nur sein Fischmesser und besorgte sich in der Stadt daher noch eine Kombizange, eine Machete, ein kleines Beil, Eßgeschirr, eine Bratpfanne, einen Blechbecher, Messer, Gabel und Löffel sowie einen Kochtopf. Zur Beleuchtung genügten ihm Kerzen und eine Sturmlampe sowie eine Dose Paraffinöl. Zum Schreiben hatte er sein Hauptbuch und ein paar Kugelschreiber.

Er rollte seinen Schlafsack zusammen, außerdem noch einen leichteren, den er sich von einem Schneider in Stone Town aus Baumwollaken hatte nähen lassen. Dann legte er noch etwas dazu, was er auf Campingtouren zu Hause immer nützlich gefunden hatte – eine Rolle Müllsäcke aus schwarzem Plastik. Bevor er sie einpackte, riß er ein paar Säcke ab und füllte sie mit Kleidungsstücken: Jeans, einem dicken Pullover, zwei T-Shirts, zusätzlichen Shorts sowie einem Paar schwerer Stiefel – noch die alte Marine-Ausrüstung seines Vaters. In die Stiefel stopfte er das Allerwichtigste, das nicht naß werden durfte: zehn Päckchen Zigaretten.

Nick verabschiedete sich von da Souza und machte sich erwartungsvoll auf den Weg. Die Überfahrt ging diesmal schneller. Er schlug denselben Kurs ein wie Leggatts Jacht, als die Insel des Schlafs ihm noch unbekannt gewesen war und Leggatt selbst ein Rätsel. Diesmal war er zuversichtlich und fühlte sich sicher genug, Vollgas zu geben und schneller über die Wellen zu springen als beim erstenmal. Unter einem Baldachin sonnenvergoldeter Wolken flitzte er dahin, bis er in der Ferne die Insel über dem Bug auftauchen und mit jeder überwundenen Welle an Masse zunehmen sah. Beim Näherkommen sah er die Spitze des Leuchtturms aus dem Wald stoßen und dann auch die Umrisse der anderen Gebäude.

Er schaltete den Außenbordmotor aus und kippte ihn ins Boot, so daß das Dinghi auf den Strand gleiten konnte. Kaum hatte es den Sand berührt, sprang er hinaus und watete hinauf. Er blieb kurz am Ufer stehen, stemmte die Hände in die Hüften, sog die Luft ein und ließ die Szene auf sich wirken, dann ging er zum Dinghi zurück und zog es den Strand hinauf. Er vertäute es sorgfältig an einer Palme, deren Büschel junger grüner Kokosnüsse wie die Halskette einer schlanken jungen Frau aussahen. Miranda fiel ihm wieder ein – er hätte sich wenigstens per E-Mail dafür bedanken müssen, daß sie ihn im PX hatte einkaufen lassen –, als er seine Kartons mit Lebensmitteln und Ausrüstungsgegenständen auf den warmen Sand stellte. Dabei merkte er, daß er sich an irgend etwas – einem Seeigel? – den Knöchel verletzt haben mußte, als er aus dem Boot gestiegen war. Durch das Salzwasser brannte es scheußlich.

Er trug den ersten Karton den Strand hoch. Viereckig und solide, aus Korallenblöcken erbaut, die im Sonnenlicht schimmerten, stand ein weißes Haus vor ihm. Zunächst sah es herrlich aus, wie es in der Sonne dalag. Auf den zweiten Blick erwies es sich als baufällig und verwahrlost.

Er stellte den Karton ab und ging hinein. Im Wohnzimmer war die Decke eingesunken. Auf dem Boden lagen überall Gipsbröckchen, und wo es durchgeregnet hatte, roch es feucht. Kleine schwarze Spinnen huschten über den Schutt. Er fand ein Schränkchen mit einer Schublade voll alter Muscheln, die meisten davon Kreiselschnecken und Schneckenmuscheln. Im Unterschrank stand ein altmodisches Grammophon, daneben zwei 78er Platten, verzogen und mit einer dicken Staubschicht bedeckt. Die Labels waren nicht mehr zu entziffern.

Er ging wieder hinaus, holte seine restlichen Kartons und anderen Gegenstände und machte sich an die weitere Hausbegehung. In der Küche, einem Staubpalast, entdeckte er einen uralten gelben Kühlschrank. Die Tür des paraffinbetriebenen Geräts stand offen, und er konnte den klapprigen alten Brenner und die Röhren der Wärmetauscher darunter sehen. Außerdem gab es einen Tisch und drei Korbstühle mit ramponierten Sitzflächen.

Er ging wieder zur Tür, holte seine Kisten eine nach der anderen herein und stapelte sie auf dem Tisch. Auf dem Boden lag angelaufenes Besteck verstreut zwischen Blättern und Kokosnußschalen.

Das Haus hatte zwei Schlafzimmer. Das eine war leer – bis auf einen nistenden Vogel, der bei Nicks Eintreten durch den Raum flatterte und durch die Fensterluke entwischte. Eine Scheibe gab es nicht, und nach dem festen Korallenrahmen zu urteilen, hatte es auch nie eine gegeben. Das zweite Schlafzimmer war etwas größer, und in einer Ecke verrotteten die Reste einer schwarzweiß gestreiften Matratze. Ein Badezimmer gab es anscheinend nicht.

Er fragte sich, wann das Haus zuletzt bewohnt gewesen sein mochte. Vor dreißig Jahren, schätzte er. Dann entdeckte er jedoch Anzeichen späterer Bewohner: eine rostige Coladose und Silberfolie, vielleicht eine Kaugummiverpackung. Als er erneut durch die Ruine ging, entdeckte er noch weitere Gegenstände. Einen Haufen Lumpen, der eine Decke gewesen sein mochte; ein gerahmtes Foto der jungen britischen Queen mit gesplittertem Glas; einen verbeulten Kochkessel; eine überraschenderweise unversehrte Vase; den Holzrahmen eines Handspiegels ... Schließlich gab er seine Durchsuchung auf und sagte sich, daß er ja noch eine Schlafstelle finden und etwas kochen mußte, bevor es dunkel wurde. Außerdem wollte er die von Leggatt erwähnte Quelle finden.

Er drang in das Dickicht des Korallenkalkwalds ein und genoß den Duft nach feuchtem Grün, der ihm in die Nase stieg. Pfade gab es nicht, nur einen dichten Blättervorhang, gelegentlich unterbrochen von größeren Jackfrüchten, Banyans und Rotem Jasmin. Jeder Weg, den er einschlug, endete in einer Sackgasse. Er kämpfte sich voran, bis immer höher sich auftürmende Hindernisse – umgestürzte Bäume, verflochtene Riesenfarne und große, moosbedeckte und schlüpfrige Steine – und die zunehmende Dunkelheit (es war später, als er gedacht hatte) ihn zur Umkehr zwangen. Von einer Quelle keine Spur. Eine richtige Untersuchung der Insel erforderte Zeit und anständige Planung. Heute abend würde er Wasser aus der Flasche trinken, sagte er sich.

Schlafen wollte er in der ans Haus angrenzenden winzigen Moschee. Sie war sauberer und weniger verfallen als das Haus, obwohl sie älter war. Erst wollte er Feuer machen und sich eine anständige Mahlzeit kochen, aber dann aß er bloß ein paar Bohnen aus der Dose und spülte mit Bier nach. Er zündete die Sturmlampe an, wofür er mehr Streichhölzer brauchte, als ihm lieb war. Er breitete seinen Schlafsack auf dem Steinboden des schmalen Gebäudes aus, legte den leichten Baumwollschlafsack darüber, zog das T-Shirt aus und kroch hinein.

Neben ihm blakte die Sturmlampe. Etwa eine halbe Stunde lang lag er einfach nur auf der Seite, schaute in die Lampe und lauschte den Wellen, die hier viel lauter waren als im *Macpherson*. Im Widerschein der Flamme glaubte er das Muster der Wellen wiederzuerkennen – sie tanzte hierhin und dorthin, unmöglich einzufangen wie sie am Docht loderte oder über den Glühstrumpf hinauszüngelte. Er schloß die Augen und versuchte an Miranda zu denken, aber auch mit geschlossenen Lidern sah er nur das unheimliche Flackern der Flamme.

Am Morgen ließ ihn ein Rascheln aus dem Schlaf hochfahren. Durch den Torbogen des Eingangs sah er in einem Lichtkeil einen riesigen rosabraunen Krebs, der ein Stück

Kokosnußschale über die Lichtung zog. Nick setzte sich auf und sah ihm eine Weile zu. Dann überwand er seine Schlaftrunkenheit, stand auf und ging nach draußen. Der Krebs, der ungefähr die Größe und Farbe eines Baseballhandschuhs hatte, reagierte verschreckt und kroch seitwärts davon.

Nick wußte nicht, womit er den Tag beginnen sollte. Angeln gehen und dafür sorgen, daß er Proteine bekam? Die große Tour unternehmen? Eine Latrine ausheben? Das Haus putzen und richtig einziehen? Er entschied sich, erst mal schwimmen zu gehen, sich dabei zu waschen und das weitere Vorgehen zu überlegen. Dann stellte er fest, daß er Seife und Shampoo vergessen und nicht mal eine Zahnbürste dabeihatte. Er würde sich den Mund mit Salzwasser spülen müssen. Er ging zum Strand hinunter – in die Brandung, dann aber kam ihm ein Gedanke, und er ging zurück, zog die Shorts aus und ließ sie in den Sand fallen. Wer sollte ihn hier denn schon sehen? Er lief ins Wasser.

Nachdem er eine Weile geschwommen war, wusch er seinen nackten Körper im Meer: Gesicht, Achselhöhlen, Po und Genitalien. Dann schwamm er noch ein bißchen hin und her, um wach zu werden. Etwas fühlte sich merkwürdig an, das Ziehen seines Gliedes in der kalten Strömung. Dann meldete sich eine andere Körperstelle. Der Knöchel, den er sich bei der Ankunft verletzt hatte, brannte wieder. Als er aus dem Wasser kam, kniete er sich am Strand gleich oberhalb der Brandung hin und untersuchte die Schramme. Sie war leuchtend rot und konnte sich jederzeit entzünden. Er ärgerte sich, daß er auch keine Desinfektionssalbe eingepackt hatte.

Er zog die Shorts wieder an und streifte ein T-Shirt über. Die Sonne stand schon am Himmel. Er zog Socken und die schweren Stiefel an, auch wenn ihm das in der warmen Sonne seltsam vorkam. Dann ging er wieder in den Wald, diesmal mit dem Beil in der Hand. Er hatte Feuerholz hacken wollen, aber es lag genug loses herum. Er las einige trockene Zweige auf, schichtete sie gut zehn Minuten später vor dem Haus auf, legte Gras als Zunder darunter und hielt sein Feuerzeug an den Stapel. Bald hatte er ein feines Feuerchen. Er kochte sich Wasser für einen Kaffee und überlegte, was er zum Frühstück essen sollte. Schließlich begnügte er sich mit Keksen, setzte sich auf ein Stück Treibholz und tunkte sie in den lauwarmen Kaffee. Seine Lebensmittelvorräte waren jämmerlich unzureichend. Zeit, fischen zu gehen. Er sah aufs Meer hinaus, schnürte die Stiefel auf und überlegte. Ein Blinker oder Köder war wohl das beste. So mußte er nicht erst nach Würmern graben.

Das Angeln war schwieriger, als er gedacht hatte. Den größten Teil des Vormittags saß er auf einem Felsen neben dem Boot, ohne daß etwas anbiß. Nachdem er mehrfach den Köder gewechselt hatte, zog er einen kleinen Papageienfisch heraus. Er konnte sich erst nicht entscheiden, ob er ihn essen oder als Köder weiterverwenden sollte, trennte schließlich den Kopf ab und steckte nur den an den Haken. Den Rest wickelte er in ein Palmblatt und legte ihn in den Schatten, damit er frisch blieb. Dann ging er an den Strand zurück, löste den Köder und befestigte einen großen Haken an der Leine. Zumindest mußte er jetzt nicht immerzu neu auswerfen.

Der Papageienfischkopf hatte durchschlagenden Erfolg. In schneller Folge zog er zwei Wahoos und einen Zwerghai an Land. Jetzt hatte er zuviel. *Zuviel Wahoo*, sagte er sich. Aber er war froh, sich bewiesen zu haben, daß er in freier Wildbahn überleben konnte. Er filetierte den einen Wahoo. *»Beim Barbecue gibt's heut Wahoo«*, sang er laut und briet den Fisch in Speiseöl und Pfeffer. Mit gekochtem Reis und einer Tasse Schwarztee war das ein ganz passables Mittagessen.

Er ärgerte sich jedoch, daß er sein Mineralwasser zum Reiskochen vergeudet hatte. Die Selbstvorwürfe spornten ihn an, sich wieder auf die Suche nach der Quelle zu machen. Also schlüpfte er für die Expedition in Jeans und zog auch wieder Stiefel an. Los ging's, Panga in der Hand, ganz der unerschrockene Forschungsreisende. Der Korallenkalkwald hatte wirklich etwas Labyrinthisches, und es dauerte eine halbe Stunde, bevor er die kümmerlichen Reste eines alten Weges gefunden hatte. An seinem Ende lag ein algenüberzogener Fels, über den Wasser lief. Vor langer Zeit hatte jemand eine Ausbuchtung in den Felsen gemeißelt, um ein Gefäß unter das Rinnsal stellen zu können. Als er das sah, merkte er, daß der unerschrockene Forschungsreisende kein Gefäß mitgebracht hatte. Er ging zurück und holte den Kochtopf und eine leere Wasserflasche aus Plastik. Die Flasche paßte nicht in die Ausbuchtung im Felsen, und der Kochtopf schwappte auf dem Rückweg ein bißchen über.

Die Sonne brannte jetzt herab, und er merkte, daß er noch mehr vergessen hatte: Er hatte weder Sunblocker noch einen Hut mitgebracht. Er war wirklich schlecht vorbereitet. Warum glaubte er bloß, ihm würde alles in den Schoß fallen? Alle Lebenserfahrung bewies das Gegenteil.

Er bekam Kopfschmerzen, ging in die Moschee und legte sich hin. Er kam sich dämlich vor. Es war wirklich sehr heiß. Er hörte ein dumpfes Dröhnen, konnte aber nicht sagen, ob das das Wasser in den Korallenhöhlen unter der Insel oder das Blut in seinen Schläfen war.

Er schlief länger, als geplant. Als er aufwachte, dämmerte es bereits. Also zündete er die Sturmlampe an und ging ins Haus. Die Lampe warf Geweihschatten an die grob verputzte Wand. Er sah den Trichter des Grammophons und war gespannt, ob er es in Gang bringen konnte. Er trug das erstaunlich schwere Gerät in die Küche und machte noch ein Bier auf. Er war selbst überrascht, als es ihm gelang, Federwerk und Kurbel wieder zu verbinden. Dann nahm er eine 78er, wischte den Staub am T-Shirt ab und legte sie auf. Ukuleleplinkern kam aus dem Trichter. Er freute sich, trank noch ein Bier und zündete sich eine

Zigarette an. Jetzt müßte man was zu kiffen haben, dachte er, bei dieser Prachtnacht da draußen und dem Rauschen von Wellen und Palmen. Er fragte sich, ob auf der Insel irgendwo Marihuana wuchs. Er spielte die Ukuleleplatte noch einmal und legte dann die andere auf. Diesmal hörte er die hohe und quäkende Stimme einer Engländerin, und die Platte war viel verkratzter. Er verstand nicht alles, aber der Refrain war eindeutig:

Der Dämon Wüstenfreier
Ist keinem recht geheuer
Mustafa! Der Mohr!
Bringt Scheußliches hervor.

Am Ende verstummte die Klavier- und Saxophonbegleitung plötzlich; mit heiserem, übertrieben dramatischem Flüstern wiederholte die Frauenstimme den Refrain mit einer leichten Variation …

Der Dämon Wüstenfreier
Gießt extra Öl ins Feuer
Mustafa! Der Mohr!
Paß auf, du dummer Tor.

Der Song machte ihm eine Gänsehaut. Die Stimme der Engländerin hatte etwas Verstörendes. Er spielte die Ukuleleplatte ein drittes Mal, um die andere aus dem Kopf zu bekommen, und ging dann wieder in der Moschee schlafen.

Die Insel hatte einen Durchmesser von rund drei Kilometern. Sie wurde vom Leuchtturm beherrscht. Am Morgen des zweiten Tages bestieg er ihn. Das Gebäude bestand aus demselben Material wie das Haus: einer Mischung aus zerstoßenen Korallen und Zement, die man weiß gestrichen hatte. Die Holztür im Erdgeschoß klemmte. Als er sich dagegenwarf und sie aufschwang, fand er auf der ersten Treppenstufe einen toten Fischadler. Er hatte hinein-, aber nicht wieder hinausgefunden.

Beim Hochsteigen zählte er dreiunddreißig Stufen. Ganz oben stellte er zu seiner Überraschung fest, daß Lampe und Reflektoren intakt waren. Die Anlage wurde mit Öl betrieben. Er überlegte, ob er versuchen sollte, sie mit seinem Paraffinöl in Gang zu bringen.

Er blieb eine knappe Stunde oben und überblickte die ehrfurchtgebietende Weite der See. Nur der dunstige Umriß von Sansibar bewahrte ihn davor, sich mutterseelenallein zu fühlen. Der Ausblick hatte aber auch etwas Verlockendes. Die Idee, durch den Rückzug ins Einsiedlerdasein Ablenkung von seinen Leiden zu finden, übte einen solchen Sog aus, daß er fast Angst bekam.

Aber worin bestand sein Leid denn überhaupt, fragte er sich, als er die enge Wendeltreppe wieder hinabstieg. Im Verlust eines Vaters? Das traf früher oder später jeden, wie Miranda gesagt hatte. In dieser Beziehung hatten sie etwas gemeinsam. Sie hatte schutzlos und verletzlich gewirkt, als sie darüber gesprochen hatten. Sein eigener Schmerz hatte sich in letzter Zeit etwas gemildert, aber der Tod seines Vaters blieb eine Art Wendepunkt; danach war nichts mehr so gewesen wie vorher.

Im weiteren Verlauf des Tages ging er auf eine interessante Sandbank hinaus, die bei Ebbe erschien. Sie krönte das Riff, war etliche Kilometer lang und schien sich ihm immer weiter zu enthüllen, als ließen seine Schritte das Wasser zurückweichen – die Wellen links vom Riff ins Meer, die Kräusel rechts in die Lagune. Mit einem gewissen Narzißmus, der ihm bewußt war, ihn aber nicht störte, machte er sich zum Protagonisten zweier Geschichten aus der Bibel, zwischen denen die Sekte seiner Mutter wahrscheinlich eine Verbindung hergestellt hätte: Moses, der das Rote Meer teilte, und Jesus, der übers Wasser ging. Nur … nur war der Sand, als sich Nick auf den Rückweg machte, so heiß geworden, daß er nicht mehr darauf gehen konnte. Bald hüpfte er nur noch, hüpfte und hüpfte: Nick der Sufi, Nick der tanzende Derwisch.

In der Vorabendkühle entdeckte er überall auf der Insel Kupferstümpfe wie den, an dem er vor dem Zwischenfall mit Leggatt und den Wilderern sein Boot vertäut hatte. Ihm fiel auch wieder ein, wie der Alte die Metallstangen erklärt hatte: Sie gehörten zu dem alten Telegrafensystem, das das Festland mit dem imperialen Britannien verbunden hatte. Kapstadt – Durban – Mombasa – Dar – Sansibar – Aden – Zypern ... London. Die alte Weltordnung, durch Tausende von Kilometern Stahl auf dem Meeresboden verbunden, eine verdrahtete Welt lange vor dem Aufkommen von Glasfaserkabeln und Internet.

Auf dem Rückweg zum Haus spürte er seinen Knöchel pochen. Er hockte sich wieder hin, diesmal auf dem Dschungelpfad, und sah, daß sich die Stelle entzündet hatte. Er drückte etwas Eiter heraus. Mit einem Blattrand kratzte er ihn sorgfältig ab, bevor er weiterging.

Am Abend schlug er sein Hauptbuch auf und stellte zusammen, welche Nahrungsmittel einem echten Schiffbrüchigen zur Verfügung gestanden hätten. Er hatte eine Kokosnuß geöffnet, aber die Milch schmeckte ekelhaft und das Fleisch auch nicht besser. Auch die jungen Papayas, noch bitter und milchig, waren ungenießbar. Er hatte überlegt, den großen Krebsen Fallen zu stellen oder sie aufzuspießen. Aber Fischen war leichter, seit er den Bogen raushatte. Und da die Krebse sich hauptsächlich von verrottenden Pflanzen ernährten, sagte er sich, daß ihr Fleisch wahrscheinlich faulig schmeckte. Wenn sie über ihren weißen Kokosnußstücken hockten und ihre Augen hin und her huschten, erinnerten sie ihn an Halbstarke an einer Straßenecke.

Er studierte seine dürftige Nahrungsliste. Die Abhängigkeit von der Natur ließ einige Wünsche wachsen. Waren ihm seine Vorräte zunächst unzulänglich vorgekommen, war er jetzt doch sehr froh, sie zu haben. Besonders die Zitronen. Er mochte es, wie ihr Saft auf den in der Sonne aufgeplatzten Lippen brannte. Er sah das Brennen als Strafe an, wenn er auch nicht recht wußte, wofür. Bevor er ins Bett ging, tröpfelte er etwas davon auf den eiternden Knöchel. Vielleicht half der Saft auch gegen Entzündungen.

Der dritte Tag. Ein Tauchtag, der einiges an Erlebnissen bot. Leggatt hatte recht. Das Riff von Lyly war wirklich sensationell: eine Farbenfülle, prächtiger als alle Korallenstöcke, die er je gesehen hatte, und von den verschiedensten Seelebewesen bewohnt. Einmal schoß eine Muräne aus einer Felsspalte und fletschte die Zähne. An anderer Stelle sah er einen Labyrinthfisch aus der Familie Anabantidae: den seltenen Kletterfisch, der wie ein Flußbarsch aussah, nur daß er sich mit Hilfe seiner Kiemendeckel und Brustflossen an Land fortbewegen konnte.

Er hatte nicht lange unten bleiben wollen, konnte aber nicht widerstehen. Der Höhepunkt des Tauchgangs ersparte ihm zum Glück weitere Luftvergeudung. An der Verbindungsstelle von Riff und Inselsockel herrschte eine ungewöhnliche Wechselströmung. Er schwamm auf ihre Quelle zu. Bei näherer Untersuchung entdeckte er eine Öffnung. Sie war gerade groß genug für einen Mann – einen Mann ohne Preßluftflaschen auf dem Rücken. Er schwamm ein paar Minuten auf der Stelle und beobachtete, wie das Wasser hinein- und herausströmte. Seine eigenen Atemgeräusche füllten seinen Schädel. Dann wollte er das Risiko eingehen.

Er holte tief Luft, griff nach der Druckregulierung und schloß sie. Dann schnallte er die Flaschen ab und band sie an einen Korallenvorsprung. Er wußte, daß es leichtsinnig war, sagte sich aber, daß er nur Ruhe bewahren mußte. Aber schon das Abschnallen hatte so lange gedauert, daß ihm die Luft ausging. Er war in der falschen Reihenfolge vorgegangen. Sein Schädel dröhnte, seine Brust fühlte sich an wie unter einer schweren Last, er drückte das Mundstück an die Lippen, drehte den Hahn noch einmal auf und holte noch einmal tief Luft. Blasen blubberten zur Oberfläche hoch.

Verschwendung. Aber darüber konnte er jetzt nicht nachdenken. Er schob sich schon ins Loch, voller Angst vor dem Ersticken.

Dann war er durch, und über ihm tat sich eine Höhlung auf. Luft! Er konnte es nicht glauben ... aber es wäre auch zu spät gewesen, denn er atmete sofort zweimal tief und glücklich durch. Er mußte an Feuchthaltemittel denken, denn es war schale Meerluft, die ihm in die Lungen strömte, Luft, die zuviel Austausch mit den grünen, tropfenden Höhlenwänden gehabt hatte. Er schwamm im schwappenden Wasser ein Stück weiter, bis er an eine sanft abfallende Bank aus glatten, schlüpfrigen Felsen kam. Er mußte die Flossen abstreifen, um stehen zu können. Seine Zehen versanken in einer schlammigen Substanz.

Es herrschte Dämmerlicht. Er konnte sehen, daß die Höhle etwa vier Meter breit sein mußte und sich in der Länge zwanzig bis dreißig Meter schlängelte. Vielleicht war sie auch länger, weil weitere Kammern und Korridore von ihr abzweigten. Das war nicht zu erkennen. Stellenweise konnte er drei bis vier Meter hoch schauen, an anderen Stellen weniger. Er erschauerte. Die Lichtquelle lag weiter hinten in der Höhle. Er tastete sich voran und schob seine Zehen durch den Schlamm auf dem Boden. Das Licht drang durch eine runde, pflanzenüberwucherte Öffnung in der Decke. Er überlegte, ob er hinaufklettern sollte, aber als er die Wände berührte, stellte er fest, daß sie mit dickem grünem Schleim überzogen waren.

Er zog die Hand weg und sah erschrocken, daß es Meißelspuren gab, daß an der Wand etwas geschrieben stand. Er schabte den Schleim ab, dunkelgrünen Schmodder, und schlenzte ihn von der Hand. Ja. Verschlungenes Arabisch war in den Fels gegraben worden. Was stand da? Seine Unwissenheit verursachte ihm Kopfschmerzen – die schmerzhafte Erkenntnis, daß ihm ganze Welten und Kulturen verschlossen waren.

Am nächsten Morgen entdeckte er, daß die Entzündung am Knöchel spurlos verschwunden war. Der Zitronensaft hatte also gewirkt. Vielleicht auch der Schlamm in der Höhle. Das sollte es ja geben. Egal, warum, jedenfalls eiterte nichts mehr, nur ein dünner roter Kratzer war noch zu sehen: richtiger Schorf. Abends fuhr er im Schein der flackernden Sturmlampe unter dem Dach des morschen Hauses mit dem Finger daran entlang.

Irgendwas an den Lettern, an den Schriftzeichen an der Wand hatte ihn bewegt, ins Haus zu ziehen und die Moschee ihrer ehrwürdigen Heiligkeit zu überlassen. Er fand es nicht recht, sich in einem Bauwerk aufs Ohr zu hauen, in dem einst gebetet worden war.

Er konnte nur noch an die Höhle denken. Am nächsten Tag tauchte er wieder hinab, mit seinem Hauptbuch und einem Kugelschreiber, die er in mehrere Müllsäcke gewickelt hatte, weil er hoffte, ein paar Zeilen kopieren zu können. Aber es hatte keinen Sinn. Die Seiten des Hauptbuchs sogen sofort wie ein Schwamm die Luftfeuchtigkeit auf. Er wickelte alles wieder ein. Er konnte die Schriftzeichen sowieso nicht richtig erkennen. Sie waren zu fein und veränderten sich beim Betrachten im seegrünen Licht.

Genauso schwierig war herauszufinden, wo an der Oberfläche die Öffnung sein mußte, durch die das wenige Licht in die Höhle fiel. Er versuchte es mit Triangulation, doch sobald er wieder draußen war, wirkte die ganze Geometrie anders.

Die Suche nach der Öffnung wurde Teil seines Tagesablaufs. Sie erschöpfte ihn, und er bekam Blasen an den Händen, weil er im Wald so viel mit der Panga arbeitete. In den nächsten Tagen verbrachte er lange Stunden da draußen, hackte Pflanzen ab und stapfte herum, schwitzend und mit wildem Blick. Die Bäume ließen weit mehr Sonnenlicht durch, als er gedacht hatte, und die sengenden Strahlen tüpfelten ihn. Seine Haare bleichten aus, seine Haut wurde pergamenten; ein Versuchskaninchen für die Experimente der

Sonne. Jetzt wünschte er sich erst recht, doch bloß Sonnencreme mitgebracht zu haben. Er versuchte es mit Mazo-Öl, hatte aber blöderweise auch noch die Flasche umgestoßen, als er sich einen seiner Pfade gebahnt hatte, so daß er, wenn er nicht aufpaßte, bald keines mehr zum Kochen hatte.

Manchmal hatte er ein schlechtes Gewissen, weil er so viel Gestrüpp rodete. Er sagte sich, er müsse es ruhiger angehen lassen, lachte dann aber über sich selbst. Managerkrankheit auf einsamer Insel. Eine Höhle, na und? Kein Grund, deswegen durchzudrehen. Immerhin hatte er wichtige Arbeiten zu tun.

Er hatte Schildkröten entdeckt, die bei Vollmond am Strand ihre Eier vergraben hatten. Es war ein prachtvoller Anblick gewesen, ein Bild für die Götter, aber selbst als er das sah, dachte er nur an den Zugang zur Höhle. Andere Aufgaben, auch dringende wie das Fischen, wurden im Eiltempo erledigt. Das konnte er inzwischen mit links, zog fette Fische aus dem Wasser wie Kaninchen aus dem Hut und sah auf seine eigene Geschicklichkeit herab. Müllwegräumen und Hausputzen hatte er schlichtweg aufgegeben. Kochen war zur Routine geworden. Feuer, Fisch, Öl, Pfanne. Hinterher lutschte er eine Zitrone aus und genoß es, wie seine Lippen brannten.

Er fand keinen Zugang und gab die Suche auf. An seinem, wie er beschlossen hatte, letzten Abend auf Lyly bestieg er erneut den Leuchtturm. Im letzten Moment war ihm noch eingefallen, die Dose Paraffinöl und eine Schachtel Streichhölzer mitzunehmen. Nachdem er die dreiunddreißig Stufen hochgestiegen war und den Lampenraum betreten hatte, goß er Paraffinöl über den Docht und schüttete den größten Teil des Doseninhalts hinein. Obwohl er seit Jahren nicht mehr benutzt worden sein konnte, fing der Docht praktisch sofort Feuer. Nick schloß die Verkleidung und zog die Reflektoren hinab, und das plötzliche gleißende Licht blendete ihn. Er mußte den Raum verlassen.

Die Blendung hielt an. Auf dem Weg nach unten wäre er fast gestolpert und auf die Stufen gestürzt. Er riß sich einen Splitter ein, als er sich am Geländer festhielt, und stieß sich das Schienbein am Stein.

Fluchend gelangte er ins Freie. Es war Nacht geworden. Er hatte vielleicht einen Leuchtturm, aber jetzt brauchte er eher eine Taschenlampe. Er suchte sich mit Hilfe seines Feuerzeugs einen Weg und fluchte wieder, als er sich an der Flamme den Daumen verbrannte. Und vom Leuchtturmsignal keine Spur.

Erst als er das Haus erreicht hatte, konnte er es sehen. Mußte eine Frage des Winkels sein. Er legte sich auf seinen Schlafsack und lutschte am Splitter im Daumen. Durch den Fensterrahmen sah er nicht nur Sterne und den zunehmenden Mond, sondern auch den Leuchtturm, der seinen breiter werdenden Strahl über den Ozean streichen ließ, bis er verblaßte und erstarb. Aber da träumte Nick Karolides schon friedlich auf seiner Insel des Schlafes.

Der Morgen dämmerte mit rosafarbenen Strahlen, unter denen er ein letztes Mal die Insel umrundete, bevor er sich an den Kupferstumpf setzte, der wie die Feder eines überdimensionierten Füllers aus dem Felsen ragte. Lange saß er so da – eine halbe Stunde? eine Stunde? Am Wasser bekam die Zeit etwas Geheimnisvolles, fand er. Es floß hier auch anders und nahm alle Blautöne des Meeres an. An der Küste war es blaß und klar, heller als türkis; weiter draußen wurde es dunkler, fester und tintiger, und am Horizont war es fast schwarz. Jede Schattierung verfloß an der Oberfläche in die nächste, ewig sich wandelnde Zwischentöne, die das Grundmuster abwandelten.

Als er so am Kabelende saß, kam seinen Augen alles scharf umrissen vor. Ein großer weißer Vogel, einer Möwe ähnlich, aber doch anders, landete in der Nähe in einem Baum und zeigte ihm die Struktur seines Schnabels – und ebenso scharf umrissen waren die Schuppen des kleinen stahlgrauen Fischs, der in der gelben Zange zappelte. Der Vogel schritt auf dem Zweig entlang und beugte sich über sein dorniges Nest. Schrilles Piepen zeigte Jungvögel an, erregt und drängend.

Hungerte auch er immer noch so nach neuen Erfahrungen, fragte er sich? Er schaute in den Himmel, als hielte der eine Antwort parat. Das Morgenlicht kam ihm zunehmend seltsam vor. Das Blaßrosa war verschwunden. Jetzt hatten die Wolken die Farbe von Blutorangen angenommen. Ob das bedeutete, daß ein Sturm aufzog?

Er stand auf, stützte sich auf das Kabelende und stöhnte wie ein alter Mann. Beim Gehen musterte er seine Handfläche. Der Stumpf hatte eine Druckstelle hinterlassen. Kapstadt – Durban – Dar – Sansibar … die anderen Orte hatte er vergessen. Er versuchte im Geiste, das Netzwerk da unten zu ergründen, all die Botschaften der Vergangenheit. Plötzlich ging ihm auf, wieviel in der Geschichte unberechenbar war, wieviel verloren.

Er ging zum Häuschen zurück und suchte niedergeschlagen seine Sachen zusammen. Er hatte das Alleinsein satt – nicht nur hier auf Lyly, sondern allgemein. Er ging zum Boot hinab, die Preßluftflaschen wieder auf den Rücken geschnallt, und mußte an Miranda denken, die ihn aufgezogen hatte, weil er sie auch in Dar so getragen hatte. Er lächelte, als ihm das einfiel, und wußte plötzlich, daß er mehr mit ihr zusammen sein wollte.

15

– Als Deine Mails immer kürzer wurden und seltener kamen, dachte ich, daß Du viel zu tun hast. Daß ich Dich in Ruhe lassen sollte. Was mich angeht, denke ich über meine Stelle hier nach. Ich weiß nicht recht, ob mich der Job auf Dauer glücklich macht. Mir fehlt die Herausforderung.

– Ich dachte, ich hätte Dich gekränkt, und Du würdest deshalb nicht mehr schreiben!

– Ganz und gar nicht. Übrigens, was Du mir da geschickt hast, dieses Unterstrichene, war das ein Hyperlink? Hat nicht funktioniert.

– Bei mir schon. Was hast du gemacht?

– Ganz normal angeklickt.

– Am Wochenende, meine ich.

– Jede Menge Spaghetti gefuttert. Ich bin kugelrund geworden.

– Wen die Runde schlägt … Du siehst garantiert immer noch gut aus.

– Nach einem Blick auf meine Beine würdest Du das nicht mehr sagen. Die Affenfrau. Will ich mir jetzt im Kili machen lassen. Bis später.

*

– Für wen läßt Du Dir die Beine machen? Zucker und Zitronensaft klingt klasse, wenn's um Pfannkuchen geht, aber nicht, wenn einem damit die Haut abgezogen wird. Haben die keine Enthaarungscreme? Und was Deine Suche nach dem Glück auf Dauer angeht, verweise ich auf Nietzsche: »Das Geheimnis, um die größte Fruchtbarkeit und den größten Genuß vom Dasein einzuernten, heißt: *gefährlich leben!*« Fire walk with me.

– ??????

*

– komme grad von einer fete bei ocean watch in stone town zurück, wo es kuchen und was zu trinken gab. ocean watch ist eine wohltätigkeitsorganisation zum riffschutz. der kuchen hatte die form eines fischs. war aber nicht besonders: zuviel zucker, zuwenig geschmack. meine freunde waren auch da: olivier, belgier und depressiv, und tim catmull, brite und britisch. tschuldigung. shift-taste ist mir zu mühsam. Verspreche, mich zu bessern. Wie geht es Dir, Miranda? Tut mir leid, daß Du da mitten im staubigen Dar hocken mußt. Sorry, aber ich glaube, ich bin ein bißchen beschwipst. Viel Neues gibt's hier nicht. Möchtest Du mich nicht mal besuchen kommen?

– Ich habe eine Aphthe im Mund. Au au au. Aber wenn Dich das nicht abschreckt, hier die Antwort auf Deine Frage: Ja! Ich würde Sansibar gern kennenlernen.

– Probier's mal mit Papaya gegen die Aphthe. Freu mich auf Dich!

– Wird gemacht (Papaya). Darf ich hinzufügen, daß Du Dir nichts dabei denken solltest, wenn ich zu Besuch komme?

– Wie meinst Du das?

– Mach Dir keine Hoffnungen auf eine Urlaubsromanze.

– Ach so. Na, wenigstens bist Du schonungslos offen. Hatte ich übrigens auch nicht.

*

– Nick?

– Entschuldigung, hatte zu tun. Keine Schreibverweigerung.

– Möchtest Du noch, daß ich komme? Ein langes Wochenende wäre drin.

16

Sie legte ihm die Hände an die Hüften, kam sich auf dem Sozius des Motorrads jedoch komisch vor. Auch nicht sehr sicher, als sie sich so durch die schmalen Straßen schlängelten – ihren Rucksack quer über das Topcase geschnürt, die Haare hinter ihr flatternd. Er hatte nur einen Helm, und der war ihr beim Anprobieren zu groß gewesen. Am Ende waren sie beide ohne gefahren, und er hatte auch den Helm mit kleinen Gurten ans Topcase geschnallt.

Sie hatte oft an ein Wiedersehen mit ihm gedacht und über ihren E-Mails die Erinnerung an die Gestalt am Strand heraufbeschworen. Die Wirklichkeit enttäuschte sie nicht, und sie bekam Herzklopfen, als sie ihn am Flughafen lächelnd und bronzefarben mit dem Helm unter dem Arm auf sie warten sah. Als sie zu seinem Motorrad auf dem sonnenüberfluteten Parkplatz hinausgingen, loderten auf einmal all ihre bislang nur glimmenden Phantasien auf, wie das Wiedersehen ausfallen würde. Hinter den aufflackernden Gefühlen meldete sich jedoch eine Stimme und warnte sie, kühlen Kopf zu bewahren und nicht die Beherrschung zu verlieren.

Er ging mit ihr im *Livingstonia Hotel* Kaffee trinken. Zwei Kanonen vor dem Eingang. Sehr britisch. Sehr kolonial. Drinnen gab es einen ausgedienten Snookertisch und ein im Lauf der Zeit nachgedunkeltes holzgeschnitztes Hinweisschild:

↠ DAMENTOILETTE

Zwei Dinge retteten das heruntergekommene und melancholische Etablissement, wo sogar die Jagdtrophäen traurig dreinschauten, als hätten die Tiere gewußt, was ihnen bevorstand. Das erste war ein wunderbarer Balkon, der aufs Meer hinausging, hoch über den verrosteten Wellblechdächern der Stadt. Das zweite war eine alte Bibliothek voller rot und braun eingebundener englischer Bücher mit Titeln wie *Erzählungen aus dem geheimnisvollen Osten* oder *Memoiren an den Burenkrieg.*

»Ray würde es hier gefallen«, sagte sie, als sie durch die Glasscheiben der verstaubten Vitrinen spähten. *Die Auswirkungen der Tropensonne auf die Haut der Weißen. Glück, mein Gegner.*

»Wer ist Ray?«

»Der arbeitet in der Botschaft. Ein Bücherwurm.«

»Ach so«, sagte Nick und nickte.

Sie überlegte, ob er Ray für einen Rivalen hielt, was in jeder Hinsicht verrückt war, aber das konnte er ja nicht wissen. Doch dann war der Augenblick, ihn zu beruhigen, schon vorbei … außerdem hätte Nick einen solchen Kommentar womöglich als Einladung mißverstanden.

Sie konnte sich nicht recht entscheiden, ob sie Stone Town mochte. Die zerfallenden Häuser aus Korallenstein hatten etwas Abweisendes. Besonders die ehemalige Residenz von Tippu Tib. Nick sagte, das sei ein berühmter Sklavenhändler gewesen, der Livingstone und Stanley bei ihren Entdeckungsreisen unterstützt hätte. Heute war das Gebäude ein Privathaus mit einem großen geschnitzten Eingangstor, vor dem ein bärtiger alter Mann mit Turban und Kaftan saß. Neben ihm spielte eine lärmende Kinderschar mit Flugzeugen und Autos aus Holz auf den Stufen. Sie ahmten die Motorengeräusche nach und karriolten mit den Modellen dicht vor dem Gesicht des Alten durch die Luft. Er verzog keine Miene.

Sie ließen den alten Mann hinter sich und schlängelten sich unter den mit Schnitzereien verzierten Holzbalkonen durch die brechend vollen Straßen. Stromkabel hingen von Haus zu Haus, und Miranda hatte Angst, mit dem Kopf eines davon zu berühren. Aus den indischen Kuriositätenläden, deren Türen teilweise mit Messinggriffen oder Kaurimuschelreihen besetzt waren, tauchten Touristen auf, die alte Silberketten um den Hals hängen oder uralte nautische Instrumente im Arm hatten. Sie sah auch Körbe voller Krebse und Garnelen, die mit ihrem noch zuckenden Inhalt in der prallen Sonne standen, und Straßenhändler, die an Holzspießen über Kohlefeuern Tintenfische und Hummer grillten. Überall roch es nach Fisch, Gewürzen und Blumen. Einmal brauste das Motorrad eine Straße hinab, die ganz und gar mit Hibiskusblüten bedeckt war. Hier mußte eine Hochzeit oder ein anderes großes Fest stattgefunden haben.

Ein Stück weiter hielt er an und zeigte ihr ein paar Eisenringe, an denen die Sklaven angekettet worden waren.

»Hier wurden sie also verkauft?« fragte sie und starrte das zerschrammte alte Metall an.

»Nein, soweit ich weiß«, sagte er und stellte einen Fuß auf den Boden, um das Motorrad auszubalancieren. »Über dem alten Sklavenmarkt soll eine Kirche erbaut worden sein. Hier haben sie wohl bloß … na ja, gewartet.«

In der nachfolgenden Pause spürte sie seinen Körper vor sich und zwischen ihren Knien und sah die Härchen in seinem Nacken. Er trat den Kickstarter und brachte den Motor wieder zum Laufen.

Als nächstes schauten sie sich das alte arabische Fort an, das laut einem Schild zwischen 1698 und 1701 erbaut worden war. Der große Steinbau hatte mittelalterliche Zinnen und war heute ein Restaurant.

Über die Schulter sagte Nick: »Leggatt – das ist ein Brite, den ich hier kenne; können wir vielleicht mal besuchen –, der hat gesagt, *das da* hätten die Araber über einer portugiesischen Kirche gebaut. Wie du mir, so ich dir.«

Sie besuchten auch ein Gebäude namens House of Wonders. Ein großes Bauwerk mit umlaufender Brüstung, Uhrenturm, Balkonen mit Rundbögen und Gitterläden an den Fenstern, das einst der Prunkpalast des Sultans gewesen war.

»Es heißt, unter jeder Säule wurde ein Sklavenschädel vergraben«, erklärte er ihr beim Absteigen. »Es soll ein Museum werden, sobald die Regierung Geld für die Renovierung auftreiben kann.«

»Anscheinend ist hier alles im Übergang«, meinte sie und betrachtete eine Säule.

»Wie meinst du das?«

»Alles verändert sich gerade.«

Er nickte nachdenklich. »Ja. Stimmt. Polymorph. Macht verschiedene Phasen durch.«

Sie hörte ihm nur mit einem Ohr zu, weil sie immer noch das Bild der leidenden und verzweifelten Sklaven vor sich sah. Die massiven kannelierten Säulen waren aus Stein, nicht aus Korallen, und mußten Quarz oder etwas Ähnliches enthalten, denn sie glitzerten richtig boshaft, fand sie. Sklaverei war für sie ein so ungeheures und schreckliches Kapitel menschlicher Grausamkeiten, daß sie richtig erleichtert war, als ein afrikanischer Geschäftsmann im Anzug zwischen ihr und den schrecklichen Säulen vorbeilief und einen dunkelroten Aktenkoffer an die Brust drückte.

»Ich habe den Eindruck, sie sind hier nicht so – *arm* wie auf dem Festland«, sagte sie und sah dem davoneilenden Mann nach.

»Touristen«, sagte Nick. »Die bringen heute mehr Geld ins Land als je zuvor. Nach dem Preisverfall bei Gewürznelken wurden sie die Hauptstütze der Wirtschaft.«

»Woran lag der Preisverfall?«

»Weiß ich nicht genau. Muß ich Leggatt mal fragen. Er ist Nelkenfarmer. Ich glaube, früher wurden im Fernen Osten Zigaretten mit Nelkenaroma geraucht und heute nicht mehr.«

Sie stiegen wieder aufs Motorrad. Er fuhr sie die Creek Road hinab, an Fischern vorbei, die Netze auf dem Rücken trugen, zu einem richtigen Museum. Unter den Exponaten fanden sich eingelegte Schlangen, Dr. Livingstones Medizinkoffer und ein Skelett, das angeblich ein

Dodogerippe war. Es ähnelte eher den Knochen eines großen Jagdhundes.

Sie verbrachten einige Zeit damit, sich in einer Straße mit Häusern aus der arabischen Zeit die geschnitzten Türen anzuschauen. Sie waren größer, dunkler und reicher verziert als die der indischen Läden, die Miranda für moderne Nachbildungen hielt. Hier waren sie von schwarzen Metallmedaillons und -nägeln bedeckt. Dazwischen waren kalligrafische Arabesken wie eine Art Code ins Holz geschnitzt worden. Die Schnitzereien waren sehr kunstvoll. Man konnte kaum den Blick von ihnen wenden, und die Türen ließen nicht nur all die Arbeit erkennen, die in diese Pracht eingeflossen war, sondern auch die unzähligen Stunden, die Betrachter vor ihnen verweilt haben mochten. Miranda fand, die geometrischen Motive brachten die Logik und die Ordnung der islamischen Welt zum Ausdruck: Es war, als repräsentierten die immer gleichen Muster und endlosen Verästelungen Gottes ewig unveränderliche Gesetze.

Sie gingen zum Motorrad zurück und fuhren weiter herum. Nick gab sich große Mühe, aber Miranda war von Stone Town noch immer nicht restlos überzeugt. Die Stadt hatte etwas Schwüles, Verkommenes, und überall plagten einen die Moskitos. Sie entsprach nicht ihrer Vorstellung von Sansibar – lange weiße Strände, Palmenpromenaden am Wasser usw. Ihre Laune besserte sich auch nicht gerade, als der Ober im Restaurant, wo sie zu Abend aßen, niesen mußte, während er ihnen das Essen brachte, und Nicks unbeholfene Schmeicheleien halfen auch nicht weiter.

Nach dem Essen gingen sie im *Spices Nite Club* tanzen. Die Livemusik – afrikanisches Gitarrengeplinker – munterte sie auf. Als sie zusammen herumwirbelten, schwand die Unbeholfenheit. Die Musik klang ihr in den Ohren, und ihr wurde bewußt, daß sie in Afrika noch kein einziges Mal tanzen gewesen war. Einmal umfaßte er zur entsprechenden Musik ihre Hüften. Das erregte sie, sie wollte das Gewicht seiner harten Brust auf sich spüren – und fragte sich, ob er bloß mit ihr schlafen wollte oder ob sie ihm mehr bedeutete.

Sie setzten sich und redeten. Trotz seiner fortwährenden Komplimente war schwer zu sagen, ob er auf eine ernsthafte Beziehung aus war. Seltsam, daß Männer immer so abblockten, daß ihre Stimmen und Augen immer darauf bedacht waren, bloß keine Gefühle preiszugeben. Sie waren fast schon süchtig nach Geheimhaltung. Natürlich hielten sich auch Frauen manchmal bedeckt – das war ja auch lebenswichtig –, aber für Männer war das der Normalfall, als würde es sie viel zu verwundbar machen, wenn sie sich mal nur eine Spur öffneten.

Als sie beim *Macpherson* ankamen – er hatte ihr dort ein Zimmer reserviert –, lag das Hotel schon im Dunklen. Sie mußten selbst zu Mirandas Chalet finden, geleitet einzig von Nicks Feuerzeug, dem Mond und den Sternen, deren Licht in den Hof zwischen den Chalets fiel und vom korallenroten Kies reflektiert wurde.

Als sie sich auf der Treppe gute Nacht sagten, küßte er sie leicht auf die Wange. Wieder war er schwer zu durchschauen, im Zwielicht und überhaupt. Nur seine Augen konnte sie in der Feuerzeugflamme gut erkennen, und die waren definitiv erwartungsvoll.

Sie überlegte zu lange – in dieser herrlichen Unsicherheit, die jeden ergreift, dessen Herz aufgewühlt ist. Er hatte sich schon abgewendet, um die Treppe hinabzugehen. Sie sagte noch einmal »gute Nacht« – er drehte sich um, sagte ebenfalls noch einmal »gute Nacht« –, dann ging sie hinein und schloß die Tür, langsam, vielleicht ein wenig kokett.

Mondlicht und gedämpftes Wellenrauschen erfüllten das Zimmer. Sie blieb an den Verandatüren stehen und sah aufs silbrige Meer hinaus: eine Mischung aus Perlmutt, Ruß und blitzblankem Metall. Der Mond hatte einen klaren, grauen, ruhigen Hof; der übrige Himmel war tiefe, undurchdringliche Finsternis, pechschwarz bis auf die

Lichtpünktchen der Sterne, die viel heller funkelten als zu Hause.

Sie dachte an ihren Vater und an die Polizeimütze aus blauem Filz, die er nach seiner Pensionierung als Andenken behalten hatte und die sie heute noch besaß. Bei der Einlagerung ihrer Einrichtung vor der Abreise nach Afrika hatte sie auch die Mütze in Verwahrung gegeben. Am auffälligsten war das Emblem »BOSTON POLICE«; silberne Buchstaben auf blauem Grund. Zwischen den Worten war eine winzig kleine Abbildung von Paul Revere zu Pferde zu sehen, eine Erinnerung an den Ritt, mit dem er die Revolutionäre vor den anrückenden Briten gewarnt hatte. Unter »POLICE« prangte das Siegel der City of Boston, eine Sicht auf die Skyline der Stadt vom Hafen mit drei Booten. Darunter stand *Bostonia Condita AD 1630.*

Ihre Mutter war gestorben, als Miranda erst drei Jahre alt war, und hätte aus ebenso ferner Vergangenheit stammen können. Alles, was mit ihr zu tun hatte, war von einem Nebel umgeben. Erinnerungen an eine glückliche Kindheit verdankte Miranda allein ihrem Vater. Sie erinnerte sich an den Geruch der Mütze, und die Mütze erinnerte sie an seinen Geruch: gebratenen Speck, Öl und Abgase, Seife, Tabak, Bier.

Er war ein guter Mann gewesen. Außer wenn er zuviel getrunken hatte, was nur sehr selten vorkam, war er lieb und gütig gewesen, und Verärgerung verriet sich nur in leichtem Stirnrunzeln. Ihr fiel ein, wie Nick und sie am Strand von Dar über ihn gesprochen hatten, und sie fragte sich, ob sie sich deshalb zu Nick hingezogen fühlte. Er war ihm irgendwie ähnlich.

Sie zog sich aus und fühlte sich seltsam, nicht ganz bei sich; noch erregt, aber auch ein wenig melancholisch; glücklich, aber auch einsam und verlassen. Egal, es war jedenfalls schön, mit dem Meeresrauschen in den Ohren einzuschlafen.

Am Morgen lernte sie beim Frühstück da Souza kennen, danach ging Nick mit ihr an den Strand und zeigte ihr sein Dinghi, ein Flüßchen durch einen Mangrovenhain und ein paar Stellen, wo Schildkröteneier gewesen waren. Danach raffte sie wieder ihren Rock und setzte sich hinter ihn aufs Motorrad.

Sie fuhren in einen Urwald namens Jozani Forest, den sie düster und beklemmend fand. Affen rüttelten in den Bäumen; die Blüten der Blumen, scharlachrot und aquamarinblau, sonderten seltsame Sekrete ab. In einem Baum am Waldrand saßen nebeneinander vier oder fünf große Vögel, Pfauen nicht unähnlich. Ihre langen glitzernden Schwänze erinnerten an einen leichten Vorhang oder Schleier, wie sie da vom Zweig herabhingen, die Sonne durch sie hindurchschien und in der Ferne verschwommene grüne Hügel erkennen ließ.

Zum Mittagessen fuhren sie quer über die Insel zu einem kleinen, von zwei schwulen Deutschen geführten Hotel im Westen. Ein herrliches Fleckchen, das endlich all ihre Erwartungen erfüllte. Am Strand, der sich auf beiden Seiten des Hotels kilometerweit erstreckte, gab es eine akustische Täuschung: Das ferne Tosen der Riffbrandung erklang auch hinter und nicht nur vor ihr, wo sie den stolz aufragenden weißen Streifen sah, der nie zur Ruhe kam.

»Surroundsound«, sagte Nick, und plötzlich freute sie sich, mit ihm zusammen zu sein und nicht mit Ray.

Sie zog die Sandalen aus, weil sie den Sand zwischen den Zehen spüren wollte, und lief zu einem Auslegerkanu hinab, das sich in der Brandung wiegte und an der Vertäuung aus Kokosfasern zerrte.

»In denen möcht' ich ja nicht aufs Meer rausfahren«, sagte sie, als Nick sie einholte.

»Die sind stabiler, als sie aussehen. Aber keine Angst, wir nehmen morgen mein Boot. Du kannst den letzten Tag auf meiner Insel verbringen.«

»Auf *deiner* Insel?«

»Na ja, nicht ganz«, lachte er. »Ich fahr' da bloß zum Arbeiten hin. Okay, zum Relaxen. Sie heißt Lala. Schreibt sich aber L-Y-L-Y.«

»Und wie weit ist das?«

»Hast du Angst?«

»Das Boot ist nicht sehr groß.«

»Vielleicht nimmt uns der Brite auf seiner Jacht mit. Wäre dir das lieber?«

»Eine Jacht? Klar.«

»Dann fahren wir morgen mal zu ihm und fragen ihn.«

Schweigend gingen sie am Strand entlang – bis sie auf ein paar Frauen trafen, die dahockten und Seetang in tiefe Körbe sammelten. Sie schauten eine Weile zu, kehrten dann um und gingen zurück.

Nachdem sie in dem deutschen Hotel einen Hummersalat gegessen hatten, fuhren sie wieder zum *Macpherson* und erreichten es am Spätnachmittag. Nick stellte die Norton unter einer Tamarinde ab und bockte sie auf. Die Sonne schien durch die Zweige des hohen Baums und tüpfelte den Sand neben dem großen dunklen Klecks des Motorrads mit kleinen Leopardenflecken.

»Möchtest du dir die Gärten anschauen?« fragte Nick. »Die haben alle möglichen Sorten. Von hiesigen Pflanzen, mein' ich.«

»Okay«, antwortete sie gleichmütig, und sie gingen unter der tiefroten Sonne in die Gärten.

Sie spazierten auf den Pfaden zwischen den Bäumen, Büschen und Blumen entlang. Zwischen wilden Zimtapfelsträuchern und, auch wenn das kleine Schild im schwindenden Licht kaum mehr zu lesen war, irgendeiner Barlerie. Schläfrig schlenderte sie neben ihm her und fragte sich, ob ihre Müdigkeit am vielen Sauerstoff lag, den sie hinter ihm auf dem Motorrad genossen hatte. Vielleicht lag es auch am Pflanzenduft, daß sie so müde war und schwitzte – am blauen Mehlsalbei, am Zimt oder am Sternjasmin …

Ihre Hände streiften sich. Ob er sich, kühner geworden, umdrehen und sie neben dem Agapanthus oder dem Sternapfelbaum küssen würde?

Er tat es nicht. Er küßte sie neben dem Papageienblatt. Alle anderen, deren Namen viel passender gewesen wären – auf der einen Seite Katzenpfotenfarn, Feuerbusch, Teufelszwirn, violette Maracuja und Jambulbaum; auf der anderen chinesischer Scharlachpisang, Himmelsleiter, Bogenhanf und eine Scilia violaceae –, all diese waren unwichtig geworden. Sie hatten sich von der Erde gelöst, schien es, waren fern von Macphersons Gärten, fern der tiefroten Sonne, die sie in ihr Licht tauchte, ja fern ihren verschmelzenden Lippen.

Das sollte doch gerade nicht passieren, dachte sie, als er sie küßte. Allmächtiger Gott, wie hatte sie das nur zulassen können, ging es ihr siedendheiß durch den Kopf. Wie war sie auf einer Insel am Ende der Welt in den Armen eines Mannes gelandet, den sie kaum kannte? Irgendwo auf der Lichtung hörte sie Wasser, ein Flüßchen, das aus einem höher gelegenen Teil des Gartens über verschlungenes Wurzelwerk zu ihnen herunterplätscherte. Sie küßten sich wieder. Der Rand der Sonnenscheibe versank.

Es war schon fast dunkel, als sie zum Hotel zurückgingen. Brauen und Achselhöhlen juckten in der Hitze, in Lippen und Ohrläppchen rauschte das heiße Blut der Liebenden. Rational sagte sie sich, daß es so plötzlich nun auch wieder nicht passiert war, sondern sich langsam angebahnt hatte. Die E-Mails waren Teil einer tieferen Schicht unausgereifter, halbbewußter Pläne gewesen, deren Samen weit früher gesät worden waren. Es hatte schon vor Wochen begonnen, schon vor der Botschaft, als sich ihre Blicke begegnet waren. Die Sicherheitskamera an der Kanzleiwand, die damals über sie gewacht hatte, hatte das nicht mitbekommen können – aber etwas war geschehen, eine Veränderung war vor sich gegangen, im Kompaß des Herzens war die Nadel herumgewirbelt.

17

Auf der Fahrt zu Leggatt ging ein schweres Gewitter nieder. Wieder saß Miranda hinter Nick auf dem Motorrad. Aber diesmal war es unangenehm. Von der unbefestigten Straße spritzte Schotter hoch und prasselte ihr gegen die bloßen Beine. Ihre Kleidung war klitschnaß. Als sie von der Hauptstraße abbogen, tauchte vor ihnen die Gewürzplantage mit den langen Trockenböden und dem Häuschen mit dem Wellblechdach auf. Bei dem schlechtem Wetter wirkte das Anwesen gespenstisch. Als Nick den Motor abgestellt hatte, drang eindeutig Klaviermusik durch den rauschenden Regen. Der Himmel war wolkenschwarz, als sie abstiegen.

»Hörst du auch Musik?« rief sie, als sie zu einem kleinen Vorbau platschten. In die Eingangstür war eine Glasscheibe eingelassen.

»Komisch, Klavierspielen paßt irgendwie gar nicht zu ihm.«

Nick klopfte an die Tür. Keine Antwort. »Kann uns wahrscheinlich nicht hören.«

»Das ist ein bißchen unheimlich«, sagte sie und lächelte ihn an, das Gesicht von nassen Haarsträhnen gerahmt.

Er klopfte lauter, dann drückte er auf die Klinke. Die Tür ging auf, sie betraten einen Korridor, und aus ihrer Kleidung troff es auf den Dielenboden. Die Musik war jetzt lauter zu hören. Sie ertönte hinter einem Vorhang aus Kaurimuscheln, der die Diele vom Wohnzimmer trennte. Sie gingen hindurch. Die Muscheln klackten.

Leggatt kehrte ihnen den Rücken zu, seine Hände flogen über die Tasten, der aschblonde Haarflor wurde vom schwarzen Klavierholz gerahmt. Der ganze Raum hing voller schlicht geschnitzter afrikanischer Masken und anderer seltsamer Gegenstände. In einer Ecke hing eine Art riesiges Mobile von der Decke, auf einen Holzrahmen gespannte geflochtene Fasern. Es erinnerte sie an einen altmodischen Kastendrachen, nur ohne Stoff. Auf der anderen Seite des Raums stand ein Paravent aus Kokosblättern und verdeckte teilweise den Eßtisch.

»Glaubst du, er kann uns hören?« flüsterte sie.

»*Natürlich* kann ich Sie hören.«

Die Musik brach ab, der alte Mann schwang auf dem Klavierhocker herum, stand auf und kam ihnen über das Parkett entgegen. Miranda starrte die alte Gestalt mit den wäßrigen Augen an. Leggatt trug einen rehbraunen Safarianzug. Im offenen Hemdausschnitt zeigten sich verfärbte, runzlige Haut und weiße Haare.

»Hallo, Nick«, sagte er und lächelte. »Bach ...« Er bewunderte Miranda. »Welch angenehme Überraschung.«

»Eine Freundin«, erklärte Nick. »Miranda Powers.«

»Leggatt. Ralph«, sagte der alte Mann ernst. »Genaugenommen Raphael.«

Einige Sekunden lang sagte niemand etwas, die drei standen im Kreis, als warteten sie auf irgend etwas.

Miranda wollte aus dieser unerklärlichen Sackgasse hinausführen und rief: »Wow, Sie haben hier ja ein paar tolle Sachen!«

Sie deutete auf das von der Decke herabhängende Gebilde aus Stöcken und Fasern. »Was ist *das* denn?«

»Das, meine Liebe, ist eine Lemurenfalle«, sagte Leggatt stolz.

»Damit kann man Affen fangen? Schlüpfen die nicht durch die Löcher?«

Leggatt sah sie verständnislos an und lachte dann. »Entschuldigen Sie, ich meinte die anderen Lemuren. Ich hab' die Falle im Kongo aufgetrieben. Es gibt da einen Stamm, draußen im tiefsten Regenwald, der glaubt, daß Insekten

Menschen die Seele stehlen. Das geht folgendermaßen. Wenn jemand etwas Böses getan hat, ist er dadurch verunreinigt. Er geht zum Medizinmann, der hängt das Ding da in einen Baum, und stundenlang, bis er schwarz wird, wartet er darauf, daß ein Insekt hindurchfliegt. Der Stamm glaubt, diese Vorrichtung fängt den Spukgeist ein, wenn das Insekt hindurchfliegt. Ich hab's mal ausprobiert. Als der Féticheur mir hinterher meine neue geistige Reinheit bescheinigte, hab' ich ihm den Apparat abgekauft. Nun wissen Sie's ... was kann ein alter Mann sonst noch für Sie tun?«

Nick bemühte sich um ein Lächeln. Miranda hatte den Eindruck, daß er Leggatt gegenüber etwas gehemmt war. »Ich hab' mich gefragt ... ob es vielleicht möglich wäre, daß Sie uns mal auf der *Winston* mitnehmen. Ich dachte – jedenfalls wenn Sie nichts dagegen haben –, wir könnten vielleicht nach Lyly fahren und da picknicken. Ich möchte Miranda gern das Tauchen beibringen.«

»Bei dem Wetter? Den Teufel werd' ich tun.«

Der alte Mann setzte sich wieder auf den Klavierhocker und spielte weiter, jetzt aber etwas anderes, fast Tänzerisches. Nick sah Miranda an und grinste. Die beiden traten hinter Leggatt. Als seine Finger über die Tasten glitten, bildeten sich Falten über den Knöcheln.

Nick erhob die Stimme, um die Musik zu übertönen. »Ich meinte morgen.«

»Soll mir recht sein!« rief der Engländer. »Um elf.«

Nick und Miranda verstanden, daß die Audienz beendet war, schoben den Kaurimuschelvorhang beiseite und verließen das musikdurchflutete Zimmer. Sie standen in der Diele und sahen zur Glastür, an deren Außenseite der windgepeitschte Regen auf die Veranda hinabfloß. In der gewitterdunklen Luft konnten sie die Umrisse des Motorrads erkennen. Das strömende Schwarz der Scheibe und die undeutliche, leicht bedrohliche Silhouette der Norton wurden von ihren Spiegelbildern überlagert. Wie erstarrt standen sie da, spähten trübsinnig durchs Glas und machten sich darauf gefaßt, ein zweites Mal durchnäßt zu werden.

»Ich hoffe, morgen ist es nicht genauso.«

Miranda schüttelte den Kopf. »Bestimmt nicht. Gibt es im August noch Regen, wird er sich vor Mittag legen.«

»Schön wär's«, sagte Nick. »Es heißt aber ›Im August der *Morgen*regen wird sich meist vor Mittag legen‹. Was ist mit Abendregen?«

»Keine Ahnung«, sagte Miranda und ärgerte sich, daß sie das Sprichwort immer falsch zitiert hatte.

18

Sie saß in der ruhigen Brandung und zog eine Flosse an. Vor ihr lag die *Winston Churchill* vor Anker, außerhalb des Lyly umgebenden Riffs. In der Nähe, halb den Strand hinaufgezogen, lag das Dinghi, mit dem sie an Land gekommen waren. Der Hufeisenstrand der Lagune zog sich drum herum, und es dümpelte in einem Becken blaugrünen Wassers. Beim Näherkommen hatte die Insel wie eine Fata Morgana gewirkt – besonders die weiße Fiale des Leuchtturms, die sich aus dem dichten grünen Wald erhob. Ihr erster Film war fast verknipst, bevor sie überhaupt einen Fuß auf die Insel gesetzt hatte.

Während der Überfahrt hatte Nick die Tauchausrüstung an Deck ausgebreitet. Preßluftflaschen, Druckregler, Flossen, Masken, schließlich eine Art Schwimmweste. Dann hatte er ihr erklärt, wozu jeder einzelne Gegenstand diente. Jetzt sollte der Theorie die Praxis folgen. Den Oberschenkel dicht neben ihrer Wange, schob er über ihr einen Schnorchel unter den Maskenriemen. Weiter weg sah sie Leggatt in einem Segeltuchstuhl auf dem Deck der *Winston Churchill* sitzen. Er rauchte Pfeife und sah ihnen zu. Hinter ihm stand der junge Sansibarer Sayeed gleichsam in Habacht. Er war schüchtern und schwieg meist, aber Miranda hatte ihn unterwegs aus der Reserve locken können, indem sie seine zögerlichen Fragen nach Amerika beantwortete. Und er hatte ihr von seinem Heimatdorf Potoa erzählt.

»Hoch mit dir«, ordnete Nick an.

Wie ein Eroberer, der sein Reich vorstellt, wies er mit schwungvoller Gebärde aufs Wasser hinaus, dessen Oberfläche sich sanft in der Brise kräuselte. Das Meer sah so idyllisch aus, dachte sie, es hatte aber auch etwas Tückisches, als regte sich da unten ein Monster, das nur auf seinen großen Augenblick wartete.

Schwankend stand sie in der Brandung, während er die Riemen festzog. Als er mit der komischen Schwimmweste fertig war, die er Auftriebsausgleich nannte und die eine Art Blase war, machte er das Atmungsgerät fest.

»Ich komm' mir vor wie eine Schildkröte!« rief sie, als er ihr die schweren Preßluftflaschen über die Schultern hängte. »Wofür brauch' ich denn den Schnorchel, wenn ich das hier hab'?«

Sie wedelte mit dem Luftschlauch herum.

»Das ist nur eine Vorsichtsmaßnahme. Manchen Leuten ist das egal, die behalten die Druckregulierung im Mund, bis sie wieder über Wasser sind. Aber wenn man Probleme kriegt, ist der Schnorchel da. Okay, alles klar?«

Sie nickte und wollte etwas sagen, sollte aber gerade die Druckregulierung in den Mund stecken. Sie war etwas zu groß und drückte auf die Zähne. Sie holte Luft. Die schmeckte metallisch. Sie geriet in Panik und glaubte ihr Herz schneller schlagen zu spüren. Im selben Augenblick aber überkam sie Staunen. Im tieferen Wasser tauchte sie dann das Gesicht unter Wasser.

Sie mußte hinter dem Glasvisier ein paarmal blinzeln, bis sich ihre Augen auf die neuen Lichtverhältnisse eingestellt hatten. Der Sand war gelbgrau. Nick kam im angenehm warmen Wasser zu ihr. Sie schwammen hinaus, bis sich der Meeresboden absenkte. Sie verlor den Boden unter den Füßen – merkte, daß die Strömung sie sacht hin und her spülte. Er zeigte ihr, wie sie Luft aus dem Spiralschlauch des Auftriebsausgleichs ablassen konnte, und plötzlich sank sie. Die Wasseroberfläche schloß sich über ihrem Kopf. Das war ihr unbehaglich. Nick schien das zu merken, jedenfalls griff er nach ihrer Hand. Er bedeutete ihr, den Auftriebsausgleich wieder so weit aufzublasen, bis sie neutralen Auftrieb erreicht hatte.

Am Anfang gab es nicht viel zu sehen: nur die abfallende, mit schwarzen Felsen getüpfelte Sandfläche. Immer noch Hand in Hand, schwammen sie gleichmäßig weiter, bis sie zum Riff kamen. Ihr Zylinder rutschte auf dem Rücken hin und her, und sie hatte Mühe, aufrecht zu bleiben. Sie genoß es aber zunehmend, zumal Nick ja neben ihr war.

Ihre Augen hatten sich jetzt vollständig angepaßt. Vor sich konnte sie die Spalten im Riff sehen, wo buntschillernde Fische hin und her schossen. Dann sah sie Seetangbüschel und seltsame Graswedel. Auf einem reinen Sandstück hafteten zwanzig oder dreißig Schwämme am Meeresboden und wiegten sich bedächtig hin und her. Mutiger geworden, genoß Miranda die Kraft, die die Flossen ihr gaben, und wollte energisch davonstrampeln, als sie Nicks Händedruck spürte. Sie wußte nicht, ob er sie zurückhalten oder ermuntern wollte.

Auf der einen Seite fiel das Riff steil ins tiefblaue Wasser ab. Da sie direkt an der Wand mit all ihren natürlichen Torbögen entlangschwamm, konnte sie staunend sehen, wieviel Leben es auf so beschränktem Raum gab. Die Fische kamen praktisch herbeigeschwommen, um sich zählen zu lassen. Nick sagte ihr später, wie sie alle hießen, und zeigte sie ihr auf seinem T-Shirt: Welse, Sonnenfische, Anemonenfische, Sepien mit ihren flachen Schulpen – als hätten sie körpereigene Surfbretter. Was sie am meisten erstaunte, war liebenswert klein: ein Seepferdchen. Sie starrte den lebenden kleinen Kringel an: ein vergängliches S, das langsam durchs Wasser trieb, eine seltsam vertikale Gestalt in dieser sonst so horizontalen Welt.

Weiter unten fanden sie, in winzigen Höhlen oder über den Meeresboden krabbelnd, Hummer und Krebse. Miranda merkte, wie sehr Nick die geheimnisvollen Knäuel der Fühler, Tentakel und großen Glieder der Krustentiere faszinierten. Sie sah darin vergangene Millenien und archaische Geheimnisse der Lebewesen. Sie schwamm auf der Stelle und regulierte mit der Atemluft ihren Auftrieb.

Sie trieb nicht weiter und wechselte nicht die Position. Trotzdem veränderte sich das Wasser um sie her. Plötzlich steckte sie mitten in einem fleischrosa Krillschwarm. Dann waren die winzigen Krebstiere verschwunden, und der Blick aufs Riff war wieder frei. In dieser Tiefe drückte der Gummiflansch der Maske auf ihre Schläfen.

Sie sah einen Schatten über den Meeresboden gleiten, drehte sich auf die Seite und sah zur Oberfläche. Es war das Dinghi der *Churchill*. Leggatt ließ sich anscheinend von Sayeed ans Ufer rudern. Vielleicht angelte er auch. Er hatte es angekündigt. Miranda aalte sich in der Fruchtwasserblase des Ozeans und hatte ein bißchen Angst vor den Haken.

Dann sah sie, daß Nick ihr winkte. Sie schwamm zu ihm. Unter sich sah sie eine herrliche Seeanemone oder etwas Ähnliches. Oft war schwer zu entscheiden, was Pflanze und was Tier war.

Aber nicht immer: Gegen Ende ihres Tauchausflugs zeigte Nick ihr zwei schwimmende Schildkröten. Die beiden gehörten zum Schönsten, was sie je gesehen hatte, auch wenn es nur kleine grüne waren, nicht die Lederschildkröten, von denen er erzählt hatte. Gerade ihre Unbeholfenheit, ihre Kopfhaltung, die der kurzsichtiger alter Menschen glich, ihre mosaikgepflasterten Panzer und ihr seltsames Rudern mit den Extremitäten – all das trug auch zu ihrer Anmut bei. Als sie auftauchten, sagte Nick, selbst diese kleinen grünen Schildkröten könnten bis zu hundertfünfzig Jahre alt werden.

Sie kamen aus dem Wasser und gingen zu Leggatt, der während ihrer Abwesenheit einen Lippfisch gefangen hatte und gerade Brotscheiben mit Stork-Margarine bestrich. Sie setzten sich zu ihm in den Schatten einiger Palmen, aßen Sandwiches mit über offenem Feuer gegrillten Fischsteaks und tranken Flaschenbier. Miranda streckte sich in der Sonne und war entspannt und glücklich: Die Botschaft mit all ihrer administrativen Amtsgewalt war weit weg.

Sie hörte Leggatts leise Stimme: »Ein Delphin.«

Ihr Blick folgte seinem ausgestreckten Finger. Auch Nick, der mit einem Stock das Feuer geschürt hatte, sah hoch. Keine zehn Meter vom Ufer entfernt sah man eine Rückenflosse auf einer im klaren Wasser teilweise sichtbaren gedrungenen graublauen Gestalt. Sie war über zwei Meter lang und schoß mit beträchtlicher Geschwindigkeit durchs Wasser.

»Männlicher Einzelgänger«, sagte Leggatt.

»Komm«, sagte Nick aufgeregt und sprang auf.

Wie Kinder rannten die beiden ins Wasser und schwammen auf die springende, tauchende Gestalt zu. Miranda dachte die ganze Zeit, der Delphin würde fliehen, wenn Menschen ihm zu nahe kamen, aber er blieb. Er kam zur Begrüßung zu ihnen, scherte seitlich aus und tauchte unter ihnen weg. Sie wollte ihn berühren, glaubte mit den Fingerspitzen seine Haut zu fühlen – aber da verschwand er mit einem Schwanzschnellen.

Ein paar Minuten später war er wieder da, seine Schnauze durchbrach direkt vor ihr die Wasseroberfläche und stieß anschwellende Klicklaute aus. Sie konnte die Reihen seiner scharfen Zähne und die schwarze Zungenspitze sehen. Wieder wollte sie ihn berühren, und wieder verschwand er.

Der Delphin blieb über eine Stunde bei ihnen im warmen Wasser, umrundete die *Churchill* oder tauchte unter ihrem Kiel weg und schnellte dann hoch in die Luft – oder er zog sich zurück, um am Rand eines Schilfgürtels in Ufernähe herumzusuchen.

»Ich glaube, er schmollt«, sagte Miranda, als er im Schilf verschwunden war.

»Der zieht dich bloß auf«, sagte Nick.

Sie schwammen auf der Stelle. Der Delphin blies und tauchte. Kurz darauf sahen sie ihn weit draußen hochschnellen.

»Da geht er hin«, sagte Nick.

»Ich weiß gar nicht, was mir besser gefällt«, sagte sie nachdenklich. »Der Delphin oder das Seepferdchen.«

»Wußtest du, daß das Seepferdmännchen die Brust rausdrückt, um das Weibchen zu beeindrucken?« fragte er scheinbar unbefangen.

Miranda legte den Kopf mit dem dichten dunklen Haar auf die Seite, stieß ihn spielerisch von sich und schwamm, so schnell sie konnte, ans Ufer. Er folgte ihr kurz darauf, und da er kraulte, hatte er sie schnell eingeholt.

Sie schwammen nebeneinander um eine Felsnase herum, bis sie von Leggatt und Sayeed, die immer noch am Feuer saßen, nicht mehr gesehen werden konnten.

Als der Strand anstieg, bekam Nick sie an der Ferse zu packen, und sie tollten im Flachwasser herum, rangen und johlten vor Vergnügen. Ihr fiel wieder ein, wie er sie in der Strömung vor dem Festlandstrand in die Arme geschlossen hatte. Sie dachte gern daran zurück und ließ sich auch jetzt gern von ihm berühren. Spontan zog sie sein Gesicht mit beiden Händen zu sich und küßte ihn auf die Lippen, dann nahm sie seine Hand, zog ihn aus den Wellen den Strand hoch, und sie legten sich hin.

Später gingen sie zum Feuer zurück. Leggatt hatte Wasser aufgesetzt und kochte Tee.

»Ihr habt den Fischadler verpaßt«, sagte er grummelig. »Sayeed hat ein Stück Fisch in die Luft geworfen, und er ist darauf herabgestoßen. Sah klasse aus.«

Nach dem Tee machten Nick und Miranda einen Strandrundgang um die Insel. Er zeigte ihr das verfallene Häuschen mit dem Grammophon und der Fotografie der Queen.

»Wir können tanzen«, sagte er, griff nach der einen 78er und winkte ihr damit zu.

»Willst du mich auf den Arm nehmen?«

Sie verließen das Haus und gingen zu der kleinen Moschee, die sie süß fand. Dann stieg er mit ihr den Leuchtturm hoch und erklärte seine Funktionsweise. Durch die viereckigen Fensterhöhlen konnten sie die ganze Insel überblicken, bis zu der Stelle, wo der Wald Felsmassen wich.

»Siehst du die?« fragte Nick und zeigte auf die Felsen. »Ganz in der Nähe, aber ein Stück weiter draußen, gibt es eine Unterwasserhöhle. Ich bin mal reingeschwommen. Drinnen kann man atmen, und an der Wand steht etwas geschrieben.«

Sie stiegen die Wendeltreppe hinunter. »Was denn?«

»Weiß ich nicht. Könnte Arabisch sein. Muß ich Leggatt mal fragen.«

Sie war gern mit ihm zusammen. Es war die normalste Sache der Welt, händchenhaltend mit ihm den Strand langzuschlendern.

Er zeigte auf eine Stelle vor ihnen. »Da drüben ist irgendwo ein Schildkrötennest. Letztesmal hab' ich gesehen, wie die Weibchen da ihre Eier gelegt haben. Im Mondlicht.«

»Ich kann nichts erkennen.«

»Sollst du auch nicht. Was zum Teufel –«

Er stürzte auf einmal los. Sie sah, wie sich dort, wo er hingezeigt hatte, eine grüne Gestalt wand, und erstarrte. Die Schlange drehte sich um sich selbst und warf dadurch Sand hoch. Eine eigentümliche Bewegung, eine Art Bohren, als wäre sie ein Korkenzieher oder ein mechanischer Wurm. Fächerförmig regnete es feinen Sand. Nick lief auf die Stelle zu, aber als er nur noch drei Schritt entfernt war, wechselte er plötzlich die Richtung. Er lief nach rechts auf eine Düne mit Buschwerk am Ende vom Strand zu. Die Schlange drehte sich noch immer im Sand. Miranda sah, wie Nick von einem verwitterten Strauch, der wie ein Kandelaber aussah, einen Zweig abbrach.

Er kam an den Strand zurück und ging mit dem gegabelten Zweig auf das Gelege zu. Die Schlange drehte sich unablässig. Dann hörte sie plötzlich auf: Die weißen Wölbungen von vier oder fünf Eiern waren sichtbar geworden. Die Schlange drehte sich so, daß ihr Kopf zu den Eiern zeigte. Dann bemerkte sie Nick, der mit dem Zweig in der Hand auf sie losstürzte. Er stolperte anscheinend, als er die Düne herablief. Miranda erblaßte.

Das Gelenkmaul öffnete sich, bereit zum Zubeißen und Giftspritzen. Aber da war er schon über ihr und nagelte sie mit dem V des Zweiges fest, bevor sie sich wehren konnte. Er drückte die Gabel tief in den Sand. Miranda schrie wieder auf, aber Nick beugte sich ganz ruhig nieder. Der Schlangenschwanz schlug gegen seine Wade. Dann packte er sie vorsichtig mit Daumen und Zeigefinger und hob sie hoch. Er hielt sie behutsam auf Armeslänge von sich weg, ihr Schwanz schlug wild hin und her. Miranda sah, wie er zur Baumgrenze zurückging, und war von seiner Tollkühnheit zugleich beeindruckt und erbost.

Dann roch sie Pfeifenrauch und hörte eine Stimme.

»Er dürfte feststellen, daß das eine Mamba ist.«

Es war Leggatt.

»Nicht sehr schmackhaft, muß ich leider sagen«, fügte er gelangweilt hinzu. »Dafür sehr giftig. Vielleicht die giftigste Schlange auf diesen Inseln.«

Die beiden standen nebeneinander auf dem offenen Strand, Leggatt in einer fleckigen Segeltuchjacke und einer Matrosenschirmmütze unbestimmbarer Herkunft, Miranda in Turnschuhen, Shorts und Baumwollbluse. Nick stand über ihnen auf dem Hügelkamm. Mit gestrecktem Arm wie ein Bowler beim Cricket warf er die sich windende Schlange ins Gebüsch.

»Er hätte sie lieber ins Jenseits befördern sollen«, bemerkte Leggatt. »Die Dinger können einen Menschen zur Strecke bringen. Sollte mich wundern, wenn sie ihm nicht folgt.«

Er nahm die Pfeife aus dem Mund und rief zu den Dünen hinauf. »Beeilen Sie sich, alter Knabe!«

Sie beschirmte die Augen mit der Hand. Nicks Silhouette zeichnete sich vor dem Himmel ab. Er hatte Leggatts Warnung gehört, ließ sich aber Zeit.

Leggatt ging zum Gelege und verscharrte die Eier wieder mit dem Schuh.

»In der Dämmerung kommt die Mamba sowieso wieder

zurück und gräbt sie wieder aus. Wir werden an den Küsten kämpfen. Ha!«

Miranda verwirrte das Verhalten des alten Mannes. Sie hatte es zwar auch erst idiotisch gefunden, was Nick gemacht hatte, aber jetzt war sie richtig stolz auf ihn. Trotzdem schimpfte sie, als sie zusammen zurückgingen.

»Das war idiotisch. Mr Leggatt sagt, die sind wahnsinnig giftig.«

»Für uns sind sie weniger gefährlich als für Schildkröten«, sagte Nick und grinste.

»Das ist die hirnverbrannteste Bemerkung, die ich je gehört habe«, sagte Leggatt.

Er klopfte seine Pfeife auf einem Felsen aus, und rote Funken stoben wütend durch die Luft.

»Außerdem war es sinnlos. Ich sagte gerade zu der jungen Dame hier, daß die Schlange im Lauf der Nacht zurückkommen wird. Oder eine ihrer Busenfreundinnen. Sie hätten sie töten sollen.«

Nick sah bestürzt aus. »Können wir denn gar nichts machen?«

»Ich finde zwar, man sollte der Natur ihren Lauf lassen, aber wenn Sie darauf bestehen, gibt es zwei Möglichkeiten. Entweder verlegen wir die Eier, dann stellt sich aber die Frage, wo wir sie hinbringen, ganz zu schweigen von der Möglichkeit, daß wir sie beim Schlüpfen stören. Oder wir bauen einen Zaun um das Gelege, was aber bedeutet, daß wir abschätzen müssen, wann sie schlüpfen, damit wir herkommen und den Zaun rechtzeitig wieder abbauen können.«

Nach einigem Hin und Her einigten sie sich auf Plan B und machten sich ans Treibholzsammeln. Als sie genug hatten, zogen sie einen Kreis mit einem Durchmesser von etwa einem Meter um das Gelege und trieben die krummen Pfähle in die Erde. Nick befestigte sie zusätzlich mit Steinen, und am Ende hatten sie eine hübsche kleine Palisade.

Das fand Miranda jedenfalls. Leggatt blieb pessimistisch, was die Überlebenschancen der Babyschildkröten anging.

»Ich glaube trotzdem nicht, daß die Kleinen je das Licht der Welt erblicken«, sagte er trübselig.

Er nahm die Mütze ab und wischte sich mit dem Handrücken den Schweiß von der Stirn. »Sie haben es sowieso schwer genug, schließlich gibt es Möwen und Ratten, im Wasser die Fische ... egal, wir sollten uns auf den Heimweg machen.«

»Vorher wollte ich Sie noch was fragen«, sagte Nick, als sie zum Feuer zurückgingen.

»Was denn?«

»Ich hab' eine Höhle gefunden.«

Leggatt sah ihn durchdringend an. »Soso, haben Sie, ja?«

»Ich war draußen vor der Insel tauchen und bin reingeschwommen. Es muß auch einen Zugang von der Insel aus geben, aber den konnte ich noch nicht finden. An den Wänden stand was geschrieben. Könnte Arabisch sein.«

»Und ich dachte, das wäre mein Geheimnis. Kommen Sie, ich zeige Ihnen den Zugang. Wir brauchen aber eine Panga.«

Er ging zum Dinghi, kam mit der Machete zurück und bahnte ihnen einen Weg durchs Dickicht. Nick und Miranda folgten ihm und stiegen über die abgehackten Farne und Zweige hinweg. Nach etwa zehn Minuten trat vor ihnen Gestein zutage.

»Hier ist die Öffnung«, sagte Leggatt. »Oder eine davon. Es gibt noch ein paar verstreute Löcher, durch die man direkt in die Anlage runterstürzt, aber das hier ist die einzige, durch die man hineinkommt, ohne sich alle Knochen zu brechen. Ohne ordentliche Lampen gehen wir aber lieber nicht rein.«

»Die Anlage?« fragte Nick nach. »Heißt das, da unten gibt es nicht nur eine Höhle?«

»Natürlich nicht. Die bilden ein ganzes Netz.«

Er riß Gestrüpp beiseite und legte den zerklüfteten Eingang frei. »Die Geschichte ist ziemlich scheußlich. Einer der Sultane sperrte entflohene Sklaven auf diese Insel.

Wenn sie zu fliehen versuchten, wurden sie zur Strafe durch die Löcher runtergestoßen.«

»Aber die können doch nichts an die Wände geschrieben haben, oder?«

»Warum nicht? Es gab doch auch gebildete Sklaven. Schreiber und so. Das waren nicht alles Holzhacker und Wasserträger. Ich könnte mir denken, daß ein aufmüpfiger Höfling die Schrift hinterlassen hat. Vielleicht ist es auch eine Art Gebet. Jetzt müssen wir aber zurück.«

Schweigend gingen sie zum Strand zurück, schoben das Dinghi ins Wasser und stiegen hinein. Miranda hatte die Geschichte der Höhlen niedergedrückt. Trotzdem war es ein toller Tag gewesen. Sie sah Nick rudern und fragte sich, ob er ihr nach der Rückkehr aufs Festland fehlen würde. Sie mußte morgen sehr früh zurückfliegen, um rechtzeitig zur Arbeit zu kommen.

Als sie die Jacht erreichten, schrubbte Sayeed, der vorausgeschwommen sein mußte, das Deck. Miranda kletterte an Bord und lächelte ihn strahlend an. Die Vorstellung, einen afrikanischen Diener zu haben, war ihr jedoch unbehaglich.

Als die Jacht Fahrt aufgenommen hatte, ging sie zu Nick an den Bug, und sie teilten sich eine Flasche Bier. Leggatt stand hinten im Ruderhaus. Die Sonne ging unter. In der Ferne konnten sie an Steuerbord, aber in einem schrägen Winkel, den weißen Schaumklecks eines anderen Schiffs erkennen, das schnell vorankam.

»Wahrscheinlich Zoll«, sagte Nick.

»Hey«, sagte er dann noch und schob die Hand in die Tasche seiner Shorts. »Das hab' ich dir von der Düne mitgebracht.«

Er gab ihr etwas, das so groß war wie der Deckel eines Plastikkaffeebechers und fast genauso leicht. Der leere Panzer einer Babyschildkröte.

»Als Andenken«, sagte Nick.

Sie hielt ihn vor die untergehende Sonne. Er war ungemein fragil, und bernsteingelbes Licht sammelte sich in den feinen, gezackten Schichten.

»Glaubst du …?« Sie beendete den Satz nicht, aber er wußte auch so, daß sie an die Schlange dachte.

»Nicht unbedingt. Auch Vögel sind hinter ihnen her.«

Sie verzog das Gesicht. Die Vorstellung, daß ein Vogelschnabel auf das Fleisch eines so winzigen Lebewesens einhackte, war genauso schrecklich.

»Er ist wunderschön, nicht?« sagte Nick etwas forciert. »Behalt ihn ruhig.«

Sie steckte den Panzer in die Tasche. Nicks Enthusiasmus war ihr unangenehm. Aber er sah gut aus in der Abendsonne, fand sie, und als er sich zu ihr beugte und ihr einen Kuß gab, erwiderte sie ihn.

Im selben Augenblick änderten sie fast ruckartig den Kurs. Miranda und Nick hörten Leggatt fluchen. Sie schauten hoch und sahen, daß das Schiff, das sie vorhin gesehen hatten, auf sie zugeprescht zukam. Eine schnittige weiße Motorjacht mit überdachter Kabine.

Wieder ließ sich Leggatt vernehmen. »Was haben die Mistkerle bloß vor?«

Höchstens zwanzig Meter von ihnen entfernt drehte die Motorjacht plötzlich bei und nahm Fahrt weg. Die Bugwelle brachte die *Winston Churchill* ins Schwanken. Leggatt kam aus dem Ruderhaus gepoltert, fuchtelte mit den Armen und fluchte. Auf der Motorjacht, deren Maschine stotterte, war keine Reaktion zu erkennen. Hinter ihrem Kabinenfenster konnte Miranda drei Gesichter sehen – alle dunkelhäutig, aber nur eines schien das eines Afrikaners zu sein –, die sie ebenfalls beobachteten. Sie nahm ihre Kamera und zoomte die drei näher heran. Der eine Mann hatte einen bleistiftdünnen Schnurrbart und ein langes schmales Gesicht; der zweite war größer und massiger gebaut als seine Begleiter; der dritte war der Afrikaner, der jünger aussah. Fast unbewußt legte sie den Finger auf den Auslöser. Sie fokussierte den Mann mit dem Schnurrbart und wollte gerade abdrücken, als er eine Gardine vor das Kabinenfenster zog. Dann jaulte die Maschine auf, und die Motorjacht schoß davon.

»Was war denn das?« fragte Nick Leggatt, der ihr durchs Fernglas nachsah.

»Ich habe keine Ahnung, aber ich fahre mit Sicherheit morgen raus und schau mir an, was die vorhaben, denn die sind anscheinend nach Lyly unterwegs.«

Der Rest der Rückfahrt bei schwachem Seegang verlief ereignislos. Als sie Leggatts Plantage erreichten, war es dunkel, und Miranda fragte sich, wie sie andocken sollten. Aber auch ohne Leuchtfeuer am Ufer gelang es dem alten Mann, sie zum Anlegesteg zu manövrieren. Sayeed sprang mit einer Taschenlampe an Land, vertäute die Jacht und zog eine Strickleiter von der Reling herab. Nick und Miranda stiegen vorsichtig ans Ufer, und der junge Sansibarer ließ den Lichtstrahl über ihre Füße gleiten. Dann zündete Leggatt eine Sturmlaterne an, Sayeed lud die Ausrüstung aus, und der Alte ging ins Haus, um den Generator anzuwerfen.

Miranda und Nick standen auf dem Steg; die warme Nachtluft duftete nach den Nelken auf den Trockenböden.

»Ich habe dieses Wochenende sehr genossen«, sagte sie, aber ihre Worte kamen ihr seltsam hohl vor.

Nick antwortete nicht, tastete nur nach ihrer Hand. Sie hörten den Generator brummen. Im Haus gingen Lichter an und dann eine Reihe Glühbirnen an den Stegpfosten. Beim Haus sahen sie weiter oben die Umrisse eines Tischs mit einem Stuhl daneben.

»Ein Bild der Einsamkeit«, sagte Nick, und sie gingen darauf zu. Er drückte ihr die Hand.

Seine Bemerkung und die Begleitgeste verlangten Miranda eine stärkere Reaktion ab, als sie angebracht fand. Sie erinnerte sich, daß seine ersten E-Mails ähnlich gewesen waren – nicht die feine englische Art. Aber E-Mails hatten allgemein die Etikette verändert, sagte sie sich. Sie suggerierten eine Intimität, die noch gar nicht bestand. Sie lockten weiter, luden zum Risiko ein, zogen den Schleier des Privaten mit jedem Austausch weiter weg …

Sie wurde aus ihren Gedanken gerissen, als Leggatt zurückgepoltert kam und auf einem Zinntablett eine Flasche und Whiskygläser brachte. Er rief Sayeed zu, er solle noch zwei Stühle von der Veranda holen.

»Dachte, wir trinken hier draußen noch einen. Mach' ich abends meistens. Wenn Sie das nächstemal rüberkommen, könnten Sie mir einen Gefallen tun«, sagte er vertrauensvoll zu Miranda. »Bringen Sie mir doch eine Flasche hiervon mit. Johnnie Walker, wenn's geht.«

Ungewöhnlich fröhlich – Miranda nahm an, daß er den Griesgram oft nur spielte – schenkte Leggatt ein Glas ein und reichte es ihr.

»Ich bin nämlich der festen Überzeugung, daß Johnnie die Dämonen fernhält, wenn sich der Mensch des Nachts zur Ruhe legen möchte. Whisky ist aber nur auf dem Festland zu kriegen. Apropos Dämonen, hatte ich Ihnen von dem *Papabawa* erzählt, Nick? So nennen die Einheimischen den Vampir von Sansibar. Er entspricht so ziemlich dem gemeinen Vampir vom Typ Dracula, nur daß er weiße Haut hat und in den Nelkenplantagen haust. Wo ist er bloß mit den Stühlen abgeblieben?«

Er schwieg einen Augenblick, die Pfeife zwischen die Zähne geklemmt, und schenkte Nick und sich selbst ein.

»Sie werden ja schon gehört haben, daß die Einheimischen uns *Muzungu* nennen. Sie nennen uns aber auch *Papabawa*. Ich glaube, das soll uns eine Lehre sein, ich weiß bloß nicht genau, welche. Hier, bitte.«

Nick nahm den Whisky, stellte ihn auf dem Tischchen ab und zog ein Päckchen Marlboro aus der Tasche.

»Dann lass' ich euch mal rauchen«, sagte Miranda.

»Das ist heute meine erste!« rief Nick.

»Kein Problem. Bloß …«

Sie nippte an ihrem Drink und entfernte sich ein Stück von den beiden Männern. Sie lehnte sich ans Steggeländer und sah auf die schwarze Fläche des Ozeans hinaus. Sie hörte sein melancholisches Rauschen und ganz in der Nähe das schrille Sirren der Moskitos.

»Was glauben Sie, was die Männer auf der anderen Jacht vorhatten?« hörte sie Nick fragen. »So ein Schiff kann sich doch kein Durchschnittswilderer leisten.«

Sayeed kam mit den zusätzlichen Stühlen vom Haus herbei.

»Nein ...« Leggatt sog hörbar an der Pfeife. »Allerdings nicht. Wir sollten morgen rausfahren und nachschauen, was sie gemacht haben. Nicht schleifen, Sayeed.«

»Morgen kann ich nicht. Muß Miranda zum Flughafen bringen ... Hey, alles in Ordnung?«

»Alles klar«, sagte sie über die Schulter. »Ich überleg' bloß. Ist schließlich mein letzter Urlaubstag.«

»Der Zeiten Flügelschlag«, deklamierte Leggatt. »Fliegen Sie mit der Cessna oder der Beechcraft?«

»Weiß ich nicht genau«, sagte sie. »Mit der von Air Rafiki.«

»Ach so.« Leggatt erläuterte es nicht weiter, mißbilligte es aber offenbar.

Miranda beachtete ihn sowieso nicht weiter. Nachdenklich lauschte sie den Wellen, die an die Stegpfosten schwappten, und den Brechern weiter draußen auf dem Sand oder am Riff. Leggatt sagte auf Suaheli etwas zu Sayeed. Sie spürte den Steg schwanken und hörte die Bohlen knarren, als der Junge hinter ihr vorbeilief.

»Rafiki ist ein seltsamer Laden«, sagte Leggatt dann. »Die haben sich einer russischen Firma namens Air Jasikow angeschlossen, die ein Pilot, den ich aus meiner Zeit im Bergbau kenne, ziemlich fragwürdig findet. Anscheinend machen sie Geisterflüge aus Entebbe in den Kongo.«

Sie konnte ihren Tabak riechen. Das hatte sie schon immer gehaßt.

»Geisterflüge?« hörte sie Nick sagen.

»Die Flugzeuge sind weiß gestrichen und haben keine

Kennungen. Sie fliegen zur selben Zeit und mit denselben Funkrufzeichen wie die Flugzeuge auf den legalen Flugplänen – deswegen Geisterflüge.«

Miranda hörte ihnen zu, sah aber weiter in die Dunkelheit hinaus.

»Was machen sie?«

Dann lauter: »Alles in Ordnung?«

»Alles klar«, sagte sie.

»Nun lassen Sie sie doch mal in Ruhe«, sagte Leggatt. Und dann im Flüsterton: »Sonst wird's Ihnen noch leid tun.«

Sie hörte Nick leise und kumpelhaft lachen und ärgerte sich. Wieder hüpfte und schaukelte der Steg; wieder trappelten Sayeeds Füße auf den Bohlen vorbei. Nur nahm sie diesmal ein seltsames Licht wahr, das über den Nachthimmel huschte.

»Schmuggeln Diamanten aus dem Kongo raus und Waffen rein, solche Sachen. Ermöglichen das Morden.«

Sayeed brachte ihnen die Sturmlampe. Die Wellen zerrten leise am Steg. Die Ebbe kam, und die Luft kühlte merklich ab.

»Der Russe, der Jasikow leitet, ist ein ehemaliger MiG-Jagdflieger. Afghanistanveteran, der zurückgekommen ist, den Fall der Berliner Mauer miterlebt hat und es nicht mochte, wie sich die Welt seither entwickelt hat. Hokus, Pokus, fidibus, plötzlich ist er in Afrika und hat eine ganze Latte Frachtflugzeuge, die er der russischen Luftwaffe geklaut hat.«

Sie hörte nur mit einem Ohr zu, sah in die Nacht hinaus und ließ den Tag noch einmal Revue passieren. Nick. Und Lyly. Irgendwo da draußen im Ozean – wo genau, konnte sie nicht sagen – lag die Insel.

Sie hörte eine Flasche klirren, Gläser wurden aufgefüllt. »Wie Sie sehen, wirft einem der Kalte Krieg immer noch Knüppel zwischen die Beine, obwohl er seit zehn Jahren vorbei ist. Und nach allem, was man so hört, sind Ihre Leute ja auch keine Engel.«

Miranda fröstelte. Im Geist war sie noch auf Lyly und bei dem, was dort geschehen war: besonders bei der Schlange, die sich mitten durch die Herrlichkeit gewunden hatte, und bei der Geschichte der Sklavenhöhlen. Nick und Leggatt führten ein typisches Männergespräch. Einen Augenblick lang war ihr jedoch, als wären sie gar nicht da – als hätte die Ebbe sie mitgenommen. Sie sah zum blassen Mond hoch und konnte förmlich Leggatts Vampir vor seiner Scheibe vorbeifliegen sehen. Wie hieß der noch mal? Papa-irgendwas. Die Legenden dieser Insel hatten etwas Verführerisches. Aber jetzt holte sie langsam auch das Unwirkliche der Inseln und des Wochenendes ein, das sie auf ihnen verbracht hatte. Plötzlich fiel es ihr wie Schuppen von den Augen, daß Nick und sie niemals ein Paar werden könnten. Das hatte seine Gründe. Sie hatte ihren Beruf; sie würde in acht Monaten wieder fortziehen. Sie wußte nicht einmal mehr, ob sie sich überhaupt zu ihm hingezogen fühlte. Er konnte so unsensibel sein. Natürlich rief er sie genau in diesem Augenblick.

»Komm mal her, Miranda, und schau dir Ralphs Uhr an. Das ist so eine falsche Rolex!«

Sayeed saß im Schneidersitz im Schatten und schwieg. Die Sturmlampe stand auf dem Tisch. Sie ging hinüber und betrachtete die Armbanduhr im Flackerlicht; betrachtete den zweiten Zeiger, die Hand des Alten, ihr ausgebleichtes Haar und ihre Leberflecken. Sie setzte sich, und dann fand Nick unter dem Tisch ihre Hand. Bei so viel Besitzanspruch war für sie der Ofen aus. Sie zog die Hand nicht weg, konnte es aber kaum ertragen, ihm so nahe zu sein. Leggatt schenkte die leeren Gläser voll; sie spürte die Leere in ihrer Seele. Aber morgen flog sie ja ab. Flog zu sich und ihrer Verantwortung zurück. Jetzt wußte sie, daß es für sie nur eine Urlaubsromanze gewesen war. Weniger als das: nur der Schatten einer Romanze. *Ich glaub' dir kein Wort!* hörte sie Ray schon sagen. Dann ließ Nick ihre Hand los.

19

Das erste Zeichen des bevorstehenden Wetterwechsels war das ausgefranste Bündel einer schmierigen warmen Wolke am Himmel. Braun mit roten Strähnen und gelben Tönen, hatte sie zwei Tage lang über dem Meer gehangen, war wärmer geworden und zunehmend negativ aufgeladen. Es mußte gegen drei Uhr nachmittag am dritten Tag gewesen sein, daß der schmutzige, schwebende Fetzen – wie der Lappen eines Kochs oder Mechanikers – zu rotieren begann. Kaltluft strömte von allen Seiten in die feuchtwarmen Luftmassen, erzeugte extremen Unterdruck und die magnetische Reibung gegensätzlich geladener Teilchen.

Die ersten Vögel flogen ins Landesinnere – nicht nach Sansibar, denn noch war die nahende Schlechtwetterfront weit weg, sondern nach Mombasa und Malindi. Vor langer Zeit schon hatten sie eine Störung im atmosphärischen Gleichgewicht gespürt und das Nahen des Monsuns, der Wirbelstürme und Orkane mit sich bringen würde.

Winde wirbelten um die einsame Wolke herum und zogen weitere an, rotierende Wasserdampfschwaden. Geschmeidig und komprimierbar ergänzte jede den ursprünglichen schmierigen Wulst um neue Farben. Die Rot- und Gelbtöne gewannen immer andere Schattierungen, Schwarz und Dunkelrot kamen hinzu. Schicht um Schicht, Streifen um Streifen – bis die ganzen Wolkenmassen aufs Festland zutrieben und jenen häßlichen und bedrohlichen Anblick boten, der es dem Regenmacher ermöglichte, den Monsun herbeizubringen, den er in Wahrheit kommen sah.

Die Ältesten der kenianischen Küste irrten sich diesmal, als sie sagten, »die Regen kommen«. Der aufziehende Sturm wurde von der Insel Lamu abgedrängt und drehte wieder aufs Meer ab. Rotierend und unentwegt wachsend, breitete er sich horizontal über den Wellen aus, reiste nach Norden, jetzt dunkelrot, das Rotbraun der Malerpalette, dann wieder grau und an einen Rauchball erinnernd.

Als der Wirbelsturm an der tansanischen Küste entlang nordwärts zog, steigerte er sein Tempo, und zum Zentrum hin nahmen die Windgeschwindigkeiten immer mehr zu. Kleinere Wirbel schlossen sich dem ursprünglichen Drehmoment an; schwollen an und gewannen ihrerseits an Schwung.

Pausenlos und immer schneller rotierend, wanderten die enormen Wolken- und Wassermassen mit einem Durchmesser von rund siebzig Kilometern auf Sansibar zu. Die Sturmböen, die im Westen nach Art und Stärke Hurrican genannt werden, kennen die Fischer der suahelischen Küste unter der Bezeichnung *Chamchela*. Sie hätten auch gewußt, daß die Nordwärtsbewegung des Wirbelsturms ungewöhnlich war – Tropenstürme bewegen sich gewöhnlich nach Süden – und daher um so besorgniserregender.

Im Auge des Sturms, der jetzt an ein ungeschütztes Kliff vor Macpherson Cove stieß und, beiseite gezwungen, erneut aufs Meer hinausgedrängt wurde, sammelten sich Regentropfen. Sie mischten sich mit dem feinen Gischt, den die Seeleute früherer Zeiten Feim nannten und der mit dem Fortschreiten des Zyklons von den Wellenkämmen aufstieg. Er bewegte sich in Richtung eines kleinen Atolls jenseits von Macpherson Cove, einem Eiland, auf dem seit Äonen Schildkröten ihre Eier legten.

Unter den tief übers Wasser hinziehenden *Chamchela* schwollen die Wogen an, wuchsen empor und schickten immer stärkere Strudel an die Ufer von Lyly – wo eine massige Gestalt aus dem zerfallenen Häuschen trat, als wollte sie das Salz in der Luft schmecken.

In einiger Entfernung trieb Nick Karolides im reißenden Wasser und stemmte sich gegen jede neue Welle. Seit etwa einer Dreiviertelstunde lag er jetzt da und spionierte den Männern nach. Seine Insel hatte sich nämlich bevölkert. Sie waren zu siebt: die drei Männer von der Motorjacht – sie erkannte er wieder, und sie waren bewaffnet – und vier weitere, die auf zwei kleinen Dhauen gekommen waren.

Die hölzernen Fischerboote zerrten in der Lagune von Lyly an ihren Ankern. Wie neulich das Boot der Wilderer waren sie schmal genug, um die Lücke im Riff zu überwinden. Sie waren weniger plump als jene Dhau, aber mit ihren ungehobelten grauen Brettern und zerfetzten Segeln wirkten sie trotzdem wie maritime Pendants von Slumhütten. Die Jacht selbst lag auf dem Strand, und ihre dunkelgrünen Wimpel knatterten im auffrischenden Wind. Nick sah die Gestalt ins Häuschen zurückgehen.

Von seiner Warte aus, versteckt im Schilf in der Nähe des zutage tretenden Gesteins, in dem sich der Eingang zur Unterwasserhöhle verbarg, konnte Nick den größten Teil des Strandes überblicken. Es war unbequem, hier im Schlamm zu liegen und die Maske kaum über die Wasseroberfläche heben zu dürfen. Seine Beine waren eingeschlafen, und er hatte Angst, das Schlickwasser könne sein Atemluftgerät verstopfen – aber davon abgesehen, war es ein guter Beobachtungsposten.

Vor dem Häuschen standen stapelweise Kisten auf dem Strand. Die Männer verstauten darin Kanister, so groß wie Cateringdosen, wie Dosen mit Bohnen oder Saft.

Nicht alle Araber beteiligten sich daran. Die Gestalt tauchte wieder aus dem Haus auf. Nick sah die Umrisse einer Maschinenpistole, die der Mann an einem Riemen über der Schulter hängen hatte. Er starrte aufs Meer hinaus. Nick hatte das Gefühl, er würde ihm direkt in die Augen schauen. Der massige und unrasierte Mann mußte in höchster Alarmbereitschaft sein. Es war, als schwante ihm, daß er beobachtet wurde.

Die Luft war schlagartig abgekühlt, und der Himmel hatte sich verfinstert. Auch die Lagune hatte die Farbe gewechselt, ihr Blau wurde zunehmend schwarz. Eine plötzliche heftige Welle hob die Dhauen an.

Die Wolken bildeten ein düsteres wirres Knäuel und wirbelten über den tiefhängenden Himmel. Nick kannte die Anzeichen, dafür war er jetzt lange genug in den Tropen. Ein Sturm zog auf. Er schwamm lieber zur Jacht zurück. Langsam und lautlos schob er sich rückwärts aus dem Schilf. Die Wellen hatten kleine Schaumkronen. Der Wind peitschte übers Wasser, und die Strömung riß an ihm. Als er tauchte, fing es an zu regnen, und die großen grauen Tropfen schossen ins Wasser wie Bleischrot.

Leggatt war ein Stück entfernt auf der anderen Seite der Insel vor Anker gegangen, damit sie ungesehen blieben, aber Nick hatte genug Luft in den Tanks. Er tauchte tief, um der Dünung und dem Entdecktwerden zu entgehen – schwamm über Fächerkorallen, Barsche und Schleimfische hinweg, einen Schwarm Großaugenmakrelen und eine einsame Schildkröte, die stilleren Wasserregionen entgegenpaddelte – all diese sah er unter sich, dachte aber die ganze Zeit nur an die Metallkanister und die Männer mit den Gewehren. Er geriet ein bißchen in Panik.

Er dachte auch an Miranda. Sie war schon zwei Tage wieder auf dem Festland gewesen, bevor Leggatt und er Zeit gefunden hatten, nach Lyly zurückzukehren. Sie hatte ihm einmal gemailt und sich für das »herrliche Wochenende« bedankt, aber das war ihm förmlich und kühl vorgekommen, als wollte sie ihm zu verstehen geben, daß sich aus dem gemeinsam Erlebten nichts weiter entwickeln würde. Er war enttäuscht und niedergeschlagen, weil er den Eindruck gehabt hatte, daß sich da etwas Tiefes und Leidenschaftliches anbahnte.

Über sich sah er dunkel den Kiel der *Winston Churchill*. Er schwamm zur Strickleiter auf der anderen Seite. Als er an die Oberfläche kam, merkte er, daß der Wind viel stärker geworden war. Mit dem Messerheft hieb er dreimal auf den Schiffsrumpf, um Leggatt vorzuwarnen. Als er aus dem Wasser stieg, spürte er das Gewicht der Druckflaschen. Der Regen prasselte herab und knatterte auf dem Metall. Die Jacht stampfte in dem hohen Seegang.

Der alte Mann war auf Deck, seine blonde Mähne flatterte in den Windstößen, mit der einen braunen Hand hielt er den Schanzdeckel gepackt, die andere streckte er Nick hin.

»Kommen Sie lieber nach unten!« brüllte er, als Nick die Gurte abstreifte und die Preßluftflaschen aufs Deck legte.

Der Regen nadelte Leggatts Gesicht. »Mir gefällt das ganz und gar nicht. Das Barometer ist gefallen wie ein Stein. Ich mußte schon zweimal Segel reffen.«

In der Kabine rubbelte sich Nick mit einem rauhen Handtuch ab und erzählte dem Engländer, was er gesehen hatte.

»Sie hatten Gewehre. Sie haben Kisten gepackt –«

Aber er merkte, daß der Alte gar nicht zuhörte.

»Das hat Zeit. Ich geh' nach oben. Ich glaube, das ist ein Zyklon.«

Nick zog sich an und ging zu Leggatt ins Ruderhaus. Der Sturm wütete immer stärker, und der Wind rüttelte an der Tür zum Ruderhaus. Große graue Wellen kreuzten die Oberfläche, als wären sie etwas anderes als Wasser – etwas kategorial anderes. Es schüttete wie aus Kübeln.

Leggatt umklammerte das Ruder. »Wir müssen ihn aussitzen. In so einem Sturm können wir keinen Anker lichten.«

Ein Donnerschlag erschütterte die Luft, als stampfte Gott mit dem Fuß auf. Die nächste Welle brach über das Deck. Ihre Schaumkrone schwemmte über die Bohlen. Die *Winston Churchill* zerrte an der Ankerkette und knarrte beängstigend unter dem Schlag. Die beiden Männer versuchten, im schwankenden Ruderhaus die Balance zu halten. Einen Augenblick lang herrschte Ruhe – bis auf die hin- und herschwingende Lampe. Nick sah Leggatt an. Mit grimmiger Miene kämpfte der mit dem Ruder, die Lampe warf ihr Flackerlicht auf sein erschöpftes Gesicht. Der nächste Brecher kam, wieder erschauerte das Boot. Es war beängstigend, wie schnell der Sturm losgebrochen war.

»Kann ich irgendwie helfen?« fragte Nick und sah in die heranwütenden dichten Gischtwolken hinaus.

Leggatt grunzte und kaute nervös am Mundstück seiner Pfeife. Wieder dröhnte Donner, diesmal lang und synkopisch und wie ein Trommelwirbel verklingend. Die beiden starrten aus dem Fenster des Ruderhauses. Ein gezackter Blitz zuckte über den Himmel. Die Palmen und der Leuchtturm von Lyly waren verschwunden. Nebelschwaden und ein schräger Sturzregen verhüllten die Insel. Eine Orkanbö traf die Jacht. Das Tosen des Sturms wurde plötzlich von einem Reißen übertönt, ganz anders als das Holzknarren.

»Um Himmels willen!« schrie Leggatt, riß seine Mütze vom Haken und drückte sie sich auf den Kopf. »Da ist was runtergekommen. Sie übernehmen das Ruder. Ich binde es fest, wenn ich zurück bin. Ich muß noch mehr Segel einholen. Wir sind immer noch fast voll betakelt, und wenn ich nicht alle Segel reffe, werden sie weggerissen.«

Nick umklammerte das lackierte Ruderholz. Trotz des Ankers kämpfte die *Churchill* gegen die Strömung. Sie neigte sich zur Seite. Er wußte nicht, wie sich ein Schiff im Sturm verhielt, aber so bestimmt nicht, nicht wie ein Tänzer, der das Gleichgewicht verliert. Hinter sich hörte er Leggatt übers Deck rutschen. Er starrte durchs Glas, auf das der Regen prasselte. Über einem Teakbord mit vergilbten Seekarten, Ferngläsern, einem Sextanten und anderen Instrumenten sah er durch das Fenster des winzigen Kabuffs die Wellen heranrollen. Plötzlich mußte er an die Araber auf der Insel denken – wie kamen die damit zu

Rande? –, als wieder etwas herunterkrachte. Dann ein erstickter Schrei.

Hastig zurrte Nick das Ruder mit einem Seilende fest und rannte nach draußen ins aufgepeitschte Wasser, wo er Leggatt neben einem Poller auf der Seite liegen sah. Neben ihm lag eine herabgestürzte Spiere mit verwickelten Segelfetzen und Seilresten. Sein blondes Haar war voller Blut. Entweder war er gegen den Poller geknallt, oder die Spiere hatte ihn getroffen. Nick sprang hinüber und kniete sich neben ihn, aber der Alte rappelte sich schon hoch.

»Gehen Sie wieder rein. Mir ist nichts passiert. Gehen Sie wieder rein. Hat den Klüver weggerissen.«

Nick beachtete ihn nicht. Er zog rasch das T-Shirt aus und preßte es auf Leggatts Kopfwunde. Die Jacht krängte nach Steuerbord.

»Das Ruder.«

Der alte Mann verstummte, und der Kopf sank ihm auf die Brust. Einige Sekunden lang ließ der Sturm nach. Ein kalter Windstoß kam, dann öffnete Leggatt die benommenen Augen, riß sie auf und starrte Nick über die Schulter.

Der Alte hob die Hand. Nick sah sich um. Eine enorme See kam auf sie zugerast. Es war, als würde ein ganzer Berg auf sie zuhalten, nur war er *lebendig* – tierisch, schaumgesprenkelt, rasend. Er hatte etwas Hypnotisierendes … aber Nick wußte, daß er Leggatt nach drinnen schaffen mußte. Er packte ihn unter den Achseln und zerrte ihn über das rutschige Deck zum Ruderhaus.

Dabei kam der Engländer anscheinend zur Besinnung.

Die heranrollende Welle türmte sich über ihnen auf, eine steil aufragende Wasserwand.

»Seil«, keuchte Leggatt. »Bringen Sie uns zum Leitseil.«

Die beiden schlitterten zu der über dem Schanzkleid verlaufenden Sicherheitsleine. Mit blutüberströmtem Gesicht wickelte sich Leggatt das Seil um die Brust, und Nick folgte seinem Beispiel. Über ihnen schlug die Welle um und brach auf sie herab. Sie wurden gegen das Seil geschleudert, als das Wasser sie traf. Nick spürte körperlich den Druck der Welle, deren Wucht alles an Bord durcheinanderwarf. Sie jagten weiter, folgten der Riesenwelle wie ein Spielzeugboot. Während sie dahinstrudelten, hörten sie Holz bersten und Wasser einbrechen.

Das Schiff war leckgeschlagen. Die *Winston Churchill* neigte sich langsam, aber sicher auf die Seite.

»Warten Sie!« schrie Leggatt, als Nick sich frei machen wollte. »Warten Sie, bis sie weg ist.«

Wenn es nicht so gefährlich und Leggatt nicht verletzt gewesen wäre, hätte es etwas Komisches gehabt – eine Situation aus einem Chaplin- oder Harold-Lloyd-Film –, wie die beiden am Leitseil an der kenternden Slup baumelten und immer stärker pendelten.

Als sich der Mast aufs Wasser legte, brüllte Leggatt Nick ins Ohr: »Wir müssen zum Dinghi kommen ... falls es nicht weggerissen worden ist!«

Nick sah zum Heck. Das Beiboot war noch da – zerrte an seiner Leine, wurde vom Sturm hin und her geworfen und hatte sich mit Wasser gefüllt –, aber es war noch da. Wie zwei fröhlich in der Luft schaukelnde Affen hangelten sie sich zentimeterweise über das überflutete Deck. Die *Winston Churchill* war erledigt, so viel war Nick klar. Die Wende der Ereignisse schockierte ihn: der Gedanke, daß sie vor nicht einmal einer Stunde noch friedlich vor Anker gelegen hatte. In ein paar Minuten würde sie sinken wie ein Stein – und das Dinghi mit in die Tiefe ziehen, falls sie es nicht vorher erreichten.

Sie schafften es um Haaresbreite. Nick zog das Beiboot längsseits und ließ sich hineinfallen, wobei er sich schmerzhaft den Knöchel prellte. Leggatt folgte und plumpste auf ihn drauf.

»Schneiden Sie das Seil durch!« rief er heiser, wühlte in der Hosentasche und gab ihm sein Taschenmesser.

Nick hatte keine Ahnung, wo sein eigenes Messer abgeblieben war, und befolgte die Anweisung. Plötzlich waren sie frei. Aber noch nicht außer Gefahr. So ein kleines Boot war einem Tropensturm nicht gerade gewachsen. Aber über ihre Chancen konnten sie sich später Gedanken machen. Leggatt löste schon die Schnallen, mit denen die Riemen festgemacht waren. Als sie in die Dollen eingelegt waren, pullte Nick das Dinghi vom Wrack weg. Bei so hoher See war das kräftezehrend, und sie waren noch keine zehn Meter weit gekommen, als sich die *Churchill* noch einmal aufstellte und nach kurzer Pause mit einem langgezogenen Ächzen in den Wellen versank.

Nick hatte gedacht, Leggatt würde etwas sagen, aber er schwieg. Vielleicht hatte der Blutverlust ihn so geschwächt. Er mußte am Boden zerstört sein, seinen ganzen Stolz so versinken zu sehen, sagte sich der Jüngere. Als würde man ein Kind verlieren. Aber er wirkte seltsam ungerührt.

Der Sturm flaute langsam ab. Die Wellen gingen immer noch hoch, und das Boot konnte immer noch vollschlagen, aber der Regen hatte nachgelassen. Der Himmel hellte langsam auf. Als er sich umdrehte, erhaschte Nick einen ersten Blick auf die Spitze des Leuchtturms von Lyly. Wenigstens wußten sie also, wo sie hinmußten. Nicht schlecht. In Anbetracht der Umstände wirklich nicht schlecht.

Immer noch bestürzt, wie schnell alles gegangen war, ruderte Nick weiter. Das Dinghi glitt die Wellenberge hoch und tauchte in die Täler hinab. Es schien sinnlos, so wenig kamen sie voran. Das Boot glich einem Käfer in der Badewanne. Leggatt sagte noch immer kein Wort.

Dafür sprach Nick: »Es tut mir leid, Ralph.«

Zerzaust und blutüberströmt sah Leggatt hoch und lachte laut.

»Hin ist hin; Sorgen machen mir die Männer mit den Gewehren.« Er lachte wieder wie verrückt.

Hatte der Schlag auf den Kopf ihn um den Verstand gebracht? Das freudlose Lachen machte Nick nervös, und er fragte stockend: »Halten Sie es für besser, wenn wir Kurs aufs Festland nehmen?«

Der Engländer grunzte und sah in den Bootskiel, wo Schmutzwasser hin und herschwappte. Als hätte der Anblick ihn an ihre Misere erinnert, gewann er seinen kühlen Kopf zurück.

»In einem drei Meter langen Dinghi? Würden wir nie schaffen. Ich finde, wir sollten nach Lyly rudern, außer Sichtweite vor der Insel bleiben, bis es Nacht geworden ist, und ihnen dann im Schutz der Dunkelheit eine Dhau stehlen. Oder gleich die Jacht?«

Es war kein sehr vielversprechender Plan, aber ohne ein Wort zu sagen, ruderte Nick weiter, krümmte den Rücken und zog die Ruderblätter durchs Wasser. Das Meer hatte sich beruhigt. Nur das Knarren der Riemen in den Dollen und das Glucksen des Wassers am Bug waren zu hören. Der Himmel glich der Innenseite einer roten Muschel. Hinter sich wußte er die Umrisse der Insel. Aber vor dem inneren Auge wurde die vertraute Kontur von den Silhouetten der Männer verdrängt. Ihre Erscheinungen trieben durch die blutrote Luft. Ihre Haltung verriet Entschlossenheit. Außerdem waren sie bewaffnet, wie Leggatt betont hatte.

20

Chaled stand barfuß am weißen Ufer mit dem angeschwemmten Seetang, stand im schimmernden summenden Sand und sah aufs Meer hinaus. Die Wellen kamen mit einiger Regelmäßigkeit, brachen sich aber jedesmal in leicht unterschiedlichen Mustern. Für ihn war das ein heiliger Vorgang, als erflehte jede einzelne Welle Zugang zu jener Vollkommenheit, die Gott allein erkennen kann.

Breitbeinig stand er da, die Füße fest auf dem Boden, und fand es seltsam, daß das Meer noch vor zwei Stunden schwarz und rasend gewesen war. Sie hatten Glück gehabt, daß die Dhauen im Schutz der Lagune nicht stärker beschädigt worden waren. Die Mannschaft flickte gerade die Segel. Die einzigen verbliebenen Zeichen des Sturms waren der angeschwemmte Seetang und die weißen Schaumkronen, die immer noch die Wellen zierten.

Er hatte sein Lieblings-T-Shirt an, das einen gerahmten Affen zeigte und darunter die englischen Worte »TALKING HEADS«. Er hatte es vor Jahren in einem Altkleiderladen in Daressalam gefunden. Was die Wörter bedeuteten, wußte er nicht, aber das Bild gefiel ihm.

Er erinnerte sich daran, wie er als Junge mit seinem Vater oder mit seinen Freunden Ali und Juba immer hergekommen war. Ganz in der Nähe hatte er damals in der Nacht die große Schildkröte gesehen. Aber das war lange her, wie so vieles. Das waren andere Gewässer, und er wußte, daß er in ihnen ertrinken würde, wenn er zu lange an sie zurückdachte. Im Koran stand, Gott habe zwei Wasser losgelassen, das eine süß und frisch, das andere salzig und bitter. *Und zwischen beide hat ER eine Scheidewand gemacht und eine verwehrende Schranke.*

Sein Vater hatte ihm erzählt, in der Vergangenheit hätten Angehörige verschiedener Völkerschaften auf dieser kleinen Insel gelebt. In der Geschichte. Nacheinander. Zusammen. Getrennt. Afrikaner, Araber, Portugiesen und Briten. Alle *peketevu*, hatte er gesagt. Alle vermischt. Manchmal alle *shambuliana*, hatte er gesagt. Alle im Krieg miteinander.

Nach der Revolution hatte sein Vater Lyly im Namen des Staates in Besitz genommen. Nur daß der Staat nichts davon gewußt hatte, so daß die Insel faktisch sein eigen wurde. Anfang der neunziger Jahre hatte er sie unter der Hand dem Agenten eines reichen Arabers verkauft, der in Jambangome, ihrem Dorf auf Pemba, Armenspenden verteilt hatte. Sein Vater hatte sich von dem Geld, was erstaunlich wenig gewesen war – obwohl ausreichend, wenn man bedachte, daß er arm war und die Insel ihm gar nicht gehört hatte –, ein motorisiertes Fischerboot angeschafft. Chaled wußte noch, wie es eines Tages funkelnagelneu aus Turtle Mos Werft herausgekommen war und wie sein Vater und er damit nach Jambangome gefahren waren.

Jener erste Agent war niemand anders als Zayn gewesen, war ihm später klargeworden. Auf demselben Weg gelangten in den darauffolgenden Jahren Nachrichten und Gelder des reichen Arabers an Chaleds Vater. Schließlich konnte er sich ein zweites Fischerboot leisten. Dann nahm die Katastrophe ihren Lauf.

Das Blut gefror ihm in den Adern, als er an den schrecklichen Teppich dachte und die ganze Szene zurückkehrte wie ein hohler Schrei des Entsetzens: die rotbeschmierten Gesichter, die seltsam geformten Schnittwunden, das trostlose Gefühl – als er mitten in dem Grauen zu sich kam –, daß alle Liebe, die er je erfahren hatte, mit ihrem Blut vergossen worden war.

Ein Höllenjahr lang hatte er die Polizei zu Ermittlungen

zu bringen versucht, vergebens. Er hatte die beiden Boote verkauft und das Geld auf den Kopf gehauen, war mit Ali nach Dar und Nairobi gefahren. In der kenianischen Hauptstadt hatten sie Prostituierte aufgesucht. Sie hatten Alkohol getrunken. Bis an den Horizont des Himmels hatten sie Sünde auf Sünde getürmt.

Dann war Zayn in sein Leben getreten, und alles war anders geworden. Er hatte ein neues Leben angefangen, eines, das ihn von Sansibar weg in den Sudan gebracht hatte und dann den ganzen weiten Weg nach Afghanistan – und jetzt wieder hierher zurück. Alles im Namen des Dschihad, des heiligen Auftrags, des frommen Werks. Als Zayn ihm die Videokassetten gezeigt hatte, auf denen zu sehen war, was die USA ihren muslimischen Brüdern im Irak alles angetan hatten – Kinder bombardiert, sagte er, Wasserquellen vergiftet, sagte er –, hatte er auch gesagt, eines Tages werde er, Chaled, Gelegenheit zur Rache finden. *Du wirst dich an einer unserer Dschihad-Aktionen beteiligen.*

Und jetzt war er wegen dieser Dschihad-Aktion hier; getan hatte er allerdings nur sehr wenig. Abgesehen von der Anmietung eines Nissan-Lieferwagens in Dar – was per Satellitentelefon erledigt werden konnte –, hatte er, um ehrlich zu sein, fast nichts getan. Das TNT-Mahlen mit einem tragbaren Generator und einem Haushaltsmixer auf dem Tisch im Häuschen – das alles hatten Yousef und Zayn übernommen. Er sah aufs Meer hinaus, lauschte der Brandung und erinnerte sich wieder an das Heulen der Maschine in den letzten anderthalb Tagen und die Chemikaliengerüche in der Luft. Chaled war froh, daß Zayn ihn zum Wachdienst eingeteilt hatte. Das andere war eine schmutzige Angelegenheit. Als sie fertig waren, war Zayn, dessen Hemd mit Sprengstoffkörnchen bedeckt war, zu ihm gekommen, hatte ihn heftig umarmt, hochgehoben und gesagt: »Wie warst du doch faul, während wir gearbeitet haben, mein furchtsamer Grünfink – wenn du erst flügge bist, wird mehr von dir erwartet!« Dann hatte er ihn wieder abgesetzt.

Chaled fragte sich, was sein Vater wohl von diesem Werk gehalten hätte. Wie schwer es ihm inzwischen fiel, sich sein Gesicht vorzustellen! Der Gedanke an seinen Tod tat weh, aber es tröstete ihn, wenn er an die schönen Zeiten zurückdachte. Auch die mit seiner Mutter. Aber sie waren fort, und alle Freude war Vergangenheit. Er brauchte eine Zukunft, ein künftiges Leben, sah aber nur noch mehr Tod vor sich. Das war der Auftrag. Das war das Werk. Und der einzige verheißene Balsam war der eines glorreichen Jüngsten Tages. *Mbuga za peponi.* Die Gärten des Paradieses.

Seit seiner Rückkehr fielen ihm die Worte wieder ein. Worte, Wendungen und Namen. Sein geliebtes Suaheli. Aber das reichte nicht. Er war durcheinander. Die Welt war durcheinander. Nur der Schmerz war derselbe. Das war das Schicksal aller Menschen. Nur die Gläubigen konnten ihm entkommen. Und nur diejenigen Gläubigen würden ins Paradies eingehen, die sich am Dschihad beteiligten. Der Gedanke machte ihm Angst.

Wenn er diese Angst hatte, hörte er im Kopf manchmal erst leise und dann lauter eine Stimme. Eine Art barsches Schwatzen, das lauter wurde und nicht immer zu verstehen war. Das erstemal hatte er es als Kind gehört, da war er sechs oder sieben gewesen, und er war an den Strand geflohen, weil sein Vater mit ihm geschimpft hatte. Das Rauschen und Tosen hatte ihm gesagt, *geh ins Wasser, geh ins Wasser.* Und er war hineingegangen, bis es seine Waden bedeckt hatte – und dann hatte sein Vater, der ihm gefolgt war, plötzlich hinter ihm im Wasser gestanden, ihn auf den Arm genommen, ins Haus zurückgebracht und immerzu liebe Sachen gesagt, er sei ein guter Junge, ein guter Junge, immer wieder.

Er sah in die untergehende Sonne, dann schreckte ihn ein Geräusch auf, als raschle Papier. Er sah sich nervös um und schaute in die geheimnisvollen Tiefen des Waldes. Er lachte sich fast aus, als er merkte, daß es nur ein großer roter Palmendieb war, der über den Strand kroch. Sein Rückenschild hatte fast dieselbe Farbe wie der Sonnenuntergang. Das Geräusch stammte von dem Palmenblatt, das der Krebs mit einer Schere umklammerte und hinter sich herschleifte. Chaled beruhigte sich und sah den seltsamen Bewegungen eine Weile zu.

Dann sah er wieder zu dem Baumvorhang hinüber und suchte ihn ab, bis sein Blick die Lücke gefunden hatte, die ihm am Vortag aufgefallen war. Jemand mußte hier erst vor kurzem ausgeholzt haben, und während seiner Wache war er dem neuen Pfad gefolgt. Er führte an einen Ort, den er zwar kannte, in den vergangenen Jahren aber vergessen hatte: den Eingang zu einer Reihe von Höhlen unter der Insel. Früher hatte er mit Ali und Juba da unten gespielt. Sein Vater hatte mal gesagt, die Höhlen seien verflucht, und sie hatten dort tatsächlich auch Gerippe gefunden, aber gegruselt hatten seine Freunde und er sich nie.

Er hörte Stimmen und sah zum Häuschen hinüber. Zayn stand an der Tür, und seine breite Gestalt versperrte den Eingang. Vor ihm kniete Yousef und fummelte an den Verschlüssen eines schwarzen Hartschalenköfferchens herum. Es enthielt das Satellitentelefon, das ihnen die Kommunikation mit dem Scheich ermöglichte, für das er in Peschawar Ersatzteile gekauft und mit dem er in Dar den Lieferwagen angemietet hatte. Es war aufregend gewesen, das Gerät zu benutzen. Chaled staunte immer noch, daß es möglich war, ohne Drähte zu telefonieren, obwohl er auf seinen Reisen und während der militärischen Ausbildung schon viele erstaunliche Dinge gesehen hatte. Er sah zu, wie Yousef das Köfferchen aufklappte und die Hand hineinsteckte. Nach ein paar Sekunden schob sich ein silberner Stab aus einer Ecke des offenen Köfferchens. Die Stabspitze öffnete sich, und eine glänzende Metallfolie entfaltete sich – wie ein Regenschirm auf dem Kopf.

Yousef nahm einen Telefonhörer mit einer geringelten schwarzen Schnur heraus. Er gab ihn Zayn, der sofort hineinsprach. Chaled fiel auf, daß Zayn nichts gegen westliche Technologie hatte, wenn sie ihm nützte. Er hatte das schon während der Ausbildung oft gedacht, wenn sie den Umgang mit Waffen übten: Gewehre aus Amerika, Sprengstoff aus Italien, Handgranaten aus Großbritannien. Andererseits erfüllte den Palästinenser heiliger Zorn gegen den Westen. Am Vormittag hatte er eine der Platten auf dem Grammophon gespielt, das sie im Häuschen gefunden hatten. Dann hatte er das Gerät an die Wand geworfen und gesagt: »Dann zeig uns doch mal, wie dein Sheitanslärm jetzt klingt!«

Chaled war gespannt, wie ihr Auftrag lauten würde. Den genauen Zeitpunkt ihres Einsatzes kannten sie noch immer nicht. Er sagte sich jedoch, daß sie ihn schon bald erfahren würden. Ihre Arbeit hier war fast beendet. Der Sprengstoff war sorgfältig erst in Dosen und dann in Kisten verpackt worden. Morgen würden sie diese auf Pontons zu den Dhauen hinüberbringen und an Bord hieven.

Die vier Mannschaftsmitglieder der Dhauen, einfache suahelische Seeleute, die in den großen Plan, an dem sie teilhatten, nicht eingeweiht waren, schliefen jetzt am Strand, eingewickelt in ihre Kikois. Sie waren gut beraten, ihre Kräfte für die bevorstehende Reise zu sammeln. Denen, die zum Hafen von Mombasa mußten, wo die Kisten ausgeladen und von anderen al-Qaida-Mitgliedern auf dem Landweg nach Nairobi gebracht werden sollten, stand eine lange und beschwerliche Reise bevor. Chaled fragte sich, ob er wohl nach Nairobi oder nach Dar geschickt werden würde. Für Nairobi waren weit mehr Kisten bestimmt, denn dort sollte »die große Nummer« steigen, wie Zayn das ausgedrückt hatte. Achmed der Deutsche war der Führer der Zelle, die den Einsatz in der kenianischen Hauptstadt durchführte.

Er sah wieder aufs Meer hinaus. Seine Augen wanderten

zum Rand der Insel, und da sah er etwas Ungewöhnliches. Einen schwarzen Punkt. Was war das? Ein kleines Boot umrundete die grün bewaldete Landspitze, die ins Meer hinausragte. Er drehte sich um und rannte zum Häuschen.

»Ein Boot! Da ist ein Boot!«

Zayn sprach in den Telefonhörer, sah hoch und scheuchte ihn verärgert weg. Der Scheich sollte auf keinen Fall den Eindruck bekommen, es gäbe Probleme.

»Komm!« sagte Chaled drängend und zog Yousef am Ärmel.

Die beiden rannten an den Strand hinunter, wo Chaled gestanden hatte. Sie sahen auf die flachen, rauschenden Wellen hinaus, und Chaled zeigte zu der Landspitze hinüber. Dort, der lange grüne Arm, der genau wie Chaleds Arm hinauszeigte. Aber es gab nichts zu sehen. Selbst die Schaumkronen waren inzwischen verschwunden. Nur die abschreckenden Weiten des Ozeans waren zu sehen.

»Da war ein Boot!« sagte Chaled keuchend. »Ich hab's selbst gesehen!«

Yousef sah ihn an und lächelte. Sein pechschwarzer Oberlippenbart kräuselte sich.

»Du hast geträumt. Wir hätten den Motor gehört.«

»Ich glaube, es war ein Ruderboot.«

Yousef sah ihm wieder in die Augen und schüttelte den Kopf. Als sie Zayns schwere Schritte hinter sich hörten, drehten sich die beiden Jüngeren um.

»Also, was ist?« fragte der Zellenführer, verschränkte die Arme vor der Brust und schob ungeduldig den Kopf vor.

»Er sagt, er hat ein Boot gesehen.«

»Hab' ich auch!« sagte Chaled. »Da drüben.«

Er zeigte noch einmal hinüber, und Zayns ironischer Blick sah in die angegebene Richtung.

»Ich sehe nichts.«

»Ich bin aber sicher«, beharrte Chaled. »Ich glaube –«

Zayn runzelte die dicken schwarzen Augenbrauen.

»Ich glaube, du bist ein Narr. Aber auch Narren können weise sein, selbst Narren wie du aus dieser gottverlassenen Gegend. Du glaubst, du hast etwas gesehen? Gut, dann suchst du die Insel ab.«

Er nahm die Maschinenpistole von der Schulter.

»Hier. Wenn du jemanden siehst, egal, wen, erschießt du ihn sofort. Jetzt mach, daß du wegkommst.«

Lachend drehten sich die beiden um und ließen Chaled mit der schweren Waffe in der Hand am Strand stehen. Er sah in das rote Himmelsgewölbe über den beiden empor, dessen Unermeßlichkeit nur vom düsteren Speer des Leuchtturms durchbohrt wurde. *Mnara. Al Manar.* Der Leuchtturm – auf Suaheli, auf arabisch. Manchmal wußte er schon nicht mehr, welche Sprache er benutzen sollte. Aber in allen Sprachen der Menschen brach unbeeindruckt von ihren Verschiedenheiten die Nacht herein.

21

»Legen Sie mal einen Zahn zu, Nick.«

Die schmalen Ruderblätter ragten weit über die Bootsseiten hinaus.

»Wie bitte?«

Leggatt schüttelte den blutenden Kopf. »Es hat keinen Sinn, sich dagegen zu sperren. Wenn wir nicht vor der Dämmerung durch die Tür kommen, sind wir verratzt. Da können wir uns genauso gut gleich ersäufen.«

Nick, kein Kind von Traurigkeit, blieb optimistisch. Er gab die Hoffnung auch dann nicht auf, wenn er in der Klemme saß. Er ruderte mit aller Kraft weiter. Von seinen Handflächen schälte sich schon die Haut ab.

Endlich wurden seine Anstrengungen belohnt. Im unmeßbaren Augenblick der Dämmerung hoben sich die flachen Konturen der Insel aus dem trüben Nebel und wurden zu dem ihnen bekannten Bild. In heiserem Flüsterton zeigte Leggatt Nick den Weg zwischen zwei als Markierung dienenden Felsen in der Biegung der Landspitze, wo das Riff die Insel selbst berührte.

Die Felsen markierten tieferes Wasser und eine Lücke im Riff. Ohne Leggatt hätte Nick sie nie gefunden. Aber sie fanden die richtige Stelle, *Mlango* oder eben »Tür«, wie diese Rifflücken auf Suaheli genannt wurden, und das Dinghi der versunkenen *Churchill* konnte endlich landen.

Sie standen da und lauschten den Wellen, die leise auf dem Sand ausliefen. Es war gut, wieder festen Boden unter den Füßen zu haben. Nicks Glieder schmerzten vom langen Rudern.

Er sah den alten Mann an. »Und jetzt versuchen wir, eine Dhau zu klauen?«

»Ist wahrscheinlich besser. Die Maschine der Jacht würde zuviel Lärm machen.«

»Außerdem braucht man wahrscheinlich einen Zündschlüssel und nicht nur einen Startknopf.«

»Das kommt aufs Modell an. Und wir sollten den Tag nicht vor dem Abend loben. Egal, womit wir verschwinden, es wird kein Kinderspiel.«

Leggatt deutete auf die dunklen Umrisse des Waldes. Anders kam man nicht zur Lagune. Als Nick zu den Bäumen hinübersah, kam auch seine Entschlossenheit ins Wanken.

Er nahm all seinen Mut zusammen: »Tagsüber hätten wir mit der Dhau keine Chance. Es muß jetzt sein. Ein Aufschub wäre viel zu gefährlich.«

»Stimmt. Dann woll'n wir mal.«

Sie machten sich auf den Weg. Nick ging voran, und der verletzte und humpelnde Leggatt folgte ihm dichtauf. Der Mond war aufgegangen, und die ersten Sterne funkelten am wolkenlosen Himmel. Kaum waren sie im Wald, war es jedoch vorbei mit der Klarheit. Sie konnten nur zwei, drei Schritt weit sehen. Sie hatten sich erst rund zehn Minuten durch Farne und Buschwerk vorangekämpft, als Nick mit der Stirn gegen einen Ast rannte.

Er sackte zu Boden, und aus einer tiefen Platzwunde strömte Blut. In diesem Augenblick ging ihm auf, wie verrückt ihr Vorhaben war.

»Nur keine Müdigkeit vorschützen, Soldat«, sagte Leggatt, packte ihn am Arm und half ihm hoch. Jetzt ging er voran, und Nick folgte ihm.

Sie kämpften sich weiter, geführt vom schwachen, von den Bäumen gefilterten Licht des Monds und der Sterne und dem gelegentlichen Gebrauch von Leggatts Feuerzeug. Es war ein Wunder, daß es nach dem Sturm überhaupt noch funktionierte. Aber es brannte, und jedesmal, wenn sie sich verrannt hatten, zeigte ihnen sein kurzes Aufflackern, wo es weiterging.

Nick fragte sich die ganze Zeit, welchen Sinn ein Weitergehen haben sollte. Sie machten fürchterlichen Lärm, rannten krachend gegen Zweige und stolperten über Baumstämme. Der dichte Wald war zwar eine gute Deckung, man konnte sich darin aber nicht sehr schnell oder sicher bewegen. Nachts hatte der Korallenkalkwald etwas Unheimliches, ja Gespenstisches, zumal wenn das Laub raschelte oder ein Farn einem über das Gesicht strich. Nicks Stirn blutete noch immer, und Leggatts Geschichten über die Sklavenhöhlen und den Vampir von Sansibar fielen ihm wieder ein.

Nachdem sie sich eine Stunde lang schweißtreibend einen Weg gebahnt hatten, erreichten sie endlich einen Dünenkamm über dem Häuschen. Es lag friedlich im Mondschein.

»Meine Güte«, flüsterte Leggatt. »Wir könnten in Cornwall sein, wenn die Affen da unten nicht wären.«

Ein Feuer im Häuschen warf seinen orangefarbenen Schein nach draußen. Sie mußten den alten Kamin wieder in Betrieb genommen haben. In der Lagune, vielleicht fünfzehn Meter weit draußen, konnte Nick die Umrisse der Dhauen sehen. Leggatt packte ihn wieder am Arm.

»Das ist vielleicht doch zu schaffen. Wir müssen nur am Beobachtungsposten vom Häuschen vorbeikommen. Wenn wir es runter schaffen –«

Er ging zum Dünenrand und legte sich auf den Bauch. Nick tat es ihm nach. Bäuchlings schoben sich die beiden Männer weiter und robbten durch die abfallenden Dünen zum Strand hinab. Es war harte Arbeit. Ab und zu ging eine Gestalt vor dem Feuer im Häuschen vorbei, dann erstarrten sie, und Angst würgte sie in der Kehle.

Gerade die Konzentration auf das Häuschen war jedoch ihr Verderben. Als sie von dort nicht mehr gesehen werden konnten, standen sie auf, gingen über den Strand und warfen nur ab und zu einen Blick über die Schulter, um zu kontrollieren, ob sie auch wirklich niemand bemerkt hatte. Als Leggatt – dessen Umriß Nick schwach erkennen konnte – das wieder einmal tat, stolperte er plötzlich über einen Stein (glaubte Nick jedenfalls) und stürzte.

Dann kam Bewegung in den Stein, der sich mit einem Schrei der Überraschung und der Angst hochrappelte. Im Mondlicht stand plötzlich ein Mann im flatternden Kikoi vor ihnen.

Leggatt stand wieder auf, und der nach Fischöl stinkende Mann stellte ihm auf Suaheli lautstark eine Frage. Drei weitere Gestalten erhoben sich aus ihren Sandbetten und fingen an zu rufen.

»Laufen Sie«, drängte Leggatt. »Wir treffen uns an der Dhau.«

Bevor die schlaftrunkenen Männer sie packen konnten, rannten die beiden den Strand hinab. Aber es war zu spät. Die Tür des Häuschens schwang auf, und der Lichtkegel einer starken Taschenlampe glitt über den Strand. Nick sah, wie der Strahl ihre laufenden Füße erfaßte. Hinter sich hörte er Leggatts stoßweise rasselnden Atem.

Dann hörte er ein anderes Geräusch, so ohrenbetäubend und gellend, daß es kaum noch Geräusch genannt werden konnte, es war eher ein Gefühl in der Magengrube. Sie wurden vom Häuschen aus beschossen. Nick spürte die Kugeln vorbeipfeifen und in den Sand zu seinen Füßen spritzen. Wieder zuckte das Licht über ihn hinweg.

»Runter!« rief er Leggatt über die Schulter zu, als die nächste Salve kam.

Keuchend warf er sich auf den Strand und sah besorgt zurück, hatte Angst, der Alte sei getroffen oder könne nicht mit ihm mithalten. Im grellen Scheinwerferlicht sah er eine Gestalt mit wirren Haaren. Dann fegte die nächste Kugelsalve in den Boden, und der Sand flog Nick in die Augen. Er wischte ihn weg und sah noch, wie sich Leggatt zur Seite warf, um aus dem Lichtkegel zu kommen. Anscheinend hatte er es geschafft. Für einen alten Mann war er erstaunlich beweglich. Dann hörte Nick einen dumpfen Schlag, Leggatt stöhnte auf, schwankte und fiel mit dem Gesicht in den Sand.

Nick stand auf und lief zu ihm. Die nächste Salve knatterte, diesmal in nächster Nähe, er spürte einen plötzlichen Schmerz – eine Kugel streifte seine Schläfe, und er stürzte.

*

Als er zu sich kam, wurde er eine Treppe hochgeschleift. Sein Schädel schlug gegen jede Stufe, und Blut lief ihm über das Gesicht. Dann wurde er mit Seilen gefesselt. Zwei Lichtquellen: die grelle, elektrisch weiße Taschenlampe und eine flackernde, pißfarbene Sturmlampe. Sein Kopf sank ihm auf die Brust, im Mund hatte er staubigen Brettergeschmack, und sie banden und banden. Stimmen sprachen arabisch.

Dann hob ihn jemand hoch wie eine Puppe und schleuderte ihn gegen unverputztes Mauerwerk. Schließlich fiel eine schwere Tür ins Schloß, und absolute Dunkelheit umgab ihn.

*

Als er aufwachte, spürte er verkrustetes Blut im Gesicht und an der Kehle. Wie eine Maske bedeckte es fast die eine Gesichtshälfte. Er wollte sich bewegen und merkte wieder, daß seine Hände gefesselt waren. Dann spürte er noch etwas anderes. Eine Schlinge um den Hals. Das Seil lief durch die zusammengebundenen Hände und war mit dem Seil verknotet worden, das seine Knöchel zusammenhielt. Panik erfaßte ihn, er warf sich auf dem Holzboden hin und her und hyperventilierte.

Beruhige dich, sagte er sich. Atme. Mühsam bezähmte er seine Angst. Er wälzte sich in die Ausgangslage zurück, an die Wand gelehnt – Gliedmaßen und Seil in einem einzigen unlösbaren Knoten. Im Rücken spürte er die rauhe Fläche der unverputzten Wand. Luft strich ihm über das Gesicht.

Luft und Sonne, die durch ein viereckiges Fenster ohne Scheibe hereinströmten. Er lag im Leuchtturm. Ja. Durch dasselbe Fenster hatten Miranda und er noch vor wenigen Tagen über die Insel geschaut. Er sah den Brenner in der Mitte des Raums und daneben die Falltür über der Treppe. Dann stürzten die Geschehnisse der letzten Nacht wieder auf ihn ein: Leggatt, der mit dem Gesicht in den Sand fiel, der über den Strand huschende Lichtkegel der Taschenlampe, der plötzliche Schmerz seiner eigenen Wunde. Blut in den Augen.

Leggatt mußte tot sein. Nicht nur, weil der Engländer nicht gefesselt neben ihm im Leuchtturm lag. Sondern weil der alte Mann wie ein gefällter Baum gestürzt war. Nick merkte, daß ihm Tränen über die Wangen liefen und die blutige Maske aufweichten.

Vielleicht stimmte das ja gar nicht. Vielleicht lebte Leggatt noch, und sie hatten ihn woanders eingesperrt. Aber er wußte, daß die Hoffnung trog. Der Alte – dessen Ansichten so altmodisch waren wie ein eselsohriger Aufkleber auf einem Lederkoffer – kam nicht mehr zurück. Oder nur als Voodoozombie, der in stockfinsterer Nacht seinen Sargdeckel anhob. Oder wie der *Papabawa*, furchteinflößend aus den Mangroven flatternd.

Nick wußte, daß Leggatt wahrscheinlich kein Grab bekommen würde und daß diese Leute, egal, was sie hier zu suchen hatten, die Leiche im Sand liegengelassen hatten. Ihn schauderte bei der Vorstellung, wie Krebse und Möwen an dem alten Mann zerrten. Dann hörte er Schritte auf der Leuchtturmtreppe. Ihm drehte sich der Magen um, als er sie zählte.

Die Klappe der Falltür hob sich. Ein fetter geschorener Schädel schob sich herauf, gefolgt von einem Paar fleischiger Schultern.

Ein Goliath baute sich vor ihm auf. Nick erkannte ihn von seiner Observation wieder. Aus der Ferne hatte er aber nicht ganz so riesig, nicht so stiernackig gewirkt. Er trug

Jeans und ein Denimhemd. An den Füßen hatte er abgewetzte Turnschuhe. Am meisten wurde Nicks Aufmerksamkeit jedoch von seinem Gesicht angezogen – und von einem Gegenstand in seiner Hand. Die hohe, am Haaransatz stoppelige Stirn, die flache, breite Nase und die winzigen, eng anliegenden Ohren. Besonders die Augen: die nußbraune Verkleidung zweier schwarzer Punkte Haß.

Der Gegenstand in seiner Hand war eine Panga. Damit holte er aus und schwang sie gegen Nicks Bein.

In letzter Sekunde änderte der Mann seinen Griff. Nicht die Klinge, sondern die flache Seite traf Nicks Bein. Er schrie auf, als das Metall den Knochen traf, und wälzte sich auf die Seite. Der Mann hockte sich neben ihn und riß ihn an der Halsschlinge hoch.

»Wer du bist? Warum du beobachtest uns? Du Amerikaner, ja?«

Nick überlegte fieberhaft. »Ich bin Grieche!«

Der Mann stand auf. Ein Lächeln umspielte seine Lippen. Wieder fuhr die Klinge herab. Diesmal aufs andere Knie, nur hielt er sie diesmal falsch. Oder richtig. Sie schnitt ins Fleisch. Nick fiel vor Schmerz fast in Ohnmacht und jaulte unkontrolliert. Er wand sich, als wollte er in die Bohlen des Leuchtturms kriechen.

»O nein, Mister. Ich glaube, du machst einen Irrtum. Ich glaube, du bist wirklich Amerikaner. Ich glaube, vielleicht deine Regierung hat dich hergeschickt, damit du spionierst uns aus. Amerikaner!«

Er kniete sich so nah vor ihn, daß Nick seinen Atem roch.

»Mister, du weißt, was das heißt?«

Mit heraushängender Zunge schüttelte Nick verzweifelt den Kopf.

»Es heißt, du bist Scheiße vom Teufel.«

Der Mann lachte, sein Bauch wabbelte, und er stand wieder auf. Er packte Nick am Seil und schleifte ihn über die Bohlen.

»Okay«, sagte der Mann. »Ich habe Arbeit. Wir reden morgen. Warum ich bringe dich nicht um? Damit wir können sehen, was du weißt in deinem Spionkopf. Heute und Nacht du ruhst dich aus.«

Er holte noch ein Seil und befestigte das eine Ende an Nicks Knöcheln und das andere am gußeisernen Brenner des Leuchtturms.

»Ja, Teufelscheiße. Du ruhst dich schön aus. Dann morgen du kannst mir alles erzählen.«

Plötzlich bückte sich der arabische Hüne noch einmal, nahm Nick in die Arme und warf ihn aus dem Leuchtturmfenster.

Das Seil schlängelte sich hinterher.

Nick war so überrascht, daß er nicht merkte, wie ihm geschah – das blaue Meer, der blaue Himmel und der grüne Wald stürzten in schrägen Flächen auf ihn zu. Das Seil, das ihn mit dem Brenner verband, straffte sich. Sein Kopf knallte gegen die weißgetünchte Steinmauer des Leuchtturms.

Dem kopfüber baumelnden Nick schwanden von der Gehirnerschütterung die Sinne. Sein zerschlagener Körper schwang hin und her, und chaotische Bilder schossen ihm durch den Kopf. Ein Frauenkörper (Miranda: er wollte sie an sich ziehen, zum Schutz gegen das Böse), seine Arbeit (zwei Hummer in angeregter Unterhaltung), irgendwas von Leggatt (ein alter britischer Marinesextant, der auf dem Kartentisch der *Winston Churchill* gestanden hatte), irgendwas von seiner Mutter (ihre Leidenschaft für künstliche Blumen). Er konnte Himmel, Wald und die unverputzte Steinfassade vom Leuchtturm sehen, aber alles war zerhackt und chaotisch und folgte seinen sich überstürzenden Gedanken.

Lichte Augenblicke kamen und gingen. Er zitterte am ganzen Leib. Als letztes sah er über dem abblätternden Anstrich einen durcheinanderwirbelnden Vogelschwarm, der hoch droben am blauen Himmel ein Muster bildete. Winzig klein zog die überraschend dunkle Wolke dahin. Leggatt hatte das erwähnt. Eine Vogelart, die am Himmel etwas durchspielte – etwas wie das Grauen. Wie hießen die noch? Er kam nicht auf den Namen, den Namen, den Namen. *Quaglia? Gwalia?* So ähnlich. Es spielte ja auch keine Rolle mehr. Der Vogelschwarm löste sich auf, Netzhautsignale zerfielen zu schwarzen Denkpünktchen, zum Feuer des Bewußtseins, glühend und fast unbeschreiblich. Dann verschwand auch das Muster selbst – tanzte, verblich, war fort – und wurde von etwas gänzlich Namenlosem abgelöst. Seine zusammengeschnürte Kehle gab ein Gurgeln von sich.

*

In der Nacht stürzte alles auf den Leuchtturm herab. Regen, Blitze, Hagel. Der nächste Sturm. Chaled hatte Wachdienst und saß am Feuer, das sie im Häuschen entfacht hatten. Er kauerte sich näher heran, damit er in der Kühle, die der Sturm mit sich brachte, nicht zu sehr fror. Donner hatte er schon immer gehaßt.

Gelegentlich ging er zur Tür und warf einen Blick hinaus. Als ein Blitz über den Himmel zuckte, sah er einmal die am Leuchtturm hängende Gestalt. Wahrscheinlich war der Amerikaner inzwischen ebenso tot wie sein Freund. Chaled bekam Schuldgefühle. Es gab schon jetzt zuviel Tod bei dieser Mission. Nicht den Tod, der ihr Ziel war, sondern Unfälle, Besucher, um die sie sich kümmern mußten.

Am Tag, bevor die Weißen gekommen waren, landeten zwei sansibarische Fischer auf der Insel; Chaled nahm an, daß sie Schildkröteneier gesucht hatten. Yousef war beim Verkabeln gewesen – der Tisch im Häuschen war mit Sprengschnüren und Zündhütchen übersät – und hatte schnell eine Decke darüber geworfen. Zayn war zunächst freundlich gewesen und hatte Chaled gesagt, er solle den Besuchern Tee anbieten. Als sie mit den Tassen in der Hand vor der Tür auf den Fersen hockten und sich auf

Suaheli mit Chaled unterhielten, war Zayn von hinten an sie herangeschlichen und hatte ihnen die Kehlen aufgeschlitzt. Alles war voll Blut gewesen, und nachdem sie die Leichen weggeschleift hatten, mußten sie die Schwelle mit Sand bestreuen. Jetzt lagen schon drei Leichen im Gebüsch hinter dem Strand.

Das Feuer knackte. Regen trommelte aufs Dach. Die Todesart der Fischer – diese gezackten Schlitze in den Kehlen – hatte Chaled tief verstört. Er machte sich Gedanken. Wurde argwöhnisch.

Nebenan regte sich Zayn – und schnarchte weiter.

»Du kannst sie morgen begraben«, hatte er gesagt. »Oder beschwer sie mit Steinen, und wirf sie draußen ins Meer. Mit dem anderen.«

»Das war nicht nötig«, hatte Chaled gesagt. »Du hättest die Fischer einfach gehen lassen können. Das waren ganz normale und einfache Männer, die haben doch gar nicht verstanden, was wir hier machen.«

»Sie hätten reden oder Polizisten aus Stone Town herbringen können.«

Zayn hatte ihm erst leutselig auf die Schulter geklopft, ihn dann gebeutelt und die Stimme erhoben.

»Wirst du weich, mein Freund? Bist du nicht stark genug für diese Arbeit? Stehst du nicht ganz hinter unserer gemeinsamen Sache? Bist du schwach im Glauben? Vielleicht muß ich mit dem Scheich über dich reden. Er wird sehr enttäuscht sein, wenn sich zeigen sollte, daß du unserer Mission nicht würdig bist.«

Schließlich hatte der große Mann ihn zu Boden gestoßen und war ins Häuschen zurückgegangen, wo Yousef über dem Feuer Reis kochte. Chaled hatte eine Weile im Sand gelegen, seine Schulter schmerzte, und Tränen stiegen ihm in die Augen. Dann war er zu ihnen gegangen, hatte mit ihnen zu Abend gegessen, und Zayn und er hatten so getan, als wäre nichts passiert.

Die beiden anderen schliefen nebenan auf dem Boden

im Schlafzimmer – die anderen Männer waren mit der Dhau aus Nairobi abgefahren –, und Chaled hielt Wache, spitzte mit dem Messer einen Stock an und schürte damit das Feuer. Er war wütend und hatte Angst. Morgen würden sie die Kisten in der zweiten Dhau verstauen, und dann würden auch sie auf die Reise gehen und ihren heiligen Auftrag erfüllen. Yousef und er würden damit nach Daressalam segeln – beziehungsweise er, denn er konnte mit Dhauen umgehen –, das war so verabredet. In sicherem Abstand würde Zayn ihnen mit der Jacht folgen, bis sie in Hafennähe waren, dann würde er abdrehen, an der Küste entlang nach Norden fahren, in einer Bucht vor Anker gehen und auf sie warten.

Fliehen würden sie mit der Jacht und zu einem Frachtschiff fahren, auf dem ein Vermittler zwei Kojen für sie gebucht hatte. Das heißt, fliehen würden nur zwei von ihnen. Eine Frage war nämlich noch zu beantworten, der heiligste und entsetzlichste Teil des ganzen Auftrags. Entweder er oder Yousef mußte den Lastwagen mit den Kisten fahren. Diese Mission diente auf jeden Fall der Sache des Dschihad, denn sie bedeutete den sicheren Tod. In der Führerkabine gab es Knöpfe. Nur einer von ihnen würde sich in der Bucht zu Zayn gesellen.

Chaled sah ins Feuer. Es war ihm nicht entgangen, daß Zayn für diesen Aspekt der Mission nicht in Frage kam. Aber noch etwas anderes ließ ihm keine Ruhe. Die Mienen der toten Fischer, die Form ihrer klaffenden Kehlwunden, das Blut auf dem Boden … Die grauenerregende Szene der Entdeckung seiner Eltern drängte sich ihm wieder auf und brachte all die Dinge an die Oberfläche, die während seiner ganzen Ausbildung in ihm gebrodelt hatten, Dinge, die er mit aller Kraft verdrängt hatte. Warum hatte sich Zayn über die Morde immer nur so verschwommen geäußert? Was hatte sein Vater denn getan, um sich den Zorn der Amerikaner zuzuziehen? Ein schrecklicher Gedanke schoß Chaled durch den Kopf. Er verwarf ihn sofort und dachte an seine eigene Stellung in der Organisation. Daß Zayn seine Fähigkeiten und sein Engagement in Frage stellen konnte, hatte den jungen Mann sehr aufgewühlt.

Er konnte zwar kaum auseinanderhalten, was Zorn und was verletzter Stolz war, was Furcht und was Anteilnahme – Mitleid mit anderen und mit sich selbst –, aber als ein weiterer Blitz erneut die Silhouette des hängenden Mannes zeigte, ließen diese Gefühle ihn plötzlich aufstehen. Er nahm die Sturmlampe vom Türpfosten, steckte sein Messer in den Bund und ging den Pfad zum Leuchtturm entlang. Die Regentropfen zischten auf der heißen Lampe und drohten sie auszulöschen. Trotzdem ging er langsam, ließ sich vollregnen, als könnte das kühlende Wasser alle Verwirrung fortwaschen und das Verstehen fördern. Zu seinen Seiten krümmte sich der Wald gespenstisch im Wind.

Als er den Fuß des Leuchtturms erreicht hatte, sah er zu dem schwarzen Umriß des Mannes hoch. Er glaubte ihn stöhnen zu hören. Lebte er etwa noch?

Wahrscheinlich war es der Wind gewesen. Chaled öffnete die Tür zum Leuchtturm und trat hinein. Er stieg die Treppe hoch, und seine Unsicherheit wuchs mit jedem Schritt. Als er das Obergeschoß betrat, hielt er die Lampe hoch. Ihr Schein flackerte über den Spiegel des Brenners, tanzte über die Wände und ließ den Raum erglänzen, eine Welt aus Licht. Dann sah er das Seil – eine straff gespannte Gerade, die vom Brenner zum Fenster führte.

Er stellte die Lampe ab und holte das Seil ein. Der Körper war fürchterlich schwer. Er konnte ihn kaum über den Sims ins Zimmer wuchten, wo er ihn wie einen Sack Fleisch fallen ließ.

Mit dumpfem Dröhnen schlug der Kopf des Mannes auf dem Boden auf. Chaled bekam Angst, Zayn könne ihn entdecken. Aber wobei denn? Er wußte es noch immer nicht genau. Er konnte es sich nicht erklären. Vielleicht war der Grund in jener scheußlichen Möglichkeit zu suchen, die seine Eltern betraf, jener Möglichkeit, die er sich nicht offen einzugestehen, die er nicht bewußt anzuerkennen wagte – weil sie ihn zu einer tragischen Figur machen würde, zu einem vom Bösen manipulierten Menschen oder schlicht und einfach zu einem Idioten. Nichts davon konnte er akzeptieren. Das alles machte die Stimme in seinem Kopf zu laut. Vielleicht lag für ihn auch einfach nur auf der Hand, daß der Tod dieses Mannes ebensowenig mit ihrem Dschihad zu tun hätte wie der Tod der Fischer und daher eine Sünde wäre. Wenn Zayn dagegen die Wahrheit sagte, war der Mann Amerikaner, und für Chaled war allen Angehörigen dieser Nation die Ermordung seiner beiden Eltern anzulasten … jedenfalls bis vor kurzem. Er war verwirrt. Der Seewind rauschte draußen in den Bäumen. Er betastete die Wange des Mannes. Sie fühlte sich kalt an, aber das mochte auch am Regen liegen. Dann zuckte er zusammen und zitterte. Chaled hielt die Lampe näher an sein Gesicht. Er war ein Narr. Er wußte jetzt, was er machen mußte.

*

Chaled erwachte von einem Tritt in die Rippen. Er sah Zayns Gesicht nah vor sich. Bartstoppeln. Nachtatem.

»Soso. Du bist also eingeschlafen. Und jetzt ist der Mann weg. Unser Gefangener. Ich glaube, das war ein Agent der Regierung der Vereinigten Staaten. Ich hätte ihn vor seinem Tod gern weiter verhört. Und jetzt –«

Wieder ein Tritt. Zayns Oberkörper war nackt. Schwarzes Haar bedeckte seinen massigen Rumpf wie der Pelz eines Tieres. Es war dunkler als sein geschorener Schädel und sah weicher aus.

»Und jetzt ist er entkommen.«

Er packte Chaled am Kragen und drückte sein Gesicht in die schwelenden Gluten des Feuers.

»Vielleicht bist du das auch. Ein Spion der Amerikani.«

»Nein! Du weißt, daß das nicht wahr ist. Ich erkläre es dir, der Mann …«

»Ich muß dich bestrafen.«

Chaled spürte, wie er im Gesicht Brandblasen bekam.

»Warte!« spuckte er in die heiße Asche. »Ich muß dir was zeigen.«

Zayn stockte und zog ihn hoch.

»Was kannst du mir denn schon zeigen? Du bist ein Feigling und ein Faulpelz. Du glaubst nicht, und das trotz des Unrechts, das deiner Familie angetan wurde. Du entehrst ihren Namen mit deiner Nachlässigkeit und deinen schlimmen Taten.«

»Kann ich dir etwas zeigen?«

Der Palästinenser mit dem bloßen Oberkörper lockerte seinen Griff. »Na gut. Was denn?«

Chaled stand auf, sein versengtes Gesicht war grau von Asche. Er griff in die Tasche, zog etwas heraus und hielt es dem anderen hin: ein abgetrenntes, brutal abgehacktes menschliches Ohr.

»Der Mann hat in der Nacht Lärm gemacht. Er hat versucht, seine Fesseln abzustreifen. Deswegen habe ich ihn mit dem Messer getötet.«

Ein Lächeln überzog Zayns Miene, als er das in Chaleds Handfläche liegende Ohr musterte. Aber dann runzelte er die Stirn.

»Und wo ist dann die Leiche?« fragte er brüsk.

»Du hast doch gesagt, wir sollen sie loswerden. Deshalb habe ich heute morgen, als die Sonne aufging, am Strand Steine gesammelt, um sie zu beschweren, ganz wie du gesagt hast, habe ihn, den Alten und die beiden Fischer im kleinen Boot rausgerudert und versenkt.«

Er fuchtelte mit dem Ohr vor Zayns Gesicht herum, ein Blütenblatt mit roten Fransen zwischen Daumen und Zeigefinger.

»Das hab ich behalten, weil ich's dir zeigen wollte, Onkel«, sagte er beschwörend. »Damit du weißt, daß ich das Richtige getan habe.«

Zayn sah ihn mißtrauisch an. »Ich wollte den Amerikani zur Rede stellen.«

»Und ich wollte dir einen Gefallen tun«, sagte Chaled ängstlich.

Zayn sah ihn unverwandt an, als Yousef in einer weißen Unterhose aus dem Nebenzimmer auftauchte.

»Was ist denn bitteschön los?« fragte er amüsiert und ließ den Blick vom einen zum anderen schweifen.

»Nichts«, schnauzte Zayn ihn an. »Geh und kümmer dich um deine Waschungen. Wir müssen beten, essen und abreisen. Der Tag ist da. Wir haben keine Zeit für dummes Gerede.«

Er wandte sich wieder an Chaled. »Wir sprechen uns noch.«

»Du hast eine Aufgabe unerwähnt gelassen«, sagte Yousef leise.

Zayn sah ihn an, nickte ernst und ging dann ins Schlafzimmer, um sein Hemd anzuziehen. Yousef warf sich ein Handtuch über die Schulter und ging an den Strand hinunter, um sich zu waschen.

Erleichtert musterte Chaled das Ohr in seiner Hand. Es wechselte die Farbe, wurde braun, da Zellen platzten und das Blut in den Gefäßen oxidierte. Er war kein Wissenschaftler, wußte aber, was geschah. Verwesendes Fleisch. Bald würde es schrumpfen, ledrig und hart werden. Als Kind hatte er Tag für Tag dasselbe an den Gestellen mit trocknendem Fisch sehen können. Als er jetzt aber das abgetrennte Ohr vor sich sah, drängte sich ihm ein Bild aus einer ganz anderen Welt auf. Er mußte dabei an einen winzigen Hamburger denken. Einen normal großen hatte er mal in einer Garküche in Mombasa mit amerikanischem Gepräge gesehen. Da hatte es auch Eiscreme gegeben und – wie hieß eine solche Maschine noch mal? Eine Jukebox.

Er starrte das Ohr einige Sekunden an, wie es da mit den zerfransten Rändern in seiner Handfläche lag. Dann trat er nach draußen, ging den Strand hoch und warf es ins Gebüsch. Bloß keine unnötige Pietät. Es war nur ein Stück Fleisch. Die Sache war erledigt.

Kurz darauf zwängten sich die drei zum Morgengebet in die kleine Moschee. Danach setzten sie sich zum Frühstück wieder ans Feuer. Yousef – der von Anfang an die häuslichen Pflichten übernommen hatte – kochte Maisbrei und einen Topf Kaffee.

Sie aßen schweigend, jeder war in Gedanken bei dem, was ihnen bevorstand. Alles war mehr oder weniger vorbereitet. Sie waren mehr oder weniger bereit aufzubrechen. Chaled und Yousef mußten nur noch Lose ziehen – die Aufgabe, die Zayn nicht erwähnt hatte. Das entschied darüber, wer den Lastwagen fahren würde, der sie an den Docks erwartete. Das entschied über den Tod.

Nach dem Essen traten sie vor das Haus und gingen auf Zayns Anweisung in die Dünen hoch. Er befahl ihnen zu warten, ging zu ein paar Büschen, bückte sich und brach zwei kleine Zweige ab. Er drehte ihnen den Rücken zu und machte sich an den Zweigen zu schaffen.

Chaled sah aufs Meer hinaus. Weiter unten, am richtigen Strand, sah er ein seltsames Gebilde aus senkrecht stehenden Stöcken.

Ein Ruf ertönte. Chaled drehte sich um und sah Zayn hochspringen. Bei einem so großen Menschen hatte das etwas Komisches. Er kam zurückgeeilt, nickte und grinste verzerrt.

»Eine Schlange. Ich habe eine Schlange gesehen! Und jetzt ...«

Seine Stimme verlor sich vielsagend. Chaled sah Yousef an. Der kleine Syrer strich sich mit dem Handrücken über den Schnurrbart und lächelte ihn schüchtern an. Er versuchte, nicht an die Entscheidung zu denken, drehte sich wieder um, betrachtete das seltsame Gebilde und überlegte, was das bloß sein konnte. Die Morgensonne war schon etwas zu heiß, brannte auf die drei Männer herab und warf kurze, gedrungene Schatten in den Sand.

Endlich sagte Zayn: »Wer zieht als erster?«

Chaled sah schwitzend auf seine Füße hinab.

Er hörte seine eigene Stimme. »Ich.«

Alles war schnell vorbei. Zayn hielt ihm die große Faust vor die Nase, aus dem zwei gleich lange braune Zweigenden ragten. Chaled dachte nicht lange nach und zog den einen Zweig heraus.

Er hielt ihn hoch. Der Zweig sah wirklich sehr kurz aus.

Zayn ging zu Yousef. Der Syrer zögerte einen Augenblick und strich sich wieder über den Schnurrbart. Dann zog er Zayn den verbliebenen Zweig aus der geballten Faust.

»Jetzt vergleicht«, befahl der Zellenführer.

Die beiden gingen aufeinander zu, als wollten sie sich umarmen. Schon jetzt war der eine verdammt, ob nun durch Absicht oder Zufall. Schon jetzt murmelte der eine mit trockenem Mund Gebete, zitterte und zerfaserte den Zweig in der Hand. Schon jetzt war der eine gerettet und bekam des anderen Glückwünsche zu hören. Denn war es nicht eine Ehre, so zu sterben? War es nicht ein Preis ohnegleichen, ins Paradies einzugehen?

22

P-p-piep.

Irgendwo im Büro hörte Miranda einen Wecker schrillen. Sie überlegte, wem der wohl gehörte. Es war acht Uhr früh, und die meisten Botschaftsangehörigen waren noch nicht zur Arbeit erschienen.

P-p-piepit!

Sie stellte sich vor, wie der Besitzer im Aktenkoffer oder Rucksack wühlte, um das Mistding abzustellen.

Langsam dämmerte ihr, daß es *ihr* Wecker in *ihrer* Tasche war. Sie hatte ihren Mantel – am frühen Morgen konnte es in Daressalam noch kühl sein – über die Tasche geworfen, wodurch das Piepen gedämpft wurde und weiter weg schien. Jetzt war sie es, die in ihren Sachen herumwühlte.

Sie drückte den Knopf oben auf dem schwarzen Kästchen und merkte erst jetzt, daß sie den Wecker auf acht Uhr gestellt hatte. Sie trug nur ungern eine Armbanduhr und steckte immer den Wecker ein, wenn sie zur Arbeit ging. Sie war sicher, daß sie ihn abgestellt hatte. Wahrscheinlich war die Tasche im Jeep durchgerüttelt worden, und der Knopf hatte sich hochgeschoben. Sie wandte sich wieder dem Computer zu, tippte weiter und widerstand der Versuchung, ihre E-Mails zu kontrollieren, ob Nick geantwortet hatte. Solche Regungen hatten keinen Sinn. Sie hoffte, er hatte dem Ton ihrer Mail entnommen, daß es für sie keine Zukunft gab. Sie hätte schreiben können, unter anderen Umständen hätte es weitergehen können, aber damit hätte sie sich schon wieder zu stark eingebracht. Aber als sie an diesem Morgen aufgewacht war – sehr früh –, hatte sie als allererstes an ihn denken müssen.

Die Bauarbeiter hatten sie geweckt, nicht der Wecker. Seit einer Woche brauchte sie keinen Wecker mehr und fragte sich jetzt, warum sie ihn überhaupt gestellt hatte. Gegenüber von ihrem Haus in Oyster Bay zog eine Baukolonne einen Neubau hoch. Sie schliefen unter den Stahlträgern, die aus dem nackten Beton ragten, und fingen morgens um halb sechs mit der Arbeit an. Der Polier weckte sie, indem er mit einem Stein auf die Metallfelge eines Reifens schlug, und davon wachte auch sie auf. Die Felge hing an einem alten Seil in einem Baum und lärmte wie eine Glocke.

Es machte ihr nichts aus. Sie mochte es, in Afrika früh aufzuwachen und die gemusterten Laken zurückzuschlagen, die sie bei einem indischen Stoffhändler in Dar gefunden hatte. Dann schlüpfte sie in einen Bademantel und ging auf die Veranda, solange es noch einigermaßen kühl war. In diesen Augenblicken konnte sie sich einreden, zu Hause zu sein, wenn auch nur für eine halbe Stunde, bis die Sonne richtig aufgegangen war.

Es war nicht direkt Heimweh. Sie verglich die Realität bloß gern mit einem Ideal von Zuhause. Das sich wie immer auf ihren Vater beschränkte. Und der war fort. Ihre Mutter war dagegen nie richtig da gewesen. Sie begleitete sie nicht einmal als Geist wie er – ein Mitbewohner, Untermieter, Gast in ihrem Kopf –, sondern lag irgendwo außerhalb ihres Begriffsvermögens. Daß es kaum Fotos von ihr gab, machte die Sache nicht besser. Miranda fragte sich manchmal, ob es sie gezeichnet hatte, daß ihr ein Leben lang die tiefe, starke und unversiegbare Kraft gefehlt hatte, die die Mutterliebe ausmachen sollte.

Andere Dinge gewannen dafür durch ihr Fehlen zusätzliche Konturen. Oder zumindest Spuren davon. Seit sie nach Afrika gekommen war, hatte sie eine bessere Vorstellung von Amerika. Die Baracken mit ihren Dächern aus Plastiktüten, die pastellfarbenen Verkehrsschilder in Suaheli und gebrochenem Englisch, der Geruch nach Holzrauch, der von den Frühstücksfeuern der alten Hutzelweiblein aufstieg – das alles sagte ihr: Dies ist *nicht* dein Zuhause. Dies ist weit fort. Dies ist anders.

Der Grenzzaun, die Stahltore zu den heiligen Hallen der Botschaft und der Sicherheitsposten samt Marine mit Bürstenschnitt – an diesem Morgen Corporal Rossetti, die Ärmel bis über den waffenstrotzenden Bizeps hochgekrempelt –, auch das war kein Zuhause. Obwohl sie genaugenommen alle, Tore, Posten und Corporal Rossetti, auf US-amerikanischem Boden standen. Dasselbe galt für die Phalanx der schweren Fenster aus Panzerglas in dem dreistöckigen Betongebäude und die Satellitenschüsseln aus Titanium oben auf dem Dach. »BH-Körbchen der Götter«, scherzte Ray immer, und auch sie blieben ihr fremd wie so viele Dinge in der Botschaft.

Ray war es auch, der sich in ihrer Vorstellung jetzt nach dem Wecker umsah, mit dem buschigen Schnurrbart über der Oberlippe. Normalerweise war er um diese Zeit schon da, die Reisetasche über die Schulter geschlungen und den beachtlichen Schmerbauch vor sich herschiebend.

Das menschenleere Büro hatte etwas Beklemmendes, bekam etwas Geheimnisvolles – Alltagsgegenstände und Geräte verlangten eine andere Aufmerksamkeit, wenn sonst niemand da war. Einige Lampen im Raum hatten separate Schaltkreise und leuchteten nie mit auf, wenn sie auf den Sammelschalter drückte. In diesen Teilen des Raums schimmerte der blaue Kreis hinter dem amerikanischen Adler gespenstisch im Zwielicht: der Bildschirmschoner des Außenministeriums. Die Computer summten leise. Es gab eine Sicherheitsanweisung, sie abzuschalten, bevor man Feierabend machte, aber nur wenige Leute nahmen sie ernst. Die Botschaft von Daressalam war weit entfernt von jeder Risikokategorie. Die meisten Angestellten benutzten normale, unverschlüsselte PCs. In der ganzen Botschaft gab es nur einige wenige Computer mit »Tempest«-Abschirmungen, und die wurden kaum je benutzt. Es schien einfach zu unwahrscheinlich, daß sich ein Terrorist oder ausländischer

Agent draußen unter die Straßenhändler mischte und die von den Bildschirmen der Botschaft ausgehenden elektromagnetischen Signale abfing, wovor Tempest gerade schützte. Man brauchte nur einen Blick aus dem Fenster zu werfen, auf das Chaos von Afrika, um sich klarzumachen, wie unwahrscheinlich das war.

Sie ging zur Kaffeemaschine hinüber, kippte den abgestandenen Kaffee von gestern in den Ausguß und setzte neuen auf. Sie blieb stehen, bis die ersten braunen Tropfen aus dem Filter fielen. Es war natürlich Kaffee aus dem PX, keiner von hier. Das ganze hochwertige Zeug ging anscheinend in den Export. Die Päckchen, die im Gedränge auf den Straßen außerhalb des Botschaftsgrundstücks angeboten wurden, enthielten nur Reste, die auf den Fabrikböden zusammengefegt wurden. Das hatte Ray ihr gesagt.

Daressalam war eine seltsame Stadt. Afrikanisch, natürlich, aber auf Schritt und Tritt mit Zeichen ihrer arabischen Vergangenheit durchwebt. *Hafen des Friedens.* Das bedeutete ihr Name auf arabisch und suaheli. Das klang hübsch, und einige Teile der Stadt waren auch ganz in Ordnung. Bloß ihre Geschichte war kein Ruhmesblatt. Die Stadt wurde Hafen des Friedens genannt, weil sie einst eine beliebte Anlaufstelle für Sklavenschiffe gewesen war. Die Höhlen auf Lyly fielen ihr wieder ein.

Miranda warf die langen Haare über die Schulter und lehnte sich an eine der glatten Betonsäulen neben dem fleckenübersäten Tisch mit der Kaffeemaschine. Sie dachte an Nick. Ein Glück, daß er gestern nicht ans Telefon gegangen war, als sie ihn in einem Anfall von Einsamkeit angerufen hatte. Das war nur ein kurzer Durchhänger gewesen. Sie wollte keine feste Beziehung. Hoffentlich hatte er nicht das Gefühl, an der Nase herumgeführt zu werden, und hoffentlich hatte sie nicht irgend etwas gefestigt, als sie sich im Garten hatte küssen lassen: Es war einfach so ein Augenblick gewesen, bei dem sie nicht verweilen wollte; sie wollte vorankommen.

Sie wußte, daß das Mühe erforderte. Das hatte sie von ihrem Vater gelernt. Sie dachte oft daran, was er gesagt hatte, als sie sich als Mädchen einmal beschwert hatte, daß ein Referat für die Schule so schwierig sei. *Natürlich ist es schwierig. Das ist der springende Punkt. Was hast du denn erwartet? Daß sie dich in eine Vitrine stecken und mit Zuckerstückchen bewerfen?*

Auf der anderen Seite des Büros bewegte sich jemand. Clive Bayard kam herein. Er winkte ihr zu und ging zu seinem Schreibtisch. Clive war der einzige Schwarze der Botschaft – das heißt, der einzige Afroamerikaner im Gegensatz zu den angestellten Einheimischen im Diplomatischen Dienst. So wurde das hiesige Personal genannt, dessen Verwaltung zu ihren Aufgaben gehörte. Clive war der Botschaftsarchivar. Offiziell leitete er die Recherche- und Dokumentationsstelle. Er sorgte dafür, daß der ganze Schreibkram der Botschaft ordnungsgemäß belegt, abgeheftet und gespeichert wurde. Ray nannte ihn den Papierjungen, obwohl er über fünfzig war. Clive hatte einen Reißwolf neben dem Schreibtisch stehen. Seine Arbeit bestand zu einem Gutteil in der Vernichtung von Dokumenten, die als Verschlußsachen klassifiziert waren. Zusätzlich wurden die Papierstreifen vorsichtshalber noch in einem Ofen verbrannt.

Das Verbrennen war Nisha Ghais Aufgabe gewesen, aber kürzlich war die Anweisung gekommen, nur amerikanische Staatsbürger dürften zu den Überbleibseln von Verschlußsachen Zugang haben. Seitdem war das Mirandas Aufgabe. Nisha hatte auf diese Kompetenzbeschneidung sehr bestürzt reagiert und geglaubt, es sei irgendwie ihre Schuld. Miranda hatte ihren ganzen Charme aufwenden müssen, um ihr das auszureden.

»Das ist doch bloß eine Dienstanweisung vom DS«, sagte sie.

Sie sah noch vor sich, wie beunruhigt Mrs Ghai an ihrem großen Rubinring gedreht und sie wütend angefunkelt hatte.

»Es hat überhaupt nichts mit Ihrer Arbeit zu tun«, hatte Miranda hinzugefügt. »Wir sind absolut zufrieden mit Ihnen. Es geht nur um die Geheimhaltung dieser Dokumente.«

»Als ob Sie zum Secret Service gehören würden«, hatte die stolze Asiatin noch erklärt und war davongerauscht.

Es gab in der Kanzlei nur einen Mann vom Secret Service. In den großen Botschaften wie London, wo Miranda eines Tages zu arbeiten hoffte, wimmelte es angeblich von Geheimagenten. Aber hier gab es nur Lee Denham. Er kümmerte sich hauptsächlich um die kongolesischen Rebellen, die im Nordwesten des Landes gelegentlich auf tansanisches Gebiet vordrangen. Ein schmutziger Krieg fand in dieser Region statt, in der es lukrative Bodenschätze gab. Für Denham ging es vor allem darum, mit möglichen Nachfolgern von Laurent Kabila sichere Schürfkonzessionen auszuhandeln. Kabila hatte im Vorjahr den schrecklichen Mobutu Sese Seko entmachtet – der seinerzeit ebenfalls von den USA aufgebaut worden war. Da es im Kongo rund zwanzig Rebellengruppen gab, die untereinander und mit den Nachbarländern ständig wechselnde Allianzen eingingen, hatte Denham ganz schön viel zu tun. Er kam kaum je in die Kanzlei und hielt sich sehr bedeckt. Ray war mal zum Essen bei ihm zu Hause gewesen und sagte, in einem Glasschrank gäbe es dort eine große Bowie-Messer-Sammlung. Miranda mußte lächeln, als ihr das entsetzte Bühnenflüstern wieder einfiel, mit dem Ray ihr das anvertraut hatte. Ray hatte andererseits gesagt, er fände Denham irgendwie reizvoll, trotz dieses Hinweises auf eine gewaltbereite Persönlichkeit. Vielleicht auch deswegen. Am meisten Leidenschaft brachte er Corporal Rossetti mit seinem Bürstenschnitt entgegen. Der Mann hätte mehr Virilität als jeder andere ihm bekannte Mann – und außerdem die beste Figur. Allerdings sagte Ray oft so etwas.

Die Kaffeekanne war halbvoll. Miranda nahm einen Styroporbecher aus der Schachtel neben der Maschine, hielt ihn unter den tröpfelnden Filter und goß ihn mit der anderen Hand aus der Kanne voll. Auf dem Rückweg zu ihrem Schreibtisch schaltete sie den Kopierer ein. Er fing an zu tuckern. Sie hatte sich schon immer gefragt, warum er zum Aufwärmen so lange brauchte.

Die Papiere auf ihrem Schreibtisch waren hauptsächlich Arbeitsverträge für tansanische Angestellte. Sie war für ihre Auswahl, Sicherheitsdurchleuchtung und Einstellung verantwortlich. Die Personalfragen der Botschaft, von den Wäscherinnen über die Gärtner bis hin zu den äußeren, von einer örtlichen Wach- und Schließgesellschaft gestellten Wachen an den Sicherheitsposten, gehörten zu ihrem Aufgabenbereich. In praktischer Hinsicht machte sie das zu einer ziemlich wichtigen Person in der Botschaft, auch wenn sie offiziell nur eine untergeordnete Position bekleidete. Zu untergeordnet, wie sie fand.

Die Botschaft hatte nicht nur einen eigenen Generator, eigene Treibstoff- und Lebensmittelreserven (für den Fall einer Blockade wie im Iran unter Khomeini), sondern auch Wasservorräte für Notfälle. Die Tanks waren kürzlich getestet worden. Ihr Inhalt hatte sich als salzig erwiesen – der Lieferant mußte bei mindestens einer Füllung Meerwasser gebracht haben –, und jetzt probierten sie ein neues Unternehmen aus. Sein Tanklastwagen sollte um halb elf kommen, und sie hatte den Vertrag noch nicht aufgesetzt. Sie bewegte die Maus, der Bildschirmschoner verschwand, und sie fing an zu tippen …

Weil ihre Finger auf der Tastatur klapperten, mußte sie überhört haben, daß jemand an sie herangeschlichen war. Plötzlich legten sich zwei Hände auf ihre Schultern, und sie schreckte hoch.

Sie fuhr herum – und sah sich keinem Eindringling, sondern Ray Delahoyas Schnurrbart und funkelnden Augen gegenüber.

»Erwischt«, kicherte er.

»Tu das *nie* wieder!« sagte sie und legte eine Hand auf die Brust. »Du weißt, daß ich das nicht abkann.«

»Konnt's mir nicht verkneifen. Was hast du hier denn auch in dieser Herrgottsfrühe zu suchen?«

Sie drehte sich auf ihrem Stuhl zurück, tippte weiter und gab keine Antwort.

»Bitte, wenn du das brauchst«, tat Ray schnippisch und ging.

Das Großraumbüro, in dem die unteren Chargen der Kanzlei arbeiteten, füllte sich langsam. Sie tippte weiter. Das war heute einfach nicht ihr Tag. Sie spürte die ersten Anzeichen der dumpfen Rückenschmerzen, die sie bei der Arbeit am Computer oft bekam.

Kurz darauf brachte Ray ihr einen Doughnut und noch einen Becher Kaffee.

»Friedensangebot.« Er stellte ihr beides auf den Schreibtisch.

Sie drehte sich lächelnd herum. »Lieb von dir, ich bin bloß etwas gereizt. Hab nicht besonders geschlafen.«

»Woran das bloß liegen mag ...?« Er zwinkerte ihr zu und ging zu seinem Schreibtisch zurück.

Halb belustigt und halb verzweifelt schüttelte Miranda den Kopf und machte sich wieder an die Arbeit. Sie hatte Ray schließlich doch von Nick erzählt und fragte sich inzwischen, ob das eine gute Idee gewesen war. Genau wie die Affäre selbst. Es war ja nicht unangenehm gewesen, ganz im Gegenteil. Aber das war genau das Problem: Sie hatte Angst, Angst, abgelenkt zu werden.

Um zwanzig nach zehn ging sie mit dem ausgedruckten Vertrag in der Hand zum Parkplatz und nickte Arbeitskollegen zu, die sie in ihrer Etage auf den Korridoren traf. Den Aufzug verbot sie sich wie immer und flitzte die drei Treppen hinunter. Auf der letzten Stufe standen Eimer und Aufnehmer. George, der Putzmann. Auch für ihn war sie zuständig, und er fehlte wie so oft. Sie ging zum sonnigen Parkplatz hinaus. Er hatte sich gefüllt, hauptsächlich mit

Landcruisern: Zufahrtsgenehmigungen an die Windschutzscheiben geheftet, Staub auf den Abdeckungen der Reifenhalterungen an der Hintertür. Unter dem Staub waren noch die Logos der amerikanischen Speditionen zu erkennen: Brunner GM, Chicago; Hober Mallow, Philadelphia's Premier Ford Dealership. Alle parkten sie hier auf fremder Erde, dachte sie, alle weit weg von Gottes eigenem Land.

Sie überquerte den Parkplatz und dachte wieder an Nick, der da draußen auf Sansibar auch ganz allein war. In den letzten Tagen hatte sie bedauert, daß sie sich ihm auf der Insel nicht noch weiter geöffnet hatte. Aber – er war nicht der Richtige für sie, und damit basta. Er war ein Mensch, der auch dann noch Luftschlösser baute, wenn schon der Sturm aufzog. Ein Träumer.

Corporal Rossettis Geste vom Sicherheitsposten aus war halb Winken, halb Salutieren. Sie schlug einen der Wege zwischen den Rasenflächen ein, ging auf dem Rindenmulch entlang, der sie aus unerfindlichen Gründen an Frühstücksflocken erinnerte. Der Rasensprenger drehte sich wieder. Sie spürte die Tropfen auf den Füßen, die nur in Sandalen steckten. Sie wollte zu einem der Posten. Einem Posten und einem Schlagbaum. Einem Ein- und Ausgang.

Das Tor war eines von zweien im äußeren, niedrigeren Grenzzaun. Diese Außenwand bestand abwechselnd aus Betonpfeilern und Metallpalisaden und trennte das Botschaftsgelände von der Straße. Die Posten an den beiden Toren wurden von Einheimischen gestellt und dienten nur der Abschreckung allzu neugieriger Städter. Der eigentliche Schutz unterstand der Marine Security Guard, hatte nichts mit ihr zu tun und geschah weiter drinnen. Eine solche Rückzugszone zwischen den beiden Verteidigungsringen war ein wichtiger Teil der Sicherheitsvorkehrungen in allen Botschaften der USA. Rein theoretisch war der hiesige Abstand zwischen beiden mit nicht einmal dreißig Metern viel zu gering – aber ansonsten hatte Daressalam überdurchschnittliche Sicherheitssysteme und -vorkehrungen.

Sie lächelte Juma zu, dem diensthabenden einheimischen Wachmann. Er mußte Besucher anmelden und ein- und ausfahrende Autos registrieren. Wie gewöhnlich starrte er in die Fernsehüberwachungskamera, die immer auf seinen Posten und den Schlagbaum daneben gerichtet war. Es war bekannt, daß Juma mit erschreckender Häufigkeit in das kleine schwarze Auge des Geräts starrte: Als wäre er nicht der Akteur, sondern das Publikum. Der Sergeant der Artillerie und seine Männer – Corporal Rossetti und die MSG – überwachten beide Sicherheitsposten mit solchen Kameras. Von Zeit zu Zeit mußten sie den armen Juma behutsam darauf hinweisen, daß er Besucher des Grundstücks zu überprüfen und sich nicht einzubilden hatte, er wäre in einer Art Actionfilm auf dem Bildschirm zu sehen. Nick war ihm darin ähnlich, dachte Miranda plötzlich – dieser ganze Quatsch mit dem *gefährlichen Leben.*

Miranda nahm an, daß Jumas Angewohnheit von der Faszination der Videos herrührte, die der Filmclub der Botschaft manchmal zeigte. Die hochtrabende Bezeichnung ließ Kunstfilme erwarten, gezeigt wurde im wesentlichen aber Dutzendware wie *Die Hard* und *Lethal Weapon.* Gelegentlich wurden etwas altmodischere Thriller ins Programm aufgenommen – *Chinatown* oder *Die 39 Stufen* etwa. Und es gab eine Tradition, daß zu Weihnachten das gesamte Kanzleipersonal, US-Amerikaner und angestellte Einheimische im Diplomatischen Dienst, gemeinsam *Ist das Leben nicht schön?* oder *Der Zauberer von Oz* sah. Durch die Filmabende sollten Barrieren abgebaut werden, aber Miranda war da eher skeptisch. Ihrer Meinung nach verstärkten solche Filme nur den bei ungebildeten Tansaniern vorherrschenden Eindruck, jeder Amerikaner hätte auf die eine oder andere Weise mit Hollywood zu tun. Die Vereinigten Staaten existierten quasi nur ikonisch, auf der Leinwand, und Miranda, Ray und Corporal Rossetti – genaugenommen alle Amerikaner – waren nichts als Fleisch gewordene Spielfilmfiguren. Teilweise lag das natürlich an dem enormen Wohlstandsgefälle. Das Durchschnittseinkommen eines Amerikaners war für jeden normalen Afrikaner ein phantastischer, unerreichbarer Traum. Sie war sich schmerzlich bewußt, daß selbst winzige Dinge wie der Stoff ihrer Kleidung den Menschen aus dem Westen eine außergewöhnliche Aura verlieh. In Mto Wa Mbu waren die Kinder herbeigelaufen und hatten ihren Rock mit den Fingern befühlt.

Juma mußte sich jedenfalls vorsehen. Neulich war der regionale Sicherheitsoffizier aus Nairobi hier gewesen. Er hatte großen Wert darauf gelegt, daß die einheimischen Wachleute besser aufpaßten. Deren Wachsamkeit ihrerseits besser überprüft werden sollte. »*Quis custodiet ipsos custodes?*« hatte Ray das fröhlich kommentiert, und Miranda hatte ihn fragen müssen, was das bedeute. »Wer wird die Wächter bewachen?« hatte er geantwortet und hinzugefügt, er würde liebend gern die Aufsicht über Corporal Rossetti übernehmen.

Die neuen Anweisungen gehörten zu einem allgemeinen Sicherheitscheck. In der Botschaft wurden seitdem wöchentliche Alarmübungen abgehalten, um für alle Eventualitäten gewappnet zu sein. Da die Botschaft in Daressalam jedoch eine so niedrige Gefahreneinstufung hatte, lief das darauf hinaus, kurz mal die Lautsprecheranlage aufjaulen zu lassen.

Zufällig hatte die Anlage aufgejault, kurz bevor Miranda ins Erdgeschoß gegangen war. Corporal Rossetti hatte durchgegeben, man werde in der Botschaft nacheinander die akustischen Signale für Feueralarm, Bomben- und Terroranschläge sowie schließlich die Entwarnung hören. Alle hatten sich geduldig die vier verschiedenen Signale angehört und sich dann wieder an die Arbeit gemacht.

Miranda ging ein Stück an der Außenmauer entlang, bis sie zu dem großen Hahn kam, der zum Wassertank führte. Der Tanklastwagen war noch nicht da. Sie überlegte, ob sie wieder nach oben gehen und das Unternehmen anrufen sollte. Dann wollte sie sich solange aber einfach in die Sonne setzen. Sie überquerte die Straße und kaufte dem Jungen, der an einem kleinen Zeitungskiosk an der Kasse stand, die tansanischen *Daily News* ab.

»Clintons Mädchen im Zeugenstand«, lautete die Schlagzeile der Titelseite. Der Artikel schilderte die jüngsten Entwicklungen von Kenneth Starrs Sex-und-Meineid-Ermittlungen gegen den Präsidenten, bei denen Monica Lewinsky jetzt vor der Geschworenenkammer aussagte. Miranda blätterte um. Tansanias Medien konnten ihr in dieser Beziehung wohl kaum etwas bieten, das sie nicht schon aus anderen Quellen kannte.

Auf Seite zwei verkündete die Schlagzeile: »Ziege lockt Männer in den Tod, Huhn folgt«. In den Bergen bei Iringa waren drei Männer bei dem Versuch gestorben, eine in einen Bergwerksschacht gefallene Ziege zu retten. Einer nach dem anderen war an einem Seil hinabgelassen worden. Als der erste nicht zurückkam, wollte ihn ein zweiter retten und diesen dann ein dritter. Erst als die Dorfbewohner das Seil an einem Huhn festgemacht, dieses hinabgelassen und tot wieder hochgezogen hatten, begriffen sie, daß »das Loch böse war«, wie die Zeitung es seltsamerweise ausdrückte. So schrieben die nun mal. Die Polizei konnte später feststellen, daß der Schacht Giftgas enthielt.

Sie hatte den Artikel kaum gelesen, als der Tanklastwagen vorfuhr. Er setzte rückwärts in die Auffahrt. Sie faltete die Zeitung zusammen, klemmte sie unter den Arm und ging zum Fahrer.

»Sie sind spät dran«, sagte sie, so streng sie konnte.

»Tut mir leid, Madam«, sagte der Fahrer und sah aus seinem Führerhäuschen herab. »Konnte kein Diesel bekommen.«

»Soso. Na, dann kommen Sie mal. Ich habe meine Zeit nicht gestohlen.«

Er stieg aus dem Tankwagen. Sie konnte unter dem zerrissenen blauen Overall seine Haut sehen.

»Wie lange dauert das?«

»Schnell, Madam, schnell.«

Er schlug mit der flachen Hand gegen den Tank.

»Das hat sehr schnelle Pumpe. Und ich bin sehr schnell hergefahren.«

Er schüttelte traurig den Kopf. »Diesel ist in Afrika ein großes Problem.«

Sie nahm an, daß der Fahrer in Wirklichkeit direkt aus seinem Dorf gekommen war. Auf dem Beifahrersitz stapelten sich leuchtend grüne Maiskolben. Wenn er seinen Tank geleert hatte, wollte er eindeutig noch auf den Markt.

Sie sah zu, wie er den Schlauch abrollte. Er hielt den stählernen Zapfhahn in der Hand. Sein zerlumpter Overall zeigte Ölflecken. Sie ging zum Stutzen in der Wand, und er folgte ihr – rückwärts, den Schlauch hinter sich herziehend wie ein Spieler beim Tauziehen. Mit langsamen, schweren Schritten kämpfte er gegen den Widerstand der Schlauchtrommel.

Sie sah zu, wie er den Deckel vom Einfüllstutzen in der Wand schraubte, den Schlauch einklinkte und zum Tankwagen zurückging, um den Zufluß aufzudrehen. Der Schlauch schwoll an, als das Wasser floß.

»Gut«, sagte sie. »Den Rest überlass' ich Ihnen. Vergessen Sie nicht, den Deckel wieder draufzuschrauben.«

Sie wollte gehen, aber dann fiel ihr der Vertrag wieder ein. »Ach, das hier können Sie Ihrem Boß geben.«

Er faltete das Blatt zusammen und steckte es in die lange Außentasche seines Overall.

Der verdreckt den ja, dachte sie, überlegte, ob sie etwas sagen sollte, entschied sich aber dagegen. Als sie sich abwandte, fuhr hinter dem Wassertankwagen ein zweiter Lastwagen vor und versperrte die Zufahrt. Der Fahrer hatte einen bleistiftdünnen Schnurrbart und blaßbraune Haut. Er sah sie durchs Fenster an. Sein Anhänger war mit einer Plane abgedeckt. Der Fahrer kam ihr bekannt vor. Er wirkte nervös und führte Selbstgespräche. Seine eine Hand lag am Lenkrad, die andere hing aus dem Fenster und klopfte außen auf die Tür. Der mußte eben warten, sagte sie sich.

Sie ging über den Rindenmulchweg zur Kanzlei zurück. Von der anderen Seite des Gebäudes hörte sie einen Preßlufthammer. Bauarbeiter auf dem Botschaftsgelände. Sie sollten einen Swimmingpool bekommen. Deswegen war ihr der Fahrer des anderen Wagens so bekannt vorgekommen. Er hatte die Kacheln für den Swimmingpool geliefert.

Sie kam an einem Gärtner vorbei, der in einem Blumenbeet die Erde umgrub. Mit seinem kleinen Spaten warf er genauso die Erde hoch wie die Schlange auf Lyly. Sie dachte an Nick, der das Reptil so unerschrocken in die Büsche geschleudert hatte, ging ins Kanzleigebäude zurück und die Treppe hoch. Vielleicht war sie in der E-Mail, in der sie sich für das Wochenende bedankt hatte, doch zu zurückhaltend gewesen. Vielleicht hätte sie es doch riskieren sollen, den Dingen ihren Lauf zu lassen, falls sie es sich später anders überlegen sollte.

Niedergeschlagen musterte sie den stumpfen grauen Beton der Treppenstufen. Georges Eimer und Aufnehmer hatten sich nicht von der Stelle gerührt. Sie runzelte die Stirn. Der alte George war dem *Chibuku*, dem hiesigen Bier, stärker zugetan, als ihm guttat. Aber es hatte keinen Sinn, sich deswegen aufzuregen. Er war ja bloß ein Putzmann.

Die Eingänge zu den verschiedenen Kanzleiabteilungen zierten kleine Plastikschilder – *Versand, Community Service, Visa.* Ihre eigene Abteilung hieß Verwaltung, was langweilig klang, in Wirklichkeit war sie aber das Herzstück der Kanzlei. Auch wenn es beim Betreten nicht danach aussah. Am Eingang moderierte ein Mann aus dem Politik- und Wirtschaftsreferat eine Diskussion über Clinton zwischen einigen anderen Angestellten. Über ihnen hing ein Porträt des Präsidenten an der Wand und lächelte breit auf sie herab. Am anderen Ende des Raums hatte Ray seinen Golfschläger herausgeholt. Er puttete auf dem Teppich zwischen den Schreibtischreihen. Als sie auf ihn zuging, beförderte er den Ball gerade, wie geplant, in einen Styroporbecher und johlte laut.

Miranda bückte sich nach Rays Becher und Ball. Der Raum wurde weiß. Durch die Fenster über ihr zuckte ein Blitz. Sie hörte ein tiefes Dröhnen. Dann einen Krach. Die Fensterscheiben splitterten nach innen. Die Wand neben ihr wölbte und blähte sich, dann bröckelte das Mauerwerk. Glas schoß über ihr vorbei. Sie sah es in Zeitlupe, obwohl es nur Sekundenbruchteile dauerte – es flog über die Menschen hinweg oder fiel auf sie herab; keine kleinen Splitter, sondern mylarüberzogene Klumpen sausten in Schlangenlinien durch die Luft – wie Klebebandstreifen, nur länger, zerfetzter und in Schnüren.

Miranda wurde von den Füßen gefegt. Tische und Stühle wurden umgeworfen, ein Computer segelte durch die Luft. Tausende von Blättern wirbelten herum. Alles war voll dichtem Staub und Rauch. Um sie her regnete es Betonstücke, Glas und Luftschlangen aus Mylar – dem Splitterschutzfilm, der alle Fensterscheiben überzog. Es herrschte eine Gluthitze.

Benommen krümmte sie sich auf dem Teppich zusammen und hatte das Gefühl, jemand hätte sie mit einer Schaufel auf die Brust geschlagen. Es hagelte Glassplitter, die sich vom Mylar gelöst hatten und in die Staubwolken emporgewirbelt worden waren. Sie hob die Hände über den Kopf und schlotterte unkontrollierbar. Sie hatte Splitter im Haar. Und Staub im Mund.

Draußen waren alle paar Sekunden weitere Explosionen zu hören. Sie fragte sich, ob die Botschaft beschossen wurde und sie Gewehrfeuer hörte. Es gab keine Zusammenhänge mehr – ihr Kleid war zerrissen, ihre Ohren dröhnten, eine Teetasse klirrte und klirrte und klirrte.

Plötzlich trat ein paar Sekunden lang Stille ein, dann ertönten schreckliche Schreie. Sie spürte den Teppich an der Wange und schlug die Augen auf. Der Rauch brannte. Sie schloß sie wieder. Ihre Hände und Arme waren mit winzigen Schnittwunden gespickt. Sie hörte Stöhnen und weiter weg hysterische Schreie. »Herr, gib mir Kraft«, sagte sie laut und spuckte Staub aus.

Ein paar Minuten später öffnete sie erneut die Augen und blinzelte durch die Staubschwaden. Es roch seltsam, industriell, ölig, und die Luft hatte etwas Körniges. Blätter schwebten zu Boden. Überall lagen Schutt und Glasscherben mit Mylarstreifen herum. Sie versuchte, sich im beißenden Rauch zu orientieren. Als erstes sah sie Ray. Er lag auf dem Gesicht, und seine Beine waren unter zwei großen Betonblöcken begraben.

Sie stand mühsam auf und humpelte an den umgestürzten Möbeln vorbei zu ihm. Irgendwas mußte sie am Bein getroffen haben. Sie verbiß sich den Schmerz und beugte sich über Ray. Seine Haare und sein Hemd waren blutgetränkt. Ihn hatte sie also stöhnen gehört. Jemand anders kreischte, schrecklich und rhythmisch. Sie wollte den einen Betonblock wegheben, aber er war zu schwer. Sie geriet in Panik und wußte nicht, was sie tun sollte. *Atmen*, er muß atmen können. Sie befreite seinen Mund von Stein- und Stuckbröckchen und versuchte, seinen Kopf so zu betten, daß er nicht mehr auf dem Gesicht lag. Dann fiel ihr ein, daß man das gerade nicht machen sollte, oder?

»Bitte«, drang eine vertraute, wenn auch etwas erstickte Stimme an ihr Ohr. »Das tut weh.«

»O Gott, Gott sei Dank«, sagte Miranda. Sie küßte ihn aufs blutnasse Haar. »Du lebst.«

»Da liegt was auf meinen Beinen«, sagte er in den Teppich. »Ich kann mich nicht bewegen.«

»Du steckst fest. Du brauchst Hilfe.«

Sie sah sich um. Gestalten bewegten sich durch die Rauchschwaden. Während sie noch schaute, brach hinter ihnen ein Stück Mauer weg, und dahinter erschien blauer Himmel. Zwischen dem Himmel und ihr war ein Chaos aus Schreibtischen, Computermonitoren und Aktenschränken.

Ein Bildschirm fing Feuer. Eine Frau weiter weg kreischte noch immer – kreischte und kreischte.

Niemand um sie herum war so schlimm verletzt wie Ray: Das Mylar hatte sie gerettet, aber einige von ihnen hatten böse Platzwunden. Der PW-Mann rief durch den Raum: »Hat jemand die Nummer vom State Ops Center? Washington muß informiert werden.«

Ray keuchte. »Meine verdammten Beine sind hin«, sagte er, als hätte er das eben erst gemerkt.

»Wie geht die Nummer? Hat die wer?«

Blut aus Rays Beinen und seiner Kopfwunde mischte sich gräßlich mit dem Schutt und Mauerstaub auf dem Teppich neben ihr. Hilflos hielt sie ihm die Hand.

Jemand schrie die Nummer durch den Raum.

Der PW-Mann sprach in den Hörer. Er sagte, es hätte eine Riesenexplosion gegeben, die Ursache wüßte er nicht, aber es hätte eine Riesenexplosion gegeben.

Corporal Rossetti kam hereingestürzt. Miranda hörte wieder Schreie aus anderen Teilen des Gebäudes. Der Marine hatte eine tiefe Schnittwunde im Gesicht. Er hielt sein Sturmgewehr in der Hand.

»Wer gehen kann, begibt sich sofort zur Evakuierungsstelle!«

»Ray ist verletzt!« rief Miranda. »Er kann nicht gehen.«

Der Raum füllte sich mit dem Qualm des brennenden Monitors. Draußen kam es wieder zu einer Explosion und kurz darauf zu zwei weiteren.

Miranda schreckte jedesmal hoch. Rauchschlieren quollen aus dem Fußboden.

»Gastanks«, sagte Ray, der ihre Anspannung spürte. »Kenn' ich aus Liberia.«

Er lachte irr, stöhnte dann wieder und zuckte zusammen, als ihm etwas ins Gesicht fiel. Es war Wasser, das aus geborstenen Leitungen an der Decke auf sie herabtropfte.

»Wir brauchen hier Hilfe!« rief Miranda, deren Schnittwunden an den Unterarmen jetzt ebenfalls bluteten. »Dringend!« Das Tröpfeln nahm zu; sie wußte nicht, welche Nässe von der Decke kam und welche von den Schnitten.

Rossetti kam durch den Raum gerannt, seine schweren Soldatenstiefel knirschten über Glas und Beton. Er ging neben ihnen in die Hocke, und seine Hände glitten über Rays Rumpf. Er hob die Blöcke weg. Die Knochen von Rays Knien traten hervor, deutlich sichtbar unter all dem Blut, Stoff und Betonstaub. Miranda starrte sie an, wie angewurzelt vor Entsetzen.

Rossetti sprach in sein Funkgerät. »Ein Schwerverletzter im dritten Stock. Sieht schlimm aus. Sofort Sani her.«

»Gehen Sie«, sagte er zu ihr und holte einen Verband aus seiner Montur. »Ich bleibe bei ihm.«

»Ich kann nicht«, sagte Miranda, vom Anblick der Knochen noch immer gelähmt.

»Raus«, blaffte Rossetti. »Sofort!«

Vom Kommandoton eingeschüchtert, stand sie auf und bahnte sich mit unbeholfenen Schritten einen Weg durch die Trümmer. Immer noch hing eine große Staubwolke in der Luft und mischte sich mit den Dämpfen vom schmelzenden Plastik des Bildschirms. Am Ende, wo die Wand fehlte, sah sie schwarzen Qualm von brennenden Autos unten aufsteigen. Sie schob sich näher heran, desorientiert und vom Schock zitternd.

»Weg von der Wand!« rief der PW-Mann. Er hatte eine Stirnverletzung.

»Kommen Sie, schnell! Der Boden kann nachgeben.«

Sie hörte seine Stimme seltsam gedämpft; der Explosionskrach mußte sie etwas taub gemacht haben, dachte sie, als er nach ihrer Hand griff. *Ich werde fallen*, dachte sie, *ich werde die ganzen Stockwerke hinabstürzen.* Sie rannten in den Korridor hinaus und schlossen sich den anderen fliehenden Angestellten an. Alles drängte durch den engen Flur zum Treppenhaus, das von herabgestürzten Blöcken und von der Decke hängenden Holzstücken verstopft war. Auf allen Stufen lag Schutt, und es war schwierig, nicht zu stolpern.

Es war eine schweigsame Prozession; wohl alle standen unter Schock. Unterwegs sah Miranda erst Georges Eimer und den umgestürzten Wischmop und ein paar Stufen weiter den Putzmann selbst. Sein halber Schädel war weg. Neben ihm lag ein herabgestürzter Balken. Im Treppenhausschacht sammelte sich eine Lache aus Blut und Hirnmasse.

Ihr wurde schlecht, aber der PW-Mann packte ihre Hand fester und zog sie weiter, über die Zementstücke hinweg, die die Stufen bedeckten. Endlich erreichten sie den Ausgang und stürzten mit den anderen ins Freie. Viele hatten Gesichtsverletzungen oder tiefe Schnittwunden an den Armen. Eine Frau hielt sich die Hand vors Auge. John Herlihy, der Wartungsmanager, saß mit Rußstreifen auf den runden Wangen auf dem Boden. Er wirkte völlig verstört.

Der Parkplatz und die Kanzleigärten boten Bilder der Verwüstung, und überall wimmelte es von verwirrten Menschen. Die einen schrien, die anderen weinten, wieder andere schwiegen unter Schock. Miranda brachte kein Wort heraus. Ihre kleinen Wunden bluteten noch. Viele Menschen bluteten. Alle sahen zerzaust aus, ihre Kleidung war zerrissen und staubbedeckt. Autos und Jeeps – alle möglichen Fahrzeugtypen – lagen auf den Seiten oder Dächern, viele brannten lichterloh. Sogar den weit abseits stehenden, die nicht umgestürzt waren, hatte die Explosion den Lack versengt und die Fenster eingedrückt.

Überall waren Mauerreste, gesplitterte Holzstücke, verbogene Autoteile, Scherben und Betonbrocken – der lose Schutt lag stellenweise über einen Meter hoch – und verstreute Leichen. Eine lag im Hof, wo Rays Bank gestanden hatte, und hatte keinen Kopf mehr. Eine war völlig geschwärzt, wie verkohltes Fleisch. Einer dritten fehlte eine Hand. Miranda erkannte Mrs Ghai, und da mußte sie sich übergeben und sank in die Knie.

Als sie sich erholt hatte, sah sie mit wachsendem Entsetzen die Leiche des Gärtners, an dem sie auf dem Rückweg vom Wassertankwagen vorbeigekommen war. Ein verrußter Betonblock hatte ihm die Brust zerquetscht. Er lag ausgestreckt mitten in seinem Beet mit Blumenerde und geknickten Blüten. In der Nähe waren mehrere Bäume umgestürzt, Büsche und Blumen in Fetzen gerissen. Der ganze Rasen war mit dem Rindenmulch von den Wegen übersät, den die Druckwelle hochgewirbelt hatte. Immer noch stoben Überreste umher – Papierschnipsel und Stofffetzen tanzten in den ätzenden Rauchschwaden der Feuer.

Sie fuhr zusammen, als ein Reifen mit pneumatischem *Pop* platzte.

»Kommen Sie«, sagte der PW-Mann. »Wir verschwinden lieber. Da kann noch mehr kommen.« Ein dickes Blutrinnsal quoll ihm von der Stirn.

»Stimmt«, sagte sie. »Das unterirdische Treibstofflager könnte in die Luft fliegen ...« Sie versuchte sich zu konzentrieren. »Wir müssen Bescheid geben.«

Sie rannte zu einem Marine und stieß sich die Füße an dem Schuttteppich, der den ganzen Boden bedeckte.

»Okay«, sagte der, das Gesicht vom Staub clownweiß. »Verlassen Sie jetzt das Grundstück.«

Aber wie? Das Haupttor war unpassierbar, die Stahlstreben verbogen und von der Hitze teilweise verschmolzen. In der Nähe des Wachlokals, dessen Wände und Fenster völlig zerstört waren, lag ein Lastwagen. Bis auf das Fahrgestell war alles weggefetzt. Das Eisengestell war glühendheiß. Daneben war ein großer Krater. Miranda begriff langsam, wie ungeheuer groß die Druckwelle gewesen sein mußte. Erst dachte sie, der glühende Lastwagen wäre der Überrest des Wassertankers. Aber der andere glühte, der mit der Abdeckplane, der hinter ihm gehalten hatte. Der Tankwagen lag jetzt drüben am Kanzleigebäude, entlang der Vorderseite. Er war über den Rasen und den Parkplatz geschleudert worden und mußte den Hauptteil der Explosion empfangen haben. Der Tank war eingedrückt wie eine Papprolle. Der Fahrer war mit Sicherheit tot, dachte sie. Sie schauderte, als ihr klar wurde, wie knapp sie davongekommen war. Hätte sie abgewartet, bis die Wassertanks voll gewesen wären, hätte sie im Herzen der Explosion gestanden und wäre zu Staub zerblasen worden. Auf der Fassadenseite hatte die Explosion in allen drei Etagen die Außenmauern zerstört. Das Gebäude war von tiefschwarzem Ruß überzogen, und überall klafften Löcher. Aus den Löchern und den verbliebenen Fensterrahmen quollen immer noch Rauchschwaden.

Auf dem Parkplatz war das Chaos am größten. Löschfahrzeuge und Rettungswagen trafen ein. Von brennenden Autos stiegen auch hier Rauchschwaden auf. Die Marine-Infanterie versuchte, das Gelände zu sichern, die Männer knieten und richteten ihre Waffen auf die Afrikaner, die am Rand des Botschaftsgrundstücks stehenblieben. Andere versuchten, Botschaftsangehörige wegzudrängen. Ein Marine hatte eine Leiter gefunden, lehnte sie an den Grenzzaun und schickte die Leute hinüber. Die Mauer selbst hatte Risse bekommen und war blutverschmiert, wo sich Verwundete an ihr abgestützt hatten. Ein trostloser Haufen wartete voller Angst vor der Leiter. Ein muskulöser junger Mann – Denham, der Typ vom Secret Service, erkannte Miranda – hatte nur einen Schuh und hinkte stark. Andere in der Schlange, in die sie sich einreihte, riefen mit ihren Handys Unfalldienste, Kollegen und Verwandte an. Beim Warten hörte sie die Sirenen neuer Rettungswagen und Löschfahrzeuge.

Auf der anderen Seite der Mauer warteten Angehörige vom Peace Corps, die von ihrem nahe gelegenen Gebäude sofort herbeigeeilt waren, als sie die Explosion gehört hatten. Sie brachten mit ihren Fahrzeugen Verwundete in die Krankenhäuser der Umgebung. Zwei Schwestern vom Peace Corps kamen über die Mauer geklettert und leisteten den Verletzten, die das Botschaftsgelände noch nicht verlassen hatten, Erste Hilfe. Draußen kümmerte sich der Botschaftsarzt Dr. Macintyre um die Erstversorgung der dringendsten Fälle. Zwei Menschen, beides Tansanier, lagen auf improvisierten Tragen – Türen der umliegenden Häuser und Büros, die von der Detonation aus den Angeln gehoben worden waren. Viele Gebäude hatten eingedrückte Wände und Dächer, und nirgends war auch nur eine Fensterscheibe heil geblieben.

Über der Szene kreiste ein Helikopter. Unten liefen riesige Menschenmengen Richtung Botschaft, wollten auf das Gelände blicken, entsetzt angesichts der Zerstörung. Feuerwehrleute begannen, das Gebäude zu löschen, und Dampfwolken mischten sich mit dem Qualm und dem Staub. Hier und da fiel ein Sonnenstrahl durch den Brodem.

Nachdem sich Miranda vergewissert hatte, daß Dr. Macintyre über Ray informiert war, fuhr sie mit einem Peace-Corps-Fahrzeug zum Haus des Chargé d'affaires, das zur vorläufigen Einsatzzentrale erklärt worden war. Unterwegs merkte sie, daß sie immer noch unter Schock stand und zitterte. Außerdem erfuhr sie, daß nahezu zeitgleich auch vor der Botschaft in Nairobi eine Bombe explodiert sein sollte. Allem Anschein nach war die dortige Explosion weit schlimmer und tödlicher gewesen. Während sie durch die Stadt rasten, lief ihr ein Schauer über den Rücken, als sie sich vorstellte, etwas könne schlimmer sein als das, was sie gerade erlebt hatte. Als sie zurücksah, stand eine schwarze Rauchsäule mit Papier- und Stoffetzen über der Botschaft. Jetzt rannte die Menschenmenge vom Ort des Geschehens fort.

Sie sagte es der Frau auf dem Beifahrersitz, beugte sich hektisch vor, als könnten sie etwas dagegen tun.

»Sie haben einfach Angst«, meinte die Frau. »Es gibt Gerüchte von Sekundäranschlägen. In Kampala und Khartum, heißt es.«

»Was glauben Sie, wer dahintersteckt?« fragte Miranda und zuckte zusammen. Ihre Trommelfelle schmerzten.

»Müssen die Islamisten sein. Ganz bestimmt. Die Tansanier haben keinen Brass auf uns.«

Im Haus des Geschäftsträgers wurden sie von weiteren Peace-Corps-Angestellten mit Kaffee und Kaltgetränken empfangen. Miranda trank eine Cola. Ihr war schwindelig – und sie machte sich Vorwürfe, Ray zurückgelassen zu haben. Jemand reichte ihr einen mit Desinfektionslösung getränkten Lappen, und sie tupfte sich die Schnittwunden ab. Sie zitterte immer noch.

Nachdem sie sich berappelt hatte, half sie bei der Versorgung der nachkommenden Botschaftsangehörigen. Es gab so viel zu tun. Als erstes mußten sie den Verbleib aller Angestellten klären, sie ausfindig machen und feststellen, wie viele Verletzte es gab. Miranda half beim Erstellen der Listen und sammelte Kontaktdaten über zu verständigende Angehörige in den Vereinigten Staaten. Das wurde dann über die stehende Verbindung zum Operations Center vom State Department durchgegeben: Name des Angestellten und Familienstand, Name der zu verständigenden Person, Telefonnummer, die vom Außenministerium angerufen werden mußte, damit die Betreffenden nicht am nächsten Morgen aufwachten und aus den Nachrichten davon erfuhren. Eine ähnliche Liste wurde für die tansanischen Angestellten angefertigt, aber viele von ihnen hatten kein Telefon.

Gegen sechs Uhr zeichnete sich ab, daß in Daressalam mindestens zehn, eventuell elf Menschen ums Leben gekommen waren. Über achtzig waren verletzt. Zu diesen zählte Juma, der Wachmann, den die Explosion aus seinem Häuschen und in die Luft geschleudert hatte. Nach seinem Sturz war nicht mal einen Meter neben ihm ein Auto auf den Boden geprallt. Die Scherben der Fensterscheiben waren wie Schrotkugeln in seinen Körper eingedrungen. Die Ärzte sagten, es würde Monate dauern, bis sie alle Splitter entfernt hätten. Mehrere andere einheimische Wachleute waren umgekommen.

Es war kein Trost, daß sich unter den Toten in Daressalam keine US-Amerikaner befanden. Funkgeräte knackten, Handys trällerten ihre unpassend fröhlichen Erkennungsmelodien, und es zeichnete sich immer deutlicher ab, daß die kenianische Katastrophe weit schlimmer war.

Die Zahl der Todesopfer in Nairobi wuchs den ganzen Tag über. Genaue Zahlen gab es noch nicht, aber anscheinend waren über zweihundert Menschen ums Leben gekommen, darunter zwölf Amerikaner. Bis zu fünftausend Kenianer waren auf den Straßen und in den Büros um die Kanzlei von Nairobi herum verletzt worden.

Im Lauf des Nachmittags drängten sich im Haus des Geschäftsträgers mehr und mehr Menschen, saßen auf Kissen auf dem Boden oder kauerten in kleinen, blutverschmierten Gruppen zusammen. Im ersten Stock wurde eine provisorische Erste-Hilfe-Station eingerichtet, in der sich Dr. Macintyre zusammen mit den Schwestern vom Peace Corps um all diejenigen kümmern konnte, die nicht sofort in Krankenhäuser eingeliefert werden mußten. Viele Menschen hatten Platzwunden, die genäht werden mußten, oder litten unter hysterischen Anfällen und mußten beruhigt werden. Miranda tröstete nicht nur und kochte Tee und Kaffee, sie half auch einem Sanitäter bei der Vergabe von Beruhigungsmitteln. Sie erfuhr, daß Ray in ein Krankenhaus gebracht worden war und daß sein Zustand stabil war. Sie brauchte Beschäftigung, um nicht an die Leichen von Mrs Ghai, George oder dem Gärtner zu denken.

Jeder Neuankömmling brachte neue Horrorstorys. Gegen halb sechs traf Corporal Rossetti ein, blaß und mitgenommen, das M16 noch immer über der Schulter. Er war zu Tode erschöpft – konnte kaum noch aufrecht stehen, nachdem er den ganzen Tag lang Menschen gerettet, die Erstversorgung Schwerverwundeter übernommen und die Überbleibsel der Kanzlei gesichert hatte. Zu letzterem gehörte die Vernichtung von Verschlußsachen und Geräten, die der Geheimhaltung unterlagen. Nach sieben Stunden hatte sich Rossetti – vernünftigerweise – bereit erklärt, die Bewachung der Botschaft einem gemischten Militärstab zu übergeben, der sich aus den diplomatischen Vertretungen der Umgebung, darunter Briten und Israelis, sowie Angehörigen der tansanischen Polizei zusammensetzte.

Er schilderte detailliert die Szene, die Miranda durch die Heckscheibe des Peace-Corps-Fahrzeugs miterlebt hatte: Wie die Menge der fast tausend Schaulustigen in der Laibon Road in einer Massenhysterie weggerannt und von der Faszination des Schreckens und der Zerstörung wieder angelockt worden war.

»Ich war kurz davor, Warnschüsse abzugeben«, sagte der Corporal und stützte den Kopf in die Hände. »Wir mußten die Kontrolle über die Situation zurückerlangen. Es war wie eine riesige Welle. Sie sind immer wieder auf uns zu und von uns weg. Eine Massenbewegung auf mich zu und wieder weg.«

Es gab andere Bewegungsabläufe und andere Sphären. Oben am Himmel, über den Blutbädern in den beiden Städten – über den Toten in ihren Verrenkungen, über den Verstümmelten und Durchbohrten, über den Ruinen und den nach wie vor sich blähenden Rauchschwaden, über dem Sirenengeheul und den nervösen Menschenmengen –, über alldem reagierte das ausgeklügeltste Kommunikationsnetzwerk der Menschheit auf den Ernstfall. Der Präsident war natürlich sofort informiert worden. Im Weißen Haus, im Pentagon, in den Hauptquartieren von CIA und FBI waren hastig Krisenstäbe einberufen und Aktionspläne ausgearbeitet worden. Außenministerin Albright und das Operations Center vom State Department übernahmen die Koordination der Reaktion.

Am späten Nachmittag telefonierten Präsident Clinton, Ministerin Albright und andere wichtige Persönlichkeiten mit dem Haus des Chargé d'affaires und sprachen ihr Mitgefühl aus. Noch später erfuhren Miranda und die anderen, daß man zu Hause Flugzeuge losgeschickt hatte. Der Mann vom Secret Service, der noch immer nur einen Schuh und eine vollgeblutete Socke trug, stand im Speisezimmer des Chargé auf dem Eßtisch und hielt eine Lagebesprechung ab.

»Wir stehen jetzt rund um die Uhr in Verbindung mit dem Außenministerium«, sagte Denham. »Sie haben vielleicht gehört, daß es außer bei uns und in Nairobi noch weitere Bombenanschläge gab. Das hat sich zum Glück nicht bewahrheitet. Es gab Bombendrohungen, die sich jedoch als falscher Alarm erwiesen. Es ist zu ersten Festnahmen gekommen. In Nairobi sieht es jedoch sehr schlimm aus. Weit schlimmer als hier. Die gute Nachricht ist, daß Hunderte von Regierungsangestellten – FBI, Army, Ärzte, Katastrophenstäbe und Angehörige des Secret Service – hierher unterwegs sind. Sie alle müssen untergebracht werden, brauchen Fahrzeuge und Telefonverbindungen. Ich empfehle all denjenigen unter Ihnen, die dazu imstande sind und hier momentan nicht gebraucht werden, nach Hause zu fahren und auszuschlafen. Verlassen Sie dieses Haus jedoch erst, wenn Sie für Ihre Erreichbarkeit gesorgt haben. Halten Sie sich in jedem Fall bedeckt. Kommen Sie morgen früh hierher zurück, und helfen Sie im Telefondienst und beim Aufräumen. Bringen Sie Ihre Handys mit. Wir werden Leute brauchen, die zu den Krankenhäusern Verbindung halten, zu Washington und zum Flughafen für zügigen Weitertransport.«

Miranda fuhr dann doch nicht nach Hause. Oyster Bay war zu weit, außerdem war sie sowieso viel zu aufgewühlt. Sie schlief auf dem Fußboden unter einer Decke, und wenn sie aufwachte, sah sie im Fernsehen Aufnahmen der Rettungsarbeiten in Nairobi. Die hatten die ganze Nacht angehalten. Überall lagen Trümmer mit herausragenden Metallstreben, Teile von Autos, Karosserien, Motoren, alles verformt und rußgeschwärzt. Unter langen Reihen gleißender Bogenlampen entfernte ein Kran Mauerwerk, das zu schwer war für Spitzhacken und Brechstangen. Mit Schweißbrennern und Trennschleifern wurden Stahlträger zerlegt. Die Mikrofone der Kamerateams fingen deutlich die Stimmen der Eingeschlossenen ein, die um Hilfe riefen.

Miranda blieb bis zur Mittagszeit, übernahm den Telefondienst und organisierte die Einrichtung zusätzlicher Verbindungen. Hungrig und übermüdet fuhr sie nachmittags mit einem Taxi ins Krankenhaus, um Ray zu besuchen, nachdem sie sich bei Jambo Snacks unter dem Uhrenturm ein Schnellgericht geholt und im Auto gegessen hatte (was sie sonst nie tat).

Ray sollte am Abend nach London ausgeflogen werden, da es nach Großbritannien nicht so weit war wie in die USA. Sie weinte, als sie ihn im Krankenhausbett mit beiden Beinen in Gips daliegen sah, aber ihm saß schon wieder der Schalk im Nacken.

»Nicht weinen, Mausi. Ich hab' doch Schwein gehabt. Meine inneren Organe sind unverletzt. Und mein Schwanz auch, Ehre sei Gott in der Höh.«

»Und was ist mit dem Gehen?«

»Tja. Beweglichkeit. Was das angeht, hält man sich bedeckt. Anscheinend sind meine Kniescheiben zerschmettert.«

Miranda sah zerbrochene Eierschalen vor sich, und ihr fielen die weißen Knochen wieder ein, die sie gesehen hatte. Wieder liefen ihr Tränen über das Gesicht.

»Alles halb so schlimm«, sagte er. »Gib mir einen Kuß, und dann machst du dich da draußen wieder nützlich. Die Briten kriegen mich schon wieder hin.«

Sie gab ihm einen Kuß, weinte aber noch, als sie wieder ins Taxi stieg. Sie fuhr nicht gleich zum Chargé zurück, sondern ließ sich vom Taxifahrer zu einer Verleihfirma bringen, wo sie einen neuen Wagen mietete. Ihr eigener war wie die ihrer meisten Kollegen bei der Explosion zerstört worden. Dann fuhr sie schnell zum Haus zurück, wo sie wieder Dienst an der Standleitung hatte. Als sie gegen drei Uhr ankam, traf sie Clive Bayard. Sie hatte den Archivar nach »dem Ereignis« – so die offizielle Sprachregelung vom Operations Center – noch gar nicht gesprochen. Er war es, der gestern Clintons Anruf entgegengenommen hatte.

»Das war seltsam«, vertraute er ihr kurz darauf an, als

sie sich in einer Pause Kaffee und Doughnuts holten. »Ich war nie ein großer Fan des Präsidenten, schon gar nicht seit seinen ganzen Frauengeschichten. Das ging mir einfach gegen den Strich. Aber als ich seine Stimme am Telefon hörte und als er mich fragte, wie ich heiße, seine Unterstützung versprach und wie furchtbar das wäre, was uns da passiert ist, da wußte ich, er meinte das ernst. Er war aufrichtig. Ich kann Ihnen sagen, ab sofort ist mir egal, was der Mann macht, der kann meinetwegen jede einzelne Amerikanerin mit dunklen Haaren und zwei Brüsten zwischen Montana und New Mexico ins Bett ziehen, meinetwegen sogar Sie, Miranda, das ist mir scheißegal.«

Sie starrte ihn verblüfft an. Clive war strenggläubiger Baptist, und sie hatte ihn noch nie fluchen oder über Sex sprechen hören. Er hatte die Brille abgenommen und fuhr noch eine Weile so fort, die Brille in der einen Hand, in der anderen einen Doughnut, mit dem er wild gestikulierte.

Als sie nach Oyster Bay zurückfuhr, ging ihr die Szene noch immer nicht aus dem Sinn. Clive war nicht der einzige, der eigenartig und labil wirkte. Der Anschlag hatte auf viele Menschen seltsame Auswirkungen – er erschütterte ihre Selbstbilder, veränderte Persönlichkeiten und Beziehungen. Und was noch seltsamer war, er erschütterte auch Zeit und Raum, die durcheinandergerieten, wenn das Ereignis in der Erinnerung wiederkehrte und alles andere verdrängte. Sie fand es beunruhigend, als sie am zweiten Abend nach dem Anschlag ins Bett fiel – wie einen Film, in dem Schein und Wirklichkeit ineinander verfließen.

Nur war das hier Wirklichkeit … Miranda Powers lag wieder unter der Bettdecke mit dem vertrauten Muster, endlich wieder im eigenen Bett, und war kurz davor einzuschlafen. Sie griff zum Nachttisch. Bevor sie das Licht ausmachte, sah sie als letztes den leeren Panzer der Babyschildkröte, den Nick Karolides ihr auf der Rückfahrt von Lyly geschenkt hatte.

Dritter Teil

23

Die unwichtigste Folge der Ereignisse um 10.39 Uhr am Freitag, dem 7. August 1998 – ein unvergeßliches Datum, eine unauslöschlich eingebrannte Zeit –, war der Verlust ihres Weckers. Miranda schlug hastig die Bettdecke zurück, als sie merkte, daß sie verschlafen hatte – und das an so einem Tag. Sie war entspannt aufgewacht, hatte an Nick gedacht und an das Gitarrengeplinker im Nachtclub auf Sansibar und die duftende Luft des Gartens, in dem er sie geküßt hatte. Dann fielen ihr aber die arme Mrs Ghai ein, George, der Putzmann, der Gärtner, Ray und die Leiche ohne Kopf. Die Hunderte von Menschen in Kenia, die, lebend oder tot, teilweise immer noch unter dem Schutt lagen.

Rasch zog sie sich an, löffelte ein bißchen Müsli mit Joghurt und jagte ins Haus des Chargé d'affaires zurück. Sie mußte sich durch Menschenmengen kämpfen. Nach der Bombenexplosion hatten sich sofort die Medien der ganzen Welt – CNN, BBC und viele andere – um die Ruinen der Kanzlei geschart. Inzwischen konzentrierten sie sich auf die Katastrophenzentrale hier im Haus.

Im Lauf der Nacht hatte das Außenministerium eine PR-Strategie entworfen. Es waren Anweisungen ergangen, die Medien müßten dem sensiblen Ermittlungsbereich ferngehalten werden und dürften keine Interviews mit Opfern filmen. Aber es war zu spät: Weltweit wurde bereits eine ganze Reihe von Aufnahmen ausgestrahlt. Teilweise waren sie den internationalen Sendeanstalten zu gräßlich und wurden nur im afrikanischen Fernsehen gezeigt. Dazu zählte auch eine abgetrennte Hand mit einem Rubinring an einem Finger.

Mrs Ghais. Miranda hielt sich die eigene Hand vor den Mund und rannte ins Badezimmer.

Später sah sie andere Aufnahmen aus Nairobi, blutige Handabdrücke an einer Wand, die wohl von einem Verletzten stammten, der sich in Sicherheit geschleppt hatte. Wieder mußte sie sich abwenden. Der PR-Beamte der Kanzlei wollte gegen diese Aufnahmen vorgehen. Statt dessen sollte es anständige Informationsveranstaltungen und Pressekonferenzen für die Journalistenscharen geben, die sich inzwischen in Dar versammelt hatten.

Auf CNN hörte Miranda die rhetorischen Pflichtübungen von Präsident Clinton und anderen Kabinettsmitgliedern. »Diese terroristischen Gewaltaktionen sind abscheulich«, sagte der Präsident im Rose Garden vom Weißen Haus. »Sie sind unmenschlich. Wir werden alle uns zur Verfügung stehenden Mittel einsetzen, um die Verantwortlichen zur Rechenschaft zu ziehen, egal, was es kostet oder wie lange es dauert.«

»Terroristen erfreuen sich am Leid ihrer Opfer«, sagte Verteidigungsminister William S. Cohen. »Wir wollen ihren Feiern die Freude nehmen und werden alles tun, was in unserer Macht steht, um sie aufzuspüren.«

Außenministerin Albright setzte eine Belohnung von zwei Millionen Dollar für Informationen aus, die zur Ergreifung der Attentäter führten. »Das Gedächtnis unserer Nation reicht ebenso weit wie unser Arm«, sagte sie.

Miranda war es unerträglich, daran zu denken, wie sich die Familien fühlen mußten, die Söhne oder Töchter, Mütter oder Väter verloren hatten. In Nairobi hatten Marines und Spezialkräfte über vierundzwanzig Stunden lang ununterbrochen gegraben, um die Leichen aus den Schuttmassen zu bergen. Das Fernsehen zeigte Marines und kenianische Soldaten, die das zerstörte Gebäude umstanden, das mit Stacheldraht und Sandsackwällen gesichert worden war, weil man weitere Angriffe befürchtete. Hinter dieser Barriere schob ein Bulldozer Schutt zusammen. Miranda sah Leichen, die in Plastiksäcke gebettet wurden oder zur späteren Identifizierung numerierte Aluminiumschildchen um die Knöchel gebunden bekamen. Sie sah, wie Rotholzsärge auf die Ladeflächen von Pick-ups geladen und, wie es bei den Afrikanern Sitte war, zur Bestattung in ihre Heimatdörfer gefahren wurden.

*

Die Regierung machte sich sofort ans Krisenmanagement und erarbeitete einen Rettungsplan und einen Maßnahmenkatalog zur Ergreifung der Schuldigen. Es überraschte kaum jemanden, daß sich das etwas chaotisch gestaltete. Erst vierzig Stunden nach den Anschlägen landete in Dar der C-17 Globemaster III mit der Ausländischen Katastrophensuchmannschaft FEST (Foreign Emergency Search Team) für Tansania. Das reguläre FEST-Flugzeug war nach Nairobi geschickt worden, und erst als das Ausmaß der Tragödie offenbar wurde, entschied man, eine zweite Maschine nach Tansania zu schicken. Die Verzögerungen hatten teils mit den Problemen zu tun, ein geeignetes Flugzeug zu beschaffen, teils mit der mangelnden Verfügbarkeit eines zweiten Sets der erforderlichen Ausrüstung: Funkgeräte und Telefone, Spürhunde, Bergungsgerät, medizinische Versorgungsgüter, Angehörigenunterlagen und andere Katastrophendokumente. Es erforderte viel Arbeit, das alles zusammenzustellen.

Neben den FESTs beorderte das Verteidigungsministerium Militärangehörige von Stützpunkten in aller Welt nach Ostafrika. Der Oberbefehlshaber schickte in beide Städte ein je fünfzig Mann starkes Terrorabwehrkommando; aus Guam wurde eine Einheit mit dreißig Mann der dortigen Navy-Seabee-Truppen abkommandiert, um bei den Aufräumarbeiten in Nairobi zu helfen; das Oberkommando Europa schickte ein zwanzigköpfiges Chirurgenteam, sieben Militärpsychologen, Transportfachleute für Schwerverwundete sowie eine siebenköpfige Luftrettungsmannschaft der Air Force. Aus Südwestasien wurden weiteres ärztliches Personal sowie Fachleute für Bestattungsangelegenheiten angefordert und auf Dar und Nairobi verteilt.

Als erstes trafen jedoch hauptsächlich Angehörige des FBI an beiden Schauplätzen ein – sowohl medizinische Experten, Sprengstoffsachverständige und Ingenieure als auch Ermittler. Nach amerikanischem Bundesrecht war das FBI befugt, bei Verbrechen zu ermitteln, die auf amerikanischem Boden im Ausland begangen wurden, und deshalb traf Mort Altenburg in Ostafrika ein. Jack Queller war von Ministerin Albright höchstpersönlich gebeten worden, die FESTs im Namen der Antiterrorabteilung zu beraten, und war sofort mit einem Kleinflugzeug von Cape Cod nach Washington und dann nach Ostafrika weitergeflogen.

Queller und Altenburg begaben sich zunächst nach Nairobi. Beim ersten Besuch der Trümmerstätte waren beide entsetzt über das Ausmaß der Schäden, die Berge von Glas, Steinen, verbogenem kohlschwarzem Metall und ganzen Betonplatten. Etlichen Gebäuden hatte die Explosion die Außenmauern weggefetzt wie bei einer Querschnittzeichnung. Immer noch hingen Dampfwolken über dem Areal. Immer noch erdröhnten auf Stein und Stahl die Spitzhacken und Schaufeln kenianischer Bautrupps, die nach Verschütteten suchten.

Altenburg verlegte sich auf Ermittlungsarbeit und Interviews. Queller blieb im Hintergrund und versuchte, den Hergang des Anschlags zu rekonstruieren. Ihm fiel auf, daß einige seiner Kollegen die Beamten der kenianischen Kriminalpolizei rücksichtslos unterbutterten. Um so aufmerksamer hörte er sich daher alles an, was die afrikanischen Ermittler im Gefolge der Fachleute vom FBI bei der Spurensicherung am Tatort zu sagen hatten.

Für forensische Untersuchungen mußte eine Grenze festgelegt werden, eine etwa sechshundert Meter vom angenommenen Mittelpunkt der Explosion entfernte Demarkationslinie. Von dieser arbeitete man sich dann ins Zentrum vor. Die Experten suchten in erster Linie nach Metallstücken, die sich in unmittelbarer Nähe zur Explosion befunden haben mußten – von dem Fahrzeug etwa, in dem die Bombe transportiert worden war. Die bei der Detonation frei werdende Energie hinterließ auf Flächen charakteristische Narben und Krater, und das Metall wurde durch den Druck ausgewalzt und dünner.

Als nächstes machten sie Abstriche, um Sprengstoffrückstände und Schmauchspuren zu analysieren: winzige Teilchen der chemischen Endprodukte des explosiven Zerfalls, bei dem Feststoffe in Gasform übergegangen waren. Wurden diese Teilchen isoliert und in Azeton gelöst, konnten sie durch einen Gaschromatografen mit nachgeschaltetem Massenspektrometer geschickt und in ihre Bestandteile zerlegt werden. Erst dann wußte man genau, woraus die Bombe gebaut worden war.

Es gab so viel zu tun, daß das FBI auf einem Parkplatz neben der Botschaft Zelte errichtet und in ihnen Tapeziertische aufgestellt hatte, auf denen die Beweisstücke untersucht werden konnten. Hier wurden die Metallsplitter gesichtet, die man sorgfältig dort aufgelesen hatte, wo sie gelandet waren.

Queller starrte sie an. Man konnte sich nur schwer vorstellen, wie diese geschwärzten Stücke von den Druckwellen mit einer Geschwindigkeit von Tausenden von Metern pro Sekunde durch die Luft geschossen sein mußten, als der Sprengstoff explodierte; wie Energie, die sich so rasend schnell bewegte, Metall, massives Metall wie Autoachsen oder Kolbenstangen, verbiegen, verdrehen, puddeln, plattwalzen oder ihm im Fluge messerscharfe Kanten geben konnte.

Als er am nächsten Tag das Krankenhaus besuchte, sah er die Schäden, die diese Geschosse in Menschenfleisch anrichten konnten, aber nicht nur sie, sondern auch die Milliarden von Glassplittern, Betonbröckchen und anderen

Materialien, die die Explosion in konzentrischen Kreisen ausgestoßen hatte.

Er ging mit einer asiatischen Ärztin an den Betten entlang. Zerfetzte Gliedmaßen. Hornhautrisse. Von Granatsplittern gespicktes Fleisch. Abgebrochene Zähne. Löcher in Schädeln. Menschen, die Teile ihrer Kiefer oder Schultern verloren hatten. Ein Mann, ein Chauffeur der Botschaft, hatte ein Auge, ein Ohr und die halbe Stirn verloren. Die Botschafterin selbst hatte eine bös aufgerissene Lippe und weitere Verletzungen. Nach Aussagen der Ärzte waren Glassplitter bei vielen anderen so tief ins Gewebe eingedrungen, daß man acht bis neun Operationen brauchen würde, um sie alle zu entfernen.

Am meisten bewegten Queller die Menschen, die Gliedmaßen verloren hatten. Ein Mann hatte eine Hand eingebüßt. Die Ärztin schilderte Queller, wie er ins Krankenhaus gekommen war; die Hand hing nur noch an einigen Nerven und Gefäßen – eine verlorene Gestalt inmitten der Menschenfluten, die sich unmittelbar nach der Explosion aus Bussen und Autos ergossen, die Triagezone überrannt und Wände und Böden mit Blutspuren überzogen hatten, als sie überall in den Dielen und Korridoren zusammengesackt waren und darauf warteten, versorgt zu werden.

Als Queller ging, zitterte er und mußte auf dem Parkplatz unter einem rotblühenden Baum Pause machen, bis er sich so weit erholt hatte, daß er zum Ort des Anschlags zurückfahren konnte.

*

In Dar war Miranda vor Ort dabei, als der erste Schwung FEST-Personal eintraf, Beweise zu sichern und Befragungen durchzuführen begann. Sie beobachtete die Agenten, die sich beim Chargé d'affaires meldeten, wo sie nach wie vor Telefondienst machte. Männer und Frauen waren gleich stark vertreten, Afroamerikaner, Asiaten, Ostküstenweiße, die ganze Palette, und alle hatten etwas gemeinsam: Sie waren jung, durchtrainiert, trugen nüchterne Geschäftsanzüge, die Schulterholster und Schußwaffen nicht kaschieren konnten, und hatten den streng logischen Quantico-Verstand. Die Spurensicherung durchkämmte das abgesperrte Gebiet erst mit Spitzhacken und Schaufeln, dann mit OP-Handschuhen, Q-Tips und kleinen Plastikbeuteln. Alle trugen luftdicht schließende Tyvek-Schutzanzüge, um das Beweismaterial nicht zu kontaminieren. Unter der afrikanischen Sonne mußten sie in denen richtig kochen, dachte sie.

Zu den vorgeschriebenen FEST-Sicherheitsüberprüfungen gehörten auch strenge Befragungen des Kanzlei-Personals. Sie fanden im *Kilimanjaro* statt und waren eine ziemliche Qual, aber alle sahen ein, daß sie nötig waren. Alle hinreichend unverletzt Gebliebenen wurden nacheinander ins Hotel gerufen.

Als Miranda an die Reihe kam, waren Queller und Altenburg aus Nairobi eingetroffen. Sie führten die Befragung durch. Miranda war überrascht, die beiden zusammen zu sehen. Sie war einen Augenblick sprachlos, als sie von einem dritten Beamten ins Zimmer geführt wurde.

Queller war von Anfang an freundlich, stand auf, um ihr die Hand zu geben, und bot ihr die heile Linke an, was sie etwas irritierte, obwohl sie sich an seine Prothese erinnerte.

»Wir kennen uns ja schon, nicht wahr?« sagte er lächelnd. »Tut mir leid, daß wir uns unter so tragischen Umständen wiedersehen.«

Altenburg begegnete ihr kälter und musterte sie unbewegt durch die Brille. Er saß ihr am Resopaltisch gegenüber und stellte die meisten Fragen. Neben ihm lag ein Aktenstapel, und vor ihm stand ein Aufnahmegerät. Queller saß ein Stück abseits, hatte die Beine übereinandergeschlagen, und der leere Ärmel des fehlenden Arms hing an seiner Seite. Der Agent, der sie hereingebracht hatte, stand an der Tür. Sie fühlte sich wie eine Kriminelle beim Verhör.

Zunächst ging es bei der Befragung um technische Einzelheiten. »Welche Farbe hatte der Qualm der Bombe? Können Sie den Geruch beschreiben?«

Sie versuchte sich zu erinnern, so gut sie konnte. »Er war eigentlich einfach schwarz, schwarz mit grauen Streifen. Den Geruch kann ich nicht richtig beschreiben. Ich habe nur einmal etwas Ähnliches gerochen, und das war, als ein paar Kinder im Nachbargarten meiner Kusine ein Auto verbrannt haben. Nur roch es, wie soll ich sagen, chemischer. Außerdem konnte man den Mauerstaub riechen.«

Es folgten noch ein paar Fragen dieser Art, dann erkundigte sich Altenburg nach Sicherheitsfragen.

»Hat jemand Ihnen vor dem Freitag Fragen nach Ihrem Arbeitsalltag gestellt oder nach Sicherheitsvorschriften in der Kanzlei?«

»Fragen nach dem Schichtwechsel der MSG zum Beispiel?« ergänzte Queller.

»Nein«, antwortete sie. »Außerdem bin ich nicht so blöd, solche Fragen zu beantworten.«

»Was haben Sie am Tag des Anschlag wahrgenommen? Haben Sie irgend etwas Verdächtiges gesehen? Menschen oder Fahrzeuge am Grenzzaun?«

Sie erzählte ihnen von dem Wassertankwagen. »Ich mußte rausgehen und mit dem Lieferanten Klartext reden, er kam nämlich viel zu spät, ja?, und ich mußte draußen warten …«

»Die Spurensicherung hat sich schon über das Wrack hergemacht«, sagte Altenburg. »Wir glauben, der andere Lastwagen war das Zentrum der Explosion. Können Sie über den etwas sagen?«

»Der fuhr gerade vor, als ich ging. Ich hab' mich noch gefragt, was da wohl drin ist. Ich dachte, es wäre Baumaterial für den Swimmingpool.«

»Wie bitte?« fragte Altenburg.

»Die Botschaft läßt einen Swimmingpool bauen, und da

kamen in letzter Zeit oft Baufahrzeuge. Ich dachte, der Lastwagen gehörte zu denen.«

Altenburg machte sich Notizen.

»Und weiter?« sagte Queller.

»Er wartete, weil er am Wassertankwagen vorbei wollte. Ich weiß noch, daß ich mich gewundert habe, denn normalerweise drücken tansanische Fahrer wie verrückt auf die Hupe, und der nicht. Er hat einfach gewartet. Gut, er war ein bißchen aufgeregt. Ich meine ... ich glaube, er hat mit der Hand gegen die Fahrertür getrommelt.«

Queller und Altenburg richteten sich auf.

»Erinnern Sie sich an sein Gesicht?« fragte Altenburg.

Miranda zuckte die Schultern. »Nicht besonders. Er hatte hellbraune Haut. Ich weiß noch, daß er mir bekannt vorkam. Ich hab' gedacht, er gehört zu den Bauarbeitern.«

»Denken Sie nach«, drängte Queller.

Sie schloß die Augen und versuchte, sich die Szene ins Gedächtnis zu rufen. »Er hatte einen Schnurrbart, glaube ich. Ich hab' nicht so genau hingesehen.«

»Das ist sehr schade«, sagte Altenburg. »Wenn man bedenkt, was dann abgelaufen ist ...«

Er öffnete eine vor ihm liegende Akte und hob sie an, so daß sie ihren Namen auf der Titelseite lesen konnte.

»Ihre Aufgabe ist es, die hiesigen Hilfskräfte zu überprüfen, sehe ich das richtig?«

»Ja«, antwortete sie.

»Haben Sie Grund zur Vermutung, es könnte einer von denen gewesen sein?«

»Nein, nicht die Spur«, sagte sie. »Die sind alle hochmotiviert.«

Altenburg blätterte in der Akte. »Und Sie glauben, daß Sie sie ordentlich überprüft haben?«

»Ich habe die Standardvorschriften für Botschaften niedriger und mittlerer Gefährdungsstufe befolgt.«

»Nun sahen diese Vorschriften keinen Bombenanschlag per Fahrzeug vorher.«

»Wenn ich einen vorhergesehen hätte, dann hätte ich ihn vielleicht verhindern können!«

Sie hielt kurz inne und bemühte sich, angesichts seiner Unterstellung nicht wütend zu werden.

»Ich habe die erforderlichen Sicherheitsvorschriften mit maximaler Machbarkeit umgesetzt. Ich habe sämtliche Risikofaktoren auszuschalten versucht, wie ich es gelernt habe – habe die Vorgeschichte jedes einzelnen Jobanwärters durchleuchtet, vom Gärtner über den Mechaniker bis hin zu ... einfach allen Bewerbern.«

Sie merkte, daß sie ins Schwimmen kam. Sie hatte Schuldgefühle. Sie verstand nicht, warum. Sie warf Queller einen Blick zu, und er lächelte sie ermunternd an, hob den Armstumpf vom Tisch und massierte ihn mit der gesunden Hand.

»Wie wär's mit einem kleinen Spiel?« sagte er. »Versuchen wir mal, ein Phantombild des Lastwagenfahrers zu erstellen. Zerlegen Sie doch bitte sein Gesicht, und schildern Sie uns nacheinander sämtliche Elemente.«

Sie schloß die Augen und versuchte es. »Er hatte eine schmale, dünne Nase. Seine Augen ... die waren irgendwie braun, glaube ich. Der Mund – er hatte, wie gesagt, einen Schnurrbart. Eine Art Bleistiftschnurrbart.«

»Wie meinen Sie das?«

»Na ja, gerade und schwarz. Sehr dünn.«

Altenburg wandte sich ungeduldig an Queller. »So kommen wir doch nicht weiter.«

Queller massierte sich wieder den Stumpf.

Altenburg wandte sich an Miranda. »Ich verstehe noch immer nicht, warum Sie den Lastwagen nicht untersucht haben.«

»Normalerweise wäre ich gar nicht dazu gekommen«, sagte sie hitzig. »Normalerweise wäre ich zu dem Zeitpunkt gar nicht draußen vor der Botschaft gewesen.«

»Finden Sie es nicht seltsam, daß er direkt hinter dem Tankwagen stehenblieb? Ich glaube, alles hätte noch viel schlimmer kommen können; geplant war wahrscheinlich, hinter einem Laster herzufahren, der viel weiter, nämlich bis aufs Grundstück selber fuhr.«

»Nein, das fand ich ganz und gar nicht seltsam. Lastwagen kommen oft aufs Grundstück gefahren. Wie gesagt, ich dachte, der Lastwagen bringt Baumaterialien, weil mir das Gesicht des Fahrers bekannt vorkam.«

»Tatsächlich?« sagte Altenburg. »Und trotzdem können Sie es nicht genauer beschreiben?«

»Ich hab' ihn doch nur ein paar Sekunden gesehen.«

Altenburg lehnte sich zurück und verschränkte die Hände hinter dem Kopf.

»Was würden Sie sagen, wenn ich es als eine Pflichtvergessenheit Ihrerseits bezeichne, den Lastwagen nicht zu untersuchen? Finden Sie nicht, daß das in Ihren Verantwortungsbereich gehörte?«

»Keineswegs«, erwiderte Miranda aggressiv. »Es gehört nicht zu meinen Aufgaben, Fahrzeuge zu überprüfen. Ihre Unterstellung ist heller Wahnsinn!«

Insgeheim war sie sich weniger sicher. Hätte sie das Fahrzeug prüfen sollen? War es ihre Schuld? Wären Mrs Ghai, George, der Putzmann, der Gärtner – wären sie alle noch am Leben, wenn sie das getan hätte?

»Ich fürchte, wir lassen die Sache hier nicht ganz im richtigen Licht erscheinen«, sagte Queller an Altenburgs Adresse. »Es geht nicht um Schuldzuweisungen. Es geht darum, die Täter zu finden.«

Sie stieß hervor: »Wird das behauptet? Daß alles meine Schuld ist?«

Altenburg schloß ihre Akte. »Das ist vorläufig alles. Bitte bleiben Sie aber in der Stadt.«

»Das reicht«, sagte Queller. »Herrgott, Mort …«

Dann, sanfter: »Miranda, das sind lediglich allgemeine Fragen, wie wir sie allen Beteiligten stellen. Sie stehen keineswegs unter Verdacht.«

»Oder nicht mehr als andere«, sagte Altenburg kühl.

Miranda stand auf und sah dabei nur Queller an. Ihr Zorn richtete sich zwar hauptsächlich gegen Altenburg, aber auch gegen ihn, weil er sie nicht stärker unterstützt hatte. Unter Aufbietung all ihrer Würde sagte sie: »Eine Freundin von mir ist bei der Explosion umgekommen. Ein weiterer Freund wurde schwer verletzt.« Sie dachte an Mrs Ghai und Ray. »Ich lasse mir das nicht zur Last legen. Ich verbitte es mir ganz entschieden, auf diese Art und Weise vernommen zu werden.«

Damit ging sie, ignorierte den Beamten an der Tür und den Mann, der draußen auf seine Befragung wartete. Es war Clive Bayard, der sie erstaunt ansah.

In Tränen aufgelöst, rannte sie zu ihrem Mietwagen. Sie weinte während der ganzen Fahrt nach Oyster Bay, und ihr Schluchzen übertönte das Summen der Reifen auf dem heißen Asphalt. Zusammengekrümmt hing sie über dem Lenkrad.

Als die beiden Männer im Befragungszimmer die restlichen Vernehmungen des Tages hinter sich gebracht hatten, wandte sich Queller an Altenburg.

»Was zum Teufel ist bloß in Sie gefahren, die junge Powers so in die Zange zu nehmen? Sie glauben doch nicht im Ernst, daß Sie ihr das in die Schuhe schieben können!«

»Ich habe meine Gründe.«

»Sie ist doch bloß für die Verwaltungssicherheit zuständig. Der Lastwagen wäre am zweiten Grenzzaun von den Marines überprüft worden.«

»Wie gesagt, ich habe meine Gründe.«

»Und die wären?«

Altenburg rümpfte die Nase und warf ihm einen bösen Blick zu. »Ich wollte sie ein bißchen unter Druck setzen. Ich werde sie einer umfassenden Sicherheitsdurchleuchtung unterziehen.«

»Ich glaube, Sie verschwenden bloß Ihre Zeit.«

Altenburg überhörte das. »Wenn's Ihnen nichts ausmacht, ich habe noch zu tun, Jack. Ich möchte die Aufnahmen auswerten, die von den Überwachungskameras der Kanzlei übriggeblieben sind.«

An der Tür stießen sie zusammen, als sie gleichzeitig den Raum verlassen wollten.

Am Spätnachmittag des folgenden Tages wurde Miranda zu einer weiteren Befragung durch die beiden Männer aufgefordert. Im Lauf des Tages hatte sie sich in eine ziemliche Wut hineingesteigert und war stinksauer, weil ihre Kompetenz in Frage gestellt wurde. Sie war fest entschlossen, keinem Konflikt aus dem Weg zu gehen.

Als sie eintrat, sah Queller auf und lächelte ihr ermutigend zu. Altenburg hatte eine Mediensoftware auf seinem Laptop installiert – ein Programm, das die Aufnahmen des mit dem Laptop verkabelten Videorekorders digital konvertieren und wiedergeben konnte. Sein Jackett hatte er über die Rückenlehne seines Stuhls gelegt, er saß mit aufgekrempelten Ärmeln da. Neben seinen bloßen, braun behaarten Armen lag ein Stapel Videokassetten, wie sie für die Überwachungskameras der Botschaft benutzt wurden. Anscheinend hatte er sie durchgesehen und alles, was er brauchte, auf seine Festplatte kopiert.

»Miss Powers«, sagte er, »wir haben uns die Aufnahmen aller Leute angesehen, mit denen Botschaftsangehörige in den Monaten vor dem Anschlag Kontakt hatten. Ein Großteil davon ist zerstört worden, aber ich würde Sie bitten, zwei kleine Abschnitte des Materials für uns zu kommentieren.«

Er klickte ein Icon auf dem Bildschirm an, und in einem Fenster lief ein Film an. Er zeigte Miranda, die sich auf dem Parkplatz mit einem Mann im T-Shirt unterhielt. Queller beugte sich vor, um die Aufnahmen zu verfolgen, und stützte sich mit dem Stumpf auf dem Tisch ab.

»Wer ist dieser Mann?« fragte Altenburg mit seiner seidigsten Stimme und klickte auf PAUSE.

Zur Überraschung der beiden Männer lachte Miranda schallend und warf den Kopf in den Nacken.

»Sie glauben doch nicht ... Das ist köstlich, das ist zum Piepen. Das ist ein US-Amerikaner.«

»Ihr Freund?« fragte Queller mit hoffnungsvollem Unterton.

»Na ja – nennen wir ihn einen Flirt.«

»Wie heißt er?« wollte Altenburg wissen.

»Nick Karolides. Er ist Mitarbeiter bei einem USAID-Projekt auf Sansibar. Wir haben uns zufällig getroffen.«

Altenburg gab dem Mann an der Tür ein Zeichen, der ging hinaus und überprüfte Nicks Namen auf einem der größeren Computer, die in den Nebenzimmern installiert worden waren. Sie waren von den FEST-Teams mitgebracht und mit einer Reihe von Datenbanken der US-amerikanischen Regierung vernetzt worden. Im Zimmer war es still; alle drei warteten auf die Rückkehr des Beamten. Dann fragte Altenburg weiter.

»Wann haben Sie ihn kennengelernt?«

Sie zeigte auf den Bildschirm. »Genau da. Das heißt, ein paar Stunden vorher. Am Strand. Er war hergekommen, um Sachen von Zuhause abzuholen. Wir sind ins Reden gekommen. Und dann habe ich ihn auf Sansibar besucht.«

»Erzählen Sie uns bitte, was dort geschehen ist.«

Sie zögerte. »Auf Sansibar?«

»Auf Sansibar.«

Miranda seufzte und warf Queller einen bittenden Blick zu.

»Also?« hakte Altenburg nach.

»Wir sind rumgefahren. Haben einen Bootsausflug gemacht.«

Sie wartete auf seine Antwort, aber Altenburg schob nur die Maus auf dem Tisch herum, bis der Cursor auf Nicks Gesicht zur Ruhe kam.

»Wollen Sie wissen, ob ich mit ihm geschlafen habe? Wollen Sie mich dafür vor den Kadi bringen?«

Ein dünnes Lächeln umspielte Quellers Mundwinkel, als freute er sich, daß Altenburg was für sein Geld bekam.

»Ich habe ein langes Wochenende genommen, bin auf die Insel geflogen und habe ihn dort getroffen«, erklärte Miranda sachlicher. »Nach der Rückkehr hab' ich mir gesagt, daß das keine Zukunft hat. Ende der Durchsage. Ich hab' meine Genehmigung bekommen. Der Ausflug ist im Tagesbuch festgehalten. Hat das überlebt?«

»Ja, zu meiner Überraschung«, sagte Altenburg.

»Die MSG hat sie wahrscheinlich in einem feuerfesten Safe aufbewahrt, ja?«

Altenburg nickte. Der Beamte kam zurück und reichte ihm einen Ausdruck. Altenburg nahm die Brille ab und las ihn durch.

»Und?« fragte Queller.

»Sieht aus, als wär' er sauber«, antwortete Altenburg. Er klang leicht enttäuscht. »Ich möchte Ihnen aber noch eine weitere Aufnahme zeigen.«

Miranda warf den Schopf nach hinten.

»Ich tu' nur meinen Job«, sagte Altenburg steif und spielte den nächsten Filmausschnitt ein.

Er klickte auf PLAY, und sie warteten, bis der Computer das Bild aufgebaut hatte. Dann zeigte der Bildschirm einen Mann mit hellbraunem Haar, der auf der anderen Straßenseite vor dem einen Botschaftstor stand; dem, durch das der Wassertankwagen und der Bombenlastwagen hereingekommen waren. Jumas Posten. Der Mann trug eine Baseballmütze mit der Aufschrift »SPORT TEAM OSNABRÜCK«. Sein braunhäutiges Gesicht wurde größtenteils von seiner Videokamera verdeckt. Die Aufnahme war nur wenige Sekunden lang, dann fuhr ein Bus vorbei, und er war verschwunden.

»Was wissen Sie über diesen Mann?« fragte Altenburg, spulte zurück und zeigte dieselbe Aufnahme noch einmal.

»Ich erinnere mich an den Vorfall. Ein Wachmann hat mich informiert, und ich bin nach unten gekommen. Aber da war der Mann schon weg. Ich habe eine Zwischenfallsmeldung im Tagesbuch gemacht.«

Altenburg nahm ein Blatt aus Mirandas Akte. »Ja, die hat sich angefunden. Ihr Bericht im Tagesbuch. Wo Sie auch festhalten, daß Sie keine weiteren Schritte unternommen haben. Warum nicht?«

»Wir konnten nicht viel machen. Er war weg. Dem Wachmann gegenüber hat er sich als Tourist ausgegeben.

»Ganz recht. Das steht hier. Im nachhinein stellt sich das natürlich anders dar. Jetzt sieht es aus, als habe er ein Ziel observiert.«

»Das wissen Sie aber nicht genau.«

»Aber ich gehe doch recht in der Annahme, daß eine DS-Vorschrift besagt, daß Washington im Fall der Observierung einer diplomatischen Institution unverzüglich informiert werden muß?«

Miranda zögerte. »Ich ... glaube ja – aber meiner Meinung nach war es keine Observierung!«

Sie sah Queller an. Seine Miene war versteinert.

»Das ist die Wahrheit«, sagte sie.

Altenburg legte die Handflächen zusammen und starrte sie über den Tisch an. Sie konnte seinen stahlblauen Augen ablesen, daß ihre Beteuerungen ihn mit Skepsis erfüllten.

Schließlich sagte er: »Ich möchte offen mit Ihnen sein. Ihr Verhalten läßt Sie nicht besonders gut dastehen. Ich werde in meinem Bericht festhalten müssen, daß Sie unter Umständen Ihre Pflicht vernachlässigt haben, als Sie den Lastwagen nicht überprüft haben. Ich habe dem DS bereits empfohlen, Sie bis auf weiteres von Ihrer Arbeit zu suspendieren.«

»Sie wollen mich wohl verarschen«, sagte Miranda völlig aufgelöst.

»Das ist beileibe nicht meine Absicht«, sagte Altenburg und ließ die Katze aus dem Sack. »Meine Empfehlung ist angenommen worden. Die Suspendierung tritt mit sofortiger Wirkung in Kraft.«

Miranda bekam kaum noch Luft. Das kam alles so plötzlich. Sie spürte, wie ihr das Blut in den Kopf schoß und Tränen ihr in die Augen traten.

»Das halte ich für vorschnell«, sagte Queller kopfschüttelnd. »Eine solche Disziplinarmaßnahme sollte doch wohl erst nach Abschluß der Ermittlungen stattfinden.«

»Wenn ich Sie daran erinnern dürfte, wer hier die Ermittlungen leitet«, sagte Altenburg und erhob sich. »Sie haben lediglich beratende Funktion.«

Er nahm sein Jackett von der Stuhllehne und legte es sich säuberlich über den Arm.

»Ich schlage vor, Sie fahren nach Hause, Miss Powers, und warten, bis Sie von uns hören. Wenn Sie mich jetzt bitte entschuldigen würden; ich muß los.«

Nachdem Altenburg die Tür hinter sich geschlossen hatte, ging Queller zu ihr und legte ihr zum Trost leicht die Hand auf die bebende Schulter.

»Hören Sie, ich hatte ehrlich nicht die leiseste Ahnung, daß er Sie damit überfallen wollte.«

Sie schüttelte mehrmals heftig den Kopf.

»Kommen Sie«, sagte Queller. »Das renkt sich schon wieder ein.«

»Können Sie da denn gar nichts machen?« fragte sie mit erstickter Stimme.

»Soll ich Sie nach Hause fahren?«

»Fahren kann ich selber.«

»Ich fahre«, beharrte Queller. »Sie sind zu aufgewühlt. Lassen Sie Ihren Wagen hier.«

Sie willigte ein und ging mit ihm zusammen ins Foyer hinab, wobei sie an anderen Botschaftsmitarbeitern vorbeikamen, die auf ihre Befragung warteten. Einige von ihnen waren eben erst aus dem Krankenhaus entlassen worden und trugen Verbände. Miranda konnte ihnen nicht in die Augen sehen, weil sie die Schuldgefühle empfand, die Altenburg ihr eingeredet hatte.

Es dämmerte. Sie gingen zu dem Jeep, den Queller nach

seiner Ankunft gestellt bekommen hatte. Er verließ die Stadt, folgte Mirandas halblauten Anweisungen und fuhr auf der Küstenstraße Richtung Osten nach Oyster Bay. Der Wagen hatte ein Automatikgetriebe, und Queller hatte bereits den Chromstahlknauf am Lenkrad angebracht, mit dessen Hilfe er einhändig fahren konnte.

Die Flamboyants an Mirandas Bungalow leuchteten scharlachrot im Schein der untergehenden Sonne.

»Hupen Sie bitte«, murmelte sie, als sie vor dem Tor zum Stehen kamen.

Er hupte, und der alte Nachtwächter tauchte in zerlumptem Khaki und mit einem Knüppel in der Hand aus seinem Häuschen auf und ließ sie ein. Mit fahrigen Bewegungen holte Miranda ihren Schlüssel heraus und schloß auf. Sie ging geradewegs zum Sofa, legte sich hin und preßte wie ein Kind ein Kissen an die Brust.

»Was zu trinken im Haus?« fragte Queller.

Sie wies auf einen Eckschrank. Er nahm eine Flasche Bourbon und zwei Whiskygläser heraus.

»Kopf hoch«, sagte er und reichte ihr das eine Glas. »Das krieg' ich wieder hin. Wo ist Ihr Telefon?«

»Schlafzimmer. Nachttisch.«

Er ging nach nebenan und setzte sich auf das ungemachte Bett. Damenunterwäsche und andere Kleidungsstücke lagen im Zimmer verstreut. Er kam sich wie ein Voyeur vor. Es roch süßlich, und beim Wählen – den Hörer drückte er mit dem Stumpf an die Rippen – schweifte sein Blick zur Frisierkommode vor dem Fenster. Der übliche Rattenschwanz an Parfümflakons und Make-up-Kram. Außerdem – am Bett – eine Art kleine Muschel, ziemlich schön. Er hörte das Rauschen und die Pause der Ferngesprächsverbindung, dann ein Piepen: »Außenministerium. Was kann ich für Sie tun?«

Im Wohnzimmer starrte Miranda verhuscht an die Wand und lauschte Quellers Gesprächshälfte.

»Stellen Sie mich bitte zur Ministerin durch. Vollmacht 78034 JQ.«

»Maddy? Hier ist Jack Queller.«

»Dar. Ziemlich scheußlich, aber nicht so schlimm wie drüben. Eine große Nummer, weißt du ja. Aber irgendwann kriegen wir sie … Ich hör' mir die Vernehmungen an. Paß auf, erinnerst du dich, daß ich einen FBI-Mann erwähnt hatte, als es darum ging herzufliegen? Das Problem ist, wir sind sofort aneinandergerasselt …«

Miranda hörte, wie er darlegte, was passiert war. Von der Explosion taten ihr immer noch die Ohren weh.

»Er hat das Kind mit dem Bade ausgeschüttet und das arme Mädchen suspendieren lassen. Ich bin überzeugt, daß sie sauber ist.«

»Darauf geb' ich dir Brief und Siegel.«

Dankbarkeit übermannte sie, trotzdem fragte sie sich, wie er, ein Geheimdienstprofi, so unnachgiebig sein konnte. Warum sollten die ihm denn Glauben schenken?

»Ich weiß, daß du bei einer laufenden Operation schlecht intervenieren kannst, aber kannst du mir einen Gefallen tun? Sie heißt Miranda Powers und ist eine kleine Angestellte im Bureau of Diplomatic Security.«

»Genau. P-O-W-E-R-S.«

«Nein, du brauchst Altenburgs Entscheidung nicht direkt außer Kraft zu setzen. Das Disziplinarverfahren nimmt sowieso seinen Lauf. Sie kann keine einstweilige Verfügung erwirken. Bis es soweit ist, hätte ich aber gern, daß sie mir als Beraterin vor Ort zugewiesen wird. Mir ist bekannt, daß das nicht der üblichen Verfahrensweise entspricht, aber –«

Es kam zu einer langen Pause. Miranda stellte sich all die Vorbehalte und Einwände vor, die Quellers ranghohe Gesprächspartnerin in ihrem Washingtoner Büro vorbrachte.

Dann meldete Queller sich wieder zu Wort.

»Danke, Maddy. Ich werde dich nicht enttäuschen.«

»Danke, gleichfalls.«

Nachdem Queller Miranda erklärt hatte, was er mit ihr vorhatte, bestand er darauf, daß sie ein paar Sandwiches essen müsse, ging zum Kühlschrank und bereitete sie ihr zu. Sie genehmigten sich noch ein paar Bourbons, es wurde spät, sie wollte ihn nicht mehr wegschicken, und er hatte nichts dagegen, auf dem Sofa zu übernachten. Trotz ihrer Tränen mußte sie lachen, als er meinte, das wäre nicht zu schmal für ihn, er hätte ja nur einen Arm. Sie ging ins Schlafzimmer, zog sich aus und schlüpfte unter die Decke. Beim Einschlafen fragte sie sich noch, worauf es wohl hinauslaufen würde, als seine Beraterin vor Ort zu arbeiten. Sie wollte ihn gleich am Morgen fragen.

Als sie verkatert aufwachte, war er schon weg. Sie schlurfte im weißen Frotteemantel in die Küche, und tausend verschiedene Gedanken schossen ihr durch den Kopf, veränderten sich und wirbelten durcheinander wie Nebelschwaden. Mit zittrigen Händen setzte sie Kaffee auf und ließ ein Bad einlaufen.

Normalerweise duschte sie nur kurz, aber das war vorher gewesen: in einer Zeit, als ihre Integrität und Professionalität noch nicht in Frage gestellt worden waren und sie über ein gesundes Selbstwertgefühl verfügt hatte. Das Bad war ein Refugium, und das brauchte sie jetzt.

Ihr Gesicht zeigte im Spiegel einen kränklichen Grünstich und hatte noch unzählige verschorfte kleine Stellen von den Glassplittern. Die Krusten glichen winzigen Reißverschlüssen, der Schorf brach in regelmäßigen Abständen wieder auf, wenn darunter wieder ein Stück Haut geheilt war. Ihr schauderte. Manche Leute hatten entsetzliche Verbrennungen davongetragen, die sie fürs ganze Leben entstellen würden. Und das sollte alles ihre Schuld sein?

Als sie mit dröhnendem Schädel in der Badewanne lag, überstürzten sich ihre Gedanken immer noch. Die ganze Befragung ging ihr wieder durch den Kopf, Erinnerungsfetzen schossen hierhin und dorthin und prallten zusammen. Dann Quellers Deal, sie zu seiner persönlichen Beraterin zu machen. Das war besser als nichts; so mußte sie bis zum Beginn des Disziplinarverfahrens wenigstens nicht Däumchen drehen.

Aus der Wanne stieg Dampf auf, und die Fensterscheiben beschlugen. Draußen zwitscherten die Webervögel im dichten Gebüsch, das sie so gern hatten und in das sie oft zu Hunderten einfielen. Die Blüten der Büsche erinnerten sie an Sansibar und an die Gärten vom *Macpherson* … Nick Karolides.

Sie tauchte unter, schloß die Augen zum Schutz vor dem grellweißen Emaille. Ihre aufgeschürfte Haut brannte. Sollte sie ihn anrufen? Er mußte von dem Anschlag gehört haben. War es fair, wenn sie fand, er hätte anrufen müssen? Schließlich hatte sie ihn doch nach ihrer Rückkehr nach Dar abserviert.

Sie tauchte auf, weil ihr die Luft ausging, stand auf und seifte sich die Beine ein. Ihr gefiel die Vorstellung eines *distributed memory*, von dem sie irgendwo gelesen hatte: Danach hatte auch der Körper ein Gedächtnis, und jedes Körperteil speicherte Informationen, die in ihrer Einfachheit weit tiefer reichten als bewußte Gedanken. Ihr Körper erinnerte sich jetzt an Nicks starke Hände, die über ihn hinweggeglitten waren. Sie stellte sich vor, wie er durchs Wasser schwamm oder sich einfach in den Wellen treiben ließ.

Und jetzt war sie selbst wieder im Wasser, von Melancholie und Sehnsucht erfüllt. Ihre Füße und Zehen umspielten die Wasserhähne. Der Schwamm tanzte leicht, eine Insel auf ihrem Bauch.

24

In den nächsten beiden Tagen arbeitete Miranda zusammen mit Jack Queller in einem stickigen Raum des *Kilimanjaro Hotel*, wo Computer und abhörsichere Telefonverbindungen installiert worden waren. Alles stand in direkter Satellitenverbindung mit Washington. Sie mußten Informationen verarbeiten. Sieben und analysieren. Aus Nairobi und Daressalam strömten Daten herein, das FBI sammelte Spuren, wertete Fotografien aus und vernahm Zeugen. Bei der Analyse von Q-Tips mit Abstrichen der Explosionsstätten waren in Nairobi Spuren von Ammoniumnitrat und TNT gefunden worden.

»Selbstgebastelte Bomben sind meistens Mischungen auf der Basis von Ammoniumnitrat«, erklärte Queller ihr am Vormittag ihres ersten gemeinsamen Arbeitstages. »Als nächstes müssen wir herausfinden, was für Zünder verwendet worden sind. Dafür kommt alles mögliche in Frage, von CASIO-Weckern mit Neun-Volt-Batterien über Zündhütchen mit Quecksilberfulminat bis hin zu komplizierten elektronischen Zeitzündern. In der Regel werden Zündhütchen und Sprengschnüre verwendet. Sprengschnüre sind eine Art Seil aus einem leicht entzündlichen Sprengstoff. Zehn Zentimeter Sprengschnur reichen, um fünf Kilo TNT zur Explosion zu bringen. Ein Zündhütchen reicht für dieselbe Menge.«

Die Männer in den Tyvek-Schutzanzügen hatten auch in Dar Spuren von TNT gefunden. Es hatte erste Festnahmen gegeben. Die tansanischen Polizeikräfte hatten vierzehn Ausländer in Gewahrsam genommen und dem FBI zur Befragung übergeben: je sechs Irakis und Sudanesen, außerdem einen Türken und einen Somali. Queller sagte, seiner Meinung nach würden sich diese Männer als unschuldig erweisen.

»Nach so einem Anschlag kommt es immer zu einer Panik. Man will um jeden Preis Schuldige festnageln.«

»Was Sie nicht sagen«, meinte sie, und Queller lachte.

Miranda ging unter seiner Anleitung riesige Daten-Caches durch und ließ verschiedene Filter und Stichwortsuchen darüberlaufen. Es handelte sich um Material von SIGINT (Signals Intelligence), Aufzeichnungen der Abhörsysteme für Telekommunikation, die ihnen im Lauf des Vormittags zugänglich gemacht worden waren. Die National Security Agency hatte ihre in letzter Zeit aufgezeichneten digitalen und anderen Kommunikationen weltweit durchforstet, darunter Satelliten- und Ozeankabelanzapfungen, elektromagnetische Abhörvorrichtungen und Direkteinspeisungen von Internet-Servern. Kryptologie- und Linguistikexperten hatten Hunderte von Stunden mit Telefonat- und Funkgesprächsmitschnitten sowie E-Mails analysiert, vornehmlich aus den großen terroristischen »Gastländern« wie Libyen, Libanon, Sudan und Afghanistan.

Der Raum roch nach alten Stoffen, Handel und Wandel. Sie stellte sich das Kommen und Gehen von Geschäftsleuten vor. Geschäfts- und Vertragsabschlüsse. Sie starrte auf den Bildschirm. Sie fühlte sich isoliert. War nicht mehr die frühere Miranda. Zusammenhänge hatten sich aufgelöst. Alles kam ihr lückenhaft vor, spekulativ und instabil. Seltsame Ungereimtheiten stießen ihr auf: Das Ich von heute und das Ich von gestern fragten einander: *Wer bist du?* Ungefilterte Emotionen waren das einzige Korrektiv dieses Eindrucks, daß nichts mehr einen Grund zu haben schien. Immer wieder überkam sie kalte Wut, wenn sie an ihre Suspendierung dachte. Sie versuchte dann, sich zusammenzureißen und rational über das Geschehene nachzudenken. Über Opfer. Über Täter.

Vorläufig wurde davon ausgegangen, daß bei der Explosion in Nairobi mindestens zwei Terroristen getötet worden waren, weil man Körperteile von ihnen gefunden hatte. Die Rettungsmaßnahmen dauerten an, es bestand aber kaum mehr Hoffnung, unter dem Schutt noch Überlebende zu finden. Die Helfer hatten Sauerstoff unter die eingestürzten Gebäudeteile gepumpt und wie die Verrückten gearbeitet. Spürhunde, hochfeste Ballons, Preßlufthämmer und Trennschleifer zum Zerlegen von Zement und Stahl waren zum Einsatz gekommen. Aber es war unwahrscheinlich, daß sie jetzt noch etwas nützen würden.

Queller war sicher, daß bin Ladens Gruppe hinter den Anschlägen steckte. Nur Altenburg hatte er davon noch immer nicht überzeugen können. Miranda erinnerte sich, daß Queller schon damals in Washington über bin Laden gesprochen hatte.

»Wenn Sie schon so lange wissen, wie gefährlich er ist, warum wurde dann nichts unternommen?«

»Gute Frage. Ich wußte es. Aber wie gesagt, andere Leute waren skeptisch. Und sind es immer noch.«

Er sagte, SIGINT hätte seither mehrere potentielle Drohungen gegen diplomatische Institutionen der USA abgefangen, ohne daß das Räderwerk der Nachrichtendienste angelaufen wäre.

»Warum denn nicht, um Himmels willen?« fragte sie und hatte wieder dieses seltsame Gefühl der Unsicherheit. Eine Ahnung überkam sie, daß der Bombenschutt alles mögliche hervorbringen würde, aber keine Klarheit.

Queller bestätigte ihre Befürchtungen.

»Der Versuch, den Datenverkehr abzuhören, ist, als wollte man das Chaos einfangen. Tag für Tag werden Nachrichten zu Hunderttausenden abgefangen. Setzen Sie das Sammelsystem der NSA ins Verhältnis zur Gesamtheit weltweiter Informationen. Auch mit Maximalgeschwindigkeit – wenn es sich jede Sekunde durch Milliarden von Bits hindurchfrißt – kann es damit nicht Schritt halten.

Wenn es kein totales Wissen geben kann, muß man Filter einbauen. Wenn man die Filter zu eng einstellt, kann einem etwas entgehen. Nur sehr wenige eingespeiste Informationen genügen den Kriterien, um zur Analyse weitergeleitet zu werden.«

Miranda sah den Einarmigen an, und die verborgene Welt, die er da beschrieb, erfüllte sie mit Ehrfurcht. Eine Welt, die immer bodenloser zu werden schien, ein Ort, an dem sich Informationen endlos vermehrten und der Erklärung wie der Auswertung zunehmend Widerstand entgegensetzten.

»Und wenn uns doch mal ein Treffer gelingt, können wir nie sicher sein, ob wir es nicht mit kontaminierten Informationen zu tun haben. Ziele auf höchster Ebene wissen in der Regel, daß wir ihnen auf den Fersen sind. Ich habe bin Ladens Daten jahrelang überwacht und irgendwann einsehen müssen, daß er nun einmal gern stichelt und provoziert. Vor noch nicht mal einem Jahr hat er CNN ein Interview gegeben, und sogar *Reader's Digest* hat eines gedruckt.«

»Hat er denn keine Angst, daß er geschnappt wird, wenn er im Fernsehen auftritt und Journalisten Rede und Antwort steht?«

»Er glaubt, unter Gottes Schutz zu stehen.«

»Und deswegen kann er seine Karten aufdecken?«

»Er benutzt ein tragbares Satellitentelefon, wie sie auch auf Schiffen und bei Forschungsreisen gebräuchlich sind. Ja, er schwingt große Reden, aber über konkrete Operationen äußert er sich nur sehr allgemein.«

»Da komme ich nicht ganz mit.«

»Vielleicht hilft Ihnen das hier weiter«, sagte Queller. Er suchte einen Zettel. »Das haben wir gestern vom britischen MI6 bekommen. ›Amerikaner und ihre Verbündeten zu töten, sowohl Zivilisten als auch Soldaten, ist in jedem Land, wo es möglich ist, die Pflicht eines jeden dazu fähigen Muslim, bis die *Kafir*-Armeen vernichtet sind und mit gebrochenen Flügeln aus den Ländern des Islam abziehen.‹ Das wurde im Februar an eine arabische Zeitung in London geschickt. *Kafir* heißt Ungläubiger. Das bezieht sich auf unsere Truppen in Saudi-Arabien.«

»Und wo ist bin Laden jetzt?« fragte sie und betastete eine ihrer heilenden Gesichtsschrammen.

»Immer noch in Afghanistan, nehme ich an. Wir haben einen Satelliten, der über eines seiner dortigen Lager hinwegzieht. Aber wo genau, ist schwer zu sagen. Wahrscheinlich ist er in einem anderen Versteck in den Bergen. Er kann auch im Jemen sein, wo seine Familie ursprünglich herstammt. Oder aber im Kaschmir, weil er darauf setzt, daß der Kalte Krieg zwischen Indien und Pakistan heiß wird. Nach Saudi-Arabien – wo er aufgewachsen ist – kann er nicht zurück, da hat man ihn ausgewiesen und seinen Paß eingezogen. Eine Zeitlang hat er vom Sudan aus operiert. Außerdem hat er in aller Welt Schläferzellen, die ihn notfalls unterstützen.«

Sie machten Pause und holten sich einen Kaffee. Sie ging auf den Parkplatz, weil sie Nick vom Handy aus anrufen wollte, bekam aus dem Hotelmanager auf Sansibar aber kein vernünftiges Wort heraus; der sagte nur immer wieder, Nick sei nicht da, und er wisse nicht, wo er sei. Er sagte auch, er glaube, er sei vielleicht wieder nach Lyly gefahren. Oder er sei zu Besuch im USAID-Hauptquartier in Nairobi.

Besorgt ging Miranda ins Foyer des *Kili* zurück. Seit dem Anschlag vermißte sie Nick mehr und war überrascht, daß er sich nicht meldete; er *mußte* einfach davon gehört haben. Ob die Erwartung, daß er sich mit ihr in Verbindung setzen würde, doch zuviel verlangt war? Ihre Hoffnung klammerte sich an den Strohhalm, daß die Telefonleitungen noch unterbrochen waren. Die gräßliche Vorstellung, er könne bei der Explosion in Nairobi ums Leben gekommen sein, war nicht auszudenken; zum Glück stand sein Name aber auf keiner Liste amerikanischer Opfer.

Sie war überrascht, wie sehr sie sich nach ihm sehnte, immerhin war ihr Interesse am Ende ihres Aufenthalts auf der Insel stark abgeflaut. Hatte er vielleicht doch etwas, das sie im nachhinein anzog, oder lag auch das an der Bombe, die frühere Lappalien wichtig gemacht hatte? Plötzlich wollte man alle emotionalen Kontakte aufrechterhalten, auch wenn sie noch so flüchtig waren.

Kurz nachdem sie in Quellers Büro zurückgekommen war, gingen neue Nachrichten ein. Eine Gruppe, die sich »Armee zur Befreiung islamischer Heiligtümer« nannte, hatte die Verantwortung für die Anschläge übernommen; die Bekennerschreiben waren an Radio France International und an das Büro der Agence France Press in Kairo gefaxt worden.

»Jaysh Tahrir al-Muqaddasat al-Islamiyyah«, wiederholte Queller den Namen der Organisation auf arabisch. »Das ist keines der üblichen al-Qaida-Pseudonyme, aber das Muster ist dasselbe. Bin Laden hat schon immer gefordert, die amerikanischen Truppen müßten Saudi-Arabien verlassen, weil sie seiner Meinung nach die Heiligen Stätten in Mekka und Medina besudeln. In früheren Schreiben hat er gesagt, er würde die Truppen der USA so lange verfolgen und ihre Interessen bekämpfen, bis diese Forderung erfüllt werde.«

»Und wie soll ihm das helfen, wenn er in Afghanistan sitzt und von den Saudis ausgewiesen worden ist, wie Sie sagen?«

»Dahinter steckt meines Erachtens folgende Strategie: Wenn es ihm gelingt, die amerikanische Militärpräsenz in Saudi-Arabien beziehungsweise der gesamten Golfregion zu beenden, kann er dort ein fundamentalistisches islamisches Regime einrichten und den Westen mit der Drohung erpressen, die Ölförderung zu drosseln.«

Miranda prüfte noch einmal, ob Nicks Name auch wirklich nicht auf den Listen der Todesopfer in Nairobi und Dar auftauchte: Was war, wenn er sie nun hatte besuchen wollen? Er stand nirgends – alle amerikanischen Bürger in den beiden Städten waren inzwischen identifiziert. Aber wo steckte er dann bloß?

Im Verlauf des Nachmittags meldeten die Ermittler in Nairobi zwei Volltreffer. Vom ersten erfuhren Queller und Miranda unmittelbar nach der Rückkehr vom Mittagessen. Einer der von den Kenianern festgenommenen Männer war bei einer polizeilichen Gegenüberstellung als der Terrorist identifiziert worden, der in Nairobi aus einem Pickup gesprungen war und die Wachen, bevor der Lastwagen auf die Botschaftstore zugefahren kam, mit einer Granate beworfen hatte. Später ging dann noch aus Karachi die Nachricht ein, daß in der pakistanischen Einwanderungsabteilung des Flughafens ein aus Nairobi eingeflogener Mann festgenommen worden war. Er war mit einem falschen jemenitischen Paß gereist, und als den Beamten das aufgefallen war, hatte er sie bestechen wollen.

Zu einem Durchbruch bei den Ermittlungen in Dar kam es erst am nächsten Morgen. Eine weitere Überwachungskamera auf dem Botschaftsdach hatte sich als intakt erwiesen. Altenburg hatte sich die Aufnahmen schon angesehen und zusammen mit einem handschriftlichen Zettel Queller zukommen lassen:

> Sie sollten die mal dem Mädchen vorführen, da es auf einigen Aufnahmen zu sehen ist. Das Band deckt die letzte Viertelstunde vor der Explosion ab. Vielleicht fällt ihr dazu etwas ein. Jack, wie ich höre, haben Sie sie zu Ihrer Assistentin gemacht. Das ist gegen alle Vorschriften, und nach Abschluß dieser Ermittlung werde ich darauf zurückkommen.

Es dauerte eine Weile, bis die richtige Software installiert war. Sie brauchten dazu einen Techniker. Wie beim erstenmal waren die Aufnahmen in einen eigenen Ordner kopiert worden, was die Bildbearbeitung erleichterte, allerdings hatte Quellers Computer nicht das dazu erforderliche Programm. Nach dessen Installation konnten sie sich den Mitschnitt anschauen: Miranda, die zum Wassertankwagen ging, der nahende zweite Lastwagen, die Explosion selbst. Danach blieb der Bildschirm weiß. Ihr lief ein Schauer über den Rücken, als sie alles aufgezeichnet sah, aber am meisten beunruhigte sie etwas anderes, eine Erinnerung, die sie nicht ganz festnageln konnte.

»Glück muß der Mensch haben«, sagte Queller. »In Nairobi sind alle Videobänder zerstört worden, und in Dar liefen die meisten Kameras nur auf Echtzeit – surrten vor sich hin, und die Wachen konnten kontrollieren –, zeichneten aber nicht auf.«

»Können Sie das noch mal zeigen?« fragte Miranda stirnrunzelnd.

Queller lud das Video noch einmal.

»Läßt sich das Bild des Fahrers vergrößern?«

Er klickte PAUSE an und versuchte sich an der Steuerung. Das Standbild wurde größer, aber auch unschärfer, als er die Einstellungen veränderte.

»Scheißding«, sagte Queller.

Seine Hand flog zwischen Tastatur und Maus hin und her, zoomte erst zurück, schob den Cursor nach oben, zoomte wieder hinein. Endlich füllte der gewünschte Ausschnitt den ganzen Bildschirm aus. Leicht unscharf war durch die Windschutzscheibe des Lastwagens, der hinter dem Tankwagen hielt, das Gesicht zu erkennen, das sie wenige Minuten vor der Explosion gesehen hatte – und zwei Wochen zuvor durch das Teleobjektiv ihres Fotoapparats. Deswegen also war ihr das Gesicht bekannt vorgekommen. Es war einer von den Männern, die sie auf der Rückfahrt von Lyly an Bord der weißen Motorjacht gesehen hatte. Der Mann, den sie fast fotografiert hätte. Der Mann mit dem bleistiftdünnen Schnurrbart.

25

»Was ist der Zweck Ihres Aufenthalts?«

Der Beamte in der schlechtsitzenden blauen Uniform prüfte ihren Paß äußerst gewissenhaft, als erwartete er, darunter noch einen zweiten zu finden. Im Gefolge der Anschläge waren die Sicherheitsmaßnahmen überall verschärft worden.

»Urlaub.«

Das war zwar gelogen, aber angesichts der Umstände besser als eine wahrheitsgemäße Angabe. Die Erklärung etwa, Jack Queller und sie hätten das Bild des Lastwagenfahrers dem Archivfoto eines bekannten Mitarbeiters von bin Laden zugeordnet: Yousef Mourad, einem syrischen Bombenbauer. Oder: Queller hätte sie nach Sansibar geschickt, um die beiden anderen Araber auf der Jacht zu identifizieren. Oder: Sie hätte immer wieder erfolglos bei Nick angerufen, um ihm ihren Besuch anzukündigen.

Der Mann sah sie über seine schwarze Hornbrille hinweg an. »In welchem Hotel wohnen Sie?«

»Oh, ich wohne bei einem Freund. Nick Karolides. Er arbeitet hier – bei dem Riffschutzprojekt.«

Der Zollbeamte nickte, als sei das die natürlichste Sache der Welt, und griff nach seinem Stempel.

Als Miranda auf den Parkplatz hinaustrat, sah sie sich nach Nicks Motorrad um, obwohl es idiotisch war, ihn hier zu erwarten. Etliche Kleinbustaxis hupten. Sie ergab sich den Überredungskünsten des ersten Fahrers, der ihren Blick erwiderte.

»Ich heiße Rashidi«, sagte er und lächelte breit. »Ihr Ziel bitte?«

»Können Sie mich zum *Macpherson Ruins Hotel* bringen?«

»*Twende!*« rief er und ließ den Wagen an.

»Was heißt das?«

»Los geht's! Ist Suaheli, Mama.«

Während der Fahrer Schlaglöchern und Radfahrern auswich, war sie die ganze Fahrt über unruhig. All die ihr bekannten Ansichten – die überwölbten Straßen von Stone Town, die verschleierten Frauen mit Kupfertöpfen oder Reisigbündeln auf den Köpfen, die endlosen Palmenreihen und der aufblitzende blaue Ozean –, all das war ihr jetzt nur im Weg und lenkte sie ab. Sie wollte Antworten, und zwar schnell. Wo war Nick? Die Sorge schnitt ihr ins Herz.

Miranda bekam bald Antworten, wenn auch nicht die erhofften – als sie im dunklen Hotelfoyer stand und den indischen Manager in seinem weißen Anzug und mit dem seidigen schwarzen Haar sprach.

Ja, er erinnerte sich an sie. Und ja, auch er fragte sich inzwischen, ob Nick etwas zugestoßen war.

»Sie müssen folgendes wissen, Madam, er schuldet mir noch Geld für sein Zimmer, und seine Habe ist noch da. Hatten Sie telefoniert?«

»Ja. Wann haben Sie ihn das letztemal gesehen?«

»Vor über einer Woche, Madam. Der englische Gentleman, Mr Leggatt – ich glaube, Sie haben ihn kennengelernt, ja?«

Miranda nickte ungeduldig.

»Nun, er kam mit seiner Jacht hierher, und sie sind zusammen davongesegelt. Und danach habe ich nichts mehr von ihnen gesehen. Ich dachte, sie wären nach Lyly gefahren und hätten dann eine längere Kreuzfahrt gemacht. Aber jetzt mache ich mir langsam Sorgen. Ich glaube langsam, es passiert wieder.«

»Was?«

»Es gab hier vor einiger Zeit einen Unfall, Madam. Mit Mr Nicks Vorgänger. Wußten Sie das nicht?«

»Nein. Was ist passiert?«

Die Miene des Inders verzog sich wie im Schmerz. »Er ist ertrunken, Madam.«

Miranda schüttelte den Kopf, als wollte sie die Vorstellung abwehren. »Haben Sie schon mit jemandem gesprochen? Den Leuten am Pier? In Leggatts Haus?«

»Nein, Madam. Mr Nick war öfter längere Zeit fort, müssen Sie wissen. Das hatte mit seiner Arbeit zu tun. Vor kurzer Zeit ist er, wie gesagt, nach Lyly gefahren, unserer kleinen Insel da drüben.«

Er zeigte Richtung Meer.

»Ja, die kenn' ich. Ich war da. Und Sie sind nicht auf die Idee gekommen, mal ein Boot nach Lyly zu schicken?«

Nach kurzem Zögern hob er die Hände. »Wie gesagt, Madam, Mr Nick ist öfter weg.«

Was sollte sie tun? Sie überlegte, den Polizisten aufzusuchen, den Nick mal erwähnt hatte. An seinen Namen konnte sie sich nicht erinnern. Aber am besten machte sie sich auf die Suche nach Leggatt. Wenn irgend jemand wußte, wo Nick abgeblieben war, war er das.

»Möchten Sie eine Erfrischung? Eine Tasse Tee? Ein Glas Mineralwasser?«

Der Manager sah sie hoffnungsvoll an, als könnten Dienstleistungen alle Probleme auf einen Schlag beseitigen.

»Ich hätte gern ein Zimmer«, sagte sie. »Und dann fahre ich zu Mr Leggatt und erkundige mich.«

Sie reichte ihm ihren Paß und füllte das Anmeldeformular aus. Dann gingen sie nach draußen; die Sonne blendete sie, als sie unter dem Strohdach hervor auf den sandigen Parkplatz traten. Der Manager erklärte dem Taxifahrer, wie er zu Leggatts Plantage kam.

Die Fahrt dauerte rund eine Dreiviertelstunde. Auf Nicks Motorrad war es ihr kürzer vorgekommen. Als sie die Plantage erreichten, kam ihnen ein Hund entgegengelaufen. Er bellte den Matatu an – schnappte nach den Reifen, als sie vor dem Haus mit dem Blechdach anhielten, hinter dem sich Rasen zum Meer hinab erstreckte. Sie sah den Holzsteg, auf dem sie nach dem Ausflug nach Lyly in der Dunkelheit gestanden hatte. Hinter dem Haus konnte sie durch das Taxifenster reihenweise Schuppen sehen, und dahinter zogen sich an den Hängen die grünen Terrassen der Nelkenplantage dahin, so weit das Auge reichte. Alles sah viel einladender aus als beim letztenmal, als sie im Gewitter zu Leggatt gefahren waren.

Sie kurbelte ihr Fenster herab. Der Hund stand ein paar Meter weiter und knurrte. Rashidi schaltete den Motor aus und drehte sich zu ihr um.

»Gefahr von diesem Biest«, sagte er mit großem Ernst, grinste aber weiter.

Sie ignorierte ihn und stieg aus. Der Hund knurrte noch immer, senkte den Kopf und sah zu ihr hoch – gab aber zurückhaltendere Geräusche von sich. Sie war sicher, daß er nicht beißen würde. Sie holte mit ihrer Tasche nach ihm aus, und er trollte sich. Die sich drehenden Reifen hatten das Tier neugierig gemacht, sagte sie sich. Der arme Ray hatte etwas Ähnliches über die weißen Fesseln der Antilopen gesagt, die sie im Wildpark gesehen hatten: Die raschen Bewegungen, der instinktive binäre Code dieser weißen Söckchen, das stachelte Löwen oder Geparden erst richtig zur Jagd an. Sie dachte daran, wie er mit seinen verbundenen, zerschmetterten Knien im Krankenhaus gelegen hatte. Dann an Mrs Ghai und die anderen Opfer. Sie mußte die Menschen finden, die das getan hatten.

Die *Winston Churchill* lag nicht vor Anker, und auch auf den Trockenböden war keine Aktivität zu spüren. Sie ging zum Bungalow und bollerte an die Glastür. Diesmal erklang kein Klavierspiel. Die Tür war abgeschlossen, und das ganze Grundstück wirkte verlassen. Sie wollte gerade gehen, da tauchte aus Richtung der verwahrlosten Trockenböden eine kleine schwarze Gestalt auf.

»Können Sir mir sagen, wo …?« rief sie laut, merkte

dann, daß die Gestalt sie nicht hören konnte, und lief auf sie zu.

Sie erkannte ihn wieder. Den Jungen, der sie bei jenem Jachtausflug nach Lyly begleitet hatte. Sayeed.

Er schüttelte schon heftig den Kopf. Er schien erschrocken und verängstigt, sie hier zu sehen. Das wenige, was sie aus ihm herausholen konnte, entsprach dem, was sie schon vom Manager des *Macpherson* wußte.

»Bwana und junger Bwana sind im großen Boot weggefahren. Ich habe warten!«

»Schon gut«, sagte sie. »Hab keine Angst.« Sie legte ihm die Hand auf die Schulter.

Der Junge lächelte schüchtern zu ihr hoch und schob einen Finger durch ein Loch in seinem zerlumpten T-Shirt. »Sie sind entfernt zu Insel, wo wir früher waren. Lyly.«

Sie betrachtete ihn einen Augenblick und fragte sich, ob er ihr nützen konnte. »Kannst du ein anderes Boot besorgen und mich hinbringen?«

Der Junge machte eine Geste der Hilflosigkeit. In der nachfolgenden Pause sah er beiseite, und das Weiße seiner Augen wurde sichtbar. Als Miranda endlich schaltete, griff sie in die Tasche und zog eine Brieftasche heraus. Sie entnahm ihr hundert Dollar in kleinen Scheinen und gab sie ihm. Das Geld verschwand sofort in seinen schmuddligen Shorts.

»Komm morgen früh zum *Macpherson Ruins Hotel*, und wir fahren zusammen zur Insel. Ja? Verstehst du?«

Der Junge nickte.

»Nach unserer Rückkehr gebe ich dir noch mehr Geld. Okay?«

Er nickte wieder. »Ja. Ich bringe Sie.«

Sie ließ sich zum *Macpherson* zurückfahren. Nachdem sie den Taxifahrer bezahlt hatte, ging sie ins Foyer, weil sie den Hotelmanager um ihren Zimmerschlüssel bitten wollte. Er war nicht da. Sie drückte auf die Klingel. Beim Warten fiel ihr ein, ihn zu fragen, ob sie in Nicks Zimmer schlafen konnte. Nicht um billiger wegzukommen – eher in der Hoffnung, dort Hinweise zu finden, was passiert war. Vielleicht hatte er einen Zettel hinterlassen oder so.

Der Manager zögerte zunächst, willigte dann aber ein. »Da Sie ja ... seine Freundin sind«, sagte er stockend.

Das Eingeständnis ihrer Intimität mit Nick gehörte eindeutig nicht zu seiner normalen Berufsausübung, und er wirkte fast erleichtert, als er ihr den Rücken zuwenden und den Schlüssel vom Brett nehmen konnte. Nick mußte ihn vor seiner Abreise abgegeben haben, dachte sie. Sie gingen über den Rasen zum Chalet. Der Manager öffnete ihr, und Miranda ging hinein. Es war halbdunkel, und der Inder trat ans Fenster, um die Vorhänge aufzuziehen.

Maisgelbe Abendsonne ergoß sich ins Zimmer. Miranda sah Treibholzstücke auf dem Fensterbrett und ein Häufchen Muscheln, darunter ein großes Tritonshorn. Die Wände waren mit Schwämmen behängt. Es mußten mindestens zwanzig Stück sein.

»Mr Nick, er sammelte diese Sachen«, erklärte der Manager, als er ihren Blick sah. »Also ... ich lasse Sie allein. Bitte schließen Sie das Zimmer ab, wenn Sie hinausgehen. Wir leiden an dem Problem von Diebstahl.«

Sie sah sich im Zimmer um. Das Bett war gemacht, aber sonst machte alles den Eindruck, als sei Nick nur auf einen Sprung weggegangen: Über der Stuhllehne hing Kleidung, in der Ecke lagen Teile seiner Tauchausrüstung. Sie ging zu einem Wandkalender, um nachzuschauen, ob er darauf etwas notiert hatte. Sie blätterte darin. Nichts. Bloß Bilder von Gettysburg, Graceland, dem Jackson Square in New Orleans – ein Foto von Andrew Jacksons Statue im Karneval. Neben der Aufnahme stand: »From Civil War to Mardi Gras – on both sides of the platform of this statue of Andrew Jackson are written the words ›THE UNION, IT MUST BE PRESERVED‹.«

Auf dem Tischchen stand Nicks aufgeklappter Laptop vor einer Reihe an die Wand gelehnter Handbücher der

Meeresbiologie. Sie schaltete ihn ein und öffnete ein paar Dateien, aber alle hatten mit seiner Arbeit zu tun. Ihr Blick fiel auf eine Postkarte, die Drew Barrymore zeigte. Sie drehte sie um. Sie war von jemandem namens Dino aus Florida, und sie erinnerte sich dunkel, daß Nick den mal erwähnt hatte. Auf der Postkarte wurde Tauchausrüstung erwähnt. Außerdem stand da »Deiner Ma geht es besser – ich könnte glatt mal mit ihr ausgehen! Alles, um bloß diesen Torrance von ihr fernzuhalten«. Kein Hinweis, wohin Nick verschwunden sein konnte.

Sie ging ins Badezimmer und prägte sich alles ein, was sie sah. Eine Zahnpastatube mit abgeschraubtem Deckel und einem kleinen rosa Kringel Zahnpasta auf dem Emaille. Eine angerostete Nagelschere. Auch sein Rasierzeug stand auf dem Waschbeckenrand. Sie nahm den seifenstarren Pinsel in die Hand und spürte wieder seine warme Wange an ihrer.

Sie musterte sich im Spiegel. Sie sah erschöpft aus. Ihr Haar lag angeklatscht an Ohren und Hals. Sie hatte dunkle Ringe unter den Augen und tiefe Falten entlang der Nase. Die letzte Woche hatte sie mehr Kraft gekostet als irgendein anderes Erlebnis seit dem Tod ihres Vaters. Nichts hätte sie darauf vorbereiten können, dachte sie – schon gar nicht ihre Ausbildung, die sie zunehmend für einen Witz hielt.

Sie ging ins Schlafzimmer zurück, wuchtete ihren Koffer aufs Bett, zog sich bis auf BH und Höschen aus und wollte vor dem Auspacken duschen.

Als erstes ging sie jedoch zum Fenster und sah hinaus. Es war mit einem Moskitogitter bespannt, aber sie konnte die weiße Fläche des Strandes erkennen und den schimmernden grünen Meeresstreifen, der in der niedrigstehenden Sonne auf und ab wogte. Etwas undeutlicher sah sie außerdem die schwarzen Umrisse einiger Jungen, die glänzend in der Brandung tobten. Durch das Moskitogitter hörte sie vor dem Hintergrundrauschen der Wellen ihr Lachen und Rufen.

Sie tastete nach dem Tritonshorn auf dem Fensterbrett und betrachtete es. Die Öffnung war so rosa wie die Zahnpasta. Sie hob es an die Lippen und blies hinein – der Klang war so tief und klagend, daß ihr unbehaglich wurde.

Sie legte es hin und ging zum Tisch, stützte sich darauf und sah Drew Barrymore in die Augen. *Auf immer und ewig.* Irgendwo im Zimmer mußte es doch einen Hinweis geben. Sie betrachtete die Fachbücher. Eins davon hatte einen anderen, älteren Rücken. Sie zog es heraus – ein schweres grünes Hauptbuch, vom Salzwasser fleckig und gewellt. Sein Tagebuch.

Sie fuhr mit dem Finger unter seiner Handschrift entlang, säuberlich und blau außer an den Stellen, wo das Wasser sie hatte verlaufen lassen. Der letzte Eintrag war schon eine Weile her, und sie wurde darin erwähnt.

> 20. Juli. Lyly mit L. und M. Wie immer (jedenfalls was Fische angeht!), bis auf Schlange natürlich. Mamba, sagt L. M. war ganz schön beeindruckt, glaub' ich ... Tolle Frau.

Sie lächelte, aber schon drängten die Tränen und die Fragen. Wo war er? Das also fühlte er? Sie fragte sich, ob sie jemals zu wirklichen Gefühlen imstande sein würde. Ihr Magen verkrampfte sich. Jetzt, wo sie hier war und seine Eintragungen sah, fühlte sie sich ihm wieder nah. Seltsam, sie hatte gedacht, er wäre über sie genauso im Zweifel wie umgekehrt, und jetzt spürte sie, wie sich ihre Zweifel auflösten, als ihr seine wahren Gefühle klar wurden.

> Sie hat so ein herrliches Lachen. Wie sie lachte und ihre Haare im Wind wehten, als wir den Strand entlanggingen. Verliebt? Glaube, hoffe, weiß Gott.

Bewegt und neugierig beugte sich Miranda in ihrer Unterwäsche über den Tisch und blätterte zurück – Tage und Wochen zurück bis zu ihrer allerersten Begegnung vor der Botschaft und den Eindrücken seines ersten Ausflugs nach Lyly. Mit diesen Bildern vor Augen ging sie nach dem Duschen ins Bett: Nick, der über die Insel stapfte und den Eingang zur Höhle suchte oder im Häuschen lag und den Scheinwerferstrahl des Leuchtturms übers Meer streichen sah.

Als Sayeed und sie am Tag darauf Lyly erreichten, als sie Häuschen und Strand absuchten und der Junge plötzlich angerannt kam und sagte, da läge eine Leiche, da wäre die Leiche eines *Muzungu*, eines Weißen, an den Strand gespült worden, war es also nicht weiter überraschend, daß sie sofort überzeugt war, es müsse sich um Nick handeln.

Sie drehte die Leiche um und schrie entsetzt auf. Das halbe Gesicht war schon von Maden weggefressen, und die verdrehten Augen hatten einen matten und grünlichen Schimmer. Ein Ohr fehlte.

26

»Sein Name ist Leggatt. Er ist an den Strand gespült worden.«

»Was wollen Sie mir damit sagen?« erwiderte Mort Altenburg und beugte sich in seinem Büro im *Kili* über den Schreibtisch. »Daß sie die Leiche eines alten Engländers mit abgeschnittenem Ohr gefunden hat, der etwas mit unserem Fall zu tun haben soll? Da wär' ich ein bißchen vorsichtig. Wahrscheinlich ist das bloß ein Dutzendmord, ein schiefgegangener Raubüberfall. Was ist mit dem Freund?«

»Noch nichts«, sagte Queller und faßte zusammen, was Miranda ihm bei ihrem sorgenvollen Anruf von Sansibar aus erklärt hatte. »Sie sucht noch. Aber das hängt alles zusammen, da bin ich sicher. Ich weiß, daß wir öfter uneins waren, Mort, aber ich bin sicher, daß sie auf der richtigen Spur ist. Sie hat vor ein paar Wochen ein paar Araber gesehen, die da rausgefahren sind. Ich glaube, einer davon ist das hier.«

Er schob Altenburg eine Fotografie über den Tisch.

»Yousef Mourad. Stammt aus unseren Akten. Das ist derselbe wie auf dem Überwachungsvideo. Im Lastwagen. Sie glaubt, daß sie ihn neulich auf einem Motorboot bei der Überfahrt auf die Insel gesehen hat.«

»Ich gebe zu, er hat eine gewisse Ähnlichkeit mit dem auf dem Video«, sagte Altenburg. »Und nach dem, was der in Karachi aufgegriffene Mann gestanden hat, gewöhne ich mich allmählich an den Gedanken, daß wir es mit einer Operation von bin Laden zu tun haben könnten.«

Er nahm die Brille ab und rieb sich die Augen. »Nur daß das mit Sansibar zu tun haben soll, ist reine Spekulation. Es ist nicht sicher, daß er der Mann auf dem Boot war.«

Quellers Gesicht versteinerte. »Ich werde der Sache nachgehen.«

»Na prima. Tun Sie das. Ich kann's kaum erwarten, in meinen Bericht zu schreiben, wie Jack Queller, der große Terroristenjäger, nach den Bombenanschlägen seine Zeit damit vergeudete, sich an Sansibars Stränden die Beine zu vertreten. Während zu Hause amerikanische Bürger in Leichensäcken eintreffen. Denen die First Lady, der Präsident und die trauernden Angehörigen einen ehrenvollen Empfang bereiten. Kommt alles auf CNN, Jack.«

Das brauchte er Queller nicht zu erzählen. Der Dauernachrichtensender hatte den ganzen Tag lang dieselben Aufnahmen ausgestrahlt: Das Präsidentenpaar und die Familien der Anschlagsopfer, die erwartungsvoll auf dem Rollfeld von Andrews Air Force Base bei Washington standen. Queller hatte es in seinem Zimmer schon zweimal gesehen. Die Kamera fuhr näher heran. Der Präsident schwieg, und Tränen liefen ihm über die Wangen, während die Ehrengarden die fahnendrapierten Särge ausluden. Eine Militärkapelle spielte »Nearer My God to Thee«, und in getragenem Ton wurden die Namen der Toten verlesen. Queller fand, die Wiederholungen raubten der Angelegenheit das Pathos. So oft ausgestrahlt, bekam das Ereignis etwas Unwirkliches.

»– ganz zu schweigen von den über 220 nichtamerikanischen Opfern«, sagte Altenburg. »Was wollen Sie denen erzählen, wenn Sie vom Strand zurückkommen, Jack? Daß Sie der Mann sind, der bin Laden ausgebildet hat? Das hören die bestimmt gern.«

»Wenn Sie meinen Einsatz nicht verhindert hätten, wäre das hier vielleicht zu vermeiden gewesen. Ich habe Sie rechtzeitig gewarnt.«

»Die von Ihnen erarbeiteten Bedrohungsszenarien hatten Schwachstellen. Und was die andere Sache angeht, können Sie von Glück reden, daß man Ihnen nicht den Prozeß gemacht hat.«

Queller nahm das Foto von der polierten Holzplatte und kratzte mit der Hand darüber. Er drehte sich um und verließ den Raum ohne ein Wort. Sein Atem ging stoßweise, und er schritt die Treppe hinunter in die Bar des *Kili*. Er brauchte einen Drink. Sein Stumpf schmerzte.

Als er das Foyer mit all den an- und abreisenden Gästen durchquerte, geschah etwas Seltsames. Eine junge blasse Frau in einem langen orangeroten Kleid kam mit einem Nelkenstrauß auf ihn zu. Stumm hielt sie ihm eine Blume hin. Er zog die Augenbrauen hoch und schüttelte den Kopf. Sie lächelte selig und ging auf den nächsten Mann zu, den Vater einer Touristenfamilie – dem Geplapper der Kinder zufolge eben erst aus England eingetroffen. Auch er lehnte dankend ab, woraufhin der Hotelmanager hinter der Rezeption hervorkam und sie hinausführte. Queller schüttelte erneut den Kopf, ging in die Bar und bestellte einen Drink.

Er saß mit seinem Whisky da, sah aus dem Fenster und versuchte, nicht an Altenburgs Worte zu denken. Der Anblick der Verwandten im Fernsehen – eine junge Frau hatte laut geschluchzt, als die Sargträger an ihr vorbeigeschritten waren – hatte ihn mit pechschwarzen Schuldgefühlen erfüllt.

Er starrte über den Parkplatz des *Kili*. Es dämmerte. Da draußen stand ein seltsames Gefährt, eine Art langer Jeep, kaffeebraun gestrichen, mit einem Podium auf der Ladefläche. Zwei Männer in khakifarbenen Tarnanzügen stiegen hinten ein. Weiße. Der eine hatte ein Gewehrfutteral in der Hand. Queller erkannte die moderne Version eines Einspänners zum Jagen, einen umgebauten Land Rover mit langem Radstand und abgeschnittenem Verdeck. Die Männer wirkten gepflegt. Vollkommene Exemplare ihrer Art. So war er auch mal gewesen. Er sah einen tansanischen Fahrer über den Parkplatz rennen und nach einer kriecherischen Geste vor den beiden Männern, die ihn wegen seiner Verspätung zur Sau machten, hinters Lenkrad springen.

Das mußten weiße Jäger sein, sagte sich Queller, als der Land Rover abfuhr. In irgendeiner Zeitschrift hatte er gelesen, daß in Nordtansania noch Jagdkonzessionen vergeben wurden. Richtung Arusha. Gegenden, in denen reiche Männer – fast unweigerlich Männer und ebenfalls fast unweigerlich seine Landsleute – Löwen, Elefanten und Zebras schießen konnten. Wenn ihn seine Erinnerung an den Artikel nicht trog, war die Preisskala für Trophäen nach oben hin offen.

Er dachte daran, welchen Preis seine Beschäftigung mit bin Laden gehabt hatte, und ihm fiel auf, daß die CNN-Aufnahmen auch hier in der Bar gezeigt wurden.

»Sie sind Inbilder des Amerika der Gegenwart und des Amerika der Zukunft«, sagte Präsident Clinton über die Gestorbenen.

Queller erinnerte sich an das Amerika der Vergangenheit, eine Zeit, in der er selber fast für sein Land gestorben wäre. Es kam ihm so vor, als habe das vor einer ganzen Ewigkeit in einer anderen Welt stattgefunden. Dabei war es in den Achtzigern gewesen. Eskortiert von Green Berets, manchmal auch Angehörigen der britischen Antiterroreinheit SAS, war er wiederholt aus Pakistan über die Grenze gefahren, um Verbindung zu Einheiten der afghanischen Mudschahedin aufzunehmen.

»Jeder von ihnen hatte einen abenteuerlustigen Geist, eine großzügige Seele. Jeder von ihnen genoß die Chance, die Welt kennenzulernen und zu verbessern.«

Seit der Besetzung am Anfang des Jahrzehnts hatten die Afghanen, unterstützt von Verbänden arabischer Wahhabi, unter denen sich die von bin Laden bald am meisten hervortaten, der Übermacht der sowjetischen Armee widerstanden. Als Nachrichtenoffizier war es Quellers Aufgabe gewesen, die Ausbildung zu beurteilen und die Ausrüstung zu beschaffen, die der Westen zu bieten hatte.

»Der Preis mag hoch sein, aber wir müssen die Urheber dieser verbrecherischen Taten finden und sie ihrer gerechten Strafe zuführen«, fuhr Clinton fort. »Unter Umständen gehen wir harten Zeiten entgegen, denn Terroristen greifen Amerika an, weil unser Handeln der Welt Frieden und Demokratie bringt.«

Queller war bin Laden mehrfach begegnet. Der Saudi war für die Afghanistankämpfer eine Art logistische Allroundquelle geworden und versorgte sie mit Lebensmitteln und Waffen. Finanziert wurde das vornehmlich von seinem Erbe, das sich auf rund 300 Millionen Dollar belief (das Bauunternehmen seines Vaters hatte mit der Errichtung von Unterkünften für die Pilger zu den Heiligen Stätten Saudi-Arabiens ein Vermögen gemacht), aber auch von einem System von Spenden muslimischer Regierungen, Organisationen und Einzelpersonen aus aller Welt. Mit Hilfe von Planierraupen und Sprengstoff aus dem Familienkonzern hatte bin Laden neue Straßen gebaut, aber auch Schanzen, Landebahnen und Waffendepots für die Afghanen. Zu seinen Projekten gehörte ein riesiges Tunnelnetzwerk in den Zazibergen in der Provinz Bakhtiar, das zu einem großen Lazarett für bei den Kämpfen verwundete Guerilleros wurde.

Später hatte bin Laden Seite an Seite mit den Mudschahedin gekämpft und war wegen seiner Tapferkeit an der Spitze eines Kontingents arabischer und afghanischer Truppen zur Legende geworden. Er kämpfte und aß in jenen Tagen zusammen mit den gewöhnlichen Soldaten in den Schützengräben im Gebirge und zeichnete sich im Nahkampf aus. Man erzählte sich, wie er einmal mit einer Planierraupe auf sowjetische Stellungen zugesteuert war, während er von Kampfhubschraubern unter Beschuß genommen wurde. Queller erinnerte sich nur zu gut an das Entsetzen, das diese fliegenden Festungen verbreiteten – die Tausende von Patronenhülsen, die pro Minute aus den Auswurfschächten fielen, und die höllisch orangeroten Flammen des Mündungsfeuers.

Er kostete den Whisky im ganzen Mund und sah sich in

der Bar um. Der Barkeeper schüttete mit konzentrierter Miene Erdnüsse aus Plastikbeuteln in Edelstahlschälchen. Über ihm dröhnte und flackerte das Fernsehgerät.

»Terror ist ein Mittel von Feiglingen«, intonierte nach Präsident Clintons Ansprache Quellers alte Freundin, Außenministerin Albright. »Es ist keine politische Meinungsäußerung. Es ist auch ganz sicher keine religiöse Meinungsäußerung. Es ist schlicht und einfach Mord.«

Bin Laden bezog seine Unterstützung – Waffen und Geld – nicht nur von arabischen Organisationen wie dem saudischen Roten Kreuz und dem Istakhbarat (dem saudischen Geheimdienst). Über Queller persönlich hatte die CIA ihn mit Flugabwehrraketen vom Typ Stinger versorgt, um sowjetische Kampfhubschrauber abzuschießen. Queller war auch maßgeblich daran beteiligt gewesen, US-amerikanische Gelder für einen Höhlenkomplex aufzutreiben, den bin Laden – nach Entwürfen der CIA – bei Tora Bora hatte bauen lassen, tief in den Bergen Afghanistans. Bei anderen Projekten hatten Berater des britischen Auslandsgeheimdiensts MI6 Pate gestanden.

Es hatte jedoch eine Kehrseite der Medaille gegeben. Nicht nur hatten amerikanische Steuergelder (in Höhe von 500 Millionen Dollar im Jahr) und britische Pfund die militärische Ausrüstung und Ausbildung finanziert, sie hatten auch ein Drogenimperium ermöglicht, dessen Aufstieg mit den militärischen Operationen Hand in Hand ging. Queller hatte damit nur am Rande zu tun gehabt, aber mit eigenen Augen gesehen, wie Rohopium unter den Augen ehemaliger SAS-Angehöriger und südafrikanischer Söldner in C-130-Transportflugzeugen ausgeflogen wurde. Die Söldner waren vorgeblich da, um Mudschahedin auszubilden, aber in Wirklichkeit steckten sie bis zum Hals im Opiumhandel. Sie standen in lockerem Kontakt zu einer Organisation namens Keenie-Meenie Services, benannt nach dem suahelischen Wort für die Bewegungen einer Schlange im Gras. KMS hatte Freunde im Zentrum des britischen Militärapparats, aber jede Regierungsbeteiligung konnte dementiert werden. Das nützte sowohl Großbritannien als auch den USA: Auf dieselbe Organisation hatte man auch zurückgegriffen, als im Verlauf der Iran-Contra-Affäre der Hafen von Managua vermint worden war. In Afghanistan unterwiesen die Keenie-Meenies – manchmal zusammen mit Green Berets, manchmal ohne sie – die Mudschahedin im Umgang mit Sprengstoffen, Zeitzündern und Flugabwehrraketen. Und im Hintergrund zogen stets zwei Männer die Fäden: Osama bin Laden, »Mr Sam«, wie ein KMS-Mann aus Südafrika ihn getauft hatte, und Jack Queller.

Im Lauf der Jahre hatte Queller bin Ladens erstaunliche Metamorphose mit eigenen Augen verfolgen können. Als er ihn kennengelernt hatte, war der Saudi ein sanfter Jüngling gewesen, der von anderen Mudschahedin ausgelacht wurde. Männer wie ihn, Sprößlinge wohlhabender arabischer Familien aus den Golfstaaten, nannten die Afghanen ihrer feinen Kleidung und Schuhe wegen »Gucci-Mudsch«. Zur Zeit der Belagerung von Jalalabad, der entscheidenden Schlacht des Krieges, hatte sich der junge Bauingenieur bereits grundlegend gewandelt, war ein harter Befehlshaber im traditionellen *Schalwar Qamis* geworden, der wie die anderen afghanischen Offiziere eine Kalaschnikow in der Hand hatte. Bis zu zehntausend Kämpfer aus der ganzen muslimischen Welt – Algerier, Saudis, Ägypter, Filipinos, sogar chinesische Uiguren – wurden durch seine Ausbildungslager geschleust.

Diese Gruppen oder locker mit ihnen verbundene Zellen von ähnlicher Beschaffenheit bildeten heute die Grundlage von al-Qaida. Als er seine Operationsbasis in den Sudan verlegte, kaufte bin Laden (der inzwischen »Scheich« oder »Direktor« genannt wurde) Land für seine Ausbildungslager, baute Fabriken und Farmen, um Einkommensmöglichkeiten zu haben, und richtete – wie sich inzwischen überdeutlich abzeichnete – in Ländern wie Kenia und Tansania Stützpunkte und konspirative Wohnungen ein. Queller hatte die CIA darüber informiert, daß hinter bin Ladens Operationen mehr steckte, als es den Anschein hatte. Ladin [sic!] International war keine bloße Import-Export-Firma. Taba Investment befaßte sich nicht nur mit Devisenhandel. Auf der Thebar al-Mubaraka Farm wurden nicht nur Sesam, Erdnüsse und Mais angebaut. Hijra Construction engagierte sich nicht nur im Straßen- und Brückenbau.

Nachdem die Regierung in Khartum bin Laden 1996 aus dem Sudan ausgewiesen hatte und er in Afghanistan wieder aufgetaucht war, widmeten sich viele dieser Unternehmen wieder ihren vorgeblichen Geschäftsbereichen. Queller nippte an seinem Whisky. Das gehörte zu den beängstigenden und ungewöhnlichen Aspekten von al-Qaida – daß sie über vergleichsweise lange Zeiträume zwischen alltäglichen Angelegenheiten und Geschäften und dem Ausnahmezustand einer Terrororganisation, die den Alltag gerade unterminieren wollte, changieren konnte.

Aber war der Alltag überhaupt so erklärbar und verläßlich? Die Unzufriedenheit der Sympathisanten und Mitglieder von al-Qaida war mit dem, was wir für alltäglich halten, so verflochten wie das Gewebe eines Teppichs: Es waren doch die normalen und manchmal mörderischen Aktivitäten seiner Regierung ebenso wie ihrer Organisation, aus denen die Terroristen ihre Stärke und Legitimation bezogen.

Aber es ging nicht nur um Politik, sondern auch um die Perversion der Religion, den Reiz des Unheimlichen, die Kombination von Weltflucht, Brutalität und Hirngespinsten, die bin Laden persönlich verkörperte. Die Hirngespinste waren wichtig, und zwar auf überraschende Weise: Queller hatte nachweisen können, daß bin Laden al-Qaida nach Isaac Asimovs Foundation-Büchern benannt hatte, die unter dem Titel al Qaida ins Arabische übersetzt worden waren. Die Äonen überspannende Saga umfaßte mehrere Erzählungen, in denen eine Gruppe von Weisen es unternahm, die Galaxis vor Chaos und Korruption zu retten. Ihr Anführer, ein sogenannter »Psychohistoriker«, erforscht die Entwicklungen der Zeit und kann so die Zukunft vorhersagen.

Aus dem Hirngespinst war Wirklichkeit geworden, blutige Wirklichkeit. Seit seine Kooperation mit dem abtrünnigen Saudi vor einigen Jahren ein Ende gefunden hatte, machte es Queller immer wieder rasend, daß die Geheimdienste seine Warnung in den Wind schlugen, bin Laden habe weltumspannende Ambitionen und Pläne. Er wies darauf hin, daß seine Tarnfirmen Waffen produzierten und Chemikalien für Bomben horteten. Daß er leicht manipulierbare Jugendliche in Entführungen, Geiselnahmen und Attentaten ausbildete ... Aber für Mort Altenburg und andere war Queller längst ein Dinosaurier, ein einarmiges Monster aus der Lagune des Kalten Krieges.

Queller glaubte, daß es zu einem Massenwahn oder zu kollektiver Verdrängung gekommen war. Mit Abnahme der Bedrohung durch die Sowjetunion schien eine Phase beispielloser Prosperität anzubrechen. Wie Belsazar tat sich der Westen an der sogenannten »Friedensdividende« gütlich – dabei stand die ganze Zeit die Schrift an der Wand. Und jetzt mußten sie alle, er eingeschlossen, die Zeche zahlen.

Auch die Menschen hier in Afrika. Aus Nairobi trafen neue Nachrichten ein. Der Bericht von dem Fußgänger, dem die Explosion den Schädel gespalten hatte. Von der Frau, die in seinem Schatten gestanden hatte und unverletzt geblieben war. Der Verschüttete, der in der Finsternis all die Leichen um sich her spüren konnte, sein gebrochenes Bein an das gesunde gebunden hatte und sich, immer den Erstickungstod vor Augen, Zentimeter für Zentimeter dorthin geschoben hatte, wo die Rettungsmannschaften seine Rufe hören konnten.

Im Fernsehen sah Queller den Werbespot einer Luxushotelkette. Ihre Dependancen gab es überall auf der Welt, und sie wurden vollmundig dafür gerühmt, »einzigartigen

Rang und Luxus« zu bieten. Ihn schauderte. Unter den gegenwärtigen Umständen kam ihm schon das normale Leben fremd vor, von Luxus ganz zu schweigen. Bin Laden mußte doch gewußt haben, daß im Vergleich zu einigen wenigen Amerikanern ungeheuer viele Afrikaner bei dem Bombenanschlag sterben würden, sagte er sich, dabei konnten sie unmöglich sein eigentliches Ziel gewesen sein. Er schüttelte den Kopf und trank noch einen Schluck Whisky. Es war sinnlos, von solchen Leuten Logik zu erwarten. Es war aber ganz natürlich. Auch wenn man wußte, daß in den Adern des Gegners Gift floß, war schwer zu akzeptieren, daß er nicht nur aus anderen moralischen Beweggründen heraus handelte, sondern auch auf der Basis einer anderen Intelligenz.

Nicht zu vergessen einer anderen Theologie. Queller hatte schon vor langer Zeit die These aufgestellt, daß sich der Islam für die inhaltliche Verzerrung durch Terroristen besonders gut eigne, weil die materielle Welt dort einen so niedrigen Stellenwert hatte. Wenn man dem Glauben anhing, etwas, wozu auch der Mensch gehörte, sei nur Blendwerk, konnte man es leichter zerstören. Derselbe Gedanke führte allerdings auch zur Anschlußfrage: »Und was soll die Zerstörung dann?«

Die beiden Weltreligionen verkrallten sich ineinander – wie zwei Ringer – über der Frage, was den Sündenfall des Menschen ausgelöst habe. Dieses Thema faszinierte Queller, und er wollte es ins Zentrum eines Vortrags rücken, den er am Institut für Islamforschung an der Rutgers University halten sollte. Allerdings wußte er von Vorträgen in der Vergangenheit, daß das Publikum in Wahrheit bloß Geschichten über Waffen, Bomben und Weltverschwörungen hören wollte.

Im Christentum hatte die unbotmäßige Sehnsucht des Menschen nach Erkenntnis zur Vertreibung aus dem Paradies geführt. Im Islam war der Verlust des Gartens Eden ebenfalls die Folge des Verzehrs der verbotenen Frucht, aber die Schuld lag bei Satan. Zu Adams und Hawwas Fall kam es, weil sie die Welt selber für wirklich hielten, statt anzuerkennen, daß solche Wirklichkeit nur Gott zukam. Diese Entsagung (*Islam* im Wortsinne: Hingabe) war die wichtigste Säule des Glaubens und der Weg zur Erlösung, denn sie erlaubt der Menschheit, die Brücke zu überqueren, die die beiden Welten voneinander trennt.

La ilaha Allah. Es gibt keinen Gott außer Allah. Schon diese Formel war eine Art Brücke.

Für Queller hatte der Islam mehr mystische Zugkraft als das Christentum, weil er das Zentrum der Alltagswahrnehmung ins Visier nahm. In verzerrter Gestalt konnte diese Anziehungskraft Psychosen auslösen. Das war bei al-Qaida der Fall, deren Mitglieder zu dem Glauben ermutigt oder genötigt wurden, sie schwörten einer verderbten Welt ab. Wie ein Sektenführer nutzte bin Laden die dem Islam eigene Mystik, um seine Anhänger zu verführen, obwohl die Doktrin des Wahhabismus, zu der er sich bekannte, esoterische Praktiken streng untersagte. Selbst Musik war verboten.

Quellers Ansicht nach erzeugte bin Laden solche Psychosen nicht nur bei seinen Anhängern, sondern fiel ihnen selbst zum Opfer. Das Dogmenpaar des Islam, zum einen die Schöpfung für Blendwerk zu halten, zum anderen den Gläubigen Selbstverleugnung abzuverlangen, wies Ähnlichkeiten mit den psychischen Mechanismen von Wahnvorstellungen und Verdrängung auf. Alle Autorität bis auf die eigene Definition Gottes zu ignorieren konnte einen kranken Verstand zum übersteigerten Glauben an die Macht des Willens verführen, die dadurch mythologische Proportionen annahm.

Andererseits fanden sich die Zutaten für ein solches Teufelsgebräu aus Haß und Gewalt in vielen Religionen. Queller war unschlüssig und sah zu, wie zwei Kellner vor einem Podium am Ende des Saals einen Bambusparavent entfernten. Auf dem Podium standen große Lautsprecher, ein Schlagzeug sowie ein Mikrofon auf einem Stativ. Am Abend würde es in der Bar des *Kili* Live-Musik geben.

Er hatte den Haß vor langer Zeit keimen sehen. Als sich die Niederlage der Sowjets abzeichnete, hatte er bin Ladens Gesinnungswandel bemerkt. In den ersten Jahren war er freundlich und aufgeschlossen gewesen, dann jedoch auf Distanz gegangen. Selbst in Quellers Beisein wurden Sowjets und Amerikaner häufiger in einem Atemzug genannt und beide als ungläubige Supermächte angesehen – Ungläubige, die die muslimische Welt bedrohten. Am meisten erzürnte bin Laden, daß sich die saudische Monarchie außenpolitisch so schnell auf Amerika ausgerichtet hatte, als die USA nach dem Zweiten Weltkrieg an globalem Einfluß gewonnen hatten. Nachdem sie das Joch der Briten abgeschüttelt hatten, hätten sie seiner Meinung nach einen dritten, islamischen Weg suchen sollen, statt sich mit den *Kafir* zu verbünden.

Wörtlich übersetzt, bedeutete dieser Ausdruck »Versteck« – Verstecken vor der Wahrheit –, und manchmal fand Queller es passend, daß seine Nation für einen Muslim das beste Beispiel dafür geworden war: Spätestens seit dem Triumph des Zweiten Weltkriegs hatte man sich dort der hausgemachten Illusion hingegeben, das Schicksal Amerikas folge einer besonderen Vorsehung. Eine wechselhafte »Staatsräson« im Verbund mit dem Glauben, in »Gottes eigenem Land« zu leben, hatte als Vorwand hergehalten, im Ausland alles mögliche Übel nicht nur zu dulden, sondern zu fördern, gelegentlich unter völliger Mißachtung örtlicher Gegebenheiten.

Die Reagan-Regierung hatte in den achtziger Jahren den Fehler gemacht, den antisowjetischen Dschihad für eine nützliche geopolitische Strategie zu halten, eine Ausdrucksform des Kalten Krieges. Dabei war verkannt worden, daß der Dschihad für andere der unmittelbare Ausdruck des Willens Gottes war. Die Krise hatte sich 1989 zugespitzt, bei Quellers letztem Afghanistanbesuch zwischen dem sowjetischen Rückzug und dem Fall der Berliner Mauer. Die Mission war vom Finanzressort der CIA in die Wege geleitet worden, nachdem man eine Reihe führender amerikanischer Ölkonzerne konsultiert hatte.

Man hatte bin Laden dazu bringen wollen, sich im afghanischen Machtvakuum nach dem Abzug der russischen Truppen für die amerikanischen Interessen stark zu machen. Im Kampf der Splittergruppen war damals alles in der Schwebe. Es schien machbar, ja logisch zwingend, im Hindukusch einen amerikanischen Vasallenstaat zu installieren. Ironischerweise kollabierte der Kommunismus noch vor Ende der Mission, und es zeichnete sich ab, daß Amerika bald überall im Mittleren Osten Vasallen haben würde. Queller war heute noch verblüfft, daß kein Nachrichtendienst das vorausgesehen hatte. Aber gut, er hatte es ja auch nicht kommen sehen. Andernfalls hätte er sich in jenem Oktober vielleicht nicht auf die Jagd nach Ölkonzessionen in Afghanistan begeben.

Queller erinnerte sich an diese Reise besser als an die anderen. Sie schüttelte die seither vergangene Zeit und das seither gelebte Leben einfach ab und kroch ihm ins Bewußtsein. Allein beim Gedanken daran begann sein Stumpf zu schmerzen, als erinnerten sich die Nervenenden unter dem Narbengewebe an ihre Durchtrennung.

An einem kalten Morgen hatte sich ein Konvoi von zehn Landcruisern durch das Gebirgsmassiv oberhalb von Chost gewunden, wo Queller mit vier Green Berets als symbolischer Eskorte gewartet hatte. Ein Stück weiter kam der Konvoi zum Stehen. An der Spitze einer Gruppe schwerbewaffneter Araber in verschiedenen Kombinationen aus ausrangierten russischen Tarnuniformen und traditionellen Gewändern war bin Laden auf ihn zugekommen.

»Was wollen Sie hier?« hatte er gefragt und die braunen Augen wütend zusammengekniffen. Er hatte eine 9-mm-Automatikpistole in der Hand und eine Kalaschnikow über der Schulter hängen.

»Reden«, hatte Queller gesagt, die Pistole gemustert und gewußt, daß die anderen Araber die Gewehre im Anschlag hatten. »Jetzt, wo die Russen fort sind, sollten wir uns über die künftige Form unserer Zusammenarbeit unterhalten.«

Bin Laden hatte gelacht, so daß sein langer Bart bebte. »Es wird keine Zusammenarbeit mehr geben. Wir wollen Sie hier nicht haben. Wir wollen Sie in keinem muslimischen Land haben. Ihre Gegenwart in diesen Ländern ist eine Schande.«

»Schauen Sie«, hatte Queller gesagt. »Ich bin gekommen, um unsere Freundschaft zu bestätigen und zu gewährleisten, daß wir auf derselben Seite bleiben.«

»Hören Sie zu. Sie sind hier nicht willkommen. Die Juden in Ihrer Regierung sind in ihrem Bündnis mit Israel angetreten, die Herrschaft über unsere Heiligen Stätten an sich zu reißen. Das kränkt mich und viele andere Muslime. Wir wissen jetzt, daß wir gemeinsame Sache mit dem Bösen machen, wenn wir amerikanische Waffen kaufen oder Amerikanern erlauben, in unseren Ländern nach Öl zu bohren. Deshalb habe ich mit Gottes Hilfe beschlossen, eine Befreiungsarmee auszuheben, die gegen die jüdischen und amerikanischen Kreuzritter einen Dschihad führt. Sie sind ein Kreuzritter, Mr Queller. Deshalb müssen Sie dieses Land auf der Stelle verlassen. Wenn ich Sie je wiedersehe, töte ich Sie.«

»Sie wollen mich doch auf den Arm nehmen«, hatte Queller gesagt und sich bemüht, die Situation zu entschärfen.

Über den schneebedeckten, dräuenden Berggipfeln ging die Morgensonne auf und glänzte auf bin Ladens Gesicht.

»Ich werde Ihnen zeigen, wie ernst ich es meine.«

Er schoß Queller in den Ellenbogen. Die Green Berets wollten nach ihren Waffen greifen, ließen die Arme aber sofort sinken, als sie ihre hoffnungslose Unterlegenheit sahen.

»Merken Sie sich: Ich gedenke, die Gegenwart von Amerikanern in den Heiligen Ländern in einen Mythos zu verwandeln, wie ich es mit den Russen hier in Afghanistan getan habe. In der Religion des Propheten – Gottes Segen und Heil seien mit ihm – gibt es, wie Ihnen, Queller, bekannt sein dürfte, etwas namens Dschihad. Allen Gotteskriegern, die an ihm teilnehmen, ist ein Ehrenplatz im Paradies gewiß. Und den Feinden des Dschihad?«

Er spuckte auf den Felsboden, wo die Green Berets in einem Kreis um Queller mit seinem zerschmetterten Arm hockten und vierzig Kalaschnikows auf sich gerichtet sahen. Queller erinnerte sich, daß das Entsetzen und die Angst der amerikanischen Soldaten deutlich zu erkennen gewesen waren, trotz der Tarnfettsprenkel auf ihren Gesichtern und obwohl der Schmerz ihn benebelte.

Bin Ladens letzte Worte fielen ihm wieder ein: »Unser Feind ist die Allianz von Zionisten und Kreuzrittern unter dem Banner der USA. Unser Feind sind die schändlichen Vereinten Nationen. Unser Feind sind Sie.«

Queller trank seinen Whisky aus und stand auf. Er warf einen Blick auf den Fernseher. Gerade sagte Verteidigungsminister William Cohen sein Sprüchlein auf.

»Niemals dürfen wir zulassen, daß Terroristen unsere Entschlossenheit schmälern, die inspirierende Arbeit derer fortzusetzen, die uns genommen worden sind. Ihr schmerzlicher Verlust kann uns in dieser Entschlossenheit nur bestärken.«

Dann ging die Moderatorin über zu einem Bericht des Sonderermittlers Kenneth Starr, der in der Frage ermittelte, ob sich Präsident Clinton des Meineids oder der Behinderung der Justiz schuldig gemacht hatte, als er seine Beziehung mit Monica Lewinsky vertuscht hatte, und ob es im Repräsentantenhaus zum Amtsenthebungsverfahren kommen würde. Queller hatte den Eindruck, daß sich die ganze Geschichte mit einem Affenzahn zuspitzte.

Er ging in sein Zimmer im obersten Stock des *Kili* zurück. Es war egal, in welcher Form sich seine Regierung bei der Finanzierung bin Ladens in der Vergangenheit schuldig gemacht und welche Rolle er selbst dabei gespielt hatte; vorläufig mußte er vor seinem Gewissen, das sich mit göttlicher Autorität zu Wort meldete, nur verantworten, diese Angelegenheit mit aller Kraft weiterzuverfolgen.

Die Antagonismen mußte man hinnehmen, wie sie waren. Geschichte war Geschichte. Sie mußte amputiert werden: Die Vergangenheit war nur ein Prolog, sonst nichts. Von Bedeutung war jetzt nur, daß die Hinterbliebenen, Amerikaner ebenso wie Kenianer und Tansanier, Gerechtigkeit empfingen.

Queller beschloß, so bald wie möglich zu Miranda nach Sansibar zu fliegen. Es würde seltsam sein, nach so vielen Jahren dorthin zurückzukehren. Er sah zur Minibar hinüber und überlegte, ob er sich noch einen Drink genehmigen durfte. *Nein, darf ich nicht*, dachte er und legte sich erschöpft aufs Bett. Aber die Versuchung tappte schon auf leisen Sohlen in seine Seele.

Gegen halb vier saß er immer noch auf dem Bettrand, trank aus der Flasche und fragte sich, ob er vor der Morgendämmerung Frieden finden würde. Oder erst – seine Gedanken verschwammen langsam –, wenn er den Lotusbaum der letzten Grenze sah, am Zenit des siebten Himmels: den Rand des Seins, wo der Prophet auf seiner Nachtreise Gottes Instruktionen empfangen hatte und mit ihnen auf die Erde zurückgekehrt war.

Am Rand des Seins, hinter dem Lucy war. Er schluckte den sorgenertränkenden, trauerzersetzenden Scotch, bis er nach Luft schnappte.

27

Nick Karolides erwachte, schrie auf und schoß überrascht hoch. Voller Panik klammerte er sich an den Bootsrand und brachte das kleine Dinghi gefährlich ins Schwanken. Er war am Verdursten. Es gab keine Ruder. Nur ihn und den Ozean.

Er versuchte zusammenzustückeln, was geschehen war. Er war genau wie jetzt nur halb bei Bewußtsein gewesen und hatte kaum mitbekommen, daß ihn jemand in den Leuchtturm zog. Er erinnerte sich, daß er in der Dunkelheit an den Strand hinabgeschleift worden war und daß fremde Hände das Dinghi, in dem Leggatt und er auf die Insel gekommen waren, vom Land abgestoßen hatten. Aber da war noch etwas – ein dünner Mann, der geräuschlos im Boot hin und her glitt, zusammengequetschte Leichen neben ihm, der Mann, der sie über Bord stieß und die Ruder hinterher …

Um ihn her erstreckte sich ruhig und geheimnisvoll das Meer. Braune Beerentangbüschel und leuchtend rote Quallen trieben vorbei wie kleine Inseln. Aber er konnte kein Land sehen. Er lauschte dem Wasser, das an der Bordwand gluckste. Glucks, glucks. Kein Land. Nur der ewig wogende Ozean. Er stöhnte, sank ins Boot zurück und krümmte sich in der brütenden Sonne wie ein Embryo. Das mußte ein Alptraum sein. Ihm fiel wieder ein, daß der Mann über Bord geklettert und fortgeschwommen war. Warum hatte er ihn zurückgelassen?

Stunden verstrichen. Als er wieder aufwachte, war es kühler geworden. Es nieselte, und die Tropfen trommelten leise auf den Kunststoff. Er öffnete den Mund. Der Durst war furchtbar. An der Schläfe, wo die Kugel ihn gestreift hatte, hatte er eine dicke Blutkruste. Auch die Glieder taten ihm weh, waren überall vom Seil aufgescheuert. Am meisten schmerzten ihn die Knie, wo der große Araber sie mit der Machete getroffen hatte. Das eine hatte eine Schnittwunde – die vom Salzwasser höllisch brannte –, und beide hatten große Blutergüsse. Er wußte nicht, was schlimmer war, mit den Männern auf Lyly festzusitzen oder hier draußen auf See zu sein. Jetzt fiel ihm auch ein, wie er aus dem Leuchtturmfenster geworfen worden war und am Seil gebaumelt hatte …

Er fühlte sich hilflos, wußte aber, daß er sich bemühen mußte, am Leben zu bleiben. Seine Zunge war geschwollen. Er formte mit den Händen eine Schale, um das Regenwasser aufzufangen. Damit kam er aber nicht weit und konnte am Ende bloß seine Handflächen ablecken. Als er sich schon fragte, ob er verdursten würde, wurde der Regen plötzlich stärker, und er konnte ein paar richtige Schlucke trinken.

Aber der Herr hat's gegeben, der Herr hat's genommen. Die Wolkendecke riß auf, der Himmel verdunkelte sich, und die Wellen wurden höher. Das Dinghi schoß auf die Wellenkämme hoch und klatschte in die Täler hinab. Der auffrischende Wind trieb Nick Gischt ins Gesicht, und er hatte Angst, das Boot würde vollschlagen. Mit jeder heranrollenden Woge schoß Spritzwasser ins Dinghi. Er versuchte, es mit den Händen leerzuschöpfen, aber das hatte keinen Sinn.

Keinen Sinn! Die See brandete ums Boot. Die Wellen schwollen immer mehr an, und jede stürzte sich bedrohlich auf das kleine Boot. Es kam immer noch eine und noch eine. Dagegen war er machtlos. Jedesmal wenn sie das Boot wieder hinabschickten, machte er sich auf das Schlimmste gefaßt. Es war immer dasselbe. Er konnte nichts tun. Das Dinghi richtete sich auf – verharrte einen Augenblick in der Luft. Dann knallte der Kiel wieder aufs Wasser, und der Kunststoff erzitterte.

Eine Welle schlug über ihm zusammen und schwemmte ihn fast über Bord. Er klammerte sich an den Schanzdeckel, und ihm kam ein schrecklicher Gedanke. In Nantucket, hatte er gelesen, wichen die Klippen alljährlich zwei Meter zurück, weil die Wellen sie zerschlugen. Welche Hoffnung gab es da für das Dinghi, das doch so winzig war im Vergleich zu wuchtigen Felswänden? Jede Auster hatte in ihrer Muschel größere Chancen als er.

Aber dann war die unmittelbare Gefahr vorbei. Der Wind flaute ab, das tosende Meer schloß einen Waffenstillstand mit sich selbst, und die Sonne ging unter. Mit ihrem purpurroten Schein versank auch sein Herz im tiefblauen Ozean. Mit zunehmender Dunkelheit fand sich Nick – eine zusammengekauerte, einsame Gestalt – allmählich damit ab, daß dies wohl sein Ende war. Vierzigstündiges Dahintreiben in einem offenen Boot heilte selbst einen Nick Karolides von den Phantomen der Hoffnung.

In der Nacht fror er Stein und Bein. Er konnte nicht schlafen. Ihm klapperten die Zähne. Das Boot schlingerte durch die Dunkelheit. Er dachte an Miranda. Aber das verstärkte nur sein Gefühl, verlassen zu sein, mutterseelenallein.

Rot brach die Morgendämmerung an. Dort mußte also Osten sein, sagte er sich und blinzelte durch vom Salz entzündete Augen. Er sah sich um. Das Meer lag wieder ruhig da. Aber kein Land. Alle Knochen taten ihm weh. Die Kälte drang ihm tief ins Herz.

Er überlegte: Wenn das Osten war, dann trieb er in die falsche Richtung, denn die Insel mußte doch im Westen liegen. Verzweifelt stolperte er nach achtern und paddelte mit den bloßen Händen im Versuch, das Dinghi in die richtige Richtung zu drehen.

Nach einer Weile gab er den Versuch, Einfluß auf sein Schicksal zu nehmen, erschöpft auf und ließ sich wieder von der Strömung treiben. Reglos saß er da – wie lange? eine Stunde? – und sah dem Auf und Ab des Meeres zu. Er versuchte, nicht an Leggatt zu denken. Er versuchte, nicht an den Tod zu denken. Ihm fiel ein, wie der Alte immer mit dem Pfeifenstiel auf ihn eingestochert hatte, wenn er einer Bemerkung Nachdruck verleihen wollte.

Die Sonne brannte wieder heißer herab, und seine Haut spannte sich schmerzhaft. Auf Rücken und Armen hatte er die ersten Brandblasen. Einmal wurde das Wasser in der Nähe aufgewühlt, und er mußte an Haie denken. Er wußte, daß es hier Tiger- und Hammerhaie gab. Das brachte ihn auf eine Idee. Es dauerte ein bißchen, bis er die Kraft der Verzweiflung aufbrachte. Er hatte mehr Durst als Hunger, aber wenn er etwas fangen konnte, würde das immerhin Flüssigkeit enthalten. Er zog das Hemd aus, riß Stoffstreifen ab und knotete sie zusammen. Dann zog er den Gürtel aus der Hose, entfernte den Schnallendorn – wobei ihm fast ein Zahn abbrach – und bog ihn zu einem Haken um. Wenn er den am Stoff befestigte, konnte er als Köder dienen, sagte er sich und warf die improvisierte Angelleine aus.

Beim Warten stellte sich Nick die Fische vor, die unter ihm vorbeischwammen und vom funkelnden Metallstück hinter dem Boot angezogen wurden. Sicher würde bald einer anbeißen. Aber die Dinge, die man sich so mühelos ausmalt, sind oft am schwersten zu erreichen. Er holte die Stoffstreifen ein. Nichts. Aber er durfte die Hoffnung nicht aufgeben. Auf keinen Fall.

Er sah Kormorane beim Tauchen, sah sie hoch in den Himmel steigen und sich kopfüber in die Tiefe stürzen, als suchten sie den Tod. Aber beim Auftauchen hatten sie Fische im Schnabel; den Tod würde wohl eher er finden.

Vielleicht hatte er mehr Glück beim Destillieren von Seewasser. Er dachte sich eine Vorrichtung aus, eine Art Trichter, ebenfalls aus Hemdstoff, den er an den Dollen festknotete und durch den Kondenswasser in seinen einen Stiefel tropfen sollte. Aber der Trichter gab nach, und das Salzwasser lief ungefiltert durch. Unterm Strich führten seine Überlebenstricks nur dazu, daß er durch die Verwendung des Hemdes noch weniger Schutz vor Sonne und Gischt hatte. Seine Haut warf neue Blasen. Die zunehmenden Stunden auf hoher See gruben sich seinem Körper ein.

Und seinem Verstand. Er hatte die Hoffnung begraben, gefunden zu werden. Beklemmende Stille lag über dem Wasser, das in großen öligen Flächen am Rumpf vorbeifloß. Er machte sich auf den Tod gefaßt. Das größte Abenteuer von allen, dachte er bitter. Aber vielleicht – er delirierte langsam –, vielleicht war es ja gar nicht so schlimm, auf diese Weise dahinzugehen. Unterschied sich das Dahintreiben in einem offenen Boot wirklich so sehr vom durchschnittlichen Leben des Menschen auf Erden? Der Kopf sank ihm auf die Brust. Das Dinghi schaukelte und kam wieder zur Ruhe. Oder trieb es weiter? Er wußte es nicht mehr.

Er erwachte wieder und hob die Augen in der Erwartung, nicht viel weiter gekommen zu sein, einen unmeßbaren Abschnitt in der abschreckenden Weite der See und ihrer grau leuchtenden Schieferplatte des Schreckens. Aber er sah etwas anderes. Etwas durchbrach die schräge Horizontlinie von Himmel und Ozean.

Ein Schiff. Unsicher erhob er sich und schwenkte die Arme. Er wollte rufen, brachte zunächst aber nur ein trockenes Krächzen heraus. Er versuchte es noch einmal, und diesmal gab seine Kehle ein Geräusch von sich, wenn es auch nicht weit trug. Er rief ein drittes Mal und sprang auf und ab. Fast wäre er ins Wasser gefallen. Schließlich versagte ihm die Stimme, und er gab es auf.

Er war aber auch längst bemerkt worden, sah, wie mit Seilen hantiert wurde, und hörte eine Winsch knarren. Ein Boot wurde ins Wasser gelassen. Vor Erschöpfung schwankend, sah er Männer hineinsteigen. Sie kamen auf ihn zugerudert. Er fühlte sich geschwächt und benommen. Kamen sie auch wirklich auf ihn zu? Er stürzte und fiel der Länge nach ins Boot. Mit einem dumpfen Schlag stießen die Boote zusammen. Die Männer zogen ihn über den

Schanzdeckel hinüber und vertäuten sein Boot mit einem Tampen an ihrem.

An die Rückfahrt zum großen Schiff konnte er sich später nicht erinnern und kam erst wieder zu Bewußtsein, als er auf dem Eisendeck zusammenklappte.

Man brachte ihn nach unten. Es roch nach ungewaschenen Männern, billigem Tabak und schlechter Küche. In einer Ecke bullerte ein Ölofen. In seinem gelben Licht wurde er angestarrt. Im Ohr hatte er Stimmen, die sich in einer ihm bekannten Sprache unterhielten, die er aber lange nicht mehr gesprochen hatte. *Holt mal Wasser. Was ist dem denn passiert?*

Jemand zog ihm die zerrissene Kleidung aus. Ein anderer hielt ihm einen Blechbecher an die Lippen. Wasser. Schluck um Schluck. Er wollte nach dem Becher greifen, aber man hielt ihn zurück. Dann wurden Eimer und Schwamm gebracht, und man wusch ihm das Salz von Gesicht und Hals. Danach schlief er ein.

Als Nick aufwachte, bekam er mehr Wasser, diesmal heiß und mit Rum gemischt. Vor ihm stand ein großer Mann mit pechschwarzem Haar und ruhigem Blick. Nick nahm den Becher in die Hand und kam langsam zur Besinnung. Der Seemann musterte ihn kurz und neugierig, dann stieg er wieder nach oben; seine Stiefel dröhnten auf der Wendeltreppe.

Nick schaute sich im Raum um. Er lag in einer Art Loch, eingewickelt in Decken, die nach Ketchup rochen. Er spürte vorstehende Bolzen durch die Decken. Gegenüber befanden sich weitere Löcher, kleine Abteile, Kabuffs aus Eisenverschalungen, die aus dem Bootsrumpf ragten. Seemannskojen, erkannte er, als er das gelbe Ölzeug und andere über die Trennwände gehängte Kleidungsstücke sah. An das Kopfende der Nachbarkoje war das Poster einer halbnackten jungen Frau geklebt worden. Er starrte die gebleichten blonden Haare an, das unsichere Lächeln und die Ballonbrüste. Er hörte einen Dieselmotor dröhnen. Das Vibrieren der Maschine und das Wogen des Meeres übertrugen sich durch das Eisen und die Decken auf seinen Körper.

Ein großer Mann mit einem Schnurrbart kam herab, der eine Kapitänsmütze und eine engsitzende Jacke trug. Er stellte eine Dose Rigatoni auf das Öfchen, und beim Aufwärmen stellte er Nick in gebrochenem Englisch Fragen.

»Was ist passiert? Warum trieben Sie auf dem Meer?«

Zur großen Überraschung des Mannes antwortete Nick auf griechisch.

»Mein Gott!« rief der Mann und rührte die Rigatoni mit einem Teelöffel um. »Das hatte ich ja nun nicht erwartet, einen Landsmann aus dem Indischen Ozean zu fischen. Eine tolle Geschichte!«

»Wo genau sind wir eigentlich?«

»Vor Nordtansania. Ungefähr bei Tanga.«

Er brachte die Dose herüber, wobei er seine Hand mit einer alten, um den Boden gewickelten Socke gegen die Hitze schützte.

»Pfeffer?«

In der nächsten halben Stunde erfuhr Nick, daß er von einem kleinen Frachter namens *Pearl of the Ocean* gerettet worden war. Er war von Suez nach Beira unterwegs, wo er seine Ladung ägyptischer Kartoffeln gegen mosambikischen Zucker tauschen sollte. Sein Gesprächspartner war Kapitän Phillipos, dem es größtes Vergnügen bereitete, von Nicks griechischen Vorfahren zu hören.

Als Nick jedoch fragte, ob es möglich sei, ihn nach Sansibar zurückzubringen, zog er eine Grimasse, und sein Schnurrbart zuckte.

»Wir kommen zwar sehr bald an der Insel vorbei«, sagte er. »Aber wenn wir anlegen, müssen wir Hafengebühren zahlen, wogegen ich nichts habe, aber wir müssen auch haufenweise Zollbeamte schmieren, und dagegen habe ich so einiges. Tut mir leid – Sie werden uns nach Beira begleiten müssen, außer Sie haben zufällig zweitausend US-Dollar dabei.«

»Ich habe gar nichts«, sagte Nick. »Sie haben ja gesehen, wie ich hier angekommen bin.«

»So kann's gehen«, sagte der Kapitän. »Immerhin sind Sie nicht ertrunken!«

Er ging auf Deck zurück. Nick löffelte die letzten Rigatoni aus und betrachtete frustriert das Pin-up-Girl. Beira? Was sollte er denn in Beira? Er hörte das Wummern der Schiffsschraube, zog sich die sauer riechenden Decken über den Kopf und fragte sich, was er in seinem Leben bloß falsch gemacht hatte.

Kurz darauf kam der Kapitän mit einem Kleiderbündel wieder nach unten.

»Ziehen Sie die mal an. Ich habe eine Idee, aber Sie werden mithelfen müssen.«

»Was denn?« fragte Nick und fing die Klamotten auf, die der Kapitän ihm zuwarf. Eine Segeltuchhose. Ein alter blauer Pullover. Ein Paar Gummistiefel.

»In den Hafen von Stone Town können wir, wie gesagt, nicht einlaufen, es ist so schon schwer genug, ein bißchen Profit zu machen. Wir können Sie aber ein Stück weiter draußen absetzen. Wir haben schließlich Ihr Beiboot, und ein neues Paar Ruder wird sich wohl auftreiben lassen.«

»Sie meinen, ich soll reinrudern?«

»Ja, das meine ich«, sagte Kapitän Phillipos. »Wir kommen in ungefähr zwei Stunden an Stone Town vorbei. Ihr Dinghi kann ich von einem meiner Leute saubermachen lassen.«

»Ehrlich gesagt, hätte ich mehr davon, wenn Sie mich bei Ras Macpherson absetzen könnten«, sagte Nick und schlüpfte in die Segeltuchhose. »Das liegt bei Macpherson Point, nördlich von Stone Town.«

Der Kapitän schüttelte den Kopf. »Nie gehört. Aber ich schau's mir mal auf der Karte an.«

Damit stieg Kapitän Phillipos die Treppe hoch. Nick zog die Gummistiefel an, folgte ihm und betrat das sonnenüberflutete Deck. Die Mannschaft, dunkle Männer mit wettergegerbten Gesichtern, musterte ihn zunächst mißtrauisch in seiner schlechtsitzenden Matrosentracht. Der Ozean hob und senkte sich sanft um das rostige alte Schiff. Oben auf dem Vorderdeck schöpfte ein finster blickender Mann Wasser aus Nicks Dinghi.

Einer der Männer sagte auf griechisch: »Der sieht ja aus wie ein Circusclown.«

»Tja, sind halt eure Kleider«, antwortete Nick in derselben Sprache. »Und sie riechen auch nicht besonders.«

Alle lachten und zeigten auf den wasserschöpfenden Mann. Ihm gehörten die Sachen. Seine düstere Miene hellte sich auf, und er lachte mit.

Die Mannschaft verhätschelte Nick nach Strich und Faden, schenkte ihm Schokolade und Zigaretten und fragte ihn nach seiner Familie aus. Er bauschte die Lebensgeschichten seines Vaters und seines Großvaters ein bißchen auf, aber sie hinterfragten die Erzählungen nicht weiter. Die Unterhaltung wurde vom Gefühl gemeinsamer Erfahrungen – in der griechischen Handelsmarine und ihrer zähen, weit zurückreichenden Geschichte – getragen. Nick war stolz, von den Männern akzeptiert zu werden. Sie hatten etwas Sagenumwobenes.

Später trat Kapitän Phillipos aus dem Ruderhaus und bestätigte, daß er Nick am Ras Macpherson absetzen konnte.

»Den Weg durchs Riff müssen Sie sich aber selber suchen. Das Risiko, in die Lagune hineinzusteuern, ist zu groß. Hol mal ein Paar Ruder, Eleutherios. Unser Besucher muß uns schon wieder verlassen.«

Nick ging zum Heck. Der Tag war fast vergangen, und die Sonne ging unter. Er lehnte sich an die Heckreling und hielt frohgemut Ausschau nach Sansibar. In einer Wolke von Dieselabgasen stampfte die *Pearl of the Ocean* voran. Die Wellen wurden unter dem goldenen Licht dunkler und schließlich schwarz.

28

Es war Abend, Miranda saß allein im *Macpherson* und trank einen Cuba libre. Sie ließ die Eiswürfel im Glas klirren und erinnerte sich wehmütig an den Abend auf Leggatts Plantage, als Nick und sie Whisky mit dem Alten getrunken hatten und sie sich innerlich von ihm zurückgezogen hatte.

Im Fernsehen war Präsident Clinton zu sehen, der sich über sein Privatleben ausließ. Im Rahmen der Ermittlung, ob er einen Meineid geleistet oder andere dazu aufgefordert hatte, hatte er an diesem Tag vier Stunden lang vor der Grand Jury ausgesagt.

»Ich hatte in der Tat eine Beziehung zu Frau Lewinsky, die unangemessen war«, sagte er im Map Room vom Weißen Haus. »Sie war sogar nicht richtig. Dies war eine schwere Fehleinschätzung meinerseits und ein persönliches Versagen, für das allein ich vollkommen verantwortlich bin. Ich weiß, daß meine öffentlichen Äußerungen und mein Schweigen in dieser Angelegenheit einen falschen Eindruck hinterlassen haben ...«

Miranda betrachtete die historische Kulisse, vor der das verbissene Gesicht des Präsidenten gezeigt wurde. Er saß im Map Room, hatte der CNN-Moderator gesagt, von dem aus Franklin Roosevelt im Zweiten Weltkrieg die Truppen der Alliierten koordiniert hatte – »in ständigem Kontakt mit dem britischen Premierminister Winston Churchill in dessen Cabinet War Rooms in London«.

Sie mußte an die Jacht des toten Engländers denken. Und an Leggatt selbst: das Gesicht im Sand, das fehlende Ohr, die Läsionen unter der Haut, wo sich die Maden schon durch Wangen und Hals gefressen hatten.

»Jetzt ist es Zeit – bereits höchste Zeit – weiterzumachen. Deshalb bitte ich Sie heute abend, sich von dem Spektakel der vergangenen sieben Monate abzuwenden, um den nationalen Dialog wieder in Gang zu bringen ...«

*

In Florida sah Mrs Karolides, Nicks Mutter, genauso wie Millionen anderer Amerikaner die Rede. Auf dem Bildschirm flackerte die zerknirschte Miene des Präsidenten. Sie selbst wurde vom ehrlicheren Licht einer Stehlampe beschienen. Sie verfolgte die Sendung nicht sehr aufmerksam. Sie war mit Handarbeiten beschäftigt und dachte an ihren Sohn. Sie war in schrecklicher Sorge, weil er sich nach den Bombenattentaten nicht bei ihr gemeldet hatte. Natürlich wußte sie, daß die auf dem afrikanischen Festland verübt worden waren und nicht auf Sansibar, aber trotzdem lag das im Atlas ganz schön nah beieinander, und die Nachrichten von den Terroranschlägen hatten sie sogar aus ihrem religiösen Stupor aufgerüttelt. Mit ihrer verrückten Kirche wollte sie zur Zeit nichts zu tun haben. Selbst ihren Schrein hatte sie weggeräumt.

Sie dachte auch an Dino. Er war in den letzten Monaten so charmant zu ihr gewesen. Und sie dachte an ihre Arbeit. Der Wohnzimmerboden war mit Seidenpapier, gestärktem Baumwollstoff, gewachstem Kreppapier und buntem Transparentpapier übersät. Auf dem Sofa lagen neben ihr eine Papierschere, eine Drahtschere, eine Rolle Klebeband und ein paar Rollen Blumendraht. Auf ihren Knien lag ein aufgeschlagenes Buch, *Kunstblumen selbstgemacht.*

»Die Blumen in diesem Buch sind alle von echten Blumen inspiriert, wollen sie aber nicht imitieren«, las sie. »Niemand wird Ihr Haus betreten, Ihre Kreationen berühren und fragen: ›Sind die echt?‹ Aber man wird beeindruckt sein ...

Die Natur läßt sich bekanntlich nicht verbessern. Aber

indem Sie Ihr Bewußtsein für neue Möglichkeiten erweitern, können Sie Blumen erschaffen, die fast natürlich aussehen, und das mit Materialien, die andernfalls weggeworfen würden.«

Auf dem Bildschirm zerpflückte eine Expertengruppe die Ansprache des Präsidenten. »Das ist ganz einfach eine Frage des Vertrauens«, deklamierte ein Ritter der Schwafelrunde. »Er hat den Vertrag mit der Öffentlichkeit gebrochen. Und wenn diese Verbindung einmal durchtrennt ist …«

*

Miranda schaltete das Fernsehgerät ab und ging zu ihrem (beziehungsweise Nicks) Zimmer. Sie ging durch den baumgesäumten Innenhof vom *Macpherson*, vorbei an den Hibiskus- und Jasminbeeten. Für die Bescheidwisser, auf die die großen Sender so abfuhren, hatte sie nichts übrig. Sie war für das Fernsehen generell nicht zu haben. Die hektische Berichterstattung über die Anschläge war eine Schande gewesen. Die Schlagzeile einer tansanischen Zeitung war auf ihre Weise viel eindringlicher. Sie zitierte die letzten Worte einer Frau, die kurz nach ihrer Rettung aus den Trümmern gestorben war: *Kuta zimebomoka.* »Die Mauern sind eingestürzt.«

*

Mrs Karolides hörte zu, wie ein Experte die Geschenke aufzählte, die Ms Lewinsky zu Weihnachten vom Präsidenten bekommen hatte. Ein Stofftier, eine Anstecknadel mit der Skyline von New York, eine Rockettes-Decke, eine Scherzartikel-Sonnenbrille, den Kopf eines Marmorbären … Um Himmels willen, was sollte die Arme denn mit so einem Müll? Was sollte irgendein Mensch damit anfangen? Sie schaltete das dumme Gequassel mit der Fernbedienung aus und widmete sich wieder ihrem Buch.

»Im Bestreben, dem Bedürfnis der heutigen Zeit nach Massenproduktion nachzugeben, haben wir ein ganzes Kapitel Blumen gewidmet, von denen sich sechs oder acht auf einmal ausschneiden lassen. Sie brauchen sie nur einmal mit der Schere zu umfahren, nur einmal zu falten und zu umwickeln, und schon haben Sie einen ganzen Berg von Blumen, mit denen sich ein Kegel, eine von der Decke hängende Kugel oder ein Ring dekorieren läßt.«

*

Miranda zog sich aus und legte sich aufs Bett wie eine Leiche. Sie hätte weinen können, so verlassen fühlte sie sich. Sie ließ die Luft des Ventilators über ihren Körper streichen, dachte an Nick und an die falschen Vorwürfe, die man ihr gemacht hatte.

*

»Wir können einen Stechpalmenkranz nachempfinden, wie man ihn an die Türen hängt, ohne daß wir dafür einen Ring aus Draht und Stechschaum bräuchten –«, las Mrs Karolides unter ihrer Stehlampe.

*

Miranda schoß vom Bett hoch. Jemand drückte auf die Türklinke. Da Souzas Warnung vor Einbrechern fiel ihr ein, sie stand auf, wickelte sich in die Decke und sah sich nach einer Waffe um. Im Mondlicht konnte sie nichts als die Schwämme an der Wand erkennen. Wieder rüttelte jemand an der Tür. Etwas schnürte ihr die Kehle zu.

Endlich sah sie eine leere Bierflasche neben Nicks Computer. Sie nahm sie und stellte sich neben die Tür.

»Was wollen Sie?« fragte sie ruppig.

»Wer ist da?« fragte draußen eine bekannte Stimme.

»Nick?«

Sie öffnete die Tür, und das hinausscheinende Licht beleuchtete eine Gestalt in einem blauen Seemannspullover und Gummistiefeln. Ihr Herz machte einen Satz, als hätte sie etwas Kostbares und Wunderbares wiedergefunden, das sie verloren geglaubt hatte.

»Miranda!«

Sie umarmte ihn.

»Gott sei Dank. Wo zum Teufel bist du denn gewesen?«

»Beim Teufel trifft's ganz gut.«

Erschöpft stapfte er mit den schweren Stiefeln ins Zimmer. Er sah furchtbar aus.

»Ich habe dich schon seit Tagen überall gesucht!« sagte sie und hielt immer noch Bettdecke und Bierflasche fest.

Er sackte aufs Bett; sein Atem ging keuchend. Er hatte eine tiefe Wunde an der Schläfe.

»Ähm, das ist ein bißchen kompliziert ... Du kannst die Flasche übrigens wegstellen. Und wie kommst du überhaupt hierher?«

»Wegen der Bomben.«

»Was denn für Bomben?«

Sie mußte unwillkürlich lachen. »Mensch, mußt du weit weg gewesen sein.«

Sie setzte sich neben ihn und zog die Decke enger um sich zusammen. »Ich hatte schon Angst, ich würde dich nie wiedersehen.«

»Hättest du fast auch nicht.«

»Was ist denn passiert?«

Er beugte sich vor, stützte den Kopf in die Hand und massierte sich mit den Fingern den Schädel, als hätte der sämtliche Strafen der Welt empfangen. Sie merkte, daß praktische Dinge vorgingen, daß jetzt der falsche Zeitpunkt war, ihm zu gestehen, wieviel ihr seine Rückkehr bedeutete. Er war viel zu durcheinander.

»Weißt du, daß du ziemlich miefst? Geh doch erst mal duschen, und danach erzählst du mir, was passiert ist. Und ich dir auch. Außerdem muß ich mir deine Wunde da anschauen.«

»Okay«, krächzte er, ging ins Bad und zog sich aus.

Miranda wickelte sich aus der Decke und machte das Bett. Sie hörte ihn duschen. Sie zog Shorts und ein T-Shirt an, ging zur Rezeption und bat da Souza um einen Erste-Hilfe-Kasten. Als sie zurückkam, trat Nick mit einem

Handtuch um die Hüften aus dem Bad, und sie sagte, er solle sich aufs Bett legen.

»Ich will mich erst anziehen.«

»Leg dich einfach hin.«

Sie versorgte seine Schläfenwunde, deren Schorf unter der Dusche aufgeweicht war und die wieder blutete. Dann verband sie ihm noch den tiefen Schnitt am angeschwollenen Knie. Er zuckte nur manchmal zusammen, lag ansonsten aber schweigend da. Während ihre Hände über seinen Körper glitten, hörte sie draußen leise die Wellen an den Strand schlagen.

Danach legte sie sich zu ihm aufs Bett, und unter dem surrenden Ventilator erzählten sie sich die Erlebnisse der letzten Tage, schließlich hatten beide Erstaunliches zu berichten. Und später, als der Generator abgeschaltet wurde, der Ventilator verstummte, der Mond zunahm und sein Licht auf die Weiten des sanft flüsternden Ozeans warf, schmiegten sie sich aneinander, murmelnd, drängend, und liebten sich.

*

»Wir können auch die ungesehen in der Wüstenluft erblühenden Blumen Arabiens nachformen«, las Mrs Karolides, »ohne sie in Gewächshäuser sperren zu müssen. Im nachfolgenden Schaubild sehen Sie, wie man ein Herz aus Rosenblüten in einem Dreieck aus Blättern so anordnen kann, daß es an einen Paradiesgarten erinnert, durch eine Mauer abgetrennt von der gewöhnlichen Welt.«

Sie mußte an ihre Bursa denken, das kleine Holzkästchen, in dem der Priester früher die Hostien transportiert hatte, stand auf und holte es.

*

Nick drehte sich zu Miranda und sah ihr in die grünen Augen; sie weinte. Panik stieg in ihm auf.

»Stimmt was nicht?«

»Ich bin bloß so glücklich.«

»Ach so.«

»Du hast geknurrt wie ein Tier«, sagte sie beruhigend und tastete nach seiner Hand.

Er lachte und vergaß seine Schmerzen; liebte sie um ihres Mitleids willen und für das Abenteuer ihres Körpers und nahm sie wieder in die Arme.

Sie blieben eine Weile so liegen, dann legte er sich auf sie und ließ den Kopf zwischen ihren Brüsten ruhen. Nach einer Weile umschlossen seine Lippen einen ihrer Nippel, er tastete mit der Hand nach dem anderen und streichelte ihn sanft. Sie stöhnte auf ... Er glitt an ihrem Körper hinab, bedeckte Bauch und Becken mit Küssen und drang dann mit der Zunge in sie ein wie ein Kolibri in eine Blüte.

Sie legte ihm die Hände auf den Kopf und flüsterte seinen Namen.

29

Der Morgen dämmerte und mit ihm das Wissen – zumindest für Miranda. Queller mußte dringend erfahren, daß Nick zurück war und was ihm auf Lyly zugestoßen war, aber weder ihr Handy noch die Festnetztelefone funktionierten. Sofern sie nicht sofort nach Dar zurückflog, war sie zur Untätigkeit verdammt. Gut, ein paar Stunden konnte sie noch bleiben. Vor dem Frühstück gingen sie schwimmen, und Miranda fragte sich, ob sie ihre Rückkehr nur aufschob, um länger mit Nick zusammen sein zu können.

Nach dem Essen probierte sie es noch einmal vom Hoteltelefon aus, hatte aber wieder keinen Erfolg. Nick saß in Shorts und T-Shirt auf dem Sofa im Fernsehzimmer. Sie ging zu ihm und gab dabei mit dem Daumen Quellers Nummer in ihr Handy ein.

»Kurznachrichten«, sagte Nick aufgeregt. »Clinton.«

Sie sah vom Display in ihrer Hand auf den Bildschirm an der Wand. Das *Mea culpa* des Präsidenten hing zwar noch so frisch in der Luft wie der Jasminduft aus den Gärten des *Macpherson*, aber diesmal ging es nicht um Monica Lewinsky.

»Wir haben überzeugende Beweise, daß diese Gruppen bei den Botschaftsbombardierungen in Kenia und Tansania eine Schlüsselfunktion hatten«, sagte er gerade in einem Statement aus Massachusetts. »Terroristen sollten keine Sekunde lang daran zweifeln, daß Amerika seine Bürger vor dieser Bedrohung beschützen wird. Heute haben wir zurückgeschlagen.«

»Mein Gott«, sagte Nick.

»Pst«, machte Miranda.

»Das war der Präsident aus seinem Ferienort auf Martha's Vineyard«, sagte der Nachrichtensprecher. »Nach seiner Feuerprobe vor der Grand Jury macht er dort Urlaub mit Hillary und Chelsea. Heute unterbricht er den Urlaub und kehrt nach Washington zurück. Wir hoffen in Kürze zum Weißen Haus umzuschalten, wo er eine Erklärung zu den Vergeltungsschlägen abgeben wird.«

Sie hörten sich den Off-Kommentar an und musterten die Grafiken. In Zhawar Kili-al-Badr, einem mit Osama bin Laden in Verbindung gebrachten Lagerkomplex mit sechs Stützpunkten in der Nähe von Chost in Afghanistan, waren einundzwanzig Menschen umgekommen und dreißig verwundet worden. Bei der Arzneimittelfabrik al-Chifaa bei Khartum im Sudan, die angeblich dem Terroristenführer gehörte und von irakischen Technikern betrieben wurde, die Saddam Hussein ihm zur Verfügung gestellt hatte, waren zwölf Menschen umgekommen und Dutzende verletzt worden. Auch jetzt noch wurden Menschen aus den Trümmern geborgen, wie auf dem Bildschirm zu sehen war. Die in al-Chifaa vermuteten Anlagen zur Herstellung des Nervengases VX waren jedoch »funktionsuntüchtig gemacht« worden, wie National Security Director Sandy Berger sagte.

Sudanesische Regierungsbeamte protestierten mit dem Hinweis darauf, die Fabrik habe keineswegs EMPTA produziert, einen Bestandteil des Nervengases. Sie habe vielmehr Hustenmittel hergestellt, Antibiotika, simple Schmerzmittel (Aspirin und Paracetamol) und tierärztliche Präparate. Außerdem seien dort Arzneimittel gegen Diabetes, Geschwüre, Tuberkulose, Rheumatismus und Bluthochdruck produziert worden, insgesamt siebzig Prozent des Medikamentenbedarfs eines Landes, das von Krieg und Seuchen heimgesucht werde.

US-amerikanische Beamte widersprachen mit der Behauptung, für all das hätten »sich keine Beweise finden lassen«. Sie hätten hingegen eine CIA-Bodenprobe aus der Fabrik mit Spuren von EMPTA.

Der Sudan betonte ferner unverzüglich, man habe bin Laden auf Druck der USA schon 1996 ausgewiesen und mit ihm hundert seiner Anhänger. »Wir haben der Regierung der USA einen Rat gegeben, den sie nie beherzigt hat«, sagte der sudanesische Außenminister Salah-el-Din. »Wir haben gesagt: ›Weist ihn nicht aus dem Sudan aus, denn dann verliert ihr die Kontrolle über ihn.‹ Jetzt führen die Vereinigten Staaten Krieg gegen einen unsichtbaren Feind.«

Das Bild, das eben noch die rotglühenden Trümmerberge der Fabrik gezeigt hatte, wechselte plötzlich. Der Moderator unterbrach: »Wir schalten jetzt um zum Präsidenten ins Oval Office.«

»Guten Tag. Ich habe unseren Streitkräften heute den Angriff auf terroristische Einrichtungen in Afghanistan und dem Sudan befohlen, die unsere nationale Sicherheit unmittelbar bedrohen.

Ich möchte Ihnen das Ziel dieser Maßnahme und ihre Notwendigkeit erläutern. Unser Ziel war der Terror. Unser Auftrag war klar ...«

Miranda achtete auf Clintons Unterkiefer.

»Ihr Auftrag ist Mord. Und ihre Geschichte ist blutig ...«

»O mein Gott, sie haben bombardiert?« Da Souza war ins Zimmer gekommen. Er stand neben dem Sofa und streckte die Arme im weißen Anzug aus wie ein Bittsteller.

»Pst!«

»Unsere Angriffe richteten sich gegen einen der aktivsten terroristischen Stützpunkte der Welt. Dort befanden sich Schlüsselelemente des Netzwerks und der Infrastruktur bin Ladens, und der Stützpunkt hat buchstäblich Tausenden von Terroristen auf der ganzen Welt als Ausbildungslager gedient. Wir haben Grund zu der Annahme, daß dort heute eine Versammlung wichtiger terroristischer Führer stattfinden sollte, was die Dringlichkeit unserer Aktion zeigt.

Unsere Streitkräfte haben ferner eine Fabrik im Sudan angegriffen, die mit dem Netz bin Ladens zusammenarbeitet und chemische Kampfstoffe produziert.

Die Vereinigten Staaten haben es sich mit diesen Angriffen nicht leicht gemacht ... Wir werden weitermachen, und wir werden siegen. Ich danke Ihnen. Gott segne Sie, und Gott segne unser Land.«

»Sie hörten den Präsidenten, der noch mit weiteren Staatsoberhäuptern der Welt telefonieren wird, um sich ihrer Unterstützung zu versichern, und dann an seinen Urlaubsort auf Martha's Vineyard zurückkehrt.«

Im Lauf des Tages – den Miranda und Nick bei Pizza und Bier verbrachten, die sie sich vom Manager bringen ließen – wurde klar, daß sich bin Laden nicht einmal in der Nähe der Lager aufgehalten hatte, als die Raketen einschlugen. Die Taliban, seine Beschützer, ließen verlauten, er sei »gesund und munter«.

In einem Bericht hieß es, er hätte das Lager eine Stunde vor dem Angriff verlassen. Anderen Aussagen zufolge war er seit Monaten nicht mehr dort gewesen, und andere Terrorgruppen hätten den militärischen Komplex von ihm gemietet. In jedem Fall war bin Laden seit den Botschaftsbombardierungen auf dem *Qui vive*, wie aus einer anonymen Sicherheitsquelle in Pakistan verlautete, und hielt sich nie lange auf einem Stützpunkt auf.

»Es heißt, gegenwärtig sei er auf einer Opiumfarm südlich von Jalalabad«, verriet die CNN-Reporterin. »Es ist noch völlig ungewiß, ob überhaupt Mitglieder seiner Organisation getötet worden sind. Zurück zu Ihnen, Peter.«

»Danke, Wendy. Und wir schalten um ins Pentagon zu William Cohen«, leitete der Moderator über.

»Wir haben diese Maßnahmen ergriffen, um den Terrororganisationen die Möglichkeit zu nehmen, ihre fehlgeleiteten Anhänger auszubilden und auszurüsten«, sagte der amerikanische Verteidigungsminister in seiner Erklärung. »Wer unsere Bürger angreift, für den gibt es keinen Zufluchtsort und keinen Schutz vor dem langen Arm der Gerechtigkeit.«

Bei seinen Worten merkte Miranda, daß Quellers Ansichten in kürzester Zeit offizielle Regierungspolitik geworden waren. Sie mußten während ihrer Abwesenheit weitere al-Qaida-Mitglieder ergriffen haben. Cohens Schuldzuweisung galt bin Laden persönlich, der die Fabrik al-Chifaa finanziert habe.

Sie ging in den Garten, um Queller noch einmal über ihr Handy anzurufen, und wieder rumorte es in ihr, daß es eine Vernachlässigung ihrer Pflicht war, bei Nick zu bleiben und die Vergeltungsmaßnahmen mit ihm zusammen am Bildschirm verfolgen zu wollen. Hinter ihr schwang die Drahtgeflechttür hin und her. Sie ging in der heißen Sonne auf und ab und hoffte, eine Verbindung zu bekommen, wenn sie ihren Standort veränderte.

Alles für die Katz. Sie sah nach oben, als hätte das Wetter damit zu tun, und starrte in das unermeßliche blauweiße Firmament; die Wolkenmassen zerfielen in winzige Punkte, als wollten sie sie – die Wendung ihres Vaters fiel ihr wieder ein – *mit Zuckerstückchen bewerfen.*

In einem Mangobaum fiel ihr ein Buschbaby auf. Sie steckte das Handy in die Tasche, ging hinüber, sah in den Baum hoch und verfolgte, wie das eichhörnchenähnliche Tier eine Frucht zwischen den kleinen Klauen festhielt und benagte.

Sein Gesicht und die Bewegungen seiner Pfoten waren erschreckend menschenähnlich. Mutter Naturs Botschaft war deutlich; es gab nur einen hauchdünnen Unterschied zwischen ihr und dem Geschöpf da oben im Baum. In diesem Augenblick der innigen Verschmelzung – der Verschmelzung sowohl mit der gelben Frucht und dem überzuckerten Himmel als auch diesem Tier – verspürte Miranda eine Art Erstaunen darüber, am Leben zu sein.

Als sie diesem seltsamen Eindruck auf den Grund gehen wollte, zerbrach die Verbindung zwischen ihr und dem Buschbaby wie ein dünner Zweig; das Gefühl verflog. Sie warf einen letzten Blick auf das kleine Wesen – mit seinem Gesicht eines unfertigen menschlichen Embryos, gerahmt von der Pelzkapuze eines Eskimos – und ging durch den Garten zurück.

Drinnen lärmte das Irrenhaus in der Dröhnkiste immer noch. CNN spielte Aufnahmen von ABC ein, wo man einen Knüller gelandet hatte. »Ich kenne ihn überhaupt nicht«, sagte ein Salah Idris, laut Insert Besitzer der Fabrik von al-Chifaa, über bin Laden. Ein Reporter des Netzwerks hatte den Geschäftsmann unten in Saudi-Arabien aufgespürt. »Ich habe nie Geschäfte mit ihm gemacht. Ich habe meines Wissens auch niemals mit einem seiner Agenten Geschäfte gemacht.«

»Komm' noch immer nicht durch«, sagte Miranda und kuschelte sich auf dem Sofa unter Nicks ausgestreckten Arm. »Hab' ich was verpaßt?«

»Glaube nicht. Ich krieg's nicht ganz auf die Reihe. Was sollen diese Bombardierungen, wenn der Typ dabei nicht mal draufgeht? Das hat doch keinen Sinn.«

Er hatte recht. Die Wahrheit hinter dem vom Fernsehen unweigerlich aufgebauschten Spektakel sehen zu wollen glich dem Versuch, durch ein beschlagenes Fenster zu schauen, hinter dem sich noch ein beschlagenes Fenster befand und dahinter noch eines und noch eines und noch eines, bis in alle Ewigkeit. Sie hätten die Fenster polieren können, bis sie dünn wie Seidenpapier gewesen wären, und trotzdem hätten sie nicht hindurchsehen können. Vielleicht gab es auch nicht viel zu verstehen in dieser endlosen Abfolge von Ereignissen, die von toten Russen in Afghanistan über dies, das und jenes, über die toten Afrikaner und Amerikaner in Nairobi und Dar bis hin zur Bombardierung eines Landes mit einer der höchsten Unterernährungsraten der Welt reichte.

Über die künftigen Todesfälle auf den verdorrten Feldern des Sudan sollte weder auf CNN noch in der *New York Times* berichtet werden – dabei war viel Arbeit in sie investiert worden. Im Lauf der vergangenen Woche war der Krisenstab im Weißen Haus mit Berichten über den

Fortgang der Ermittlung in Sachen Botschaftsbombardierungen aus dem ganzen nationalen Sicherheitsapparat überflutet worden. Alles deutete auf bin Laden, von Vernehmungen Verdächtiger bis zu Analysen mitgeschnittener Telefonate und Satellitenüberwachungsvideos. Queller war rehabilitiert. Sogar Mort Altenburg war jetzt seiner Meinung – und behauptete vor Dritten sogar, das schon immer vermutet zu haben. Präsident Clinton hielt eine Geheimbesprechung mit sechs Beratern ab und diskutierte Möglichkeiten eines Gegenangriffs. Zu den sechsen dürften Sicherheitsberater Berger und Außenministerin Madeleine Albright sowie General Tom Kirby vom Pentagon gehört haben. Man entschied sich für al-Chifaa und Chost als die ins Visier zu nehmenden Ziele.

Die Planer arbeiteten rund um die Uhr. Nachdem mehrere der vierundzwanzig amerikanischen GPS-Satelliten die Ziele lokalisiert hatten, wurden deren Koordinaten den Waffensystemen von sechs Kriegsschiffen der US Navy und einem U-Boot eingegeben. Zwei Kriegsschiffe befanden sich im Roten Meer, die anderen sowie das U-Boot im Persischen Golf. Sie gehörten verschiedenen Truppenverbänden an: der USS Abraham Lincoln Battle Group, der USS Dwight Eisenhower Battle Group und der USS Essex Amphibious Readiness Group. Das U-Boot war die USS Columbia.

Im nächsten Schritt wurden die Zielkoordinaten den Flugleitsystemen von achtzig Marschflugkörpern vom Typ Tomahawk eingegeben. Zu diesen Systemen gehörten neben dem Global Positioning System GPS das Terrainabtastprogramm TERCOM (Terrain Contour Matching) und das Zielgebietsabgleichsystem DSMAC (Digital Scene Matching Area Correlator). Wie Tomahawk® selbst waren all diese Systeme eingetragene Warenzeichen der US Navy, die kürzlich das ganze Paket erstmals ins Ausland verkauft hatte – Großbritannien hatte sechzig Marschflugkörper erworben.

Als die Systeme scharf waren, mußte General Kirby nur noch darauf warten, daß über eine verschlüsselte Leitung aus Martha's Vineyard Präsident Clintons endgültige Vollzugsanordnung einging, die er weiterzuleiten hatte. Als der Befehl aus den Ferien erteilt war, wurden die Startrampensysteme der Lenkwaffen aktiviert, indem verschiedene Hände verschiedene Schlüssel drehten und verschiedene Knöpfe drückten. Alles war so sicher wie nur irgend möglich und auch so kontrolliert: die Organisierung der Gewalt. Jeder einzelne Schritt in dem ganzen Prozeß war so abgeklärt und ausbalanciert wie die Regierung, unter deren Kommando der Einsatz stattfand. Und jene Hände waren starke Hände an den Enden starker Arme mit hochgekrempelten Khakiärmeln an durchtrainierten Körpern, gekrönt von glattgeschorenen, rechtschaffenen, patriotischen Köpfen. Manche trugen Mützen, manche waren weiß, manche schwarz. Eine Nation unter Gott, unteilbar, mit Freiheit und Gerechtigkeit für jedermann.

Zur Verteidigung dieser Grundsätze zündeten die Waffenoffiziere der Navy die Feststoffstartraketen, die die Tomahawks aus ihren Silos beförderten. Die Marschflugkörper stiegen zunächst senkrecht in die Höhe. Bei Erreichen der optimalen Flughöhe wurden die Außenhüllen abgesprengt, und Servomotoren schoben durch seitlich angebrachte Schlitze Schwanzflossen und Tragflächen heraus. Kleine Raketen an den Geschossen korrigierten den Schubkraftwinkel. Dann sprangen die Mantelstromtriebwerke an und verwandelten die Flugkörper aus Projektilen in kleine Roboterflugzeuge mit einer Länge von fünfeinhalb Metern und einer Flügelspannweite von etwas über zweieinhalb Metern.

Die achtzig Marschflugkörper bewegten sich in sehr geringer Höhe, um der Entdeckung durch Radar zu entgehen. Die zigarettengroßen Silberpünktchen am Himmel hinterließen Kondensstreifen wie Buntstifte an Kindergartenwänden. Aber die Kondensstreifen blieben nicht, sondern verwehten so schnell wie die Kindheit. In einem Pressekommuniqué der Navy hieß es: »Ihrer großen Reichweite, Tödlichkeit und extrem hohen Treffgenauigkeit wegen fiel die Wahl des US-amerikanischen Verteidigungsministeriums auf die Tomahawk®.«

Sicherheitsberater Berger bemerkte, die Tomahawks seien zum Einsatz gekommen, um sich nicht »die Schau stehlen zu lassen«. Auf den Fernsehbildschirmen der ganzen Welt – in einem Hotelsalon auf Sansibar, in einem Vorstadthaus in Florida, an einem geheimen Ort in Afghanistan – erklärte er post festum, »Hauptbeweggrund war in diesem Fall die Geheimhaltung des Einsatzes«.

Die Marschflugkörper korrigierten ständig ihren Kurs, indem sie die Zeit- und Positionssignale, die sie von Atomuhren der Satelliten empfingen, mit Borduhren und -computern abglichen. Aus diesen Berechnungen extrapolierten sie die abnehmende Entfernung zu den Zielen und nahmen unter ständiger Einbeziehung von Daten über Geländekonturen und Wetterbedingungen Kursänderungen vor.

Zur Detonation kam es zum Zeitpunkt des Aufschlags entweder von der Seite oder direkt von oben (dann waren sie darauf programmiert, in den letzten Minuten des Fluges eine Parabel zu vollziehen). Beobachter an der Fabrik sprachen von drei großen Explosionen. Mauern flogen aus Gebäuden, und Stahl und Beton wurden über die ganze Anlage verteilt. In den Lagern wurden Kommando- und Kommunikationseinrichtungen, Waffen- und Munitionsarsenale sowie Ausbildungsgelände wie Schießplätze zerstört. Der Angriff kostete siebenundzwanzig Menschenleben.

Es war eine terroristische Universität, auf deren Lehrplan der Tod stand. Nach außen gab sie sich den Anschein einer normalen Fabrik, aber tief verborgen in ihren unterirdischen Bunkern wurde das tödliche Nervengas produziert. Bleiben Sie dran, wenn CNN aktuelle Nachrichten von den Vergeltungsschlägen der USA gegen Afghanistan und Sudan bringt!

Miranda und Nick saßen stumm nebeneinander und verfolgten die immer hastigeren Berichte. Im Tagesverlauf wichen die Berichte über den Start der Tomahawks solchen über ihre Auswirkungen. In den Ländern, in denen die Cruise Missiles einschlugen, wurde das von ranghohen Beamten kommentiert. Die Luftschläge seien eine »grobe Verletzung der Menschenrechte«, erklärte das talibanische Außenministerium in Kabul.

Im Fernsehen wurden Tausende afghanischer Demonstranten gezeigt, die die verlassene Botschaft der USA in Kabul mit Steinen bewarfen. Dann wurde nach Khartum umgeschaltet, wo sich ähnliche Szenen abspielten; Menschenmengen überrannten die Zäune der Botschaft (die ebenfalls einige Jahre zuvor aufgegeben worden war) und verbrannten amerikanische Fahnen.

»Nieder, nieder mit den USA!« skandierten die Demonstranten.

»Das ist ein Terrorakt«, sagte der sudanische Präsident Omar al-Baschir etwas nüchterner. »Diese Aggression zielt auf Muslime und Araber ab. Die USA haben kein Recht, den Sudan ohne jede Rechtfertigung und ohne Beweise anzugreifen. Clinton und Amerika werden dafür büßen.«

Befragt, ob im Fabrikkomplex al-Chifaa Nervengas oder andere chemische Kampfstoffe hergestellt worden seien, bemerkte er: »Das Verbreiten von Lügen ist weder für die Vereinigten Staaten noch für ihren Präsidenten neu. Ein Mensch von solcher Unmoralität wird vor keiner Lüge zurückscheuen.« Schließlich bezeichnete er den bedrängten Präsidenten als »Kriegsverbrecher ersten Ranges«.

Auch in anderen Teilen der arabischen Welt lösten die Raketenangriffe große Empörung aus. »Seit Clinton Osama bin Ladens *Schalwar Qamis* entdeckt hat, ist die Welt nicht mehr so besessen von Lewinskys Kleid«, hieß es in einem Leitartikel der Beiruter Zeitung *Al-Kifah Al-Arabi.*

»Dabei handelt es sich um eine Verschwörung gegen die muslimische Welt«, sagte Qazi Hussain, der Vorsitzende der Islamistischen Partei Pakistans Jami'at-i Islami. »Wir schließen uns dem Dschihad an!« schrien die Demonstranten in den Straßen von Karachi. Auch sie verbrannten amerikanische Fahnen, außerdem Bildnisse von Präsident Clinton. Zusätzlich zertrampelten sie die Asche noch auf dem Asphalt, was die Kameras mit Teleobjektiven festhielten.

Die US-Regierung reagierte auf ihre Kritiker mit Sturheit. »Es gibt im Leben keine absolute Sicherheit«, erklärte Thomas Pickering, Staatssekretär im Außenministerium. »Es kann zu weiteren Vergeltungsschlägen kommen. Notfalls werden wir zum Schutz unserer Bürger unilateral handeln, laden andere Nationen der Welt jedoch ein, in diesem Kampf an unserer Seite zu stehen.« Einige westliche Staaten unterstützten die Luftangriffe. »Ich kann diese amerikanischen Maßnahmen gegen den Terrorismus nur befürworten«, sagte der britische Premierminister Tony Blair.

Sachverständige der Organisation für das Verbot von Chemiewaffen OPCW erläuterten, EMPTA sei nicht nur ein Zwischenprodukt bei der Herstellung von Nervengas, es komme auch bei der Produktion von Fungiziden und Antibiotika zur Mikrobenbekämpfung zur Anwendung. Ferner sei es ein Bestandteil von Plastikweichmachern. Andere westliche Wissenschaftler wiesen darauf hin, in VX-Gas gäbe es Substanzen, die sich auch in Kirscharoma fänden, wie es in Bonbons und Hustensirup verwendet werde.

*

»Ich kann grad nicht reden«, sagte Queller, als Miranda ihn am folgenden Morgen endlich erreichte.

Bevor er auflegen konnte, gelang es ihr, ihm von Nick zu erzählen.

»Was? Sie haben ihn gefunden? Wann?«

Sie sagte es ihm.

»Was zum Teufel haben Sie seitdem bloß gemacht?«

Sie sparte sich eine wahrheitsgemäße Beantwortung dieser Frage und sagte, sie habe nie durchkommen können.

»Bleiben Sie, wo Sie sind. Ich komme so schnell wie möglich rüber. Wo genau sind Sie noch mal?«

»Im *Macpherson Ruins.* Außerhalb von Stone Town.«

Ebendort lief während des nächsten Tages der Fernseher, wann immer der Generator es zuließ. Sex fiel vorläufig aus, Pizza und Bier gab es weiterhin. Und Hähnchencurry und Kokosreis. Die Buschbabys trappelten auf dem Blechdach über dem Sofa herum, ließen die Satellitenschüssel erzittern und das Fernsehbild auch. Ab und zu kam da Souza herein und brachte ihnen Speisen und Getränke auf einem alten Blechtablett, das den Schriftzug »Property of Union Castle Shipping Company: Southampton, Cape Town, Zanzibar« trug.

In einer Pose entsetzten Staunens über die Ereignisse auf dem Bildschirm blieb er stehen und sah eine Weile zu.

»Sehr schlimm«, sagte er. »Sehr schlimm. Sie werden es tun, und die anderen werden es tun, und dann wieder sie und dann wieder die anderen. Gibt es denn gar kein Mittel, diese verdammte Bande zu kontrollieren?«

Wenn er gegangen war, schwang die holzgerahmte Moskitotür quietschend in den Angeln, und der warme Jasminduft strich stärker durch ihr Drahtgeflecht. Auch die Zeit verstrich schneller, und immer noch schwatzten die redseligen Reporter, die Moderatoren, die Augenzeugen, die Kommentatoren und die Experten.

»Komm, wir gehen schwimmen«, sagte Nick nach einer Weile. »Bevor es dunkel wird.«

Im Schein der roten Abendsonne gingen sie ins Zimmer, zogen ihre Badesachen an und gingen mit den Handtüchern über den Schultern langsam den Strand hinab.

Ohne Zuschauer plapperte das Fernsehgerät im Salon vor sich hin und wurde schwarz, als der Generator mit einem Ächzen ausging. Mehr oder weniger im selben Moment brachte CNN gerade eine große Neuigkeit. Osama bin Laden persönlich hatte anscheinend aus Afghanistan eine Nachricht an die Londoner Zeitung *Al-Quds Al-Arabi* lanciert und weitere Angriffe gegen »Juden und Kreuzritter« angekündigt.

»Die Schlacht hat noch nicht begonnen«, hieß es in der Nachricht. »Wir werden mit Taten und nicht mit Worten reagieren.«

*

Der Mann, der die in Erwartung kommender Behinderungen lange im voraus angefertigte Nachricht geschickt hatte, war weit entfernt von den Einschlägen der Tomahawks. Er ritt auf Schmugglerpfaden über einen entlegenen Paß in Ostafghanistan. Unter ihm – ungeduldig gab er seinem Pferd die Sporen – ritten zwei seiner Adjutanten, Aiman az-Zawahiri, der ägyptische Arzt, und Mohammed Atif, al-Qaidas Militärkommandeur. Hinter ihnen bewegten sich ebenfalls zu Pferde sieben handverlesene Mitglieder seiner Leibgarde.

Die Leibwache wich nie weit von der Seite des Scheichs, aber er war stets besorgt, einen Teil seiner selbst vor ihnen zu verbergen. Mysterien mehren die Majestät, halb verborgen war Macht am stärksten. Er hielt sich auch mit Offenbarungen für seine Feinde zurück und ließ ihnen nur Nachrichten zukommen oder gewährte ihnen kurze Einblicke mit den von Achmed dem Deutschen gedrehten Videos, von denen ihnen unweigerlich einige in die Hände fielen. Es war besser, so im Schatten zu bleiben, bevor man sich mit ganzer Macht zu erkennen gab. Die ausgestellte Hand des Diebes, wie er sie jüngst in Herat gesehen hatte, flößte nicht aus sich heraus Schrecken ein, sondern weil der dazugehörige Körper fehlte.

Eine bessere Analogie bot vielleicht die Stimme, die durch die säulenreiche Stadt Iram hallte und ihre ungehorsamen Einwohner warnte. Da diese nicht auf sie hörten, versteinerten sie und wurden, umgeben von all ihrem nutzlosen Reichtum, unter Sand begraben. *Sahst du nicht, wie dein Herr mit Ad verfuhr? Mit Iram der Säulenreichen, der nichts gleich erschaffen ward im Land?*

Es war kalt – in den Felsnischen beidseits des Passes lagen Schneewehen –, und er war froh über seinen Wollmantel. Heute nacht würden sie bei einem Schafhirten im Stall schlafen, eine Ziege schlachten und zusammen mit dem mitgebrachten Reis verzehren. Er war jetzt schon hungrig, griff mit den langen, schmalen Fingern in eine Tasche, nahm eine Dattel heraus und steckte sie in den Mund.

Er kaute das süße Fruchtfleisch, zügelte sein Pferd – die Hufe klapperten auf dem Felsboden – und sah wieder zu seinen Gefährten hinunter. Dann hatte er jäh eine Vision, glaubte Flügel zu haben, zu ihnen hinabzufliegen und die Berghänge zu durchkämmen. Von den gleißenden Felsen geblendet, kniff er die Augen zusammen, spuckte den Dattelkern aus und verfolgte im Geiste die Vision, zog wie eine Spinne im Netz an den Seidenfäden seines Bewußtseins. Als könnte er sich allein durch Willensanstrengung zu den Pforten des Paradieses emporschwingen oder hinabstoßen und die Verdammten im Feuer ausspionieren. Oder sogar mit waagerechten Schwingen über den Ozean streichen und sich ins Land des Widersachers begeben – das im Lauf der Zeit, da in der Zeit, ebenfalls im Feuer landen würde.

Er steckte die nächste Dattel in den Mund.

*

»Von Satan, dem Gesteinigten, nehme ich meine Zuflucht zu Gott«, flüsterte Chaled al-Chidr, der in einer Moschee in Jambangome kniete. Auf der Insel Pemba gelegen, war das die Heimatstadt seiner Eltern, die nicht mehr waren. Draußen vor der Moschee hörte er eine Ziege meckern, die aufs Melken wartete.

Das Ableugnen lag hinter ihm. Sein Gedächtnis war genesen. Die Wahrheit, jener höchste Wert eines jeden Menschen, hatte ihn erreicht und jede Faser seines Wesens durchdrungen wie das Läuten einer Glocke. Seine Lebensgeschichte, jene Schicksalsnacht – einer Inschrift gleich in ihre eigentümlichen Kehlwunden gekerbt – hatten sich ungetrübt und offenbar in die durchsichtige Schatulle seiner Seele gesenkt.

Warum hatte er sie so lange versperrt, sich in andere Gedanken geflüchtet, wo doch der Schlüssel die ganze Zeit klar und deutlich vor ihm gelegen hatte? Weil er mit Zayn und seiner Geschichte einverstanden sein *wollte*? Weil er die Wahrheit nicht kennen *wollte*?

Er drückte die Stirn auf den Boden.

Aus irgendwelchen Gründen – dem Abenteuer des Dschihad, der Befreiung von seiner Familie und den beengenden Lebensumständen von Sansibar – hatte er bei etwas mitgespielt, das die Trauer über ihren Tod damals linderte. Die Salbe für die Wunde war jedoch gleichzeitig ihre Ursache, und indem er sie auftrug, hatte er noch größeres Leid über sich und andere gebracht.

Er griff sich an den Kopf und bezweifelte, daß es für ihn einen anderen Ort als die Djehennim geben konnte, jenes Feuer, das sich von Menschen und Steinen nährte. Das ganze Gerede des Scheichs von den Wonnen des Paradieses, *einem mauerumschlossenen hohen Garten, dessen Trauben nahe sind* – das waren nichts als Worte gewesen, falsche Vergleiche, die sich ins Herz einschleichen und Verderben und Verwüstungen mit süßlichem Raunen bedecken sollten. Und all das hatte er immer schon gewußt, auch als er sich ihnen auf jenem grausamen Pfad angeschlossen hatte.

Um ihn her vollzogen andere Gläubige das vom Koran vorgeschriebene Ritual. Er versuchte sich zu sammeln. Er rief Gott an, hoffte auf Gott und betete, daß die Verdammung zum Sündigen in Wahrheit ein Weg zu IHm gewesen sein möge. Er wußte jedoch, sowenig die Sonne im Westen aufging, sowenig durfte er das von GOtt fordern.

Lies! Im Namen deines HErrn, der erschuf, erschuf den Menschen aus geronnenem Blut.

Lies, denn dein HErr ist allgütig, der die Feder gelehrt, gelehrt den Menschen, was er nicht gewußt.

Der Mullah brachte die unerschaffene, selbstgenügsame Macht des Koran zum Ausdruck. Das Wesen des Heiligen Buchs war der Name *Allah* – geschrieben *alif, lam, lam, ha.* Es übertraf die Worte, mit denen der Mensch ihn anruft, war es doch ein Weg zu IHm, der die Himmel und die Erden mit der Wahrheit erschaffen hat, der Korn und Dattelkern spaltet und die Schlüssel zum Unsichtbaren in seiner Hand hält.

Die Epochen und das Rezitieren der Andachtsformeln gerieten in Chaleds Geist durcheinander. Er bekam Angst. Keine Furcht und kein Schrecken gleichen denen Gottes, der keine Vermessenheit und keine Spaltung duldet, der alles ist, gewesen ist und sein wird, absolut alles.

Siehe, hierin sind wahrlich Zeichen für nachdenkende Leute.

Siehe, hierin sind wahrlich Zeichen für einsichtige Leute.

Chaled spürte, wie ihn eine Welle der Mutlosigkeit überfiel. Eines Tages, wußte er, würde ER, der die Winde entsendet und die Wolken aufhebt, der die Erde nach ihrem Tode lebendig macht, würde dieser Lebendigmacher der Toten in seiner Gnade die Erklärung offenbaren für alles, was geschehen war. Wie – und doch nicht wie, denn er übertraf Vergleiche und die Idee des Vergleichens – ein Mann des Lichts, der in einen dunklen Raum kommt, würde ER zeigen, daß ER die Dunkelheit des Raums vor dem Eintreten enthielt und alle Dinge erkannt hatte.

Chaled hörte die Stimme des Mullahs von den Stufen des Minbar durch die Moschee hallen und von den Wänden und glatten Säulen aus rosafarbenem Marmor abprallen.

Die Zeit würde kommen, wußte er: die schreckliche Stunde, da die Erde wie eine Schriftrolle gerollt sein wird und Sonne und Mond sich vereinigen. Und die Berge werden sein wie gefärbte Wolle, und die Gebeine der Toten werden bereit finden, was sie an Gutem getan und was sie an Bösem getan.

Siehe, die Glut, zerrend am Skalp, ruft jeden, der den Rücken gekehrt und sich gewendet. Nicht so die Betenden, die im Gebet verharren, und die, welche das ihnen Anvertraute und ihren Vertrag hüten, diese sollen in Gärten geehrt sein, hochgeehrt, eine Nation, unteilbar, gemeinsam zu Gott zurückgekehrt.

Und ER würde sie darin unterweisen, alle, die Völker des Buches sind – Muslime und Christen und Juden –, worin sie verschiedener Meinung sind. Und so würden sie alle sich laben vom See an den Pforten zum Paradies, zum Einen, zum Einzigen, dem anderen Namen GOttes.

Nach den Gebeten drängte die Menge Chaled zur Tür, erst langsam, dann immer rascher, als die Menschen die Hauptstraße erreichten und sich in alle Richtungen zerstreuten. Im Licht mußte er blinzeln. Felder mit Kakao- und Limonenbäumen, Muskatnuß- und Ingwergewächsen lagen vor ihm im Sonnenglast. Über den Feldern zogen sich Teppiche aus Chacrunasträuchern an den Berghängen hinauf.

Er ging durch das Stadtzentrum von Jambangome – an Steinhäusern vorbei, Lehmhütten, einer kleinen Kokosölfabrik. Auf der anderen Seite des Platzes sah er sein Elternhaus, ging aber nicht hinüber. Er wagte noch nicht, sich ihren Geistern zu stellen. Außerdem saß ein alter Mann davor. Er erkannte einen Einheimischen – einen schwachsinnigen Stromer, der sich damit durchschlug, anderen Leuten die Netze zu flicken; er mußte sich in dem Haus niedergelassen haben.

Chaled hatte keine festen Pläne und ging durch ein Feld zum Fluß, dem mit Kletterpflanzen verflochtene Mangroven Schatten spendeten und über dem verfilzte Lianen rankten. Die Löcher der Palmendiebe tüpfelten das Ufer. Das stehende Wasser war grün wie unreife Bananen.

Überall wuchsen Blumen in allen Farben des Regenbogens. Er roch ihren süßen Duft, der sich mit scheußlichem

Verwesungsgestank mischte, wo die Mangrovenwurzeln im nassen schwarzen Boden verfaulten.

Aus seiner Kindheit wußte er noch, daß es hier Schlangen gab. Einmal hatten sein Freund Ali und er eine Mamba mit Steinen beworfen, bis sie nicht mehr von der Stelle kam und von Palmendieben, die in der Abenddämmerung aus ihren Löchern krochen, gefressen wurde.

Er sah ins Wasser; seine grüne Oberfläche war spiegelglatt. Plötzlich überkam ihn Panik, er fiel auf die Knie und schluchzte krampfhaft. Er legte die Handflächen auf die feuchte Erde und fuhr mit ihnen manisch über Gesicht und Arme. Wieder hörte er die Stimme: *Geh ins Wasser, geh ins Wasser ...*

Er versuchte, seiner Gefühle Herr zu werden, sich zu beruhigen und die Erde nicht in die Hände zu nehmen, damit sein Schmerz ein Reinigungsritual nicht in eine wissentliche Besudelung verwandelte. Er hatte geläutert werden wollen, bevor er ins Haus seiner Eltern zurückkehrte, um mit ihren Geistern Frieden zu schließen und sich um den Stromer zu kümmern. Und er wollte Ali wiederfinden.

Das Ritual hieß *tayammum*, Reinigung durch Sand oder Stein – zur Not auch Erde –, wenn kein oder nur ungesundes Wasser zur Hand war. In seinem Schmerz vollzog er es verkehrt, mischte Erde mit Tränen und Schweiß. Man durfte die Erde nur berühren, sich nicht mit ihr einreiben. Und er hätte die Zeremonie sowieso vor dem Morgengebet und nicht danach vollziehen müssen. Ein weiteres Zeichen seines Lebens in Sünde, sagte er sich traurig.

30

Zayn Mujuj steuerte die Motorjacht an einem Felsen vorbei in einen kleinen Fluß am Ostufer von Pemba. Er hatte eine Zigarette im Mundwinkel hängen. Schweiß rann ihm über den geschorenen Schädel. Unbekannte Vögel und Tiere schrien. Er erinnerte sich an die erste Reise. Er war schon einmal hier gewesen. Er erinnerte sich an zu viele Vögel, Tiere und Pflanzen. Die Gegend war grün, und das mochte er nicht. Er fühlte sich eher in baumlosen und unfruchtbaren Landstrichen wohl. Palästina, Sudan, Afghanistan. Ockergelben Gegenden. Felsigen Gegenden. Gegenden des Schädels.

Er suchte Chaled. Am Nachmittag nach den Explosionen hatten sie beide mit der Jacht aus der stillen Bucht bei Dar, wo sie während des Einsatzes vor Anker gelegen hatte, zu dem Frachter aufs Meer hinausfahren sollen. Der Frachter sollte sie nach Maskat in Oman bringen. Dann hatte es über Dubai, Karachi und Peschawar zur Grenze nach Afghanistan gehen sollen und von dort zurück zum Adlernest.

Es war anders gekommen. Der Frachter war nicht gekommen. Sie hatten bis zum Abend gewartet und waren dann nach Pemba gefahren, das dem vereinbarten Treffpunkt nächstgelegene Land. Dort wollten sie eine Woche bleiben. Wieder in einer verlassenen Bucht. Zayn meldete sich allabendlich per Satellitentelefon beim Scheich. Wo bleibt das Schiff? *Es ist unterwegs.* Wo bleibt das Schiff? *Es gibt Verzögerungen.* Die eigene Unruhe überraschte Zayn. Morgens schickte er Chaled zum Fischkaufen in ein Dorf. Sie aßen. Sie warteten.

Eines schönen Tages änderte sich das alles. Zayn erwachte auf der Jacht in der stillen Bucht. Er hörte das leise Rauschen der See, sah das spritzende, funkelnde Wasser, aber es beeindruckte ihn nicht. Ebensowenig die leuchtenden roten und gelben Spechte in den Palmen oder die Pelikane, die auf den Sand herabstießen. Es war nicht seine Art, solche Eindrücke zu genießen. Er war nicht bereit, ihnen symbolischen Wert zuzuschreiben, und genau deswegen war er ein so großartiger Killer, denn menschliche Wesen sah er genauso. Manchmal spielte ihm die Schönheit jedoch einen Streich und entwaffnete ihn kurz wie Saba mit entblößten Schenkeln. Hinterher haßte er um so ingrimmiger, weil er den Verlust seines Hasses riskiert hatte. Sollte er von Liebe übermannt werden, würde er sterben; wenn er – einem Sprung in einen verlockenden See an einem heißen Tag vergleichbar – je vergaß, was seiner Familie in Beirut widerfahren war.

Ein Tropfen hatte ihn vergiftet, hatte alles in Schmerz und Jammer verwandelt. Das Massaker war von der israelischen Luftwaffe und der christlichen Phalange verübt worden, aber die eigentliche Schuld lag bei den Vereinigten Staaten, die die Israelis mit Waffen ausgerüstet hatten und immerzu behaupteten, die Israelis wären »Partner für den Frieden«.

Zayn spuckte durchs Fenster ins Wasser. Er dachte an die Leiche seines Bruders, den die Phalangisten mit Eisenstangen verprügelt hatten, bis er nur noch ein unerkennbarer blutiger Fleischklumpen gewesen war. Er dachte an seinen heiligen Schrecken, wenn die israelischen Düsenjäger über die Dächer gedonnert waren. An die Bomben, die sie auf die Abu-Chaker-Straße abgeworfen und so einen Wohnblock nach dem anderen in Schutt und Asche gelegt hatten, schließlich auch sein Zuhause, wo sein Vater, seine Mutter und seine kleine Schwester unter Tonnen von Beton begraben worden waren.

Deshalb haßte er die USA und ihr Geschäft der Zerstörung, und deshalb, für die gerechte Sache, hatte er Chaleds Eltern ermordet, den Vater dafür bestraft, Gelder von al-Qaida veruntreut zu haben. Und dann hatte er den jungen Sansibarer umgarnt, weil er einen potentiellen Rekruten in ihm sah. Mit Reue hatte er keine Zeit verschwendet: Reue war etwas für Dummköpfe, so wie Scham, Mitleid und Zaghaftigkeit.

Er drehte sich auf die Seite und sah zu der anderen Koje hinüber. Der Junge war nicht da. Er mußte schon früh auf den Fischmarkt gegangen sein. Zayn stand auf, knöpfte die Jeans zu und stieg an Deck. Verdrossen sah er jenseits der Wellen die Palmen, von der Sonne beschienen und im Wind raschelnd. Eine dunkle Rute züchtigte sein Gewissen: Dieses Strandpanorama und diese Klänge waren nicht wirklich. Nur die Mission war wirklich, und sie ruhte in Gott.

Er wartete zwei Stunden. Dann wußte er, daß Chaled geflohen war. Das war ein Risiko. Er klappte den Aktenkoffer auf und rief mit dem Satellitentelefon bin Laden an.

Seidenweich unterbrach der Ton das leise statische Rauschen; dann ertönte die Stimme seines Herrn, ebenso weich, wie die Berührung einer Rabenfeder. *Wer?* Für andere ein Trompetenstoß des Bösen, für Zayn Honigtau.

Er sagte, Chaled sei zum Sicherheitsrisiko geworden und verschwunden. Er sagte, warum, wisse er nicht, aber er habe den Jungen schon immer für schwach gehalten.

Ihre Unterhaltung nahm eine leicht chiffrierte Form an. Osama war »der Manager«. Er »konnte nicht klagen«. Er »fühlte sich wohl«. Ja, die Taliban, »die Firmeneigentümer«, waren weiterhin zufrieden mit ihm. Chaled war »der furchtsame Grünfink«.

Der Manager sagte, der furchtsame Grünfink müsse getötet werden, wenn er nicht mit Zayn nach Afghanistan zurückkomme. *Er weiß zuviel.* Und das Schiff? *Das kommt nicht mehr.* Warum nicht? *Es gibt Verzögerungen. Es gibt Probleme in der Organisation. Ein Mann ist uns in den Rücken gefallen.* Zayn schwieg. *Sch, sch*, machte der Satellit. Komm bald zurück, hörte er die Stimme sagen. Ich habe hier Arbeit für dich.

Zayn nahm an, daß Chaled als erstes in sein Heimatdorf – fast schon eine Stadt – flußaufwärts zurückgekehrt war, und machte sich mit der Jacht durch die schmale, von Schilf und Mangroven zugewucherte Bucht dorthin auf den Weg. Auf den Sandbänken hörte er Wildtauben gurren, ignorierte sie aber. Baumhörnchen und Affen hangelten sich durch die grünen Schlingpflanzen, die aufs Wasser herabhingen, ein Batesböckchen kam zum Trinken ans Wasser – aber auch sie alle ignorierte er.

In Jambangome vertäute er die Jacht an einem verfallenen Kai und machte sich auf dem Markt auf die Suche. Da gab es Sesamsamen, Tomaten und Cashewnüsse zu kaufen, Guaven, Zibetfrüchte und Jamswurzeln, Orangen, Hülsenfrüchte, Kapok- und Vanilleschoten, Limonen, Maniokknollen und Grapefruits – alles lag in Hülle und Fülle aufgestapelt. Für all das hatte er kein Auge. Er ignorierte auch die Esel, die zwischen den Ständen herumliefen, und die Frauen mit Kupfertöpfen auf den Köpfen. Deshalb stand er beim Scheich, beim Direktor, bei Mr Sam so hoch in der Gunst. Weil er unerbittlich war. Weil er immer nur die Aufgabe sah, die gerade auf der Hand lag, auf Gottes Hand.

*

Jack Queller war am Vorabend auf Sansibar angekommen. Beim Frühstück traf er Nick und Miranda im *Macpherson*. Da Souza brachte ihnen Kaffee, Papayascheiben und Toast. Wollten sie ein Ei? Die Atmosphäre war ein wenig gespannt. Queller hatte Schwierigkeiten, seinen Toast zu buttern. Nick fragte ihn aus.

»Warum konnten Sie nicht früher etwas machen? Wenn Ihnen die Gefahr doch bekannt war.«

»Also ich –«

Quellers Handy klingelte und ersparte ihm die Antwort. Ein kurz angebundener Altenburg war dran. Er hatte Neuigkeiten von den Horchposten in Langley.

»SIGINT hat eine Reihe von Anrufen von der Insel

Pemba aufgefangen. Anrufe bei bin Laden, glauben wir. Sie sind der nächste Agent. Können Sie denen nachgehen?«

»Haben Sie die Koordinaten?«

Altenburg gab die Daten durch.

»Wir schicken einen Hubschrauber. Ein paar Leute. Aber Sie können vermutlich schneller da sein.«

Warum macht er das? fragte sich Queller. Was hat er vor? Wenn sich auf Pemba ein Schatz heben läßt, warum will er die Lorbeeren dann nicht selber einheimsen? Queller hatte so lange mit Geheimnissen zu tun gehabt, daß er nur noch Dinge sah, die vertuscht oder unter den Teppich gekehrt wurden: Geheimkomplotts, Ränke und Strategien, die die Redlichkeit aufsaugten wie ein Schwamm. Für ihn war es undenkbar, daß Altenburg womöglich nicht über Leichen ging, um sich ein kleines Imperium zu erschaffen. Daß er ein ganz normaler Mensch war, der seinen Job machte.

»Wie kommen wir am besten nach Pemba?« fragte er seine Tischnachbarn.

Da Souza brachte ihm sein Frühstücksei, eine jämmerliche Angelegenheit, das Weiße löste sich vom Dotter. Queller überkam seltsames Mitleid mit ihm. Jetzt fragte Miranda ihn nach dem Anruf aus.

»Es gibt da eine Verbindung«, sagte er. »Man hat Telefongespräche abgehört. Wir müssen hin, und wir brauchen ein schnelles Boot.«

*

Zayn bewegte sich durch das alte Mauerwerk, sein geschorener Schädel duckte sich unter Türstürze und Dachtraufen aus Stroh. Er suchte in Steinhäusern, Hütten, selbst in der Moschee von Jambangome. Aus den Fenstern musterten ihn neugierige Gesichter. An einer kleinen Kokosölfabrik mußte er vom Staub der gemahlenen Schalen immer wieder niesen. Ein niesender Killer in Blue Jeans, ein Meister der schweren Kunst des Todesniesens: wie das Lachen eines Dämons. Er trug ein Messer im hohen Stiefel, und sein Verstand loderte vor Zorn – weiß wie der Phosphor der israelischen Granaten. Er ging zum Fluß hinab.

*

Es dauerte einige Zeit. Nick lieh sich von seinem belgischen Freund dessen große Jacht, die *Cythère*. Sie fuhren nach Pemba. Die Insel hatte ein ganz anderes Gepräge als Sansibar, war in manchen Gegenden viel hügeliger und bewaldeter.

Nick stand am Steuer und Miranda neben ihm. Queller saß weiter hinten und sah aufs Meer hinaus. Der Bug der Jacht durchschnitt jede entgegenkommende Welle. Vor ihnen türmte sich die grüne Masse der Insel auf. In ihrer Mitte erhoben sich an den Hängen bienenstockähnliche Steinbauten, von denen Rauch aufstieg.

»Kopraöfen«, erklärte Nick. »Ein Freund von mir behauptet, der englische Pirat Captain Kidd hätte im 17. Jahrhundert hier seinen Schatz versteckt«, rief er zu Queller hinüber.

»Welcher Freund?« fragte Miranda.

»Leggatt«, sagte Nick mit zusammengekniffenen Lippen.

Beide verstummten und dachten an den toten Engländer.

*

Am Fluß war niemand. Zayn kehrte zu Chaleds Elternhaus zurück. Hier hatte er schon einmal das Messer aus dem Stiefel gezogen und in der Dunkelheit mit wilder Geübtheit zwei Kehlen aufgeschlitzt. Aber diesmal war da niemand bis auf einen schwachsinnigen Alten, der ein Netz flickte. Zayn packte und schüttelte ihn – merkte aber schnell, daß der Mann, der vor Angst fast in Ohnmacht fiel, nicht das geringste über Chaleds Verbleib wußte. *Die Familie ist gestorben! Die Familie ist ermordet worden!* Das war nicht die Information, die Zayn suchte. Er ließ den Alten los, der zitternd auf dem Boden liegenblieb. Zayn steuerte die Jacht ein weiteres flaches Flüßchen hinauf, weiter ins Binnenland hinein – vorbei an Fischerdörfern und verfallenen, pflanzenüberwucherten Palästen. Das Flüßchen wurde zum Strom, der Strom zum Delta, das Delta zur Bucht.

Er war wieder am Meer, in einer Stadt namens Chake Chake. Einer Hafenstadt mit Fischern, Kränen und Lagerhäusern; es war auch ein Urlaubsort voller Touristen, Nippes und Antiquitäten. Er sah weiße Gesichter unter den schwarzen. Frauen in Bikinis lagen am Strand. Männer in Bermudashorts feilschten mit Jungen, die Ananasstücke verkauften. An Gurten aus Pflanzenfasern trugen sie Tabletts, auf denen lange Holzspieße mit Ananasstücken lagen. Man konnte Kajaks mieten. Der Araber kochte vor Wut. Wieder lief ihm der Schweiß über den Schädel. Die Sonne stand hoch am Himmel. Es gab zwei Kanonen. Es gab geschmückte Säulen. Er schwitzte für den Direktor. Er schwitzte für den Dschihad.

Er ließ die Jacht im Hafen, ohne sich groß bei der Hafenbehörde zu melden. Sein Blick fiel hier auf einen Bettler und dort auf einen Jungen. Er drängte sich die belebte Hauptstraße entlang, Zayn Mujuj, der Killer in Blue Jeans. Aktenkoffer in der Hand. Messer im Stiefel. Er sah ein Schild, *Hauptstraße*. Auf den Fußwegen lagen geschnitzte Gegenstände zum Verkauf. Es gab Stände mit Stoffen, Muscheln und Armringen. Zayn blieb nicht stehen, um die Auslagen zu betrachten oder etwas zu kaufen. Er blieb jedoch wachsam und suchte aufmerksam die Straßen nach Chaled ab. Notfalls würde er warten. Er würde den Auftrag zu Ende führen.

Er suchte noch eine Stunde, dann checkte er im *Hoteli ya Chake* ein. Nachdem er auf dem Boden seines Zimmers kniend seine Gebete gesprochen hatte, duschte er. Dann ging er nach unten und bestellte gebratenen Tintenfisch. Als er aus dem Fenster sah, wunderte er sich über die vielen auf dem Platz versammelten Menschen.

*

An den angegebenen Koordinaten war nichts. Nichts als eine einsame Bucht. Ein Fischerdorf, wo sie ins Inland verwiesen wurden. Dort eine Kleinstadt. Ja, ein Fremder war da gewesen. *Er hat einen alten Mann verletzt. Er ist den Chakefluß hochgefahren. Er ist nach Chake Chake gefahren.* Queller schüttelte den Kopf und folgte Nick und Miranda zum Boot zurück.

Sie fuhren weiter. Das grüne Flüßchen mündete in eine blaue Bucht. Da lag ein Städtchen, ein Hafen, ein Urlaubsort – ein beschaulich unter der Tropensonne liegendes Plätzchen mit papyrusgedeckten Häusern aus zerstoßenen Korallen.

Der leere Ärmel an Quellers Seite flatterte im Wind und zerrte an der dünnen Baumwolljacke, an deren Schulter er mit einer großen Sicherheitsnadel festgesteckt war. Auf derselben Seite – allerdings unter der Jacke verborgen – ruhte eine Automatikpistole in einem Schulterholster aus braunem Leder. Queller ging zu den beiden am Ruder. Die Sonne schien.

»Ein herrliches Fleckchen«, sagte er, als sie die blendende Bucht durchquerten. »Da würde man nicht erwarten, auf Terroristenjagd zu gehen.«

Zwei Touristen fegten auf Wassermotorrädern vorbei. Kurz darauf drosselte Nick den Motor, und sie tuckerten auf die Hafenmündung von Chake zu. Da lagen viele Einbäume mit Auslegern, vier oder fünf große Holzdhauen und ein paar moderne Motorboote aus Kunststoff. An einem gesonderten Pier lag außerdem ein Stahlschiff von größerer Tonnage vor Anker, festgemacht unter einem Kran, der Nelkenkisten von Paletten auf einer Betonplattform vor einem geräumigen Lagerhaus verlud.

Auf weißen Steinsockeln erhob sich ein Paar alter portugiesischer Kanonen über die Kaianlagen und bewachte die Hafeneinfahrt. Zu beiden Seiten löschten Fischer ihre Fänge – Thunfische, Makrelen, Meeräschen, Garnelen und Hummer glänzten in der grellen Sonne, als sie aus den

Netzen in niedrige Holzpferche auf den Steinplatten rutschten.

»Da schau her«, murmelte Queller.

Ein Stück weiter in der Bucht gab es einen Strandstreifen, an dem hochgezogene Wassermotorräder und ein paar Kajaks lagen. Daneben stand auf Eisenpfählen im Sand ein Schild mit der verblichenen und falsch buchstabierten Aufschrift *Kizunguzungu Motorsport, Vergnügungsschiefe zu vermieten.*

Als die *Cythère* zwischen den Kanonen hindurchfuhr, nahm Nick eine Hand vom Steuerrad und zeigte: »He! Da drüben ist die Jacht, die auf Lyly war!«

Sie legten ein paar Boote weiter an und gingen von Bord. Als sie an der Hafenbehörde vorbeikamen, schob ein Bettler mit Sandflohbefall im fortgeschrittenen Stadium einen geschwollenen Fuß vor. Neben ihm saß ein Suahelijunge, der die Segel eines aus einer ausgehöhlten Baobabfrucht geschnitzten Spielzeugbootes einstellte. Queller hatte recht. Man hätte nicht vermutet, daß sich an einem solchen Ort Mörder versteckten. Aber ihre Jacht lag nun einmal im Hafen.

In der Ferne hörten sie Geheul.

Sie kamen an einem stinkenden Hai vorbei, der an einem Bambusgerüst aufgehängt worden war und gehäutet werden sollte, und durchstreiften ein Labyrinth feuchter Gassen. Für den flüchtigen Blick – etwa den eines rotäugigen Fischers, der auf der Veranda vor seinem Haus ein Seil aufwickelte – unterschieden sie sich in nichts von den anderen *muzungu*, den umherziehenden Touristen.

Das Geheul wurde lauter.

Schließlich fanden sie die Hauptstraße. Auch hier waren die verschiedensten Gegenstände ausgelegt worden – Tabletts und Kaffeekannen aus Kupfer, Körbe und Läufer aus Schilfrohr, geschnitzte Holzlöffel und arabische Kisten aus Mangroven- oder Ebenholz mit Messingbeschlägen –, die die Touristen betrachten und mit etwas

Glück kaufen konnten. Es gab auch bunte Sammlungen von Kaurimuscheln und Haufen anderer, kleinerer Muscheln, außerdem arabische Schwerter und Dolche. Miranda sah Stände mit Seidentüchern und Perserteppichen, mit Armbändern und Fußkettchen aus Malachit und Rosenkränzen aus Elfenbein und Bernstein.

An einem Mann vorbei, der verbissen einen Karren mit Ananas zum Strand hinunterschob, gingen sie zur Stadtmitte. Das bunte Treiben auf dem Marktplatz scharte sich um zwei große schwarze Stiere hinter einer Palisade. Die mit Toren versehene Palisade mündete in eine Art Tribüne.

»Was ist denn hier los?« fragte Miranda einen kleinen braunen Mann mit einem Bauchladen, der Kaffee in Plastikbechern verkaufte.

Er schmunzelte. »Das wissen Sie nicht? Das ist *mchezo wa ngombe.*«

»Was bedeutet das?«

»Das Spiel des Stiers. Möchten Sie einen Kaffee kaufen? Er hat Ingweraroma.«

Miranda dankte, und die anderen folgten ihrem Beispiel. Da sie keine andere Wahl hatten und auf allen Seiten von der brodelnden Menschenmenge eingeengt wurden, blieben die Amerikaner auf einer morschen weißen Mauer unter einer Kasuarine stehen und warteten auf den Stierkampf. Der Brauch sei ein seltsames Überbleibsel aus der portugiesischen Kolonialzeit, sagte Queller. Miranda fiel ein, daß er das schon in Washington erwähnt hatte.

Andere Zeiten, andere Sitten … und aus anderen Zeiten schienen auch die Stiere heranzustürmen, die auf die Tribüne zurasten und Staubwolken aufwirbelten. Der Pferch glich denen, in die am Hafen die Fische gekippt worden waren, war aber größer und stabiler und bestand aus senkrechten, von Bambusfasern zusammengehaltenen Palmstämmen. Angefeuert von der Menge, in der Trommeln geschlagen und Hörner geblasen wurden, sprangen afrikanische Jugendliche in den Pferch hinab und wieder heraus, schlängelten sich zwischen den Stieren durch und schnickten mit weißen Stoffstücken nach ihnen. Andere beugten sich über die Palisade und quälten die Tiere mit angespitzten Stöcken oder versuchten sie mit Schlingen einzufangen und sich auf ihre Rücken zu schwingen.

*

Das Spiel ging weiter. Die Menge ließ kein Auge von der Schau, und alle Augen waren vom Staub gerötet. Die Stiere hatten kleine Hörner, schnaubten, scharrten mit den Hufen und waren ernst zu nehmende Gegner für die Jugendlichen mit ihren bloßen Oberkörpern. Jeder kam mal an die Reihe, und die Eitleren schlugen Rad und drehten Pirouetten. Kam ein junger Mann aus dem Pferch zurück, drehte er grinsend und schweißbedeckt – oder aber blutüberströmt, wenn er verletzt worden war – eine Runde durch die Menge. Er trug einen Messingtopf, und als Entgelt für die Unterhaltung warfen die Schaulustigen Münzen hinein.

Oder Fünfdollarscheine wie Queller, Nick und Miranda.

Oder gar nichts wie Zayn Mujuj, der aus seinem Hotelzimmer in die ausgelassene Menge gelockt worden war.

Ein besonders stark von sich eingenommener junger Mann erzählte den Amerikanern, die Stiere hießen Bom-Bom und Wembe. Er selber hieße Ali, sagte er.

»Was bedeuten die Namen der Stiere?« fragte Miranda.

»Auf Inglezi sind Bom-Bom und Wembe Maschinengewehr und Rasierer!« antwortete Ali und strahlte unbändig.

Bevor die Jugendlichen in den Pferch sprangen, gaben sie ein Bellen von sich – feuerten sich selber an –, das Getrommel schwoll an, und die Frauen sangen und trillerten.

»Kige-lege-le! Kige-lege-le! Kige-kige-lege-lege-kigelegele!«

Oder sie sangen einstimmig und klatschten dazu in die Hände: *»Aliya mbuyu yangu naanchezele ngombe!«* Wer mein Liebster ist, muß mit dem Stier spielen.

Erklärte Ali ihnen. Die Männer klatschten derweil in die

Hände und pfiffen. Ihre Aufgabe – ihre Aufgabe war es, *Shetani*, den Satan, in die Stiere zu bringen.

*

Wieder sprang ein Jugendlicher in den Pferch. Er trug ein T-Shirt, auf dem ein Affe abgebildet war. Er freute sich wahnsinnig, wieder unter seinen Leuten zu sein und ihre Bräuche zu feiern – wieder mit seinem Freund Ali zusammen zu sein, die Härte von al-Qaida hinter sich gelassen zu haben, ihr drückendes Pflichtgefühl, ihre Last des heiligen Mordens. Aber er war ihr nicht entkommen, denn Zayn hatte sich durch die Menge vor dem Pferch hindurchgeboxt und ließ ihn nicht aus den Augen.

*

Durch das Gewimmel und die Staubwolken sah Nick Karolides die beiden Terroristen wie eine Vision halb erinnerter Gesichter – der eine massig, mit geschorenem Schädel und zornlodernden Augen, der andere schmächtig und nervös, aber willens, sich endlich im Spiel mit den Stieren zu messen. Gesichter aus einem Nebel des Schmerzes, aus den Erinnerungen an Lyly und sein dortiges Martyrium.

Chaled stand jetzt mitten in der Arena, bekam den Schwanz eines Stiers zu packen und stemmte sich gegen ihn, um ihn ins Spiel zurückzutreiben. Der andere Stier hatte sich in der Schlinge eines Jugendlichen verfangen, der sich über die Palisade lehnte. Er rammte die Pferchwand, ließ sie erbeben und die Menge ungehalten aufheulen.

»Der da in der Mitte gehört zu ihnen!« rief Nick, sprang von der Mauer und warf sich Richtung Pferch ins Getümmel. »Der andere ist der Koloß da drüben.«

Miranda und Queller folgten ihm, und die Menge machte Platz, um die *muzungu* durchzulassen. Sie kamen zum Rand der Palisade. Der Stier, gegen den Chaled sich stemmte, ob nun Bom-Bom oder Wembe, rührte sich noch immer nicht von der Stelle. Plötzlich befreite sich der andere Stier aus der Schlinge, schoß herum und griff Chaled an. Der rollte auf dem Bodenbelag ab, der Stier prallte gegen die Wand auf der anderen Seite – und stieß Zayn, der an der Palisade hochgeklettert war, zur großen Belustigung der Zuschauer wieder in die Arena.

*

Chaled, der immer noch am Schwanz des anderen Stiers hing, blinzelte durch die Staubschwaden und sah das Gesicht des Palästinensers: Der hatte eine Miene furchtbarer Liebenswürdigkeit aufgesetzt. Entsetzt ließ Chaled den Stierschwanz fahren und rannte zur Pferchwand. Zayn, der vom zweiten Stier verfolgt wurde, rannte ihm nach und wollte ihn von der Begrenzung herunterziehen. Für die Menge gehörte das zum Schauspiel, und sie johlte laut. Der Stier, der Zayn verfolgte, spießte ihn am Bein auf, er stürzte, und der triumphierend schnaubende Stier trampelte auf ihm herum.

Der junge Mann kletterte über die Einfriedung und floh durch die Menge. Die drei Amerikaner liefen ihm durch die Hauptstraße nach. Auf der Flucht stieß Chaled den Ananasmann und seinen Karren um und verschwand in einem Labyrinth enger Gassen. Sie verloren ihn kurz, aber dann entdeckte Queller – der über Ananas gestolpert und zurückgeblieben war – ihn an einem Seiteneingang. Er tauchte auf, sah den daliegenden Weißen, glaubte sich unbemerkt und duckte sich sofort wieder in einen Ladeneingang. Über der Tür stand »MUSCHELN UND ANDERE KURIOSITÄTEN VON BELANG«.

Queller zog seine Automatik und ging hinein. Als der indische Ladenbesitzer die Waffe sah, schrie er entsetzt auf und wies auf ein Hinterzimmer. Ein weiterer Raum schloß sich an, dann ein dritter, bis Queller schließlich die innerste Kammer erreichte. Die war schlecht beleuchtet, nur eine Paraffinfunzel warf unruhiges Licht auf Kartons voller Muscheln. Queller sah sich um. Niemand zu sehen.

Dann hörte er ein Geräusch und ging mit der Waffe im Anschlag auf eine Ecke zu. Plötzlich glitt eine Gestalt durch die Dunkelheit, ein Arm schoß hoch und warf ihm eine Handvoll kleiner, scharfrandiger Muscheln ins Gesicht. Queller war einen Augenblick geblendet, ließ die Waffe sinken, und Chaled ergriff die Gelegenheit, um aus seinem Versteck zu stürzen und ihn umzurennen.

Er lief durch den Laden, an dem erstaunten Inder vorbei und auf die Straße zurück: rempelte Nick und Miranda an, die zurückgekommen waren. Katzengleich kam er wieder hoch, stieß sie beiseite und rannte davon. Nick verstauchte sich das Handgelenk, als Chaled ihn in die Betongosse stieß, die voller Wasser und Unrat war. Queller kam aus dem Laden, und in Windeseile – ohne über den Geruch auch nur die Nase zu rümpfen – nahmen die drei die Verfolgung auf.

Nick erwischte ihn schließlich und brachte ihn neben einem Stand mit einem Tackling zu Fall. Queller kam keuchend hinterher und richtete die Waffe auf den jungen Mann.

»Sie können ihn doch nicht einfach erschießen!« schrie Miranda und trat vor.

Der junge Mann nutzte Quellers kurze Abgelenktheit aus, sprang auf und schnappte sich einen arabischen Dolch von der Auslage des Touristenstands. Er riß Miranda an sich und drückte ihr die Klinge an die Kehle. Er benutzte sie als Schild und entfernte sich rückwärts von Queller und Nick. Mit dem Dolch an der Kehle war Miranda benommen und mit weit aufgerissenen Augen erstarrt.

Wieder senkte Queller die Waffe. Sein leerer Ärmel flatterte in der Brise.

»Du kommst nicht weit«, sagte er, und sein Stumpf brannte vor Schmerz.

Er glaubte seinen eigenen Worten nicht und schalt sich dafür noch beim Sprechen, schalt sich aber auch wegen der Schelte, die ihn bloß von seiner Wachsamkeit und seinem vollen Einsatz in der konkreten Gefahr ablenkte. Hilflos stand er da und sah Miranda mit dem Messer an der Kehle. Er fühlte sich alt und schwach, ein Schatten seines früheren Selbst, das das Alter, sein fehlender Arm und der Tod seiner Frau ihm genommen hatten. Die Waffe lag in seiner Hand, es war hell und unbeschwert auf Pemba, er aber, Jack Queller, war auf dem Weg in die seelische Dunkelheit. Er stand wieder im Krankenhaus am Bett seiner Frau, er stand wieder oben im Gebirge vor bin Laden.

Der junge Mann rannte zum Pier und schleppte Miranda mit, schleifte sie mit und preßte sie an sein Affen-T-Shirt. Es waren zu viele Menschen da, als daß Queller hätte schießen können. Sie rannten zwischen ihnen herum. Nick lief schon schreiend hinterher.

*

Chaled hatte den Kopf der Frau in die Armbeuge geklemmt und machte das Seil los, das die Motorjacht am Poller hielt. Dann stieg er aufs Deck und zog sie hinter sich her. Hektisch sah er sich nach dem Schlüssel um, den Zayn irgendwo liegengelassen haben mußte. Er öffnete ein Fach. Da lagen eine von Zayns Waffen, eine kleine Silberpistole, und eine Taschenlampe. Aber kein Zündschlüssel. Er klappte die Sonnenblende herab. Da waren sie, wo Schlüssel immer aufbewahrt werden.

Er ließ den Motor an. Die junge Frau hielt er die ganze Zeit in der Armbeuge. Sie gab keinen Mucks von sich. Er hatte keine Ahnung, was er mit ihr machen sollte. Er hatte keine Ahnung, was er selber machen sollte. Er steckte in einer Sackgasse. Wie hatte er bloß glauben können, so ohne weiteres in sein altes Leben zurückkehren zu können? Im Moment wollte er nur eines: weg hier. Weg von Zayn, weg von al-Qaida, weg von den Amerikani.

Queller und Nick liefen zu den Docks hinab und ließen die *Cythère* an. Sie redeten sinnloses Zeug und machten einander Vorwürfe. Quellers leerer Ärmel flatterte hinter ihm im Wind, er hatte die Sicherheitsnadel und seine Selbstbeherrschung verloren. Nick verlor seine Verträumtheit und fand, was er wirklich wollte. Die Windschutzscheibe der davonschießenden *Cythère* spiegelte sein Gesicht: das gischtgesprenkelte Selbstportrait war faszinierend, gewellt wie das Meer hinter ihm, gewellt und auch gefährlich, denn er mußte Oliviers schwierig zu manövrierende Jacht steuern.

Und so wühlten zwei Paar Schiffsschrauben den flachen Hafen von Chake auf. Zwei Jachten sausten in die Bucht hinaus, Kiele klatschten auf die Wellen, weiße Schaumkeile gingen von den Bugen aus, als durchschnitten Stahlklingen das Wasser, jede nach ihrem Muster, Wirbel geordnet zu einfachen Linien. Sekunde für Sekunde hätten sich Geschichten erzählen und die Gedanken der Menschen auf den Jachten wiedergeben lassen, ihre Gefühle, die Worte, in die sie sie kleideten, und die sie begleitenden Gesten – wie es die Alten der Suaheli, der Küstenbewohner, taten, die heute wie vor Jahr und Tag an den Herdfeuern der Küstendörfer ihre Reisegeschichten von ehedem erzählten.

Kurz darauf stolperte ein blutüberströmter Verwundeter in den Hafen. Er brüllte wütend auf, als er die Jachten am Horizont verschwinden sah. Zayn kletterte von einem Fischerboot zum nächsten, probierte die Außenbordmotoren aus und ignorierte die Rufe der Eigentümer. Er riß die Starterkordeln heraus, und sie wurden wieder aufgespult. Kein Motor sprang an. Als er einen Touristen an den Strand neben dem eigentlichen Hafen heranfahren sah, einen jungen Weißen von skandinavischem Aussehen, platschte Zayn in die Brandung hinaus und nahm ihm sein Wassermotorrad weg. Als der Schwede verwirrt protestierte, verpaßte Zayn ihm einen bärenhaften Klaps und stieß ihn in die Brecher zurück.

31

Die Jacht vor ihnen rauschte dicht an den schäumenden Saum des Korallenriffs heran, fuhr ein Stück an ihm entlang und kreuzte dann an einer Stelle mit weniger Schaum in die Lagune.

»Das ist der *mlango*«, sagte Nick. »Eine Lücke im Korallenstock.«

Der junge Afrikaner hatte versucht, sie abzuschütteln – war in Schlangenlinien gefahren und hatte sich hinter anderen Inselchen versteckt –, aber sie hatten ihm mühelos nach Lyly folgen können. Die *Cythère* war leistungsfähiger, aber die andere Jacht hatte zuviel Vorsprung gehabt, um sie einzuholen.

»Und hier haben sie die Bomben gebaut?« fragte Queller.

»Ja. Mann, ich hoffe bloß, daß ihr nichts passiert ist. Können Sie in der Kabine was erkennen?«

Queller ließ das hochwertige Fernglas sinken, das zur Bordausrüstung der *Cythère* gehörte. Es war zu schwer für eine Hand. Er mußte brüllen, um das Maschinendröhnen zu übertönen.

»Nein, kann ich nicht. Aber es erstaunt mich nicht gerade, daß er hierher zurückkommt.«

»Mir steht die Insel bis hier«, sagte Nick und versuchte, die schlingernde Jacht auf Kurs zu halten. »Wenn er ihr ein Härchen krümmt …«

Queller antwortete nicht. Der weiße Leuchtturm kam in Sicht. Beim Näherkommen wurden seine Umrisse deutlicher. Queller sah, daß es auch ein Haus und ein weiteres Gebäude gab. Sonst bedeckte der Wald die Insel fast überall wie ein dicker grüner Teppich.

»Was glauben Sie? Warum ist er zurückgekommen?« hörte er Nick fragen, als die andere Jacht auf den Strand fuhr.

»Sie kommen immer zurück. Wie ein Hund zu seinem Erbrochenen. Gehört zum kriminellen Krankheitsbild.«

»Vielleicht ist ihm der Treibstoff ausgegangen«, rief Nick.

Die *Cythère* rauschte zur Lücke im Riff und drehte plötzlich bei.

»Scheiße!« sagte Nick. »Sie ist zu breit. Paßt da nicht durch.«

Er drosselte den Motor.

»Geben Sie mal her.«

Queller gab ihm das Fernglas – sah aber auch mit unbewaffnetem Auge nur zu deutlich, was sich tat. Der Mann schleifte Miranda den Strand hoch zu einer Lücke im Wald.

»Er muß sie kennen«, sagte Nick verzweifelt.

»Wen kennen?«

Die Maschine tuckerte im Wasser.

»Auf der Insel gibt es Höhlen. Ich konnte den Eingang nicht finden, jedenfalls keinen über der Wasserlinie. Leggatt hat ein Loch ausgeholzt. Die Lücke da. Da bringt er sie hin. Wir müssen wohl schwimmen.«

Queller betrachtete die Korallenumrisse unter der Wasseroberfläche. Ihnen fehlten höchstens dreißig Zentimeter auf jeder Seite. Er hatte eine Idee, öffnete die Jacke und zog die Pistole.

»Wir können da was wegschießen.«

Nick sah ihn bestürzt an. Aus einem Queller unverständlichen Grund zögerte er kurz und nickte dann. »Na gut.«

Queller entsicherte die Pistole und zielte auf den Rand des Korallenstocks. Es knallte, als er den Abzug durchdrückte, und spritzte auf, als die Kugel ins Wasser zischte. Ein großes Korallenstück sank auf den Meeresboden. Dasselbe machte er auf der anderen Seite. Wieder trudelte ein weißer Schatten in die Tiefe. Jetzt war genug Platz. Queller steckte die Pistole in den Schulterholster zurück.

Nick drehte den Benzinhahn wieder auf, steuerte einen Kreis, und sie glitten problemlos durch die Lücke. Er steuerte die Jacht direkt auf den Strand.

»Ein Klacks«, sagte Queller.

Nick schaltete den Motor ab.

»Ich geh' rein.«

Sie stießen mit einem kräftigen Rums auf den Sand. Queller verlor die Balance, und da er sich nur mit einem Arm festhalten konnte, stürzte er halb aufs Deck.

»Ich geh' rein«, wiederholte Nick. »In die Höhle. Sie bleiben hier.«

»Sollten wir nicht lieber beide gehen?«

Nick schüttelte den Kopf.

»Warten Sie hier. Passen Sie auf. Leggatt hat gesagt, es gibt mehrere Öffnungen, durch jede davon könnte er wieder hochkommen.«

»Wo sind sie?«

»Ich – konnte keine finden.«

Queller runzelte die Stirn. »Ich komm' lieber mit.«

»Bleiben Sie hier. Wenn er wieder auftaucht und sich unsere Jacht schnappt?«

Nick holte die schwere gummierte Taschenlampe, die Olivier Pastoreau in der Kabine der *Cythère* aufbewahrte. Queller hängte das Fernglas um den Hals. Sie stiegen von der Jacht und liefen über den Sand.

»Wenn Sie es gar nicht anders wollen«, sagte Queller kurzatmig, »nehmen Sie lieber die hier.« Er griff unter die Jacke und holte seine Pistole heraus.

Nick schaute sie mißtrauisch an. »Ich hab' noch nie viel geschossen. Ich könnte sie treffen.«

Sie kamen zu der Öffnung, die Leggatt in den Waldsaum gehackt hatte.

»Nehmen Sie sie trotzdem. Das hier ist die Sicherung.«

Nick nahm sie in die Hand und wog sie einen Augenblick.

»Seien Sie vorsichtig«, sagte Queller.

Aber der junge Mann hatte sich schon auf den Weg durch die Bäume gemacht, an dessen Ende zwischen moosüberwachsenen grünen Felsen eine ovale Öffnung zu erkennen war. Queller ging an den Strand zurück und ärgerte sich, daß er nicht darauf bestanden hatte, in die Höhle mitzukommen.

Er wartete erst am Wasser und schaute zu einer Sandbank im Westen hinüber. Wo der eigentliche Strand und die Sandbank zusammenstießen, fiel ihm ein seltsames kreisförmiges Gebilde auf, und er ging darauf zu. Es sah aus wie ein kleines Fort. Senkrecht im Sand steckende Stöcke, die außen mit schweren Steinen abgestützt waren. Er warf einen Blick in den Kreis, sah aber nur Sand.

*

Die Taschenlampe lag noch in der nassen Felsnische, wo er sie hingelegt hatte. Ihr Licht huschte über die grünen Wände der Kaverne. Miranda hatte Angst. Der junge Afrikaner stieß sie gegen die Algen. Mit der einen Hand drückte er ihr das Messer an die Kehle, mit der anderen hielt er ihr Haar gepackt. Sie schnappte nach Luft und sagte sich immerzu, daß sie auf keinen Fall die Nerven verlieren durfte.

Während sie sich durch die ihm offenbar gut bekannten Felskorridore wanden und schlängelten, hatte er die ganze Zeit Englisch- und Suahelibrocken durcheinandergebrabbelt – ob mit sich oder mit ihr, konnte sie nicht sagen. Eine wiederkehrende Wendung war jedoch »Dschihadsache« gewesen. In einer Art Singsang fragte er immerzu *Diese Dschihadsache? Oder keine Dschihadsache? Was ist damit? Mit dieser Dschihadsache?*

Als er ihr jetzt wieder das Messer an die Kehle drückte, richtete er sich aber definitiv an sie.

»Sie mir müssen helfen von hier fliehen«, sagte er. »Sie

müssen mitkommen als Geisel und Ihren Freunden sagen weggehen.«

Das Messer zitterte in seiner Hand. Er rang offenbar verzweifelt nach Fassung. Miranda zügelte die in ihr hochkochende Angst und sah ihm im Flackerlicht in die Augen.

»Sie sind draußen.« Sie gab sich Mühe, ruhig und beherrscht zu klingen. »Meine Freunde. Sie haben sie doch kommen sehen. Sie müssen sich ergeben. Das ist das Beste für Sie.«

Er starrte zurück und legte den Kopf auf die Seite. Er wirkte verrückt.

»Wenn Sie mir nicht helfen, töte ich Sie. Das ist, was Stimme sagt. Weg von allem. Wenn nötig alle töten. Weg von der Jagd. Alle Handlung durchführen. Im Namen Gottes, vergib!«

*

Queller ging über den Inselsand und hielt die Augen offen, um zu sehen, ob sie irgendwo auftauchten. Er ging an einer anderen Stelle in den Wald und schlug einen anderen Weg ein. Jemand hatte hier zahllose ins Nichts führende Schneisen geschlagen. In den Baumkronen über ihm zwitscherten Vögel, und das Sonnenlicht drang bis zum Waldboden herab. Aber so, wie das Grün einen bedrängte, bekam der Wald etwas Bedrohliches, eine tödliche Stille, die zu besagen schien, die Lichtungen, auf denen er stehenblieb, und die Hohlwege, durch die er weiterging, hätten eine transzendente Präsenz.

Er war froh, als er den Wald hinter sich lassen und wieder ans Meer hinabgehen konnte. Dann fiel ihm etwas ins Auge. Draußen am Rand der Sandbank zerrte die Brandung an einem Gegenstand. Er hob das Fernglas an die Augen. Durchs Okular sah er ein auf der Seite liegendes Wassermotorrad, das von kleinen Wellen überspült wurde.

*

Der Mann drückte Miranda die Klinge stärker an die Kehle. Fieberhaft rang sie nach Worten, ging alle Möglichkeiten durch, spürte die feuchte Höhlenwand im Rücken. Dann kam ihr eine Idee.

Leise und eindringlich sagte sie: »Gott will, daß Sie sich ergeben. Sie haben genug Schaden angerichtet. Es muß ein Ende haben. Machen Sie ihm ein Ende.«

Er entfernte sich von ihr und schüttelte den Kopf. Sie rutschte an der Wand hinab, die Nerven blank und voller Angst.

Er ließ das Messer sinken, als sei er ebenfalls erschöpft, und als er sprach, klang es, als wollte er sich etwas von der Seele reden.

»Sie haben meine Eltern ermordet. Das ist mir jetzt klar. Al-Qaida hat meine Eltern ermordet. Zayn hat meinen Vater und meine Mutter umgebracht. Ich wollte ihn umbringen, als ich begriffen. Aber als ich ihn gesehen habe – hatte ich zuviel Angst.«

Schreiend wiederholte er: »Zuviel Angst!«

Die Worte hallten durch die Kaverne.

»Sie haben den Anschlag verübt, oder?«

Er nickte, sein Kopf ruckte im grünen Licht auf und ab.

»Aber ich war nicht der Boß. Das waren andere – es gibt einen Mann, Zayn … den ich gesagt habe. Und ich werde ihn umbringen.«

»Das Morden muß ein Ende haben«, sagte Miranda. »Die Zeit des Mordens ist vorbei.«

Er hob das Messer wieder.

Miranda versuchte mit aller Kraft, ruhig weiterzureden und alles anzuwenden, was sie aus Büchern und in Seminaren über das Verhalten bei einer Geiselnahme gelernt hatte – sie mußte sich auf den Geiselnehmer einlassen und ihm das Gefühl geben, auf seiner Seite zu sein.

»Sie haben mir noch gar nicht Ihren Namen genannt. Wie heißen Sie eigentlich?«

*

Queller suchte den ganzen Hufeisenstrand mit dem Fernglas ab, bis er wieder den eingezäunten Kreis sah, den er sich vorhin angeschaut hatte. Ein großer Mann in einem zerrissenen und blutverschmierten T-Shirt beugte sich jetzt darüber. Queller erkannte den Araber aus der Stierkampfarena. Er dachte an die Waffe, die er Nick gegeben hatte. Aber für einen anständigen Schuß war der Mann sowieso zu weit entfernt.

Queller sah dem großen Araber nach, der sich auf ungestalte Weise den Strand hochschleppte, wobei er den Stock als Krücke gebrauchte; dann geschah etwas Seltsames. Er blieb stehen, holte mit dem Stock aus und drosch eine Minute lang auf den Sand ein, bevor er weiterging. Anscheinend wollte er zum Leuchtturm. Queller sah sich auf der Jacht nach einer Waffe um. Sein Blick fiel auf einen langen Stahldorn, einen Fischhaken oder Marlspieker. Er nahm ihn und ging hinter dem Mann her.

*

Nick hetzte durch die Höhlen, rutschte auf den Algen aus und hielt die Pistole mal in der linken Hand, mal in der rechten. Jetzt war er doch froh, daß er sie dabeihatte, und hatte sie schon entsichert. Er fand immer neue Nischen und Öffnungen, aber alle waren leer. Er lief weiter, atmete schwer, und von der Decke tropfte ihm Wasser ins Gesicht. Er blieb stehen und horchte. Stimmen in der Ferne. Ein Algenklümpchen fiel ihm auf die Nase. Er horchte wieder nach den Stimmen. Manchmal klangen sie weiter weg, manchmal näher. Er rief ihren Namen.

Der Ruf hallte nach und brach sich an den Hohlräumen und Vorsprüngen. Fast nicht zu verstehen und gar nicht zu lokalisieren, überlagerte und wiederholte er sich. *Miranda! Miranda!* Im Inneren der Höhle verfilzten sich die Echos immer mehr, verknoteten und verschlangen sich immer enger, *Miraaanda …*

*

Chaled stand plötzlich auf und ließ das Messer los. Sie sah es kreiselnd fallen, dann verschwand es aus dem Kegel der Taschenlampe. Chaled wirbelte umher, drehte sich in der Höhle um sich selbst, und in seiner Hand blitzte etwas Silbriges auf, das er hinten aus dem Hosenbund gezogen hatte – die kleine Pistole, die er auf der Jacht aus dem Fach genommen hatte. Jetzt war er wieder durchgeknallt. All ihre Bemühungen waren hinfällig.

Mit dem Fuß tastete sie auf dem glitschigen Boden nach dem Messer, um es zu sich zu ziehen. Der Mann blieb stehen. Er gab einen eigentümlichen Seufzer von sich und ging zur Taschenlampe. Sie sah kurz sein Gesicht im Lichtkegel, in seinen Augen lag ein eigenartiges wildes Leuchten, und ein seltsam heiteres Lächeln umspielte seine Lippen.

Sie spürte das Messer unter dem Fuß.

Er nahm die Taschenlampe, drehte sich um und leuchtete ihr voll ins Gesicht. Dann machte er zwei schnelle Schritte, und alles versank in Dunkelheit.

*

In der Nähe der Palisade fand Queller den Kadaver einer großen grünen Schlange. Auf die hatte der Mann also eingedroschen. Wahrscheinlich hatte sie ihn beißen wollen. Er folgte den Fußspuren im Sand. Daneben fanden sich Bluttropfen. Der Stier mußte ihn übel zugerichtet haben.

Queller wünschte sich seine Pistole zurück, eine Arcadia Machine & Tool, Kaliber 45 – keine Elefantenbüchse, da ihm eine leichte Waffe inzwischen lieber war, aber doch einiges besser als ein Marlspieker. Die Fußspuren führten zum Leuchtturm und verschwanden dann plötzlich.

Queller hielt den Fischhaken vor sich und wollte gerade hineingehen, als er zu seiner Linken ein Geräusch hörte. Er drehte sich zur Seite und sah den Araber, der mit dem dicken Knüppel aus der Palisade ausholte. Queller riß den Stahlsporn hoch, aber zu spät. Der Knüppel traf ihn voll im Gesicht, und er ging zu Boden. Der Araber bückte sich, griff nach dem Sporn und hob ihn auf. Queller blinzelte den Schmerz fort, sah zwei Pranken, die sich um den Schaft schlossen, und die Stahlspitze herabsausen.

*

Tief im Labyrinth betrat Nick eine große Kaverne. Die Waffe in der einen Hand, ließ er mit der anderen den Strahl der Taschenlampe umherwandern. Das Licht wurde von den grünen Wänden reflektiert wie in einer Lasershow und erfaßte plötzlich eine in der Ecke kauernde Gestalt. Sie bewegte sich, als sie in den Lichtkegel geriet.

»Bitte«, sagte eine Stimme. Es war Miranda.

»Ich bin's«, sagte er und patschte über den Boden. »Nick, mein Schatz.«

Er kniete sich hin und leuchtete ihr ins Gesicht. Ihr Mund war leicht geöffnet und ihr Gesicht algenverschmiert. Sonst schien ihr nichts zu fehlen. Er legte die Taschenlampe weg und barg ihren Kopf an der Brust.

Sie fing an zu schluchzen. Er hob sie hoch. Sie schlang ihm die Arme um den Hals. Über ihnen ertönte ein Schuß.

*

Queller starrte in den Himmel. Ein fürchterliches Gewicht lag auf seiner Brust. Er sah ein paar Wolken, die durch die Bläue zogen, wo er vor wenigen Sekunden noch einen kahlgeschorenen braunen Schädel, ein Wolfsgesicht und zwei Hände gesehen hatte, die mit dem Fischhaken ausgeholt hatten. Im Herabsausen hatte er in der heißen Sonne aufgeblitzt.

Dann war das alles plötzlich verschwunden. Er hatte einen Schuß gehört. Einen dünnen Knall, nicht wie seine AMT, sondern etwas noch Kleineres, vielleicht eine Derringer.

In der Stirn des Arabers war ein rotes Loch erschienen, Blut war Queller ins Gesicht gespritzt, und bevor er wußte, wie ihm geschah, war der massige Körper des Manns auf ihn gestürzt. Der Fischhaken hatte sich hinter ihm in den Sand gebohrt – so nah, daß er seinen Schädel gestreift und ein paar Haarsträhnen eingeklemmt hatte. Der Kopf des Arabers lag auf Quellers Schulter.

Ein Schatten fiel auf ihn, und er spürte, wie der Fischhaken aus dem Boden gezogen wurde. Er sah das Gesicht eines jungen Afrikaners, das auf ihn herabblickte: das Gesicht des jungen Mannes, der Miranda verschleppt hatte.

»Ich glaube, ich bin Ihnen zu großem Dank verpflichtet«, sagte Queller.

Der junge Mann hielt immer noch den Fischhaken in der Hand. In der anderen hatte er eine kleine Pistole, genau so eine, wie Queller sie sich vorgestellt hatte.

»Danken Sie nicht mir. Danken Sie Gott. Seine Stimme hat mir gesprochen. Sie sprach mir und befahl mir, diesen Trick zu lassen. Und Dinge tun, die ich vor langer Zeit tun sollte. Jetzt gehe ich zu neuer Arbeit. Nicht gegen Amerika. Echte Arbeit für Muslime.«

Queller versuchte, sich das Blut des Arabers aus den Augen zu wischen, bekam die Hand aber nicht frei.

»Wäre es nicht besser«, sagte er, unter der Leiche gefangen, »wenn wir zusammen nach Dar zurückfahren und dort alles besprechen?«

Der junge Mann berührte Quellers Stirn mit der Spitze des Spießes.

»Weil ich al-Qaida nicht mehr traue – glauben Sie, ich muß Amerika trauen?«

Damit nahm er den Fischhaken, drehte sich um und war verschwunden.

Queller versuchte, den toten Araber von sich wegzuwälzen, aber mit nur einem Arm war das nicht zu machen. Er war zu erschöpft und zu alt. Einige Minuten später hörte er Schüsse. Dann wurde eine Jacht angelassen. Kurz darauf wuchteten Nick und Miranda den toten Mann von ihm weg.

Er stützte sich auf sie, als sie zum Ufer hinabgingen. Chaled, wie der junge Mann laut Miranda hieß, war mit der *Cythère* gefahren. Er hatte auch den Reservekanister der anderen Jacht mitgenommen. Der hätte ihnen aber sowieso nichts genützt. Die letzten Schüsse, die Queller gehört hatte, erklärte eine Reihe schartiger Löcher unter der Wasserlinie der Jacht. Die *Cythère* war kaum noch zu sehen und ihre Maschine kaum mehr zu hören.

»Olivier wird nicht gerade erfreut sein«, sagte Nick, während sie hinterherschauten. »Die Jacht ist eine runde Million wert. Die hatte Sonar und alle Schikanen.«

»Ach, darum wird sich der Dienst kümmern«, sagte Queller, setzte sich auf einen Felsen und massierte sich die Brust.

»Was glauben Sie, wo er hin will?«

Queller sah aufs Meer hinaus. Von der Jacht war nichts mehr zu sehen.

»Wer weiß?« sagte er. »Wie zum Geier sollen wir von dieser Insel runterkommen? Hat da jemand 'ne Idee?«

Er sah sich zu Nick und Miranda um, die Hand in Hand am Strand standen, den Wald im Rücken und den Leuchtturm über sich.

»Wissen Sie, daß Sie beide von einer Art grünem Schleim bedeckt sind?«

Nick grinste und sah Miranda von der Seite an. »Wollen wir baden gehen und uns waschen?«

Auch Queller mußte grinsen: »Ich werde schamhaft die Augen abwenden und zu dem kleinen Haus da drüben gehen.«

Eine Stunde später kamen Nick und Miranda sauber und glänzend zu ihm ins Häuschen, wo sie alle übernachteten. Am folgenden Morgen wurden sie in aller Frühe von Hubschrauberlärm geweckt.

32

Die Geschichte war schon überall bekannt. CNN und etliche andere Sendeanstalten hatten davon Wind bekommen, noch bevor die Rettungshubschrauber das Festland erreicht hatten. Als Queller, Nick und Miranda daher in den tristen, nachhallenden Flughafengebäuden von Dar ankamen, wurden sie von einer Phalanx aus Blitzlichtern und knolligen Fernsehmikrofonen empfangen. Sie stiegen aus dem Flugzeug wie ein Popstar-Trio. Der Eindruck von Berühmtheit wurde von Altenburgs Männern noch verstärkt, die ihnen zusammen mit den braun uniformierten tansanischen Polizisten einen Weg durch die rufenden Reporterscharen bahnten.

Noch jemand war zu ihrer Begrüßung gekommen, eine wundersame Exzentrikerin, die hier dermaßen deplaciert war, daß sie es vielleicht gerade deshalb und ihres fließenden orangeroten Hare-Krishna-Gewandes wegen geschafft hatte, den Kordon zu durchbrechen und Queller etwas in die Hand zu drücken.

Eine rote Nelke. Er sah ihr in das blasse, leere Gesicht – weiß wie abgezogene Mandeln, gerahmt von langem braunem Haar – und sagte überrascht: »Ja so was, ich danke Ihnen!« Komisch, die waren doch sonst immer kahlgeschoren, so wie der große Araber, dachte er.

So schnell die Hare Krishna aufgetaucht war, so schnell drängten die Sicherheitsbeamten sie auch wieder beiseite. Queller, Miranda und Nick wurden schnellstens auf den Parkplatz gebracht, in einen Landcruiser verfrachtet und in die FEST-Zentrale im *Kili* gebracht. Altenburg saß vorn auf dem Beifahrersitz. Mehrere Fahrzeuge mit FBI-Agenten und tansanischen Regierungsangestellten folgten ihnen. In einem Wagen lag Zayns massige Leiche. Ein Hubschrauber hatte sie von Lyly hertransportiert. Da sie keinen Sarg hatten, wurde er in einer Fischkiste befördert. Die Tansanier, die die Aktion organisiert hatten, gehörten mehrheitlich dem tansanischen Geheimdienst General Service Unit an. Hinzu kamen einige Polizisten, darunter Ernest Chikambwa, der in einem Hubschrauber mitgeflogen war, um die nach Queller und seinen Begleitern suchenden Amerikaner über die Inseln zu führen. Der Konvoi setzte sich in Bewegung und fuhr vom Flughafen in die Stadt, vorbei an Maisfeldern und schreienden Kindern.

»Also was zum Teufel war da eigentlich los?« wollte Altenburg wissen, drehte sich um und legte einen Arm um die kunstlederne Kopfstütze. »Ich möchte einen vollständigen Rapport, Jack, das ist Ihnen doch klar?«

»Dafür ist später noch jede Menge Zeit. Wir haben einiges durchgemacht.«

»Sie sind ein sturer Bock!« blaffte Altenburg. »Ich will bis ins kleinste Detail wissen, was da draußen vorgefallen ist.«

»Es gab eine Verfolgungsjagd, ein Mann ist tot, der andere ist uns durch die Lappen gegangen. Reicht das vorläufig? Rapport erstatten kann ich auch im Hotel. Vorher will ich baden, und außerdem brauch' ich einen Drink.«

Von einem Funkspruch unterbrochen, der die Fortschritte beziehungsweise fehlenden Fortschritte der Suche nach Chaled meldete, ließ Altenburg das Thema auf sich beruhen. Queller spielte mit dem Stiel der Nelke und betrachtete Nick und Miranda. Von wegen schöne Zeit der jungen Liebe. Beide gingen auf dem Zahnfleisch. Miranda starrte stumm die Hütten und Ladenschilder an, die am Fenster vorbeizogen; Nick war eingeschlafen, und sein Kopf war auf ihre Schulter gesunken.

Queller mußte sich konzentrieren. In einer halben Stunde waren sie im Zentrum von Dar und wurden mit den Tastaturen und Mikrofonen der FEST-Kommunikationszentrale konfrontiert, mit denen die ganze Angelegenheit so zerkleinert und aufbereitet werden mußte, daß Washington sie verstehen konnte. Eine glatte Erzählung, adäquat bearbeitet und ohne die ganzen Lücken, die die Wirklichkeit ausmachten. Danach wurde es Zeit für den eigentlichen Bericht, die Analyse, die Monate dauern konnte und die all die Brüche wieder in das Bild der rekonstruierten Ereignisse einfügte und zu verstehen versuchte.

Er hielt sich die Nelke vors Gesicht und roch daran. Nur ein ganz schwacher Duft. Die Blüte war noch halb geschlossen. Aus einer plötzlichen Regung heraus legte er sie auf den freien Platz neben sich – unter den baumelnden Ärmel, der seinen Armstumpf verbarg. Er schmerzte noch vom Sturz auf der Jacht, ebenso wie sein Gesicht von dem Hieb, den der Araber ihm mit dem Knüppel versetzt hatte. Es erfüllte Queller mit einer gewissen Genugtuung, daß sein Möchtegernmörder jetzt in einer Fischkiste in einem der Wagen hinter ihnen lag. Da hatte das ganze Chaos doch sein Gutes gehabt, auch wenn das für die Opfer der Bombenanschläge und ihre Angehörigen nur ein schwacher Trost war.

Aber was wäre denn eine echte Entschädigung gewesen? Die Ermordung bin Ladens? Die Verfolgung und Hinrichtung jedes einzelnen al-Qaida-Mitglieds? Verluste ließen sich so nicht aufrechnen. Vielleicht konnte man für Rache eine Gleichung aufstellen – Auge um Auge, Zahn um Zahn, sogar Arm um Arm –, aber Gerechtigkeit sah anders aus. Zumal immer die Gefahr bestand, die Gegner zu Märtyrern zu machen und einen Krisenherd nur weiter anzuheizen. Organisationen wie al-Qaida gehörten zur selben monströsen Typologie wie die Hydra, der für jeden abgeschlagenen Kopf zwei neue wuchsen. Und ihre Durchschlagskraft ließ sich sowieso nicht in Köpfen messen.

Draußen gingen Felder und Dörfer in Slums und Lagerhäuser über; die ländliche Umgebung wich einem städtischen Weichbild. Altenburg gab über Funk Anweisungen durch. Queller hörte zu: Queller, der das Gras wachsen hörte, der Arabistikveteran, der den Slogan »Das Zeitalter der Akronyme« geprägt hatte, um die Sicherheitslage nach Ende des Kalten Krieges zu beschreiben, und der in seinen Seminaren die erste organisationstheoretische Beschreibung der neuen Weltordnung geliefert zu haben glaubte.

In Wahrheit wurden diese »Abertausende von Höllenhunden namens Terroristen« (Edmund Burke), diese »Schwanzlutscher von Terroristen« (Oliver North) im Lauf der Zeit zum Spiegelbild ihrer gegnerischen Organisationen, der Geheimdienste, deren Methoden und Verfahrensweisen sie kopierten. Die Abkürzungen der einen Seite – ARM, PLO, PFLP, IRA – fanden sich ebenso reichlich auf der Gegenseite – FBI, CIA, DST, SIS. Diese Beobachtung stützte eine allgemeinere These: Die zunehmende strukturelle Verkrustung einer terroristischen Organisation führte sie im Lauf der Zeit unweigerlich an den Verhandlungstisch.

Als er hinten im FEST-Landcruiser saß – erschöpft, mit pochenden scharlachroten Striemen auf der Wange und einer Nelke auf dem Nebensitz –, geriet seine bisherige Überzeugung jedoch ins Wanken. Der Gedanke beinhaltete nur noch eine Reihe vager Axiome. Und auf al-Qaida traf er sowieso nicht zu. Die Struktur von bin Ladens Organisation beruhte auf der Ablehnung jeder Struktur – die eine Zelle des Organismus sollte nicht wissen, was die andere tat. Queller konnte sich nicht vorstellen, daß sich Uncle Sam je zu Friedensverhandlungen mit Mr Sam treffen würde. Oder daß die Taliban bin Laden ausliefern würden, damit ihm der Prozeß gemacht wurde – oder erst, wenn die von den USA über Afghanistan verhängten Sanktionen zu greifen begannen.

Queller starrte Altenburgs Hinterkopf an. Braunes, im Nacken rechtwinklig gestutztes Haar. Ein kleiner Fleck. Er erklärte dem Fahrer irgend etwas. Daß die Regierung Zehntausende von Flugblättern mit bin Ladens Bild und der ausgeschriebenen (auf 5 Millionen Dollar erhöhten) Belohnung gedruckt hätte, die in den nächsten Wochen von der Air Force über Afghanistan abgeworfen werden sollten.

Ob man ihn je fangen würde? Bin Laden wechselte wahrscheinlich alle paar Tage das Lager. Vielleicht brach er genau in diesem Moment wieder auf: in einem Konvoi glänzender Landcruiser genau wie dieser, der in Afghanistans unendlichen Weiten verschwand, sich wie eine Metallschlange in das Labyrinth der Berge hineinschlängelte, lange bevor weitere Tomahawks, gnadenlos aber nicht unfehlbar, ihn wieder lokalisieren konnten.

Er sah zu Nick und Miranda hinüber. Auch sie war jetzt eingeschlafen, und unter dem dunklen Pony sah ihr Gesicht grau aus. Wenn sie über einen Huckel oder durch ein Schlagloch fuhren oder einem Radfahrer auswichen, öffneten sich kurz die Augen des einen oder der anderen, sahen Queller kurz an und schlossen sich wieder. Zwischen ihnen lagen ihre Hände wie tote Fische auf dem Sitz. Queller fragte sich, ob sie ein Paar bleiben würden. Das ganze Zeug à la »Unglück ist der beste Leim« stimmte ihn eher skeptisch.

Der Konvoi hatte das Geschäftsviertel von Dar erreicht. Auf den Straßen herrschte ein einziges Chaos. Queller starrte aus dem Fenster und betrachtete Schilder und Plakatwände, die wie Halluzinationen vorbeiflogen: *Envi Körperlotion:* »AUCH SIE KÖNNEN SO AUSSEHEN«, *Nido Milch, Kargill Samen, Standard Bank, Shell, Kahawa von Nestlé:* »DIE BESTE BOHNE«, *Carlsberg Green and Carlsberg Brown:* »DAS BESTE FÜR DIE STADT UND FÜR DAS LAND«. Queller fand, die Plakate erzählten nur die halbe Wahrheit. Etwas fehlte, eine Art Messer oder Rasierklinge, um den endlosen Filz der Konzerne zu durchtrennen, die diese Waren produzierten.

Eins stand für ihn fest. Die Globalisierung der Wirtschaft wirkte sich unterm Strich gut aus, hatte aber ihren

Preis. Manchmal erzwang sie von ganzen Ländern ein luxuriöses Vasallentum, und das Unterdrückungselement überwog die positiven Auswirkungen. Der Niedergang lokaler Industrien, ungerechte Preisgestaltungen, die Ersetzung der Demokratie durch die Macht der Konzerne, der allgemeine Verlust von Identität und Willenskraft … entweder traten die Multis in die Fußstapfen korrupter und brutaler Regime, oder sie machten gleich gemeinsame Sache mit ihnen, und alle diese Faktoren trugen zum Aufstieg der Fundamentalismen bei, auch wenn sie nicht direkt dafür verantwortlich waren. Auf lange Sicht war es ein kostspieliges Verfahren der Profitmaximierung.

Den Krieg zu den Terroristen zu tragen, nachdem sie zugeschlagen hatten, war ebenfalls nicht billig und verschlimmerte die Sache unter Umständen noch. Organisationen wie al-Qaida wurden nur stärker, wenn man sie angriff – wie Unkraut nach der Behandlung mit Tonnen von Pestiziden resistent wurde, und die Entwicklung ihres politischen Bewußtseins und ihrer Schmerzunempfindlichkeit hielten damit Schritt. Die Lage in Israel lieferte das beste Beispiel, obwohl es seit den Oslo-Verträgen leisen Grund zur Hoffnung gab.

Vielleicht würde es in Zukunft so etwas wie eine Ökologie des Terrorismus geben. Vielleicht würden Abbau, Umbau und Ausbau der Ordnung der Dinge zu mehr Nachhaltigkeit führen. Ob es je möglich sein würde, ökonomische Ausbeutung und politischen Vandalismus durch Maßnahmen zu ersetzen, die Samen der Hoffnung säten, so daß solche Anschläge für alle Zeit ausgeschlossen wären? Eine von Hoffnung geprägte Welt würde auf Dauer grün sein, eine von Gewalt beherrschte immer wieder in Flammen aufgehen.

Wirkungen hatten ihre Ursachen – aus dem grünen Baum wird Feuer gemacht, wie es im Koran hieß –, und zumindest theoretisch sollte es möglich sein, Verbesserungen herbeizuführen. Queller hatte eine Vision der großen Erlösung, ein großes System – es würde für alle kostspielig, aber es wäre seinen Preis wert.

Glück, Wissen, Tugend – diese wahren Reichtümer der Menschheit waren unschätzbar kostbare Gaben, aber mußte es grundsätzlich scheitern, sie zu propagieren?

Er wußte, daß sein Luftschloß nur mit dem Beistand zahlloser Regierungen und Konzerne verwirklicht werden konnte. Die Zukunft war so unwägbar wie eh und je. Selbst mit den inzwischen verfügbaren ausgeklügelten quantitativen Analysemodellen ließ sich ein zukünftiges Ereignis nicht vorhersagen. Es löste sich nur auf und verblaßte, ging verloren im digitalen Rauschen der Permutationen.

Vielleicht war es auch verantwortungslos, die Beseitigung des Bösen einer imaginierten Zukunft zu überlassen, und ratsamer, die Gegenwart zu verbessern. Interventionen, egal, welcher Art – militärisch, ökonomisch, politisch –, verschlimmerten die Probleme jedoch oft nur. Egal, wie sorgfältig eine Aktion geplant zu sein schien, am Ende war sie oft mit der Ursache verwoben, und die erstrebte Wohltat wurde den Wohltätern zum Verhängnis. Siehe Somalia: der arme Pilot, der vom Mob durch die Straßen geschleift wurde.

Wer in der Globalisierung die einzige Ursache des Terrorismus sah, machte es sich in der Regel zu einfach, dachte Queller. In diesem Fall war definitiv nicht sie allein schuld. Die verschiedensten Einflüsse hatten auf die Bombenanschläge hingewirkt, sie schwärmten durch die Zeit wie Fledermäuse aus einer Höhle. Es war unmöglich, den Prozeß nachzuzeichnen oder festzuhalten, wo ein einzelner Faktor, der seinerseits das Resultat unendlich vieler Kombinationen war, die Luft der Zukunft anhauchen würde. Und selbst wenn, hätte man noch nicht die psychischen Dispositionen und Motivationen der Mitglieder oder Führer von al-Qaida berücksichtigt, jene Innenwelt, in der die Flamme des Fanatismus, angefacht von den rauschenden Schwingen der Unterdrückung und der Gier, zum Flächenbrand wurde.

Er sah aus dem Fenster, wo ein kleiner Junge ein aus Draht gebogenes Spielzeugauto hin- und herschob. Unschuld gab es überall, aber hier unter den afrikanischen Armen, denen das Schicksal mit seinen Launen am übelsten mitspielte, leuchtete sie am kräftigsten. Der Kontinent brachte seine eigenen Nöte mit und hatte die Gebrauchtnöte anderer nicht verdient. Wieviel besser es doch war, unschuldig statt schuldbewußt zu sein. Zähflüssige Verzweiflung überkam ihn, als wäre er in eine Teergrube gefallen, und er fragte sich, was bei dem bevorstehenden Rapport bei Altenburg bloß herauskommen sollte.

Der Agent am Lenkrad des Landcruisers hupte. Sie steckten mitten im Zentrum der Stadt fest, neben dem Uhrenturm, und sein Blick schweifte über weitere Schilder: *Jambo Snacks, Zanzibar Drop:* »KALT UND KÖSTLICH«. Das größte Plakat warb in knalligen Flammenbuchstaben für etwas namens Feuerkirche des Heiligen Geistes. »AM SONNTAG SPRICHT JOHN NATHAN TORRANCE HIER ÜBER DAS ENDE DER ZEITEN UND DAS KÜNFTIGE LEBEN«.

Der Landcruiser bewegte sich weiter und fädelte sich durch den Verkehr.

33

Die Menschen flanierten umher, trafen sich am Reflecting Pool oder lagen unter den Kirschbäumen. Miranda ging hinüber und tauchte eine Hand ins Wasser. Dann ging sie die Treppe hinauf, stellte sich zwischen die Säulen vom Lincoln Memorial und posierte für das Foto, das niemand knipsen würde. Der Gedanke an das Foto war wie ein Schuldschein im Kopf, wie ein Scheck, der nie eingelöst werden würde.

Sie ging die Mall entlang zum Vietnam Veterans Memorial. Eine mit Namen bedeckte Mauer aus poliertem schwarzem Granit. Eine Todesliste. Mehrere Powers waren da zu finden. Sie ging ins Stadtzentrum weiter und blieb unter dem imposanten Obelisken des Washington Monument stehen. Das Denkmal strahlte etwas leicht Schauriges aus, als wäre es eine Weihe- oder Opferstätte.

Sie dachte an die Menschen, die bei den Anschlägen ums Leben gekommen waren; als sie die Spiegelungen im Stein sah, dachte sie an sich. In fünfzig Metern Höhe wechselte die Schattierung des Marmors; sie fragte sich, ob ihr Leben eine ähnliche Trennlinie bekommen hatte. Vor der Bombe / nach der Bombe. Jedenfalls war damals eine ganz andere Miranda Powers nach Afrika gegangen. Irgendwie nahm sie es der Welt jedoch auch übel, ihr das Weiterkommen versagt zu haben.

Sie ging zum Federal Square weiter, bis sie vor der braunen, festungsähnlichen FBI-Zentrale stand – dem J.-Edgar-Hoover-Gebäude, wo sie am Vortag einen Termin bei Mort Altenburg gehabt hatte. Noch eine Nachbesprechung. Die FBI-Galerie der zehn meistgesuchten Verbrecher hatte ihre

Aufmerksamkeit am stärksten auf sich gezogen. Auf Platz eins stand Osama bin Laden. Die Augen des Mannes hatten etwas verwirrend Heiliges und Verführerisches. Er ähnelte eher einer griechischen Ikone à la Johannes der Täufer als einem Oberschurken aus *James Bond.* Sie konnte sich nur schwer vorstellen, daß er für all die Verheerungen und das Blutbad verantwortlich sein sollte, und ebenso schwer konnte sie sich vorstellen, daß er der Gerechtigkeit auf unabsehbare Zeit entgehen könnte.

Altenburg hatte gesagt, die Ermittlung gehe weiter, und sie hätten eine Spur von Chaled. Bin Laden selbst hatte weitere Drohungen in Umlauf gebracht. Altenburg hatte hinzugefügt, auch gegen Jack Queller werde »aus verschiedenen Gründen« ermittelt, wollte sich dazu aber nicht weiter äußern. Alle Disziplinarmaßnahmen gegen sie waren eingestellt worden. Es würde auch keine Anhörung geben. Vorläufig noch beurlaubt, würde sie in einem Monat ihre neue Stelle antreten – hier in Washington, in Kirsteens Abteilung, die sich um ausländische Diplomaten auf Dienstreise sowie Staatsoberhäupter kümmerte.

Sie war hungrig und ging zu einem *Starbucks* ein Stück hinter dem Hoover-Gebäude. Sonst aß sie da nicht gern, weil sie die Filialen zu standardisiert fand, aber in der Nähe gab es nichts anderes. Ray, der inzwischen aus dem Krankenhaus entlassen worden war, konnte die Kette nicht ausstehen. Er war aus dem Dienst ausgeschieden und nach San Francisco gezogen, wo er von einer Versehrtenrente des State Department lebte. Die Stadt war ein »zweiter Garten Eden«, hatte er in einem Brief geschrieben, aber vielleicht wollte er sich auch bloß nichts anmerken lassen. Er war für den Rest seines Lebens auf Krücken angewiesen.

Sie bestellte einen dünnen Café latte und einen Müsliriegel, suchte sich einen freien Tisch und dachte an Nick. Sie hatte ihn überreden wollen, in Washington zu bleiben, aber ohne Erfolg. Wahrscheinlich hatte das so sein sollen. Die Ereignisse hatten sie zusammengebracht, und sie hatten sie auch wieder auseinandergebracht. Aber es tat weh, und sie war überrascht, wie weh es tat.

Sie öffnete ihre Handtasche, nahm den kleinen Schildkrötenpanzer heraus, den er ihr geschenkt hatte, und legte ihn in ihre Handfläche. In den sich überlagernden Schichten leuchteten lauter kleine orangerote Feuer, jede Schicht reflektierte das Licht der kleinen Stehlampe auf dem Tisch. Der Anblick machte sie traurig, und sie steckte den Panzer wieder ein. Aber die traurigen, einsamen Gedanken kamen trotzdem ... Letzten Endes konnte sie einfach nicht glauben, daß es wirklich der pure Zufall gewesen sein sollte, der sie zusammengebracht hatte. Dafür waren ihre Gefühle zu stark geworden und seine auch, jedenfalls sofern er sie seinem Tagebuch anvertraut hatte. Hatten sie sich beide über ihre Zeit miteinander insgeheim etwas vorgemacht? Wenn nicht, wozu war das dann alles *gut* gewesen?

An diesem Punkt setzten ihre Ressentiments ein. Sie fand, die Welt sollte nach dem Prinzip Fortschritt organisiert sein, hatte aber das Gefühl, zumindest mit Nick zusammen war ihr jeder Fortschritt versagt geblieben. Sie fühlte sich wie ein Pendel, das die Wände des Uhrenkastens immer nur berührt, ohne sie je zu durchbrechen.

Sie hatte nicht viel aus ihm herausbekommen; er zog sich nur weiter in sein Schneckenhaus zurück. Er hatte gesagt, seine Arbeit sei noch nicht beendet, aber wenn sein Vertrag ausliefe, könnten sie vielleicht zusammen etwas auf die Beine stellen. Sie hatte gesagt, wenn er sie liebte, würde er in Washington bleiben, und hatte die Bemerkung sofort bereut. Er hatte gesagt, genausogut könnte sie ja nach Sansibar mitkommen, wenn ihr etwas an ihm läge, und es wäre egoistisch, daß sie ihren Job wichtiger fände als seinen. Das ärgerte sie, und sie hatte gesagt, sie würde auf keinen Fall mit ihm gehen.

Jetzt fragte sie sich, ob das eigentlich stimmte. Sie hatte so lange auf einen Erfolg im Department hingearbeitet, daß sie sich gar kein anderes Lebensziel mehr vorstellen konnte.

Vielleicht hätte durch die Anschläge etwas in Bewegung kommen sollen; vielleicht sollte sie sich mehr auf Dinge konzentrieren, die wichtiger waren als die Arbeit. Andererseits bedeutete ihr die Arbeit gegenwärtig mehr denn je; sie mußte nur einen Augenblick die Augen schließen und an die unglückseligen Bombenopfer denken.

Und so hatte sie ihre Frustration unterdrückt, sich mit der Situation abgefunden, ihm nach dem letzten Kuß den Rükken gekehrt und war schnurgerade über den Asphaltvorplatz des Bureau of Diplomatic Security zurückgegangen. Dann hatte sie von einem Fenster weiter oben aus zugesehen, wie er den Tennisplatz überquert hatte und in seinen Mietwagen gestiegen war. Sie war wütend und traurig zugleich gewesen, zwischen Liebe und Enttäuschung hin- und hergeworfen wie ein Korken im Ozean.

Sie warf einen Blick auf das schwarze Brett, das sich an der einen Wand vom Starbucks hinzog. Neben die kleinen Karten, Tai-Chi-Kursankündigungen und Wohnungsinserate, hatte jemand Seiten aus der aktuellen *Washington Post* gepinnt. Sie hatte sie schon am Morgen gelesen. Der Präsident hatte erklärt, er werde nicht zurücktreten, und gesagt, »jeder Amerikaner ist im Leben an irgend etwas zerbrochen«. Starke und eindringliche Worte, die an eine allgemeine Nachsicht appellierten, Sünden zu vergeben; sie war aber nicht sicher, daß er damit über den Berg war.

Miranda verließ das *Starbucks* und spazierte weiter über den breiten Fußweg, bis er sich in der Nähe vom Navy Memorial senkte. Dort gab es einen vertieften Platz mit einer in den Boden eingelassenen ozeanografischen Karte. Sie suchte Sansibar und war überrascht, die Insel tatsächlich markiert zu finden. Aber es war eben eine ozeanografische Karte, die nur Inseln, Häfen und Strömungen zeigte.

Während sie auf Sansibar stand, war sie auf beiden Seiten von einer Bronzeplastik an den Wänden umgeben. Besonders zu einem Bild kehrte ihr Blick immer wieder zurück – ein Marineunteroffizier in Schlaghose, Seemannsjacke und

Schiffchen. Sie baute sich davor auf. Der Seemann hatte die Hände in den Hosentaschen, und neben ihm stand sein Seesack. Er sah in die Ferne, als wartete er darauf, daß sein Schiff am Kai anlegte. Der geniale Bildhauer hatte es sogar geschafft, Hosensaum und Mantelkragen im Meereswind flattern zu lassen.

Sie blieb bestimmt eine halbe Stunde lang vor der Plastik stehen und betrachtete den Mann. Er beugte sich leicht vor und wartete bis in alle Ewigkeit auf das Schiff, das ihn aus seinem Bronzegefängnis befreien würde. Etwas wahrhaft Heroisches lag in seinen Augen, etwas Besonderes aus einem Amerika, in dem die Götter noch auf Erden wandelten. Wie ein Kind streckte Miranda die Hand aus und betastete sein Gesicht. Hinter ihr ließ der Wind die Leinen am Fahnenmast scheppern.

Sie dachte an den Krieg, dessen die Plastik gedachte, und daran, daß niemals stürzt, wer für eine gerechte Sache fällt. Dann dachte sie wieder an Nick, der von ihr verlangt hatte, alles aufzugeben. Der Gedanke versetzte ihr einen Stich, und sie ging rasch die Schräge hinauf, bis der Fußweg wieder eben verlief. Unter ihr in der Senke flatterten weiterhin die Fahnen.

*

FBI SUCHT VERDÄCHTIGEN BOMBENLEGER

von Seymour Ong

Redaktionsmitglied der »Washington Post«

Sonntag, 18. Oktober 1998

LETZTE Woche mißlang es dem FBI nur knapp, einen Mann festzunehmen, der im Zusammenhang mit dem Anschlag auf die US-Botschaft in Daressalam am 7. August gesucht wird. Unseren Quellen zufolge ist der Verdächtige Bürger der ostafrikanischen Insel Sansibar, heißt Chaled al-Chidr und ist 23 Jahre alt. Gegen ihn ist beim Bundesbezirksgericht Southern District New York Anzeige erstattet worden.

Am Mittwoch veranstalteten FBI-Agenten und Beamte der Komorischen Inselpolizei eine Razzia in einem Haus, das al-Chidr in Moroni, der Hauptstadt der Komoren dreihundert Kilometer vor der afrikanischen Ostküste, gemietet hatte. Laut denselben Quellen war er von Sansibar aus mit dem Boot dorthin geflohen. Al-Chidr, auf dessen Ergreifung eine Belohnung von zwei Millionen Dollar ausgesetzt ist, war verschwunden, als die Agenten Moroni erreichten.

Seit der Razzia hat sich al-Chidr der Festnahme entzogen, die breitgefächerte FBI-Ermittlung zu den Anschlägen vom 7. August gewinnt jedoch an Boden. Mort Altenburg, der Ermittlungsleiter des FBI, sagte vor Journalisten, man habe »unglaubliche Fortschritte« erzielt: »Wir sind einer weitverzweigten Verschwörung auf der Spur, die von dem saudischen Militanten Osama bin Laden und seiner al-Qaida-Organisation ins Werk gesetzt worden ist«, und fügte hinzu, dies sei die größte Auslandsermittlung in der Geschichte des FBI.

Analytiker der Geheimdienste und Polizeibeamte versuchen nach wie vor, die weltumspannende Struktur von bin Ladens Organisation und den Charakter ihres Anführers zu bestimmen.

»Die einen glauben, al-Qaida sei ähnlich aufgebaut wie das FBI. Andere halten das Netzwerk für völlig unorganisiert. Ich glaube, die Wahrheit liegt irgendwo in der Mitte«, sagte Altenburg.

»Es ist nicht die Hochburg des Terrorismus, als die es oft dargestellt wird, aber sie haben beachtliche Ressourcen.« Altenburg gab ferner bekannt, das FBI bediene sich der Analyse von Merkmalsmustern, um die Anschläge vom 7. August mit früheren terroristischen Aktionen zu vergleichen. »Unter Umständen ist al-Qaida für weit mehr Attentate verantwortlich, als wir bislang dachten.«

*

Mit bloßem Oberkörper saß Queller auf dem Sofa in seinem Blockhaus auf Aquinnah. Am Morgen dieses 18. Oktober hatte er auf dem Postamt in Vineyard Haven zwei Sendungen abgeholt und eine aufgegeben. Abgeholt hatte er einen neuen Arm, das neuste Modell, das ihm gemäß seiner Versicherungspolice zustand. Außerdem hatte er einen Brief vom FBI bekommen, die Vorladung zu einer nichtöffentlichen Anhörung, bei der es um Verbindungen US-amerikanischer Regierungsstellen mit bin Laden während der Reagan-Administrationen ging.

Er hatte schon seit einigen Wochen überlegt, wie er sich aus der Affäre ziehen könnte, denn ihm war klar, daß man ihn zum Buhmann machen wollte. Aber er hatte die Ausflüchte satt. Er hatte in seinem Leben zu viele Lügen erzählt, zu lange mit Verrat gelebt und sich an eine Welt gewöhnt, in der alle Undercover-Aktionen allein durch ihre Geheimhaltung gerechtfertigt wurden. Damit mußte endlich Schluß sein und eine Tür ins Licht geöffnet werden. Er würde al-Chidr gleichen, dem grünen Verborgenen und Vermittler höherer Einsichten, der offenbar machte, was die Nacht verschleiert hatte.

Seine Lieblingslerche sang draußen in der Robinie. Sie gab einen zitternden Ton von sich, als würde sie von der Schwerkraft in die Tiefe gezogen. Er hatte sich die Nacht um die Ohren geschlagen und seine Version der Ereignisse festgehalten – eine Version, die ihn zwar nicht von aller Schuld freisprach, aber doch einen Aspekt der Geschichte beleuchtete, den Altenburg verschweigen würde. Diesen Text hatte er in Haven abgeschickt – an Miranda Powers. Er hatte ihn ihr geschickt, weil er ihr vertraute. Das war wahrscheinlich idiotisch, aber das Antlitz seiner Frau in ihren Gesichtszügen wiederzufinden war ihm Grund genug gewesen.

Sein Vorhaben hatte er nicht erwähnt – daß er bereit war, seinen Lohn zu empfangen: in diesem Leben, im künftigen Leben, im Angesicht dessen, dem kein Geheimnis verborgen bleibt, der alle Befangenheiten prüft, zu SEiner Rechten wie zu SEiner Linken, und der jeder Seele Flüstern vernimmt. Er hatte sie nur gebeten, nach Kräften dafür zu sorgen, daß der Öffentlichkeit das Ausmaß bekannt werde, in dem die US-amerikanische Regierung in den achtziger und frühen neunziger Jahren über Pakistan, aber auch durch direkte Verbindungen Kontakt zu bin Laden gepflegt hatte.

Draußen erhob sich der Vogel in die Lüfte und jubilierte dabei so süß, als schwänge er sich nicht in den Himmel empor, sondern in jenes stille, ernste Geisterreich, wo alle gleich, frei und vereint sind. Queller wickelte den neuen Arm aus der Luftpolsterfolie. *Dieses Kunstglied erfüllt prothetische Funktionen. Es darf nicht zweckentfremdet werden.*

Die Prothese hatte eine speziell gepolsterte Gelenkpfanne, die die behaglichste sein sollte, die derzeit auf dem Markt war, außerdem einen weiterentwickelten Greifmechanismus. Er schnallte sie an und ging ins Schlafzimmer, um sich im Spiegel zu betrachten. Ein leichter Spitzbauch, Sommersprossen, hängende Schultern – über all das liefen die beigebraunen Riemen. Der Arm fühlte sich zugegebenermaßen etwas angenehmer an als frühere Modelle. Er zog die Kommodenschublade auf, entnahm ihr aufs Geratewohl eine Hand und ließ das Ratschenende aus Stahl in den Arm einrasten. Es klickte befriedigend, das Geräusch eines Gegenstands, der seine Aufgabe erfüllen würde. Er ging ins Wohnzimmer zurück.

Auf dem Couchtisch in der Zimmermitte stand ein Glas Whisky. Daneben lag seine AMT-Automatik. Er griff mit der Prothese nach dem Glas und trank. Gut. Er stellte das Glas ab, spannte die Schultermuskeln an, um Hebungswinkel und Griffstärke zu kontrollieren, und streckte noch einmal die Hand aus.

Er griff nach der Waffe. Wie eine Brieftaube, die sich nach dem heimatlichen Schlag sehnt, dachte er an seine Frau, setzte die Pistole an die Schläfe und drückte ab.

*

Nick fand einen aufgeplatzten kleinen Kokon auf den Verandadielen. Gut, »Veranda« war etwas übertrieben, aber er hatte für das Häuschen auf Lyly, das jetzt geputzt und richtig behaglich war, eine kleine Terrasse gezimmert. Er kickte den Kokon mit der Zehe weg und sah zu, wie er die Treppe hinabhüpfte. Daß er aufgeplatzt war, fand er nicht weiter symbolisch – solche Ansichten hatte er längst hinter sich. Er hatte jetzt Beschäftigung, Verantwortung und die Genugtuung, jeden Morgen aufzustehen und seine Arbeit zu tun, einen richtigen Stundenplan. Die kommenden Tage: Er hatte sich geschworen, sie wie Früchte zu essen, langsam zu kosten und ihnen so viel Bedeutung zu entnehmen, wie er konnte, aufgeklärt, ohne etwas zu erwarten.

Es wäre so leicht gewesen, in Amerika zu bleiben: die Tür hinter Afrika zu schließen und die ganze Episode zu vergessen. Fast hätte er das auch getan. Er war nach Florida geflogen, um Dino und seine Mutter zu besuchen. Die beiden waren jetzt zusammen. Er hatte mit Dino alles besprochen, und diesmal hatte der Alte ihn beschworen zu bleiben. Die Stimme eines anderen alten Mannes, Leggatt, hatte ihn aber übertönt. Nick fühlte sich dem Engländer zu Dank verpflichtet, und revanchieren konnte er sich nur, indem er hierher zurückkehrte und auf die Schildkröten aufpaßte. Wenn er die Gelege kontrollierte, stellte er sich manchmal vor, Leggatt neben sich zu haben: aufrecht, wie ein Löwe, seine Pfeife paffend.

Nick sah aufs Meer hinaus. Das Licht der Abendsonne glühte über der Hauptinsel Sansibar und färbte die vor ihr vorbeiziehenden Wolken. Es würde bald dunkel werden, aber die Nacht schreckte ihn nicht mehr. Er zündete die Laterne an und ging den Strand hinab zu der Palisade, die er mit Leggatt und Miranda zusammen gebaut hatte.

Er dachte oft an sie und fragte sich manchmal, ob er sein Glück nicht mit Füßen getreten hatte. Es wäre ein schöner Abschluß für eine Liebesgeschichte gewesen. Aber es war ja nie eine Liebesgeschichte, selbst wenn sie sich geliebt haben sollten. Das hatte er inzwischen eingesehen. So wie er eingesehen hatte, daß Sansibar nicht das Paradies war und nie gewesen war. Er empfand das auch nicht als Resignation. Es ging ihm jetzt besser, jedenfalls meistens. Er hatte eine innere Ruhe gewonnen und das Gefühl, daß sich die Dinge nach Wunsch entwickelten – nein, das korrigierte er sofort, weil er wußte, daß das seine alte Schwäche ankündigte. Es reichte nicht, sich nur einmal die Flausen auszutreiben; Illusionen waren eine ständige Gefahr und drohten jederzeit, überhandzunehmen und auf dem Denkmal früherer Bedingungen aufzubauen.

Mit ausgreifenden Schritten ging er den Strand hinab. Er konnte den Leuchtturm und auf dessen Spitze einen Fischadler sehen. Er blieb stehen, sah eine Weile zu dem herrischen Vogel mit dem weißen Federschopf hoch und hätte ihm gern einen Fisch zugeworfen. Dann sagte er sich, daß er vielleicht auf die Schildkröten wartete. Er wollte schon in die Hände klatschen und ihn verscheuchen, als er von selbst davonflog und sich zu einer Lücke in den Cumuluswolken erhob. Er sah ihm nach, bis er in den orangeroten Lichtstreifen verschwand, die vom Himmel herabfielen wie geschmolzenes Eisen aus der Esse.

Er setzte sich an die das Gelege umgebende Palisade. Als er in den dunkler werdenden Schlund am Horizont blickte, geriet seine Entschlossenheit ins Wanken. Es war so schwer, in der ungreifbar verfliegenden Gegenwart zu leben, so schwer, sich keinen grandiosen Selbsttäuschungen hinzugeben, was die Zukunft alles bringen könnte, so schwer, keinem idealisierten Selbstbild zum Opfer zu fallen. Einen anderen Menschen neben sich zu wissen machte die Sache aber auch nicht unbedingt leichter.

Trotzdem fühlte er sich plötzlich einsam. In Wahrheit fehlte Miranda ihm. Auch wenn sie nur von den Ereignissen zusammengebracht worden waren, hatten sie doch, und sei's auch nur für kurze Zeit, auf demselben Ast vom Baum des Lebens gesessen. Warum hatte er diesen Ast abgehauen?

Er hatte keine Antwort auf diese Frage. Er hatte sich einen Reim darauf gemacht und sich alle Argumente vorgebetet – über Schildkröten, über Afrika –, aber alles klang irgendwie hohl.

Der Wellenschlag rauschte in seinen Ohren. Er war nicht regelmäßig, nicht ganz klar – er zündete sich eine Zigarette an und sah ihr Gesicht vor Augen –, aber er hatte eine wiederkehrende Struktur. Jede vierte oder fünfte Welle hatte einen etwas höheren Ton, der ganze Ablauf stieg langsam an – es drängte ihn, ihren Namen auszusprechen – und fiel wieder ab, ohne daß er genau hätte sagen können, an welchem Punkt die Umkehrung einsetzte.

Wenn er die ganze Angelegenheit nüchtern betrachtete, gab es dann eine Chance für sie? Zeit hatten sie genug. Aber von nichts kam nichts. Wenn nicht die Vorsehung oder eine andere Schicksalsgöttin eingriff, wenn keiner von ihnen den ersten Schritt machte, würde ihre kurze gemeinsame Vergangenheit verlöschen wie ein Feuer ohne Brennstoff.

Wie an den letzten drei Abenden machte Nick eine Lücke in die Palisade. Gischt sammelte sich auf seinen Brauen und Haaren, das Licht der untergehenden Sonne verschmolz mit den Spektralfarben des aufgehenden Monds, und er saß da und wartete. Unter dem abkühlenden Sand und blind für seine väterliche Fürsorge, warteten glatte Eier. Wenn ihre Zeit gekommen war, würde ein Schauer die winzigen Körper in ihren Gehäusen durchlaufen, sie würden schlüpfen und sich sofort ersten Gefahren gegenübersehen – den Möwen, die jetzt schon über ihnen kreisten, den Raubkrabben, die unermüdlich den Sand absuchten. Allen schlechten Aussichten zum Trotz würden die Schildkröten die Schalen zerbrechen, sich durch knapp anderthalb Meter Sand nach oben buddeln, über das kurze, gefahrenreiche Stück des mondbeschienenen Strands krabbeln und ins Meer tauchen. Aber noch nicht, noch nicht.